Zum Autor:

Rupert von Cölln (Name geändert), geboren 1959, Studium der Geschichte, Germanistik und Politikwissenschaft, lebt seit 59 Jahren in Köln.

Zum Inhalt:

Im Jahr 2016 erzählt der 22jährige Kölner Jonas Burger (Name wurde geändert, RvC) dem Autor Rupert von Cölln eine unglaubliche und abenteuerliche Geschichte. Der Klöppel der großen St. Petersglocke im Kölner Dom sei 2011 nicht wie berichtet aus der Halterung gebrochen. Die wahre Begebenheit habe der damalige Dompropst vertuscht, da sie zu mysteriös und unerklärlich gewesen sei, um sie der Öffentlichkeit mitzuteilen. Tatsächlich habe es am Dreikönigstag einen Angriff dunkler Seelenmächte gegeben. Das Tor zur Seelenwelt, das dann Ostern 2011 im Dom geschaffen wurde, sei der unheimlichste Kontakt zwischen Seelenwelt und Menschheit gewesen.
Rupert von Köln hörte nur zu. Später war er sich nicht mehr sicher, ob er die Geschichte nicht doch nur geträumt hatte und Jonas Burger eine Erscheinung im Traum gewesen war. Aber J. Burger besuchte ihn immer wieder und forderte ihn auf, die Erzählung aufzuschreiben und zu veröffentlichen.

Zum Buch:

Die Erzählung von J. Burger wurde zum Roman verarbeitet. Die in ihm dargestellten Begebenheiten als realistisch anzusehen, obliegt jedem Leser selbst. Wenn es zu Ähnlichkeiten mit lebenden oder toten Personen kommt, ist dies nur natürlich. Ein Autor schöpft aus dem, was er sieht und erlebt.

Rupert von Cölln

Seelenkämpfer
- Die Freunde -

aus: *Die Geschichte der Seelen,* Episoden 005459-005516,
nach Erzählungen von Jonas und den anderen

VERRAI-VERLAG
Stuttgart

Bibliografische Information der Deutschen Nationalbibliothek: Die Deutsche Nationalbibliothek verzeichnet diese Publikation in der Deutschen Nationalbibliografie; detaillierte bibliografische Daten sind im Internet über http://dnb.d-nb.de abrufbar.

© VERRAI-VERLAG · 70469 Stuttgart

1. Auflage November 2018
Alle Rechte vorbehalten.
https://verrai-verlag.de

Umschlaggestaltung:
konzept**atelier**.com

Bildquellen Umschlagmotive:
shutterstock.com

Printed in Germany
ISBN 978-3-946834-67-0

Ihr glaubt mich tot, doch dass die Welt ich tröste,
leb ich mit tausend Seelen dort,
an diesem wunderbaren Ort,
im Herzen der Lieben.
Nein, ich ging nicht fort,
Unsterblichkeit vom Tode mich erlöste.

Michelangelo

Für Matthias
Du bist in unserer Mitte und wir in Deiner

Inhaltsverzeichnis

Prolog

An einem Nachmittag 2006   *DaniEl und Jonas*

005459 Jonas Burger blickte über ein gigantisches Feld. Die Größe übertraf bei weitem seine Erwartungen. Das ist nur so groß, weil du so klein bist, sagte er zu sich. Dieses Feld hier war tatsächlich riesig und Jonas war mit knapp zwölf Jahren jung dazu.

Die Fläche, über die sein Blick nun schweifte, war umgeben von einer Art Wall, auf dem bis in die Senke hinein verschiedene Arten Gestrüpp und Büsche wuchsen, teilweise höher als ein Fußballtor. Die hatten vor allem eins gemeinsam: Dornen. Harte, große Dornen, Bollwerke aus Stacheln.

Er war auf die Hitze ausstrahlenden Mauerreste eines Gebäudes geklettert und versuchte etwas zu erkennen: Im dunstigen Licht dieses extremen Sommertages erschien alles unwirklich. Lange Bahnen von Betonplatten zogen sich hunderte Meter über die Fläche. In den Fugen der aneinander angrenzenden Platten hatten sich Pflanzen niedergelassen, die aus Mangel an richtiger Erde ziemlich mickrig aussahen. Vereinzelt erblickte Jonas Ruinen, fast bis aufs Fundament abgeschliffene Häuschen. Weiter hinten war ein kleiner, kahler Hügel zu sehen, der sich wie ein dicker Pickel aus der Ebene herausdrückte.

„Hinter den Büschen? Das war mal ein Flugplatz, im Krieg", hatte Jonas' Mutter ihm auf einem sonntäglichen Spaziergang geantwortet und der Zusatz: „Da gibt's gar nichts mehr" seine Neugier eher angestachelt. Ein natürlicher Zaun sind diese Büsche, kam es Jonas in den Sinn. Er hatte lange gesucht, um überhaupt einen Schlupf zu finden, der seinen schmalen, wendigen Körper durchließ. Und als ob dies nicht genug gewesen wäre, hatte er sich auch noch durch aufgeweichten, fast moorigen Boden kämpfen müssen – eine ideale Brutstätte für Insekten. Jonas' klobige Schuhe waren bis zu den Knöcheln mit besonders schmierigem Matsch bedeckt. Wie war das bei der Hitze nur möglich? Gut, dass er sein Hemd vorher ausgezogen und in den Rucksack gestopft hatte, es wäre ohnehin nur zerrissen. Dafür hatte Jonas nun Kratzer an Armen, Oberkörper und Beinen und Stiche von was-wusste-er-von-welchen Viechern. Aber das war eben der Preis dafür, wenn er hier herumschnüffeln wollte. Immerhin, gemessen am Hindernis war er glimpflich davon gekommen. Seltsam, fast konnte man meinen, dieses Gebiet schütze sich selbst. Trotzdem war ihm, als hätte ihm das Dickicht Raum gegeben, als würde es – wenn auch unwillig – immer wieder zurückzuweichen; ausgerechnet dann, wenn er dachte, es gäbe kein Weiterkommen mehr.

Überrascht hatte Jonas, dass es kein Verbotsschild gegeben hatte. Nirgendwo! Also konnte ihm damit schon mal keiner kommen. Aber das alles war jetzt egal. Was er sich vorgenommen hatte, hatte er erreicht: Er war drin.

Jonas sah wieder auf die ungewöhnliche, öde Landschaft. Hier war kein Mensch. Hatte seine Mutter recht gehabt? Gab es hier wirklich nichts? Vielleicht auf den ersten Blick nicht. Jonas hatte auf einem Schulausflug mal auf dem Rasen vor dem Landschulheim gelegen und Knorr, sein Lateinlehrer, hatte ihn mit einem ähnlichen Satz bewegen wollen, zu den anderen zu gehen. Aber da, vor ihm im Gras, war eine Menge gewesen: Ameisen, Grashüpfer, Spinnen, Käfer, es war ein ständiges Kommen und Gehen und zu gerne hätte Jonas gewusst, wie es dort in der Erde aussah, wohin sie verschwanden.

Wind frischte auf und oben am Himmel zogen Wolken heran. Seltsam gleichmäßig, fand er. Sofort ersann Jonas' Fantasie ein mächtiges Raumschiff, das in der Deckung der sich schnell vermehrenden Wolken einen Angriff auf die Erde vorbereitete. Manchmal wurden seine Fantasien sehr stark, furchterregend ... Aber wie im wirklichen Leben fand Jonas immer einen Weg, seine Angst zu überwinden. „Angst ist dock gut", hatte sein Vater ihm mal gesagt. „Lörn sie kennen, dann wirst du auck wissen, wie du sie überwinden kanns."

Jonas wusste: Angst konnte lähmen, aber wachsam und vorsichtig machte sie ebenfalls und das konnte ja nicht schaden. Wie auch immer, vielleicht würde es gleich anfangen zu regnen. Ein tiefes Grollen, noch irgendwo weit über ihm, bestätigte Jonas' Annahme. Gab es einen Schutz? Oder sollte er nach Hause gehen?

⸿ᵛₒ°ₒ⸺

Die Seelenmacht DaniEl stand am Saum eines Wäldchens. Sein Wirt war eine gute Wahl. Er konnte zwar keine Extremleistungen vollbringen, aber das brauchte dieser Körper ja auch nicht. Bis jetzt hatte er nur beobachten und präsent sein müssen. Ein Blick gen Himmel machte DaniEl sorgenvoll. Er konnte nicht riskieren, dass sein Zeitplan durcheinandergeriet und der Junge vorzeitig heimkehrte. Da waren noch viel zu wenig Wolken, das entsprach nicht der erwarteten Entwicklung. Er musste den natürlichen Ablauf des Wetters unbedingt beschleunigen.

DaniEls Wirt grinste selig. Mit kindlicher Freude genoss er die letzten Sonnenstrahlen, die sich durch Wolkenlücken schoben. Das Kindliche war einerseits befremdlich, denn dieser Mensch war immerhin achtundzwanzig Jahre alt; andererseits nicht ganz so verwunderlich, wenn man seine Geschichte kannte. Dass sein Gemüt so wunderbar jung geblieben war, lag an seinen Chromosomen. Er hatte gewissermaßen eines zu viel.

Wieder ließ DaniEl den Wirt auf die leblos anmutende Ebene sehen. Dessen Wimpern zuckten. Die Augen hatten den Jungen entdeckt, der unruhig war, das spürte DaniEl.

Auf die Vorliebe seines Wirtes für die Sonne konnte DaniEl jetzt keine Rücksicht nehmen. Er und seine Helferseelen, die ihn auf den Wegen seiner Fügung begleiteten, begannen mit einer Manipulation. Unerträgliche Schwüle trat ein. Urplötzlich zerfetzten gewaltige Blitze und krachende, knallende Donner die Atmosphäre. Innerhalb von Sekunden wurde die Ebene zu einem Ort von nahezu unerklärlichem klimatischen Chaos.

Und zeitgleich begann für den Wirt das Vergessen.

⸎ ₒ°₀๑

Die Wolken wurden so unvermittelt schwarz, dass Jonas es nicht mitbekommen konnte. Die plötzliche Dunkelheit erschreckte ihn. Das Mäuerchen, auf dem er stand, war zwar einmal Teil eines Gebäudes gewesen, aber irgendeinen Hinweis auf einen Keller konnte er nicht mehr erkennen. Auf dem Feld bot sich als Unterschlupf nichts an. Sein Blick suchte angestrengt das dichte Gestrüpp ab. Er wusste nicht einmal mehr, wo er rausgekommen war. Sollte er erneut da hinein, woraus er sich mit Mühe befreit hatte? Das nächste Donnern kam so unvermittelt und laut, als wolle es die Aufmerksamkeit der ganzen Erdkugel auf sich lenken. Kein Blitz hatte ihn angekündigt. Jonas rannte los. Sekunden später krachte keine hundert Meter von ihm entfernt ein Kugelblitz in die Feldumgrenzung.

10

Das hatte er noch nicht gesehen und auch nicht gefühlt. Grellweiß um sich spritzende Energie entlud sich. Die Haare standen ihm zu Berge. Er bremste abrupt, konnte sich keinen Millimeter mehr von der Stelle bewegen. „Come on, bewejk disch, Schnäcke", hörte er die Stimme seines Vaters. Wenn der ihn am Fußballfeld angefeuert hatte, hatte Jonas den Turbo eingelegt und nichts hatte ihn aufgehalten. Aber sein Vater war nicht da, würde nie mehr da sein.

Jonas' Nacken und Schultern spannten sich an. Wäre er nicht so eingeschüchtert gewesen, hätte er genossen, was jetzt passierte. Das Wasser kam nicht in einzelnen Tropfen, sondern brach über ihm herein wie die Niagara-Fälle. Eine Erlösung für die heiße Luft. Jonas fühlte sich nach wenigen Sekunden, als wäre er in eine Badewanne gestiegen, denn das Wasser war warm. Wenigstens das! Jonas rannte weiter zur Hecke. Der Wind trieb ihn geradezu dorthin. Das war besser, als diesem Wetter ohne jeglichen Schutz ausgesetzt zu sein. Er lief entlang der Büsche und schlug sich, als er eine Lücke entdeckte, unter dichtes Blattwerk; und sofort sank er tief in den aufgeweichten Boden.

Was war *das*? Kaum sichtbar, weil verwittert und überwachsen, gestützt durch vier Stahlrohre, an denen Efeu hochkletterte, befand sich ein Wellblech, gut einen halben Meter über dem bewachsenen Boden, aus dem Teile eines verrosteten Gitters ragten. Geäst aus dem Wege schiebend, stapfte Jonas mühsam und langsam durch tiefen Matsch zu dem Blech. Ganz offensichtlich sollte es den Bereich darunter vor Regen schützen.

Etwas an seinen Füßen bewegte sich. Er hielt inne. Der Boden unter Jonas brach weg. In wilden Bewegungen suchten seine Arme und Hände nach einem Halt, aber sie griffen ins Nichts. Im ohrenbetäubenden Lärm des Unwetters verloren sich seine Schreie. Unaufhaltsam rutschte er in einen Trichter unter dem Wellblech und verschwand in der Tiefe. Abwärts sauste er in einem Tunnel aus Metall immer weiter, nur zuweilen hart gebremst durch Richtungsänderungen. Er wusste nicht wie lange er unterwegs gewesen war, als seine vorausschießenden Füße irgendwo in der Tiefe eine weiche Wand durchbrachen und von einer Sekunde zur nächsten nichts mehr in seinem Kopf war.

Er kam schnell wieder zu sich. Roch irgendeine chemische Substanz und blieb benommen liegen. Sah sich um. Tausend Sterne glitzerten um ihn herum und ein tiefes Brummen durchdrang dieses All. War er im Himmel? War er gestorben? Jonas spürte, wie sich etwas in seinem Körper bewegte. Unter seiner Haut begann es leicht zu brennen. Die Sterne wurden heller und dunkler, heller, dunkler und dann so hell, dass der Raum nur so funkelte. Genau, das war ein Raum. Und er vibrierte.

Ich bin DaniEl. Sorge dich nicht. Ich werde dich begleiten. Hier, Jonas, beginnt dein Auftrag. Sei offen und wachsam. Achte auf meine Zeichen. Ich werde da sein.

Was war das gewesen? Wer hatte da ... Eine Stimme, die im Raum nachhallte. Hatte da jemand mit ihm gesprochen? Jonas setzte sich auf. Knapp zwei Meter von ihm entfernt befand sich ein Tisch, auf dem eine Menge dünner Gläser in einer Vorrichtung aufgestellt waren. Die Flüssigkeit in den Gläsern strahlte ebenfalls und bewegte sich. Weiter hinten, in der Ecke, stand ein Bett – oder etwas ähnliches. Das Brummen schwoll an und die Sterne an den Wänden wurden wieder dunkler. Wieder hörte Jonas Stimmen. Aber ganz anders als die eine zuvor. Schreie! Irgendwo da draußen passiert was, dachte er. Er versuchte aufzustehen. Aber Boden und Wände waren aus einer Art Gummi mit vielen Löchern und er fiel wieder auf die Knie.

Aus der Wand gegenüber drangen schwere, mechanische Geräusche. Ein türgroßes Viereck löste sich heraus, Luft zischte und der Öffnung entstiegen drei Gestalten, die aussahen, als kämen sie von einer Mondmission. Ob da wohl doch ein Raumschiff hinter den Wolken gewesen war? Sie bewegten sich nicht wie in Schwerelosigkeit, keine Zeitlupe oder langsame Bewegungen. Auf geradem Weg und schnell und unaufhaltsam kamen sie auf Jonas zu und streckten ihre Hände nach ihm aus. Ein Traum, dachte er. Einer dieser Albträume, in denen man sich einfach nicht bewegen konnte, gelähmt war. Jonas' ganzer Körper versteifte. Er wollte sich kneifen, aber jetzt griffen diese Hände nach seinen Schultern und Beinen, hoben ihn hoch und ... erneut verlor er das Bewusstsein. Dieses Mal länger, erlöst von aufkommender Panik.

Als Jonas aufwachte, piepste es an seinem linken Ohr. Noch bevor er richtig erfasst hatte, dass er in einer Art Krankenzimmer lag, waren eine Frau im weißen Kittel und ein grauhaariger, älterer Mann mit einer komischen Hornbrille rechts und links neben das Bett getreten.

„Alles klar, mein Kleiner?", fragte die Frau und strich ihm über die Stirn.

„Wie geht's?" Der Mann betrachtete Jonas' Augen, dann zog er Unter- und Oberlid des linken auseinander. Jonas beobachtete seine Gegenüber mit unruhig rotierenden Augäpfeln. „Weiß nicht. Ganz gut. Hab etwas Kopfschmerzen. Und mein Rücken ..."

„Soweit alles in Ordnung. Jonas, nicht wahr? Dein Schulausweis ... Wir haben dich untersucht. Kannst du dich an etwas erinnern?"

Jonas dachte kurz nach. „Ich bin gefallen, gerutscht. Und dann war ich in diesem Raum und hab gedacht, ich bin im Himmel. Aber das bin ich nicht, oder? Das ist irgendein Versuchsraum. Machen sie hier Experimente? Hier sieht's aus wie in ‚Outbreak'?"

„Ja, machen wir. Du kennst dich also aus." Der Mann lächelte, aber Jonas hatte das Gefühl, dass er weniger lächelte, als angespannt nachdachte.

„Ein bisschen. Aus dem Film mit Dustin Hoffmann."

„Hmm." Der Mann suchte Augenkontakt zu der Frau. „Reiner", sagte er. „Holen Sie schon mal Reiner. Je eher, desto besser."

Die Frau sah auf Jonas und verließ den Raum. Der Mann drehte sich wieder zu ihm und lächelte. Zumindest versucht er es, dachte Jonas. Jetzt zog der Mann ein Stahlkästchen aus der Tasche seines Kittels. Die Oberfläche war feucht, als hätte es bis vor kurzem noch in einem Eisfach gelegen. Er öffnete es und zeigte Jonas eine präparierte, antik anmutende Glasspritze. Jonas wischte sich über die Stirn. Ruckartig wandte sich sein Kopf nach links und nach rechts. Warum gab es in diesem Zimmer kein Fenster?

„Ich gebe dir etwas zur Beruhigung." Der Mann setzte die Spritze an einer Kanüle an und drückte ihren Inhalt langsam in die Blutbahn. Die Röhre an seiner rechten Hand hatte Jonas noch gar nicht wahrgenommen. Der Mann musste seine Unruhe gespürt haben. „Alles in Ordnung, Jonas" sagte er leise, „wir haben deine Eltern benachrichtigt."

„Aber, ich ... und was ... die Stimme ..." Jonas' Zunge wurde schwer. Die Schwester trat wieder ein und hinter ihr ein weiterer, jüngerer Mann, dessen Augen ihn sofort gefangen hielten. Jonas blickte in ein freundliches Gesicht, das immer näher an ihn herankam. Die Augen darin gingen wie bei den Zuschauern von Tennisspielen von links nach rechts, während es sich auf Jonas zubewegte. Jonas konnte gar nicht anders, als dorthin sehen.

Eine weiche Stimme aus einer anderen Welt sagte zu ihm: „Jetzt ist alles in Ordnung, jetzt ist alles in Ordnung, alles in Ordnung, alles Ordnung ..."

Am anderen Morgen wanderte ein Mann eine verlassene, schlecht asphaltierte Straße entlang. Der Körper von Jonas lag auf einer Bank, ein Arm hing herunter, die Fingerspitzen berührten den Boden. Aufgeregt hielt der Mann ein Taxi an und deutete auf die Bank. Der Fahrer stieg aus und schüttelte den Jungen an der Schulter. Er bewegte sich. Der Taxifahrer sprach auf ihn ein, ging zum Auto und griff zum Funkgerät. Der Mann mit dem Gendefekt war schon weitergegangen. Er lächelte, fühlte sich wohl und natürlich schien die Sonne.

Das Memorandum   *Wittler*

005460 Am Morgen des 6.1.2011 löste sich der Klöppel der größten frei-schwingenden Glocke der Erde, in einer der größten und bedeutendsten Kathedralen der Menschheit. Aus diesem Grund erlebte der Dompropst gerade die wohl hektischsten Stunden der Kölner Domgeschichte seit über fünfundsechzig Jahren. Ein defekter oder zerstörter Klöppel allein – das klang natürlich weniger kostenträchtig oder dramatisch als die Bomben-einschläge im Zweiten Weltkrieg, also zumindest um Geld ging es hier nicht. Die Umstände allerdings waren von einer Dimension, die von jeher zu Verunsicherung und Angst bei Menschen geführt hatten, nämlich der Dimension des Unerklärlichen. Insofern war auch das Wort „dramatisch" entweder unzutreffend oder zu schwach. Denn das tatsächliche Ereignis war derart verwirrend und ominös, dass es die Betroffenen zum Teil so-gar an ihrem Verstand zweifeln ließ.

Erwähnte Umstände waren natürlich der Grund, so dachte der oberste Hausherr der Kathedrale, Dompropst Wittler, weshalb er gemeinsam mit dem Erzbischof und der Dombaumeisterin beschlossen hatte, alle Beteilig-ten zu absoluter Verschwiegenheit zu verpflichten. Wittler stand am Fens-ter seines Arbeitszimmers und blickte in den Propsteigarten hinaus. In den vergangenen Stunden hatte er einige wichtige Entscheidungen zu fällen gehabt, die auch Personen aus seinem engeren Umfeld betrafen. Da war zum einen der Falkner, Brolôv, dessen Rolle erheblich gewesen war und den der Dompropst zunächst nach Hause geschickt und gebeten hatte, nur für notwendigste Erledigungen zum Dom zu kommen. Des Weiteren gehörten – neben dem Erzbischof und der Dombaumeisterin – dazu: zwei Angestellte der Dombauhütte, ein Küster, ein Domschweizer sowie eine Reinigungskraft des Kapitels, die der Domschweizer unvorsichtigerweise und voreilig mitgebracht hatte. Gerade wegen dieser Dame, die bereits schwatzend in den Glockenstuhl gekommen war, hatte der Erzbischof überlegt, für den Fall der Schweigepflichtverletzung mit der Exkommuni-kation zu drohen. Als er Wittler beiseite genommen hatte, um ihm dies vorzuschlagen, erinnerte der ihn rechtzeitig daran, dass die antiquierte Maßnahme angesichts der Tatsache, dass die Kölner schon immer ein Volk von Aufständlern gewesen waren, ziemlich sinnlos war. Letztlich hatte so etwas nie zu befriedigenden Ergebnissen geführt. Aber seine, Wittlers Augen, würden über jedem Einzelnen der Anwesenden wachen. Der Bischof hatte eingelenkt. Dann war man an die Arbeit gegangen, um die im wahrsten Sinne verrückten Dinge wieder in Ordnung zu bringen.

Der Erzbischof von Köln mochte denken und irgendwann auch tun, was er wollte. Aber bevor die Spezialisten aus dem Kirchenstaat hier auftauchten, würde er sich erst einmal selber um die Dinge kümmern. Anastasius L. Wittler setzte sich an seinen Schreibtisch und grübelte weiter über das Ereignis nach: Das Mysterium um den Klöppel. Dass der Erzbischof den Vatikan einschalten wollte, war klar, aber das hatte er zunächst abwehren können. Der Dom und das, was an und mit ihm geschah, unterstanden der Verantwortung des Dompropstes. Punkt. Er würde zunächst der Sache auf seine Weise auf den Grund gehen, denn das Geschehene war derart unheimlich, dass dies erforderlich war. Wittler hatte sich also in sein Arbeitszimmer zurückgezogen, um nachzudenken.

Wie die meisten seiner Vorgänger hatte er neben einem ausgezeichneten Leumund auch einen hellen Kopf. Dompropst wurde man nicht von ungefähr. Und dass er eine historisch so bedeutsame Stellung innehatte, war unter anderem begründet durch bestechende Logik und analytische Fähigkeiten. Eigenschaften, auf die er stolz war.

In diesem Fall bot es sich an, streng systematisch vorzugehen. Er würde zunächst handschriftlich eine chronologische Abfolge der Ereignisse erstellen. Eine gewisse Vorfreude begleitete den Gedanken an das Vorhaben. Zu diesem Zweck legte sich Wittler ein blütenweißes Blatt Papier auf den Schreibtisch und zog einen edlen Stift aus seiner Brusttasche. Genau dort – herznah- würde er auch seine Aufzeichnungen aufbewahren. Sie sollten seine persönlichen Memoiren bereichern, vor allem aber als Gedächtnisstütze dienen. Denn wenn er vor irgendetwas Angst hatte, dann war es Vergesslichkeit. *„Gott bewahre, bitte kein Alzheimer"*, war sein Standardsatz, mit dem er sich und sein Umfeld hin und wieder nervte. Dass die kleinen Aussetzer ganz einfach mit seinem Alter zu tun haben könnten – er war immerhin zweiundsechzig –, wies er von sich.

Wittler ließ seinen von vielen leckeren Geschäftsessen gestärkten und gerundeten Körper in den komfortablen Bürostuhl fallen und begann, den Ablauf nachzuvollziehen: Der Falkner hatte ihn noch vor drei Uhr mit dem mobilen Telefon aus dem Nordturm angerufen und von unheimlichen Geräuschen aus dem Südturm berichtet. Er war verstört gewesen, das eindeutig. Das Gestammel des alten Mannes, der gewöhnlich geistig klar und körperlich erstaunlich gesund war, hatte Wittler Nerven gekostet, weit mehr als die Tatsache, um diese Uhrzeit geweckt zu werden.

Wittler rückte das Papier zurecht und schrieb in Großbuchstaben: MEMORANDUM.

Was jetzt kam, war ein präzise beherrschtes Vorgehen. Für seine Einträge benutzte der Dompropst nämlich seinen eigenen, besonderen Stil. Hätten andere es gelesen, sie hätten es für einen gewaltigen Spleen gehalten. Wittler selbst hielt es für angemessen. Er brauchte seine Erinnerungen ganz nah und plastisch. Lebensecht festgehalten eben. Außerdem hielt er sich für schreibbegabt. Deshalb las sich das später, wenn er dokumentierte, so:

„Brolôv, hören Sie. Versuchen Sie bitte einmal einen verständlichen zusammenhängenden Satz zu formulieren. Ich verstehe Sie einfach nicht." Wittler wusste, wie seine Stimme klang. Keineswegs gepresst oder herrisch, sondern locker und entspannt. Das übertrug sich. Er spürte förmlich, wie der Druck beim Falkner nachließ. Gut so.

„Herr Wittler, Sie müssen rüberkommen." Hubert Brolôv war nun merklich entspannter. „Ich war bei den Tieren ..."

Natürlich, dachte Wittler, du wirst kaum den Schrein besichtigt haben.

„Klar, wo sonst." Brolôv lachte ganz kurz verlegen auf. Verzweiflung klang mit. „Also, ich wollte gerade nach unten gehen, da gab es dieses furchtbare Knirschen im Südturm, ich meine, ich weiß nicht, wo es sonst hätte herkommen können."

Wittler drängte: „Und was war mit diesen anderen Geräuschen? Sie haben doch ... Ach was, ich muss ja ohnehin rüberkommen. Erzählen Sie es mir gleich. Wir sehen uns am Petrusportal in zehn Minuten."

Wittler legte auf. Er notierte die Uhrzeiten.

Anruf: 02.41h.

Ende Telefonat: 02.45h.

Petrusportal: 02.55h.

So ging es weiter. In epischer Breite. Dabei baumelten Wittlers Beine unter dem Schreibtisch, unbewusst den kleinen Holzschemel suchend, der zur Ablage seiner Füße dort stand. Einen Moment starrte er versunken das Bild an, das vor ihm auf der Schreibtischplatte stand: er und der Papst auf den Treppen zum Domvorplatz. Beim Papstbesuch im Jahr seiner Wahl zum Dompropst hatte Wittler es arrangiert, dass der Heilige Vater beim Fototermin eine Stufe unter ihm stand, quasi auf Augenhöhe. Für den Bruchteil einer Sekunde dachte er an einen jungen Irren, der vor zwanzig Jahren den Besuch fast noch in einem Fiasko hatte enden lassen. Dann war er wieder hochkonzentriert und bemüht, sich an jede Einzelheit der vergangenen Stunden zu erinnern.

⌐ㄱ°₀°₂

02.53h Wittler ging zügig über den Domvorplatz, wie immer einen bewundernden Blick auf „sein" Haus werfend. Für ihn wahrlich ein Ausdruck der Macht Gottes. Es gab nichts Imposanteres, Schöneres, Heiligeres auf der Welt in seinen Augen. Aber diese ergötzten sich jetzt nicht an den prachtvollen Details der an verschiedenen Stellen angestrahlten Kathedrale, sondern suchten den Falkner. Es war ein Verdienst des damaligen Dombaumeisters gewesen, dem Taubenkot ein Ende zu bereiten. Dem ätzenden Fluch wurde mittels Falken begegnet. Der Meister hatte dem pensionierten Förster und Falkner Hubert Brolôv zugestimmt, als dieser ihm vor über zwei Jahrzehnten angeboten hatte, am Dom ein Falkenpärchen anzusiedeln. Seitdem ging der Falkner hier ein und aus.

Nun trat Brolôv aus dem Eingangsbereich des Portals heraus. Der Dompropst war überrascht. Der Mann war schweißgebadet. Bei dieser Kälte! Brolôvs gefütterte Jacke war weit geöffnet, das graue Brusthaar stülpte sich aus dem Hemdausschnitt und sein Schal lag auf dem Boden. Wittler hob ihn auf. „Was ist los Brolôv? Haben Sie einen Spurt hingelegt?"

„Nein, Herr Dompropst, ich bin nicht gerannt. Es ist nur überall so ... so heiß gewesen." Auf dem kurzen Weg durch den Dom zur Südturm-Treppe

18

achteten sie nicht auf das monumentale, aber nur schwach beleuchtete Innere des Gotteshauses, dem in der Nacht eine kalte Würde anhaftete. Stattdessen ließ Wittler Brolôv weiter berichten.

„Ja und dann kam ein, ein ... na, wie nennt man das, Stakkato, ja, ein Stakkato von Schlägen, als würde jemand mit einer Nagelpistole ins Holz schießen ..." Brolôv hob die Arme und schoss wie wild mit einer imaginären Maschinenpistole um sich. Wittler wich erschrocken zurück, aber Brolôv schoss noch eine Weile unbeeindruckt weiter. „Ja und dann, dann kam auch schon die Wolke aus dem Stuhl."

„Dem Glockenstuhl?", fragte Wittler, eher rhetorisch.

„Ja, ja."

Die steinige Wendeltreppe hinauf erzählte Brolôv ihm von einem dubiosen weiteren Geräusch: Ja, er habe es gehört. Nein, nicht richtig, vielleicht eher gespürt. Jedenfalls sei es durch Mark und Bein gefahren, wie der Bohrer beim Zahnarzt auf einen Nerv, vielleicht nicht so schmerzhaft.

Abrupt hielt Wittler auf der schmalen Treppe an und drehte sich um. Im Licht der Notbeleuchtung sah er in das verstörte Gesicht des Falkners. Er wollte dem älteren Mann beruhigend die Hand auf die Schulter legen und fragen: Wenn Sie etwas gehört haben, ja, was genau denn? Sie haben etwas gespürt, bitte schön, präzise: Wo denn? Der Dompropst liebte klare Fragen und klare Antworten, aber er bezweifelte plötzlich, dass er sie von Brolôv bekommen würde.

Der Falkner blickte mit starren Augen durch ihn hindurch. „Wenn ich ehrlich bin, es war ein schrecklich lautes Stöhnen, ein Seufzer, aber nicht, als würde einer leiden oder so, eher ein Triumphgeheul. Gehässig klang das. Und es ging durch meinen Kopf, durch sämtliche Knochen. Aber in mein Herz konnte es nicht hinein, Herr Wittler, dort nicht. Ja, so war das."

Frische Schweißtropfen liefen über Brolôvs Stirn. Aber sein Blick war ... klarer geworden? Oder doch eher irrer? Wittler lief es eiskalt den Rücken herunter. Nicht wegen Brolôvs Worten, aber eben wegen dieses Blicks, der vollkommen ausschloss, dass der Mann die Unwahrheit sagte. Exakt so hatte Brolôv es gehört. Und erlebt!

Bedrückt gingen sie weiter. Im ersten Abschnitt der Treppe waren die Stufenkanten in Eisenwinkel gefasst. Weiter oben nicht mehr und die Stufen dort waren ausgetreten. Ganz anders als im viel weniger bestiegenen

Nordturm hatten die Millionen von Südturm-Besteigern auf der Treppe richtige kleine Kuhlen hinterlassen. Die bremsten eher, als dass sie im schwachen Licht Sicherheit beim Tritt gegeben hätten. Nicht nur der Falkner rutschte hin und wieder ab und mühte sich sichtlich. Allein bis zum Gestühl waren es über zweihundertsechzig Stufen und so kämpften beide Männer gegen die Anstrengung, zumal die Umgebung merklich wärmer wurde. Endlich erreichten sie die Tür zum Glockenstuhl. Während der Hausherr seinen Schlüsselbund aus der Tasche zog, sank der Falkner gegen die Holztür. Mit einem herzzerreißenden Quietschen gab diese nach und ging nach innen auf und ein Schwall heißer Luft entlud sich in das steinerne Treppenhaus.

Noch bevor Brolôvs rechter Arm hilfesuchend nach dem Dompropst ruderte und seine Hand sich in dessen Oberarm festkrallte, waren sie beide schweißnass. „Mist, 'tschuldigung", brabbelte Brolôv.

Der Schreck war Wittler wie ein Stromstoß durch den Körper gefahren. „Schon gut, schon gut ... Himmel, ist das eine Hitze." Wittler dachte kurz an die Momente, in denen er im Backofen nach dem Auflauf sah, den seine Haushälterin ihm manchmal zauberte. Gegen das hier war das nur ein laues Lüftchen.

Langsam kam er sich vor wie in einem schlechten Film. Fehlte nur, dass ... Tatsächlich! Ein Blick in den engen Gang zum Glockenstuhl bestätigte Wittlers Ahnung: Die Beleuchtung war ausgefallen.

Ein riskantes Manöver   *Wittler*

005461 Wittler unterbrach die Niederschrift seines Memorandums. Er wusste, was er jetzt brauchte. Sorgfältig schraubte er die Kappe auf seinen wertvollen Füllfederhalter, der ein goldenes Monogramm Johannes Paul II. trug. Aus einem Fach seines Schreibtisches entnahm er eine Flasche Cognac, ein Glas und eine Zigarre. Er goss üppig ein, was er für den momentanen Zeitpunkt als angemessen erachtete, und ging, die Zigarre im Mundwinkel, in den geschützten Garten im Hof des Hauses. Es passte ihm gar nicht, im eigenen, allein benutzten Arbeitszimmer nicht rauchen zu dürfen. Aber Rücksicht auf seine Gäste und nicht zuletzt auf seine Sekretärin ließen ihn diesen Akt der Nächstenliebe vollziehen.

Gedanklich kehrte er zurück in den Dom. Die nächsten Stunden im Dom waren entscheidend gewesen. Und sie konnten sich schicksalhaft auswirken.

༄ₒₒₒ₂

Heißer Dampf schob sich aus dem Gang zum Glockenstuhl in das enge Treppenhausgemäuer. Brolôv hatte ihm fast den Ärmel seines Mantels abgerissen. Die offene Tür, die das Personal offensichtlich abzuschließen vergessen hatte, ließen diesen noch nervöser werden. Wittler bemerkte, wie der sonst so gelassene Mann verkrampfte, und versuchte, beruhigend auf ihn einzuwirken.

„Werde mir kommenden Montag mal das Turmpersonal vorknöpfen."

Aber Brolôv war nicht zu beruhigen. Eine solche Anspannung hatte Wittler beim Falkner bisher nie erlebt. Jetzt brach es aus diesem heraus: „There... Frau Homm hatte Dienst. Die ist doch absolut zuverlässig."

„Natürlich, aber wir machen alle mal Fehler."

„Spüren Sie das, Herr Dompropst? Hier ist jemand! Für so was hab ich einen Riecher."

Wittler sah sich den Falkner genau an. Der arme Kerl hatte tatsächlich Angst. „Unsinn, Brolôv. Jetzt beruhigen Sie sich mal." Er atmete durch, wurde ganz entspannt und verließ sich auf seine Eigenschaft, in schwierigen Situationen die Ruhe zu bewahren. Er holte eine kleine, aber besonders leuchtstarke Taschenlampe aus der rechten Manteltasche. „Bleiben Sie hier, wenn Sie möchten, Brolôv." Dann trat er furchtlos in den Gang. Dieser erschien ihm enger als beim letzten Mal, als er hier oben gewesen war. Aber das war schon eine Weile her.

Der Gang machte eine Krümmung und Wittler verbreitete den Lichtstrahl durch eine Drehung am Kopf der Lampe. Langsam löste sich der Dampf auf. Es wurde wärmer. Wittler trat in den Vorraum des Stuhls. Das Erste, was der Lichtkegel erfasste, war die schmale, hölzerne Kabine, in der das Aufsichtspersonal seinen Dienst versah. Obwohl die hohen Fensterbögen des Glockenstuhls nur zum Teil verglast waren, war es stickig

21

und heiß. Wittler tastete mit dem Lichtstrahl nach und nach die Umgebung ab. Er richtete den Strahl über den Glockenstuhl in das Gewölbe des Glockenturms. Bisher war nichts Auffälliges zu sehen gewesen und auch hier schien alles in Ordnung.

„Da!"

Wittler zuckte zusammen. Ein Arm schoss an seinem rechten Ohr vorbei. Unbemerkt war der Falkner nachgekommen. Brolôvs ausgestreckter Zeigefinger war auf die St. Petersglocke gerichtet.

„Da", flüsterte er, „sehen Sie nur!"

„Um Himmels Willen, Brolôv! Was?" Wittler löste sich aus der Verkrampfung und richtete den Lichtkegel auf die Glocke. „Was? Ich sehe nichts!"

„Eben." Der Falkner triumphierte fast. „Eben!"

Wittler war nun doch genervt. Am liebsten hätte er Brolôv ... Bereits zum dritten Mal hatte ihn der Kerl innerhalb kürzester Zeit erschreckt und jetzt faselte er unverständliches Zeug. „Was, Brolôv, was sehe ich nicht?"

„Der Klöppel, Herr Wittler, der Klöppel ..." Brolôvs Stimme war heiser geworden.

Verdammt! Brolôv hatte recht. Der Klöppel fehlte. Wittler war fassungslos. Der Klöppel war nicht mehr da! Das gab's doch gar nicht!

Die beiden Männer traten an die Abgrenzung zur Glocke und bückten sich, um besser ins Glockeninnere sehen zu können. Es roch nach heißem Metall. Nichts. Der Lichtkegel senkte sich nach unten. Wo war der Klöppel? Der Bereich unterhalb der St. Petersglocke – die Wartungsebene – war offen. Wittler tastete mit dem Lichtstrahl Teile der Werkstatt ab. Aber auch dort war vom Klöppel nichts zu sehen. Der Schweiß lief ihm am Nacken hinunter und sein Hemdkragen saugte sich voll.

„Mehr Licht. Wir brauchen mehr Licht." Wittler gewann seine Fassung wieder und er plante im Geiste längst seine nächsten Schritte. Achthundert Kilo Stahl am Stück konnten sich nicht einfach in Luft auflösen. Es gab nur zwei Möglichkeiten: Entweder hatte der Klöppel den konventionellen Weg wie nach einer Demontage genommen, der sehr aufwändig und mit einigen Arbeitsstunden und viel Personal verbunden war – und unmöglich ohne sein Wissen! Oder aber – und dabei schüttelte es den Dompropst – der Klöppel hatte sich mit Gewalt den Weg nach außen gebahnt, was eigentlich nur beim Schwingen hätte passieren können. Aber das Einläuten zum Dreikönigsläuten erfolgte erst morgens, kurz vor dem eigentlichen Einsatz, und außerdem hätte es erhebliche Zerstörungsanzeichen im Stuhl geben müssen. Davon war aber nichts zu sehen. Was war also zu tun? Mehr Licht! Und: Die gezielte Auswahl bei der Benachrichtigung von weiteren Personen, die unbedingt in Kenntnis gesetzt werden mussten. Da zahlte es sich aus, dass Wittler mit Akribie die Rufnummern tatsächlich aller nur entfernt mit dem Dom in Verbindung stehenden Menschen in seinem Mobiltelefon gespeichert hatte. Er hätte sogar den zuständigen Mann von den Abfallwirtschaftsbetrieben erreichen können. Wie spät war es zu diesem Zeitpunkt eigentlich gewesen?

*   *   *

Genau. Wie spät war es eigentlich? Wittler kam mit dieser Frage aus seinen Gedanken zurück und sah auf die Uhr. Er hatte noch Zeit. Ihn fröstelte. Ins Bett würde er ohnehin nicht mehr gehen. Seinen Zigarrenrest legte er in einen Aschenbecher, den er im Garten der Propstei hinter einem Busch deponiert hatte, leerte sein Glas und ging zurück in sein Arbeitszimmer.

Auf sein Blatt notierte er „Was bis 3.35h geschah" und schrieb dann auf, was er bei den Ereignissen als besonders wichtig ansah. Natürlich hätte er den Erzbischof und auch das Domkapitel informieren müssen. Letzteres hatte ihm aber solche Bauchschmerzen verursacht, dass er sich nach einer kurzen Zeit genaueren Überlegens in dieser Nacht anders entschieden hatte. Es würde nicht so einfach werden, den Kreis der Mitwisser klein zu halten. Aber die Situation erforderte es wohl. Er hatte einige Telefonate geführt.

Die beiden Männer von der Dombauhütte waren – bestückt mit Helmlampen – schon eine halbe Stunde später gekommen, kurz vor dem Erzbischof. Sie hatten zwei batteriebetriebene Scheinwerfer mitgebracht, die sie im Vorraum des Stuhls auf Stative stellten. Die Dombaumeisterin hatte sich für 04.30h angekündigt. Sie würde einen Domschweizer und einen der Küster mitbringen, die ohnehin jetzt zum Dienst kamen. Nicht zuletzt, weil der Dreikönigenschrein zu öffnen war, wie es an diesem einen Tag im Jahr die Regel war. Wittler hatte ihr mitgeteilt, wen er da bevorzugte.

Als die Lampen angingen, war man also zu fünft. Der Falkner, der sofort in der Kabine Schutz suchte, die beiden Techniker, er selber und natürlich der Erzbischof. Letzterer trat erst einmal gegen eines der Stative der Beleuchtung, welches umfiel, was wiederum die Lampe zum Erlöschen brachte. Mit dem zweiten Scheinwerfer sah man aber genug. Es war so unvorstellbar, dass die meisten Umstehenden froh waren, nicht alleine dort zu sein, sondern Menschen an ihrer Seite zu haben, die gleiches Zeugnis ablegen konnten. Durch letzte Schwaden war zu sehen, wie sich im Bereich oberhalb des Stuhls der Klöppel offenbar in vielen Einzelteilen ringförmig in die Wand des Turms gebohrt hatte. Das nachzuvollziehen, ohne an der Tatsache an sich zu zweifeln, schien unmöglich. Der Klöppel musste gewissermaßen aus der Glocke geschwebt sein, sich oberhalb des Stuhles positioniert haben und dann ... Ja, dann war er offensichtlich explodiert. Diese Explosion, diese Sprengung, musste ein Präzisionsakt gewesen sein, der physikalisch nicht möglich war! Bei genauerem Hinsehen war nämlich zu erkennen, dass die Einzelteile des Klöppels drei fast gleichmäßige Ringe bildeten, die sich auf nahezu gleicher Höhe an die Turmwände schmiegten. Man hätte denken können, dass sie – ähnlich wie Stahlringe an einem großen Weinfass – die Konstruktion des Gewölbes stützen sollten. Nur vereinzelt waren einige der Splitter aus der Wand heraus und auf den Boden gefallen. Exakter: Man fand sechs davon.

Vorsichtig hob einer der Techniker sie auf und gemeinsam inspizierte die Gruppe die Stahlbröckchen: Sie hatten die Form von Würfeln, die an zwei gegenüberliegenden Ecken auseinandergezogen worden waren. Ein dreidimensionales Parallelogramm. Die Ecken waren extrem spitz. Dem ersten Anschein nach waren alle Teile identisch. Es gab nur leichte Abweichungen. Die anderen Funde bestätigten eine weitere Vermutung: Die Splitter fühlten sich alle gleich schwer an.

Wittler überschlug: Bei einem geschätzten Gewicht von achthundert bis neunhundert Gramm pro Teil hatten sich hier über neunhundert Splitter kreisrund geordnet in die Wände der Glockenturmhalle gebohrt.

Die Männer sahen sich an und waren sich einig: Das, was hier geschehen war, konnte es gar nicht geben. Jeder von ihnen würde gleich aufwachen und versuchen, dieses surreale Erlebnis schnellstmöglich zu vergessen.

„Wo sind denn eigentlich die Bäckchen, stecken die auch in den Wänden?", fragte eine knappe Dreiviertelstunde später die Dombaumeisterin mit wissenschaftlichem Interesse und holte spätestens damit alle Beteiligten in die Wirklichkeit zurück. Überhaupt reagierte die flotte Mittvierzigerin als Einzige mit relativer Gelassenheit, wie Wittler durchaus bewundernd registrierte. Vielleicht besaß sie einfach nur zu wenig Fantasie. Immerhin fand sie nach kurzer Suche die beiden Messingbäckchen. Diese waren erst nach der Erstellung des Klöppels an ihm befestigt worden und dienen als Aufprallfläche in der Glocke. Sie klebten, verformt und wie eingebrannt, an zwei Stahlträgern des Stuhls. Ebenfalls machte die Dombaumeisterin auf Wittlers Bitte hin in aller Ruhe gezielt Aufnahmen mit einer Kamera, die einer der Techniker mitgebracht hatte.

Bis zu diesem Zeitpunkt war die Temperatur im Glockenstuhl auf ein erträgliches Maß gesunken. Sah man von dem Unglauben ab, den auch die später Hinzugekommenen ob des Gesehenen noch lange im Gesicht trugen, hatten sich die Gemüter nunmehr wieder relativ beruhigt und alles verlief – von Wittler organisiert – generalstabsmäßig. Nur die Reinigungskraft, die ganz offensichtlich dem Domschweizer nahe stand, erschien ihm eine Schwachstelle. Wittler war dennoch zufrieden mit sich. Bei der nun folgenden Aktion würde man die Frau eben im Auge behalten müssen. Man – das hieß also: er, Wittler.

Auf seine Initiative hin kamen der Erzbischof, die Dombaumeisterin und Wittler rasch überein, dass dieses Ereignis zunächst nicht der Öffentlichkeit preisgegeben werden durfte. Wittler schlug vor, der Presse eine realistische Geschichte aufzutischen und ziemlich schnell fand man einen Weg, wie dies zu bewerkstelligen sei. Man würde vorgeben, dass die Aufhängung des Klöppels der St. Petersglocke beim Einläuten gebrochen sei und der Klöppel im Glockenstuhl, gemessen an seinem Gewicht, glücklicherweise nur wenige Schäden angerichtet habe. Entsprechend würde der Glockenstuhl präpariert und – falls erforderlich – ein anderer Klöppel zum Fotografieren für die Presse in die Turmwerkstatt gebracht werden müssen. Dazu könne der aus der alten Kaiserglocke herhalten, schlug die Dombaumeisterin vor. Das Geheimnis an sich, das „bedenkenswerte, jedoch unheimliche Wunderwerk", so der Erzbischof, sollte zunächst bewahrt werden. Die Techniker bekamen daher den Auftrag, mittels einer unauffälligen Holzverschalung die Ringe komplett abzudecken. Es war nicht anzunehmen, dass dies oben, im fünfzehn Meter hohen Deckengewölbe auffallen oder die insgesamt gut durchdachte Täuschung erkannt werden würde. Vielleicht würde die Hallendecke auch komplett abgehängt.

Ja. So war das gewesen. Aufregend. Und natürlich unheimlich. Daher galt es, besonders überlegt zu handeln. Wittler legte den Stift zur Seite und schüttelte seine rechte Hand aus, faltete die Papiere, steckte beides in seine Brusttasche und lehnte sich, zufrieden mit seinem literarischen Werk, im Stuhl zurück. Er schaltete seinen Laptop an, schob etwas unbeholfen die Speicherkarte aus der Kamera des Technikers ein und warf einen Blick auf die knapp sechzig Aufnahmen, die die Dombaumeisterin gemacht hatte. Sehr gut. Sogar die am Boden verstreuten Steinbrösel hatte sie aufgenommen. Ja, er würde das faszinierende Geheimnis aufdecken ... Aufdecken? Natürlich, aufdecken!

Wittler schlug sich fast erbost vor die Stirn. Gott bewahre, bitte kein Alzheimer! Längli. Natürlich! Er würde Längli einweihen. Wenn es einen guten Hauptkommissar mit ausgefallenen Ideen bei der Kripo Köln gab, der zusammen mit ihm Licht in diese Angelegenheit würde bringen können, dann war das der Liechtensteiner. Es wäre nachlässig, auf diesen brillanten Kopf zu verzichten. Das alles versprach, sehr aufregend zu werden, und Wittler bemerkte, wie er sich – offensichtlich in Vorfreude auf die nächsten Schritte – die Hände rieb. Dann runzelte er die Stirn. Eine Pressekonferenz war unerlässlich. Das konnte noch heikel werden und es galt, genaue Instruktionen zu erteilen. Wenn das Manöver vorüber sei, so hatte der Erzbischof verkündet, und sich die erste Aufregung gelegt habe, könne man sich dem kaum Begreifbaren widmen.

Nach der offiziellen Darstellung der Gruppe, die Wittler für sich auf den verwegenen Namen „EK Klöppel" getauft hatte, war der Klöppel also mit seinen achthundert Kilo am 06.01.2011 um 09.38h beim Einläuten aus der Glocke geflogen und damit annähernd sieben Stunden nach dem tatsächlichen Geschehen.

Die Pressekonferenz fand noch am frühen Abend im Domforum statt. Wie zu erwarten, war das Ereignis in Köln Gesprächsthema Nummer eins. Das spiegelte sich in der Menge der Pressevertreter wieder, die schließlich im gutgefüllten Forum zur Ruhe kamen. Wittler beobachtete sie gespannt aus dem Hintergrund. Die Damen und Herren kamen manchmal auf krude Ideen und dann konnte eine Frage möglicherweise brisant werden. Andrerseits war man gut vorbereitet und Dominique Welter, der Sprecher des Domkapitels, war nicht auf den Kopf gefallen.

Niemand sei zu Schaden gekommen, hieß es nun, der Bruch habe zum Zeitpunkt des Glockenbetriebes stattgefunden und das Gestühl sei geräumt gewesen. Die vermutete Ursache war Materialermüdung in der Aufhängung und diese Erklärung, kundgetan durch Welter, stellte die anwesenden Presse- und Medienvertreter zufrieden, nicht zuletzt weil das Alter des Klöppels eine solche Aussage unterstützte.

Dennoch: Wann man den gefallenen Klöppel denn fotografieren könne, fragte eine forsche, blondgelockte Journalistin. Der Bitte könne fürs Erste nicht entsprochen werden, wurde entgegnet, da die Überreste – eine Bezeichnung, die Wittler den Schweiß auf die Stirn trieb – schon weggeräumt worden seien. Später sei dies möglich. Schließlich hatte der ungefährdete Besuchsbetrieb – gemeint war der unendliche Zug der den Südturm besteigenden Touristen – so rasch wie möglich wieder gewährleistet sein müssen.

Das klang einleuchtend. Die Pressegemeinde löste sich langsam auf, nur die Blonde hatte Welter auf die Seite genommen und sprach einen Vorfall an, den Wittler völlig vergessen hatte: „Was hatte es eigentlich mit dieser Kirchenflucht beim Hochamt auf sich?"

Welter lächelte gequält und tat so, als habe er mit so einer Frage nicht gerechnet. „Nichts, nichts Besonderes. Einigen Gästen war es zu warm geworden und übel, was bei weit über tausend Besuchern nicht allzu verwunderlich ist. Es waren auch nicht mehr die Jüngsten. Möglich, dass der Weihrauch-Einsatz zu heftig ausgefallen ist. Es gibt Menschen, die vertragen das nicht so gut."

Auch diese Aussage klang plausibel. So endete die Pressekonferenz mit relativ sinnlosen Fragen zum vermuteten Zeitpunkt des Wiedererklingens

des „Dicken Pitter", wie die Kölner die St. Petersglocke vermeintlich liebevoll, eigentlich aber respektlos, nannten.

Da der Wind streng über den Domvorplatz pfiff und eisiger Regen ein-
setzte, zog sich das Gros der Anwesenden zur Diskussion und zum abend-
lichen Kölsch in ein Brauhaus zurück.

Wittler freute sich auf eine Zigarre. Die erste Hürde war genommen.

Traum und Fügung *Jonas und DaniEl*

005462 Langsam ballte sich Jonas' rechte Hand zur Faust. Fast vorsichtig
klopfte er damit gegen das Fenster. Es machte das dumpfe Geräusch, das
Doppelverglasungen von sich geben, wenn man dagegen klopft. Erschöpft
lehnte er seinen Kopf gegen den Rahmen. Seine Faust öffnete sich und die
schweißnasse Hand glitt am Glas herunter. Er spürte den Wind noch
durch seine Haare fegen, als wäre er gerade erst durch die Balkontür her-
eingeflogen. Ihm wurde kalt. Er legte sich wieder ins Bett, zog die Decke
bis über die Kinnspitze. Sein Blick fiel auf die vom Mond bestrahlte Wanduhr. Nach zwei. Jonas hatte nur kurz geschlafen, unruhig, ein einziges Her-
umwälzen. Er hatte endgültig die Schnauze voll. Zum wievielten Male
dieser Flug-Traum? Heiß war es gewesen und schmerzhaft. Das Brennen
unter seiner Haut, das er nachts – wenn er aufwachte – spürte, ließ auch
jetzt nicht nach, er schwitzte am ganzen Körper. Immer geschah in diesen
Träumen etwas mit seinen Augen. Sie begannen, zu vibrieren, und er sah
dann anders als sonst. Er sah dann ... diese Lichter. Lichter, die ihm Angst
machten.

Angst! Ihm, dem mutigsten Kerl in der Stadt! Ha, das musste lange her
sein. Heftig schlug Jonas seine Decke zurück und Papier flog vom proviso-
risch anmutenden Nachttisch, ein Brett, das er neben seinem Bett auf zwei
schweren Bausteinen befestigt hatte. Alvis, dachte er. Er setzte sich auf,
machte die Klemmlampe an, angelte nach Stift und Block.

„Ihr solltet die Träume -wenn ihr die Inhalte nicht vergessen wollt- so
zeitnah wie möglich aufschreiben. Desto mehr Details habt ihr noch im

Kopf", erinnerte sich Jonas an die Worte seines Lehrers, Herrn Holt. Er schloss kurz die Augen, schüttelte den Kopf. Er begriff es einfach nicht. Gerade erst hatte ihn eine Gestalt durch das zersplitternde Fenster gezogen, war mit ihm durch die eiskalte Nacht geflogen und alles, was er gesehen hatte, war ihm so echt vorgekommen, wie etwas nur echt sein konnte. Verdammt! Im Moment waren Jonas die Ratschläge seines Lehrers für Erziehungswissenschaften ziemlich egal.

Es hatte vor knapp einem Jahr begonnen, irgendwann nach seiner Rückkehr aus Usa. Heute aber war der Traum viel detaillierter und drastischer gewesen. Außerdem hatte er dieses Mal gesprochen, richtig geredet mit ihm. Dieser Typ. Wie war gleich das Wort dafür? Mongolid? Nein, mongoloid. So hieß es. Genau. Der Typ aus dem Traum war mongoloid. Komisch. Wieso das? Egal! Jonas umfasste entschlossen den Kugelschreiber. Er musste es tun, für Alvis, einen Mitschüler. Einen Freund. Jedenfalls seit der Sache im letzten Jahr. Schreib es auf, hatte der gesagt. Ich gebe es Tiberius. Der kann damit was anfangen.

Jonas begann zu schreiben.

Als er seinen Flug beschrieb, fiel ihm der Stift aus der verschwitzten Hand. Er stand auf, zog seine Lederjacke einfach über den Schlafanzug, stieg in seine Schlappen und ging auf den Balkon. Von der Stadtrandwohnung aus hatte er einen kompletten Blick über die Dächer Kölns. Die Nacht war kalt und klar. Jonas hatte das Gefühl, dass etwas nicht stimmte. Begannen seine Augen zu vibrieren? Wo war der Dom? Die Lichter Kölns schimmerten schwach.

Da fühlte er es. Es begann mit einem Kribbeln hinter den Augen und es war das erste Mal, dass er dabei wach war. Wirklich wach. Kein Zweifel. Sein Körper versteifte sich bis zur Schmerzgrenze, aber er nahm es nur am Rande wahr. Die Stadt war in Schwarzweiß getaucht, wie auf den Negativstreifen alter Filme seines Vaters. Ein Band dunkler Lichter zog eine verschwommene Leuchtspur über die Stadt. Sie strahlten nicht, sondern schienen das Licht einzusaugen. Jonas legte die Hände an die Schläfen und schloss die Augen. Im Traum verschwanden die Bilder manchmal nach einiger Zeit. Jetzt war das nicht so.

Als er die Augen langsam öffnete, sah er das Band erneut. Es waren Hunderte diffuser Lichtpunkte, die wie Kettenglieder verbunden waren.

Sie zogen immer enger werdende Kreise um den Stadtkern. Schließlich vereinigten sie sich in einer glimmenden Masse und verharrten an einem Punkt. Dann blitzte sie eine Millisekunde grell auf. Jonas war geblendet und schlug die Hände vor die Augen. Wütend schüttelte er so lange den Kopf, bis er wieder normal sehen konnte. Er befühlte Gesicht, fuhr über seiner Lider. Die Verspannung seines Körpers löste sich. Langsam stakste er ins Zimmer zurück, ins Bad. Im Spiegel war nichts Ungewöhnliches zu sehen.

Alles normal? Hing das mit den Träumen zusammen? Es musste.

Jonas hatte es so satt. Sollte er Alvis davon auch erzählen? Alvis war cool. Aber vor allem war er schlau. Er hatte vielleicht wirklich eine Idee, was das da war in seinem Kopf, seinem scheiß-kranken Kopf.

⊂ϡ°₀°ₒℒ

DaniEl war erschöpft. Ihm und seinen Helferseelen war viel Energie abverlangt worden. Meistens lohnten sich Einflussnahmen auf der Erde. Aber offensichtlich nicht hier. Ausgerechnet bei seiner eigenen Fügung. Der Junge reagierte, als hätte er noch nie etwas von ihm erfahren! Unfassbar! DaniEl ließ die Stationen der Fügung Revue passieren. Etwas war schief gelaufen. Nicht bei der Auswahl. Die war – abgesehen von einem kleinen Kontrollverlust des damals Sechsjährigen – völlig problemlos verlaufen. Dann die Vorbereitung, ein sehr gut ausgetüftelter Plan. Diese zweite Stufe der Fügung war zwar schwierig gewesen, zumal am Rande des Erlaubten. Aber bis auf die klimatischen Verhältnisse war alles hervorragend verlaufen. Hatte es damit zu tun? Hatte er die Zeitlinie verändert, als er das Unwetter manipuliert hatte? Unmöglich! Und wenn doch?

Die Zeit, die auf der Erde verging war linear. Ein Geschehen folgt dem nächsten, aus diesem resultiert vielleicht ein anderes, und so weiter. Das Hier-Sein folgt chronologischen Regeln und diese zu brechen, konnte heftige Irritationen nach sich ziehen. Nein, eine Veränderung der Zeitlinie hatte er nicht initiiert, auch wenn er sich zu seinem Zweck nach Erdenzeit fünf Jahre in die Vergangenheit bewegt hatte. Das wäre nicht unbemerkt geblieben. Die Anachrone hätten eingegriffen oder die Ewige Manifestation selbst.

DaniEl erzitterte bei dem Gedanken an diese gewaltigen Seelenmächte. Aber etwas *bewegen* hatte er müssen, damals. Sonst hätte der Junge keinen Schutz gesucht, wäre nicht in die Hecke gerannt, in den Luftschacht gefallen und so weiter. Nein, auch bei der Vorbereitung gab es aus DaniEls Sicht keinen Fehler. Den hätte er sich auch kaum erlauben können.

DaniEl war angespannt. Die Kiefer seines Wirtes pressten sich im Schlaf aufeinander. DaniEl würde nicht versagen. Diese Fügung war seine zweite Chance und die wollte er nutzen. Die erste hatte er vertan, er hatte sie unterschätzt, obwohl sie sehr klar gewesen war: Schütze diese Existenz, sie ist gefährdet. Das war ihm nicht gelungen. Peinlich. Dumm! Das hatte den Aufstieg in seinen Himmel verhindert.

Aber das PetriEl, Koordinator dieser besonderen Aufträge, hatte gesagt: „Dein Weg ist noch nicht zu Ende." Dann war DaniEl erneut zum Aufstieg berufen worden und hatte den dazu gehörenden Auftrag liebend gern angenommen. Zumal wieder hier, in *seiner* Stadt! Da konnte er leicht ins Schwärmen geraten. Aber seine ehemalige Heimat war stark gefährdet. Köln kannte er wie sei... Ihn durchzuckte ein Gedanke. Vielleicht hatte er die Fügung nur erhalten, gerade weil er dort, wo die Gefahr auftreten sollte, gelebt hatte. Zu der Zeit gelebt, als seine Seelenexistenz sich in der pubertären Phase befand, in einem eigenen Körper. Für wenige Sekunden gestattete er sich, an die Zeit zu denken, die er in seinem eigenen Wirt verbracht hatte. Eine kurze Zeit, meist auf den Straßen des Heiligen Köln. Oh ja, er wusste genau um die Ecken und Kanten dieser Stadt, um ihre Menschen und Gewohnheiten.

DaniEl zwang sich zur Konzentration. All das war müßig, wenn er die Fügung nicht zur *Ausführung* brachte: der dritten und naturgemäß schwierigsten Stufe. Die gegnerische Macht, die ihr sicherlich tückisches Vorhaben noch nicht offenbart hatte, war stark. Und DaniEl wurde klar, dass er neue Wege gehen musste, um seinen Auftrag zu vollenden. Hatte der Junge jetzt nach dieser drastischen Demonstration seinen Auftrag verstanden? DaniEl signalisierte seinen Helferseelen den Aufbruch und sie verließen den Wirt, der selbst jetzt seiner Vorliebe nachkam: Er träumte von einer sonnenüberfluteten Wiese.

⸙₀°₀⸙

Jonas ließ seine Jacke einfach auf den Boden gleiten und legte sich wieder ins Bett. Den Block auf dem Ablagebrett direkt vor seiner Nase. Alvis' Großvater kannte sich gut mit Träumen aus. Sagte Alvis. Und der erzählte selten Mist. Alvis meinte, das klänge nicht gut. Falsch. Alvis hatte eine eigene, spezielle Ausdrucksform: „grenzübergreifend". Zu Holt würde Jonas jedenfalls mit diesem Traum nicht gehen. Eher zu jemandem, der ihn weniger gut kannte. Außerdem war der Opa cool. Alvis hatte ein Foto von ihm im Portemonnaie. Mein lieber Mann, der Kerl war achtzig oder so und sah aus, als würde er täglich auf dem Himalaya rumdackeln. Was für eine Kante! Vielleicht mal interessant, den kennenzulernen. Die von Odenthals wohnten gar nicht so weit weg. Hinten, in der Nähe des alten Flugha...

Jonas' Gedanken brachen plötzlich ab. Durch seinen Magen ging ein schmerzhaftes Ziehen und ein Stechen kam dazu. Schnell drehte er sich auf die andere Seite. Was war das nun schon wieder? Jedenfalls wohnten die von Odenthals in einem feineren Viertel als die Siedlung. Ha, die Siedlung. Niemand nannte diesen Ort anders. Seine Mutter und er wohnten seit fast vierzehn Jahren hier.

Jonas rieb sich den Bauch. Dieser Ortsteil war ein Zentrum für Asoziale oder solche, die es werden wollen. „Jonas!", hörte er im Geist seine Mutter protestieren. Sorry, Mom. Sie fand solche Sprüche nicht toll, aber sie musste sich mit den Typen da draußen auch nicht rumschlagen. Die „Spielwiesen" waren mit Schildern bestückt wie „Fußballspielen verboten, Die Hausmeisterin", manchmal mit Wachsmalstift ergänzt um die Worte „der fette, kleine Drache" oder „Nazi-Tusse". Um die Wiese herum mächtige Wohnblöcke mit manchmal zwei, drei oder vier Hauseingängen. Ein einziges Mal hatte seine Mutter ihm erklärt, warum sie mit ihm und seinem Dad dorthin gezogen waren und diese Dachgeschosswohnung gekauft hatten. „Die Wohnung war günstig und in diesem Umfeld lernst du Wichtigeres über Menschen und das Leben als in Hahnwald, mein Lieber."

Halb vier. Goodness. Er musste schlafen! Morgen früh, Leistungskurstreffen, freiwillig. Na super, die Winterferien waren nicht ganz zu Ende, da musste er schon wieder seinen Kopf anstrengen. Jonas stöhnte leicht. Draußen kläffte ein Köter den Mond an und irgendwo knallte eine Flasche auf den Asphalt. Jonas nahm sich vor, für die süße Charlotte aus der Zwölften ein paar Drops zu kaufen. Ein schöner Gedanke. Wenn Simon die Sorte hatte, die sie offensichtlich so mochte. Aber der Kiosk war gut sortiert. „Es gibt keine Kioske in Hahnwald, nur Villen." Jonas wusste nicht mehr, wer ihm das gesagt hatte. Seine Mom hatte da allerdings Recht behalten. Im Kiosk der Siedlung lernte man eine Menge übers Leben. Er dachte gerade daran, dass er so gerne friedlich und traumlos schlafen würde, als sein Wunsch von einer Sekunde zur anderen erfüllt wurde.

⟨⟩ᵛₒᵒₒₒ

Erst die aufmunternde Stimme seiner Mutter weckte Jonas wieder auf. „Jon-Boy, guten Morgen! Es gibt Bacon and scrambled Eggs."

Die Wanduhr verriet ihm, womit er gerechnet hatte: verschlafen. Jonas wunderte sich nicht, dass seine Mutter ihn nicht geweckt hatte. „Dein Weg, deine Schule, dein Leben, deine Verantwortung." Sie hatte recht. Und er würde den Teufel tun und zugeben, dass er es manchmal schön fände, wenn sie ihm sagen würde, wo's lang ging.

Scheiße. Ein leichter Schmerz durchzog seine Lider, wenn er sie bewegte. Was war das gewesen in der Nacht? Das gibt's nicht, dachte er. Muskelkater in den Augenlidern. Unglaublich.

Er zog sich an und ging ins Esszimmer. Seine Mutter brachte ihr Lieblingsfrühstück aus der Küche, von wo muntere Schlagermusik blechern durch die Wohnung klang. „Morgen, mein Schatz." Kuss. „Oh, was riechen wir gut. Da werden sich die Mädels aus der Oberstufe ja freuen. Frisches Shirt gefällig?"

Jonas gähnte ausgiebig und schob sich dabei ein paar seiner blonden Locken aus der Stirn. „Genau, Mom. Sie lieben den urwüchsigen Geruch eines Mannes. Das Geheimnis meines Erfolges."

Doris Burger lächelte und schaufelte ihrem Sohn eine gewaltige Portion Rührei und kross gebratenen Schinken auf den Teller. Jonas sah sie an. Das blonde Haar hatte er von ihr. Aber ihr engelhaftes Gesicht ganz klar nicht. Oft genug war ihm aufgefallen, dass ihr von vielen Männern Blicke hinterhergeworfen wurden. Und der dummen Anmache ihrer älteren Mitschüler früher hatte sie sich bestimmt auch kaum erwehren können.

„Da könnte was dran sein, mein Lieber, aber alter Schweißgeruch ist auch nicht der Renner."

33

Jonas steckte seine Nase tief in seine rechte Achselhöhle. „Aaaaah, gut!"

Sie lachte laut. „Mach du mal, mein stinkender Prinz, wirst schon sehen. Machst du noch klar Schiff? Ich geh' zum Dienst."

Sie machte Anstalten die Tür hinter sich zu schließen, aber Jonas bremste sie: „Lass doch mal gerade, ja?"

Die Stimme des Nachrichtensprechers quäkte aus dem kleinen Radiowecker auf der Fensterbank in der Küche: „... Materialermüdung. Es gäbe keinen Grund zur Aufregung. Der Klöppel habe keinen großen Schaden angerichtet. Für den Nachmittag wurde eine Pressekonferenz anberaumt."

„Was war da denn los?" Jonas starrte auf seinen Teller, während er sich mechanisch eine Gabel mit Schinken in den Mund schob.

„Da ist wohl der Klöppel aus der Petersglocke gefallen. Ist aber nichts passiert. War keiner im Turm. Alles klar?"

Jonas' Gedanken drifteten fort. Er nickte abwesend. „Jaja, nur schlecht geschlafen."

Doris Burger sah ihren Sohn prüfend an. „Ein Tipp, mein Schatz: Vielleicht mal lieber was Lustiges statt ‚Aliens' vor dem Schlafengehen."

☼ᵔₒˢₒ₂

Als Jonas die Wohnung verließ und sich auf sein Rad schwang, trug er ein frisches Shirt unter seiner Jacke und roch erheblich besser. Seine Mutter war extraklasse. Sie war zweiundfünfzig und sah jünger aus. So wie er das beurteilte. Aber sie war ohne Mann. Ein kurzer Hassgedanke zog vorbei.

Jonas blickte sich kurz um, trat heftig in die Pedale und fuhr in Richtung Simon's Kiosk. Einen Moment lang fügten sich vor seinen Augen die Gesichter des überhaupt nicht alt wirkenden Tiberius – wie hieß er? Schlagbaum? – und seiner Mutter zusammen. Blödsinn. Das passte nicht.

Nachdem sie gegangen war, hatte Jonas noch zehn Minuten vor seinem Teller verbracht, in denen er über die Ereignisse der vergangenen Nacht und die Radionachricht nachdachte. Irgendwann war er sich nicht mehr sicher gewesen, ob er nicht alles geträumt hatte. Er war in sein Zimmer gegangen. Seine Jacke hatte vor seinem Bett gelegen. Er war also auf dem Balkon gewesen, kein Zweifel.

Im Spiegel im Bad war sein Gesicht müde gewesen. Aber sonst nichts. Wenn er wahnsinnig war, so war das wenigstens nicht zu sehen.

Der Chronist *Tiberius Schlagbaum*

005463 Tiberius hatte eine Vorahnung. Und gähnte bereits. Etwas in ihm brannte. Dieses Feuer war uralt und ein Signal für ihn, sich auf den Weg zu machen.

Jetzt betrachtete er im Spiegel über dem Waschbecken sein zerfurchtes Gesicht und sah tief im Innern seiner schwarzen Augen die ewig wiederkehrende Flamme. Mehrfach schaufelte er sich kaltes Wasser ins Gesicht. Ob er wollte oder nicht, er würde sich etwas ansehen müssen. Eigentlich hatte er sich hinlegen wollen, lesen, gemütlich und warm, angelehnt an den Kachelofen, vielleicht sogar dabei einschlummern. Er wandte sich ab, ging in sein Schlafzimmer, verriegelte die Tür und legte sich auf sein Bett. Er lag entspannt auf dem Rücken, in einer Hand umschloss er den flachen runden Stein mit den Fingern. Er war etwas größer als ein Handschmeichler und weiße Adern durchzogen das kieselgraue Gestein. Man hätte meinen können, Tiberius habe ihn irgendwo an einem Strand gefunden. Aber natürlich war der Stein des Chronisten etwas Besonderes. Denn die feinen weißen Linien spiegelten auf beiden Flächen die Linien in den Händen des Trägers. Wenig später schlief Tiberius und tauchte hellwach in eine andere Welt ein.

Das war ganz anders als das wirkliche Leben. Aber ebenso real. Tiberius träumte nicht. Sein Körper lag im Bett und gleichzeitig ergötzte sich seine Seele im Universums an einem einzigartigen Schauspiel: Milliarden von Lichtern. Sonnen, Kometen, Pulsare, Monde, Planeten. Vergehend und entstehend. Die Welt der Seelen brauchte keine Zeit und keine Grenzen. Diese Zustände erschuf sie sich nur, wenn es notwendig war. In ihr verging nichts, was nicht wieder neu erstand.

Auch, wenn es nicht sichtbar war.

〜o°o♪

Tiberius' Seelenexistenz bewegte sich auf dem Erden-Mond, an seinem Lieblingsplatz, nahe dem Horrocks-Krater. Hier erfuhr er die Weite des Alls am intensivsten und stets gönnte er sich zunächst einen Blick auf das Universum, bevor er sich auf Reisen begab, in den mit so vielen Lichtern gefüllten, funkelnden unendlichen Raum. Oft fragte er sich in diesen Momenten, wie viele Menschen – zählte man die Experten mal nicht dazu – um die nicht vorstellbare Tiefe dieses Raums wussten. Tiberius schüttelte den Gedanken ab.

Diesmal verharrte er nur kurz am Krater, denn die Hinweise, die er erhalten hatte, verhießen nichts Gutes für die Erde. Es gab ungeklärte Reisebewegungen. Unheilvolles geschah in der Seelenwelt. Es hatte bereits begonnen. Seelenbänder in ungewöhnlicher Vielzahl bildeten sich. Die Tragweite dessen, was passieren konnte, wenn solche Dinge ihren Lauf nahmen, war nicht absehbar.

Dinge geschehen. Und nur, weil wir sie als schön oder schrecklich empfinden, sind sie nicht gut oder böse. Sie geschehen und sind unabänderlich und wir müssen zuschauen. Das klang fast fatalistisch, aber so war Tiberius Schlagbaum nun wirklich nicht. Er sah nur zu, denn er durfte sehen, und er stellte fest, besser: Er *hielt* fest. Denn Tiberius Schlagbaum war der Chronist der Seelen. Dazu bestimmt, die Geschehnisse der Seelenwelt als Beobachter festzuhalten.

Zwei grau-schwarze Massen zogen träge über die östliche Erdhalbkugel hin und Tiberius sorgte sich. Schließlich war er trotz seiner Fähigkeiten ein mitfühlender Mensch, und was sich vor seinen Augen abspielte, war traurig oder würde – wie er ahnte – traurig *werden*. Er erfühlte schwach die matt leuchtenden Punkte in den Zentren der Verdichtungen. Tragisches geschah auf der Erde, und er wusste, es war unvermeidlich. Seelenverbindungen erfüllten ihren Auftrag. Das ließ sich nicht verhindern und so, wie es aussah, würde es eine kleine Katastrophe werden.

Das war so, wie es war, denn alles im Universum hatte nun einmal seine Funktion.

Wieder nahm Tiberius seine Heimat wahr. Dass sich ausgerechnet dort ein Seeleneingriff anbahnte, verstärkte seine Unruhe. Tiberius spürte dem nach und erhielt einen *Impuls*. Er nahm dessen Energie auf und erblickte ein Geschehen, in das er mit seinem Geist eindrang.

CREToGO)

Der Junge umschlang sein Skateboard wie eine Liebhaberin. Das passte gut. Das Modell war nur wenig kleiner als er selbst. Er strich sanft über die Spitze und die vorderen Rollen des Boards. Ein Ritual. Er konnte gar nicht mehr anders, wenn er eine besondere Fahrt vor sich hatte. Und die hier war etwas Besonderes.

Der Junge wollte einen neuen Rekord aufstellen. Er setzte das Board auf den Asphaltboden, schob es mit dem rechten Fuß ein wenig nach vorne, dann zurück. Diesmal wollte er die Kurve am Ende des Hügels eng nehmen. Er wusste, er würde Geschwindigkeit herausnehmen müssen, um nicht aus der Kurve zu fliegen, aber er konnte nur ahnen wie viel. Ausprobieren. Standardvokabel seines Vaters. Ouhne Erfahrung loift gar nix.

Er blickte die abschüssige Straße hinunter, lauschte nach Motorengeräuschen. Sonntag. Mittagszeit. Es war ruhig. Warm wehte der Wind durch sein Hemd über seine Haut. Genoss den Moment bevor er auf den Startknopf seiner Stoppuhr drückte. Dann jagte er los. Los, los, los! Obwohl es abwärts ging, unterstützte er wild mit dem rechten Fuß die Anfahrt. Er fuhr eine fantastische Linie, und da war wieder die Sehnsucht, dass er gerne einmal fliegen würde, einfach abheben können, ohne Bodenhaftung.

Das Board drückte aus der Kurve. Er war zu schnell. Er kam schneller zum Fliegen als er gewollt hatte, aber eben anders, als er es sich vorgestellt hatte. Als das Board krachend umschlug und er abhob, dachte er nur: Mom wird mich gesund pflegen ... und der Junge bereitete sich auf den Aufprall vor. Aber der kam nicht. Die Erde schien für einen winzigen Moment ihre Schwerkraft vergessen zu haben.

CREToGO)

Tiberius stutzte. Ein Gewitter von Impulsen durchzog ihn, aber er blieb bei dieser Szene. Das andere musste warten. Zu selten geschah es, dass ein mächtiger Einfluss solche Geschehen auf der Welt verursachte. Und genau das geschah hier.

CREToGO)

Ein zarter Ruck ging durch das Bewusstsein des Jungen und er fand sich mit festem Halt auf dem Brett in der auslaufenden Geraden seiner Strecke wieder. Der Bürgersteig vor dem Eingang Wohnblockes näherte sich rasant, der Junge rammte seinen rechten Fuß auf das Heck des Boards, linkes Bein und Fuß stemmten sich gegen die aufsteigende Spitze. Wie Marty in Zurück in die Zukunft. Ein Funkenregen sprühte.

Er stand fast, als er doch noch nach hinten auf den Boden stürzte, aber gekonnt abrollte. Die linke Hand griff blitzschnell nach der Stoppuhr. Was er ablas, ließ ihn strahlen. Er stand auf, stellte sein Board aufrecht neben sich, als müsse er einem Millionenpublikum den Schriftzug des Herstellers anbieten, und hielt es mit der linken Hand fest, während er die rechte zur Faust geballt senkrecht in die Luft hob. Dann drehte er sich einmal um seine Achse und winkte freundlich lächelnd den begeistert applaudierenden Massen zu. Nach einer Weile hielt er inne und erblickte durch die Leere der Straße eine Frau im Fenster des zweiten Stockwerks eines der Gebäude. Sie hielt ihre flache Hand vor den Augen und bewegte sie so, als würde sie nichts mehr sehen. Aber vielleicht wischte sie auch nur mit dem Handrücken das Fenster sauber oder sie winkte. Der Junge winkte zurück.

Alles in der Seelenwelt geschieht im Fluss von Energie. Tiberius nahm sich aus dem Impuls wieder heraus und die Energie floss in das Archiv zurück. Auf der Erde hatten sich die dunklen Bänder aufgelöst. Bald würde er aufwachen, seine Tochter Sarah würde ihm die Zeitung in sein kleines Domizil im Garten der von Odenthals bringen und bevor er eine Zeile gelesen hatte, würde sie mit Tränen in den Augen klagen: „Vater, sieh mal was geschehen ist!" Morgen würde er also sehen, was die dunkle Manifestation bewirkt hatte, und er würde seiner Chronisten-Pflicht nachkommen und die Zusammenhänge für die Ewigkeit festhalten. Tiberius blickte erneut in den Impuls und untersuchte ihn sorgfältig.

Irgendwann in der Nacht kehrte die Seele von Tiberius auf die Erde zurück, exakt so, wie sie entschwunden war. Rasend schnell.

Am Morgen dachte Tiberius an die Frau am Fenster. Er hatte sie sich genauer angesehen. Ihre schmalen Augen. Sie wohnte schon lange dort. Weder hatte sie dem Jungen bedeutet, dass er verrückt sei, noch hatte sie das Fenster saubergewischt. Sie hatte tatsächlich gewunken. Besser gesagt: *Es* hatte gewunken. Das Ausführende. Denn was der Junge ganz sicher nicht gewusst hatte, war, dass eine Manifestation für kurze Zeit ein Zuhause in der Frau gefunden hatte. Eine Engelmanifestation, die gekommen war, um auszuwählen. Sie hatte den Jungen beschützt, was bedeutete: Sie hatte sich entschieden. Sie musste einen Menschen finden, der auf der Erde ihrer Fügung Macht verlieh. Und mit diesem Jungen hatte sie eine brillante Wahl getroffen. Mut und Unschuld sind die tragenden Säulen menschlicher Begeisterungsfähigkeit für Abenteuer und Heldentaten. Dieser Junge, das hatte Tiberius wahrgenommen, besaß von beidem eine Menge. Von seiner Aufgabe wusste er noch nichts. Und das war gut so. Mit der Bürde des Wissens, ein Auserwählter zu sein, lebt es sich nicht einfach. Allein die Tatsache der Auswahl bedeutete, dass irgendetwas auf der Erde geschah oder geschehen würde, was es erforderlich machte. Das beunruhigte Tiberius.

Über die kleine Terrasse kam jetzt seine Tochter Sarah in die Wohnküche. Rasch zog sie die Tür hinter sich zu. „Guten Morgen, Vater. Schön, dass du es so warm hast." Wie fast jeden Morgen küsste sie seine Schläfe und legte die Tageszeitung vor ihn auf den Tisch. „In Indien ist ein Zug verunglückt. Zweihundertdreißig Tote, darunter achtzig Kinder." Sie zitterte leicht.

Der Chronist stand auf. Klangen diese Mitteilungen nicht immer vorwurfsvoll? Er nahm seine Tochter in den Arm. „Du weißt doch", sagte er, „solche Dinge geschehen."

Sie löste sich aus seiner Umarmung. „Ich werde das nie verstehen."

Als Sarah gegangen war, suchte Tiberius in der Zeitung nach einem unheilvollen Geschehen in Köln. Aber er fand nichts. Er schaltete das Radio ein. Eine Nachrichtenstimme erklang: „ ... teilte mit, es handle sich um Materialermüdung. Es gäbe keinen Grund zur Aufregung. Der Klöppel habe keinen großen Schaden angerichtet. Für den Nachmittag wurde eine Pressekonferenz anberaumt."

Tiberius runzelte die Stirn. Katastrophen hörten sich für gewöhnlich anders an. Wenn sich dahinter nichts anderes verbarg. Denn das war manchmal die Gefahr. Dachte er.

Er setzte einen starken Kaffee auf, nahm am Küchentisch Platz und dachte an seinen Tagesplan. Obwohl geistig klar, war er nun einmal älter geworden und hatte begonnen, sein Leben und die Tagesabläufe zu strukturieren. Das Wichtigste war der Unterricht für Alvis. Etwas tat sich im Seelenuniversum und es galt, ihn weiter vorzubereiten. Auch wenn der Chronist bedauerlicherweise im Innersten zweifeln musste, ob sein Enkel das Chronisten-Amt würde übernehmen können.

Freundschaft mit Hindernissen *Alvis*

005464 Dieser Sonntag war ein unglücklicher Tag. Nicht nur, weil Jonas abgesagt hatte. Alvis saß an seinem Schreibtisch. Der geöffnete Brief lag vor ihm. Er wollte weiterlesen, aber er war nicht ganz bei der Sache. Den Kopf auf beide Hände abgestützt, starrte er auf die Kälte, die sich draußen an der Fensterscheibe abgebildet hatte.

Was war an Mädchen nur dran, dass man ständig an sie denken musste? Dass Jonas sich an diesem Wochenende ausgerechnet mit *diesem* Mädchen treffen würde – auch wenn es nur ein Kinobesuch war –, tat weh.

Er war verliebt.

Bei aller Vernunft, die ihm eigen war, konnte sich Alvis nicht erklären, warum er sich diesen Umstand so schnell eingestanden hatte. Dabei war eines sonnenklar: Er konnte sich das nicht leisten! Nicht nur wegen Jonas. Er wollte sich nicht verlieben! Er wollte überhaupt keine Nähe zu seinen wunderschönen Mitschülerinnen. Auch nicht zu Charlotte. Das kam überhaupt nicht in Frage. Kontakt? Vielleicht zufällig, im Atrium? Das ginge gerade noch so. Bei Jungs hätte er das Problem nicht. Die waren nicht für Gefühle da. Mit denen schlug man sich – wenn man konnte – oder trank Bier zusammen. Beim Kneipen-TV-Fußball zum Beispiel.

Alvis schob sich mit dem Stuhl vom Schreibtisch weg und legte die Füße darauf ab. Er dachte daran, wie er Jonas kennengelernt hatte. Eben dort. „Beim Hennes", hieß der Laden. Einfacher und kölscher konnte eine Wirtschaft in Köln nicht heißen. Nach dem Ende eines Spiels waren sie dort hängengeblieben und in so etwas wie eine Prügelei verwickelt worden, mit „Törmi", einem Kerl mit wenig akzeptablen sozialen Umgangsformen.

Das Spiel war grottenschlecht gewesen und Törmi hatte an Poldi rumgemäkelt, Alvis' Lieblingsspieler. Daraufhin hatte er den Riesen „Asi" und „Volltrottel" genannt. Als Törmi ihn an die Wand gedonnert hatte, war Jonas eingeschritten. Für einen Moment ließ Alvis das Erlebte wie im Film und in Zeitlupe vor seinen Augen ablaufen. Das tat er gerne.

Jonas war nach vorne geschossen und drosch blitzschnell gleich mit beiden Fäusten auf den Schwarzenegger-Verschnitt ein. Mit links vor die Rippen, mit rechts an das Kinn von dem Typen. Der Lange war kurz geschockt, trat dann, nicht weniger schnell, Jonas zwischen die Beine. Autsch. Dann war Hennes dazwischen. Schob den Treter zur Tür raus.

„Und sag dem Arsch, dass ich mit ihm noch nicht fertig bin", hatten sie ihn vor der Kneipe noch krakeelen gehört.

Hennes war ganz entspannt in die Kneipe zurückgekehrt. Alvis mochte ihn sehr. Die Körperfülle des Wirtes hatte etwas sehr Gemütliches und Beruhigendes. Seine Hände, groß wie Baggerschaufeln, ebenfalls. Der ließ sich durch nichts aus der Ruhe bringen.

Die Situation nach Törmis Rausschmiss kam Alvis immer noch surreal vor, und doch hatte er sie präzise in Erinnerung. Schließlich saßen Jonas und Alvis ganz alleine in der Kneipe. Hennes hatte „Queen" aufgelegt. *Friends.* Da setzte die Musik unvermittelt aus. Alvis beobachtete Jonas. Würde der er die Situation aushalten können. Es geschah oft, dass Menschen seine Gegenwart mieden. Er wusste, er sah anders aus als andere, mit seinem schmalen Gesicht, der dünnen Haut an den Wangenknochen und den tief in Höhlen verschwindenden, dunkelgrauen Augen.

Aber Jonas fragte nur: „Was ist eigentlich dein Problem?" Alvis stellte sich wie immer vor: „Gestatten, Alvis von Odenthal, mit Gendefekt. Spontanmutation, sagt mein Vater. Marfan nennt sich das."

Der Händedruck von Jonas kam ihm vertraut vor und war kräftig. Nicht etwa vorsichtig wegen seiner langen, dünnen Finger. Und dann stellte er, auch wie üblich, die Gegenfrage: „Und deins? Was ist dein Problem?"

Jonas zögerte einen Moment und fuhr sich verlegen durch die Haare. „Vater ermordet."

Alvis hatte gespürt, wie seine linke Augenbraue steil nach oben ging, und geantwortet: „Auch nicht schlecht. Na, dann: Prost."

Alvis trat aus der Vorstellung dieser ungewöhnlichen, folgenreichen Begegnung heraus. Er ging in die Küche, nahm seine Tablette ein und trank ein Glas Wasser. Das Haus war wieder einmal leer. Seine Mutter war in der Kirche, sein Vater sonst wo unterwegs. Auch deswegen war es schade, dass es mit dem Treffen nichts wurde. Nicht verwunderlich. Nicht ein einziges Mal hatte es im letzten dreiviertel Jahr geklappt, dass Jonas ihn in seinem Zuhause besuchte. Egal. Alvis mochte seinen Freund sehr. Der war ehrlich und offen. Und Alvis liebte ihren Kennenlern-Film. Nicht nur, weil er zeigte, wie es zu seiner ersten wirklichen Freundschaft gekommen war, sondern weil es so authentisch gewesen war. Und weil Jonas einer der wenigen war, der relativ gelassen mit seinem äußeren Erscheinungsbild umgehen konnte.

Die Folge von Marfan war oft, dass er verwirrte oder neugierige Blicke auf sich zog. Wenn der Aufbau von Bindegewebe durch eine genetische Mutation gestört ist, kann sich das überall da auswirken, wo Bindegewebe produziert wird. Da gab es im Körper eine Menge Stellen. Haut, Gelenke, Wirbelsäule, Herz, Augen ...

Augen-Check! Er hatte morgen einen Termin beim Augenarzt. Unvermeidlich. Aber erst morgen. Er ging zurück in sein Zimmer. Jetzt war erst der Traum dran! Charlotte, ein wahrer Traum – verdammt, da war sie wieder. Rote Haare strahlten ihm entgegen. Vergiss es einfach. Das ist nicht realisierbar. Auf keiner Ebene. Schluss damit. Lies endlich!

Er begann wieder von vorne.

„Ich liege in meinem Bett. Ich sehe durch das große Fenster und auf dem Balkon steht ein Mann mit dem Rücken zu mir. Ich stehe auf, will zu dem Mann gehen und ihn fragen, was er da macht, aber ich bekomme die Balkontür nicht auf. Ich rüttle an der Tür, hämmere dagegen, aber sie geht nicht auf und der Mann rührt sich nicht. Erst als die Tür beginnt zu splittern, greift sein Arm durchs Glas, seine Hand packt mich an der Jacke ... Ja, stimmt, ich habe meine Jacke angehabt, die Südkurven-Jacke. Und er zieht mich durchs Glas, kein Problem für ihn. Das Fenster zerbricht in tausende Stücke, ich denke ,Prima‘, drehe mich um und sehe, wie sich die Splitter hinter mir wieder zu einer glatten Scheibe zusammenfügen. Es hat wehgetan, scheißweh. Aber die Risse in meiner Superjacke und Schnitte am ganzen Körper – sind plötzlich alle weg. Dann springt der Kerl mit mir vom Balkon, zieht mich hinter sich her und fliegt auf den Kölner Dom zu. (Super, oder?) Ich hab ihn noch nie von vorne gesehen, also rufe ich durch den brausenden Wind: ‚He, dreh dich mal um!' Macht er nicht. Da reiße ich mich los und merke, ich kann auch fliegen. Ich will sein Gesicht sehen – wie jedes Mal – und versuche, ihn zu überholen. Aber er ist immer ein bisschen schneller. Als wir fast am Dom sind, schaff' ich es doch. Das erste Mal, dass er mich vorbei lässt. Hm, er sieht kindlich aus, aber erst mal weiß ich nicht, wieso. (Später ist es mir eingefallen. Er ist mongoloid, er hat dieses Trisomie-Ding, weißt du?) Plötzlich ist er weg. Es wird dunkel und überall tauchen diese grauen Lichter auf. Sie hängen aneinander, wie Kettenglieder. Es werden immer mehr und sie kesseln mich ein und ich bekomme keine Luft und das Ganze fühlt sich an wie eine Würgeschlange, als sich so ein Kettenband um mich legt. Gleichzeitig kribbelt es im ganzen Körper. Der Mongoloide ist plötzlich wieder da, zieht mich aus dem Pulk der Lichter raus. ‚Sieh dir das an', sagt er. Und ich sehe, wie so ein Mega-band so schnell wie ein geflitschtes Gummi in einem Turmfenster vom Dom verschwindet. Dann wird es wahnsinnig hell und der ganze Turm scheint auseinanderzufliegen, aber die Steine gehen durch mich hindurch. Und eine blaue Silhouette – sieht menschenähnlich aus – schwebt an mir vorbei und ein paar Lichter blinken darin, fällt mir gerade ein. Dann dreht sich der Mongoloide zu mir um. „Finde ihn!", brüllt er mir durch das ganze Chaos zu. „Finde ihn, jag ihn, mach ihn fertig! Du kannst das!" Ich kann dir sagen, eine Gänsehaut hatte ich ... Er gibt mir noch so'n kleinen Schlag auf den Hinterkopf und weg ist er. Das war's."

Alvis schob den Block zur Seite und atmete tief durch. Keine schlechte Geschichte. Sie erinnerte ihn an seinen Seelenkundeunterricht bei Tiberius. Hm. Das war abwegig. Was waren die Fakten? Ein kindlicher Mann ... *Mongoloid* nannte man das nicht mehr. Der Mann hatte das Down-Syndrom. Ebenfalls ein Gendefekt.

Fluggeschichten waren in Träumen nicht unbedingt ungewöhnlich. Meist ging's da um Sex. Glaubte Freud. Orgasmus, kleiner Tod, assoziierte Alvis weiter. Und der Typ? Was hatte das für eine Bedeutung? Er musste

Jonas fragen, ob er den schon früher mal im Traum gesehen hatte. Unsinn, das hatte er ja geschrieben. Gesehen ja, aber nicht erkannt, das Gesicht jedenfalls.

Halt. Irgendwas dazu hatte ihm Tiberius in einer der Lehrstunden über die Seelenwelt erzählt. Manifestationen benutzen Menschen mit Down-Syndrom gerne als Wirte. Genau. Aber das hier war der Traum eines ganz normalen Jungen, oder? Jonas hatte definitiv nichts mit Seelen zu tun. Der ging ja nicht mal in die Kirche. Und diese Lichter? Wie „Kettenglieder", schrieb Jonas. Alvis kam dieses Bild bekannt vor. Sein Großvater hatte es verwendet. Er würde ihn bei nächster Gelegenheit fragen.

Kontakte *Wittler und Längli*

005465 Dompropst Wittler saß im Café am Dom und wartete auf Längli. Er seufzte ob seines untrüglichen Gefühls dafür, dass sein Freund kurz vor der Suspendierung stand. Und er wusste auch, *warum* man Längli vom Dienst entfernen wollte. Wittlers Freund hatte nämlich eine unangenehme, nahezu fatale Neigung. Es widerstrebte Wittler, es so zu benennen, aber genau das war es: Spielsucht. Die Sucht, da war sich Wittler sicher, hatte Längli sein Leben lang begleitet. Im Polizeipräsidium wurde darüber geredet, das wusste Wittler. Drei Jahre war er Polizei-Pfarrer gewesen und man kannte ihn dort gut.

Längli sah das Ganze freilich anders. Er hatte das alles unter Kontrolle und tat jede andere Meinung – auch die des Dompropstes – mit einem kurzen „Nonsens" ab.

Als er vor dem Café eintraf, sah er Wittler bereits durch die Glasfront. Er wirkte präsent und saß an seinem Stammtisch. Längli schüttelte etwas Schnee von seinem Kopf, der nahezu unsichtbar auf seiner Igelfrisur gelegen hatte, und schob seine Einsneunzig seitlich durch die nur einen Spalt breit geöffnete Tür. Wittler blickte von seiner Zeitung auf und legte sie zur Seite. Längli schmunzelte. In seinen Augen mutierte der Freund allmählich zu einer Kugel, was aber Länglis Zuneigung für ihn keinen Abbruch tat.

Nach herzlicher Begrüßung und Länglis Bestellung kamen sie schnell zum eigentlichen Grund ihres Treffens. Mit Hilfe seines Memorandums legte Wittler ihm die Einzelheiten aus der Nacht dar und informierte ihn auch über seine Entscheidungen. Längli hörte aufmerksam zu. Schließlich wollte er sagen: Du riskierst deine Karriere, Anastasius. Stattdessen entfuhr ihm: „Du bist bescheuert, Anni!"

Natürlich war die Entscheidung, über den Klöppel-Vorfall den Mantel des Schweigens auszubreiten, von ziemlicher Tragweite. Das wusste Längli. Und dass Wittler das Kapitel nicht einweihen wollte, hatte sicher gute Gründe. Es leckte wahrscheinlich, denn verschiedentlich waren vertrauliche Dinge der Presse zugespielt worden und das hatte diesen elitären Kreis erschüttert. Soviel hörte Längli aus Wittlers Kommentaren schon heraus. Aber die Institution, die seit Jahrhunderten in wechselnden Besetzungen über so viele wichtige Dinge im Zusammenhang mit dem Dom entschied, komplett auszuschließen ...?

ᗡᑦₒºₒ൧

Wittler reagierte keineswegs gekränkt.

Bei jedem anderen als seinem Freund hätte Anastasius Wittler jetzt den Tisch verlassen. Aber er wusste, dass sein Gegenüber das ganz anders meinte, als er es gesagt hatte. Nein, es war gut gewesen, es so zu machen. Schnelles Handeln und absolute Verschwiegenheit, das war das Gebot der Stunde, nichts anderes. Und wenn er dann – mit Länglis Hilfe – das Rätsel gelöst hatte, konnte man immer noch das Kapitel, den Heiligen Stuhl und die Welt darüber in Kenntnis setzen. Kein Problem. Im Gegenteil: Man würde glänzend dastehen.

Also antwortete er nach einigen Sekunden: „Danke für deine Fürsorge, Konstantin. Aber du weißt doch, warum es nicht geht."

Längli aber setzte nach. „Sie werden dich vierteilen."

„Das wird ihnen nicht gelingen." Der Dompropst strich sich unbewusst über seinen Bauch, als die Bedienung seinen Kuchen brachte.

Längli schniefte. „Verlass dich mal nicht zu sehr auf deinen Körper."

Wittler prustete. „Also, was hältst du davon?"

Längli schlürfte an seinem Cappuccino. „Nach jetzigem Kenntnisstand, Anastasius, würde ich jedenfalls nicht von einem Wunder ausgehen." Alle Hinweise deuten auf natürliche und physikalisch erklärbare Umstände hin. Eine offene Tür, Rufe, Rauch, Hitze. Natürlich muss ich mir das vor Ort ansehen. Aber wenn du mich schon fragst: Meiner Meinung nach kann hier der Verursacher nur ein brillantes menschliches Gehirn sein – wenn auch ein krankes."

„Konstantin!", fuhr Wittler hoch, bevor er seine Stimme drastisch senkte. „Sieh dir das wirklich um Himmels Willen erst mal an! Brolôv war ab circa zwei Uhr im Nordturm. Das Ganze muss sich also in maximal einer Viertel- bis halben Stunde ereignet haben. Das ist definitiv *nicht* natürlich! Außerdem gab es noch diesen unerklärlichen Vorfall am Morgen." Wittler spielte hierbei auf die Erwärmung im Dom an, die einige Gottesdienst-Besucher veranlasst hatte, den Dom vorzeitig zu verlassen. „Mein Gott, ich möchte nicht wissen was die Presse aus all dem wieder machen wird."

„Gemacht *hat*! Zeitung gelesen? Ganz witziger Artikel, gezeichnet FPAK, weiß nicht wer dahinter steckt." Länglis Finger trommelten auf der kalten Marmortischplatte. „Anni, weißt du noch, wie wir uns kennengelernt haben?"

„Allerdings. Im Oktober sind es zwanzig Jahre." Wittler hatte erst vor kurzem daran gedacht. Jetzt dämmerte es ihm. „Du meinst doch nicht, dass dieser Forst, dass dieser arme Irre etwas ..."

„*Frost*, Anastasius. Frost, Mirco." Längli gab Wittler eine kleine Demonstration seines begnadeten Gedächtnisses, die ihm beinahe eine Träne des Neids ins Auge trieb. „Geboren 1972, miese familiäre Verhältnisse, möglicher Missbrauch oder Misshandlung, psychisch schwer erkrankt, ziemlich clever. Er war in der Ausbildung zum Bauschlosser, als er versuchte, den Glockenstuhl abzufackeln. Ist in einer Geschlossenen gelandet. Du erinnerst dich."

Nein. Oder ja, doch, Wittler erinnerte sich. Leider aber nicht so genau. „Natürlich", antwortete er. „Herbst '91, unser Pole war da und das Modell der Kreuzblume wurde eingeweiht."

Wittler war angespannt. Derart flapsig über den verstorbenen Papst zu reden, war ungewöhnlich. „Anni", fuhr Längli fort, „ich komme nun mal aus der Naturwissenschaft! Also suche ich Erklärungen dort. Du hingegen hast die Verbindungen zum Heiligen Geist. Ich mache dir also einen Vorschlag: Ich kümmere mich um die Fakten und du suchst nach dem Unsichtbaren."

Wittler war enttäuscht. Aber er begleitete seine nächsten Worte mit mehrfachem Nicken. „Einverstanden. Willst du ... Wo willst du anfangen?"

Sein Freund zögerte einen Moment. Längli hatte noch einen anderen Fall, ein Kapitalverbrechen. Aber der Reiz bei diesem Ereignis mitzumischen und ihn, Wittler, zu unterstützen, war groß: „Im Glockenstuhl. Und beim Falkner. Gib mir mal seine Kontaktdaten."

Wittler war noch kurz alleine im Café geblieben. Er sinnierte über sein weiteres Vorgehen nach. Was war sein Weg? Ihm war klar, dass sein Glaube an Gott und an mystische Zeichen Oberhand gewinnen würde. Zumal bei einem Ereignis, welches – das lag für ihn auf der Hand – wissenschaftlich nicht erklärbar war. Längli würde auch noch dahinterkommen. Wittlers nächster Schritt würde also Recherche sein. Die begann bei ihm zuhause. Seine Bibliothek war umfangreich.

Er ging in die Propstei, stellte sich vor das gewaltige Regal in seinem Arbeitszimmer und stellte eine Leiter auf. Dann begann er Bücher zu ziehen. Zwei Stunden später türmten sie sich auf seinem Schreibtisch, zum Teil aufgeschlagen oder mit Lesezeichen versehen. Wittlers Blick glitt verdrossen an dem Bücherturm hoch. Es erinnerte an den eines Touristen, der vor dem Dom steht und sich entschließen muss, auf die Besteigung zu verzichten.

Schluss! So kam er nicht weiter. Die Geschichten um Köln und den Dom herum waren nett und unterhaltsam. Für jede gab es einen Grund, ein Geschehen, einen Ursprung oder Anlass. Warum sie aber wie und in welche Richtung ausgeschmückt worden waren, das blieb meist im Dunkel.

Da war dieser seltsame Steinfall aus dem 15. Jahrhundert, worauf sogar eine alte Inschrift im Dom hinwies. Ausgelöst durch ein verheerendes Unwetter, hatte sich ein riesiger Stein gelöst und gedroht auf den Dreikönigenschrein zu fallen. Wie durch ein Wunder habe sich in diesem Moment der Schrein bewegt und der Stein ihn um Haaresbreite verfehlt. Die Legende erzählte, dass vier Engel die Ruhestätte der Heiligen Drei Könige verschoben hätten.

Genau: die Legende. Mehr eben nicht. Wittler wusste, er musste den Weg zur Quelle gehen. Bei diesem Gedanken atmete er schwer ein und aus. Das bedeutete nun wirklich eine Begegnung der besonderen Art.

Er musste ihn also vielleicht treffen, diesen eigenwilligen und skurrilen Bibliothekar: Valerius Gidder. Niemand sonst kannte sich besser in der Historie des Kölner Doms aus. Vor allem, wenn es um dessen Mysterien und Legenden ging, die seit Jahrhunderten im wahrsten Sinne des Wortes durch die Geschichte geisterten.

Wie viele Bibliothekare hatte Valerius Gidder seine Schrullen. Die einzigen Menschen, mit denen er sich wirklich verstand, so schien es, waren Kinder. Wittler hatte mitbekommen, dass Gidder mit Kindern sogar einmal in Urlaub gefahren war. Das war allerdings lange her, denn Urlaub hatte der Bibliothekar eine ganze Weile nicht gehabt. Im Gegenteil: Er kam gar nicht mehr raus aus seiner Bibliothek.

Wittler fand das gut. Warum auch nicht? Jede Bibliothek konnte einen arbeitswütigen Bibliothekar gebrauchen und Gidder war zwei Jahre vor seiner Pensionierung wohl darauf aus, die Bibliothek picobello zu übergeben.

Das Treffen mit Gidder würde möglicherweise zu einer Konfrontation werden. Auch wenn dies vielleicht das falsche Wort war. Gidder verhielt sich gegenüber Menschen in hochgestellter Position, wie er, Wittler, es war, durchaus zuvorkommend. Er spielte ihnen gleichzeitig aber nur allzu gerne Streiche. Wittler gluckste. Das war die Krönung gewesen, als der Erzbischof sich auf das Furzkissen gesetzt hatte. Das ausgesprochen lang gezogene Geräusch einer gewaltigen Blähung hatte damals den Leseraum durchdrungen und der Bischof war durch das Entweichen der Luft gefühlt einen halben Meter auf seinem Stuhl hinuntergesackt. Und obwohl er gelassen auf das spontane Lachen der Umstehenden reagiert hatte, war er genervt gewesen. Ha, präziser: Es hatte ihm gestunken. Die anschließende Gereiztheit des Bischofs war Wittler nicht entgangen.

Zufrieden über seinen kleinen Wortwitz, wenn auch nur in Gedanken, nahm Wittler eine Zigarre aus einer der Schreibtischschubladen und ging auf den Balkon.

Das Gelächter der anderen, sinnierte er weiter, war bei Gidders Streichen nicht das Schlimmste. Das Schlimmste war Gidders eigenes Lachen. Er juchzte fast vor Freude, wenn ein Streich gelungen war. Und wenn er kein anerkennendes Wort oder Lächeln vom Geschädigten bekam, wandelte sich sein Lachen in ein derart höhnisches, dass man sich wie ein Idiot vorkam. So gesehen, hatte der Erzbischof Glück gehabt.

Wittlers Stirn zog sich kraus. Wie hatte Gidder diese Eskapaden eigentlich überstehen können? Keine Frage, er hatte irgendeinen heimlichen Fürsprecher. Aber wen? Wittler jedenfalls kannte ihn nicht. Wollte ihn auch nicht kennenlernen. Wer den Erzbischof beschwichtigen konnte, musste zwangsläufig eine ziemliche Machtfülle haben.

Wittler paffte ein paar Züge, wobei ihm auffiel, wie lange er gerade über den Bibliothekar nachgedacht hatte. Vielleicht sollte er lieber auf dessen Wissen und Kenntnisse bauen, statt ihm auszuweichen.

Zurück an seinem Schreibtisch fiel sein Blick erneut auf das Bild mit dem Papst. Kreuzblume, Glockenstuhlbrand, Frost. Konstantin hatte sich erstaunlich schnell mit seiner Meinung über das Geschehen festgelegt. Der würde sich noch wundern, da war sich Wittler sicher. Wichtiger aber war, und mit diesem Gedanken schloss der Dompropst wohlwollenden Gemüts seine Überlegungen ab: Konstantin war mit etwas beschäftigt, was ihn von seiner Sucht ablenkte, und das konnte wahrlich nicht schaden.

Böse „Überraschung"   *Mirco Frost*

005466 Er sah in den Spiegel. Die übergezogene Maske zeigte das Gesicht von Helmut Kohl. Die schlaffe Haut bildete Wangensäcke rechts und links am Unterkiefer. Die Augenbrauen wirkten überzogen dicht. Die wenigen Kopfhaare des ehemaligen Kanzlers wurden von einer hellen, ungewöhnlichen Schirmmütze bedeckt. Eine übergroße Sonnenbrille vervollständigte die Karikatur. Mirco Frost hatte sie an der Maske befestigt. Durch die Fassung sah er die einzige Bewegung in seinem Gesicht: den Wimpernschlag jetzt rehbrauner Augen.

Als er sich auf den Weg machte, um sein Leben vorteilhafter zu gestalten, schien die Sonne schwammig durch frühmorgendlichen Dunst im Spätherbst. Niemand musste das wissen, aber an diesem 11.11.2010 brach für Mirco Frost ein neues Zeitalter an. Er dachte nicht darüber nach, ob es gut oder schlecht war, was er tat oder tun würde. Es war einfach notwendig.

Er hatte lange beobachtet. Früher war er planlos und oft impulsiv gewesen, aber er hatte gelernt. Er war nicht umsonst jahrelang in der Klinik gewesen. Da hatte man ihn gelehrt, warum es Sinn machte „sich zu strukturieren" und wie man Menschen begegnen konnte, ohne sie „vor den Kopf zu stoßen" und noch vieles mehr, was ihn zu einem gesellschaftlich passablen Menschen machte. Das konnte er jetzt. Er hatte das sogar gut gelernt. Er war ein hervorragender Schauspieler geworden, der nicht hervorragte, weil niemand wusste, dass er einer war.

Die Luft drückte sich wattig aus der Kanalisation und passend dazu summte er leise *Lamb lies down on Broadway* vor sich hin. *Genesis.* Ein neues Leben würde geboren werden. Unaufhaltsam. Auf größeren Füßen. Er sah an sich herunter. Schuhgröße Vierzigeinhalb war das einzige, was sich den Proportionen seines Körpers nicht perfekt angepasst hatte. Er schob es auf die zierlichen Füße seiner Mutter. Gut, dass er nur das geerbt hatte.

Mirco setzte sich in Bewegung. Sein Körper war schlank und durchtrainiert, sein lockerer Lauf war rund und rhythmisch. Fünfzehn Minuten bis zur Zweigstelle. Unterwegs fiel er nicht auf. Um diese Uhrzeit nicht und nicht auf diesem Weg. Zwei Kilometer vor seinem Ziel zog er die Maske über. Zum Sessionsbeginn des Kölner Karnevals fiel das nicht auf. In einer Stunde würde sich das Straßenbild mit weitaus mehr Maskierten gefüllt haben.

⸎ ₒ°ₒ ₔ

Die Räumlichkeiten der Stadtsparkasse waren klein und durch die Verantwortlichen kostensparend und vorteilhaft für Mirco Frost in einer Seitenstraße angemietet worden. Ein leichter Schweißfilm lag auf seinem Gesicht unter der Maske.

Die Frau kam wie immer pünktlich. Die schwere Stahltür des Nebeneingangs war durch eine Nummernkombination gesichert. Wie immer gab sie den Code ein und drehte den Kopf nach links, um durch einen Blick auf eine winzige Leuchtdiode die Bestätigung der Zahlen zu erhalten. Ein Summen ertönte und sie drückte die Tür auf. Dass sie Türen hinter sich nicht zufallen ließ, sondern sie mit der Klinke in der Hand zurückführte, wurde ihr zum Verhängnis.

Mirco Frost rammte die Tür mit Wucht nach innen, bevor sie ins Schloss einrasten konnte. Er hörte ihren kurzen Aufschrei, bevor ihr Körper hinter der Tür gegen die Wand schlug. Ohne zu Zögern ging er in den dunklen Korridor und betätigte den Lichtschalter. Sah, wie die Frau bewusstlos an der Wand herunterrutschte. Trat wieder an sie heran. Sie war auf den Boden gesunken, ihr Nasenbein gebrochen, Blut rann aus der Nase. Die Hand, die die Türklinke geführt hatte, stand in einem unnatürlichen Winkel vom Gelenk ab.

Er beugte sich von hinten über sie und wollte ihr unter die Achseln greifen und sie aufrichten. Sie begann zu stöhnen und zu wimmern. Als ob es geplant gewesen sei, verdrehte er jetzt ihren Kopf mit einem kräftigen Ruck nach links. Gleichzeitig mit dem Knirschen der Halswirbel und des Genicks, fiel die Eingangstür mit einem sanften Klicken ins Schloss. Unter seiner Jacke zog er drei Einkaufstüten hervor. Er nahm die Maske samt Brille ab, verstaute sie in einer der Taschen. Er schwitzte nicht. Es wurde dunkel. Er schaltete das Licht wieder an. Er entwendete der stellvertretenden Geschäftsführerin die Schlüssel und zog sie an den Füßen zum Absatz der Kellertreppe und die zwölf Stufen hinunter in den Vorraum. Das Licht ging erneut aus. Im dunklen ging er die Treppe hoch, setzte sich auf die Treppe, nahm ein Handy aus der Schatulle am Gürtel und begann ein Solitärspiel.

Seine Gedanken wanderten dabei. Er hatte ein unauffälliges Leben gelebt auf den Jahrmärkten der Republik und wie nebenbei seine Kenntnisse erweitert. Hätte er gewollt, hätte er nicht nur seinen Meister als Schlosser, sondern auch als Elektroniker machen können. Oder Architektur studieren. Wer wusste schon, was man auf dem Rummel und mit ein paar Handbüchern lernen konnte? Dass das Klima auf diesen Märkten streng sein konnte, hatte ihn nicht gestört. Genau wie seine Schwester konnte er sich wehren. Gut sogar.

Nach zehn Minuten überprüfte er seine Waffe, zog eine schwarze Sturmhaube über und stellte sich hinter die Eingangstür.

Als der Filialleiter das Treppenhaus betrat, hatte der schwarze Trainingsanzug Mirco Frost in der Dunkelheit des Treppenhauses unsichtbar gemacht. Er sah, wie das rote Licht am Druckschalter kurz verschwand, als sich die Hand des Filialleiters darüber wölbte. Als das Treppenlicht anging, war Mirco bereits hinter ihm und legte die Pistole an seinen Kopf.

„Keine Bewegung", sagte er, und: „Nicht, ...und Schnauze", als er den Ansatz zu einer spontanen Kopfbewegung des Mannes wahrnahm. Er beobachtete ihn weiter, während er eine Schachtel aus der Hosentasche zog; er klemmte ein Streichholz zwischen Unterkante und Fassung des Druckschalters. Dann packte er den Filialleiter von hinten am Kragen. „Runter" sagte er und schob ihn zur Kellertreppe. Als sie die Angestellte auf dem

Boden liegen sehen konnten, sprach Mirco Frost dem Mann von hinten leise ins Ohr: „Überraschung."

Der Filialleiter schien mutig. „Um Gottes Willen, was tun Sie hier, Sie sind ja wahnsinnig!"

Mirco stieß mit dem Lauf der Waffe den Kopf des Gegenübers an. „Jaja, natürlich bin ich wahnsinnig. Weißt du was? Jeder, der eine Waffe in der Hand hält ist das. Aber da bin ich nicht allein, Arschloch. Der Polizist, der Bodyguard, der Soldat, alle haben sie Waffen. Und natürlich sagst du jetzt, dass es auf den Zweck ankommt. Das *ist* ein guter Zweck, glaub's mir. Ha."

Mirco hatte tatsächlich laut aufgelacht.

„Umdrehen."

Aus dem Stiernacken des Filialleiters trat Schweiß. Langsam wandte er sich um und starrte auf die Schlitze der Sturmhaube vor ihm. Angstvoll folgte sein Blick den Bewegungen von Mirco Frosts Pupillen. Wie Kaninchen und Schlange, dachte Mirco und lächelte. Der Mann würde ohne Zögern alles tun, was ihm aufgetragen wurde. Mirco hielt die Schlüssel der Frau hoch und rasselte damit. „Wahnsinnig? Dann wissen Sie ja, worauf es ankommt, oder?"

Im Südturm   *Klara Plump und Längli*

005467 Die Frau starrte ihn an. Für eine Sekunde dachte Längli, sie würde unter dem schmalen Tresen eine Waffe hervorziehen. Aber es war nur ein Butterbrot. Fein säuberlich verpackt in Alufolie. So, wie sie das Brot auspackte, war Längli klar, dass sie recht hatte: Therese Homm, Aufseherin im Südturm des Kölner Doms mit Refugium im Glockenstuhl, vergaß nichts. Auf die freundlich gestellte Frage, ob es nicht durchaus möglich und menschlich sei, etwas zu vergessen, hatte sie zurückgebellt: „Noch nie, noch nie habe ich vergessen, diese Tür abzuschließen. Was glauben Sie, ist hier meine Aufgabe, Herr Kommissar! Warum fragen Sie?"

Längli hatte einen Moment gezögert und mit der Floskel geantwortet, dass der Dompropst lediglich einige Verdachtsmomente bezüglich des Klöppel-Falls habe ausschließen wollen.

Der kurze persönliche Eindruck, den er von der Aufseherin gewann, reichte Längli völlig. Da oben über dem Glockenstuhl die Decke verhängt und Therese Homm nicht eingeweiht war, konnte sie ihm über das Klöppel-Geschehen sowieso nichts erzählen.

Am Vormittag hatte Längli sich bei Wittler die Bilder angesehen und war durchaus beeindruckt gewesen. Ein bizarrer Anblick, diese drei stacheligen Ringe. Die Tatsache, dass irgendwer das technisch bewerkstelligt hatte, war für seinen Freund nicht vorstellbar gewesen. Längli sah das anders. Auch wenn es so ein Phänomen noch nicht gegeben hatte, traute er eine solche Meisterleistung dennoch jemandem zu. Zudem gab es Mittel und Wege von Sinnestäuschung, von denen kaum einer eine Ahnung hatte. *Er* schon. Natürlich hätte hier auch die Spurensicherung hergehört. Aber das war unter den gegebenen Umständen nicht möglich.

Längli ließ Therese Homm in ihrer Kabine zurück und ging den Besucherrundgang um die Glocken herum. Er sah die Stelle wo die Bäckchen des Klöppels entfernt worden waren. Es wurde heller. In der Werkstatt unterhalb des Glockenstuhls war Licht angegangen. Gut. Offensichtlich war Personal vor Ort. Eine Visite dort würde Sinn machen.

Er ging zurück zu der Aufseherin, die ihr Brot verzehrt hatte und dabei war, die Alufolie zu falten und zu verstauen.

„Entschuldigen Sie noch einmal, Frau Homm." Längli zog ein eingerolltes Din A4-Blatt aus der Innentasche seines Mantels und breitete es vor ihr aus. „Der Mann auf dem Bild hier ist heute knapp zwanzig Jahre älter, trotzdem: Haben Sie ihn hier oben vielleicht einmal gesehen?"

Therese Homm betrachtete das Bild neugierig. „Gott, was für Augen. Nein, nein, das wäre mir aufgefallen. Aber vielleicht war er hier, als ich keine Schicht hatte. Hab ja zwischenzeitlich auch noch anderes zu tun. – Ist ein Krimineller, oder?"

Längli zwinkerte ihr zu und spürte kurz darauf ihren missbilligenden Blick im Rücken, als er den Glockenstuhl gegen die angegebene Laufrichtung verließ. In der Krümmung zur Wendeltreppe stieß er fast mit einer

Frau zusammen, die ihm bekannt vorkam. Vielleicht war es sein Gesichtsausdruck des Wiedererkennens, der sie veranlasste, ihn kurz zu grüßen.

Kräftig klopfte Längli ein Stockwerk tiefer an der Werkstatttür und ein Handwerker der Dombauhütte öffnete ihm. Er zeigte seinen Ausweis und das Foto von Mirco Frost.

„Nee, der war nich wieder hier. Lange her, oder?" Die Antwort war ein guter Beweis dafür, dass die Dombauhütte ihre Arbeitnehmer sehr lange beschäftigte und Frost einen bleibenden Eindruck hinterlassen hatte. „Oh ja. Darf ich mich mal umsehen? Ich habe den Bereich noch nie gesehen." Der Handwerker winkte ihn herein.

Die Werk- und Lagerstätte hatte einige Türen. Längli stellte sich seitlich an eine von ihnen, verschränkte die Arme und inspizierte von dort aus in aller Ruhe den Werkstattbereich. Holz, Stromkabel, Stahlschränke, Bauschlosserwerkzeug, Reservescheinwerfer, hier und da immer wieder recht undefinierbare alte Werkzeuge, die sicher bereits Jahrzehnte ungenutzt an den Wänden standen.

Länglis Blick folgte den Stromkabeln, die in den Raum unterhalb des Glockenstuhls führten. Feuersichere Doppeltüren trennten diesen vom Lagerraum des Südturms. Längli setzte sich in Bewegung. Genau wie im Nebenraum lagerten in diesem Teil der Werkstatt uralte Gerätschaften; unter anderem ein großer kugelrunder Klöppel, der irgendwann einmal zu einer der Glocken des Doms gehört hatte. Auf einer alten elektrischen Tafel zeigten kleine Birnen – angelegt wie der Grundriss der Kathedrale – an, welche Lampen im Dom gerade Licht spendeten. Alle diese Teile vermittelten das Gefühl, er befinde sich in einer Art natürlichem Museum.

Längli sammelte sich. Hier lief einiges an Strom zusammen. Starkstrom. Für schweres Gerät und auch für die Glocken. Er begutachtete den Sicherungskasten. Und lächelte. Der erste Mosaikstein war gefunden. Die Plombe, die das unbemerkte Öffnen des Kastens verhindern sollte, umschloss zwar die Löcher der an den Kastentüren angeschweißten Bleche, aber kaum sichtbar auf der Rückseite war der dazugehörige Draht zusammengedreht worden. Jemand hatte sich also unbefugt am Strom bedient. Längli zog sein Handy und machte ein Foto von der Plombe.

Durch die Öffnung zur Petersglocke kam ein kleines Papierflugzeug geflogen. Oben an der Brüstung stand neben anderen Besuchern eine blonde

Frau und grinste. Es war dieselbe, die sich auf der Treppe so eng an ihm hatte vorbeidrücken müssen. Längli hob das Papier auf und faltete es auseinander. Runzelte die Stirn. Eine Handynummer. Er blickte nach oben, aber die Frau war weg.

Klara Plumps linke Augenbraue hatte gezuckt. Es war in ihrem Leben stets ein Zeichen dafür, dass etwas nicht stimmte. Warum, wusste sie nicht. Aber genau deswegen war ihre Präsenz am Dom kein Zufall. Bereits am Tag der Pressekonferenz war es geschehen. In Eile war sie kurz vorher mit einer orange gekleideten Reinigungskraft der Abfallwirtschaftsbetriebe – wie sich die Müllabfuhr ja neuzeitlich nannte – zusammengestoßen. Dem Mann war dabei die Mütze vom Kopf gefallen. Er bückte sich seelenruhig. „Leeven Jott, langsam, Mädschen, langsam.“

Da war dieses Zucken aufgetreten. Und dann bei der Pressekonferenz. Als der Sprecher dort von den „Überresten“ des Klöppels sprach, hatten die Nerven über Klaras Augen erneut Alarm geschlagen. Was hatte das zu bedeuten?

Einen Tag später erinnerte sie ein blauer Fleck am Oberarm an den Rempler mit der Reinigungskraft. Und wieder hatte es gezuckt! Da war ihr die Mütze von Mr. Orange eingefallen. Aber in einem ganz anderen Zusammenhang. Das war eine besondere Mütze. Tatsächlich lag ihr Hauptaugenmerk derzeit nämlich auf einem brutalen Bankraub, der vor ungefähr zwei Monaten stattgefunden hatte, zum Beginn der Kölner Karnevalssession, am 11.11.17. Bei dem Überfall hatte der Täter eine Mütze getragen und die war mehr oder weniger gut auf einem recht lächerlichen Fahndungsfoto der Polizei abgebildet. Sie war sich nicht sicher gewesen, aber die Mütze dieses Mannes der Abfallwirtschaftsbetriebe, sah dieser ausgefallenen Kappe ähnlich. Die musste sie einfach noch einmal sehen. Die Reinigungskraft war speziell für die Sauberhaltung der Domumgebung zuständig und täglich am Dom. Also konnte sie ihn dort gut abfangen.

Und wen traf sie hier am Eingang zum Südturm? Just in dem Moment wo sie besagten Mr. Orange aufsuchen wollte? Ausgerechnet dieser in der Soko „Mütze“ tätige Kommissar. Längli hieß er. Recht unwahrscheinlich, dass der nur zum Spaß den Turm bestieg. Mr. Orange musste deshalb warten.

Klara hatte zwei Minuten gewartet und war dann Längli über die Wendeltreppe gefolgt. Eine Besucherin vor ihr trug hochhackige Schuhe, was den Aufstieg verzögerte. Der kleine Zusammenstoß mit dem Kommissar im Gang zum Glockenstuhl war sehr überraschend gewesen. Er schien sie wiederzuerkennen. Von einer Pressekonferenz? Im Glockenstuhl sah sie, dass das Dachgestühl über den Glocken abgehängt war. Sie hatte sich an das Häuschen der Aufseherin gestellt und nachgefragt. „Wegen Renovierungsarbeiten" hatte diese gesagt. Trotzdem: Ein Zusammenhang mit dem Fall des Klöppels war nicht auszuschließen.

Aber den Glockenstuhl raufklettern und hinter die Plane zu sehen, war bei dieser Aufseherin unmöglich. Zudem störten die Touristen. Dann hatte Klara durch die Öffnung unter der Petersglocke Längli gesehen und spontan den Papierflieger gefaltet. Längli würde sich melden. Dafür hatte sie ein Gespür.

Zwanzig Minuten später klopfte auch sie an die Werkstatttür im Südturm, die aufging, bevor sie es ein zweites Mal tun konnte. Sie setzte ihr süßestes Lächeln auf und fuhr mit der Hand durch ihre blonden Locken. „Ist der Kommissar schon weg?"

„Jooh, vor fünf Minuten. Die Kopie hab ich da aufgehängt." Der Daumen des Technikers wies über seine rechte Schulter.

„Aah, ja. Dürfte ich mal ...?" Klara Plump trat einen Schritt nach vorne.

Der Techniker drängte sie resolut zurück. „Nee, 'tschuldigung, jetzt wirklich nich mehr. Wollte gerade weg." Er schloss die Tür hinter sich ab. „Der Attentäter wird Ihnen nach zwanzig Jahren wohl nich mehr davonlaufen."

Klara Plump ging die Wendeltreppe hinunter und hing diesen Worten nach. Sie wusste nicht mehr, wie der Mann hieß, der da vor zwanzig Jahren im Glockenstuhl gezündelt hatte, aber sie erinnerte sich an diese Geschichte. Sie war in den Zeitraum ihres Volontariats beim „Anzeiger" gefallen.

Klaras Kehle wurde trocken. Der Gedanke an ihren ehemaligen Coach, den Redakteur Henry Folkt, brachte sie leicht aus dem Gleichgewicht. Sie blieb stehen, holte eine Flasche Wasser aus ihrer Tasche, ließ ein paar

Besucher passieren und trank einen Schluck. Der Mann, der ihr so viel beigebracht hatte und so früh verstorben war, war eine Gedenkminute wert.

Name und Foto des offenbar geistig verwirrten Attentäters würde sie leicht ausfindig machen. Aber: Warum kümmerte sich Kommissar Längli ausgerechnet nach dem Klöppel-Ereignis um diese alte Geschichte? Sabotage? Ein zweiter Versuch des kranken Attentäters? Nach zwanzig Jahren? Möglich wäre es, aber der Gedanke schien ihr zu weit hergeholt. Und selbst wenn, warum sollte ein solcher Vorfall verheimlicht und die Öffentlichkeit getäuscht werden?

Sie trat auf den Domplatz. So, neue Konzentration. Ihr Blick wanderte und suchte den orangen Punkt. Mist. Wo war jetzt der AWB-Mann?

Schule   *Jonas, Charlotte und Alvis*

005468 Das Gebäude war mehr zweckdienlich als schön und niemand könnte sagen, dass das nicht sein Sinn war. Auf der Volks- und Hauptschule in Innenstadtnähe, hatte Jonas dem Montessori-Prinzip entsprechend – spielend gelernt. Das Madame-Curie-Gymnasium im Vorortviertel bot diesen Vorzug nicht mehr.

Das Atrium im Zentrum dieses Komplexes war mit Abstand der angenehmste Platz. Es war hell und ringsum von hohen Stufen umgeben. Ein Ort für schöne Begegnungen, dachte Jonas, der auf der untersten Stufe kniete, was angesichts seiner Beschäftigung fast angebracht war, denn das Objekt seiner Begierde saß eine darüber. Das Geschreie und Gemurmel von gefühlt tausend Schülern störte ihn nicht. Aber etwas anderes wurmte ihn. Seit er die Drops gekauft hatte, waren Wochen vergangen und ihm war klar geworden, dass sie nach und nach in ihrer Tüte verkleben würden – wenn er nicht langsam in Bewegung kam. Aber das war nun mal so: An Mädchen, die er toll fand, ranzukommen, war für ihn zentnerweise schwerer als bei denen, die ihm egal waren.

Zum Film hatte Charlotte zwei Freundinnen mitgebracht, da war nicht viel zu machen gewesen. Aber schließlich hatte seine Masche hingehauen. Wenigstens zum Teil.

Charlotte hatte die Augen geschlossen. Die vollen Lippen in ihrem Puppengesicht waren erwartungsvoll geöffnet. „Nun mach schon!"

Aber Jonas war für einen Moment zu vertieft in den Anblick des sommersprossenverzierten Gesichts, das – umrahmt von roter Haarflut – sicher eine ideale Vorlage für Puppenhersteller bei der Arbeit gewesen wäre. Schließlich setzte er den Drops leicht an Charlottes Unterlippe. Als ihre Zunge sich des Leckerbissens bemächtigte, schoss ihm kurz ein schöner Gedanke durch den Kopf und er seufzte unhörbar. So weit war man noch nicht. Leider. Ihm war zwar nicht ganz klar, warum, aber sie hatte ihm deutlich signalisiert, dass eine Ruckzuck-Geschichte mit ihr nicht drin war. Das war auch nicht *sein* Ding, aber er hätte es gerne gesehen, wenn sie ihm ... etwas mehr Vertrauen schenken würde, als gerade bei dieser kleinen Fütterung. Er blickte auf und grinste. Über Charlottes Kopf zeigte sich die große Gestalt seines Freundes. Es freute ihn, Alvis zu sehen. Aber der grimmige Ausdruck in Alvis' Gesicht verhinderte eine angemessene Begrüßung. „Hi Alter, endlich wieder im Lande?"

„Nee, endlich wieder in der Stadt! Auf dem Land war ich lang genug." Durch ungewohnt dicke Brillengläser sah Alvis zu Charlotte, die sich zu ihm umgedreht hatte. „Hi."

„Hi." Es krachte, als Charlottes Gebiss dem Drops ein splittriges Ende machte.

„Komm, Al, setz dich." Jonas winkte ihn heran.

$\smile^{\triangledown}{}_\circ{}^\circ{}_\circ\mathfrak{D}$

Alvis zögerte. Er war heftig irritiert von dem, was er gerade gesehen hatte, aber wenn nicht jetzt, wie würde er sonst wenigstens mal ansatzweise in Kontakt mit Charlotte kommen können? Ihm war klar, dass er offensiv sein musste, aber dazu sollte er seine Gefühle erst besser in den Griff kriegen. Er sah sich um und dann auf die Armbanduhr. „Pause ist gleich zu Ende", murmelte er und setzte sich trotzdem neben Charlotte. „Und", wandte er sich an Jonas und versuchte zu grinsen, „was macht die Liebe?"

Das war bescheuert. Grenzenlos bescheuert! Blendende Kontrolle! Warum war der Boden unter ihm nicht weicher, das Versinken wäre leichter.

„Ups", Charlotte stupste Jonas mit dem Fuß an, „wusste gar nicht, dass ihr euch so gut kennt."

Jonas grinste sie an. „Ja, uns verbindet eine starke Liebe, weißt du."

Alvis wurde rot.

Jonas war cool. „Weißt du doch sicher. Hat die Bayern am Wochenende niedergemacht. 3:2! Eine vernichtende Niederlage für die Lederhosen! – Wie war's in der Klinik, Alter?"

„FC, FC, FC ... Wie gut, dass Jungs so etwas Beständiges in ihrem Leben haben. Was ist passiert?" Charlotte sah direkt zu Alvis.

„Hab kurzfristig den Durchblick verloren, ist aber gutgegangen. Augen-OP. Das hier", und er deutete auf seine Panzerglasbrille, „ist nur vorübergehend." Das klang abschließend, hoffte er.

„Na, das ist ja schön." Charlottes Worte klangen aufrichtig. „So, Jungs, ich schwirr mal ab. Hier", und dabei reichte sie Jonas eine Zeitung, die sie aus ihrer Riesentasche herauskramte, „da ist der Artikel von meinem Patentantchen über die Klöppel-Geschichte und den Rest. Wolltest du ja mal lesen. Wär auch was für dich ... äh, Alvis, Deutsch Leistung, oder? Klara schreibt gut. – Danke für die Drops." Sie verschwand in Richtung Seitentrakt.

Das mit dem Lesen oder generell mit dem Sehen war bei Alvis gerade so eine Sache. Allein die Suche nach einem Arzt, der sich seiner Augen angemessen annehmen konnte, war nicht leicht gewesen. Alvis erzählte nicht gerne von seinen Klinikaufenthalten. Sie nervten schlichtweg. Immer war es irgendwas anderes oder wieder dasselbe, das Probleme bereitete und ihn zwang, die Schule für kürzere oder längere Zeit zu verlassen. Es war zwar wichtig, aber anstrengend, davon zu erzählen. Was da konkret in seinem Körper geschah, war schwer zu begreifen: was einerseits getan wurde, um die direkten Schäden zu beheben, andererseits, um das defekte Gen selbst zu erforschen. Eine vertrackte Mammutaufgabe, gerade Letzteres. Selbst Jonas, der, aufmerksam wie kaum ein anderer, oft seinen Erklärungen zugehört hatte, hatte irgendwann gesagt: „Uih, lass gut sein. Das kapier ich einfach nicht."

Nur Tib, natürlich Tib!, der begriff, was es bedeutete wenn sich der Augeninnendruck erhöhte, weil das Kammerwasser nicht vernünftig abfloss. Und wenn man da nichts machte, gingen letztlich die Nervenfasern des Sehnervs den Bach hinunter und verabschiedeten sich ... auf nimmer Wiedersehen. *So* war das.

Alvis sah Charlotte nach. „Bist ja weit gekommen. Sie isst dir schon aus der Hand."

„Stimmt. Aber das war's auch schon, leider." Jonas verstaute den Artikel in seiner Tasche.

„Was denn, sie geht nicht mal mit zum FC?" Alvis reagierte auf das Ertönen der Schulglocke und stand auf, wartete aber innerlich gespannt auf Jonas' Antwort.

„Mädchen sind kompliziert", sagte der nur, „das wirst du ja wohl nicht abstreiten."

„Hatte noch nicht das Vergnügen!" Alvis hatte dabei unmerklich aufgestampft.

„Oh, eiersüffig?", antwortete Jonas. „Aber wie schief Frauen manchmal gewickelt sind, bekommst du auch mit, wenn du nicht mit ihnen gehst." Er schloss kurz die Augen. „Jetzt erzähl mal: Wie ging es mit den Augen? Deine Mutter hatte am Telefon nicht viel Zeit. Kannst du die Linsen nicht tragen?"

Alvis wusste, dass Mädchen sein heikles Thema waren. Dass Jonas es gewechselt hatte, fand er gut. Trotzdem zog er eine Grimasse. „Hätte ich sonst Mikroskope auf der Nase? Muss zum Kurs, bis später."

„Hee." Jonas rief ihm nach. „Heeeh!"

Alvis ging weiter, drehte nur kurz den Kopf. „Komm halt endlich mal bei uns vorbei. Tib ist übrigens wieder da. Wird Zeit, dass du ihn kennenlernst. Zumindest, wenn du mal was über deinen Traum erfahren willst. Unser Viertel stinkt übrigens nicht ..."

„Dann am Donnerstag. Okay?"

Alvis versuchte cool zu bleiben. Er drehte sich nicht um, sondern hob nur den Arm und signalisierte mit erhobenem Daumen sein Einverständnis.

Jonas blieb sitzen. Alvis Wohnviertel stank nicht. Das stimmte, obwohl eine Kölner Müllkippe dort in der Gegend war. Aber warum hatte er Alvis eigentlich noch nie besucht?

Jonas beobachtete, wie die meisten Schüler das Atrium verließen. Die große Uhr im Atrium gab ihm Zeit. Gut, das würde reichen, um vor dem Theater-Workshop bei Hennes was zu trinken. Dort konnte er auch noch einen Blick in die Zeitung werfen. Wenn der Fall des Klöppels irgendetwas damit zu tun hatte, bekam er in dem Artikel vielleicht einen Hinweis.

Die Schwarz-Weiß-Bilder aus der Nacht zum Dreikönigentag hatten sich in seinem Kopf festgesetzt. Er träumte weniger intensiv zurzeit und so eine Geschichte mit den Augen wie in jener Nacht war ihm seither nicht mehr passiert. Das hatte seine Situation entspannt, fand er. So hatte er seine Zeit besser nutzen können. Dafür – und da hatte Alvis ja vollkommen recht – aß Charlotte ihm schon aus der Hand.

Ein freches, aber freudiges Grinsen begleitete diesen Gedanken.

Der Bibliothekar *Wittler und Gidder*

005469 Obwohl er vorbereitet war, spürte Wittler Schweiß auf der Stirn, als er die Treppen zur Bibliothek hochstieg. Es wurmte ihn, dass er bei Gidder hatte anfragen müssen, wann es diesem am besten passte. Das ermöglichte Gidder irgendeinen Schabernack mit ihm zu treiben. Er öffnete die Tür zum Lesesaal. Die Ruhe, die Wittler sogleich umfing war trügerisch. Vereinzelt nahm er das Blättern von Buchseiten wahr, aber seine Konzentration richtete sich auf das Ende des Saals. Dort befand sich das Büro des Bibliothekars, von wo dieser alles Geschehen im Lesesaal durch ein Fenster kontrollieren konnte.

Gidders Reich.

Alles wäre einfacher, wenn Gidder nicht diese fürchterlichen Angewohnheiten hätte. Wittler verlangsamte seine Schritte und registrierte erst jetzt die von ihren Büchern kurz aufblickenden Bibliotheksbesucher. Sein Unmut über die Situation wuchs. Wittler mochte Gidder nicht und konnte ihn nicht richtig einschätzen. Vielleicht mochte er ihn auch nicht, *weil* er ihn nicht richtig einschätzen konnte. Aber *Wittler* war es nun einmal, der etwas von Gidder wollte und nicht umgekehrt und das behagte ihm überhaupt nicht. Deshalb hatte er sich vorbereitet. Er hatte Erkundigungen über den Bibliothekar eingezogen. Wie war Gidder an seinem Arbeitsplatz eigentlich positioniert? Trotz diesen Streichen hatte er einen respektablen Ruf unter den Mitarbeitern. Wieso, das war Wittler schleierhaft.

Ein anderer Punkt war Gidders Beziehung zu Kindern. Und das, obwohl er ledig und ohne Verwandte war! Auch jetzt, als Wittler die Tür von Gidders Raum aufdrückte, meinte er ein Flüstern aus den Gängen des Archivs zu hören. Brachte er sie ungefragt mit? Es hieß, er sei ihr Onkel und müsse sie ab und an beaufsichtigen. Das war Wittler schon früher einigermaßen merkwürdig erschienen. Es hatte in der letzten Zeit weiß Gott im klerikalen Bereich genug Ärger aufgrund solcher Dinge gegeben. Musste diesen Geschichten denn unbedingt weitere Nahrung gegeben werden? Da verstand er überhaupt keinen Spaß, da hatte er keinerlei Verständnis!

Gidder empfing ihn in etwa so, wie Hannibal Lecter in *Das Schweigen der Lämmer* in seiner Kerkerzelle die FBI-Agentin Clarice Starling. Kerzengerade stand der Bibliothekar nämlich neben seinem Schreibtisch als Wittler das Büro betrat.

„Aha, da ist er ja, der Herr Dompropst höchstpersönlich. Wie ist das werte Befinden?"

Gidder unterstrich die altmodische Anrede, indem er mit der linken Hand am Rücken und der rechten vor der Brust vor Wittler dienerte. Um dem Ganzen die Krone aufzusetzen, schlug er leicht die Hacken zusammen, schielte über den Rand der Kassenbrille und streckte ihm dann die rechte Hand entgegen.

Wittler blieb nichts anderes übrig, als ein paar Schritte auf ihn zuzugehen und einzuschlagen; und hatte damit trotz höchster Aufmerksamkeit bereits verloren. Ein harter Stromschlag durchfuhr seine Hand. Wild zuckte er zurück.

„Ha!" Gidder japste vor Freude und grinsende Gesichter aus dem Lesesaal waren auf sie gerichtet. Dann öffnete Gidder seine Hand und zum Vorschein kam eine kleine Blechbüchse, in der eine Feder einen Metallstift zu extremer Vibration brachte.

Wittler reagierte hervorragend. „Gidder, Sie Halunke. Grandios. Wo haben Sie *das* Ding denn her? Aus dem Internet?"

„Neeeeiiiiin!" Zwei Arme flogen abwehrend nach vorne, was Gidders extreme Abneigung gegenüber dem Medium verdeutlichte. „Zauberkönig", strahlte er dann dem Dompropst in nahezu kindlicher Freude entgegen.

„Darf ich mal sehen?" Wittlers Interesse war jetzt Strategie. „Originell, wirklich originell." Er gab Gidder die Blechdose zurück. „Tut mir nur leid, dass ich so wenig Zeit habe", setzte er fort.

„Dann kommen Sie vielleicht besser ein anderes Mal?" Gidder hatte die kleine Unverschämtheit geschickt in eine Frage verpackt. Er trug eines seiner vorsintflutlichen Nylon-Hemden, deren unrettbar vergilbte Achselhöhlen ein peinlicher Hinweis auf seine Ausdünstungen war. Ähnlich tödlich wie diese waren auch Gidders Gegenmaßnahmen. Wer die Augen in seiner Gegenwart schloss wusste nie, ob er sich in einem begehbaren Wäschepuff oder in einem Blumenladen befand.

Wittler atmete tief aus. „Ach, Gidder, wenn Sie *mein* Programm kennen würden ...“ Er unterstrich dies mit der „Was soll ich machen“-Pose ausgebreiteter Arme, was seine Jacke gefährlich unter Spannung brachte.

Der Bibliothekar machte eine einfache, aber nachdrückliche Geste. „Bitte, Herr Dompropst.“

Wittler setzte sich mit leichtem Ächzen und trug seine Anfrage vor. Gidder ließ sich Zeit bei der Antwort. Er rieb sich die Narbe an seiner Stirn, die er sich als Jugendlicher bei einem Motorradunfall zugezogen hatte. „Sie fragen also nach Ereignissen im Umfeld des Doms, bei denen Metall verflüssigt und wieder in feste Form gebracht wurde?“

Wittler beobachtete, wie Gidder beim Nachdenken mit der Zunge im Mund herumfuhr, um die Prothese zu fixieren. „Ja, das habe ich gefragt. Sind Ihnen solche ..., solche Ereignisse durch Ihre Quellenstudien bekannt?“

„Nicht, dass ich da spontan etwas wüsste, ...“ Gidder atmete langsam ein und aus, bevor er weitersprach, „... abgesehen von den ganz offensichtlichen Dingen natürlich.“

Wittler sah Gidder fragend an. Da wollte sich einer die Details aus der Nase ziehen lassen.

Gidder lehnte seinen Kopf so weit zurück, dass Wittler in seine Nasenlöcher sehen konnte. „Naja, der Brandabbruch des alten Doms und die Erstellung von Werkzeug und Ähnlichem bei den Bauphasen seit der Mitte des 13. Jahrhunderts vor Ort.“

„Ja, ja, natürlich, das stimmt. Aber ich ...“, Wittler wand sich, „... ich bin eher auf der Suche nach ...“

„... nach etwas Mystischem?“ Gidders Zunge leckte über seine Unterlippe.

„Ja, ja, so könnte man es nennen.“

„Eine sehr spezielle Frage, wenn Sie die Bemerkung erlauben, lieber Herr Dompropst. Der Grund dafür würde mir bei der Suche möglicherweise behilflich sein.“ Gidder legte die Hände auf den Schreibtisch, schob die Finger ineinander, begann, die Daumen umeinander rotieren zu lassen. Wittler schwieg, so lange er konnte. Da war er bereits, der Punkt, an den er nicht hatte kommen wollen. Und die Daumen des Bibliothekars drehten sich ungerührt weiter.

Wittler überwand sich. „Also, was ich Ihnen jetzt sage, Gidder, ist streng vertraulich. Wir haben einen Fund gemacht. Er ist ungewöhnlich und definitiv noch nicht spruchreif. Tief, äh, tief unten im Fundament ..."

Oben, dachte Gidder mitleidig, Sie lügen, Anastasius Wittler, und Sie lügen schlecht. Sie meinen oben, wahrscheinlich im Glockenstuhl, blöde bin ich ja nicht.

Mehr brauchte er nicht wissen. Dann sagte er: „Nun gut. Ich werde suchen, Herr Dompropst, ich werde suchen. Und ich melde mich bei Ihnen, wenn ich fündig geworden bin."

Besuch mit Bauchschmerzen *Jonas, Alvis und Tiberius*

005470 Jonas war speiübel. Und je näher er Alvis' Wohnviertel entgegenradelte, desto schlechter wurde ihm. Eine Lebensmittelvergiftung? Was hatte er vorhin gegessen? Er fragte sich, was er eigentlich hier wollte. Er beschrieb einen Halbkreis auf der breiten Straße und fuhr zurück. Zweihundert Meter weiter drang ein Gedanke in sein Bewusstsein. Er wollte Alvis besuchen. Tatsächlich das erste Mal. Seit sie sich bei der kleinen Keilerei bei Hennes näher kennengelernt hatten. Vor über einem halben Jahr. Wo war er jetzt? Gab es einen konkreten Grund? Der Traum. Alvis und sein Opa wollten mit ihm über den Traum reden. Eigentlich schon letzte Woche, aber da war es ihm so dreckig gegangen, dass er es abgesagt hatte. Er wendete wieder und ignorierte, so gut es ging, seine Übelkeit.

Als er durch das Gartentor trat, sah er als erstes das Häuschen von Tiberius Schlagbaum. Gut einhundert Meter weiter hinten zeigte sich über und zwischen verschiedenen Bäumen das Haus der von Odenthals. Haus klang da wirklich banal. Das war eine fette Prachtvilla. Wenig Geschnörkel zwar, aber zweistöckig und umgeben von einem Riesengarten. Das, was er von der Veranda sehen konnte, hatte Ausmaße, als bräuchte man sie ab und zu um Tennis zu spielen. Er war nervös und spürte seinen Bauch wieder stärker. Aber in diesem Moment kam Alvis locker und entspannt vom

Haus her über einen kleinen Weg zum Gartentor. „Hi." Sie betrachteten die Villa. „Erbschaft zu Lebzeiten", kommentierte Alvis ohne Mimik und sie gingen auf die kleine Terrasse von Tiberius Schlagbaum' Häuschen. „Wenn du willst, zeige ich es dir nachher. Komm, lass uns zu Tib reingehen."

Aber Tiberius Schlagbaum trat bereits aus der Eingangstür. „Aah, der Träumer!" Eine große Hand legte sich kräftig, aber freundlich auf Jonas' Schulter. Jonas war verblüfft über diese Begrüßung. Sie kam bei ihm so freudig und begeisternd an, als hätte Alvis' Großvater sehnlichst auf ihn gewartet. Es fiel Jonas schwer die Bezeichnung *Großvater* zu denken. Der alte Mann sah trotz seiner Falten derart lebendig und energiegeladen aus, nicht zu fassen, dass er an die achtzig Jahre alt sein sollte! Und er war riesig! Größer als Alvis, der weiß Gott keine kleine Nummer war. Jonas sah nach oben und in zwei tiefschwarze Augen. Kaum denkbar, dass denen irgendetwas entging. Was aber nicht störte. Augenblicklich fühlte er sich besser. Es rumorte zwar noch in ihm, aber die Unruhe war weg.

„Tee? Du wirkst angeschlagen."

Jonas hatte nie die Freude, die seine Mutter an frischem Minzetee hatte, begreifen können. „Mir ist nur etwas schlecht. – Ich versuch's mal mit dem Tee."

„Gut."

Jonas folgte Tiberius Schlagbaum in eine große Wohnküche, deren Wände mit Baumrinde dekoriert waren, was sie sehr gemütlich machte. Außerdem roch es nach Wald. Alvis saß schon an einem Holztisch und blätterte neugierig in einem der wissenschaftlichen Bücher, mit denen der Chronist offensichtlich beschäftigt gewesen war. Auf dem Weg zum Gasherd trat Tiberius Schlagbaum hinter ihn, legte die Hände auf seine Schulter und sagte: „Qumran, hochinteressant", aber seine Gesichtszüge wirkten eher traurig. Dann setzten sie sich gemeinsam an den Tisch und während Tiberius seine Unterlagen wegräumte, erzählte er ihnen, wie Muhammed adh-Dhib, ein Mann vom Stamme der Ta'amira-Beduinen, 1947 nördlich der alten Ruine Qumran Schriftrollen aus der Zeit vor Christus gefunden hatte. „Hebräische Fassung der Schriften des Propheten Jesaja; hat die Leute ein wenig aufgerüttelt", schloss Tiberius – jetzt zufriedener klingend – ab.

„Woher wissen Sie das alles?", fragte Jonas und trank seinen Tee, der ein echtes Geschmackserlebnis war, gerade richtig für die hereinbrechende Dunkelheit an einem Winterabend.

„Oh, ich war Archäologe." Tiberius goss ihm nach. „Und außerdem damals sogar in der Gegend. Aber deswegen bist du nicht hier. Wie wär's, wenn du mal deinen Traum erzählst, Jonas?"

„Ich dachte, Sie hätten ..."

„Hab ich, hab ich", unterbrach Tiberius, „aber ihn zu hören, ist was anderes."

„Sag' mal, Tib, kann Jonas dich Tib nennen? Das fände ich besser", kam jetzt mal was von Alvis.

„Klar, passt schon." Tiberius nickte Jonas zu. Dann zündete er eine dicke Kerze an, die auf dem Tisch stand. „Und sei ruhig ausführlich, ja?"

Also erzählte Jonas. Tiberius schlürfte seinen Tee, lehnte sich zurück und schloss die Augen. Jonas hatte trotzdem nicht den Eindruck, dass er gleich den rasselnden Atem eines senilen Mannes hören würde, der eingeschlafen war. Im Gegenteil, selten hatte er erlebt, dass ihm bei eigenen Ausführungen derart gefolgt wurde. Bei seiner Mutter, ja, und bei seinem Vater, da war das so gewesen. Aber das war ja logisch, oder?

Auch Alvis schloss zwischendurch die Augen. Jonas kam es fast vor, als würde er auf der Bühne im Schauspiel-Kurs monologisieren und die Zuschauer würden sich sammeln, um ihm besser folgen zu können. Es machte ihm Spaß.

Nachdem er geendet hatte, wartete er auf Tiberius' Reaktion. Dessen Augen waren eine ganze Weile mit dem Bodensatz seiner Tasse beschäftigt. Fast dauerte es Jonas zu lange, bis Tiberius endlich etwas verworren vor sich hin brabbelte: „Was für eine Aura." Und direkt zu Jonas: „Das ist sicher alles?"

„Äh, ja, ich meine, ..." Jonas blickte zweifelnd auf Alvis. Tiberius' Worte hatten seltsam geklungen. Eine seiner Augenbrauen stand hoch auf der Stirn und sein Mund war ebenfalls verzogen. War er sauer? Worüber? Was wollte der? Jonas rutschte auf seinem Stuhl hin und her und sein Magen meldete sich wieder.

„Du fühlst dich nicht wohl hier, oder?" Tiberius' Blick schien durch Jonas durchzugehen, hielt ihn aber gefangen.

Und seine Worte hatten geklungen, als habe er gewollt, dass Jonas sich nicht wohl fühlte.

Unvermittelt fuhr Tiberius fort: „Hast du die Lichter woanders schon mal gesehen? Ich meine, wenn du wach warst und mit geöffneten Augen?"

Die Stimmung im Raum drehte. Der Duft des Tees war verschwunden. Es roch plötzlich muffig. Jonas war sauer. Mit leicht verkniffenem Gesicht sah er zu Alvis. Hatte er Alvis nicht gesagt, dass er das erst mal für sich behalten sollte? Hatte er so ein Nachfragen nicht befürchtet? Jetzt wollte der alte Mann mehr wissen.

„Das ist ... nein, wieso?"

Alvis neigte leicht den Kopf. Auch er war verärgert. Ihm war klar, dass Jonas sauer war, denn aus Tibs Frage konnte man durchaus schließen, er hätte Tib erzählt, was Jonas ihm vertraulich gesagt hatte. Wie stand er jetzt da? Nicht gerade vertrauenswürdig.

Tiberius stand auf und ging zu einer Wand des Raums. Mit den Händen strich er über eine der Rinden, als wolle er mit ihr sprechen. „Das kann ich gut verstehen. Du glaubst sicher, ein paar Dinge in deinem Kopf sind verrückt." Er kam zurück an den Tisch, ging aber gleich weiter, murmelte: „Interessant", und setzte das Selbstgespräch auch noch fort, als er im den Nebenraum verschwand.

„Komm", sagte Alvis leise zu Jonas, „lass uns rüber ins Haus gehen, das erkläre ich dir später mal."

Großartig, dachte Jonas. Dafür bin ich also hierhin gekommen! Und die Übelkeit stieg stärker in ihm hoch.

„Tib, wir gehen rüber", rief Alvis seinem Großvater hinterher.

Tiberius kam zu ihnen zurück. Er sah plötzlich alt und müde aus. „Es ist ein fantastischer Traum, Jonas, und ich glaube, er hat wirklich was zu bedeuten, aber ich, nein, nein, ich *kann* ihn nicht deuten. Aber vielleicht weiß ich es ja auch nicht."

Jonas sah Tiberius mit einem Gesicht an, das signalisierte: Geht's noch ein bisschen unverständlicher? Und irgendwo schlummerte in seinem Bauch eine gewaltige Enttäuschung.

Tiberius sprach weiter: „Ich schlage dir vor, wenn das wieder vorkommt, dieser Traum oder eine Vision, mal mehr davon mitzunehmen. Nicht wegschütteln oder was du da machst. Zu Ende führen, Fragen stellen. Alles ist ein Traum, oder? Nichts kann passieren, alles ist nur fantastisch."

☙ ❧

Alvis hatte Jonas noch auf dem Weg durch den Garten zur Villa gebeten, sich erst mal keinen Kopf um Tiberius' Bemerkungen zu machen und fügte lauter hinzu: „Nein, ich habe Tib ganz sicher nichts von deiner Vision erzählt. Ich werde nachher mit ihm noch reden." Jonas schien davon unberührt und trottete verärgert hinter ihm her. „Der ist irgendwie komisch, ziemlich unberechenbar, oder?" Alvis nickte das ab.

Dann kam er mit Jonas über die Verandatür der Villa in einen Riesen-Wohnraum. Auf Alvis machten die antiken, alten Möbel keinen Eindruck mehr, aber er bekam mit, dass Jonas – mit seinem offenen Mund – das anders sah. Immerhin vergaß der darüber für eine Zeit seinen Missmut. Aus dem Foyer heraus konnte man in die Küche sehen, in deren Mitte das Koch-Zentrum stand. Ein Platz, an dem früher neben seiner Mutter auch der Vater gestanden hatte.

Auf der gegenüberliegenden Seite des Foyers versperrte eine gepolsterte Doppeltür die Sicht in einen Raum.

„E voilà. Vaters Arbeitszimmer." Alvis stieß die Türen auf. „Der ist kaum zuhause. Gerade zu einem Gastsemester in den Staaten."

„Wow." Jonas war beeindruckt. Der Raum ging über zwei Etagen. Dunkles Holz und vier Meter hohe Regale bestimmten neben einem Schreibtisch die Aura des Raums. Eine Aura des Wissens. Es roch ein wenig wie in der Schulbibliothek, aber älter und muffiger.

Auf einer Ecke des Schreibtisches stand auf einem kleinen Sockel ein leuchtender, strahlender Glasbehälter, in dessen öligem Inhalt zwei Wachsbälle ihren Weg nach oben angetreten hatten. Während sie hochstiegen, nahmen sie die Form eines X und eines Y an, bevor sie sich oben wiedervereinten und in einem Klumpen niedersanken.

„Vaters ‚Gen-Lampe'. Geschenk zum 60-Jährigen von Kollegen", erläuterte Alvis. „Und hier der Herrschersitz", fuhr er fort. Den Schreibtischstuhl als Schreibtischstuhl zu bezeichnen, wäre eine Frechheit gewesen.

„Möchten Sie sich einmal auf den Schreibtischstuhl setzen?" Alvis bot Jonas wie ein Fremdenführer in einem Schloss an, sich niederzulassen, während er mit ihm um den Schreibtisch ging. „Die Herrschaften befinden sich gerade in den Ställen."

„Sehr gerne, Herr Professor", witzelte der zurück. Es war schwierig, auf diesem Thron nicht wie ein König Platz nehmen zu wollen. Jonas versuchte es, während sein Blick zuerst in das Foyer ging und anschließend auf ein Ölgemälde oberhalb der Doppeltür fiel. Plötzlich musste er würgen.

„He, was ist los? Zunge verschluckt?" Alvis sah ihn grinsend von der Seite an „Komm, König sein ist nicht leicht. Ich zeige dir die Toilette."

Jonas war froh, den ersten Eindruck von Alvis' Zuhause für einen Moment alleine verarbeiten zu können. Alles war dreimal größer als bei ihm daheim und er versuchte sich vorzustellen, wie es wäre in so einem Palast zu wohnen. „Alles nur Gejweununk!", hörte er seinen Vater sagen.

Er wischte sich den Mund mit Toilettenpapier ab und warf es ins Klo. Der Wasserbehälter befand sich in zwei Meter Höhe und eine vorsintflutliche Kette mit Porzellan-Handstück diente als Abzug. Wasser entleerte sich donnernd. Jonas fragte sich gerade, wie das alles hier zusammenpasste, als er Alvis hörte. „Alles okay?"

„Jooh."

Alvis' Zimmer im Obergeschoss war von beruhigender Normalität. Gefühlte zwanzig Quadratmeter. Ein stinknormales Hängeregal, in dem ein Modell der *Enterprise* einen besonderen Platz inmitten der Bücher gefunden hatte. Zwei größere Filmposter aus Star Trek-Zeiten und ein kleineres, das Stephen Hawking schwerelos beim Parabelflug zeigte.

Einzige Besonderheit war ein höhenverstellbarer Schreibtisch, notwendig wegen „meiner faszinierenden anatomischen Besonderheiten", wie Alvis sich ausdrückte. Ein kleiner Balkon konnte zum Blick über das Vorstadtviertel und das „Gewerbe im Grünen" und Köln einladen, aber dafür war es bereits zu dunkel. Jonas starrte in die Finsternis. „Wie war's eigentlich in der Klinik? War doch nicht geplant, oder?"

„Nein, nicht geplant. Es war unschön. Die Vorstellung, dass bei einem Check immer etwas entdeckt werden kann, ist nicht erquicklich."

Jonas musste fast lachen. Alvis' Ausdrucksweise hatte manchmal etwas ungewollt Witziges.

„Ich erspare dir Details.- Und bei dir? Hast du das öfter?" Alvis' Frage klang weniger besorgt als interessiert.

„Dass ich bei Schlossbegehungen kotzen muss, meinst du?" In Jonas Bauch grummelte es noch, aber in Alvis Zimmer fühlte er sich besser. „Ne. War irgendwie den ganzen Tag schon komisch. Hatte wohl kaum was mit deiner Oma zu tun."

Dass er ausgerechnet beim Anblick des Porträts der Mutter von Professor Dr. Bernhard von Odenthal hatte würgen müssen, hatte Alvis ziemlich amüsiert. „Das kann dir keiner übel nehmen", hatte er trocken gewitzelt, „höchstens mein Vater. Er sieht ihr nämlich ziemlich ähnlich."

ᘯ°°৹

„Alles was ich hätte sagen können, ist zu vage." Alvis war noch einmal in Tibs Häuschen gekommen, nachdem Jonas sich auf den Heimweg gemacht hatte. Auf Tibs Aussage hin verzog er das Gesicht. „Weißt du, Tib, diese Lichter, du weißt, was ich denke, sie stellen etwas dar und haben eine Funktion, oder?"

Aber Tiberius ging nicht darauf ein.

Alvis verstand, was Tiberius' Antwort zu bedeuten hatte. Wenn Tiberius sagte, er könne den Traum nicht deuten, konnte das genauso gut heißen: Er *durfte* ihn nicht deuten. Und dann war klar: Hier handelte es sich ganz sicher um Seelen. Aufgrund der Schweigepflicht musste Tiberius ganz einfach den Mund halten. Tiberius konnte nun einmal nichts sagen, was seine Funktion als Chronist gefährdet hätte.

Tiberius hatte getan, was er tun konnte. Wenn er Jonas helfen könnte, würde er es auch tun. Trotzdem musste er Jonas klar machen, dass sein Großvater ein besonderer Mensch war und keineswegs verwirrt. Dennoch: Ihm selbst gegenüber sollte Tiberius offener sein.

Tiberius sah ihn an. „Was verbindet dich mit dem Knaben?"

„Wir sind Freunde, Tib, das weißt du."

„Konzentrier' dich, Al, das hab ich nicht gefragt."

Alvis atmete tief ein. „Ich habe verstanden, was du gefragt hast. Alles ist ganz normal. Ich schätze verschiedene Eigenschaften an ihm, er bestimmte an mir. Das verbindet uns. Das macht Freundschaft aus!"

Tiberius seufzte stumm. So manches Mal fiel es ihm schwer, seinem Enkel wieder mitzuteilen, dass eben nicht alles normal bei ihm war. Alvis hatte genetische Anlagen zum Seelenchronisten und eben auch einen Gendefekt, der ausschloss, dass alles normal war.

Ein herausfordernder Blick kam aus den tiefen Augenhöhlen von Alvis. „Vielleicht mag er mich einfach, Tib, das kann es doch geben, oder?"

Tiberius legte seine Hände um Alvis' Oberarme. „Ja, das kann es geben. Aber dein Jonas weiß nicht, wo er hingehört, Alvis. Er ist spontan, mutig, verwegen. Aber ob er ein verlässlicher Freund ist, kann ich nicht sagen."

„Wer sagt, dass du das musst?" Alvis konnte förmlich riechen, worauf Tiberius hinaus wollte. „Er hat Vertrauen zu mir bewiesen. Sonst wäre er gar nicht mitgekommen. Vertrauen, Tib, verstehst du?"

Jetzt war es Tiberius, der ahnte, worauf Alvis aus war. Wie oft musste sein Enkel sich gefragt haben, warum er ihn nicht auf Seelenreise mitnahm. „Wenn du es auch zu ihm hast, Alvis, stütze du ihn, vielleicht ist das deine Aufgabe."

„Das werde ich, wenn ich kann. Allein schon deshalb, weil es sich eben gerade anfühlte, als sei er nicht nur mein Freund, sondern mein Bruder."

Alvis hatte sich umgedreht und war gegangen. Tiberius war nicht erschrocken, aber über alle Maßen überrascht gewesen. Er stand am Fenster und fror, obwohl das Holz in seinem offenen Kamin angenehm knackte und prasselte.

Was ihn umgeben hatte, als der Freund seines Enkels begonnen hatte, seinen Traum zu erzählen, war die Aura einer alten Dynastie gewesen, eines uralten Geschlechts. Und das Verblüffendste: Es war Tiberius' eigenes. Das konnte nicht sein, aber dennoch war es so gewesen. Indirekt hatte Alvis das vor ein paar Minuten bestätigt. Jetzt ratterte es in Tiberius' Kopf.

Jonas war offensichtlich in der Lage, Seelen zu sehen. Der Traum deutete darauf hin. War er befähigt worden? Im Traum und sogar in der Realität? Und das geschah ausgerechnet in einer Phase, in der die Seelenwelt ins Wanken geriet. Einiges sprach dafür, dass es da irgendeine Verbindung zu den Dingen gab. Dom – Traum, Explosion, Klöppel?

Tiberius gefiel das gar nicht. Was bahnte sich da an? Warum schien Jonas von nichts eine Ahnung zu haben? Dass der Junge an seinem Verstand zweifelte, war nicht verwunderlich. Die Eingebung, der Impuls, den er, Tiberius, auf seiner jüngsten Seelenreise gehabt hatte, hing der mit diesem Geschehen zusammen?

War es seine Aufgabe, über diese Dinge nachzudenken oder ihnen nachzugehen? Überhaupt nicht. Das durfte er gar nicht. Er hielt einen Moment inne. *Noch* durfte er es nicht. Wenn er Alvis offiziell zu seinem Nachfolger erklärt haben würde, dann, ja dann war es ihm auch erlaubt, ihn zu schützen. Das war ein gefährliches Kalkül.

Tiberius' Lippen schürzten sich unbewusst. Ein paradoxes Kalkül, weil, es war ein *unberechenbares* Kalkül. Erst diese Schutzfunktion für Alvis lieferte den Vorwand, Jonas' Geheimnis zu erforschen.

Tiberius fror immer noch. Er schloss die Fenster und ging ins Bett. Er wollte schlafen. Einiges gab es auch auf legalem Weg zu erfahren.

Familiäre Erinnerungen   *Al, Alvi und Tib*

005471 „Schach!"

Tiberius zuckte hoch und Alvis fand sich erneut bestätigt, dass Tiberius mit seinen Gedanken woanders war.

Sie saßen im Gartenhäuschen und Tiberius hatte das Schachbrett rausgeholt. Die Figuren waren aus Hartholz. Auf den ersten Blick sahen sie schlicht und unspektakulär aus. Sie hatten – bis auf die kleineren Bauern – gleich groß gestaltete Körper mit grünen Filzgleitern zum lautlosen Verschieben. Auf ihnen aber saßen fein geschnitzte Köpfe, die den Unterschied ausmachten. Die Eleganz und Erotik der Dame, die Würde und Machtfülle des Herrschers, die Ausdauer des Läufers, die Wachsamkeit der Türme und die Cleverness der Springer: Das alles war in die feine Mimik der Gesichter eingegraben.

Bei der Begrüßung waren sie bemüht gewesen, den Unstimmigkeiten nach dem Besuch von Jonas nicht zu große Bedeutung beizumessen. Tib war fahrig und unkonzentriert und hatte bei der Farbenwahl in beiden Händen dunkle Bauern gehabt, was er selber mit einem Kopfschütteln und Alvis mit einem ‚Sehr witzig' kommentiert hatte.

Es war der 23. Spieltag der Bundesligasaison und der FC spielte in Hoffenheim. Alvis würde später zu Hennes gehen. Aber vormittags gab es Unterricht in Seelenkunde bei Tiberius. Heute jedoch – was selten genug vorkam – ließ Tiberius die Stunde ausfallen, denn er habe sich „nicht richtig vorbereiten können". Alvis ahnte, warum. Er spürte, dass sein Großvater vor nicht allzu langer Zeit gereist war. Auch, dass er in Schwierigkeiten war, über die er nicht mit Alvis sprechen konnte. Nach allem, was bisher geschehen war, vermutete Alvis, dass es in der Seelenwelt ziemliche Probleme gab. Und seit Jonas ihm den Brief geschrieben hatte, fragte er sich, ob es da nicht einen Zusammenhang gab. Aber Tiberius schwieg.

Während der Chronist über die Bedrohung seines Königs nachgrübelte – den Anschein erweckte er zumindest – überlegte Alvis, wie alt er gewesen war, als Tiberius ihm das erste Mal von der Seelenwelt erzählt hatte.

An seinem fünften Geburtstag hatte ihm seine Mutter mitgeteilt, dass sein Opa zu ihnen ziehen würde, aber nicht in die Villa, sondern in ein

Häuschen im Garten, das extra gebaut wurde. Alvis war begeistert gewesen. Das war ein Super-Opa. Den brauchte er nicht zu fragen, der freute sich einfach, wenn er auf der Veranda auftauchte. Er konnte die Nachmittage nicht zählen, die er mit ihm verbracht hatte. Und dann Tiberius' erste Versuche, ihm etwas von dieser anderen Welt zu vermitteln.

„Doch", hatte Tiberius überraschend schnell auf seine Frage geantwortet, nachdem Alvis die Wiederholung einer „Enterprise"-Folge gesehen hatte. „Es gibt eine andere Welt. Es ist die Welt der Seelen! Gut, dass du fragst. Denn du und ich, wir müssen sie uns erst erarbeiten. Und es muss unsere Welt bleiben. Kein anderer darf sie kennen."

Na, das war was für den kleinen Alvi gewesen. Eine andere Welt. Ein Geheimnis. Zusammen mit Opa Tib.

„Opa Tib, wie funktioniert denn die Welt der Seelen?"

„Das ist nicht so einfach zu erklären. Vieles davon spielt sich im Kopf ab, Alvi. Jedenfalls kommt einem das so vor. Komm mit, ich zeig' dir mal was."

Alvis war sich sicher gewesen: Opa Tib würde gleich die Fingerkuppen an seine, Alvis' Schläfe legen und mit dumpfer Stimme sagen: Dein Geist zu meinem Geist, deine Gedanken zu meinen Gedanken. So hatte Spock das gemacht – der mit den spitzen Ohren – und so funktionierte das.

Aber der Chronist hatte nicht daran gedacht, ihm, seinem siebenjährigen Enkel, mit einer Gedankenverschmelzung das Universum und die Welt der Seelen nahe zu bringen. Es fing ganz anders an. Über die Terrasse waren sie die Treppe hinunter in den Waschkeller gegangen und Tiberius hatte gefunden, was dort seit Jahren vor sich hin schmutzte und sehr gut geeignet war, das Universum darzustellen: das alte Aquarium, das in einer Ecke auf einem Regal stand. Er rollte den Gartenschlauch ein wenig von der Halterung und steckte die Düse ins Aquarium.

„Opa Tib, was machst du denn da?" Enttäuschung hatte in Alvis Stimme mitgeklungen.

„Wart's ab. Dreh mal den Hahn auf."

Alvis gehorchte, legte aber nach: „Opa, geht das mit einer Gedankenverschmelzung nicht viel einfacher!"

Tiberius sah überrascht zu ihm hinüber und antwortete nach kurzem Zögern: „Ich fürchte, da ist dein Gehirn noch nicht ausgebildet genug, Alvi. Es braucht eine gewisse Stabilität, verstehst du? Ist zu gefährlich. Im Moment machen wir's besser so." Langsam füllte sich das Becken.

Natürlich hatte Tiberius Alvis nicht überzeugt und eine Verschmelzung wäre sicher viel effektiver gewesen. Alvis war amüsiert über seine Erinnerung, gleichzeitig war es ein besonderer Moment gewesen: Sein Großvater hatte ihm immerhin keine Spinnerei vorgeworfen!

Alvis hatte das Wasser wieder abgedreht und war zum Aquarium gegangen.

„Sieh hin", sagte sein Großvater. Tiberius nahm eine Dose alten Fischfutters und schüttete den Inhalt ins Wasser. Das Futter schwamm zunächst auf der Oberfläche, dann sank es langsam tiefer. Sein Großvater nahm einen Pinsel und rührte Wasser und Futter kräftig durcheinander. Glitzernd stoben die Partikel schwerelos durch das Wassers, teils gemeinsam, teils alleine. „Das sind sie", hörte Alvis seinen Opa sagen. „Stell dir vor, das Aquarium ist das Universum und überall sind Seelen. Manche sind geschunden, manche auserwählt. Es gibt viele, viele verschiedene Seelen. Aber die Vielfarbenen, die Unzählbaren, die sind zusammen das mächtigste Gebilde im Universum."

Alvis hatte auf eine rissige Stelle im Kitt des Aquariums gezeigt, aus der in einem kleinen Strom Wasser gelaufen war. „Läuft das Universum auch aus?" Sie hatten gelacht.

Unvermittelt bewegte Tiberius einen Bauern in eine Angriffsstellung. Jetzt war Alvis sicher, dass Tiberius nicht bei der Sache war. Hier ergab sich schon die dritte Gelegenheit, um den Großvater Matt zu setzen. Aber das war Alvis gerade ziemlich egal. „Du bist gereist?"

Tiberius nahm sich einen geschlagenen Läufer und inspizierte das Gesicht, als halte er die Figur das erste Mal in der Hand. „Ja, das Leben geht auch in der Seelenwelt weiter."

„Geht es seinen normalen Gang?" setzte Alvis nach.

„Alles geht den Gang, den es gehen muss. Es kann nicht anders, als so zu gehen, Al."

„Ich weiß, Tib, was passiert, passiert eben. Aber was passiert eigentlich?" So offen bohrte Alvis selten nach.

Tiberius schien das nicht zu bemerken. Er setzte den Läufer aufs Brett zurück. „Nichts, was ..."

„... mich beunruhigen müsste. Klar." Alvis Stimme war lauter geworden. Er packte den Läufer und stellte ihn mit deutlicher Geste heftig wieder neben das Spielbrett. „Warum lässt du mich nicht helfen, Tib?"

Tiberius blickte auf. „Entschuldige", sagte er, „ich glaube, ich habe Hunger."

„Aha", murmelte Alvis. Mit zusammengepressten Lippen sah er Tiberius nach, der in der Küche verschwand.

Alvis kannte die Seelenwelt theoretisch ganz gut. Trotzdem fehlte Einiges. Nämlich das praktische Erfahren dieser Welt. Und das würde erst geschehen, wenn Tiberius mit ihm reiste. *Die* Seelenreise, eine Einführung in die wirkliche Seelenwelt. Tiberius jedoch wartete damit. Für Alvis' Verhältnisse schon zu lange und erst vor kurzem hatte er Tiberius darauf angesprochen. „Meinst du nicht, es wird Zeit, Tib?"

Tiberius hatte sofort gewusst, was Alvis meinte, und zur Antwort gegeben: „Alles hat seinen Moment, Al. Irgendwann bist du überrascht, wie schnell es geschieht. Genieße, dass du die Verantwortung noch nicht hast." Alvis hatte geschluckt. Sein Großvater verheimlichte nicht, dass seine Erdenzeit endlich war. Tibs Seele würde weiter existieren, aber seine Hülle würde einmal zerfallen. Daran ließ sich nichts ändern, auch wenn die Hülle noch so toll war.

Aber jetzt war Alvis' Stimmung nicht melancholisch. Würde er, Alvis von Odenthal, das Erbe von Tiberius Schlagbaum antreten? Als Chronist der Welt der Seelen? Das wäre sicher ein faszinierender Job. Wenn er ihn bekäme, dachte er mit Blick auf die Uhr. Er musste Tib deutlich sagen, dass er endlich Klarheit darüber haben wollte. Er räumte die Schachfiguren zusammen und setzte sich auf Tibs Lieblingsplatz am Kamin. Und seine Finger trommelten leise auf der Bank.

⸜ᴝₒᵒₒ⸝

Dass Tiberius beim Schachspiel aufstand, kam nicht allzu oft vor. In der Küche nahm er ein japanisches Brotmesser aus der Lade und zog es vorsichtig aus der Sicherheitsschatulle. Der frische Laib Roggenbrot roch intensiv. Er schnitt sich eine große Scheibe ab, bestrich sie dünn mit Butter und verteilte sorgfältig eine ganze Dose Corned Beef darauf. Wenn er aß, kam er gewöhnlich auf andere Gedanken und konnte danach aus einem neuen Blickwinkel auf die Probleme sehen. Tiberius lehnte sich gegen den zweiteiligen Küchenschrank und biss in seine Stulle. Wie viele Gelegenheiten hatte er gesucht und gefunden, um Alvis von der Welt und *ihrer Wahrheit* zu erzählen. Das fing an mit der *Ewigen Manifestation*, dem bedeutendsten und größten Seelenband, dessen Weg in unfassbar großen Bewegungen den Raum ihres Sonnensystems ausfüllte. Und hörte auf beim Dunklen Alkovat, der Heimstätte verlorener und geschundener Seelen. Immer wieder hatte Alvis versucht, sich Verschiedenes aufzuschreiben, aber Tiberius hatte das mit Gründen, die leider fadenscheinig daher kamen, abgewehrt. „Brauchst du nicht“, „wiederholen wir nochmal“, „später vielleicht“, „ist nicht so wichtig“ und so weiter.

Einmal – Alvis war erneut zu einer der Seelenkundestunden mit Stift und Papier erschienen – war es zu einer kleinen Eskalation gekommen.

„Wie oft habe ich es dir gesagt, Al. Du brauchst das nicht aufschreiben!“

„Aber Tib! Du gibst all diesen Dingen einen Namen. Warum soll ich das nicht aufschreiben?“

„Du darfst es nicht aufschreiben. Es ist verboten!“

„Wer verbietet das? Wer kann mir das verbieten?“

Das war das Dilemma: Bereits die Gespräche, die er mit seinem Enkel über die Seelenwelt führte, durften so nicht stattfinden, geschweige denn aufgeschrieben werden.

Normalerweise hätte Tiberius seinen Enkel als designierten Nachfolger den entsprechenden Instanzen in der Seelenwelt vorstellen sollen. Nach und nach auf den Reisen durch die Seelenwelt wäre es ihm möglich gewesen, Alvis in die Seelenwelt einzuführen.

Aber sein Enkel hatte diesen Gendefekt, der ihn zwar in der Seelenwelt nicht behindern würde, der aber auf der Erde aufgrund der Einschränkungen, denen er unterlag, auch psychische Auswirkungen haben konnte. Deswegen hatte Tiberius beschlossen, dass Alvis seine Lektionen auf der Erde lernen und vorerst gar nichts von der Möglichkeit einer Nachfolge erfahren sollte.

„Es ist ein ungeschriebenes Gesetz über die ungeschriebene Geschichte der Seelen. Als Chronist darf ich alles Wissen über das Universum und die Seelenwelt sammeln, aber ich darf es nicht aufschreiben. Merk dir das!"

„Aber ich, ich bin doch kein Chronist."

Da war es Tiberius entnervt rausgerutscht: „Noch nicht, Al, noch nicht."

Punkt. Die Aussage war gemacht und jetzt, oder besser: *seitdem,* wartete Alvis auf seine Stunde. Und das war ein Problem.

Tiberius schob das letzte Stück Brot in seinen Mund und ging in den Wohnraum zurück. Das Brett war weggeräumt, ein Zettel lag auf dem Tisch.

„Sicher hast du Besseres zu tun. Ich wahrscheinlich auch, Al."

Der Einbruch beim Falkner   *Längli und Brolôv*

005472 Längli hatte sich mit Brolôv in einem Altstadt-Restaurant verabredet. Bürgerliches Ambiente. Mit Spielautomat. Längli dachte bei seiner kleinen Leidenschaft, bei der nicht die Leber und schon gar nicht sein Kopf kaputt gingen, nicht an Sucht. Er ließ die Motive hinter dem Glas des Spielautomaten rotieren. Joker. Beim Gespräch mit Wittler hatte er sofort an Frost gedacht. Intuition? Gutes Gedächtnis? Sein Bauchgefühl stimmte und das war das Wichtigste. Leider hatte es bei seinem aktuellen Fall bis jetzt versagt. Der mörderische Bankraub, den er bearbeitete, lag inzwischen über zwei Monate zurück. Dort aber war er in eine Sackgasse geraten.

Im Moment war jedoch jemand anderes wichtiger. Frost und die Frage, ob der Attentäter heimgekehrt war. Länglis nächster Gesprächspartner in dieser Sache war der Falkner, der wie auf Zuruf gerade die Gaststätte betrat.

Sie setzten sich an einem Ecktisch, Längli bestellte sich einen Kaffee. Brolôv wollte nichts trinken, ließ sich dann aber doch zu einem Pils einladen. Diese Vorliebe kannte Längli. Es war eine seiner Standardprozeduren, sich -wenn möglich- genau über seine Gesprächspartner zu informieren. Er wusste sogar noch mehr.

„Es wurde eingebrochen bei Ihnen?"

Brolôv schien überrascht. „Ich dachte, Sie wollten mir Fragen zu der Nacht im Turm stellen." Er sah sich vorsichtig um.

Die Stimme des Falkners klang, als habe er dazu tatsächlich noch etwas zu sagen. Sein Verhalten zeigte, dass Wittler seine Angestellten bezüglich der Geheimhaltung offensichtlich gut im Griff hatte. Längli fragte sich, ob der ausführlichen und blumigen Erzählung seines Freundes etwas hinzuzufügen war, wollte aber trotzdem die Wahrnehmungen des Falkners hören. „Später, Herr Brolôv. Bitte erst der Einbruch."

„Ja, der Einbruch. Das war aber im letzten Jahr."

„Ich weiß. Aber kein kleiner. Sogar die Spurensicherung ist dagewesen."

„Auch. Die haben aber nichts gefunden."

„Hm." Längli linste am Falkner vorbei auf den Spielautomat. Das Guthaben reichte für etliche Spiele.

„Was wurde entwendet?"

„Nichts. Nichts, was ich vermisse jedenfalls."

Längli nippte am Kaffee. „*Was* vermissen Sie denn nicht?"

„Nur diesen kleinen Computer, diesen Klapp-Computer, den ich eh nicht benutzt hab." Der Falkner nahm einen ersten, langen Schluck aus seinem Glas und strich sich mit routinierter Handbewegung den Schaum vom Schnäuzer. „Die Einbrecher haben alles durchsucht. Ist aber nichts weiter weggekommen. Die ganzen Schubladen, alle offen, alles durchwühlt, haben aber sonst nichts mitgenommen."

„*Die*? Wie kommen Sie denn darauf?"

Brolôv schnäuzte ergiebig in ein handtuchähnliches Stofftaschentuch. „Geht mir nicht in den Kopf, dass einer allein so ein Durcheinander anrichten kann."

Längli sah zu, wie der Falkner das Taschentuch grob faltete und seitlich in eine Tasche seiner Filzjacke schob, die sich mächtig ausbeulte. „Was ist denn sonst noch so wertvoll in Ihrer Wohnung, das man vielleicht sieht, aber nicht mitnimmt? Warum macht sich jemand die Mühe, bei Ihnen einzubrechen? Was meinen Sie?"

Brolôv starrte eine Weile schweigend vor sich hin. Endlich antwortete er: „Der Fernseher, aber der ist riesig. Und Bilder, ein Bild. Aber dann hätten die den Safe entdeckt ..." Brolôv stockte, als hätte er etwas preisgegeben, was er lieber für sich behalten hätte.

„Einen Safe haben Sie?"

Brolôv sah ertappt aus. „Jaja, nur so einen kleinen, hinter 'nem Bild."

Längli überlegte, wie er dem Grund für Brolôvs schlechtes Gewissen auf die Schliche kommen konnte, entschied aber, dass das nicht so wichtig war. Der ganze Einbruch erschien ihm nicht logisch. Da war was faul. Aber es war nicht der Falkner. Der hatte noch nicht einmal die Versicherung informiert. Sein Geheimnis war wohl eher persönlicher Natur. Nein, das Irritierende war der Einbrecher. Er war bestens informiert gewesen über die Abwesenheit Brolôvs, war ohne Gewaltanwendung eingedrungen, hatte die Bude auf den Kopf gestellt, aber so gut wie nichts mitgenommen – sogar ein Sparbuch ohne Kennwort war in der Schublade einer Kommode liegengeblieben, obwohl diese ganz offensichtlich herausgerissen worden war. Der Laptop war Länglis Meinung nach nur beiläufig eingesteckt worden. Er blickte auf.

„Wie lange waren Sie weg, sagten Sie?"

„Höchstens eine Stunde ... oder anderthalb."

Manche Leute untertreiben oder übertreiben aus Prinzip. Längli hatte sich vorher beim Wirt in Brolôvs Stammkneipe informiert und erfahren, dass Brolôvs montägliche Kartenrunde mindestens zwei Stunden dauerte. Und an diesem Abend, so erzählte der Wirt, hätte sie länger gedauert, denn man habe hinterher Brolôvs Schlüssel gesucht, den dieser aber wohl zuhause vergessen hatte.

Zeit genug hatte der Einbrecher also gehabt. Da es einen Safe gab, wäre der auch ausgeräumt worden, wenn er denn interessant genug gewesen wäre. War er aber nicht. Doch woher hatte der Einbrecher das gewusst? Es sei denn – Umkehrschluss -, er hatte gar nicht die Absicht gehabt, nach einem Safe zu suchen, weil etwas anderes viel interessanter war. Was zur Hölle war bei dem alten Mann zu holen gewesen? Längli fand, dass sein Denken in eine Sackgasse geriet, und wechselte das Thema. „Kommen wir mal zu dem Ereignis im Glockenstuhl."

Der Falkner wurde leiser. „Wissen Sie was, Herr Kommissar, der Herr Dompropst glaubt ja nicht daran, aber ich hatte das Gefühl, da war noch jemand. Alleine wegen der Tür."

„Ach, Sie meinen die Tür zum Glockenstuhl?"

„Ja, genau, die war offen. Und wissen Sie, ich war in meinem Leben viel in der Natur. Viel draußen. Oft alleine. Da bekommen Sie ein Gefühl dafür, ob irgendjemand oder irgendwas in der Nähe ist."

„Ach ja?"

„Ja, in der Stille hören Sie Ihr eigenes Herz. Und das irrt sich nicht. Es beginnt dann einfach, schneller zu schlagen. Und plötzlich bricht der Keiler aus dem Gebüsch, verstehen Sie? Mein Herz wusste da oben: Da ist wer. Da gibt es jede Menge Ecken und Winkel, wo man sich gut verstecken kann."

„Aber der Keiler kam nicht heraus, oder? Das Personal hatte nur vergessen abzuschließen, nicht wahr?"

„Meint der Herr Dompropst. Hören Sie, Herr Kommissar: Die Frau Homm hatte an dem Mittwoch Dienst. Ich kenne die. Die ist, äh, ... absolut zuverlässig. Habe ich dem Herrn Dompropst auch gesagt. Die vergisst nicht, abzuschließen!"

„Vielleicht wurde sie abgelenkt. So etwas passiert."

Brolôv schüttelte den Kopf. Er zögerte. „Nein, die nicht. Die macht eins nach dem anderen. Und wenn sie unterbrochen wird, fängt sie von vorne an. Und nicht nur dann." Brolôv trank. „Verstehen Sie, die kann nicht anders."

Längli verstand das sehr gut. „Wer hat denn eigentlich sonst noch Schlüssel?"

Brolôv lachte kurz auf. „Ha, was weiß ich? Das Turmpersonal halt, Priester, Schweizer, Küster, der Dompropst. Und ich natürlich."

Der Spielautomat klingelte und zeigte drei Joker. Es hagelte Sonderspiele. Längli hörte es und starrte auf Brolôv.

„Wann haben Sie gemerkt, dass Sie Ihre Schlüssel vergessen hatten?"

„Was? Wovon reden Sie?"

„Wann haben Sie in der Kneipe gemerkt, dass Sie Ihre Schlüssel vergessen hatten? Am Tag des Einbruchs bei Ihnen."

„Ach so. Warten Sie. Gar nicht. Ich meine, erst als ich vor der Haustür stand. Nein, halt, als ich beim *Reuter's* rausging. Waren nicht in meiner Manteltasche. Hab ich ja sonst immer am Mann. Wir haben alle noch gesucht." Brolôv trank sein Bier aus. Mit geweiteten Augen sah er zu Längli. „Halt", sagte er, „halt, Herr Kommissar. An diesem Bund ist nicht *ein* Dom-Schlüssel."

Längli lächelte. „Genau, Herr Brolôv, genau! Wie ging es weiter?"

Brolôvs Gesicht glich einem Fragezeichen. „Ich verstehe nicht ... Ich hab bei meiner Nachbarin geklingelt und meine Ersatzschlüssel geholt." Er rieb seine fleischigen Hände aneinander und rutschte unruhig hin und her.

Längli reagierte nicht darauf. „Und der Schlüssel, den Sie sonst benutzten, wo war der? Am Schlüsselbrett?"

„Jaaa! Direkt neben dem hier." Der Falkner zog einen dicken Bund aus der Tasche und rasselte damit ungeduldig. „Ich müsste jetzt mal ... Meine Blase."

Längli fixierte die Schlüssel. Einer der Schlüssel, die Brolôv da in der Hand hielt war so ungewöhnlich, dass es ihm wie Schuppen von den Augen fiel: Das waren die Domschlüssel des Falkners. Diese Schlüssel waren wahrscheinlich das Wertvollste, was der Falkner je besessen hatte. Das musste dem doch klar sein! Ruhig, Längli, dachte er, ruhig. Der ist über achtzig und dein eigener Kopf hat bis gerade eben auch nicht richtig funktioniert. „Darf ich mal?" Er nahm dem Falkner den Bund aus der Hand und befühlte die Schlüssel. „Gehen Sie nur. Die Toiletten sind im Keller."

Während der Falkner sich erleichterte, inspizierte Längli die Schlüssel. Es gab einige normale und zwei größere, klobige Schlüssel. Ins Labor? Nicht nötig. Noch nicht. Er klappte sein Taschenmesser auf. Mit der Klingenspitze fuhr er die Bärte und Rillen entlang. Etwas blieb haften. Materialspuren.

Brolôv trat wieder an den Tisch. Seine Augen wurden größer. „Das ist ...", murmelte er, „mein lieber Mann."

„Ja, Wachs oder Ähnliches." Längli sparte sich wie meistens ein inneres Triumphgefühl. Der Erfolg war das Ergebnis einer guten Ausbildung, bei der ihm klar geworden war, wie wichtig es war, in den unauffälligsten Löchern zu suchen, und dabei meistens etwas zu finden, auf das man nicht so leicht gestoßen wäre. Geplante Zufälle. Hier war also der Beweis für ein sehr „natürliches" Eindringen in den Dom. Freuen konnte er sich später. Über Wittlers zerknirschtes Gesicht ... Das konnte sehr drollig aussehen.

Der Falkner sah unglücklich aus.

Längli nickte. „Da dürfte sich jemand ein paar Nachschlüssel gemacht haben. Aber machen Sie sich keine Gedanken, Herr Brolôv. Wer immer das war, wir sind nah an ihm dran."

Sie verabschiedeten sich und Längli dachte über seinen nächsten Schritt nach. Er ging zum Automaten und betätigte die Auswurftaste. Es rasselte ordentlich, aber Längli blieb unberührt. Er spielte jetzt ein anderes Spiel. Er bezahlte die Rechnung und überlegte, wann er Zeit finden würde, nach Porz zu fahren. In die Klinik. Die Spur von Frost würde dort ihren Anfang nehmen. In der Forensik.

Längli trat aus der Gaststätte und beschloss, die wenigen Sonnenstrahlen dieser Tage einzufangen. Er setzte sich auf eine Bank, holte einen Zettel aus seinem Portemonnaie und gab eine Nummer in sein Handy ein und visualisierte das Gesicht der Frau, die er nur flüchtig gesehen hatte.

„Plump."

Längli stockte überrascht. Dann log er. „Ja, ehrlich gesagt, das fand ich auch."

„Es gab schon bessere Witze über meinen Namen."

Aha. „Und ich wurde schon origineller angemacht."

„Ach ja, wer sind Sie denn?"

„Längli, Kripo Köln. Und ich dachte, Sie würden mich kennen."

„Oh. Ach ja. Hauptkommissar Längli? Längli wie Virginia?"

Er runzelte die Stirn. „Nein, Längli wie Liechtenstein."

„Schade, Virginia ist aufregender."

„So, finden Sie. Kommt darauf an, was man dort sucht, oder? Was wollen Sie?" Längli beendete abrupt den Begrüßungsplausch.

„Ich suche ... Gesprächsbereitschaft? Freie Presseagentur Köln. Sie waren im Turm, Herr ... Hauptkommissar. Ich ebenfalls. Haben wir gemeinsame Interessen?"

Sieh an, sieh an, eine Journalistin wollte ihn aushorchen. Endlich erinnerte sich Längli daran, wo er ihr Gesicht gesehen hatte. „Sicher nicht in diesem Bereich, Frau Plump."

„Wieder schade. Ich dachte, wir könnten unsere Recherchen abgleichen. Das könnte aufregend werden." Sie klang enttäuscht über die Ablehnung.

„In einer Kirche?" Längli biss sich auf die Lippen. Jetzt kam sicher ein Wortspiel mit ihrem Namen.

„Aber ja, gerade da!"

Längli war dankbar. „Dann sollten wir uns bei Gelegenheit da mal treffen. Im Moment ist das allerdings wenig effektiv."

Klara Plump ließ nicht locker. „Sind Sie da sicher?"

„Ja, leider. Ein anderes Mal vielleicht." Längli legte auf. Open end. Seine Rufnummer hatte er nicht unterdrückt.

Unseliger Streit *Jonas und Alvis*

005473 „Was ist denn so verdammt wichtig?"

Jonas lag wieder auf seinem Bett, nachdem er Alvis sein Portemonnaie vom Balkon aus zugeworfen hatte. Jetzt saß Alvis auf Jonas' Schreibtischstuhl. Jonas hätte lieber Charlotte da gehabt, zumal die Gelegenheit gut war, denn seine Mutter war ein paar Tage mit Freundinnen unterwegs. Aber Charlotte kratzte es im Hals und auch sonst war der Abend nicht prickelnd verlaufen. Jonas war vor dem Fernseher eingeschlafen und hatte einen grausamen Alptraum gehabt. Er hatte von seinem Vater geträumt. Irgendwo hatte der an einem Lagerfeuer gesessen und an einem Knochen genagt. In total zerfetzten Klamotten. Mit einer Binde vor den Augen. Dann hatte er den Knochen weggeworfen, sich die Binde vom Gesicht gerissen und Jonas sah in Augen, wie er sie nie zuvor gesehen hatte. Sie waren nicht kalt, sie waren ... seelenlos. Und als reichte das nicht, ertönte eine Stimme, wie sie entsetzlicher nicht klingen konnte, und sagte: „Mahlzeit, Jonathan Burger, Mahlzeit." Anschließend war Jonas wach geworden und seine Augenlider hatten verrückt gespielt. Und vor seinem Balkon hatten Lichter getanzt. Angstausbruch! Super.

Dann hatte Alvis angerufen. Perfektes Timing. Jonas hatte nämlich überhaupt keine Lust, über Träume oder Visionen zu reden. Aber Alvis hatte sich nicht abwimmeln lassen. Und war auch noch mit dem Taxi vorgefahren. Ohne Geld versteht sich, und Jonas hatte vorstrecken müssen. Hölle! Konnte er nicht mal ein wenig Ruhe haben? Wo er ohnehin kurz vor dem Wahnsinn stand.

„Also los, red' schon!"

✧▔◦ᵒ◦ᴅ

Alvis merkte, dass er Jonas in einem richtig schlechten Moment erwischt hatte. Aber er hatte eine Entscheidung getroffen. Vorausgegangen waren Stunden intensiven Brütens. Selbst für Alvis war das anstrengend gewesen. Es war Kopfarbeit gepaart mit persönlichen Gefühlen, eine Verbindung, die Alvis nicht mochte. Die er aber nicht einfach beiseiteschieben konnte, weil sie ihn unentwegt beschäftigte.

Sein Leben gestaltete sich gerade denkbar ungünstig. Da war ein Freund, der Hilfe benötigte, ein Mentor, zu dem er das Vertrauen verlor, und ein Mädchen, das er klasse fand – was eine maßlose Untertreibung war -, die sich aber kaum für ihn interessieren dürfte. Mittendrin Alvis von Odenthal, ziemlich hilflos, ohne einen Ansprechpartner. Ihm war klar, dass er sich jetzt auf eine Sache konzentrieren musste. Was war das Wichtigste? Jonas natürlich. Aber wie sollte er ihn „stützen"? Das waren doch Tiberius' Worte gewesen. Er konnte ja Jonas nicht einfach die Welt der Seelen offenbaren.

Alvis erinnerte sich nur zu gut daran, als Tiberius ihm das erste Mal etwas über die *Sieben Himmel* erzählt hatte. Er hatte hell aufgelacht. Es gab zwar eine Menge Sprüche auf der Erde, die so manches aus der Welt der Seelen preisgaben und nie ernst genommen wurden, aber das hier hatte für Alvis zu absurd geklungen. Und trotzdem war es so: Der Raum, in dem sich Seelen aufhalten, war strukturiert. Unterschiedlich zwar, was *Alkovat* und *Ewige Manifestation* betrifft, aber es war nur ein scheinbares Chaos in räumlicher und zeitlicher Weite, in der *Die Unzählbaren* sich bewegten.

Alvis unterlag nicht dem Verschwiegenheitsversprechen, denn er war kein Chronist. Trotzdem konnte er Jonas nichts über die Seelenwelt erzählen. Er würde ganz einfach unglaubwürdig wirken. Da brauchte er sich nichts vorzumachen. Und nach Jonas freundlicher Begrüßung konnte er sich gut vorstellen, wie das Gespräch ablaufen würde in diesem Zimmer:

„Glaub es mir, Jonas!", würde er sagen. „Es sind Seelen. Da oben geht die Post ab und irgendwas ist geschehen, dass du dabei zusehen kannst. Ähnlich wie Tib, aber anders, und wir können uns keinen Reim darauf machen wieso. Du siehst sie im Traum, wir reisen mit ihnen. Die Chronisten, meine ich, aber ich bin ja noch keiner."

Und Jonas Antwort wäre auch klar: „Wovon zur Hölle redest du? Sag mal spinnst du jetzt total? War schon bescheuert, was dein Opa da erzählt hat … Und jetzt kommst du und versuchst es auch? Ist das erblich? Meine Fresse. Fahr nach Hause, Alvis! Ruf dir ein Taxi. Hier hast du nochmal zehn Euro, Wiedersehen macht Freude."

Vertrauen, dachte Alvis, Vertrauen. Mach es einfach. Jonas ist nicht dumm, er wird es verstehen. Er nahm seinen Mut zusammen.

„Äh, hör zu, Jonas, kannst du dir vorstellen, dass es eine … eine Seelenwelt gibt? Es gibt sie. Sie beeinflusst alles. Nichts ist zufällig, verstehst du? Ich muss dir von ihr erzählen."

Jonas schob hob die Handballen vor seine Augen. „He, sag mir bitte, dass das nicht dein Ernst ist, ja? Wirklich, ich hatte gerade eben einen ganz beschissenen Traum und da kommst du und machst einen Aufstand, als wären deine Eltern gestorben, und willst dich mit mir über Seelen unterhalten? Verarschen kann ich mich alleine."

Alvis stand auf und ging zum Bett hinüber, um Jonas zu versichern, wie wichtig es war, dass er ihm glaubte, und Jonas – die Handballen von den Augen nehmend – sah ihn auf sich zukommen. Da dachte Alvis völlig unvermittelt: Ich bringe dich um, wenn du sie noch mal mit Drops fütterst.

Sofort saß Jonas kerzengerade im Bett. Er starrte Alvis an. „Sag' mal, hast du gerade gedacht, du bringst mich um, wenn ich Charlotte noch mal mit Drops füttere?"

Recherche und Rückblick   *Tiberius*

005474 Tiberius Schlagbaums Bewusstsein schoss durch Alvis' Lebensgeschichte. Sein Enkel beschäftigte ihn mehr als alles andere, auch wenn der es nicht glaubte. Und deswegen musste er reisen.

Er hatte sich vorgenommen festzustellen, wie Alvis Jonas kennengelernt hatte. Ein Junge, der wegen seiner Träume und Visionen Angst hatte, verrückt zu werden, lernte einen anderen Jungen kennen, der ihm dabei helfen könnte zu erkennen, worum es dabei eigentlich ging. Das war kein Zufall. Aber was war der tatsächliche Sinn dieses Vorgehens? Das wollte er unbedingt herausbekommen. Er musste vorsichtig sein. Die Recherchen durften nicht so weit führen, dass es in der Seelenwelt auffallen würde. Denn ein weiterer Verdacht schlummerte in ihm, ob der Fähigkeiten, die Alvis' Freund hatte. Vielleicht wollte die *Ewige Manifestation* sogar *ihn* zum Chronisten machen. Und damit zu etwas, von dem Tiberius Schlagbaum nicht behaupten konnte, dass es ihm sonderlich gefiel: zum Begründer einer neuen Chronisten-Dynastie.

Deswegen ging Tiberius Blick in die Vergangenheit. Die Vergangenheit seiner eigenen Dynastie. Das war ein Bruch mit einer der Regeln, die er sich selbst aufgestellt hatte. Schon zu Beginn seiner Zeit als Chronist hatte er sich vorgenommen, in seinen Archiven nie in der eigenen Familiengeschichte herumzuschnüffeln. Jetzt, wo er es doch tat und wahllos in Alvis' Erlebnisse eintauchte, waren die Eindrücke so stark, dass er sich einfach in ihnen treiben ließ.

⸫ᵛₒᵒₒ♫

Tiberius übersprang die Geburt, schoss durch die Kleinkind-Phase und hielt in der rasenden Fahrt durch Alvis' Seelenentwicklung erst inne, als er Bilder wahrnahm, in denen er ebenfalls vorkam.

„Opa Tib, wie reisen Seelen denn? Geht das schnell? Ist es weit? Kann ich auch reisen? Können wir atmen?"

„Das kann ich dir nur bedingt erklären, Alvi. Wenn es soweit ist, dass du reist, werde ich dich an die Hand nehmen. Wir werden atmen und ich werde wahrscheinlich schnarchen, denn wir werden schlafen. Wir reisen im Schlaf oder in einem anderen Zustand, in dem unser menschliches Bewusstsein ruht. Deine und meine Seele werden sich aneinanderlegen und wir werden die Himmel durchqueren und ihre Zwischenräume. Die Reise wird nicht schnell oder langsam sein, sie wird solange dauern, wie sie es muss. Und, nein, es ist nicht weit im Sinne von Kilometern oder so, es ist nur weit in unserer Vorstellung davon. Alles verstanden?"

„Bedingt."

Tiberius' damaliges Ich lachte. „Oh ja, einfach ist das nicht zu verstehen. Aber du wirst. Wart's ab, alles zu seiner Zeit."

Irgendwann hatten sie angefangen, den Seelenkunde-Unterricht durch Schachpartien zu tarnen. Das erklärte am einfachsten Alvis' Anwesenheit in Tiberius' Häuschen, aber nötig gewesen wäre es nicht. Bernhard von Odenthal, Tiberius' Schwiegersohn, war in seiner Funktion als Bio-Genetiker viel zu Vorlesungen, Kongressen und Symposien unterwegs. Und Tiberius' Tochter Sarah war es lange Zeit eher recht, wenn Alvis Zeit mit ihrem Vater verbrachte. Das schloss in ihren Augen nämlich mögliche Gefahrensituationen für ihren Sohn aus. Alvis' Gendefekt hatte über Jahre hinweg für ständige Auseinandersetzungen zwischen ihm und seiner Mutter gesorgt. Das lag daran, dass Alvis aus medizinischer Sicht auf bestimmte Dinge verzichten sollte. Vorsicht bei diversen Sportarten und Hobbies, die abrupte Bewegungen oder extrem schnellen Aufbau von hohem Blutdruck verursachten. Dies konnte für den Körper sehr gefährlich sein. Erst unangenehme Erfahrungen hatten Alvis selbst zu der Erkenntnis geführt, dass er tatsächlich nicht alles machen sollte. Tiberius selbst hatte Alvis einmal nach einer anstrengenden gemeinsamen Klettertour ins Krankenhaus bringen müssen. Sarah von Odenthal hatte ihren Vater derart strafend angesehen, dass Tiberius eine Zeitlang den Kontakt zu ihr mied.

Dann hatte sein Enkel es satt gehabt, immer wieder mit seiner Mutter über seine Gefährdungen zu streiten. Feierlich hatte er an seinem dreizehnten Geburtstag erklärt:

„Meine große Behüterin, ab heute übernehme ich selbst die Verantwortung für meinen Körper. Ich gelobe, auf ihn zu achten und ihn zu lieben, bis dass der Tod uns scheidet."

Bernhard von Odenthal hatte die kurze Ansprache mit einem knappen „Hervorragend" kommentiert. Sarah war sprachlos gewesen. Ihr Sohn wollte über sein Schicksal selbst entscheiden. Und sie hatte in seinem

Gelöbnis in erster Linie eine Anspielung auf ihre Ehe gesehen. Tiberius konnte nur nicken, denn das war es bestimmt. „Achten und lieben" – davon hatten sich seine Tochter und ihr Mann weit entfernt.

Woran das im Kern lag, erkannte Tiberius jetzt im Impuls. Alvis hatte einen Gesprächsfetzen im Kopf, von dem er selbst sicherlich nicht wusste, wann er ihn gehört hatte, der aber eine Menge bei ihm ausgelöst haben musste:

„So viel steht jetzt wohl fest: Dein Sohn hat es von dir."

Tiberius konnte es fühlen: Wie ein Skalpell, das gezielt ein krankes Organ durchschnitt und Gewebe für immer teilte, hatten Bernhards Worte vor vielen Jahren das Band zwischen Sarah und ihm zerschnitten. Seither achtete seine Tochter auf alle noch so kleinen Bewegungen von Alvis, und Bernhard war derjenige, der die Beziehung zu seinem Sohn vor allem aus beruflichem Interesse aufrechterhielt.

Alvis hatte sich beim Wort genommen. Er bremste sich beim Ballspiel und unterließ allzu waghalsige Klettereien auf Bäume, was er bis zu diesem Zeitpunkt gerne getan hatte. Bald wusste er mehr über seinen Defekt als die meisten Allgemeinmediziner und konnte gut einschätzen, was er sich erlauben durfte und was nicht. Tiberius bewunderte das. Sich selbst zurücknehmen zu können, das war für einen pubertierenden Jungen eine erstaunliche Einsicht. Tatsächlich lag sie begründet in den vielen Stunden, die Tiberius mit ihm verbrachte. Das spürte der Chronist. Seine Erzählungen aus der Welt der Seelen wären für alle Menschen etwas Besonderes gewesen. Tiberius hatte Alvis erklärt, dass dies ein einzigartiges Wissen gegenüber allen anderen Erdbewohnern war. Und vor allem: Nach seiner Pubertät könne er mit Tiberius „reisen". Er würde mit ihm in die Seelenwelt gehen und da spielte die Beschaffenheit von Alvis Körper überhaupt keine Rolle.

Das war für den Jungen Motivation genug gewesen für Beherrschung.

Ja, Tiberius erinnerte sich. Das alles hatte er gesagt. So war das gewesen. War die Zeit gekommen? War dies ein Scheidepunkt? Er konzentrierte sich. Was war hier sein Ziel gewesen? Er hatte sich in diesem Lebensimpuls von Alvis verloren. War viel zu weit in der Vergangenheit. Die entscheidende Begegnung von Alvis und Jonas konnte erst vor kurzem stattgefunden haben. Es musste in der Schule gewesen sein, dort, wo Schüler logischerweise aufeinandertreffen.

Tiberius begann mit seiner Suche im Madame Curie – Gymnasium. Alvis war nach einem längeren Krankenhausaufenthalt auf Anraten einer Lehrerin dorthin gewechselt. Er sah, dass Alvis hier die typischen Erfahrungen eines Marfan-Geschädigten hatte machen müssen: Es zeigte sich das klassische Bild eines Außenseiters, der aufgrund seiner Erscheinung gleichzeitig beglotzt und gemieden wurde. Er war zu groß, zu schmal, zu langgliedrig, kurz: zu seltsam, und es dauerte, bis Alvis Mitschüler sich daran gewöhnten. Tiberius beobachtete, dass auch Jonas nicht mehr als flüchtige Kontakte zu Alvis hatte. Nur einmal standen sie länger beieinander und Tiberius horchte in das Gespräch hinein, das an ein Kurzpassspiel erinnerte:

„Fußball ist nicht dein Ding, oder?"

„Doch, mir persönlich ist nur der Ball zu klein."

„*Willst* du oder kannst du nicht spielen?"

„Das ist eine Herzensangelegenheit, ich sollte es lassen."

„Warst du mal beim FC?"

„Ja, aber meistens sehe ich mir das *Beim Hennes* an."

„Na, dann Prost. Man sieht sich."

Von diesem Moment an nahm Tiberius Alvis' Spur auf, wenn er zu *Hennes* ging. Und wurde fündig. Wie immer, wenn eine Seelenmacht Einfluss auf das Erdenleben nahm, erfuhr Tiberius dies im Impuls als einen kurzen Stillstand der Erde. Auch zu dem Zeitpunkt, als Jonas Alvis gegen Törmi beistand, geschah dies. Die Seelenmacht hatte nicht viel getan. Sie hatte nur dafür gesorgt, dass der CD-Player kurz seinen Geist aufgab und die Musik abbrach. Tiberius erlebte die beabsichtigte Stille als den Moment, an dem die Freundschaft zwischen Alvis und Jonas begann. Tiberius wusste jetzt: Diese Verbindung war nicht natürlich entstanden.

Er reiste weiter und entschloss sich, auch einen Blick auf den Impuls von Jonas zu werfen. Bereits beim ersten Kontakt spürte er, dass etwas nicht stimmte. Was er dort sah, oder genau genommen *nicht* sah, steigerte seine Unruhe. Unmittelbar war er auf einen blinden Lebensabschnitt gestoßen. Keine Bilder im Impuls zeigten, was in dieser Zeit mit dem Jugendlichen geschehen war. Ein Umstand war in dessen Kindheit geschaffen worden, der verborgen blieb. Nicht nur Jonas. Auch ihm. Es war gut möglich, dass Alvis' Freund deshalb keine Ahnung vom Auftrag des Verfügers hatte. Das wäre eine ungewöhnliche, nach Tiberius Wissen einmalige Situation. Er stellte sich vor, wie es um diese Manifestation bestellt sein musste, um einen Verfüger, dessen Auserwählter auf dem besten Weg war, komplett zu versagen. Ob es nun erlaubt war oder nicht: Es war zwingend notwendig, sich mit dieser Engelmanifestation auszutauschen, die die Freundschaft zwischen seinem Enkel und Jonas gefügt zu haben schien.

Er *musste* sie treffen.

Der siebte Splitter *Klara*

005475 Klara Plump blieb entspannt. Dieses markante Gesicht mit silbergrauer Igelfrisur interessierte sie, auch wenn sich Längli das Wortspiel mit ihrem Namen nicht hatte verkneifen können. Den trug sie inzwischen wie einen lässig umgeworfenen Tarnumhang. Das konnte freilich nur der verstehen, der ihren Geburtsnamen kannte. Da schnitt sie mit *Plump* ihrer Ansicht nach besser ab, auch wenn manche meinten, da tue sich nicht viel. In ihr wiedergeborenes Single-Dasein hatte sie die Hälfte des Ertrags aus dem Verkauf des gemeinsamen Häuschens in der Peripherie Kölns mitgenommen. Die relative Unabhängigkeit tat ihr gut.

Während sie über die Hohe Straße Richtung Dom ging, überlegte sie die nächsten Schritte. Längli hatte gesagt, er habe nichts. Nicht „in diesem Bereich". Wie war das gemeint? Anzüglich oder arbeitstechnisch? Was hatte er dort unterhalb des Glockenstuhls fotografiert? Was machte er überhaupt da im Turm? Warum hatte er sich die Aufseherin vorgeknöpft?

Aber Längli hatte nichts durchblicken lassen. Dann eben nicht. Den Glockenstuhl-Attentäter von 1991 hatte Klara jedenfalls identifiziert. Und dessen Schwester ausfindig gemacht. Bei Bianca Frost würde sie nachfragen, was aus dem Bruder geworden war. Vermutete das Domkapitel tatsächlich Sabotage und verheimlichte das? Klara Plump hatte ihre Quellen, aber im Domkapitel saßen die nicht.

Sie besann sich auf ihr Ziel. Sie wollte Mr. Orange finden. Sie hatte den Mann von den Abfallwirtschaftsbetrieben nicht wieder gesehen. Aber klar war: Irgendwann würde er hier auftauchen. Das war schließlich sein Arbeitsplatz. Nachdem sie über zwanzig Minuten um den Dom herumgegangen war, spazierte sie in die Fußgängerzone und sah sich ein paar Schaufenster an.

Jemand klopfte ihr von hinten auf die Schulter. „Sie sind die Journalistin, oder?"

Aus den Augenwinkeln erfasste sie den schmutzigen Ärmel eines Blaumanns. Sie fuhr herum. Der Mann trug keine Mütze.

„Stimmt", erwiderte sie. „Zumindest *eine*, ob *die*, weiß ich nicht. Und?"

Der Mann war nicht unfreundlich, auf ihrer spontanen Sympathiekurve aber auch nicht sonderlich weit oben. Er zog ein bereits benutztes Papiertaschentuch aus dem Seitenschlitz des Blaumanns und schnäuzte sich. „Suchen Sie etwas Bestimmtes?"

„Und Sie?"

„Kommt drauf an. Ein Mittagessen vielleicht?" Das Tuch war feucht und verschwand wieder in der Tasche.

Klara erkannte sein Bemühen, den lüsternen Blick durch ein Lächeln zu verstecken. Es wurde ein dämliches Grinsen. Jetzt war er die Kurve ganz hinuntergerutscht.

„Na dann, guten Appetit." Klara wandte sich ab.

„Ich habe da was für Sie."

ᘓ☞₀°₀ₐ

Klara hatte nicht ablehnen können. Der Mann war Techniker in der Dombauhütte und sagte, dass seine Informationen sicher interessant für sie wären. Das wiederum sagte ihr, dass sie hier auf der Straße besser nicht nachhaken sollte, und so saßen sie in einem Brauhaus.

Es ginge um den Klöppel. Und um Material, das er habe und das in direktem Zusammenhang mit der Klöppelzerstörung stehe. Exklusive Film-Aufnahmen und sehr spezielles Klöppel-Material! Ausschlaggebend war für Klara *ein* Wort gewesen: Niemand hatte je in diesem Zusammenhang von Zerstörung gesprochen. Es war immer nur darum gegangen, dass der Klöppel sich gelöst habe, um Materialermüdung an der Befestigung. Ihre Braue hatte gezuckt, das untrügliche Zeichen.

Manchmal sah man sich in den Brauhäusern gezwungen, die Arroganz eines Kölner Köbes über sich ergehen lassen zu müssen. Dieser hier war ein Ober jener Gattung, der sich im Vertrauen auf seine Originalität ein zusätzliches Bier zum Gast mitnimmt, es zur Hälfte leert, wieder in den Kranz stellt und einen Strich auf dem Deckel des Gastes macht. Nach dem Schluck beugte er sich über den Tisch, zwinkerte Klara mit dem linken Auge zu, dem Techniker mit dem rechten und sagte: „So, jetzt bin isch janz euer kölscher Köbes." Dann wunderte er sich, dass sie ihn nicht begeistert ansahen und toll fanden. Klara konnte riechen, wo er herkam. Sicher nicht aus Köln, eher aus dem bäuerlichen Umland. Sie wollten bestellen, aber da war er schon weg.

96

„Da ich mit Ihnen nicht regelmäßig essen gehen kann, sagen Sie mir jetzt bitte, was Sie mir anbieten wollen." Klara biss sich auf die Lippen, während sie vorgab, etwas in ihrer Tasche zu suchen. Wieder konnte sie ihm ansehen, was er dachte, und sie ahnte, dass ihre Bemerkung sie einiges kosten würde.

„Tausend für den Film, Zweitausend für das Stück aus dem Klöppel."

„Entschuldigung, Sie spinnen!"

„Es geht auch teurer."

„Hören Sie Mr. Anonym: Ich arbeite selbständig. Gehen Sie mit Ihrem Material doch zur zahlungskräftigen Konkurrenz. Aber wundern Sie sich nicht, wenn Ihr Arbeitgeber Sie demnächst feuert. Denn Kollegen sind möglicherweise redselig. Sie haben mich ja wohl kaum angesprochen, weil ich so schöne Locken habe, sondern gerade weil ich alleine arbeite. Außerdem muss ich erst einmal etwas davon sehen! Und hören!"

Der Techniker wirkte durch die harsche Ansprache überrumpelt. Er schluckte und holte ein Tablet aus seiner Tasche. „Ich gehe davon aus, Sie sind fair, Frau Plump." Er wies auf eine Verknüpfung auf dem Desktop. „Touch ..."

Klara ergriff das Tablet und orientierte sich im Raum. „Nicht hier", sagte sie und verschwand mit dem Gerät auf der Toilette, bevor er reagieren konnte.

Die Bildführung war ein einziges Gezappel. Offensichtlich hatte der Techniker in steter Angst vor Entdeckung gefilmt. Mehrfach wurde abgebrochen. In knappen Ausschnitten waren ein anderer Techniker, der Dompropst und sogar der Bischof zu sehen. Leises Stimmengewirr war zu vernehmen. Irgendwann schwenkte das Bild vorbei am gleißenden Licht eines Scheinwerfers zur Decke des Glockenstuhls. Die Stimmen klangen zunächst überrascht und schwollen dann zum Kreischen an: „Was ist das denn?!", „Das gibt's doch nicht ...", „Ich glaub's nicht ..." „Um Himmels Willen ..." Die Wand wurde herangezoomt, das Bild begann langsam scharf zu werden.

„Ruhe, ... bitte! Würden bitte alle einmal hier zusammenkommen!" Der Dompropst hatte gesprochen. Und die Aufnahme endete abrupt. Klara wollte die Abspielung gerade abbrechen, als auf dem Display noch eine

Hand erschien. In ihr lag ein matt schwarz schimmerndes Metallstück. Nicht groß, länglich und mit zwei spitzen Enden. Das Display wurde dunkel und man hörte eine Weile unverständliche, aber eindringliche Worte des Dompropstes.

Klara schwitzte. Aber als sie in den Gastraum trat, schaffte sie es, ruhig und entspannt zu wirken, hatte ihr Haar zu einem Pferdeschwanz gebunden und den Film bereits per Bluetooth auf ihr Smartphone überspielt. Das war nicht nett und schon gar nicht fair, aber sie würde zusätzlich die Analyse des Metalls vornehmen lassen müssen und das war sicher teuer genug.

Der Techniker griff nach seinem Tablet. „Und? Zufrieden?"

Klara blieb ruhig. „Die Bildführung ist unruhig, es ist kaum etwas zu erkennen. Wirklich interessant ist, wie schnell erwachsene Menschen offensichtlich panisch werden können. Es tut mir leid, aber tausend Euro ist das nicht wert."

Der Techniker blickte verdrießlich. „Ach so, und was ist hiermit?" Er hielt den Splitter hoch. Klara streckte ihre Hand aus, aber er lehnte sich zurück, schüttelte den Kopf und grinste süffisant. „Keine Chance, Frau Plump. Nicht anfassen, nur anschauen." Er blieb unnachgiebig. Drehte den Splitter in der Hand. „Hübsch, nicht wahr? Sie stecken in der Wand", fuhr er fort, „hunderte. Sehr wenige lagen auf dem Boden. Sie glauben, es waren sechs Stück." Er grinste. „Aber es waren sieben."

Klara „verzichtete" auf den Film und bot tausendfünfhundert Euro für den Splitter. Sie einigten sich auf tausendsiebenhundert. Während sie Geld vom Automaten holte, verzehrte der Techniker ein Hämchen, die Schweinshaxe auf kölsche Art. Als sie zurückkam, wischte er sich gerade den Mund ab. Sie setzte sich, checkte kurz die anderen Tische und schob ihm – verdeckt durch eine Serviette – die Scheine zu. Er legte den Splitter vor sie, Klara ergriff ihn. Er war klein, gemessen an seiner Größe aber sehr schwer. Sie wickelte ihn in ein Taschentuch und verstaute ihn in ihrer Tasche.

„Köbes, ein Kölsch!" Es kam schnell. Sie sah ihr Gegenüber an und prostete ihm zu. „Und jetzt", sagte sie, „erzählen Sie. Von Anfang an, einfach alles!"

„Nein", sagte der Techniker und ließ Klara mit offenem Mund, dem Bier und der Rechnung am Tisch sitzen.

Kleine Macht trifft große Macht   *DaniEl und Tiberius*

005476 Der Chronist ließ sich treiben. Wenn Seelen kein direktes Ziel haben oder in sich gekehrt sind, treiben sie. Allerdings war Tiberius' Seelenexistenz in diesem Moment nicht ziellos. Denn er wusste, was er wollte, und überlegte nur noch, welche Vorstellung ihn am ehesten zu den Bahnen der Engelmanifestation leiten würde. Unabdingbar war allerdings, dass sie ebenfalls eine Neigung entwickeln musste. Aber genau das stimmte den Chronisten zuversichtlich: Die Zielsetzungen dieses Verfügers und ihm waren ähnlich und daher für eine Begegnung sehr geeignet. Der Chronist benutzte die beiden Ereignisse, in denen er die Manifestation bereits erfahren hatte, und schuf sich ein neues, exakt definiertes Ziel. Da er schneller reisen konnte, je klarer die Vorstellung davon war, schoss seine Seele unbeirrt dem Verfüger entgegen.

$$\text{ɔ}^{\text{┬}}\text{o}^{\text{o}}\text{ꝰ}$$

Bei der Engelmanifestation DaniEl bewirkten Zweifel, dass sie reiste. Auf ihrem Weg zur Erde stieß sie in einen Separatus vor, genauer gesagt, den Raum zwischen dem fünften und dem vierten Himmel. Hier und dort achteten die Helferseelen darauf, dass sie nicht die Bahnen verirrter Seelen kreuzten.

DaniEl selbst fluchte. Die Reise war unplanmäßig. Unruhe trieb ihn geradezu in die Geburtsstadt seines ehemaligen Wirtes. Dinge geschahen, die nicht geschehen durften. Was stimmte nicht in Köln? Was stimmte nicht mit seinem Auserwählten? Er musste fürchten, mit seiner Verfügung erneut zu scheitern. Die Gegner schienen übermächtig. Und das Reich der beheimateten Seelen selbst war in großer Gefahr! Ja, ja, ja: „Und Gott befahl seinen Engeln ..." *Den* Spruch kannte er von der Erde. Aber DaniEl hatte den naiven Glauben verloren, dass letztlich immer alles gut wurde. Darüber konnte er nur la...

Abrupt beendete er seine Gedankengänge. Begann sich da irgendwo auf seinem Weg etwas zu bilden? Eine Manifestation? Ein Anachron? Anakis vielleicht, die kleinen, gefürchteten Seelenjäger? In den Separati ließ sich erst spät bestimmen, welchen Charakter Seelenbänder hatten. Es konnte ja auch der Chronist sein! Ha! Großes Kino. Die Vorstellung war wirklich lachhaft. Die Wahrscheinlichkeit, dass sich diese in der Seelenwelt als geheimnisvoll eingestufte Macht offenbarte, war nun wirklich höchst unwahrscheinlich. Aber hätte DaniEl sein Handeln dem Chronisten beschreiben und erklären können, dann wäre das – geschwätzig, wie er manchmal war – vielleicht so ausgefallen:

Ich bin auf dem Weg nach Köln. Weißt du, Chronist, ich liebe diese Stadt. Ich liebe sie wegen der vielen Kirchen. Ich liebe sie, weil sie sich so großstädtisch gibt, aber unglaublich provinziell ist, weil sie rund ist und überschaubar und dennoch chaotisch. Ich liebe ihre Menschen, weil sie trotz ihrer Oberflächlichkeit herzensgut sind und trotz ihrer Geschäftstüchtigkeit Weltmeister im Feiern. Und weil sie ihre Stadt und deren Ruf in der Not verteidigen würden wie eine Mutter ihr Neugeborenes! Nicht die Stadt ist die Mutter, denke ich. Es sind die Menschen, die ihre Stadt bemuttern. Sie verwöhnen und lieben sie über alles –, äh, direkt nach sich. Denn in ihrer Begeisterung für sich selbst lassen sie ihr Kind leider manchmal im Stich. Das kannst du an vielen Stellen sehen.

Hm. Tatsächlich kann man den Kölnern einiges vorwerfen, Chronist, aber nicht, dass sie nicht um ihre Stadt kämpfen würden – wenn sie den Gegner kennen.

Aber genau das ist gerade das Problem. Verstehst du?

Was habe ich nicht alles getan, um der drohenden Gefahr zu begegnen und die Fügung auf einen guten Weg zu bringen? Aus einem ganz sicheren Gefühl heraus habe ich den Auserwählten bestimmt. In einer genialen Aktion, präzise und brillant überlegt, habe ich ihm die Möglichkeit verschafft, Seelen zu sehen. Und was tut dieser Junge, auf den ich so große Stücke setze? Er zweifelt lieber an seinem Verstand, als zu glauben oder wenigstens zu erkennen! Anstatt sofort alle Register zu ziehen und Maßnahmen zu ergreifen! Der Auserwählte zweifelt. Eine KATASTROPHE! Was soll ich nur tun?

Aber er konnte es dem Chronisten nicht erzählen und DaniEl zog es auch nicht in Erwägung. Erstens war er nicht da und zweitens hatte DaniEl mit dem Wunsch auch nur gespielt. Der Chronist war kein Ratgeber. Der Chronist war eine mächtige Seele und man konnte ihn nicht so einfach treffen. Hinzu kam, dass DaniEls Aufstiegschancen möglicherweise gefährdet waren, wenn herauskäme, dass er sich für seine Fügung eine solche Unterstützung suchte.

Was DaniEl nicht verhindern konnte, war, dass durch seine Zweifel und Bemühungen in ihm der Wunsch nach Unterstützung aufkam. Um eine Lösung zu finden. Dass seine Gedanken den Chronisten als möglichen Helfer einbezogen hatten, war fast zwingend. Wer hätte sich als Helfer sonst angeboten? Das PetriEl? Oder gar die *Ewige Manifestation?* Das verbot sich von selbst. Vielleicht, vielleicht, wäre der Chronist da doch der Richtige? Unmerklich verlangsamte sich DaniEls Reise.

„Haaaahhhhhhhh."

Was war das? Das Geräusch war wie der Hauch einer Stimme durch den Zwischenhimmel gehallt. Doch ein Anachron? DaniEl war sich nicht sicher, ob die Geschichte stimmte, die die Manifestation MichaEl – ein Wächter des PetriEl – gerne erzählte. Dass es eine Manifestation gab, deren Charakter verheerenden Einfluss auf die Orientierung haben konnte. Das waren nur Gerüchte! Sicher nur MichaEls Faible für fantastische Geschich ...

Paaf. – Ein heftiger Knall zerstörte seinen Gedanken.

DaniEl wusste nicht, wie ihm geschah. Etwas war durch sein Bewusstsein gesprungen. Seine Helferseelen hatten Mühe, den Kontakt mit ihm zu halten, so gewaltig war die Macht gewesen, die durch seine Manifestation gefahren war. Was war das gewesen? Wo kam es her? Wo war es hin? Wieso hatte er das nicht näher kommen fühlen?

„Weil ich noch nicht von hier bin."

Es war nicht Stimme, die beeindruckte, es war Präsenz. Die war enorm und ...

Plötzlich begann sich um DaniEl herum der Separatus zu verändern. Lichter umkreisten ihn mit wachsender Geschwindigkeit und berührten ihn. Dann erfassten ihn Sinneseindrücke. Er roch den Atlantik bei Bordeaux und spürte die Hitze über den Pyramiden Ägyptens, er nahm die

Feuchtigkeit einer Höhle in Israel wahr und er fühlte ... Schicksal? Er sah Städte und Hügel und Landschaften wie zu der Zeit als seine Seele noch auf der Erde existiert hatte. Er dachte, er müsse weinen ... als die Eindrücke so schnell gingen, wie sie gekommen waren.

Erst dann begriff er: Er war mittendrin! Er war *in* dieser Macht!

„Du bist ...", entfuhr es ihm.

„Halb so wild, aber manchmal ganz praktisch."

DaniEl versuchte sich zu konzentrieren. Seine Helferseelen und er vibrierten durch ihre eigenen Emotionen: „Du, du bist nicht von hier und dennoch ... Du bist es tatsächlich, nicht wahr?"

„Ja", sagte es und in den folgenden Worten offenbarte sich jetzt die ganze Macht der Seelenexistenz des Chronisten: „Ja, ich bin es. Der Verwalter des Wissens und der Wahrheit, Sammler allen Geschehens: Der Chronist, aus der einzigartigen Dynastie der Repaguli. Du hast eine Neigung kreiert, El. Hier bin ich. Öffne dich. – Du kannst übrigens aufhören, so zu zittern, ich werde dir nichts tun."

Das hoffte DaniEl. Aber was sich da gerade mit ihm verbunden hatte, das war gewaltig. „Was hat das hier zu bedeuten? Woher kommst du, was willst du?"

„Wir müssen reden. Kommunizieren."

DaniEl verschloss sich ruckartig. Etliche seiner Energiezellen erloschen. Der Schreck, wie der Chronist ihn umschlossen hatte, wirkte noch immer in ihnen nach. Aber wenigstens war das hier kein Gefängnis. DaniEl empfand die Energie des Repagulus eher als Schutzschild. Vorerst gab es deshalb keinen Grund, die Verbindung abzubrechen. Wenn das überhaupt gehen würde. DaniEl dachte nicht daran, es auszuprobieren. Warum auch? Es war ehrenvoll, den Chronisten zu treffen. Trotzdem: Wie war der ihm auf die Spur gekommen? Wie hatte der ihn gefunden? Oder gesucht? Was wollte er wissen? DaniEl hatte nicht vor, irgendetwas preiszugeben. Das könnte ja seine Fügung gefährden ... Und außerdem: Durfte der überhaupt so ...?

„Natürlich darf ich das."

Jetzt endlich merkte DaniEl, dass er sich dem Chronisten nicht vollständig verschlossen hatte. Verdammt noch...

„Na, na, na, Haltung, bitte. Und beruhige dich endlich: Das, was du nicht mitteilen darfst, kannst du auch nicht denken."

Das stimmte. Als Verfüger genoss DaniEl neben anderen Kräften auch diesen Schutz. Oh ja, das ist endlich etwas wirklich Beruhigendes.

„Schön. Wir haben uns getroffen, weil du es auch gewollt hast. Was war dein Wunsch?", fragte der Chronist.

Jetzt fühlte sich DaniEl überhaupt nicht wohl in seinem Energiekranz. Ja, sein Wunsch war ... „Wenn ich dir das erzähle, werde ich nie aufsteigen!"

„Du musst es mir nicht erzählen, ich sage es dir. Dein Wissen ist mein Wissen. Du meinst, dass dein Auserwählter versagt. Aber was erwartest du? Du hast dich ihm nie selber offenbart. Träume und Visionen alleine reichen hier nicht. Der Junge kann damit nichts anfangen, weil er gar keine Ahnung hat, dass er einen Auftrag aus einer anderen Welt bekommen hat."

Nur langsam realisierte DaniEl was gerade geschah. Dem Chronisten zu begegnen ..., nicht im Traum hatte er gedacht, dass das passieren könnte. „Aber warum? Ich habe es ihm doch übermittelt, als ich ..."

„Als du was? Meinen Enkel zu seinem Freund gemacht hast? Clever, aber wirkungslos."

DaniEl war irritiert. Das war viel später gewesen.

„Oder als du ihn für seine Aufgabe ausgestattet hast?"

„Er weiß es!" DaniEl war der Moment, in dem er Jonas in diesem Labor die erste Botschaft übermittelt hatte, noch sehr präsent.

„Er weiß gar nichts! Er wurde geblendet. Im Alter von zwölf Jahren."

DaniEl war erschüttert. „Er wurde ... Ewige Manifestation! Das habe ich nicht gewusst!"

Der Chronist fuhr fort: „Es ist eine kranke Blendung. Eine Hypnose von der Erde ausgehend. Keine himmlische Verhüllung.- Was ist? Warum zuckst du?"

DaniEl hatte kurz versucht, die Kommunikation zu unterbrechen. „Nichts, es ist nichts. Du hast die Erinnerung des Jungen nicht befreit?"

„Weder ist das meine Aufgabe, noch darf ich es. Und du kannst es nicht. Aber der Junge muss wissen, was sein Auftrag ist und dass sein Gegner wahrscheinlich eine starke Seelenmacht ist. – Weißt du, wer dahinter steckt?"

Dieses Mal unterbrach DaniEl, schaltete gewissermaßen ab. Er rang mit sich. Wenn er ihm tatsächlich sagen würde, dass ... PerdUs selbst ... Da war es raus. Er hatte es nicht verhindern können. Es mitzuteilen, war ein tief verwurzelter Wunsch von ihm gewesen.

„PerdUs? Bist du sicher? Du leitest eine Fügung gegen PerdUs? Ein Aufsteiger?" Der Chronist war so aufgebracht, dass sein Energielevel unkontrolliert anstieg. Von außen sah das wunderschön aus: Die Energie seiner Lichtkörper schwoll an, zig Tausende kleiner Entladungen verursachten ein bemerkenswertes Feuerwerk! „Wer da oben hat den Verstand verloren? Das PetriEl oder die Ewige Manifestation selbst?"

DaniEl wurde ganz schön durchgeschüttelt. Und ihm fiel auch nichts ein, womit er Tiberius einen weit schlimmeren Umstand verheimlichen konnte. Er zitterte gewaltig.

Tiberius ermutigte ihn unsanft: „Was denn, das war nicht alles? Rück raus damit!"

DaniEl bemühte sich redlich, Haltung zu bewahren, und nahm sich vor, die schlechte Nachricht durch relative Gelassenheit irgendwie als nicht wirklich wichtig erscheinen zu lassen. Aber er scheiterte. Verzweifelt brach es aus ihm heraus: „Sie haben ... sie haben einen Famulus!"

Die Nachricht traf den Chronisten so unvermittelt, dass nun er versehentlich „abschaltete".

⊙⊃ᵥₒ°ₒ₂

Dem schlafenden Körper von Tiberius Schlagbaum wich der letzte Rest Blut aus dem Gesicht. Mit diesem Wissen zeigte sich ihm, was er sich nicht hatte vorstellen können oder wollen: Unaufhaltsam bahnte sich eine große Auseinandersetzung an. Und das Schlachtfeld, das war nun klar, würde die Erde sein. PerdUs war die mit Abstand gefährlichste Seelenverbindung der Seelenwelt – jedenfalls, wenn man sie nach menschlichen Kriterien wie aggressiv, friedlich, gut, böse, liebevoll, hasserfüllt und so weiter beurteilte. Etwas wertfreier hätte man sie als *unangenehm* bezeichnen können, denn sie agierte ja nur ihrer Natur entsprechend. Die allerdings war bei PerdUs in höchstem Maße bösartig. Die mächtigen Seelen dieser Manifestation lösen sich so gut wie nie aus ihrer Verbindung, und dass sie fast immer aktiv war, bedeutete grundsätzlich nichts Gutes. Und jetzt hatte sich das Alkovat – kein Grund für Zweifel -, auf der Erde eine zusätzliche Unterstützung geschaffen, die für Alvis und Jonas lebensgefährlich werden konnte: einen *Famulus.* Es war bezeichnend, dass er nicht *Auserwählter* genannt wurde, denn er war ein Sklave des Alkovats auf der Erde, eine Hülle mit einer zerrissenen Seele, die nicht wusste, dass sie unter dem direkten Einfluss einer dunklen Seelenmacht stand und ein Werkzeug war. Tiberius graute bei dem Gedanken, dass PerdUs so einen Menschen auf seinen Enkel oder den Auserwählten hetzen würde. Das war ... Genug der schrecklichen Gedanken! Es musste gehandelt werden. Sein Bewusstsein wandte sich einigermaßen erregt wieder DaniEl zu; und spürte seine große Verunsicherung. Und so signalisierte Tiberius nur: „Komm, lass es uns etwas gemütlicher machen."

Für den Rest ihrer Unterhaltung unterbrachen sie die Reise. Sie gaben sich die Silhouetten menschlicher Erscheinungsform und ließen sich treiben, während das All um sie herum funkelte. Ein wenig hatte DaniEl die Orientierung verloren und fragte sich kurz, ob Ähnliches möglicherweise MichaEl widerfahren war. Aber darüber nachzudenken, war jetzt nicht der passende Moment. Der Chronist entlockte ihm Einiges, was er lieber für sich behalten hätte, stieß aber auch an Grenzen, die er nicht überwinden konnte. Dass Jonas nichts von seiner Aufgabe wusste bedeutete – und der Chronist unterstützte ihn in der Ansicht: Im Moment konnte er Jonas nicht aufsuchen! Er würde den Auserwählten mit seiner Erscheinung nur noch mehr verwirren. Er musste anders vorgehen und der Chronist gab ihm einige gute Tipps, wie er weitermachen konnte. Die Auflösung der Neigung war unspektakulär und vollzog sich genauso schnell wie ihre Bildung. DaniEl fühlte nach seinen Helferseelen. Sie waren bereit, ihn zu unterstützen, und gezielt setzte er seine Reise fort.

In den Pulsaren, den Archiven und Aufbewahrungsorten allen Wissens und Geschehens in der Seelenwelt, wurden solche Ereignisse knapp und sachlich abgelegt und der Status war folgender:

„Der Seele DaniEl wurde eine Fügung gewährt. Sein Auserwählter erhielt die außergewöhnliche Befähigung des Seelensehens. Die Fügung droht zu scheitern, weil der Auserwählte die Qualität und den Grund seiner neuen Fähigkeit nicht erkennt."

In diesem Moment knüpfte sich ein weiterer Satz an den Bericht: „DaniEls Zweifel am Gelingen der Fügung führen ihn zurück nach Köln und er beginnt, seine Befugnisse zu überschreiten."

Das stimmte. DaniEl wurde auf unerlaubte Weise aktiv. Zum Beispiel vor dem Südturm des Kölner Doms. Dort schien sich die Reinigungskraft Herbert Wohlleben den Ellbogen an seinem Besenkarren gestoßen zu haben, denn ein kleiner, elektrisch anmutender Schlag fuhr ihm durch den Knochen. Verärgert machte er einen Schritt zur Seite. Und wurde dabei von einer blonden Frau umgerannt, deren Blick ganz kurz auf seine Mütze fiel.

Kann passieren, dachte DaniEl.

☞°o°o͜ɔ

Um wichtiges Wissen reicher, hatte sich Tiberius von DaniEl verabschiedet. Der hatte ihn am Ende gefragt: „Was wirst du jetzt tun, Chronist?"

Und er hatte ihm geantwortet: „Ich werde versuchen, dem Auserwählten seinen Widersacher zu zeigen. Er muss ihn kennenlernen."

Das Treffen mit DaniEl war enorm wichtig gewesen und hatte seine letzten Zweifel beseitigt. Jonas besaß die Fähigkeit, Seelen zu sehen, weil er ein Auserwählter war, und nicht, weil er als Gründer einer neuen Chronistendynastie vorgesehen war und getestet werden sollte. Jonas war befähigt worden, Geschehen zu verfolgen, die mit den Plänen von PerdUs zusammenhingen. Anders war sein Erlebnis in der Nacht zum Dreikönigstag nicht zu erklären.

Noch wichtiger aber wären die Informationen über das *Warum* der Fügung. Die Seelen auf der Erde waren stark gefährdet. Die Ausführung von PerdUs' Plan sollte im Dom stattfinden und sie erforderte offensichtlich einen Famulus. Der Gegner wurde zu einer immer größeren Bedrohung. Was hatte PerdUs mit dem Famulus vor? Wann war dieser geschaffen worden? Hatte er schon bei anderen Unternehmungen mitgewirkt, etwa bei der Sache mit dem Klöppel? Was hatte es damit eigentlich auf sich? Tiberius wusste, dass ihm einige wichtige Mosaiksteine fehlten, um seinen

106

Enkel und vielleicht auch Jonas schützen zu können. Aber sein neues Wissen konnte er sich zunutze machen, um dem Famulus auf die Spur zu kommen. Aber ihm war klar: Um die Mosaiksteine zu finden, würde er Dinge tun müssen, die riskant waren. Niemand wusste besser als Tiberius, wie gefährlich das werden konnte. Für ihn. Und für andere.

Forensische Neuigkeiten I *Längli*

005477 An den Verkehrsbetrieben in Köln schieden sich die Geister. Nicht nur wegen der Pünktlichkeit, der Fahrpreise und der Ausstattung. Für Längli hingegen gab es kein gemütlicheres Verkehrsmittel. Während er fuhr, konnte er dösen oder nachdenken, jedenfalls so in sich versinken, dass das Ambiente keinen Einfluss auf ihn nahm.

Das Niveau der Fahrgäste war sehr unterschiedlich, eines aber hatten viele von ihnen gemeinsam: Sie redeten ununterbrochen und oft sehr lange in ihre Handys. Die Themen waren unterschiedlich und gerne auch intimer Natur. Die Gespräche wurden meist mit einem „Okay, dann bis gleich" abgeschlossen. Längli hörte all das und schaltete dann einfach ab.

Sein Wochenende war schön gewesen. Der FC hatte die Bayern zu Gast gehabt. Längli hatte die Übertragung im Radio gehört. Der Kölner Club lag in der ersten Hälfte 0:2 zurück. In der Halbzeit landeten drei Tauben auf Länglis Balkon und jede von ihnen hinterließ ungesund aussehenden Kot auf dem Holzboden. Längli war ungerührt geblieben, hatte ohne zu zögern sein Portemonnaie genommen und war in ein Wettbüro gegangen. Als er auf einen 3:2 – Heimsieg des Klubs wettete, zuckte es im Gesicht des Mannes an der Annahmestelle. Längli konnte dreitausend Euro mit nach Hause nehmen und hatte den Gewinn in einer Gaststätte auf der Dürener Straße ausgiebig gefeiert.

Die Forensik lag in Köln Porz und war mit einer der Straßenbahnlinien gut zu erreichen. Das war ausschlaggebend für Längli gewesen, auf das Auto zu verzichten. Der Straßenverkehr in Köln bot keinen wirklichen Anlass zur Freude.

Während Länglis Gedanken entspannt wanderten, stießen sie auf Klara Plump. Attraktiv, sicher nicht dumm. Freie Presseagentur Köln. FPAK. Von ihr war der Artikel über den Klöppel gewesen, den Längli sich ausgedruckt hatte. Er las noch einmal den Schluss, der sich mit der „Kirchenflucht" von Messe-Besuchern am Dreikönigentag befasste. Sie war eine Spötterin vor dem Herrn:

„Und dann strömten sie nach draußen, all die Männer und Frauen in den Wechseljahren. Heiß und ungezügelt, weil sie es drinnen nach eigenen Angaben nicht mehr aushalten konnten. Eine Heizung hat der Dom zwar nicht, das hindert die Priesterschaft aber nicht, an hohen Feiertagen und in den Hochämtern stets den ‚heiligen Aufguss' zu verwenden – eine Weihrauch-Intoxikation, die schon so manchen Diener des Herrn bleich und bewusstlos werden ließ. Der Sprecher des Doms verwies jedenfalls darauf und zeigte Verständnis für die ‚Kirchenflucht'. Das ist in der Tat verständlich. Schließlich ist es für das Kirchen-Säckl nicht ganz so schlimm, wenn Kirchenbesucher das Gotteshaus nur ein einziges Mal verlassen müssen, weil es zu streng riecht."

Längli grinste und sah aus dem Fenster heraus ins triste Winterwetter. Die Reklametafeln am Straßenrand waren aufreizend. Wie so oft in den Wintermonaten überschlugen sich die Werbefritzen in schlüpfrigen Dessous-Präsentationen. Längli visualisierte Klara Plumps Gesicht. Wenig später zog sich seine Stirn in Falten. Er registrierte, dass er abgelenkt war, und das gefiel ihm nicht.

⌐ひｏ°ｏ♪

„Tut mir Leid, Herr Kommissar Längli. Ich wiederhole mich. Kommt nicht in Frage. Ich brauche Ihnen ja wohl nicht zu erklären, warum. Solange Frost nicht Gegenstand einer strafrechtlichen Ermittlung ist, sehe ich keine Veranlassung, diese Akte herauszugeben."

Für einen Moment hätte Längli dem Arzt sehr gern die Finger in der Schublade des Schreibtischs gequetscht, hinter dem der Psychiater sich versteckte. Aber erstens würde das nicht helfen und zweitens verließ er sich auf sein Glück. Das hatte ihn bisher allerdings nicht begleitet. Seit geraumer Zeit versuchte Längli vergeblich, dem Doktor mit unterschiedlichsten Argumentationen Informationen über Mirco Frost zu entlocken. Genauso lange hatte es gedauert, überhaupt bis zu dem Mann vorzustoßen. Die forensische Psychiatrie war extrem gesichert.

Dr. Wolfgang Wiebert, Länglis Gegenüber, konnte sich offenbar gut an Frost erinnern. Aber er sagte nicht, warum. Längli fiel auf, dass er an Stirn und Schläfen schwitzte. Das Haar war zu voll, um echt zu sein. Der Arzt war um die sechzig, seine Fingernägel teilweise abgebrochen, seine langen Augenbrauen ungepflegt. Jetzt schniefte er und zog leise und langsam, aber sehr lang hoch. Längli spitzte seine Ohren. Dieser Mann war fahrig und unkonzentriert und, wie für das geschulte Ohr gerade zu hören war,

109

wahrscheinlich kokainabhängig. Seine Zeit als Psychiater schien sich dem Ende zuzuneigen. Zum Glück für das Klientel, dachte Längli und überlegte, ob er versuchen sollte, Wiebert mit dessen Sucht unter Druck zu setzen. Er ließ seinen Blick erneut durch den Raum gleiten. An der Wand hinter dem Schreibtisch standen zwei Stahlschränke, einer davon leicht geöffnet. Akten.

Die Rufanlage ertönte und Dr. Wiebert drückte auf einen Knopf. Dr. Wiebert, bitte dringend auf Station II."

Offensichtlich gab es dort eine Krise. Die Atmosphäre, die durch die Anlage wahrzunehmen war, war faszinierend. Die Stimme war ruhig und bestimmt, im Hintergrund aber hörte man Rufe und Schreie. „Daniel? Daniel? Leck mich am Arsch, Daniel, fick dich selber!" ... „Beruhigen Sie sich doch...", „Fixieren, los, fixieren!" Das Chaos nahm zu.

„Tut mir Leid, Herr Kommissar. Sie hören es ja. Da muss ich hin. Ich denke, es ist ja auch alles gesagt." Wiebert schaltete die Anlage aus und führte Längli zur Tür. „Lassen Sie sich bitte von dem Pfleger vorne am Kontrollraum rausbringen."

Eilig lief er den Gang hinunter und verschwand im Treppenhaus. Eine Sekunde später war Längli wieder in Wieberts Büro. Und kurz danach am offenen Schrank. Chronologische Ordnung. Innerhalb der Ordner alphabetisch. Beim dritten Ordner wurde er fündig. Zwei dünne Mappen und eine dicke waren darin: Fahrenburg, Fehring, *Frost* ... Längli drückte die Ringklammern auseinander, entnahm die Mappe, verstaute sie in seiner Tasche und wollte den Ordner wieder an seinen Platz stellen. Etwas verhinderte das. Hinten am Schrankrücken lag auf dem Einlagebrett ein Papiertütchen. Längli holte es hervor. Vorsichtig schüttete er eine winzige Menge des Inhaltes auf ein Taschentuch: weißes Pulver. Eine Minute später bat er den Pfleger darum, ihn hinauszubegleiten.

≈≈≈

Wieder zuhause hatte Längli die Akte überflogen, zurück- und vorgeblättert und las sich dann die Protokollierung der Behandlungen durch. Zunächst war da die Niederschrift der Tonaufnahme eines ersten Gesprächs zwischen Wiebert mit Mirco Frost in der Forensik.

Montag, 18.02. Gesprächsprotokoll.

W.: ... Warum erzählen Sie es nicht einfach?

MF: Was erzählen?

W.: Ihre Geschichte, warum Sie hier sind.

MF: Ich kann mich nicht erinnern.

W.: Ich kann Ihnen helfen, sich zu erinnern.

MF: Glaube ich nicht.

W.: „Lassen wir es auf einen Versuch ankommen?"

MF: Nein.

(Klient zeigt keine Bereitschaft, mitzuarbeiten.)

Und so weiter. Für die ersten Wochen der Behandlungsphase gab es eine ganze Reihe solcher kurzen Niederschriften, kein Anzeichen für Gesprächsbereitschaft bei Frost. Keine Krankheitseinsicht. Non-Compliance. Man schlug ihm vor, an Stelle der Gesprächsrunden zu schreiben.

„Was denn?"

„Was Ihnen gut tut. Vielleicht, was Sie träumen oder denken."

Der Ansatz schien erfolgreich. Längli nahm drei handbeschriebene, leicht vergilbte Blätter aus einer Klarsichtfolie. Es war Papier aus der Klinik, der Kopf titelte noch mit der alten Adresse der Forensik.

Donnerstag, 18.04.

Als ich das erste Mal runter sah, hab ich gesehen, wie die Menschenmenge immer größer wurde. Es war irre, was sich da abspielte, atemberaubend. Der Platz da war voll, er platzte aus allen Nähten. Es brodelte, krachte, explodierte – eine Stimmung wie beim Finale Deutschland gegen Argentinien, letztes Jahr. Irre. Sie riefen. Skandierten. Ich sah diese Massen, fast ergriff mich so etwas wie Ehrfurcht, naja, etwas.

Dabei war es ja ein Riesenereignis. Und ich war ungewollt oder doch mehr oder weniger zufällig dabei. Da hab ich an den Fall der Mauer gedacht. Irgendwann nachts hab ich's an der Glotze miterlebt und bin dabei eingeschlafen, ist mir vorgekommen wie ein schlechter Spielfilm. Eine Masse Leute, die sich und andere und eben diese Wiedervereinigung feierten, die an dieser Mauer kratzten, sich darauf stellten, hätten runterfallen können. Was ein Schwachsinn.

Ein Spektakel jedenfalls, aber gegenüber diesem Papstauftritt hier vor meiner Nase war das wirklich nichts. Hier und jetzt roch das nach wirklicher Geschichte und ich, das hab ich in dem Moment gewusst, ich war dabei. Irgendwer sagte, dass ich diese Geschichte mitbestimme, aber ich weiß nicht, wer.

Dann hab ich gehört, was sie gerufen haben: „Iovanni, Iovanni..."

Und dann sagte mein Begleiter: Siehst du, das meine ich ... Ja, mein Begleiter war da! Daniel. Ich wusste, dass er es war. Obwohl er gerne in unterschiedlichen Gestalten erscheint. Aber egal, wie er auftaucht, er sieht immer klasse aus. Ich weiß, wann er da ist, er ist nämlich irgendwie in mir. Er ist nicht von hier. Er sagt, er kommt aus einer anderen Welt. Und er hat über die Menschen da unten nicht mal mehr den Kopf geschüttelt, was daran liegt, dass er wohl schon eine paar Besuche auf der Erde hatte und so einiges gewohnt ist. Vor allem von Deutschen, wir sind so ein bisschen seine Lieblings-Nation, glaube ich, weil er sagt, er leidet mit unserer nationalen Inkompetenz.

„Iovanni, Iovanni ..."

Ich glaube, Daniel findet diese Schreierei nicht so toll. Den Leuten ist das egal. Daniel hat mir zugenickt. Er hat sich locker gegeben, als wäre er hier zu Hause. Natürlich! Ich meine, wo, wenn nicht hier! Obwohl er mich im Grunde fast überall besucht. Im Bad natürlich nicht. Zu riskant, hat er mal gesagt. Das verstehe ich gut. Der Spiegel im Bad ist groß und die Versuchung, hinein zu sehen, ist riesig. Aber das wäre ja fatal für ihn! Für den Fall, dass Sie es nicht wissen: Begleiter dürfen nicht in Spiegel sehen. Begleiter empfinden sich als so irre schön, dass sie, tun sie es doch, verbrennen! Eben an ihrer eigenen Schönheit. Wahnsinn, oder? Ja, wissen Sie was? Petrus ist manchmal hinterhältig. Er hat sich in den letzten zweitausend Jahren ein bisschen verändert. Daniel hat erzählt, wenn ein neuer Begleiter Petrus blöd kommt, „vergisst" er schon mal, auf diese Gefahr mit den Spiegeln hinzuweisen. Das Resultat sind unerwartete, gefährliche Brände überall auf der Erde. Überwiegend bei Friseuren, in Umkleidekabinen und Ballettstudios natürlich. Ich persönlich denke, dass sie für die angeblichen Kometenschweife indirekt verantwortlich sind, vielleicht, weil Petrus ihnen manchmal vor der Himmelstür einen Spiegel vor die Nase hält.

Sieht aus, als wär ich vom Thema abgekommen …

Das fand Längli auch. Er holte sich ein Bier aus seinem Kühlschrank. Die Akte „Frost" war schließlich ein privater Fall. Jedenfalls noch.

Mircos Schwester   *Der junge Mirco und Klara*

005478 Das erste Mal hatte Mirco den Engel im Traum gesehen. Er war neun Jahre alt gewesen, als er nach einem Schlag seines Vaters gegen die Rippen einer dieser alten Heizkörper gefallen war und sich neben einer blutenden Platzwunde am Kopf auch noch eine Gehirnerschütterung zugezogen hatte. Seine ältere Schwester hatte nur geschrien, und er hatte eine Weile mitgeschrien. Er mochte den Lärm. Sein Vater war in die Eckkneipe gegangen und Mirco allein zum Krankenhaus. Er bekam eine Tetanus-Spritze. In einem Krankenbett war er eingeschlafen und hatte diesen Traum gehabt.

Die Schwester an der Pforte des Krankenhauses fütterte gerade einen Fisch in einem kleinen Aquarium und schon war Mirco im Wasser mittendrin. Um ihn herum kreiste ein roter Hai, der gar nichts anderes wollen konnte, als ihn zu fressen. Mirco wäre fast ertrunken und dachte nur, dass er dann eben gefressen würde, tot ist tot, was machte es aus, wie er sterben würde?

Dann sagte der Hai tatsächlich, einmal gefressen werden koste dreißig Mark, dafür wäre er in seinem Bauch hinter all diesen tollen Zähnen aber auch sicher und gut aufgehoben, und Luft holen könne er da auch, es gäbe jede Menge. Mirco war sofort nach Hause gelaufen und hatte seine Ersparnisse geholt. Dann spürte er sich irgendwo im Inneren des Hais. Es war nicht eng, und man hätte meinen können, der meinte es tatsächlich gut. Aber Mircos Haut begann sich zu zersetzen, und er wehrte sich gegen den Sog, der ihn immer weiter in den Hai reinzog. Schließlich kam dieses kleine Kind. Es hatte blonde Haare, einen weißen Umhang und graue Filzpantoffeln an. Und es kam ohne Gesicht. Dann war Mirco angenehm warm geworden. Es schien sehr einfach zu sein, ihn aus dem Rachen des Hais zu ziehen. Das Kind war mit viel Eifer dabei, zerrte an seinen Füßen, so als täte es so etwas zum ersten Mal, als wäre es seine erste große Aufgabe. Plötzlich hörte Mirco Schuhe, wie sie in den Gängen eines Krankenhauses klingen, Stöckelschuhe wohl.

Später hatte die Krankenschwester Mirco gesagt, wie tapfer er gewesen sei, alles ohne Narkose durchzustehen. Wirklich? Ohne Narkose? Natürlich hatten sie ihm eine Narkose gegeben, dachte er. Wahrscheinlich war er ihnen beinahe auf dem Tisch krepiert. Hätte das jemanden interessiert? Wohl kaum. Er hatte nicht gesagt, wie es passiert war. War besser gewesen, zu sagen, dass er beim Spielen gegen die Heizung gefallen war.

Dass Mirco in den folgenden Jahren immer gleichgültiger auf die Schläge des Vaters reagierte, fiel niemandem auf. Nur seine Schwester hatte ihn einmal gefragt, wie er das aushalte. Er hatte ihr geantwortet: „Ich sehe den Arsch gar nicht mehr."

Davor war das anders gewesen. Er hatte gerne geweint nach der Prügel, mehr, als er hätte müssen, das wusste er. Aber es war schön, dann von der Mutter in den Arm genommen zu werden. Warm, zufrieden und schön. Obwohl sie es gewesen war, die dem Vater erzählt hatte, was er wieder angestellt hatte. Und oft hatte sie so etwas nur behauptet, weil sie traurig oder unglücklich war, dabei hatte Mirco den Mist gar nicht zu verantworten gehabt. Diese arme, kirchenhörige Frau hatte ihn verraten und er hatte ihr das nie verziehen.

Die neon-rote Regenjacke war weithin zu sehen und das war ihr Sinn. Die Jahreszeit war dunkel und Klara Plump, die Straßenbahnen hasste, wollte auf ihrem Fahrrad keineswegs überfahren werden. Sie umfuhr einen Geschwindigkeitsblock: einen der kleinen Steinhügel, die in den 70er und 80er Jahren aus dem Boden geschossen waren, damit die Geschwindigkeitsbegrenzung in den Wohnvierteln Kölns eingehalten wurde.

Sie suchte Mirco Frost. Er war nicht in Köln gemeldet. Aber seine Schwester. Klara war auf dem Weg zu ihr. Das Viertel in der Peripherie Kölns war nicht gerade anheimelnd. Wohnhochhaus an Wohnhochhaus, zu viel Beton, zu wenig Grün. Gut, dass die Schwester unverheiratet war, sonst hätte Klara sie nicht so leicht ausfindig machen können. Andrerseits, dachte Klara, als sie im Aufzug in den achten Stock fuhr, wie lebt es sich wohl alleinstehend in einer solchen Gegend? Und wie verläuft eine persönliche Entwicklung, wenn man Jahrzehnte hier verbringt?

„Ach, Sie werden staunen, es lebt sich ganz gut hier. Natürlich ist der Umgang miteinander herb, aber ich weiß mich schon zu wehren."

Bianca Frost hatte Klara offen und freundlich begrüßt. Vom ersten Moment an hatte sie Klara signalisiert, dass sie ihr sympathisch war. Da hatte Klara ihr genauso offen diese Frage gestellt. Und sie angelogen, indem sie vorgab, eine Reportage über psychisch kranke Menschen mit Gewaltpotential zu recherchieren.

Durch eine geräumige Diele ging Bianca Frost vor in die Küche. „Ich hab' gerade Wasser für Kaffee heiß gemacht, – oder lieber Tee?"

„Kaffee ist prima." Auf dem Weg konnte Klara kurze Blicke durch zwei geöffnete Türen erhaschen. Arbeitszimmer und Schlafzimmer: Regal, Schreibtisch, Schrank und Bett aus hellem, freundlichem Holz. Die Schwester von Mirco Frost hatte Geschmack. Eine weitere Tür war geschlossen, sicher das Bad.

„Wissen Sie, wo Ihr Bruder jetzt ist?" Klara Plump setzte sich an den Küchentisch und nahm einen kleinen Block aus ihrer Tasche zur Hand „Ich mache mir ein paar Notizen, ja?"

„Natürlich. – Nein. Das letzte Mal, als ich was von ihm gehört habe, da kam eine Karte aus Frankfurt oder so ... im letzten Jahr." Bianca Frost nahm eine Dose mit Kaffeepulver und einen Papierfilter aus einem Oberschrank, bereitete mit Plastikfilter und Thermoskanne das Aufbrühen vor.

„Was hat er da gemacht?"

„War bei ner Rummelplatz-Truppe. Kirmes." Sie goss das kochende Wasser in den Kaffeefilter. „Maschinen mag ich nicht. Frisch aufgebrüht schmeckt er mir am besten." Ihre Stimme klang plötzlich verloren. „Sie wollen doch einen Kaffee?"

Klara Plump spürte Einsamkeit. „Ja, gerne."

Beim Gespräch über Mirco Frost wurde klar, dass höchste Sensibilität angebracht war. Klara sah, wie die Schwester aus dem Küchenfenster auf die Fassade des gegenüberliegenden Wohnblocks schaute. Vom möglichen Elend dieser Familie wollte sie eigentlich gar nichts wissen. Aber sie musste. Längli hatte Interesse an Frost. Was immer es war, sie wollte dem Kommissar einen Schritt voraus sein. Der Splitter alleine reichte nicht.

„Was hat er auf der Kirmes gemacht?"

„Er hat ja nach der Klinik seine Lehre als Bauschlosser beendet. Das kann man da ganz gut gebrauchen. Ich glaube, er war bei den Auto-Scootern." Bianca Frost nahm Milch aus dem Kühlschrank. Sie drehte sich zu Klara, lächelte. „Auch Zucker?"

„Nein, danke." Klaras Stimme klang weich. „Was denken Sie?"

Bianca Frost lächelte immer noch, goss Kaffee in zwei Tassen, sah erneut aus dem Fenster.

„Ich denke über ihn nach. Vor zwei Jahren ist er nach Jahren im Winter wieder einmal hier gewesen. Hat nach einem Freund gefragt, irgendeinem Heinz, glaube ich, aber den kannte ich gar nicht. – Wissen Sie, Mirco war lieb zu mir. Natürlich habe ich mitbekommen, dass mein Vater ihn geschlagen hat. Mich hat er auch geschlagen", fügte sie schnell hinzu. „Nur nicht so wie ihn."

Klara nippte an ihrem Kaffee. Er war sehr gut. „Ein sehr guter Kaffee, Frau Frost. – Ist Ihnen ein besonderes Ereignis mit Mirco in Erinnerung?"

Bianca Frost runzelte die Stirn. Dann sagte sie: „Leider kein gutes." Sie schob mit der Handkante Brotkrümel auf dem Küchentisch zusammen. „Nach der Geburt unseres Bruders Sascha war er Mittelkind. Keine schöne Position. Ich war vernarrt in Sascha. Mirco kam zu kurz. Jetzt weiß ich das. Er hat sich gewehrt. Nahm Sascha Essen weg und so etwas. Umso heftiger wurden die Reaktionen meines Vaters, ein armer Säufer. Einmal hat er Mirco so durch den Raum fliegen lassen, dass er gegen die Heizung geknallt ist. Seitdem hat er sich verändert. Hab' ich mir jedenfalls überlegt."

Klara war betroffen. „Das tut mir leid. Ich ..." Sie brach ab. Was Bianca Frost sicher nicht brauchte, war ein Statement zu Klaras wundervoller Kindheit. „Das ist fürchterlich. Wie ... wie kommt es zu so einer Situation?"

„Das ist wirklich eine lange Geschichte. Vielleicht ein andermal, ja?"

„Ja, sehr gerne." Während die Lüge bei ihrer Ankunft beruflich begründet gewesen war, war diese jetzt privater Natur. Klara spürte den Unterschied und sagte: „Sie haben eine schöne Wohnung. Und sie ist recht groß."

„Ja, das stimmt. Die Größe habe ich mir allerdings nicht alleine ausgesucht. Aber meine Lebenspartnerin hat mich vor einem Jahr verlassen."

„Ach so. Das ist sicher nicht leicht."

„Na ja, bin ja noch nicht tot." Da war es wieder, ihr Lächeln.

Klara wollte gehen. Es wurde ihr zu eng. Sie griff nach ihrer Tasche und entnahm ihr eine Visitenkarte.

„Was glauben Sie, wo Ihr Bruder jetzt ist?"

„Keine Ahnung. Gehen Sie auf die Kirmes in Deutz. Er ist dort mal gesehen worden. Die kennen sich in dem Gewerbe. Möglich, dass einer da weiß, wo er sich rumtreibt."

„Danke." Klara nahm einen großen Schluck Kaffee und gab Bianca Frost dann die Karte.

Bianca Frost warf einen Blick darauf. „Natürlich, ich melde mich, wenn mir etwas einfällt."

Gemeinsam gingen sie zur Wohnungstür. Eine Kirchturmglocke läutete beim Abschied zur vollen Stunde.

„Kirchenglocken", murmelte Bianca. „Er konnte sie nie ertragen. Hat sich immer verzweifelt die Ohren zugehalten."

Klara stand bereits im Treppenhaus und drehte sich noch einmal um. „Irgendeine Ahnung wieso?"

„Nein." Bianco Frost sprach durch den Türspalt. „Vielleicht kann Ihnen da ja ein Pastor weiterhelfen."

Schwedenfeuer *Jonas und Tiberius*

005479 Was für ein Blödsinn. Jonas war froh, dass er zu dieser Erkenntnis gekommen war. Er würde diese Geschichte aus der Welt schaffen. Alvis würde sich bestimmt freuen, wenn er auftauchte. Und wie es Männer taten, würden sie bei einem Bier die Sache klären. Jeder hatte mal Aussetzer und dass der von Alvis derart heftig gewesen war, ließ sich nachvollziehen. He, der Junge hatte einige Kämpfe zu bestreiten und die wenigsten waren äußerlich zu sehen.

Was hatte Mom vor kurzem gefragt? Was Jonas mit Alvis verband? Na, was Freunde eben verbindet. Man versteht sich, man vertraut sich ... Äh, ja, tut man das? Verstanden hatten sie sich vor zwei Tagen nicht und von Vertrauen zu sprechen ... naja. Was verband ihn mit Alvis? Irgendwie könnte er so was wie ein Bruder sein. Ha, aber er wusste ja gar nicht wie sich das anfühlte, einen Bruder zu haben. Und Alvis würde darauf nur cool antworten: „Du, mein Bruder? Da hättest du gute Chancen gehabt, meine Probleme zu teilen. Prost." Nein, wie der im Moment drauf war, würde Alvis eher von Seelenverwandtschaft sprechen. Das wäre wahrscheinlicher.

Als Jonas sich auf sein Fahrrad schwang, um zur Villa von Odenthal zu fahren, brach bereits die Dämmerung herein. Der Tag war wolkenverhangen und mild gewesen, nahezu warm. Jonas fuhr nicht den schnellsten Weg, sondern kurvte durch verschiedene Straßen des kleinen Ortsteiles, in dem die von Odenthals schon so lange wohnten. Sein unbewusster Zickzack-Kurs führte ihn an Reihenhäusern vorbei, hinter denen sich oranges Licht abzeichnete. Seine Neugier trieb ihn an und er radelte in die nächste Querstraße, um die Ursache dafür herauszufinden. Er stieg ab und überquerte einen Spielplatz und einen langen Rasenstreifen. Vorbei an ein paar Büschen, erreichte er die Gärten der Häuser und lehnte das Fahrrad gegen ein Bäumchen.

Vor einem der Gartentore blieb er stehen. Hier wurde gefeiert oder sich zumindest darauf vorbereitet. Jonas kannte die Art des Feuers nicht, das hier entfacht worden war, aber es sah irre aus. Zwölf vorbereitete Baumstämme waren aufrecht in einem großen Kreis positioniert. Von oben her waren sie kreuz- und keilförmig tief eingeschnitten, jeweils über zwei

Drittel des Stammes. Jonas setzte sich auf einen Baumstumpf. In der einbrechenden Dunkelheit warf das Feuer faszinierende Schatten auf die Dächer. In der Hand, mit der sich Jonas rücklings abstützte, fühlte er etwas Glattes. Er drehte langsam – fast unbewusst – den Kopf. Er wollte sich ansehen, was seine Hand dort zufällig erfasst hatte, aber sein Blick verlor sich in den züngelnden Flammen des Feuers.

Es war, als zitterten seine Augen, aber er tat nichts, um es zu verhindern. Vielleicht ging alles zu schnell. Er verlor die Kontrolle über seine Muskeln, fiel in sich zusammen, wurde geradezu abrupt unnatürlich müde. Noch bevor er auf dem Rücken im Laub landete, spürte er, wie sein Geist sich vom Körper löste.

Etwas hatte sein Bewusstsein mitgenommen auf eine rasante Reise. Ihm war, als flöge er rückwärts durch sein Leben. Nahm Dinge wahr, an die er lange nicht mehr gedacht hatte, die jenseits seiner Erinnerung waren. Und die Wahrnehmung beschränkte sich nicht auf die Augen. Er fühlte die Tränen seiner Mutter am Grab seines Vaters und das Glück des achtjährigen Fußballspielers bei seinem ersten Tor, er hörte das schmerzerfüllte, aber jubelnde „Ja" seiner Mutter bei seiner Geburt.

War er gestorben? War das der Tod? *Keine Angst.* Er wurde langsamer, helle Blitze nahmen Konturen an. Es waren feste Lichtpunkte, irgendwo da draußen. Jonas wusste, er war in einem anderen Land, eher noch in einer anderen Dimension. Er tat nichts, er ließ geschehen. *Alles ist nur fantastisch!* Kein Ort, sondern ein anderer Platz und ein anderes Sein, ein Anderswo. Musik erklang. Klassisch, wie Filmmusik, Musik, die ihm nah war.

Die Vision – wenn es eine war – war dichter als beim letzten Mal. Wo war er? Es war kein Traum mit klaren Bildern. War er außerhalb seines Körpers? Was war das für ein Zustand? Jonas wusste nur, dass er Dinge sah, die er sonst nicht sah: Ringe, weiß, blau, regenbogenfarbig, und Fäden aus Gold, sich umkreisend, verschlingend, verschwindend und wie aus dem Nichts wiederkehrend. Waren hier auch die Lichter aus seinen Visionen, die ihm solche Angst gemacht hatten? Hatte Tiberius nicht gesagt: Alles ist fantastisch. Nichts kann passieren. Aber was passierte wirklich? Was ging ihn das an? Spielte er eine Rolle in diesem Geschehen und wenn ja, welche? Welche Bedeutung hatten die Lichter? Jonas wollte es wissen, sie sehen – da schoss sein Bewusstsein los. Für einen winzigen Moment glaubte er, irgendetwas wolle ihn festhalten. Dann bewegte er sich eine Zeitlang in einem irren Tempo vorwärts.

Als die Geschwindigkeit abnahm, erkannte er sie. Als hätte er sie mit seinem Verlangen gerufen oder sein Verlangen ihn dort hingeführt. Dunkel glimmende Kreise, miteinander verbunden, ein nach innen gerichtetes Feuer, eine Glut, die im Verborgenen bleiben wollte. Sie zog seinen Blick magisch an. Und er folgte mit Abstand den Kreisen. Sie schwebten über ... Verdammt, er wusste, was er sah und was er fühlte, aber es war zeitlos, wie gelebt und nicht gelebt. Jetzt erkannte Jonas einen Ort, oder einen Teil davon, an dem die Lichter sich bewegten. Virtuos – ähnlich einem Gymnastikband in den Händen einer Turnerin – bahnten sie sich einen Weg durch eine Stadt. Seine Stadt. Er wusste es, denn er sah die glitzernde, sich träge bewegende Masse eines großen Flusses: die Windungen des Rheins. Jonas kam dem Band näher und näher. Das schwache Glimmen der Punkte war schwer gebändigte Kraft oder Energie. Es waren tatsächlich die Lichter, die er aus seinen Träumen kannte und fürchtete. Aber diesmal hatte er keine Angst vor ihnen. Er konnte sicher sein, von ihnen nicht wahrgenommen zu werden. Warum, wusste er nicht. Diese Energie wartete nur darauf, losgelassen zu werden.

Jonas Blick konzentrierte sich auf das Ende des Bandes und folgte ihm. Am Rande nahm er die Gebäude der Stadt wahr, durch deren Straßen sich das Band bewegte, immer schneller. Er hatte keine Ahnung, wo genau er sich da befand, zu undeutlich und unscharf waren die Konturen, die sich wieder wie auf Negativen alter Filme darstellten. Schließlich glitt das Band an der Fassade eines Hauses hinauf, durchdrang am obersten Stockwerk die Hauswand und ... war fort. Sein Drang, zu folgen, wurde gebremst. Das Haus begann, feinere Konturen anzunehmen und Jonas bemerkte, dass die Fassade überwiegend aus Fenstern und Glas bestand. Ein unvollständiger Schriftzug erschien an der Hauswand: LENSTR. Mühsam bewegte er sich weiter auf das Haus zu, als ein gequälter Laut hinter der gläsernen Vorderseite des Gebäudes ertönte. Unvermittelt schoss das Band aus dem Haus. Seine Lichtpunkte glühten kraftvoll nach innen. Die Lichterkette schoss gen Himmel. Wild und zufrieden, freudig. So schnell, dass Jonas ihr nicht folgen konnte. Es machte auch keinen Sinn. Rasend schnell bewegte es sich vorbei an einer Kirchturmspitze und entschwand. Wenn er die Bewegung hätte beschreiben müssen, dann hätte er gesagt: Es war wie ein kurzes blitzartiges Schwanzwedeln eines glücklichen Hundes.

$\sim_0{}^0\!\supseteq$

„He!" Die Stimme war kräftig und die Hände, die Jonas sanft auf die Wangen klatschten, rochen nach Sandseife. „He! Willste weiter pennen oder'n Bier?"

Jonas lag hinter dem Baumstumpf und über ihm schwebte das Gesicht eines ... eines Piraten! Um Kopf und Haare war kunstvoll ein dünnes Tuch gewickelt und das Gesicht zierte eine aufgemalte, schwarze Augenbinde. Oder war das ein „blaues" Auge? Großes Kino, dachte Jonas. Er fühlte zwei kräftige Hände in seinen Achseln, die ihn mühelos aufrichteten.

„Bisschen Party machen?"

Jonas Augen waren offen, aber er starrte vor sich hin. Sein Kopf drehte gerade ein bisschen durch. Er versuchte, sich zurechtzufinden, sich zu konzentrieren. Der Typ da, ja genau, das war er: Ein Typ, hatte ihn gerade gefragt, ob er ein Bier und mit auf die Party wolle. Jonas schüttelte den Kopf: „Dadadada...Danke."

„Alles gut?" fragte der Typ. Sein Daumen zeigte nach hinten. „Dein Fahrrad dort?"

Jonas nickte nur. Der Pirat begleitete ihn die paar Schritte zu seinem Rad, blickte ein paar Sekunden prüfend darauf und befingerte zu Jonas Verwunderung im flackernden Licht des Feuers kurz die Reifen.

„Schönes Teil, muss aber mehr Luft rein in die Decken. Reibung, verstehste?" Er sah Jonas an, als wäre das Aufpumpen der Reifen das Wichtigste, was er in den nächsten Minuten zu tun hätte, und verschwand mit einem „Mach's gut" durch die Büsche Richtung Gartentörchen.

„Äh, klar. Danke. Mach ich." Verwirrt drückte Jonas selbst auf den Mantel des Vorderreifens und schüttelte den Kopf.

Was machte er hier? War er da auf dem Baumstumpf eingeschlafen? Oder gestorben? Wohin hatte er gewollt? Zu Alvis! Aber er musste zu Tiberius. Oder? Was war das da gerade gewesen? Eben – an diesem Ort – war ihm noch alles selbstverständlich vorgekommen. Und nun? Es war so irreal. Was machte sein Kopf nur mit ihm? Jetzt hätte er brüllen mögen. Er musste Tib von diesem Traum, oder was immer das gewesen war, erzählen. Damit musste der doch was anfangen können!

Jonas starrte in den pechschwarzen Nachthimmel und dann auf seine Uhr. Über zwei Stunden waren vergangen. Umständlich stieg er auf sein Rad und schlug den Weg zur Villa ein. Übelkeit kam in ihm hoch. Jonas verfluchte seinen Magen. Das war wieder verdammt realistisch. Kein Zweifel, er war in der Wirklichkeit. Aber da musste er jetzt durch.

Emotionen im Gartenhaus   *Tib, Jonas und Alvis*

005480 Tiberius war müde in sein Häuschen zurückgekehrt, aber seine Reisen waren noch nicht beendet. Die unterschiedlichen Begegnungen hatten ihn erschöpft, denn sie waren risikobehaftet gewesen und nur zum Teil erfolgreich. Dass er DaniEl hatte treffen können war wichtig gewesen und hatte ihn ein ganzes Stück weiter gebracht. Aber die Reise, auf die er Jonas mitgenommen hatte und wenig später Jonas unbemerkt ihn, war – gemessen am Ergebnis – sehr gefährlich gewesen. Die Verfolgung der dunklen Manifestation war ein erklärtes Ziel von Jonas gewesen, aber ganz sicher nicht bewusst von ihm geplant. Das hätte schnell böse enden können. Und das sicherlich wichtige Ereignis in dem Gebäude in der Stadt hatte er Jonas nicht zeigen können und ihn deshalb aufgehalten. Denn nach der Manifestation in das Haus einzudringen – das hätte sie möglicherweise offenbart. Unzufrieden war Tiberius dennoch nicht. Er ahnte nun, dass der Famulus mit hoher Wahrscheinlichkeit hinter dieser Glasfassade zuhause war. Denn die Präsenz der dunklen Manifestation und ihr Auftrag waren es gewesen, was Jonas dorthin geführt hatte. Wenn Tiberius die Identität des Famulus aufdeckte, konnte er Einblick in dessen Lebensimpuls bekommen.

Und Jonas wusste jetzt etwas mehr über die Bedrohung. Nicht viel, aber es war ein guter Hinweis gewesen, den er dem Jungen mitgegeben hatte. Denn das würde er erkannt haben: In diesem Haus war Unheimliches geschehen. Sicherlich hatte das die Neugier des Jungen angestachelt. Besonders bemerkenswert war, dass Alvis' Freund sich zum ersten Mal nicht gegen eine solche Erfahrung gesträubt und Mut bewiesen hatte.

Tiberius' Reise ging weiter. Etwas wurde Jonas vorenthalten. Er musste mehr über die Blendung herausfinden. Wieder lag Tiberius im Bett, und nun folgte er in rasender Geschwindigkeit den Bildern von Jonas' Lebensimpuls bis in dessen Kindheit zurück. Nicht lange, dann war es soweit: Der Impuls hatte sich vor einer großen Mauer geschlossen. Tiberius war angekommen. Aber wo war er? Diese Mauer umschloss einen Gedanken. Komplett. Jemand, der nicht wollte, dass Jonas sich an die Geschehnisse, die dahinter verborgen lagen, erinnerte, hatte sie errichtet. Aber das war nicht alles. Ekelhaft, dachte Tiberius. In unregelmäßigen Abständen kamen Pflanzen aus den Mauerritzen. Tiberius näherte sich der Mauer und sah sich an, wie tief sie verwurzelt waren. Da klopfte etwas von der anderen Seite dagegen. Tock. Tocktock. Stille. Tock! TOCK. TOCKTOCK!

Das hatte Tiberius noch nicht erlebt. Ein aktives Geschehen *im* Impuls! Nur einmal hatte ein Geräusch ihn immens irritiert bei einer Impulssicht. Aber da war das Geräusch von außerhalb gekommen. Es war seine Tochter gewesen, die ihn auf einer Seelenreise gestört hatte, weil sie glaubte, er sei in seinem Bett gestorben. Er hatte sich wie immer eingeschlossen und das Klopfen und Rufen an der Tür war nicht zu ihm vorgedrungen. Da hatte sie mit einem Stein das Fenster zum Schlafzimmer eingeschlagen. Auf der Reise hatte sich das Zerbrechen der Scheibe wie ein niedliches Klingeln angehört.

Tiberius zuckte. Genau. Er musste zurück. Irgendetwas geschah in seinem Haus!

Die Rückreise in das gegenwärtige Sein verlief gewöhnlich problemlos. Selbst als Tiberius' Tochter am Bett gestanden und ihn ziemlich unsanft geweckt hatte, war Tiberius' Seelenexistenz langsam zurückgekehrt. Schließlich hatte er das Klingeln gar nicht erkannt – und es gab keinen Grund, sich zu beeilen. Seine Tochter hatte er damals nur unschuldig gefragt, warum sie ihn aus dem Tiefschlaf geholt habe.

Heute war das anders. Tiberius wusste, dass etwas in seinem Haus vorging. Tiefsee-Taucher, die zu schnell an die Wasseroberfläche zurückkehren, konnten dafür mit dem Leben bezahlen, denn es musste ein Druckausgleich vorgenommen werden. Ein Seelenreisender riskierte, den Verstand zu verlieren! Bewegte sich der Reisende schneller als es der natürliche Rhythmus erlaubte, überholte er den zeitlich vorgegebenen Ablauf. Dabei überlud sich gewissermaßen seine Festplatte. Chronisten, besser ausgestattet als andere Seelenwesen, haben allerdings ein Warnsystem. Das musste Tiberius aber umgehen, um schneller zu sein. Aus diesem Grund wurde sein Körper nun von krampfartigen Zuckungen geschüttelt. Der Vergleich mit dem Tod auf einem elektrischen Stuhl kam dem am nächsten, mit dem Unterschied, dass Tiberius es überlebte.

Er schlug die Augen auf, nahm wahr, wie seine Arme und Beine nachzitterten. Sofort waren alle seine Sinne hochaktiv. Die Ohren hätten aber gereicht. Jemand hämmerte gerade gegen seine Verandatür, als wolle er sie einschlagen. Tiberius stand unsicher auf und ging mit wackeligen Schritten zur Tür. Riss sie auf. Gerade bekam er noch mit, wie eine schmale Gestalt nach rechts schwenkte und sich über das Verandagatter ins Gebüsch erbrach. Dann drehte sie sich um, stützte sich an der Hauswand ab, blickte zu ihm hoch und aus einem fahlen, elend aussehenden Gesicht kamen die Worte: „Haben Sie ... hast du vielleicht noch was von diesem Tee?"

☾ᵔo⁰o♌

„Komm rein, wenn du kannst." Tiberius Arme hoben sich einladend.

„Ich glaub, das schaffe ich jetzt auch noch."

„Schön, dass du mich unbedingt besuchen wolltest. War bestimmt nicht leicht bis hierher, oder?" Tiberius schloss die Tür.

Jonas schleppte sich auf einen Stuhl. „Ne, hab ich noch nicht erlebt, so was."

Der Weg zur Villa, obwohl nicht mehr weit, war die Hölle gewesen. Jeder Tritt in die Pedale war von Krämpfen im Bauch begleitet worden. Bis Jonas schließlich absteigen und schieben musste. Dann brach ihm der Schweiß aus, schüttelfrostartig stellten sich seine Körperhaare auf, den kleinsten Windhauch empfand er als Eisdusche. Er hatte durchs Fenster von Tibs Haus Flammen im Kamin gesehen und sehnlichst gehofft, dass der sein Klopfen hören würde.

„Der Tee. Wird dir gut tun."

Jonas nickte. Der Tee roch nach Kräutern und Beeren und der Geruch breitete sich im Raum aus. „Ja, war beim letzten Mal schon klasse."

Jonas trank in schnellen kleinen Schlucken. Es war wohltuend. Und befreiend, denn er musste schleunigst auf die Toilette. Als er zurückkam, war er sich nicht sicher, ob Tiberius seine gewaltige Blähung gehört hatte, aber es war ihm fast egal.

„Ist besser." Jonas bemerkte, dass Tiberius leicht zitterte. Der alte Mann ignorierte das. „Sehr schön. Kann ich sonst noch etwas für dich tun?"

„Es ist ... es wäre toll, wenn Sie, äh, du dir eine Geschichte anhören könntest." Allein mit Tib fiel es Jonas schwer, ihn zu duzen. Aber er mochte diese Vertrautheit mit Alvis' Opa und fühlte sich trotz der Erfahrung seines letzten Besuches wohl in diesem Häuschen.

„Das kann ich tun, Jonas, aber bevor du nachher enttäuscht bist: Zu den Dingen, die dir gerade widerfahren, kann ich dir nichts sagen. Verstehst du? Das ... das ist nicht meine Aufgabe. Nein, das kannst du wahrscheinlich nicht verstehen, du musst es aber hinnehmen." Jonas war enttäuscht, aber immerhin sah er in Tiberius' Gesichtsausdruck, dass der auch nicht glücklich über diese Situation war. Tiberius ermutigte ihn. „Es gibt Alvis. Er könnte dir manches erzählen. Auch wenn das sicher schwierig für ihn ist."

Jonas hob den Kopf, aber Tiberius sprach bereits weiter: „Trotzdem würde ich gerne hören, was du zu erzählen hast. Wenn du möchtest."

Erst stockend, dann immer schneller erzählte Jonas sein Erlebnis vor dem Feuer.

Jonas fügte seiner Erzählung eine Kurzversion seiner Balkon-Vision aus der Nacht zum Dreikönigstag an. Tiberius hörte aufmerksam zu, zeigte sich aber ungerührt. Jonas schloss: „Es ist komisch, vorhin, das hat mir ... Ich meine, bei den Träumen hab ich mir fast vor Angst in die Hosen ..." Verlegen brach er ab, verwundert über seine eigene Ehrlichkeit.

Tiberius nickte. „Verstehe. Neues macht neugierig, nicht wahr? Und Fremdes macht Angst. Vielleicht siehst du das alles besser nur als etwas Neues."

„Das versuche ich ja. Heute war das Sehen anders. Ich hatte weniger Probleme, dran zu bleiben. Aber als ich wieder aufgewacht bin, da dachte ich: Nichts davon ist wirklich. Das sind alles kranke Fantasien in meinem

Kopf. – Nur diese Bauchgeschichte danach, das war heftig, ich meine, das war real, sehr real."

Tiberius Blick wirkte wissend und er nickte sogar. „Immerhin, ich könnte dir vielleicht helfen, dass du diese Übelkeiten besser in den Griff bekommst. Allerdings brauchst du auch dazu Neugier. Und Mut."

Jonas grinste verunsichert. „So was wie ne Magenspülung? Nee, lieber nicht."

Tiberius lachte kurz auf. „Nein, eher was Visuelles und Mentales."

„Ah, so ähnlich wie man mit dem Rauchen aufhören kann?"

„Exakt, nur wirkungsvoller."

„Hm, schlimmer kann es wohl nicht werden. Also, warum nicht. Lass es uns ausprobieren."

„Dann sieh mir in die Augen." Tiberius Stimme klang heiser. „Kannst du es sehen? Das Feuer, das Licht? Lass es zu, dass es dich sieht." Aus der Schwärze von Tiberius Augen kam ein Licht. Jonas fühlte, wie es ganz langsam größer wurde und in seinen Kopf eindrang. Nicht gewaltsam, sondern ruhig, vorsichtig seine Gedanken ertastend. Es wurde hell in seinem Kopf. Es brannte nicht, es war warm. Er dachte an seinen Vater und die Wut über seine Ermordung kochte in ihm hoch. Aber etwas schob den Gedanken sanft beiseite, als wäre das jetzt nicht das Thema. Er sah sich eine heckenbesäumte Straße entlanggehen und merkte, dass er auch die Gedanken und Gefühle seines jungen Selbst erfuhr. Gott, war er jung, das war einige Jahre her! Die Abenteuerlust in ihm tobte und sein Herz schlug schneller. Er suchte einen Weg durch die Hecke, trat gegen einen Stein und stand vor einer Backsteinmauer – Endstation. Es wurde heiß in seinem Körper und plötzlich stand Tiberius da. Er trug einen schönen Schlapphut und eine grüne Latzhose. Und riss Pflanzen aus der Mauer. Er riss und riss und hörte gar nicht auf. Er ackerte wie besessen, verbissen, war richtiggehend wütend, ja, das war er, Jonas konnte das spüren. Tiberius drehte sich zu Jonas um, kam auf ihn zu. Jetzt mit freundlichem Gesichtsausdruck. Er legte eine Hand über seine Augen und sagte: „Das brauchst du nicht zu sehen, mein Junge, das ist nicht so wichtig."

Dann ging das Licht an und er war wieder in Tiberius' Häuschen. Müde, aber voller Fragen und die scheußliche Übelkeit war so gut wie weg.

126

Tiberius sah ihn -ebenfalls müde- an. „Besser?"

„Viel besser, danke. Was ...?"

„Ich bin auch müde. Lass uns ein anderes Mal darüber sprechen, ja?"

Es war eine Frage gewesen, die keine Antwort zuließ, außer: „Ja, klar."

⸱⊷₀°₀ℒ

„Du hast *was* mit ihm gemacht? Eine Gedankenverschmelzung?" Alvis bebte innerlich. „Sag mal, könnten wir über so etwas vielleicht vorher mal reden? Er ist schließlich mein Freund!" Alvis fühlte einen Vulkan in sich ausbrechen.

Minuten vorher war es plötzlich brütend heiß in seinem Zimmer geworden und er war auf den Balkon gegangen. Von dort hatte er Jonas aus dem Gartenhaus gehen und wegfahren sehen und war mit gemischten Gefühlen zu Tib gegangen. Nach dem Streit mit Jonas hatte er gewartet und gehofft, dass dieser sich bei ihm melden würde. Jonas war gekommen. Aber zu Tiberius gegangen. Ein ungutes Gefühl kam in ihm hoch. Was hatte Tiberius ihm verschwiegen? Da half nur eins: nachfragen.

Alvis saß am Küchentisch. Seine Lippen waren dünne Striche.

„Al. Ich *hätte* es dir erzählt. Aber es ist gerade mal zehn Minuten her." Tiberius stand am Fenster und sah in den Nachthimmel. Er spürte die Präsenz einer Manifestation und ihr Charakter gefiel ihm nicht. „Komm, wir trinken einen Tee."

„Ich kann mir gar nicht vorstellen, dass er sich auf so etwas eingelassen hat." Alvis war nicht nach Tee.

„Es war in Ordnung." Tiberius ging zum Herd. „Es ging ihm schlecht, Al. Und es gab einen Weg, ihm zu helfen, ohne dass ich Probleme bekomme. Also habe ich es getan. Er hat mir versichert, nichts dagegen zu haben, das einmal auszuprobieren, und ich war ausgesprochen vorsichtig. Sonst hätte ich es nicht getan, das weißt du. Und ihm auch nicht helfen können."

Alvis' Finger wurden weiß an der Tischplatte. Er bemerkte es und versuchte, sich zu entspannen. „Jetzt sag' schon. Bitte. Was hast du gesehen?"

Vielleicht sah sich Tiberius ein wenig in der Pflicht. Langsam nahm er den Kessel auf und drehte sich zum Tisch. „Du weißt, dass das nicht für dich bestimmt ist." Er ging zum Tisch und setzte sich Alvis gegenüber. Aus einer Schale nahm er Teebeutel und versenkte sie in zwei Tassen. „Aber ein paar Dinge kann ich dir erzählen." Er sah Alvis ernst an. „Sein Bewusstsein ist zum Teil geblendet. Zuerst dachte ich, dass er etwas vergessen hat oder es verdrängt. Aber Verdrängung ist nichts, was sich mir bei einer Verschmelzung in den Weg stellt. Das hätte ich sehen können, ohne Jonas daran teilhaben zu lassen. Aber an *einem* Punkt konnte ich gar nicht mehr zu ihm vordringen."

„Es könnte mit dem Tod seines Vaters zu tun haben", warf Alvis ein. „Jonas hat mir erzählt, dass der ermordet wurde."

„Jaja, doch das verdrängt das Bewusstsein nur. Das glaub ich nicht." Tiberius schob einen Zuckertopf zu Alvis rüber. „Er weiß ja, was geschehen ist, aber er hat keine Bilder dazu, musste es nicht miterleben. Und das ist gut so. Das ist es also nicht. Ich bin ziemlich sicher: Er wurde geblendet. Hypnose, verstehst du?" Tiberius rechte Hand schloss sich zu einer Faust. „Ziemlich miese Geschichte. Dazu gehört eine Menge schlechte Energie."

„Es kann auch eine Hilfe sein, oder?" Alvis war ruhiger geworden und zog den Zucker zu sich heran.

„Aber nicht hier. Ihm wurde ziemlich übel mitgespielt, Al." Tiberius bekam rote Flecken im Gesicht. „Derjenige, der für die Hypnose verantwortlich ist, hat ihm etwas Gehässiges mitgegeben. Immer wenn Jonas sich bewusst oder unbewusst gedanklich dem versteckten Ereignis nähert, wird ihm übel. Und zwar richtig heftig. Erinnere dich daran, wie er sich bei seinem letzten Besuch hier fühlte." Tiberius schüttelte erregt den Kopf.

„Kannst du das nicht brechen?" Alvis wollte den Teebeutel aus der Tasse ziehen, aber Tiberius stoppte ihn.

„Warte, er braucht noch. – Al, ich breche nichts. Geht zu viel kaputt dabei. Abgesehen davon ist die Mauer extrem stark. Das ist ein Meisterwerk der Hypnose. Ein enormes Gebilde, nicht nur eine Mauer. Viele Quadratkilometer groß. Es ist eine Kuppel, genau genommen eine Kugel, denn egal aus welcher Richtung oder Zeit ich mich näherte: Ich stand vor einer fein verfugten Wand aus Backsteinen." Tiberius bewunderte – trotz seines Zorns – die Ausführung.

Alvis blickte von seiner Tasse hoch. „Was meinst du damit? Was heißt das?"

„So stellt sich mir die Hypnose als Bild dar."

„Und die Übelkeit?" Alvis schaufelte Zucker in seinen Tee.

„Das sind giftige Kräuter, die überall in den Fugen der Mauer wachsen."

„Und? Was hast du getan?"

„Man könnte sagen: Ich hab Unkraut gejätet." Tiberius fischte mit einem Löffel den Teebeutel aus seiner Tasse. „Ich sag' dir, eine Scheißarbeit ist das. Ich habe längst nicht alles geschafft, aber es geht ihm besser." Tiberius wollte das Thema abschließen, außerdem fiel ihm der Famulus ein: „Hör mal, wir sollten bald wieder in den Unterricht einsteigen."

„Und weiter?" Alvis spürte Ärger darüber, das Tiberius offensichtlich mit seinem Bericht aufhören wollte.

„Nichts weiter."

Aber Alvis wollte sich so nicht zufrieden stellen lassen. „Sag mir nicht, du hättest dir darüber keine Gedanken gemacht!"

„Worüber?" Tiberius war erstaunt. Aber nicht aufgrund Alvis' Bemerkung, sondern wegen der heftigen Reaktion. Alvis Augen loderten nahezu.

„Tib! Wieso wird Jonas schlecht, wenn er *hier in deine* Hütte kommt?"

Tiberius runzelte die Stirn. Sein Blick ging durch den Raum. Er hörte das Knistern von Holz im Kamin, er spürte das Alter der Holzrinden, die an der Wand hingen. Seine Wahrnehmung war geschärft. „Dazu kann ich nichts sagen."

„Du hast noch etwas gesehen. Jetzt sag schon, da war doch noch was." Selten war Alvis Stimme so laut gewesen.

Tiberius sprach bewusst ruhig: „Ich hab nichts gesehen, Al, aber ich habe wahrgenommen, was auch dir nicht entgangen ist. Er fühlt sich hier nicht wohl, also müssen wir vermuten, dass es mit der Gegend hier zu tun hat."

„Sicher hat es mit seiner Fähigkeit zu tun, ebenfalls Seelen zu sehen, oder? Was sollte es sonst sein? Hat es was damit zu tun? Tib, lass dir nicht alles aus der Nase ziehen."

Tiberius ahnte, was Alvis dachte. Ihm fielen seine eigenen Gedanken zu den Fähigkeiten von Jonas ein. Aber das brauchte Alvis nicht zu wissen. „Dazu kann ich nichts sagen. – Theoretisch kann er ..."

„Was? Chronist werden? Ist es das?" Alvis war aufgesprungen. Sein Stuhl kippte um, Tee schwappte aus seiner Tasse.

Durch Tiberius Schlagbaum ging ein mächtiger Ruck. Seine letzte Bemerkung war ihm ungewollt entwichen und seine Wut darüber war enorm. Die Adern an seinen Schläfen schwollen an. „Schluss jetzt, Al! Es reicht. Ich hätte aufmerksamer sein müssen. Wir sind in Gesellschaft einer ausgesprochen üblen Manifestation."

„Na und?" Alvis dachte gar nicht daran, klein bei zu geben.

„Gute Nacht, Al." Das war unmissverständlich.

Alvis ließ nicht locker. „Wieso ist er überhaupt bei dir hier aufgetaucht?"

„Er hatte eine Vision. Aber die kann er dir selber erzählen." Tiberius Kopf wies Alvis zur Tür.

„Aber ..." Alvis griff nach seiner Tasse, aber es war zu spät.

„Raus!"

Forensische Neuigkeiten II *Längli*

005481 Längli schob seine rahmenlose Brille über die Stirn und machte das Licht an seinem Büroschreibtisch an. Ab halb fünf begann es zu dämmern. Er griff nach einer kleinen Flasche Wasser, nahm einen Schluck und setzte seine Brille wieder auf. Mit der Handkante drückte er die Mitte des Schnellhefters flach, in dem er gelesen hatte. Viel zu dünn, dachte er. Seine persönlichen Aufzeichnungen zu dem Fall der Soko „Mütze". Es wurde Zeit, dem Täter auf die Spur zu kommen. Aber man hatte nichts. Gar nichts. Dieser Raubmord hing der Kripo wie ein Klotz am Bein. Man musste ihn endlich lösen. *Er* musste ihn lösen. Als nächstes stand an, wenigstens herauszufinden, was das für eine Mütze gewesen war. Längli war selber mit dem Bild des vermutlichen Täters in einem Fachgeschäft gewesen und hatte eine sensationelle Auskunft erhalten: Dies sei eine Schirmmütze. Mehr sei leider nicht zu erkennen. Er hatte sich für die präzise Information höflich bedankt und war eine Runde spielen gegangen.

Hinten aus dem Hefter zog Längli ein Blatt hervor. Darauf war die Vergrößerung der Mütze zu sehen, darunter sein Text. Er las ihn zum sicher zehnten Mal durch:

„Weiß oder hellgelb oder auch hellbeige. Das ist auf schwarz-weißen Bildern schlecht zu erkennen. Hat die Form einer Südstaaten – Soldatenmütze. Der Täter hat seinen Kopf zur Kamera gedreht. (Gesicht ist gut zu erkennen! Ha ha!) Auf dem Rand über dem Schirm der Mütze sind zwei Buchstaben. Nur schlecht zu erkennen. Gedruckt, gestickt, geklebt – das ist nicht sicher. Es lässt sich durch den Winkel nicht erkennen, ob es die einzigen sind. Ein E oder ein K, ein I oder ein L. Ein Bildabgleich im Computer hat fünfzehn unterschiedliche Fabrikate ausgeworfen."

Längli stöhnte. Zu viele. Er würde mit der Kopie des Bildes und den Computerauswürfen ein zweites Mal ein Fachgeschäft aufsuchen müssen. Vielleicht hatte man dort mehr Ahnung. Er legte den Hefter zur Seite und streckte sich ausgiebig. Er trank die Flasche aus und löschte das Licht. Morgen war ein neuer Tag. Auch wenn es wieder ein Tag zu spät sein würde, diesen Kerl zu fassen.

Länglis Wohnung im ersten Stock eines Dreiparteienhauses direkt am Stadtwaldgürtel war überteuert und wunderschön. Der zentrale Raum war mit integrierter Küchenzeile vierzig Quadratmeter groß und bot Platz für ein Ecksofa, auf dem acht Personen bequem Platz nehmen konnten. Über eine Schiebeglastür gelangte man auf einen Balkon, von dem aus das üppige Grün des Stadtwaldes zu sehen war. Zwischen den Wipfeln der Bäume war sogar die Spitze einer Wasserfontäne aus dem dort angelegten See zu sehen.

An der Miete störte er sich nicht. Alleinlebend und ohne überzogene Ansprüche hatte Längli keine finanziellen Probleme. Abgesehen davon hatte er, aufgrund seiner speziellen Leidenschaft, nach eigener Meinung immer mehr als weniger Geld in der Tasche.

Er genoss es, aus dem Haus zu treten und sofort im begrünten Umfeld joggen zu können. Die nahegelegene Einkaufsstraße war ebenfalls ungemein praktisch und einladend dazu. Von der beliebten kölschen Eckkneipen-Gastronomie bis zum Edel-Italiener, von diversen Feinkostläden bis zu Boutiquen und originellen Geschenkläden war alles vorhanden. Das waren die Kriterien gewesen, worauf er sich bei seinem Umzug nach Köln konzentriert und die er nie bereut hatte.

Nachdem er es sich auf seiner Wohnlandschaft gemütlich gemacht hatte, nahm er den „Frost"-Ordner zur Hand und schlug die Stelle auf, wo er ein Blatt mit Notizen hineingelegt hatte. Es war keine Arbeit, die ihm Spaß machte. Dass es sich bei Frost um eine kranke Person handelte, war ihm sehr bewusst, aber das bedeutete nicht, dass er Mitleid empfinden würde. Er quälte sich durch diese Akten nur, um einen Hinweis auf einen möglichen Aufenthaltsort von Frost zu erhalten.

Freitag, 3.5., 12h Gesprächsprotokoll zwischen Dr. Brandon und Mirco Frost

B.: Hallo, Herr Frost.

MF: Wo ist Dr. Wiebert?

B.: Er fühlt sich nicht wohl, seit dem Vorfall.

MF: Was für ein Vorfall?

B.: Sie waren ein paar Tage außer Gefecht. Sie erinnern sich nicht?

MF: An was?

B.: Dann hören Sie mal, was geschehen ist, als er Sie aus dem Gesprächs-
raum abholen wollte.

Bandaufnahme Kontakt Dr. Wiebert und Mirco Frost von Montag,
29.4.:

W.: Herr Frost, machen Sie bitte morgen weiter.
...
W.: Wir haben Regeln und Zeiten. Morgen, dieselbe Uhrzeit.
(Stuhl rücken.)
MF: Halt die Fresse, Doktor.
W.: He, halt, was machen Sie denn. Hilfe.... Aaah ...
ENDE der Aufnahme

MF: Was ist geschehen?
B.: Sie haben es geschafft, ihm innerhalb von zehn Sekunden den halben
Kopf abzuflämmen. Da, an Ihrer Wange. Fühlen Sie? Sie haben unter
dem Pflaster eine Brandblase.
MF: Ach ja... Ist nicht so schlimm.
B.: Anders als bei Dr. Wiebert. Klar, dass das nicht gerade für Sie spricht,
Herr Frost.
MF: Wie bin ich an das ... an das Feuer gekommen?
B.: Sie wussten, dass Dr. Wiebert Raucher ist, oder?
MF: Ja, das ist dumm von ihm.
B.: Da muss ich Ihnen leider recht geben.

Diese Tat erklärte Wieberts Widerstand, Längli die Akte zu geben. Und
die Perücke.

Längli holte sich ein Bier, nahm einen Schluck aus der Flasche und las
weiter.

MF: Kommt er wieder?
B.: Sie erinnern sich an nichts?
MF: Nein, nur ... ich habe geschrieben ...
B.: Ja, Sie haben geschrieben. Können wir darüber reden?

MF: Worüber?

B.: Über ... Ihren Begleiter?

MF: Ja, gerne.

B.: Was hat er gemacht, Ihr Begleiter?

MF: Hab' ich ihn auch gefragt, warum er immer aufpasst.

B.: Er hat aufgepasst? Warum?

MF: Seine Aufgabe, sagt er.

B.: Warum passt er auf Sie auf?

MF: Er sagt, er bekommt etwas dafür.

B.: Und was?"

MF: Aufstieg und Nähe, sagt er. Nähe zu Gott oder so.

B.: Haben Sie ihm das geglaubt?

MF: Nein. Er wollte nur Macht. Das hab ich ihm auf den Kopf zugesagt.

MF: Du bist ein Idiot, hat er da gesagt, du weißt ja nicht mal, was Macht bedeutet. Er ist scheißarrogant, wissen Sie. Wenn er nicht oft so nett wäre, würde ich ihm das sogar sagen. Er meint, wirkliche Macht hat nur der, der sie nicht anwendet, weil seine Liebe so groß ist, dass er gar nicht auf den Gedanken kommt, sie zu benutzen!

B.: Das klingt doch ganz gut.

MF: Ha, meinen Sie das ernst? Mein Engel meint das ernst! Der hat gut reden, hab ich mir gedacht, aber wenn ich an Gott denke, dann finde ich, dass Daniel vollkommen recht hat! Gott tut nichts! Er nutzt seine Macht nicht.

B.: Tut er nicht?

MF: Nein. Aber solche Gedanken mag Daniel natürlich nicht. Also hat er mir nur einen Blick zugeworfen und ist verschwunden. Er weiß wahrscheinlich immer, was ich denke.

B.: Daniel heißt Ihr Begleiter? Ein Engel?

MF: Ja, wissen Sie, ich dachte, dass es das dann wohl an diesem Tag mit ihm gewesen ist. Und dann musste ich selber eine Lösung finden da oben. Zuerst habe ich ... ich hab versucht zu begreifen, was Liebe ist. So viel ist Liebe, oder? Sie ist überall und doch gehört sie nicht überall hin, wohl weil sie immer wieder anders ist. Es gibt viele Arten von Liebe. Sie machen nicht glücklich, aber das ist offensichtlich nicht ihr Sinn. Wer hat das gesagt? Es muss ein Arschloch gewesen sein. In der Kneipe hat mir jemand erzählt, dass der Erzbischof schwul ist und dass das ja nun wirklich kein Geheimnis ist. Doch, ist es. Oder war es, zumindest für mich.

B.: Herr Frost ...

MF: Guuut, dass ich das jetzt weiß! Sollte mir das nicht scheißegal sein, wen zum Henker interessiert das denn? Hat er einen Lover? Ist er wirklich ein Schwuler? Ich meine, woher weiß man so was eigentlich? Er selber vielleicht am besten, oder? Aber hat er das anschließend der Christenheit mitgeteilt? Hab ich sein Outing verpasst? Oder gibt's da ne Geschichte, die man vertuscht hat? Verdammt, das muss ich doch wissen, so kann ich doch nicht weiter ... machen, so kann ich doch nicht leben! Scheiße, es war alles so ein Durcheinander plötzlich, verstehen Sie? ... Warum erzählen eigentlich alle so eine ungeheure Scheiße und warum machen so viele Leute so kranke Sachen? Da ist Wut, es ist doch klar, dass ich gegen all das etwas unternehmen muss! Dann hat es gebrannt. Es musste brennen.

B.: Herr Frost? Herr Frost, alles klar? Trinken Sie ...

(Frost schluchzt. Zwei Minuten Stille.)

B.: Was hat denn Ihr Begleiter dazu gesagt?

MF: Gut so, hat er gesagt. Da ist er also doch wieder, hab ich gedacht. Aber der klang ganz anders als Daniel. Ist er das? Er fühlt sich so anders an. Und er sieht mir ähnlich. Ich hab ihn noch nie gesehen, ehrlich. Er hält mir einen kleinen viereckigen Spiegel vor das Gesicht. Hier, sagt er, sieh hier hinein. Aber... ich sehe nichts darin. Und dann, ich weiß nicht, warum er das tut, sieht er selbst hinein. Er sieht selbst hinein ... Verstehen Sie? Es ist, als hätte er einen Molotow-Cocktail oder so zwischen seine Füße geschmissen. Plötzlich ist alles ganz heiß. Dass er das tut. Warum hat er das getan?

Du hast es getan, sagt er, aber das stimmt doch gar nicht, ich hab doch gar keinen Grund.

Sieh nur tief genug hinunter, du wirst schon einen finden, du findest ja immer einen, ruft er mir aus den Flammen zu. Er bläst in die Wand hinein und ruft: Mit schönen Grüßen vom Pferdfuß, oder so, wer immer das ist. Dann erscheint eine riesige dunkle Wolke am Himmel und es zuckt blau auf der Erde. Es beginnt zu regnen, ganz stark, ganz fette Tropfen fallen in den Turm hinein. Ich sehe durch das Fenster des Turms, aber es ist keine Öffnung mehr, es ist eine Wand aus Wasser und darauf sind schlimme Dinge zu sehen: Atompilze und ... und Kinder liegen in den Leichenwürmern ihrer Eltern, Blut fließt aus Fernsehern und Abflusskanälen, Wohnungen, Viertel, ganze Städte füllen sich mit Blut und Pete Sampras sagt am Netz zu Agassi, wie schön es sei, dass es Tennis gibt. Und die Menschen im Madison Square Garden finden das toll, klatschen und werfen Geldscheine und Münzen auf den Platz und begraben damit die Spieler, und am Himmel ist ein gewaltiges Gewitter und dann sehe ich Michael Schumacher in weißem Leder und er lächelt schief, während er einer dieser Boxen-Miezen eine Brust krault. Ich sehe Christus am Kreuz, aber er ist es gar nicht. Ich bin das und unten an meinen Füßen steht meine Mutter. Und ich rufe ihr zu: Keine Panik, alles in Ordnung, mir fehlt nichts. Und meine Mutter sieht hoch und ruft: Alles wird immer gut! Aber plötzlich glaube ich es nicht mehr ... und während ich versuche, etwas zu sagen, wird die Wand schwarz. So schwarz, dass sie nur noch Angst macht. Sie erstickt jeden Laut. Und ich bin einsam, niemand ist da ...

Längli legte das Papier zur Seite, nahm einen Schluck aus der Flasche, stand auf, starrte aus dem Fenster. Das war Frosts eigenes Erleben? Was für eine kranke Geschichte! Widerwillig beugte sich Längli wieder über die Akte:

MF: Mir wird kalt, ich bin ganz nass. Die Wolke ist davongeflogen und es hat aufgehört, zu regnen. Jetzt ist es ruhig, sogar da unten, unter den Menschen. Komm endlich runter, sagt mein Begleiter, du hattest nur einen bösen Traum, und seine Stimme, die ganz hoch und ganz tief sprechen kann, hüllt mich weich in eine Decke. Da ist er noch mal gekommen. Mein Begleiter! Er hat den Spiegel besiegt. Mein Begleiter verbrennt nicht so schnell. Wie schön. Seine Gestalt ist weiblich, die nimmt er immer an, wenn er mich um den Finger wickeln will. Das ist nicht nett gesagt. Eigentlich gibt er mir dieses Gefühl totaler Liebe und dann bin ich natürlich machtlos. Also komme ich runter, aber ich lasse mir Zeit. Der Dom hat viele Stufen. Manchmal ärgere ich mich, dass er katholisch ist, aber er kann schließlich nichts dafür. Stimmt, sagt Daniel, außerdem ist er für alle da. Einer hinter mir verdreht mir den Arm. Er sagt: Bevor du es schaffst, den Dom abzufackeln, geht die Welt unter, mein Kleiner. Dieses Arschloch.

Längli lächelte grimmig. Das war er gewesen. Das hatte er zu Mirco Frost gesagt, am Tag des Anschlags. Das Protokoll hatte nur noch wenige Absätze.

MF: Unten treffe ich mit meinem Begleiter auf die Menschenmenge, die öffnet sich vor uns. Toll. Ein Mann kommt auf mich zu, der aussieht wie ... wie der Papst persönlich, hahahahaha, aber das kann er doch nicht sein. Aber er ist es. Iovanni. Der Unfehlbare, der Papst spricht zu mir! Ich muss doch runter, irgendwie auf die Knie und seinen Ring küssen oder wie war das?! Nein, nein, er lässt mich nicht, zieht mich sofort wieder hoch und ich höre seine Stimme, ganz sanft ist die und sagt zu mir: Sei unbesorgt. Niemand ist unfehlbar, Mirco! Sogar GOTT liebt uns. Meinst du etwa, ER wäre unfehlbar? Meines Wissens hat er das nie von sich behauptet.

Er streicht mit seiner Hand über meine Stirn, er sieht gütig aus als er seinen Blick leicht senkt, und zu meinem Engel sagt: Schwester, bleibst du bei ihm?

Ja, antwortet mein Engel, so lange ich kann. Das tut gut. So war das, Herr Doktor.

B.: Das war gut, Herr Frost, können wir für heute Schluss machen?

(Klient lächelt) Ja, mir geht es auch schon viel besser.

Genug davon. Es reichte ihm. Längli hatte weiß Gott anderes zu tun. Besseres. Aber es ließ ihn nicht los. Wie konnte ein Arzt auf eine solche verquere Erzählung eingehen? Längli wusste es nicht. Er war sehr geneigt, loszugehen und Zigaretten zu kaufen. Aber das kam nicht in Frage. Genervt blätterte Längli in der Akte weiter und sah plötzlich Mirco Frost mitten ins Gesicht. Nie hatte er die Augen vergessen. Schon vor zwanzig Jahren im Glockenstuhl hatte er sich bei ihrem Anblick abgewendet. Blassblau bis grau. Fischig. Seelenlos. Ein weiteres Foto aus der Akte zeigte Frost in einer Gesprächsrunde mit anderen Klienten der Forensik. Darunter stand in Klammern: M.F. u. K.L. Die Augen hatten sich nicht verändert. Aber die blassblaue, wässrig glitzernde Oberfläche drückte nicht mehr die Kälte aus, wie sie es einst getan hatte. Mirco Frosts pathologisch anmutende Züge waren verschwunden. Er wirkte aufgeschlossen, charmant, offen, dem älteren Gesprächspartner zugewandt, der ebenfalls lächelte. Was für ein wunderbarer Mensch Frost geworden war.

Längli glaubte es keine Sekunde. Er klappte den Ordner zu und schmiss ihn auf den Boden. Eine Visitenkarte fiel heraus. Jack Melson, stand darauf. Personalvermittlung für Schaustellbetriebe.

Haus der Heimsuchung   *Jonas, Charlotte, Klara*

005482 Jonas hatte gut geschlafen nach seinem Besuch bei Tiberius. Im Nachhinein erschien ihm alles unwirklich: das Feuer, die Vision, Tiberius und sein Licht. Ein Traum, der nach und nach verblasste? Als Jonas mittags aus der Schule kam, rief er Charlotte an. Sie war nicht da. Ihr Vater sagte was von „mit ihrer Tante in der Stadt" und Jonas hinterließ nur die Nachricht, dass er es später noch mal versuchen werde. Beim Spiegelei-Braten brachte ihn der Hinweis von Charlottes Vater allerdings auf eine Idee: Er würde nach dem Essen mal etwas tun, was wahrscheinlich wenig Sinn machte, ihn aber trotzdem reizte. Er packte sich warm ein, überlegte es sich aber anders. Besser, er fuhr mit der Bahn.

Jetzt sprang Jonas, jeweils drei, vier Stufen auf einmal nehmend, die Treppe aus der U-Bahn zum Domvorplatz hoch. Oben angekommen, sah der Dom zu seiner Linken mit jahrhundertealter Gelassenheit auf ihn herab. Ein Stück weiter stand die maßstabsgetreue Nachbildung einer Kreuzblume, wie sie auf den Turmspitzen des Doms thronten. An ihr konnte der wissbegierige Tourist erkennen, mit welchen Größenverhältnissen er es hier zu tun hatte. Und wegen dieser Spitzen war Jonas hier. Er ließ die Bilder seiner Vision am -wie hatte es Tiberius genannt?- Schwedenfeuer! vor seinem Auge erscheinen. Die Lichter waren in einem Haus verschwunden, wieder rausgekommen, durch eine Straßenschlucht gewedelt und am Ende neben einer der Domspitzen irgendwo in der Unendlichkeit abgetaucht. Jonas musste herausfinden, in welchem Winkel und an welcher Domspitze das Band vorbeigeflogen war. Dann könnte er auch das Haus finden.

Mit geschlossenen Augen vollzog Jonas die Flugbahn der Lichterkette nach. Irgendetwas passte nicht. Da fiel es ihm auf: Die zweite Turmspitze hatte gefehlt. War das Band über dem Nord- oder dem Südturm verschwunden?

Er überquerte die Trankgasse und ging am *Gaffel*-Brauereiausschank vorbei auf den Bahnhofsvorplatz. Immer mit Blick auf die beiden Turmspitzen, lief er den Platz ab, aber es gab keinen Winkel, von dem aus er nicht beide Türme gesehen hätte. Auf Höhe Dompropst-Ketzer-Straße ging Jonas bis zum Kreisverkehr und über die Marzellenstrasse in Richtung Dom. Als er den Domvorplatz überblickte, wurde ihm schlagartig klar, welchem Irrtum er aufgesessen war: Das Band war gar nicht über den Turmspitzen verschwunden, es hatte den Weg über den Nachbau der Blume gewählt! Schnell wechselte Jonas die Straßenseite und ging langsam weiter. Er bückte sich, suchte nach dem richtigen Winkel und drehte sich auf den Sohlen zum Gebäudeeingang des Hauses um, vor dem er in der Vision zum Halten gekommen war. Über dem Eingang, ja -da stand es: Marzellen-, ein heftiger Stoß in die Seite brachte ihn zu Fall. He! Ein Mann im Blaumann war aus dem Haus getreten und hatte ihn angerempelt. Als Jonas sich wieder aufrichtete, ging der Mann wortlos Richtung Eigelstein. Jonas wollte ihm noch etwas Passendes hinterherrufen, da schallte ein lautes „Jonas!" über die Straße. Charlotte stand im Eingang des *MickMeck* und forderte ihn winkend auf, mit ihr hineinzugehen.

⸙

„Hau rein." Charlotte hatte sich das nicht zweimal sagen lassen. Zwei- bis dreimal im Jahr lud Klara sie zum Fastfood-Event ins MickMeck am Dom ein und die beiden gaben sich einem präzise terminierten Heißhunger hin. Was sie da jedes Mal so maßlos veranstalteten, glich eher einer Fress-Orgie als einer halbwegs gesitteten Nahrungsaufnahme.

„Na und?" Geradezu mit Wollust schlug Klara ihre Zähne in das Pamp-Brötchen und ihre Zunge wühlte genüsslich in dem zweifelhaft geschmackvollen Gemisch von Rind, Gurke, Zwiebel, Ketchup und der undefinierbar leckeren Zutat des neu kreierten BigMickTrickMeck – eine Sinnesfalle ohnegleichen. „Für nichts anderes sind diese Läden doch da."

Charlotte grinste. Nahezu alles, was ihre Tante tat, sah sinnlich aus. Dabei bewegte sie sich so unbedarft und natürlich, als wären ihr der eigene Körper und ihre Attraktivität gar nicht bewusst. Auch, als sie sich den Ketchup von der Lippe leckte. Charlotte nahm sich vor, das zuhause vor dem Spiegel mal auszuprobieren. Gerade wollte sie Klara von ihren neuesten Gefühlsschwankungen erzählen, als ihr Blick durch das Fenster auf eine Haustür schräg gegenüber fiel. Ein Mann in Arbeitskleidung trat heraus. Wie aus dem Boden gewachsen, tauchte vor ihm ein älterer Junge auf und wurde von dem Mann angerempelt. Charlotte stutzte. Das war doch Jonas! Sie sprintete zur Tür und rief.

Goodness. Wie fühlte sich das denn an?! Jonas ging in den Mampfsaal. Er war sich sicher, dass er – egal in welcher Situation – noch nie einen roten Kopf bekommen hatte. Doch jetzt dachte er, sein Kopf sei zu einer knallroten Tomate mutiert. Dabei hatte Charlottes Tante nur für zwei Sekunden – quasi zur Einleitung des Gesprächs – ihre Hand auf seinen Unterarm gelegt. Guuut. Gut tat das. Sie hatte praktisch die Augen von Charlotte, und goldene Locken ...

„Auch einen BigMickTrickMeck?"

Innerhalb von Sekunden hatte er eine Gänsehaut bekommen, als hätte man ihn in eine Kühltruhe gesperrt. Das Ungewöhnliche an der Situation war, dass es eben nicht Charlotte war, die diese sagenhafte Reaktion in ihm ausgelöst hatte, sondern ihre Tante. Die hatte nicht nur Finger, die elektrisierten, sondern auch eine Stimme, die ein einziges erotisches Reibeisen war. Bei Jonas knisterte alles, aber das Gefühl in seinem Bauch hatte nichts mit Hunger zu tun, es vertrieb ihn eher.

„Nei... ja, klar, gerne." Sein Gestotter löste erneut eine Blutwelle in ihm aus. Hatte er überhaupt Hunger? Spielte das überhaupt eine Rolle? Starrte ihn Charlotte da nicht mit offenem Mund an? Er versuchte, sich in den Griff zu bekommen. „Macht ihr, äh, Sie ... das hier öfter?" Dabei ließ er seinen Zeigefinger um den Turm von Tüten und Schachteln auf dem Tisch kreisen, und ein hastiger Blick ging zu Klara.

„Du kannst Klara bestimmt Klara nennen. Oder, Klara?" Charlotte zog sich eine Tüte aus dem Futterberg. „Sie ist nämlich richtig jung und sieht nur älter aus." Dann schob sie sich eine Mayonnaise-getränkte Fritte in den Mund und kicherte ihre Patentante ungeniert an. Sollte sie Jonas Verhalten merkwürdig gefunden haben: Anzusehen war es ihr nicht.

Charlottes Tante lächelte grimmig. „Nein, machen wir nicht oft, aber manchmal überkommt es uns. Ich bin übrigens nicht nur die Patin von Charly sondern auch die Schwester ihrer Mutter." Mit einer kurzen Kopfdrehung zu Charlotte fügte sie an: „Und das Wesen ihrer Mutter erklärt ihren ungewöhnlichen Charme." Sie sah wieder zu Jonas. „Ja, du darfst gerne ‚Klara' sagen."

Jonas entspannte sich allmählich und grinste. „Das ist aber schön."

Klara Plump schmunzelte. „Hm, leider gehe ich auf die Vierzig zu und fühle mich weitaus besser, wenn ich mit Klara angeredet werde."

Jonas gefiel Klaras Art. „Du bist also viel älter, als du aussiehst, und dein Charly-Patenkind ist älter, als ihr toller Mund es vermuten lässt." Dabei reichte er Charlotte mit einer Wisch-dir-mal-den-Mund-ab- Bewegung eine Serviette.

Klara lachte auf. „Schöner Satz. Und so charmant. Noch ein Witzbold. Das kann ja heiter werden."

Zwanzig Minuten später suchten sie aus den Verpackungen auf dem Tisch gemeinsam die letzten Fritten raus. Allgemeines Gestöhne wegen des kurzfristigen, aber mächtigen Völlegefühls im Magen.

Jonas unterdrückte mit Anstrengung einen gewaltigen Rülpser. „Was für ein Fest. Vielen Dank." Er sah zu Klara. „An was schreibst du eigentlich gerade?"

Klaras Gesichtsausdruck spiegelte Verblüffung wieder. „So was interessiert dich?"

„Jaja, klar." Jonas fand es im Moment einfach schön, Klara unbefangen anzusehen.

„Ja", sagte Charlotte, „erzähl mal von deiner Schwengel-Geschichte. Bist du da weiter dran?"

„Interessiert mich auch", stimmte Jonas zu, „aber bitte einen Moment noch, ich müsste mal gerade ..."

„Klöppel, Darling, Klöppel", hörte er Klara noch monieren, als er sich abwendete und dem stillen Örtchen entgegenstrebte.

Als er wieder in den Gastraum trat, hatte sich die Atmosphäre dort verändert. Sie stand unter Spannung, aber niemand schien das zu bemerken. Es zuckte hinter Jonas' Augen. Nein, nicht jetzt, dachte er nur. Tante und Nichte unterhielten sich angeregt und ganz kurz hielt er den Stimmungswechsel für eine „BigMickTrickMeck"-Nachwehe. Etwas war dieses Mal anders. Seine Sicht verlor die Farbe. Eine unangenehme Schwere lag auf seinen Schultern und kroch den Nacken hoch. Seine Zunge wurde pelzig. Er schluckte, merkte, wie trocken plötzlich sein ganzer Rachen war, und fühlte einen unstillbaren Drang, sich sofort einen Becher Wasser zu holen. Er wollte losgehen, stoppte aber im letzten Moment. Seine Augen machten gerade, was sie wollten. *So* konnte er unmöglich an den Tisch zurückgehen. Er drehte auf der Stelle um und verschwand wieder auf der Toilette. Nachdem er ein paar Schlucke Leitungswasser genommen hatte, öffnete Jonas vorsichtig die Tür und sah durch einen Spalt ins MickMeck.

Das Bild, das sich ihm da bot, war nun komplett anders! Er sah die Menschen ganz nahe, aber nur in Silhouetten! In ihnen bewegten sich Lichtkränze. Jeder Umriss trug ein Licht in sich. Manche waren groß, manche kleiner. Sie ähnelten den Lichtern aus seinen Visionen. Einige rollten an den Konturen der Silhouetten entlang, als testeten sie, ob diese dicht seien.

Jonas sah zu den Kassen. Die Silhouette dort ließ ihn erneut schlucken. Seine Kehle brannte und wurde noch trockener als zuvor. Denn in der Person an der Ausgabetheke bewegten sich fünf Kränze, aber nicht verbunden, sondern unabhängig voneinander. Eines der Lichter brannte stärker als die anderen. Jonas stockte der Atem. Die Silhouette verströmte eine Kälte, dass Jonas dachte, jeder im Raum müsse frieren. Doch die Menschen dort nahmen offensichtlich davon nichts wahr. Die Bilder veränderten sich. Farbe mischte sich in das Schwarz-Weiß. Jonas' Augen kamen zur Ruhe und alles war ... normal?

Jonas drückte die Tür zum Gastraum ganz auf. Am Tresen stand der „Eismann", der Blaumann, der ihn vorher draußen umgerannt hatte. Sein Gesicht war nicht zur Ausgabe, sondern in den Raum gerichtet. Durch seine leicht getönte Brille musterte er die Menschen. Dann schaute er zu Klara und Charlotte hinüber. Jonas Haare richteten sich am ganzen Körper auf. Jetzt erfasste der Mann ihn mit seinem Blick. Die Augen waren nur ein Schatten hinter den Gläsern. Und der Blaumann lächelte ein Lächeln, das keines war. Eisig. Jonas ging schnurstracks zu Klara und Charlotte an den Tisch und krächzte: „Ich muss hier raus. Können wir über den Klöppel ein anderes Mal reden?"

„Was ist dir denn über die Leber gelaufen?" Charlotte fasste ihn am Arm. „Hast du dein Gesicht in 'nen Kalkeimer versenkt?"

„Nein, nein ... Ich weiß nicht, seht ihr den Typ mit dieser blauen Latzhose an der Kasse? Er starrt die ganze Zeit hier rüber. Augen wie ... weiß gar nicht, wie. Und so 'ne komische Mütze."

Klara schaute zu der Kasse. „Wen meinst du denn? Da steht doch gar keiner."

Jonas fuhr herum. Wenige Meter neben der Kasse schloss sich langsam die Eingangstür.

Offenbarung *Alvis und Jonas*

005483 Alvis hatte nicht mehr nach weiteren zehn Euro für die Taxi-Rückfahrt gefragt. Er wusste, dass Jonas klar war, dass Alvis diesen Satz tatsächlich gedacht hatte: Ich bringe dich um, wenn du sie noch mal mit Drops fütterst. Jonas hatte mit toternstem Gesicht und geballten Fäusten gesagt: „Weißt du was: Geh jetzt. Das ist für alle Beteiligten das Beste." Ob Jonas Charlotte zu den „Beteiligten" zählte, wusste Alvis nicht. Denkbar war es. Insgesamt fand er, dass er, gemessen an dem Vorgefallenen, glimpflich davongekommen war.

Alvis rieb sich leicht die Augen. Seit zwei Tagen trug er wieder Linsen. Er saß auf einer Bank im Park vor der Schule und ließ seinen Besuch bei Jonas Revue passieren. Wie war dieser „Drops"-Satz in seinen Kopf gekommen? Geradezu lächerlich. Wie kam er dazu, so zu denken? Gut, er hatte sich über die Antwort von Jonas geärgert. Aber war sie denn so schlimm gewesen? Und wie hatte Jonas von diesem Satz gewusst? Konnte er jetzt auch noch Gedanken lesen? Ein bisschen viel an Fähigkeiten, die seinem Freund da von wem auch immer gegeben worden waren. Bedeutete das wirklich, dass Jonas als Chronist vorgesehen war? Zu gerne hätte sich Alvis offen mit Tiberius darüber unterhalten, aber der war ja zugeknöpft wie selten.

Nur ein einziges Mal hatte Tiberius ihm bei einer Gedankenverschmelzung einen Blick auf die Seelenwelt gestattet. Das war unbeschreiblich gewesen. Ein unglaublicher Eindruck, der blitzartig in sein Gehirn geschossen war und ihm klar gemacht hatte: Alles hat einen Sinn. Die Erkenntnis war geblieben, die Bilder waren verschwunden. Weg. Nie mehr aufgetaucht. Von diesem Moment an hatte Alvis gewusst, dass es seine

Bestimmung war, Chronist zu werden. Die Zeit der unterdrückten Ungeduld und des Wartens hatte begonnen. Und jetzt sollte ein anderer ...? Verd...!

Alvis griff sich in die Haare. Das war doch *jetzt* nicht das Thema! Es gab Probleme in der Seelenwelt! Was tat sich da? Die Gedanken jagten durch Alvis' Gehirn. Er *musste* Jonas die Seelenwelt nahebringen. Es war schwierig geworden mit dem Vertrauen zu Tiberius. Wenigstens mit Jonas wollte er klarkommen. Zudem: Wer außer ihm selbst sollte Jonas aufklären? Es gab definitiv keine Alternative. Prima, prima. Natürlich, Alvis kann das. Kein Problem. Beim letzten Mal war es ungünstig gewesen. Wieder wollte er fluchen. Himmel, es war *eine* Sache, von seinem Großvater von klein auf über die Welt der Seelen erzählt zu bekommen. Etwas völlig *anderes* war es, Jonas auch nur eine Ahnung von diesem Wissen, in einer Stunde weiterzugeben. Das ging de facto nicht. Es sei denn, der kam selber drauf, dass es diese Welt gab. Aber eine solche Situation zu gestalten, das erschien Alvis unmöglich. Das wäre ein Wunder.

Was sah Jonas in seinen Träumen und Visionen? Worauf waren das Hinweise? Womit hatte es angefangen? Mit dem Traum in Jonas' Brief, in dem er über den Dom geflogen war, als der Turm explodierte? Es war doch kein Zufall, dass in der gleichen Nacht dieser Klöppel aus der Glocke gefallen war. Da bahnte sich vielleicht etwas Großes an. Und wenn Jonas da eine Rolle spielte, aber weiterhin die Überzeugung in ihm wuchs, dass er ein Fall für die Psychiatrie sei, na, dann Mahlzeit.

„Mahlzeit", erklang es von weitem.

Alvis zuckte zusammen. Er schüttelte den Kopf und vergrub den Kopf in seinen Armbeugen. Das konnte nicht wahr sein. Jonas stapfte durch die regennasse Wiese auf ihn zu. Der Nachmittagskurs war wohl zu Ende. Es dämmerte bereits.

„Hi." Jonas setzte sich mit einigem Abstand zu Alvis auf die äußerste Kante der Bank.

Alvis schielte zu ihm rüber. Da war er. Und nun? Wie konnte er Jonas glaubhaft vermitteln, was er selber nur für einen kurzen Moment gesehen hatte? Und das nur durch die Augen von Tiberius.

„Selber ‚Hi'."

Tiberius hatte selten etwas aufgebauscht. Sein Unterricht war zwar spannend gewesen, aber durchweg theoretisch. Keine Erzählungen über Seelenweltgeschehen. Es ging immer nur um den Aufbau, die Struktur und das Wesen der Seelenwelt, nie über Inhalte. Das war tabu. „Du wirst deine eigenen Geschichten erleben, Alvis." Alvis hatte an dem, was Tiberius ihm erzählte, nie zweifeln müssen.

„Gut nach Haus gekommen?"

Nette Eröffnung von Jonas, dachte Alvis und fummelte an den Taschen seines Mantels rum. „Du bekommst dein Geld noch. Hab es im Schließfach."

In seinem Kopf rotierte es weiter. Aber *Jonas* konnte zweifeln! Jemand der so fest auf dem Boden stand wie der, glaubte viel eher daran, dass die Dinge, die er sah, eine Ausgeburt seines kranken Gehirns waren. Auf den war offensichtlich nicht einmal der Schatten eines Glaubens gefallen. Wenn auch Religion für Jonas kein Fremdwort war, so gab es keinen Grund für ihn, an einen Auferstandenen, einen Erleuchteten oder einen Propheten zu glauben. Liebe, Trost, Zuversicht? „Bekomm ich von meiner Mutter." Ende des Themas. Wenn Alvis ihm vom Alkovat berichten würde, würde Jonas sagen: „Weißt du was, Alvis. Schreib mal 'nen Fantasy-Roman. Du hast da ein paar tolle Ideen."

Jonas rutschte näher heran. „Sorry, ich weiß, dass dir das zuletzt wohl wichtig war, aber ich hatte vorher einen echt beschissenen Traum über meinen Vater und ... Mann, was zur Hölle wolltest du mir da erzählen? Und dieser Spruch über Charlotte, hast du das wirklich gedacht?"

„Vergiss es."

„Ich glaub ja auch, dass nicht alles zufällig ist. Manches ist halt Schicksal", hörte er Jonas' Stimme durch seine Gedanken dringen.

Warum hatte Tiberius ihm nicht wenigstens einen kleinen Tipp geben können? „Vielleicht ist das *dein* Auftrag Alvis", waren dessen Worte gewesen ... *Was* hatte Jonas da gerade gesagt?!

„Was hast du gerade gesagt?"

„Das manche Dinge halt Schicksal sind."

Na also. Wenn das kein Zeichen war. Gut, dann vorwärts! Alvis Blick fixierte Jonas. „Ich denke, unser Schicksal liegt in den Händen von Seelen,

Jonas. Und deins liegt möglicherweise in den Händen von dunklen Seelen. Das ist nämlich das, was du in der letzten Zeit mitbekommst. Capisce? Du kannst Seelen sehen, Jonas. Immer wieder, und dafür gibt es einen Grund. Du musst ihnen folgen. Du musst herausfinden, was sie wollen!"

Das war zu viel. Alvis merkte es sofort. Es fühlte sich nicht gut an. Es war, als habe etwas gerade Einfluss auf Jonas genommen, einfach einen Schalter betätigt, und sein Verhalten ins Gegenteil verkehrt.

„Al." Jonas driftete in den Siedlungsjargon ab. „Leck' mich. Einen Scheiß muss ich, Alter. Dieser FickFuck macht mich seit Monaten kirre. Ich habe das Gefühl, ich werde von Tag zu Tag bekloppter. Abgesehen davon, hab ich zweimal das gemacht, was dein alter Tiberius mir vorgeschlagen hat. Genau genommen war das für'n Arsch. Entschuldigen Sie, Herr von Odenthal, ich wollte sagen, es war nicht *effektiv*. Ich werde da nicht mehr hinterherlaufen!"

„Brauchst du auch nicht. Hast du nicht gesehen, dass es dich einholt?"

„Was?"

„Sachen eben, die nicht zu erklären sind. Wie die, dass du wusstest, was ich gedacht habe."

„Du hast das wirklich gedacht?" Jonas schlug sich an den Kopf.

„Hör zu." Alvis sprang auf und stellte sich vor Jonas. „Ich habe das gedacht, ja, aber es war nicht *mein* Gedanke, verstehst du das?"

Jonas sah Alvis an und Alvis wusste, dass er nicht verstanden hatte.

„Klar verstehe ich das! – Quatsch, alles ist zu erklären. Ich habe einen Knall, eine Störung und drehe am Ra..."

Alvis packte Jonas an den Schultern. „Kein Quatsch, du siehst Seelen. Du hast etwas gesehen, was wichtig ist. Ein Zeichen. Dieser Klöppel zum Bei.... Was ist?"

„Scheiße, es geht los. Da sind sie wieder."

„Ui!" Alvis Mund ging auf. Jonas Pupillen waren extrem geweitet und seine Augenlider bewegten sich rasend schnell. „Was ist mit deinen Augen? Was siehst du?"

Jonas Kopf fiel in den Nacken. „Lichter. In Ketten. Sie fühlen sich schrecklich an."

Alvis versuchte, sich in seinen Freund hinein zu versetzen da brach es aus diesem heraus. „Was ist das? Nimm es aus meinem Kopf, ich will das nicht. Ich kann nicht schlafen, es macht mich wahnsinnig, ich bin verrückt! Seelen? Was für ein Quatsch."

Natürlich, dachte Alvis. Warum sollte Jonas das glauben?

„Wie sehen sie aus?"

„Dunkel. Sie glühen nach innen. Aah..." Jonas griff sich an die Schläfen und kippte zur Seite.

Alvis war elektrisiert. Manifestationen. Aus dem Alkovat. Kein Wunder, dass Jonas ihn verbal derart angegriffen hatte.

Ortswechsel. Unbedingt. Natürlich können Manifestationen folgen, aber wo sie auf ein stärkeres Gegenüber stoßen, fühlen sie sich nicht wohl. Welche Nummer diese Regel hatte, fiel Alvis im Moment nicht ein, aber das war ja egal. Er zog Jonas einfach von der Parkbank und schleifte ihn weg. Nicht zu Hennes, sondern ins „Maria hilft", einem Café unweit der Schule. Wäre Jonas gut drauf gewesen, hätte er gesagt: „Ist wohl eher was für Räucherstäbchen-Perlen." War er aber nicht. Maria, die Inhaberin, war gläubig, das wusste Alvis. Es war nicht so ganz klar, an was sie glaubte, aber das Ambiente erschien ihm geeignet, unangenehmen Manifestationen den Garaus zu machen. Konnte also nicht schaden, da hineinzugehen.

Ein mächtiger Buddha saß gelassen neben einer uralten Kasse, eine Hand hatte er schützend darüber gelegt. Eine Schaufensterpuppe mit einer schwarzen Burka stand vor einer Tür, auf der ein PRIVAT-Schild klebte. Und Jesus war auch da. Er hing – versehen mit einer Sprechblase – über der Eingangstür und war deshalb erst zu sehen, wenn man im Raum stand.

An der Theke hob Maria fragend den Kopf. Alvis schlug Kakao mit Sahne vor und Jonas nickte. Sie saßen auf einer gemütlichen Couch, und nach einer Weile stellte Maria die Getränke vor sie auf einen Nierentisch. Jonas nahm sofort einen Löffel Sahne von seinem Kakao und schob ihn sich in den Mund. Alvis sah ihm zu. Jonas hob schlapp die Hand und zeigte auf die schwarze Puppe.

„Ich weiß." Alvis nickte gelassen. „Sieht aus wie Belphegor aus dem Louvre. Ist er aber nicht. Stellt eine Muslimin dar."

„Erzähl mir von dem Traum über deinen Vater, ja? Und von deinem Besuch bei Tib. Der rückt sogar bei mir mit nichts mehr raus."

Jonas holte sein Fahrrad von der Schule. Das mit Alvis tat ihm irgendwie leid. Der glaubte jetzt bestimmt, er wäre von dieser Seelen-Geschichte angefixt. Stillschweigen hatte er ihm über diese Seelenwelt auferlegt. Als würde er, Jonas, überhaupt auf die Idee kommen, jemandem *davon* zu erzählen. Das war ihm einfach eine ganze Ecke zu abgedreht. Er hatte Alvis von seinem Vater-Traum und von seinem Erlebnis am Schwedenfeuer erzählt. Und der hatte losgelegt und einen Bogen zu seiner Seelenwelt gespannt. Alvis hatte Begriffe heruntergerasselt, die fantastischer nicht klingen konnten: Anakis, Anachrone, Alkovat ... Richtig folgen hatte Jonas nicht mehr können. Alvis war so voller Begeisterung gewesen, dass er gar nicht gemerkt hatte, dass Jonas ihm überhaupt nicht zuhörte.

Was gerade in seinem Leben passierte, machte Jonas Angst. Alles. Er wollte damit nichts zu tun haben. Das war ein unwirklicher Alptraum. Diese Visionen, diese Träume, der Typ aus dem MickMeck, Tiberius – nett, aber irgendwie unheimlich -, sogar Alvis mit seiner fantastischen Welt und ... mit seinen langen Fingern.

Die hatten seine rechte Schulter umschlossen und ihn aus seinen Gedanken gerissen. „Hörst du mir überhaupt zu? Das ist wichtig, das Seelen-Echo. Wenn Gefahr droht, bringt es Hilfe. Das musst du dir merken!"

„Mann, bin total müde. Hab wohl zu viele Filme gesehen in den letzten Nächten. Ich muss das alles erst mal ein bisschen verdauen, ja?"

„Klar, klar."

Sie hatten am Tresen gezahlt. Auf der kleinen Theke waren säuberlich Zahlen und Buchstaben eingeritzt. „Kabbala", hatte Maria erklärt und Jonas durch ihre Brille mit riesigen Augen angesehen. Augen mit einem schönen Blau, in einem gütigen Gesicht. Mehr war bei Jonas nicht hängengeblieben.

Es hatte wieder zu regnen begonnen. Jonas war müde, aufgedreht und durcheinander und sehnte sich nach Charlotte. Oder war es Klara?

Seit dem Erlebnis im MickMeck war er noch überzeugter, dass mit seinem Kopf etwas nicht stimmte. Verdammt, *das* hatte er Alvis doch erzählen wollen. Das alles waren Halluzinationen, nichts anderes. Und das mit den Augen? Nebenwirkungen? Ach, scheiß drauf!

Auf die verlassene Wohnung zu Hause hatte er keinen Bock. Seine Mutter war immer noch mit ihren Freundinnen unterwegs. Ein gedeckter Tisch erwartete ihn also nicht. Schön wäre das gewesen. Und an Schlaf wollte er trotz Müdigkeit nicht denken. Ihm fiel wieder der Traum mit seinem Vater ein. Weg damit! Kein Bock auf Horror. Eine Frikadelle und ein Bier bei Hennes. *Das* brauchte er.

Verfängliche Wahrheiten   *Jonas, Törmi und Charlotte*

005484 Jonas -bei seinem dritten Bier- hing der immer schwächer gewordenen Erinnerung an die Gedankenverschmelzung mit Tiberius nach, als eine Riesenhand sich von hinten auf seine Schulter legte. Das war sicher nicht Hennes, denn der schaute von der Theke aus aufmerksam zu ihm rüber. Jonas drehte sich um.

Törmi gab sich die Ehre. Oder: Josef Hauwig. Törmi mochte seinen bürgerlichen Namen nicht. Und erst recht nicht die Variationen seines Vornamens: Jupp, Jüppchen, Yussuf. Mit dreizehn hatte er seine erste Freundin gehabt und ein Wahnsinniger aus der Siedlung hatte ihn gefragt: „Na, Josef, ist deine Maria auch noch Jungfrau?" Das hatte Törmi veranlasst, zuzuschlagen. Dem johlenden Publikum hatte er gesagt: „Ich bin der Terminator und ich haue jeden weg, der mir blöd kommt." Diese Geschichte kannte jeder in der Siedlung. Danach hatte sich eine Clique um ihn herum gebildet, die sich „Boy-Group" nannte. Aber niedlich waren diese Boys nicht.

Jetzt signalisierte er mit der freien Hand Hennes, dass der sich entspannen könne, und drückte Jonas, der aufstehen wollte, auf den Stuhl zurück. „Bleib sitzen, Feinpopel. Nur auf ein Wort."

„Und wenn ich darauf keine Lust habe?"

Törmi schien es zu überhören. Er zog einen Stuhl heran und setzte sich rittlings darauf. „Hör zu, Walfänger. Wir mögen euch Feinpopel nicht. Sitzt mit eurem Geld in unserem Wohnzimmer und führt euch auf wie Weltmeister. Sag den Flachpfeifen in deinem Haus, dass unsere Geduld begrenzt ist."

„Tolle Ansprache, Törmi. Bis auf den ‚Walfänger'. Soweit ich mich erinnern kann, ist dieser Jona vom Wal verschluckt worden. Hättest besser aufpassen sollen in Reli."

Törmis grimmiges Gesicht deutete darauf hin, dass er ihm jetzt doch eine reinhauen wollte. Tat es aber nicht. „Siehst du, Weltmeister, das meine ich. Schnauze aufreißen, klugscheißen und mit Scheinen prahlen. Mögen wir einfach nicht. Vorsicht, Alter." Törmi schlug seine rechte Faust in die linke Handfläche und machte Anstalten aufzustehen.

Das konnte Jonas nicht auf sich sitzen lassen. „Geht dich zwar nichts an, aber ich jobbe für meine Knete."

„Ach was. Als Page im Maritim? Mit Diener-Käppi?"

„Nee, bei Özkes im Lager, mit Blaumann, du Penner." Jonas war erstaunt, woher Törmi das mit dem Maritim wusste.

„Hoppla, das hätt' ich jetz nich gedacht." Törmis Augenbrauen gingen nach oben.

Eine Hand mit zwei Kölsch darin schob sich zwischen sie. „Na, alles so frisch wie mein Kölsch?"

„Es ist Liebe auf den zehnten Blick, Hennes." Jonas gab sich alle Mühe, so gelassen wie möglich zu wirken.

„Hör ihn dir an, Hennes, immer ein Großmaul. Was soll man dazu sagen?"

„Es wird dir sicher was einfallen, Törmi, bist ja nicht auf den Mund gefallen, oder?" Hennes Vermittlungsversuch war riskant.

„Immerhin, unser Weichei hier verdient seine eigenen Mäuse. Das macht ihn fast sympathisch." Das war fast ein Friedensangebot von Törmi.

„Ich wusste doch, dass ihr was gemeinsam habt! – Das Kölsch geht auf mich, wenn ihr euch heute hier nicht das Maul stopft."

„Danke." Jonas verneigte sich so tief, dass er mit der Stirn fast die Tischplatte berührte. „Wär nicht nötig gewesen, das traut sich Mr. Universum sowieso nicht."

„Du hast ja keine schlechte Schlagtechnik, Kleiner. Was sagt denn die Schlagzahl?" Törmis Hand klatschte laut auf den Tisch. „Komm, Hennes, mach mal zwei Kurze dabei, wolln doch mal sehen, ob die Leber von unserem Kleinen hier so groß ist wie seine Klappe."

Es war eine Frage der Ehre, wenn auch eine schlechte. Jonas beantwortete sie sich selber. Viel mieser als es ihm jetzt ging, würde es *nach* einem Besäufnis auch nicht sein.

„Ex", hämmerte Törmis Stimme gnadenlos über den Tisch. „Der Geber bestimmt die Schlagzahl."

Nach mehreren weiteren Bier und Kurzen waren sie zwar längst nicht befreundet, aber einig, dass Podolski lauffaul war. „Allertings", bemerkte Jonas, um akzentuierte Aussprache bemüht, „bei deeen Tschuspielen hätt ich auch kein'n Bock su laufen."

Als Törmi irgendwann auf dem Klo verschwand, nutzte Jonas die Gelegenheit. Noch ein Zuwinken für Hennes, der seine Entscheidung wohlwollend abnickte, und weg war er.

Wurde Zeit, dass es Frühling wurde. Nicht, weil es kalt gewesen wäre, aber der Boden unter ihm schien glatt. Jonas schob das Fahrrad, weil er keine Ahnung hatte, wie er hätte aufsteigen sollen. Er wollte nach Hause, grinste dann aber vor sich hin und schlug eine andere Richtung ein.

♾

„Hi."

„N'Abend, mein Junge. Was kann ich denn für dich tun?"

Leute, was für ein blöder Spruch, dachte Jonas und sein Gesicht zeigte es. „'Tschuldigung, is Charlotte da?"

„Ja, ist sie. Ich glaube aber nicht, dass sie im Moment Besuch haben möchte."

„Nur ne kleine Frage." Jonas hatte das Gefühl, dass der Mann unwirsch aussah. Hatte er gerade ,unwirsch' gedacht? Was für ein Wort. „Unwirsch."

„Wie bitte?" Der Mann sah ihn mit einem Blick an, den Jonas kannte. Der gehörte Menschen aus den supertollen Wohnvierteln, wenn sie sozial Kaputte sahen. So 'ne Mischung aus Mitleid und Vorsicht und Angst vor etwas Unberechenbarem. Charlottes Vater. Ganz klar. Tolle erste Begegnung. Jonas schüttelte sich. Oder täuschte er sich? Vielleicht wollte Charlottes Vater ja nur, dass er sich mal gerade hinstellte. Er lehnte ziemlich schräg am Rahmen der Haustür.

„Lass ihn bitte rauf, Paps." Oh, wie himmlisch. Charlottes Stimme.

„Er wirkt gehörig indisponiert und wird es wahrscheinlich nicht bis nach oben schaffen." Jonas fühlte sich gescanned. Jetzt wandte sich Charlottes Vater ganz zur Treppe in der Diele um und rief: „Und du bist erkältet. Der junge Mann wird sich anstecken."

Pfui! Was für ein mieser Spruch. Lass dich nicht darauf ein, meine Süße.

„Das ist sein Risiko."

Genauuuu!

„Okayiiih."

Witzig. Der Vater zog das Wort genau wie Charlotte in die Länge.

Die Treppe in ihr Dachgeschoßzimmer war elend lang. Oben stolperte Jonas. Ihm gefiel, dass auf jeder Stufe kleine Teppiche lagen, aber er hatte keine Ahnung, wofür die da waren.

„Yippihajeh, hi Charly. Was für'n Trip bis hier oben. Wozu habt ihr die kleinen Teppiche auf den Stufen?"

Sie lag im Bett, die Decke war so hoch gezogen, dass die Füße unten raussahen. Das Licht war aus. Ein winzig kleiner Röhrenfernseher warf schwarzweiße, stumme Bilder in den Raum. Jonas durfte sich ans Bettende setzen. Charlotte hatte Ringelstrümpfe an. Wahrscheinlich in Regenbogenfarben. Jeder Zeh war einzeln gestrickt. Es sah drollig aus. Süß.

„Du bist süß", sagte er.

„Danke", sagte sie. „Du bist kaputt, oder? – Es sind Rutschbremsen."

„Rutschbremsen? Ach so. Hat nich geholfen. – Riechst du was?"

„Nee, wie denn, mit *der* Nase."

„Gut."

„Dass du blau bist, *sieht* man."

„Scheiße." Jonas ließ sich mit dem Rücken aufs Bett fallen. Durch ein Dachfenster funkelte der Nachthimmel. Oben im Giebel hing eine Mond-Lampe, die nicht brannte. Er zeigte mit dem Finger drauf. „Von I-ea?"

„Was?"

„I-ea. Ein Teil fehlt immer."

Sie lächelte müde.

„Charly?"

„Gewöhn dich nicht an den Namen. Der ist ein Privileg von Klara."

„Wow. Ein Pivileg. Dann nenn' ich dich ‚Lotti'."

„Untersteh dich!" Sie trat ihm mit der rechten dicken Zehe leicht in die Seite.

„Mach weiter. Ich mag's, wenn du mich anfasst. Magst du mich ... anstecken?" Er grinste. „Sollen wir parken fahren. Ich spiel James Dean für dich, Lotti."

Sie setzte sich auf und schob sich ein Kissen in den Rücken.

„Nein, heute bestimmt nicht." Sie beobachtete ihn, wie er aus dem Fenster starrte, ins Dunkle. Was war das da mit seinen Augen. Lag das am Flimmern des Fernsehers? Ihr schien, als würden seine Augenlider schlagen wie die Flügel eines Kolibris. Sie täuschte sich. Es musste der Fernseher sein. „He, hat dich was nüchtern gemacht? – Was sagen die Sterne?"

„Ich sehe mehr als Sterne, Lotti."

„So? Was denn?"

„Ich sehe Seelen." Jonas hatte es gesagt, ohne nachzudenken.

„Okayiiih."

Wenn das ironisch gemeint war, Jonas hörte es nicht. „Schon lange." Erst jetzt spürte er, wie sein Körper sich auf der weichen Matratze noch mehr entspannte.

Sie zog ihre Knie an den Körper. „Sag nur. Wie sehen sie denn aus?"

„Sie leuchten. Und meistens hängen sie aneinander. Wie Ketten."

„Wie Kletten?"

„Nee, wie *Ketten*, Bänder, Bänder, Bänder."

„Aah, ja?"

„Joh."

„Gibt's viele Seelen?"

„Massig."

„Haben sie Namen?"

„Weiß nicht. Noch nicht gefragt."

„Ja, sprichst du denn gar nicht mit ihnen? Bist doch sonst so kommunikativ."

„Gute Idee, muss Alvis mal fragen, wie's geht."

„Ach, Alvis sieht sie auch? Wahnsinn!"

„Nee, aber er kennt sich aus. Der weiß alles über Seelen. Einfach alles." Jonas räkelte sich und drehte seinen Kopf mühsam Charlotte zu. „Gib mir mal einen Fuß, ich muss mich an was festhalten." Der Lichtzauber, den die kleinen Manifestationen am Nachthimmel bereitet hatten, war verschwunden. Das war schön gewesen. Endlich mal schöne ... Seelen oder was auch immer. Jonas' Augen waren zur Ruhe gekommen.

Charlotte schob ihm den rechten Fuß zu. Er strich über ihre Fußsohle. „Süße Füße."

⌁₀°₀೨

Jonas wachte auf. Sein Kopf lag verdreht auf einem Teppich, der Rest des Körpers auf einer Matratze neben einem Bett. Der Presslufthammer in seinem Kopf machte ihn stumm. Er drehte sich auf den Rücken und starrte direkt in Charlottes Gesicht. Er ahnte, dass sie ihn schon eine Weile beobachtet hatte.

„Na. James Dean. Noch auf'm Seelentrip?" Klang das besorgt?

Jonas griff sich an die Stirn. „Wie, woher ... Geht's dir gut? Hab' ich was ... was erzählt?"

„Danke. Fühle mich schon besser. – Oh ja, du hast erzählt. Wir hatten gestern Märchenstunde."

Jonas wusste nur, dass er einen fürchterlichen Kopf hatte. „Schön wär's", murmelte er.

Irritiert sah sie ihn an. „Alles okay?"

Jonas Handy surrte. Die Nummer kannte er nicht. Er öffnete die SMS. Der Terminator wünschte ihm einen schönen Kater. Fuck, wie voll war er gewesen, dass er dem seine Handynummer gegeben hatte? „Wenig, wenig. Glaub ich", antwortete er Charlotte. „Wo ist das Bad?" Jonas wankte in der Richtung, die Charlottes Arm vorgab, hinaus.

Charlotte griff zu ihrem Handy. Jonas war im MickMeck schon so seltsam gewesen. Langsam machte ihr das Angst. Sie seufzte. Klara war ge-

155

fragt. „Mein liebes Patentantchen", schrieb sie in ihrer SMS, „können wir uns treffen? ... Brauche dich für 'ne Quatschrunde."

Postwendend kam die Antwort: „Sorry, mein Schatz. Bin auf Recherche und im Kopf auch schon auf dem Weg nach Holland!"

Ach, zu doof. Klaras Karnevals-Auszeit. Das musste also warten. Und, wie es aussah, Jonas auch.

Quid pro quo   *Wittler und Gidder*

005485 Der Dompropst hielt es nicht mehr aus. Warum meldete sich Gidder nicht? Und Längli. Wie weit war der mit seinen Nachforschungen? Wittler kam sich seltsam kaltgestellt vor. Er hatte das Ruder nicht in der Hand. Schlimmer: Er hatte es selbst aus der Hand gegeben. Das musste sich schleunigst ändern. Er nahm das Diensttelefon aus der Station und drückte eine Kurzwahltaste. Seine kurzen Beine steuerten auf das Fenster seines Büros zu, von dem er in den Garten der Propstei sehen konnte. Der Himmel am Vormittag des 21. Februar war verhangen, er war grau und düster wie Wittlers Stimmung. Ein Montag konnte nicht schlechter beginnen.

Nach fünfmaligem Ertönen des Freizeichens erklang die Stimme von Längli, ironisch, fast süffisant: „Längli hier. Sorry. Bin wahrscheinlich in Virginia. Melde mich nach Rückkehr." Klick. Die Möglichkeit das Band zu besprechen, blieb versagt.

Wittler setzte sich wieder in seinen Bürosessel. Seine Finger trommelten unruhig auf dem Schreibtisch. Länglis Ansage auf dem Anrufbeantworter fand er nicht besonders originell. Ob er schon suspendiert war? Der Dompropst wusste, dass Längli es hasste, wenn man ständig wegen Ergebnissen nachfragte. Da wurde er grantig. Eigentlich konnte man sich darauf verlassen, dass er sich melden würde, sobald er etwas Wichtiges erfahren würde. Das änderte aber nichts daran, dass er, Wittler, auf heißen Kohlen saß. Wie lange würde er den Erzbischof ruhig halten können? In die Sache musste Bewegung kommen.

Wenigstens die Dombaumeisterin blieb entspannt. Sie hatte sich sehr zufrieden gezeigt, als er ihr mitgeteilt hatte, dass er den Bibliothekar mit Recherchen beauftragt habe. Offensichtlich hielt sie große Stücke auf Gidder.

Wittler blätterte in seinem Terminkalender. Sein Patenkind hatte bald Geburtstag. Dann fiel der Blick des Dompropstes auf die Frontseite des „Anzeigers", den seine Sekretärin ordnungsgemäß auf seinen Schreibtisch gelegt hatte. Eine der Überschriften handelte vom zwei Jahre zuvor eingestürzten Stadtarchiv. Sofort war er gedanklich wieder bei Gidder. Gidder,

Kinder. Sein Gesicht bekam den Ausdruck, den sein nahes Umfeld gut kannte. Es hatte etwas Selbstzufriedenes. Erneut griff er zum Telefon.

„Gidder? ... Ach so ... Er soll zu mir kommen, sobald er im Dienst ist ... Nein, hier in die Propstei! Kein *Aber*, bitte ... Danke."

So, das war erledigt. Es gab Zeiten, da war Wittler sehr dankbar darüber, dass er nicht diskutieren musste.

☞ₒ°ₒ♫

„Nein, Gidder, es geht mir nicht vorrangig um die Recherchen für mich. Obwohl ein Zwischenstand natürlich immer angebracht ist." Der Dompropst betätigte eine Taste auf der Gegensprechanlage. „Bitte jetzt keine Störung, Frau Buchs." Wittler hatte die Sitzfläche seines Bürosessels sehr hoch positioniert, so dass er auf Gidder fast herabsah. „Aber da Sie es ansprechen: Wie weit sind denn Ihre Nachforschungen gediehen?"

Gidders Gesichtsmuskeln zuckten. Mehr noch. Aufgeregt leckte seine Zunge die Lippen ab. Vorrangig *nicht* um die Recherchen? Was wollte der Dompropst dann? Er hatte mit einer klaren Aussage zum unbefriedigenden Stand seiner Suche die Gesprächsführung übernehmen wollen. Auf das Naheliegende war Gidder vorbereitet. Aber jetzt ergab sich eine neue Situation. Das verunsicherte ihn so sehr, dass seine Strategie, mit der er den Propst hatte überrumpeln wollen, komplett ins Wanken geriet. „Äh, nun ja, Herr Dompropst, ich, äh, wäre sicher weiter, wenn die Informationen zu Ihrem ... *Fund* nicht so spärlich gewesen wären ... und ...", er bat den Dompropst mit vorsichtig erhobener Hand, ihn aussprechen zu lassen, „... zum Fund*ort*."

Das ernste Gesicht des Dompropstes deutete Skepsis ob einer solchen Bemerkung an. „Es gibt gute Gründe Details nicht preiszugeben, Gidder. Das können Sie sich denken."

Gidder fühlte sich erkennbar unwohl im Dienstzimmer des Propstes. Es war, als würde ihm die ungewohnte Umgebung die Stärke seiner Argumentation nehmen. So hatte es etwas Armseliges, als er mit dem mickrigen Ergebnis seiner Nachforschungen Oberwasser gewinnen wollte. „Also, Sie sprachen ja von Verflüssigung von Metall, nicht war? Blei, es wurde verflüssigt, zur Verfugung und Abdichtung von Rissen im Gestein. Auch zur Absicherung von Verbindungen zwischen Steinsockeln und Fialen."

158

Wittler thronte spürbar über ihm. „Hm, naja, das wusste ich bereits von der Dombaumeisterin." Er schürzte kurz die Unterlippe. „Vielleicht sollte ich Sie von dieser Aufgabe doch lieber ... befreien." Der Dompropst lächelte gönnerhaft, lehnte sich ausgiebig in den Sessel zurück. „Aber nun zu dem, weshalb ich Sie zu mir bat. Es geht um die Kinder, die gelegentlich bei Ihnen in der Bibliothek sind, Gidder. Es gab da ... Nachfragen. Mich würde interessieren, was es damit eigentlich auf sich hat." Wittler fixierte Gidder.

Nie hatte sich Gidder so klein gefühlt. Die Narrenfreiheit, die andere ihm nachsagten, die gab es nicht. Keineswegs war sein Verhalten begründet oder abgesichert durch gute Kontakte zu einem Gönner oder einflussreichen Menschen. Allerdings -das ahnte er- hatte sich sein Umfeld kontinuierlich eingeredet, dass er sich seine kleinen Frechheiten und Streiche nur erlauben konnte, weil er besonders geschützt war. Aber das war er nicht. Und dass der Dompropst ihn auf die Kinder ansprach, warf ihn aus der Bahn, denn sein Mund wollte sich partout nicht mehr schließen.

Der Dompropst legte nach. „Ich meine, in welchem Verhältnis stehen Sie eigentlich zu denen?"

⌒〰°₀°₂

Der Bibliothekar schrumpfte. Das war nicht Wittlers Plan gewesen, aber er kam nicht umhin, es einmal zu genießen, dass der vorlaute Bibliothekar sprachlos war. Wie klein Gidder jetzt war. Aber Vorsicht! In die Enge getrieben, hatte er möglicherweise noch andere Qualitäten. Und Wittler sollte Recht behalten. Als der Bibliothekar ihm antwortete, war er ungewöhnlich ernst und eindringlich.

„Ich passe auf sie auf, Herr Dompropst. Es sind die Kinder einer Witwe. Sie muss arbeiten gehen. Ich versuche ihnen das zu sein, was ich nicht sein kann, weil ich es nicht bin und nicht sein werde: Vater. Aber ich bin so etwas wie ein Onkel und, ja, ein Freund, verstehen Sie? Ich nehme sie mit in den Urlaub. Ich gebe ihnen Dinge, die sie sonst nicht bekommen würden. – Reicht Ihnen das?"

Wittler wollte sagen: *Sie müssen verstehen, Gidder, dass ich da nachfrage. Es sind Gerüchte laut geworden ...* Er schluckte und ließ es. Tatsächlich war er erleichtert. Denn er glaubte Gidder. So komisch dieser Kerl auf Menschen auch wirkte. Und jetzt kam im Dompropst sogar Freude auf. Über das Gute im Menschen. Über das Gute in Gidder.

„Aha", sagte er stattdessen, „sehr schön. Dann wäre das geklärt. Wie alt sind die Jungs denn?"

„Neun, elf und zwölf."

Fast verlegen sortierte der Dompropst Blätter auf dem Schreibtisch. Sein Blick streifte über die Zeitung, die mit dem Unentschieden des FC gegen Hoffenheim titelte. „Wissen Sie was, Gidder, da hab ich eine Idee. Ich wollte mit meinem Patenkind mal ins Stadion. Wird demnächst auch zwölf. Haben Sie Lust, mit den Jungs mitzukommen? Ich lade Sie alle ein."

Langsam und bedächtig stand Gidder von seinem Stuhl auf. „Verstehe, Herr Dompropst, verstehe. Quid pro quo, nicht wahr, quid pro quo?

Bereits an der Tür sah Wittler den Bibliothekar fein lächeln. Gidder war wieder gewachsen und seine Zunge glitt ein letztes Mal über die Oberlippe. „Wir kommen sehr gerne."

Weiberfastnacht – freudlos   *Alvis und Jonas*

005486 Alvis war in einer waghalsigen Stimmung. Im Radio spielte eine Mischung aus Karnevals- und Popmusik. Er hatte Jonas gesimst, dass er zu *Hennes* gehen würde. Denn dort feierten die Schüler oft Kneipenkarneval. Alvis ging ins Bad, um sich zu schminken. Auf dem Toilettendeckel lag sein Buch mit Schmink-Tipps. Schritt für Schritt wollte er es umsetzen. Das Licht flackerte, kurzfristig ging es ganz aus und er verschlug sich in der Seite. Als der Strahler wieder anging, strahlte ihn das Bild eines Mädchens an: rote, fast kraus gelockte Haare, mit Lippen rot geschminkt.

Ein Seufzer ging durch den Raum, aber Alvis war sich dessen kaum bewusst.

Charlotte würde da sein. Karneval griff sie Hennes unter die Arme. Das war schon so etwas wie Tradition. Alvis wusste nicht, ob Hennes sie dafür bezahlte. War ja auch egal, sie hatte wohl einfach einen Mordsspaß dabei. Sie würde sich jedenfalls nicht viel mit Jonas beschäftigen können.

Mit einem Schwämmchen trug Alvis Grundierung auf die Gesichtshaut auf. Er nahm einen Pinsel und versenkte ihn vorsichtig in einer Puderdose. Der Puder war dunkler als die Grundierung und Alvis verstrich ihn auf den Wangenknochen und um die Augen. Sein Ziel war relativ einfach: Er wollte sein Gesicht schmaler wirken lassen, als es ohnehin schon war. Er musste nur die Schattierungen richtig setzen. Die Bilder im Buch zeigten es deutlich: vorher – nachher.

Alvis begutachtete den Effekt im Spiegel. Die Augenhöhlen wirkten tiefer. Schwarzgrau stach es aus ihnen hervor. In zwei bis drei Jahren würden seine Augen ganz schwarz sein. Und die Haare komplett grau. Wer ihn nicht kannte, musste annehmen, dass sie gefärbt waren. Aber das Grau, das immer intensiver wurde, war Natur. Tiberius hatte ihn auf beides vorbereitet. Chronisten-Gen, egal, ob er einer wurde oder nicht. Es gefiel ihm. Es war cool. Alles, was anders war als bei anderen, war gut. Denn gerade jetzt fühlte Alvis sich komplett anders. Mittlerweile war es ihm sogar ein Bedürfnis, anders zu sein. Mit einem roten Schminkstift setzte er sich zwei Punkte auf die Nase und verrieb sie. Oh ja, er *wollte* sich abgrenzen.

Die Unzufriedenheit über seine Situation war in den vergangenen ein, zwei Wochen gewachsen. Keine seiner Baustellen hatte sich wirklich verändert. Nach dem Gespräch mit Jonas in Marias Café war er ziemlich euphorisch gewesen. Endlich schien sein Freund verstanden zu haben, dass es um mehr ging als um seine geistige Gesundheit. Aber je mehr Jonas zugehört hatte, was er über die Seelenwelt erzählte, desto unglaubwürdiger war Alvis sich vorgekommen. Dann hatte Jonas über längere Zeit keine Träume und keine Visionen mehr gehabt. Es wurden ihm keine weiteren Blicke in die Seelenwelt gewährt und er hatte plötzlich zu Alvis gesagt: „Diese Welt, von der du erzählst, ist wirklich irre, Al. Willst du das alles nicht mal aufschreiben?"

Alvis hatte leicht gezuckt und gefragt: „Am besten ein Buch, oder?" und Jonas hatte die falscheste aller Antworten gegeben: „Klar, warum nicht! Ist doch fantastisch!"

Alvis hatte das schwer getroffen. Jonas glaubte ihm nicht. Nicht mehr. Oder hatte ihm nie geglaubt. Für ihn war das reine Fantasy, auch ohne Elfen, Hexen und Untoten. Und weil, wie er sagte, „die Anfälle ja jetzt weg sind", fühlte Jonas sich wieder gesund. Mit diesem Wohlgefühl kümmerte er sich intensiver um Charlotte. Das war natürlich in Ordnung. Wie hätte er ihm dieses Recht absprechen können? Zuletzt aber hatte Alvis beide gemeinsam aus einer Toilette kommen sehen, Jonas mit roten Lippenstiftspuren im Gesicht. Und mit einer Spur nie gekannten Selbstmitleides hatte Alvis gedacht: Prima, wenn mir der Defekt schon nicht das Herz zerreißt, dann wenigstens das. Diese Gedanken frustrierten ihn und drehten ihm den Magen um.

Mit einem Kajal zog Alvis sich dünne Augenbrauen. Er starrte sich im Spiegel an. Perfekt, dachte er, der depressive Navy-Soldat kurz vor dem Suizid.

Er ging ins Erdgeschoß und holte sich eine Flasche Sambuca und ein Glas aus der Bar im Wohnzimmer. Zurück im Bad stellte er sich vor den Spiegel. Er salutierte amerikanisch, in der anderen Hand das Glas, gefüllt mit Sambuca und ein paar Kaffeebohnen. Er nahm einen großen Schluck und wusste nicht, warum. Es brannte sanft und wurde warm im Oberkörper und tiefer unten auch. Er schluckte die Bohnen.

Marine, are you fine?!

Yes, Sir!

Show it!

Yes, Sir!

Cheers, Marine!

Thank you, Sir! To your health, Sir!

Er nahm einen weiteren Schluck, aber seine Gedankenflut setzte sich fort.

Da war nämlich noch Tiberius. Ausgerechnet er, der Alvis Frustration hätte auffangen können, machte sich rar, wich aus, war wortkarg und drückte sich um die Seelenkunde-Stunden. Bei manchen Begegnungen machte Tib Bemerkungen, die geheimnisvoll klangen, aber einfach nur dämlich waren. Als einmal das Kölner Kultlied „Mer losse dä Dom in Kölle" im Radio lief, sagte er: „Schönes Lied, aber manchmal sind angestammte Plätze nicht die sichersten und die Kirche im Dorf zu lassen, ist nicht immer das Verkehrteste." Dabei nickte er Alvis bedeutungsvoll zu und verschwand. Das konnte nerven.

Alvis gestand sich allerdings selber nicht ein, dass er – nach seinem Rauswurf aus dem Gartenhaus – Tiberius aus dem Weg ging. Er war ganz einfach wütend auf ihn. Und – ganz anders als sonst – verflog diese Wut nicht. Es schien sogar, als würde er einen Teil davon nicht ungern in sich tragen. Und er konnte sich nicht erklären, warum das alles.

Alvis vergrub drei Finger in einer Dose mit Gel, schmierte sich das Zeug mittig in die Haare und stellte sie hoch. Dann sprühte er Spray darauf. Die Idee für das Kostüm hatte er aus einer amerikanischen TV-Serie.

Petty Officer ‚Al van Odenthal' strich mit seinen langen Fingern über die Spitzen seiner Irokesen-Frisur. Das Spray hatte die hochstehenden Haare hart werden lassen, sie bewegten sich keinen Millimeter. Das Schiffchen befestigte Alvis unter der rechten Schulterklappe. Die Uniform hatte er sich aus einem Kostümverleih geholt. Und unerlaubt umnähen lassen. Umnähen lassen *müssen*. Damit sie nicht an seinem langen Körper herumflatterte. Nun lag sie eng an. So wirkte Alvis noch größer, als er war.

Die Übertreibung war gewollt: Er hatte sich selbst karikiert. Wenn schon groß, dann richtig. Zum zehnten Mal betrachtete er sich im Spiegel. Lächelte. Das kam gar nicht so schlecht. Es sah gefährlich aus. Und etwas irre. Er begann zu lachen. Länger und lauter.

Musik drang aus seinem Zimmer ins Bad und er brach das Gelächter ab. Er begann, zu tanzen, bewegte sich in seinem sehr individuellen Stil durch den Korridor. Staksig, aber gelenkig. Er wusste nicht, wie lange er getanzt hatte, als ihn die Worte eines Uralt-Songs aus dem Radio erschreckten: In violent times, you shouldn't have to sell your soul ...

Schluss mit dem Theater. Er würde jetzt gehen! Auf dem Fenster wuchs bereits eine dünne Schicht Eisblumen. Es war richtig kalt geworden. Alvis griff zum Handy und bestellte ein Taxi.

Er wartete eine Stunde. Prompt kamen ihm zwischendurch Zweifel. Was würde ihn erwarten? Er hatte Angst. Wovor? Alvis wurde wütend auf sich: So ein Schwachsinn! Was sollte das Kostüm? Plötzlich kam er sich vor wie ein Clown. Fiel er nicht schon genug auf? Jonas würde ohnehin nicht mehr mit ihm rechnen. Es war jetzt elf Uhr und verabredet waren sie für halb zehn gewesen. Jonas' SMS hatte Alvis ignoriert.

Als das Taxi endlich kam stieg er vorne ein und wäre beinahe gegen den Türrahmen geknallt. Er drehte seinen Kopf zum Fahrer, der ihn unsicher ansah. „Wohin?"

„Zum *Hennes*." Seine Zunge war schwer.

꒰ঌ°ₒ°ₒ°ৎ꒱

Beim Hennes platzte aus allen Nähten. Die Musik glich dem Wind, der auf dem Meer eine gewaltige Welle schuf. Und die Menschenmasse tanzte auf ihr. Die Welle wogte durch den Raum, bis sie in eigener Dynamik versuchte, die Herrschaft über sich selbst zu gewinnen und im inneren Chaos versandete. Viele Stunden schon wütete der friedliche Hurrikan auf knapp zweihundert Quadratmetern und riss die Menge im Begeisterungstaumel hin und her. Kneipenkarneval in Köln.

Der Zauber eines solchen mehrstündigen Karnevals-Events, wie er sich bei Hennes vollzog, war vor allem drei Faktoren zu verdanken: dem Wirt, der Musik, die er auflegte, und der Stimmung der Gäste. An diesem Abend passte alles.

Eine Super-Kombination, dachte Jonas, der zwischen zwei Mitschülerinnen – alkoholisch angeschlagen – auf einer Bank stehend schunkelte und den Überblick über die Kneipe genoss.

Der bewegliche Fels in der Brandung war Hennes. Immer zwei Bierkränze – gefüllt mit den in Köln üblichen Stangengläsern – in den riesigen Händen, schob er seinen massigen Körper zwischen den Gästen hindurch. In seinem beträchtlichen Windschatten wieselte gut gelaunt und angetrunken Charlotte, die als ‚Bärbelchen' -dem klassischen Kölner Mädchenkostüm- mit schnellen und gezielten Griffen, leere Flaschen und Gläser von Tischen, Bänken und sonstigen Ablagen angelte.

„Jetz simmer all widder heh", dröhnte es aus den Lautsprechern und gefühlte fünfhundert Kehlen setzten den Refrain textkundig mit einem „wie schnell su e Johr doch verjeht" fort. Selbst Törmi, der in einer Ecke weiter hinten mit einigen seiner „Boys" und ein paar Frauen um einen Biertisch stand, war offenbar in ausgelassener und sehr friedlicher Stimmung. Als er reingekommen war, hatte er Jonas in dessen Kasperle-Kostüm angegrinst und gesagt: „Na, alles gut überstanden zuletzt oder Kötzerchen gemacht?"

Jonas hatte zurückgegrinst. „Mir ging es schon schlechter."

Jetzt quatschte Törmi Charlotte an und sie drehte sich zu ihm um. Törmi war wohl in Geberlaune und nötigte Charlotte, ein Bier auf die *Boys* zu trinken. Einem Tanz entzog sie sich geschickt. Gleich danach hakte sie sich nämlich bei Hennes unter und ließ sich wegziehen. Törmi musste alleine tanzen. Jonas grinste. Dann sah er wie Charlotte heftig schwankte.

„Mach Schluss für heute, Charly." Hennes setzte sie auf einen Stuhl hinter der Theke. „Du warst großartig."

„Oh, ist mir schlecht."

Hennes fixierte Jonas und winkte ihn heran. „He, Kasperle, magst du dich um das Bärbelchen hier kümmern?"

Jonas sprang von der Bank und schaute auf Charlotte. „Alles klar, Lotti? Bisschen vor die Tür?" Er fasste Charlotte an der Schulter und sie quetschen sich an der Theke vorbei nach draußen. Die frische Luft wirkte. Charlotte traf augenblicklich der Schlag. Jonas hielt sie aufrecht. „Hej, was haste denn alles getankt heute?"

„Verdammt, ist das kalt. – Mist, alles dreht sich, kann nich' mehr. Will nach Hause." Charlotte lehnte sich an die Hauswand und stöhnte.

Jonas drängelte sich an sie. „Echt? Komm schon, ist doch noch gar nich so spät. Ist doch total super." Mit beiden Händen drückte sie ihn sanft von sich.

Ein Taxi näherte sich. „Okay, Lotti, bring' dich nach Hause." Jonas winkte.

„Du solls nich Lotti zu mir sagen!" Charlotte stieß sich von der Hauswand ab und flog Jonas direkt in die Arme. Das Taxi hielt und die Beifahrertür ging auf. Ein dünner Riese mit schmalem Clownsgesicht schälte sich aus der Mietkarosse. Auf dem Kopf trug er eine umgedrehte Haarbürste. Die Augen darunter starrten auf Charlotte und Jonas.

Jonas fixierte ungläubig den Riesen. „Al? Al, bist du das? Scheiße, super, hahaha, wie siehst du denn aus? Ha, hahahaha." Jonas hielt sich den Bauch vor Lachen und wieherte in einem fort.

Alvis blickte mit schmalen Augen auf Charlotte, die völlig daneben war. Sie konnte kaum noch stehen. „Was, äh, was, was, wer is das?"

„Is Alvis, hahaha, hat uns ein Taxi gebracht, Lotti. – He, Alter, haha, wo warst du? Ha, ha." Jonas legte eine Verschwörermiene auf. „Du, muss Lotti wegbringen. Flasche leer. Hat fertig. Hahaha."

„Oh, Seelen-Alvis ..." Charlotte wollte auf Alvis zugehen, aber torkelte nur. Jonas schob sie auf den Rücksitz des Taxis und drehte sich zu Alvis um, der bei der Anrede zusammengezuckt war. „He, Al, weiß nich, ob ich noch mal zurückkomme ..." Er schien Alvis anzuzwinkern. „Geiles outfit." Er wandte sich an den Taxifahrer und legte ihm eine Hand auf die Schulter. „In die Siedlung, guter Mann."

Die Rücklichter des Taxis verschwanden. Eine kleine Gruppe Jugendlicher vor der Kneipe starrte zu Alvis herüber. Tuschelte. Lachte.

Alvis wandte sich ab. „Na, dann eben nicht", murmelte er. In seinem Gehirn arbeitete es und er nahm wahr, wie sich die unterschiedlichsten Gefühle in Kopf und Körper breit machten. Ungute Gefühle. Rebellische und wütende, traurige und trostlose und auch zerstörerische. Für einen Moment sah er sich selbst, wie er Jonas am Kragen packte, ihn aus dem Taxi riss und sich selbst hineinsetzte und Charlotte eine Ohrfeige verpasste. Wie konnte sie ihm das antun?

„Wie konntest du mir das antun?" Die Worte pressten sich aus seinem Mund.

Für einen Moment schien Charlotte ihren Kopf an seine Schulter zu lehnen und er hörte sie flüstern: „Al, das bin ich gar nicht."

Alvis' Nasenflügel zitterten und Tränen traten in seine Augen. Contenance, Petty Officer, contenance.

Ihm war sehr bewusst, dass er vor Hennes Kneipe nicht *einen* Ton gesagt hatte. Die Szene war so unwirklich gewesen. Und doch so, als hätte sich eine denkbare Erwartung erfüllt. Etwas, was ihm wehtun *sollte*. Warum?

Von einer Sekunde zur anderen war er stocknüchtern. Wut und Frustration gewannen Oberhand. Kälte drang durch die Navy-Jacke, aber es war ihm egal. Um diese Zeit ein Taxi zu bekommen, glich einem Sechser im Lotto. Lotti. Wie bescheuert. Wahrscheinlich wusste diese Dumpfbacke Jonas gar nichts von der Bedeutung von Namen. Seelen-Alvis ... Jonas hatte seinen Mund nicht halten können. Super.

Er ging zu Fuß. Setzte einfach nur einen Fuß vor den anderen und versuchte, an nichts zu denken, während die ersten Schneeflocken vom Himmel rieselten. Zwecklos. Vertrauen. Zu wem konnte man noch Vertrauen haben? Was waren das für Menschen um ihn herum? Alvis schüttelte sich. Das war nicht seine Welt. Sie war ihm zu einfältig und zu dumpf.

Als er eine knappe Stunde später sein Zimmer betrat, war er eiskalt. Von oben bis unten. Er ging ins Bad, schaute in den Spiegel und nickte. So sah er aus. So war er. Eine Karikatur. Auf der Ablage stand das Glas. Auf dem Schreibtisch in seinem Zimmer stand die Flasche. Er trank. Er nahm Block und Stift, aber seine Hände waren noch zu steif zum Schreiben. Langsam wurde ihm warm. Er schrieb ohne zu denken, denn das tat wohl irgendjemand anderes für ihn: Was ist jetzt, Al? Wie fühlst du dich in diesem Moment? Wirkt der Alkohol? Bist du noch traurig oder wütend? Was ist dir widerfahren? Warum? Ist das nicht ein lieber Freund, den du da hast? Ach was! Du weißt einmal keine Antwort? Cheers, Petty Officer.

The Day After   *Tiberius, Alvis und Jonas*

005487 Um halb fünf morgens trat Tiberius durch das Gartentor, ging zu seinem Häuschen und stellte seinen Koffer auf der Veranda ab. Er war – nach dem Besuch einer archäologischen Expedition ehemaliger Kollegen – einige Tage auf Besuch bei einem alten Freund gewesen. Am Bahnhof hatte er ewig auf ein Taxi warten müssen. Zuerst hatte der kleine Wintereinbruch für erhebliche Verspätung bei der Deutschen Bahn gesorgt, dann hatte der Fahrplanrhythmus der Verkehrsbetriebe der Stadt – der nachts in etwa dem eines Provinznestes entsprach – ihn gezwungen, sich am Taxistand anzustellen. Das konnte an Weiberfastnacht in Köln dauern.

In der Villa brannte Licht. Das war ungewöhnlich. Sofort war er über den Haupteingang in die Halle gegangen. Tiberius bot sich ein schauderhaftes Bild.

Alvis Beine lagen auf den unteren Treppenstufen, der Oberkörper unnatürlich verrenkt auf dem Hallenboden. Schlafend oder bewusstlos. Eine gewaltige Beule oberhalb der Schläfe ließ auf Letzteres schließen. Der rasselnde Atem seines Enkels klang beängstigend. Und die Uniform, die er trug, war feucht.

„Alvis, verdammt ... was hast du ...“ Tiberius hob Alvis hoch, lehnte ihn an die Wand. Seine Finger bohrten sich in seine Oberarme. „Sag schon, was ist ...“ Eine dünne Fahne heißer, anisgetränkter Luft drang aus dem Mund seines Enkels und traf genau auf seine Nase. „Aha.“

Wo war Sarah?! Dass sein Schwiegersohn nicht da war, verwunderte Tiberius nicht. Aber seine Tochter?

„Zu ... zu ... wenig Luft.“ Alvis‘ Gesicht schimmerte bläulich.

„Komm schon, du musst mir helfen. Egal was du alles getrunken hast: Bevor wir in die Ambulanz fahren, müssen wir was erledigen.“ Mehr schleifend als stützend brachte Tiberius Alvis ins Badezimmer, ließ ihn vor der Toilettenschüssel knien und trat hinter ihn. Sofort rutsche Alvis nach unten weg. „Halt dich am Rand fest!“, gab Tiberius ihm Anweisungen. Dann presste Tiberius seinen Zeigefinger auf eine Stelle von Alvis‘ Bauch.

Ein Schwall zunächst undefinierbarer Flüssigkeit schoss aus Alvis heraus, gefolgt von dunklen, erbsengroßen Teilchen, die wie kleine Hagelkörner in die Schüssel fielen. „Ich hab sie immer komplett zerbissen", murmelte Tiberius und drückte erneut. Galle.

Zurück im Foyer setzte er Alvis auf einen Sessel und benachrichtigte den Notdienst. Der Krankenwagen brauchte nur sieben Minuten, trotz Wetter und Karneval. Trotzdem kam es Tiberius unendlich lang vor. Erst das Klingeln der Sanitäter an der Haustür holte ihn aus seinen bangen Gedanken. Tiberius quetschte sich mit in den Wagen.

Auf dem Weg zum Krankenhaus stöhnte Alvis vor sich hin. Die feuchte Uniform zog man ihm im Rettungswagen aus. Dann wurde er wieder bewusstlos.

Als Tiberius Alvis wieder mit geöffneten Augen sah, war es zehn Uhr morgens. Er lag in einem Einzelzimmer. Seine Augen suchten angstvoll den Raum ab und sein Blick blieb bei Tiberius hängen. Alvis' Kopf schmerzte, sein Atem ging schwer und im linken Handrücken steckte eine Nadel. Gequält verzog er sein Gesicht. „Scheiße ..."

Tiberius fühlte sich alt. Er litt, denn noch nie hatte er seinen Enkel so angeschlagen gesehen. Tränen traten ihm in die Augen. „Alles wird sich finden, Al." Wer ihn nicht kannte, hätte ihn für herzlos gehalten, aber er strich Alvis nur kurz über die Wange und ging. Im Treppenhaus der Klinik blieb er an einem Fenster stehen. Durch das regenverhangene Köln, sah er den Dom. Was würde dort geschehen? In seiner Hosentasche fuhren seine Finger über die nicht fühlbaren Runen seines Steins. Ein Gefühl von Sicherheit überkam ihn, das aber schnell wieder wich.

Alvis und Jonas. Sie waren aneinander gebunden. Tiberius Bauch grummelte und verriet ihm etwas: Der Auserwählte hatte es sich offenbar mit Alvis verscherzt. Darüber wurde er zunehmend wütend. Mächte waren zugange, die ihr Handwerk verstanden. Er würde nicht überprüfen, ob es zum Bruch zwischen den Freunden gekommen war. Es war von größter Bedeutung, dass sie ihr Problem unter sich klärten. Trotzdem musste er Jonas treffen. Aus Eigeninteresse. Der Einfluss von außen wurde stärker. Er musste handeln. Entscheiden! Alvis musste bald offiziell designiert werden. Und dann, das schwor sich Tiberius, würde er zurückschlagen.

Im Foyer bemerkte Tiberius ein Kruzifix über der Eingangstür. Die Jesus-Figur hatte die Augen geschlossen. „Ich weiß, ich weiß", murmelte Tiberius, „du hast es auch nicht leicht gehabt."

Jonas sah sich in einem Film. Das Bild kam auf ihn zu wie von einer Kamera aus einem Satelliten heraus herangezoomt. Der Himmel wolkenlos. Die Landschaft bekam nach und nach Struktur. Sie war flach, vertrocknet und heiß. Am Horizont erschien ein Gebirgszug. Jonas flog dicht über rissigen Wüstenboden, aber er wusste nicht, ob das Gebirge auf ihn zukam oder ob er sich dem Gebirge näherte. Vielleicht spielte das auch keine Rolle. Er genoss das Fliegen, aber seine Sinne nahmen nichts war, nur ein Brennen -wie das der Sonne- im Nacken. Kaum begonnen, war sein Flug schon wieder zu Ende. Das Bild stand still und Jonas sah einen jungen Mann. Er schien militärisch gekleidet, aber die Uniform war in schlechtem Zustand, fast zerfetzt. Wenige Meter hinter ihm ragte ein Felsen aus dem Boden. Das erste Zeichen des beginnenden Gebirgszugs. Der Mann wirkte wie ein Schauspieler auf einer Bühne. Sein Vater! Da hatte Jonas ihn schon einmal gesehen. Am Lagerfeuer. Genau. Er träumte also wieder diesen Alptraum. Nein, nicht diesen, es war eine Fortsetzung. Jetzt begann sein Vater sich zu bewegen. Er lief ununterbrochen vor einem Haufen Holz hin und her. Jonas hörte seine Gedanken.

No, Jonathan, you won't do that. Never.

War der Mann wirklich sein Vater? Es war seine Stimme. Jonas wollte näher an ihn heran, aber es ging nicht. Wieder *ertönten* die Gedanken. *You will stay here, and he will stay there! Understand?* Jetzt sank der Mann auf die Knie und eine andere Stimme ertönte: *Du hast keine Wahl, Jonathan. Tu es.* Diese Stimme! Jonas hatte sie in den vergangenen Wochen nur schwer verdrängen können. Diese Stimme war es, die ihm klar machte: Was er hier erlebte, war kein Traum. Das war tatsächlich ein Film. Für *ihn* gedreht. Ein Horrorfilm. Und der Hauptdarsteller war sein Vater. Es war nicht die Fortsetzung vom Lagerfeuer, sondern eine Folge davor. Denn auf dem Boden deuteten dürre Hölzer darauf hin, dass noch kein Feuer entzündet worden war. *Ich werde das nicht tun.* Die Gedanken klangen immer verzweifelter. Und die Stimme, die ihnen antwortete, immer grausamer: *Du wirst, mein Freund, du hast keine Wahl.*

Sein Vater antwortete mit einem gebrüllten *No!*, das bis ins Gebirge hallte. Zurück kam nur ein wimmerndes Echo. Dann kniete sein Vater vor dem Felsen und schlug mit dem Kopf dagegen.

Jonas erwachte und brauchte einen Moment, um sich zurechtzufinden. In seinem Kopf hämmerte es. Natürlich, er war zu Hause. Er lag in seinem Bett und irgendjemand schlug mit einem Baseballschläger rhythmisch gegen seine Stirn. Nein. Der Schmerz kam von innen. Er stöhnte. Vorsichtig betastete er seinen Kopf. Keine Beule. Seine Hände glitten über Shirt und Hose. Er war klitschnass. Mal wieder. Selbst die Bettdecke fühlte sich eklig feucht an. Was für ein beschissener Traum! Was war ...? War er nicht ...? War nicht Charlotte mit ihm ...? Ruckartig drehte er seinen Kopf nach rechts und bereute es sofort.

Nachdem der Schmerz abgeklungen war, öffnete er die Augen wieder. Wo war Charlotte? Verdammt, sie war doch ... Uih. Er hatte nur seine Unterhose an! Er sank ins Bett zurück. Wusste nicht, wie lang er sich nicht mehr rührte. Das Hämmern wurde dumpfer. Beim Aufstehen fühlte er es: Da lag ein Blatt. Er las: „Nicht mein Platz hier, sorry. Jedenfalls noch nicht." Darunter ein Smiley, der verschmitzt lächelte. Und ein „C". Charlotte. Charlottes Schrift. „P.S. Sportliches Bettzeug!" Toll. Was war gewesen? Er wusste es nicht mehr. Seine Kasperle-Klamotten lagen verteilt im Zimmer. Was war denn *hier* geschehen? Er hoffte nur, dass er in seinem Suff für Charlotte keinen gewaltigen Strip hingelegt hatte.

Jonas stand vorsichtig auf und wollte ins Bad, zupfte vorher aber das zerwühlte Laken zurecht. Nicht nötig, dass seine Mutter die Spuren seiner nächtlichen Kämpfe mitbekam. Egal welcher Art die diesmal gewesen sein mochten. Denken, Jonas. Die war ja gar nicht zu Hause! Aber denken fiel gerade schwer.

Als er im Bad sein Spiegelbild sah, fühlte er sich einfach nur schlecht. Und kam sich mies vor. Er hatte Charlottes Zustand ausgenutzt und sie zu sich nach Hause mitgenommen. Aber das Vöglein war weggeflogen. Charlotte wusste, was sie wollte.

Und ihn hatte dieser Alptraum eingeholt. Ein Alptraum, der keiner war. Wie sehr hatte Jonas sich gewünscht, dass diese ganze Psycho-Scheiße endlich aus seinem Leben verschwunden war ... Und jetzt? Was er gesehen hatte, war keine Fiktion. Das war ein Stück wirkliche Vergangenheit. Irgendeine Szene aus dem Leben seines Vaters. Aber das konnte nichts mit seinem Tod zu tun haben, denn sein Vater war in diesem Film erst um die Fünfundzwanzig gewesen. Und er war nicht in einer Wüste umgekommen, ihn hatte eine Explosion getötet. Sein Vater war das Opfer eines Terroranschlags gewesen. Damit hatte das hier nichts zu tun. Das hier musste etwas ganz anderes sein. Jonas erinnerte sich an beide „Träume" und ein fürchterlicher Gedanke stieg in ihm hoch. Er musste mit Alvis – Gott, Alvis, wo war der wohl abgeblieben? Jonas hatte nur die blasse Erinnerung, ihn irgendwann am Vorabend gesehen zu haben. Er musste ihn anrufen.

Jonas sank auf den Toilettendeckel. So hatte er sich den Karnevalsbeginn nicht vorgestellt.

Müngersdorfer Stadion   *Wittler und Gidder, Jonas und Tiberius*

005488 Quid pro quo! Da hatte der Bibliothekar doch tatsächlich diese unsäglichen Worte zu ihm gesagt. Diese Worte des Psychopathen aus dem Film, den Längli ihn einmal genötigt hatte, anzuschauen. „Du willst wissen, was das Böse ist? Hier, hier kannst du es sehen!" Und er hatte ihm eine DVD in die Hand gedrückt. Schon das Cover war grausam. Und erst recht dieser Hannibal.

Jetzt stand der Dompropst neben dem Bibliothekar im Stadion. Neben diesem kleinen Zahnprothesen-Mann, der Erwachsenen Kinderstreiche spielte und lachte, dass man wütend werden konnte. Die Kinder waren beschäftigt. Wittlers Patenkind – die elfjährige Denise, spielte selbst auch Fußball und verfolgte mit Gidders Jungs aufgeregt das Geschehen auf dem Platz. Die vier verstanden sich gut, das hörte man am Geschnatter der kleinen Gruppe.

Der Dompropst hatte allerdings noch Klartext mit dem Bibliothekar zu reden. Und der Moment dafür erschien ihm gut. „Wie haben Sie das gemeint, Gidder, zuletzt, in der Propstei? Quid pro quo?"

Gidder rieb sich die Hände und Wittler fielen das erste Mal dessen lange und schmutzige Fingernägel auf. Auch nichts, was ihn sympathisch machte.

„Das Leben ist ein Geben und Nehmen, Herr Dompropst, oder?" Der Bibliothekar verschränkte seine Arme. „Was immer Sie über mich gedacht haben, bezüglich der Kinder, es war nichts Nettes. Mit dem Besuch hier wollten Sie es wiedergutmachen, oder?"

Wittler wollte sich nicht erneut in einen Clinch mit dem Bibliothekar begeben. „Naja, Gidder, es ist meine Pflicht bestimmten Dingen nachzugehen. Vielleicht sind Sie zu voreilig mit Ihrem Urteil über mich. – Und meiner Bitte nach Informationen haben Sie nur recht halbherzig entsprochen, oder? Ergiebig waren die jedenfalls nicht."

Wittler kramte ein letztes Schokobonbon aus seiner Tüte und bot es Gidder an. Der nahm es zögernd an und untersuchte es. Von Gidder offeriert, hätte durchaus eine Überdosis Cheyenne-Pfeffer darin versteckt sein können. „Ohne Überraschung, denke ich." Dann senkte er verschwörerisch die Stimme. „Ach, Herr Dompropst, ich weiß nicht. Ich würde Ihnen gerne mehr geben, was Ihren Fund betrifft, aber Sie waren nicht ganz ehrlich, nicht wahr? Ich meine wegen dem Fund*ort*."

Ein Aufschrei ging durch das Stadion. Petit, der kleine Portugiese, hatte den FC mit 1:0 in Führung gebracht und die Gesichter der Kinder strahlten.

„Mist!" Der Dompropst blickte verdrießlich aufs Spielfeld. Denise sah ihn erstaunt an und zuckte mit den Achseln. „Sie haben also zwei und zwei zusammengezählt, Gidder?"

Ein Bauchladenverkäufer kam durch die Reihen. Gidder kaufte drei Eis, nachdem sich drei Köpfe fragend zu ihm umgedreht hatten. Der Bauchladen-Verkäufer wartete geduldig und grinste freundlich.

Gidder zahlte ein weiteres Eis für Wittlers Patenkind und wandte sich wieder an den Dompropst. „Für uns ist ja Fastenzeit, nicht wahr?"

Wittler nickte ergeben.

Gidder fuhr fort. „Zwei und zwei, verehrter Herr Dompropst, ist ja nicht *so* eine schwere Aufgabe. Jedenfalls nicht so schwer wie ein Klöppel."

Wittler schaute desillusioniert aufs Spielfeld. Was konnte man dem Bibliothekar unter diesen Umständen verschweigen und warum eigentlich? Er überlegte kurz. „Also gut, Gidder. Ich werde Sie demnächst informieren und Ihnen vielleicht etwas zeigen." Schnell fügte er hinzu: „Aber zuerst würde ich gerne von Ihnen erfahren, was Sie an Ergebnissen bezüglich mystischer Ereignisse um den Dom herum wissen. – Quid pro quo, Gidder, verstehen Sie?"

Am Kopf von Gidder vorbei sah er die Tribüne hinauf und begegnete dem Blick eines Hünen, der ihn zu erkennen schien. Dann sah er wieder den Bibliothekar an. Der lächelte selig und verneigte sich fast. „Ja, natürlich Herr Dompropst, das verstehe ich gut."

⸙ₒ°₂

„Wir haben zuhause die Bayern besiegt. Da wird es gegen Hannover auch klappen." Mit diesem Satz hatte sich Jonas bei Hennes verabschiedet und war zum Heimspiel des FC gegen Hannover gegangen. Diese Logik war Jonas' Meinung nach unschlagbar. Zumindest, wenn man Fan des FC war. Was ein Fan war, das hatte er irgendwann einmal gelesen oder gehört und sich zu eigen gemacht: Man entscheidet sich für etwas, identifiziert sich damit und steht dazu. Egal, was kommt! Ohne groß zu überlegen.

Zu überlegen gab es aber etwas anderes: Wieso hatte Tib ihn zu diesem Heimspiel ins Müngersdorfer Stadion eingeladen? Hatte es damit zu tun, dass Jonas sich vor Alvis' Sturz gegenüber diesem nicht besonders cool verhalten hatte? Oder wollte er nur wissen, wie es ihm ging, nachdem er diese Kopfgeschichte mit ihm gemacht hatte? Schließlich war das kein Klacks gewesen. Jonas rief die Erinnerung an den Abend in sich auf. Die Flammen in Tibs Augen waren faszinierend gewesen und die Bilder aus der Vergangenheit auch. Solange Tib ihn hatte zusehen lassen. Eine Mauer mit Pflanzen in den Ritzen, die Tib rausgezogen hatte. Irgendwann hatte er aber die Jalousie runtergezogen und Jonas erinnerte sich an nichts mehr.

Warum also das Ticket zu diesem Spiel? Tiberius war bestimmt kein Fan! Er hatte ihm zusammen mit dem Ticket eine Notiz per Post geschickt. „Die Karten hat Alvis schon vor Wochen besorgt. Aber der ist ja nun mal verhindert. Hast Du Lust? Treffen 20h, Hauptportal. Tiberius."

Jonas hatte auf die Karte gesehen. Hauptgerade, mittig, Oberrang. Da hatte es nichts zu überlegen gegeben. Alvis würde wenig begeistert sein, dass ausgerechnet er sein Ticket bekommen hatte.

Tiberius war bereits da und trug tatsächlich einen FC-Schal. Jonas war einigermaßen überrascht. Tiberius grinste. „Ist von Alvis. An meinem stricke ich noch."

Jonas lachte. „Hätte mich, ehrlich gesagt, auch ein wenig gewundert, wenn Sie ... du einen eigenen gehabt hättest. – Vielen Dank für die Einladung." Jonas wedelte mit der Karte. „So feudal habe ich noch nie gesessen. – Wie geht es Alvis?"

Tib lächelte. „Schön, dass du fragst. Er lag bis heute auf der Intensivstation. Ich konnte ihn leider bisher nicht besuchen. – Gern geschehen mit der Karte. Ich nehme an, die war ohnehin für dich gedacht. Bin tatsächlich kein richtiger Fan. Aber ich wollte die Gelegenheit nutzen, um mal zu sehen, wie es dir geht."

Jonas war erneut überrascht. Tib tat wenigstens nicht so, als wäre der FC der Grund für ihr Treffen.

Sie gingen durch die Vorsperre, wo der Kontrolleur sich von der großen Gestalt Tibs nicht beeindrucken ließ und ihn aufforderte, seinen riesigen Mantel zu öffnen. Einen Moment lang wünschte sich Jonas, dass darunter irgendetwas Besonderes auftauchen würde. Die Erscheinung von Tib in diesem Mantel erinnerte ihn an Gestalten wie kanadische Trapper des neunzehnten Jahrhunderts, die ihr Leben nur in der Natur verbracht hatten. Aber Tib trug darunter nur einen dicken, warmen Pullover.

Nachdem sie das Stadion fast umrundet hatten, stiegen sie die Treppen zu ihrem Rang hinauf. Die Plattformen vor den Eingängen zu den Rängen waren großzügig bemessen. Fest installierte Imbissbuden versorgten die Massen mit Würsten und Getränken. Der Blick hinunter auf das satte Grün des Spielfeldes begeisterte Jonas. Und die speziellen Gesänge im Kölner Dialekt erst recht.

⊙ᴛ₀°₀ᴅ

Das Spiel war ausverkauft und abwechslungsreich. Einige Reihen unter ihnen bejubelten drei Jungs und ein Mädchen begeistert das 1:0 des FC. Neben ihnen war ein Mann zu sehen, der sich über das Quartett beugte und Eis ausgab. Das gescheitelte Haar, mit Pomade zusätzlich streng nach hinten gekämmt, gab ihm ein ungewöhnliches Aussehen. Komplettiert wurde die Gruppe offensichtlich durch einen kleinen dicken Mann. An ihm blieb Tiberius Blick hängen. „Nanu", sagte Tiberius und drehte sich zu Jonas. „Kennst du den? Das ist der Dompropst. Kommt sicher nicht oft vor, dass der dem FC die Ehre gibt."

Der FC nahm die Führung mit in die Pause und Tiberius lud Jonas zu einer Wurst ein. Sie gingen zur äußeren Abgrenzung der obersten Plattform hinter den Tribünen, wohin sich nur wenige Zuschauer verliefen. Die Lichter der Stadt funkelten ihnen entgegen. Weit hinten blinkte das Positionslicht des Kölner Fernmeldeturms. Tiberius sprach in die Nacht hinein:

„Wie geht es dir, Jonas?"

„Meinem Bauch geht es ziemlich gut. Das meinst du doch, oder?" Jonas biss zum Beweis genüsslich in die Bratwurst.

„Schön zu hören." Tiberius stippte seine Wurst zuerst in Senf, anschließend in Ketchup. „An dem Abend, als du mich in deinen Kopf gelassen

176

hast, bei mir, konnte ich dir nichts erzählen. Ich meine, über das, was du ja auch gesehen hast, diese Mauer. Heute und hier würde ich es tun – wenn du magst." Er schob sich den Rest der Wurst in den Mund und beobachtete Jonas, um dessen Reaktion genau mitzubekommen.

Aber das wäre nicht nötig gewesen, denn Jonas antwortete sofort: „Das würd' ich gerne. Du hast was gemacht mit mir, das war ziemlich abgefahren. Und dann hast du nicht mal gesagt, *was* eigentlich." Jonas drehte sich um und lehnte sich mit dem Rücken an das Geländer.

„Stimmt." Tiberius tat es ihm gleich. „Ich denke, es hätte dich damals nur irritiert. Und ich selbst war ziemlich abgekämpft." Er lächelte grimmig. „Aber was da in deinem Kopf los ist, oder eben nicht, das kannst du ruhig erfahren."

Jonas war verwirrt. Das klang plötzlich so ernst. Was hatte Tiberius gefunden? Hatte es mit den Träumen zu tun? Mit den Lichtern, die er sah? Und wenn es etwas Schlimmes war, wieso hatte er das nicht sofort gesagt? Was sollte ihn da ... *irritieren*?

Es war, als hätte Tiberius Jonas Gedanken gelesen. „Es tut mir leid." Tiberius sah Jonas direkt an. „Ich wollte dich nicht erschrecken. Bei mir konnte ich dir nichts erzählen, weil ..."

Jonas starrte ihn angespannt an.

„... weil, es hängt mit unserer Gegend zusammen. Und ich wollte gerade bei uns nicht gegen diese Mauer ... treten. Da ist sie zu stark."

Die Plattform im Hintergrund leerte sich. Die Zuschauer gingen in Scharen zurück auf ihre Plätze. Das kleine Angstgefühl, das Jonas beschlichen hatte, wurde größer. „Was ist mit mir? Und was hast du gemacht?"

Tiberius nahm ihm das Papierschälchen aus der Hand und legte es in seine. „Was ich gemacht habe, ist eine uralte Gabe meiner Familie. Eine Gedankenverschmelzung. Dabei habe ich in deiner Lebensgeschichte etwas Besonderes entdeckt. Jemand hat in deinem Kopf eine Mauer gebaut. Eine Mauer, die dich daran hindert, zu sehen. Du wirst dich an dieses Geschehen nur erinnern können, wenn die Mauer eingerissen wird. Geschieht das nicht, ist es für immer verloren." Bei diesen Worten ging Tiberius zu einem Mülleimer entsorgte die Schälchen.

In Jonas ratterte es. Er ging Tiberius langsam hinterher. Wartete, bis er sich wieder umdrehte. „Du kannst diese Mauer einreißen, nicht wahr? Und du willst das auch. Sonst hättest du das alles nicht erzählt, oder?"

Tiberius schürzte die Lippen. Ein untrügliches Zeichen dafür, dass ihm etwas unangenehm war. Er suchte nach Worten. Schließlich sagte er: „Du bist hypnotisiert worden, Jonas. Es geht dabei nicht um mich. Es kann wichtig sein, was du da gesehen hast. Vielleicht ist es gut, wenn es aufgedeckt wird. Aber erzählt habe ich dir davon, damit du selber die Wahl hast. *Du* bist es, der entscheidet."

Jonas schluckte. Viel Holz für eine Halbzeitpause. Er dachte an den Traum mit seinem Vater. Würde er hinter der Mauer seinem Vater begegnen? An diesem Lagerfeuer? War es das, was er nicht sehen sollte? „Tib, ich muss dir etwas erzählen", sagte er. „Diese Mauer hat wahrscheinlich mit meinem Vater zu tun. Er ist ermordet worden, als ich acht Jahre alt war."

Tiberius schüttelte bedauernd den Kopf. „Ich weiß. Alvis hat mir diese schreckliche Geschichte mit deinem Vater erzählt. Ich denke aber, es hat nichts damit zu tun, Jonas. Du warst bereits elf oder zwölf Jahre alt, als diese Mauer errichtet wurde. Es war im Nordwesten von Köln. Aber es ist nicht allein das, was mich zweifeln lässt."

Tiberius erzählte Jonas, was es mit den Pflanzen zwischen den Steinen auf sich hatte, die er ausgerissen hatte. „Und das sagt mir: Hier solltest du nicht vor einer schrecklichen Erinnerung bewahrt werden, sondern jemand will unter allen Umständen vermeiden, dass das, was du gesehen hast, irgendwie bekannt wird. Und er wollte, dass du diese Gegend meidest. Als ich auf die Mauer gestoßen bin, hatte ich eher das Gefühl, du warst auf einer Art Streifzug. Auf Abenteuersuche, sozusagen."

Jonas ging zur Abgrenzung der Plattform und umfasste das Eisengeländer. Die Angst war wieder da. Die Ruhe der letzten beiden Wochen war weg. Es war Wunschdenken gewesen, dass die unheimlichen Dinge, die ihn seit Monaten verfolgten, verschwunden waren. Er musste sich dem stellen. Er spürte, wie sich von hinten eine Hand von Tiberius auf seine Schulter legte, und drehte sich um. „Ich will es wissen, Tib. Wann kannst du es machen?" Tiberius zögerte keine Sekunde. "Sieh mir in die Augen."

Die Kuppel *Jonas und Tiberius*

005489 Jonas fand sich vor der Mauer wieder. Diesmal war er nicht Zuschauer. Diesmal war er dabei. Tief in seinem Bewusstsein stand neben ihm – wie beim letzten Mal mit Schlapphut auf dem Kopf und den Händen in den Latzhosentaschen versenkt – Tiberius. Der wirkte entspannt. Jonas war es nicht. Es war heiß. Schwül. Er zog seine Jacke aus. Mit leicht zitterndem Zeigefinger zeigte er auf die Mauer. „Was willst du tun, Tib? Brauchst du ... Werkzeug?"

„Ich werde nichts tun." Tiberius hob kurz seinen Hut an und wischte sich mit einem Taschentuch Schweiß von der Stirn. „Es ist deine Entscheidung, Jonas. Ich habe dich nur geführt, damit *du* etwas tun kannst."

Jonas wäre es lieb gewesen, wenn er das vorher gewusst hätte. Dass es jetzt an ihm hing, diese Mauer zum Einsturz zu bringen, änderte einiges. Er hatte doch keinerlei Erfahrung mit solchen Sachen. Warum konnte Tib das nicht übernehmen? Er drehte sich um. Die Straße, auf der er vor Jahren gekommen sein musste, war von Bäumen eingefasst. An vielen Stellen hatten Wurzeln den Asphalt gesprengt und tiefe Schlaglöcher zeugten davon, dass die Straße für öffentlichen Verkehr nicht genutzt wurde. Alles lag in hellem, milchigem Dunst und wirkte irreal. Jonas sah zu Tiberius und zog eine Grimasse.

Tiberius stopfte das Tuch in eine seiner Hosentaschen und lächelte. „Um dich herum ist ein früher Teil deiner Vergangenheit. Ich meine die Zeit vor dem Geschehen hinter der Mauer."

„Toll. Und wie komme ich in meine jüngste Zukunft?" Jonas trat gegen die Mauer. Augenblicklich schoss ein stechender Schmerz durch seinen Kopf und die Umgebung begann zu beben. „Au."

Er wandte sich Tiberius' Erscheinung zu. Dessen Mundwinkel zuckten gleichgültig.

„Das war dir klar, oder?"

Tiberius nickte. „Ja, Gewalt ist nicht die Lösung. Das war mir klar." Er trat jetzt auch an die Mauer heran. „Sieh her." Mit dem Daumen drückte er vorsichtig gegen die Barriere. Dumpf fühlte Jonas den Druck in seinem Kopf. Tiberius fuhr mit der Hand sanft über einen Stein. Kleinste Löcher wurden sichtbar. „Steine haben unterschiedliche Dichte. Das dürftest du wissen. Dieser hier scheint sehr fest, ist aber porös. Ich kann dir das nur zeigen. Durchdringen musst du ihn selber."

„Aber *wie* denn?" Jonas Stimme klang unzufrieden und ungeduldig.

Tiberius blieb seelenruhig. „Es gibt keinen allgemeinen Lösungsweg. Es sind deine Eigenschaften, die die Mauer überwinden. Es wird dein ureigener Weg sein, der dich in das Geschehen hinter der Mauer führt."

„Ich verstehe nur Bahnhof!"

„Geh deinen Weg und komme bei dir an." Tiberius setzte sich auf die Straße.

Tosender Beifall ertönte. Jonas horchte auf.

„Bleib ganz hier", forderte Tiberius ihn auf. „Es ist nichts weiter. Podolski hat das 2:0 geschossen."

Jonas musste lachen. Tiberius hatte das in einem Ton der Feststellung gesagt, der keinen Zweifel zuließ. Und es hatte total witzig geklungen. Trotzdem war Jonas genervt. Denn er war relativ hilflos. Keinesfalls wollte er wie ein Fünfjähriger Tiberius mit Warum- und Wie-Fragen überschütten. Aber er hatte keinen Schimmer, wie er hier weiterkommen sollte. Wo war er eigentlich hergekommen?

Er entfernte sich ein paar Schritte von der Mauer. Es machte wohl keinen Sinn, der Straße in die Vergangenheit zu folgen. Streifzüge hatte er damals viele unternommen. Tiberius hatte recht mit der Annahme, dass er hier wohl eher zufällig auf etwas gestoßen war. Erneut ging er zur Mauer, schmiegte sich an sie. Die Steine fühlten sich rau an. Jonas kratzte mit den Fingern Sand aus den Fugen, aber sobald er sie wegzog, schloss sich die Rille wieder. Wie sollte er hinter die Mauer kommen? Wie war er überhaupt herausgekommen? Darüber klettern? Untergraben? Wie? Womit?

Über das Nachdenken vergaß er sogar Tiberius. Er spazierte an der Mauer entlang. Nach oben hin war sie unbegrenzt. Er konnte ihr Ende gar nicht sehen, denn sie schien sich zu krümmen. Jonas begann, zu laufen. Immer an der Mauer entlang. Sah an ihr hoch. Ein Stein glich dem anderen.

Und jetzt erkannte Jonas es: Das war eine riesige Kuppel. Man hatte eine Steinkuppel über seiner Erinnerung errichtet.

Links von ihm tauchte die Straße auf. Am Rand, zwischen den Bäumen, stand eine Bank. Ein Junge lag darauf, ein Arm baumelte herab, die Finger schleiften am Boden. In dem Moment, als sich Jonas auf der Bank erkannte, begann die Kuppel zu zittern. Zwanzig Meter vor ihm öffnete sich die Mauer einen Spalt und eine Gestalt trat heraus. Jonas hielt inne.

„He", rief er, „he, wer sind Sie?"

Die Gestalt drehte sich zu ihm. Sie hatte Schuhe, Hose und Mantel an. Und auf dem Kopf, der wie ein Ei aussah, saß ein Zylinder. Im Gesicht erschienen Nase, Augen und Lippen wie aufgemalt. Eine projizierte Maske, die Jonas Angst einflößte. „Verschwinde, das geht dich nichts an", formten die Lippen kalt klingende Worte. Die Mauer teilte sich, der Mann trat wieder in die Kuppel und verschwand aus Jonas' Blickfeld.

Vorsichtig bewegte Jonas sich auf die Stelle zu, an der sich die Mauer bereits wieder zu schließen begann, und spähte durch die Lücke. Es war dunkel, offenbar waren die Innenwände der Kuppel schwarz. Durch einzelne Löcher, die aussahen, als wären sie durchbrochen worden, schien Tageslicht. Die Mauer hatte sich am Boden schon geschlossen und Jonas trat mit einem Bein in die Kuppel, um den Vorgang aufzuhalten. Die Mauerenden drückten sich gegen ihn. Ihm brach der Schweiß aus. Mit den Ellbogen schaffte er es, eine kleine Lücke offenzuhalten. Auf einer langen Leiter stand der Eierkopf und sprühte schwarze Farbe aus einer elektrischen Pumpe auf die Durchbrüche, die sich dadurch schlossen.

„Aufhören!", brüllte Jonas.

Die Gestalt drehte sich um. Sein Ei-Gesicht verzerrte sich zu einer hässlichen Fratze. „Verschwinde, du gehörst nicht zu uns, du hast hier nichts verloren." Die Augen des Eierkopfes färbten sich blutrot und bewegten sich von links nach rechts. Immer schneller. Seine Stimme flüsterte Jonas weich und freundlich zu: „Alles ist in Ordnung ..."

Jonas wusste plötzlich, dass er diesen Blicken folgen sollte, aber dieses Mal wehrte er sich dagegen. Er war kein kleiner Junge mehr. Seine Augen begannen zu flirren. Die Gestalt mutierte zur Silhouette. Nur der eiförmige Kopf wehrte sich dagegen. Jonas presste seinen Körper gegen die Mauer und begann das Loch zu weiten, indem er sich in die Kuppel hineindrückte. Hinter sich spürte er eine Kraft, die ihm dabei half. Eine bläuliche, menschliche Silhouette drang über ihm in die Kuppel und verstrahlte ein Bündel gleißenden Lichts, das sich gegen den Eierkopf richtete.

Mit einem „Plopp" zerplatzte der Kopf. Die Silhouette der furchteinflößenden Gestalt zerfloss. Die Mauer begann zu Sand zu zerbröseln. Wie feiner Schnee rieselte er nieder und verschwand im Erdboden. Über Jonas wurde es immer heller. Das milchige Sonnenlicht, das außerhalb der Kuppel geschienen hatte, traf ihn. Jonas atmete tief durch und sah sich um. Plötzlich fühlte er sich viel jünger. Er hörte in sich die Gedanken eines Kindes! Sein Bewusstsein empfand auch das Gefühl des einstigen Zwölfjährigen.

Er stand auf einem großen Feld, das von einer riesigen Hecke umgeben war. Neben ihm nahm eine blaue Lichtgestalt die Form eines Menschen an. Irgendwoher kannte er sie. Es war ein Mann in Gärtnerkluft. Die Stimme klang sanft. „Sorge dich nicht", sagte er, „geh deinen Weg."

Was für einen Weg? dachte Jonas und sah nach oben. Im Zeitraffermodus schoben sich am Himmel dunkle Wolken zusammen und es begann zu regnen. Ich muss mich irgendwo unterstellen, dachte der junge Jonas. Ein riesiger Kugelblitz schlug in seiner Nähe ein und erschreckte ihn. Regen brach über ihn herein und er begann zu laufen. Entlang der Hecke und hindurch unter das Blätterwerk. Matschig war der Boden und er sank fast knöcheltief ein. In der Hecke traf der Regen nicht so hart auf ihn, aber er war bereits völlig durchnässt. Ein Wellblech, das, gestützt durch hüfthohe Rohre, ein Bodengitter abdeckte, konnte Schutz bieten. Aber dann tat sich der Boden unter ihm auf und er fiel schreiend in die Tiefe.

꙳꙳꙳

„Sorge dich nicht, geh deinen Weg." Tiberius hatte wieder die alte Erscheinungsform des Gärtners angenommen, nachdem er Jonas beim Durchdringen der Mauer geholfen hatte. Jetzt beobachtete er jede Bewegung von Jonas, der in seiner eigenen Erinnerung wie der kleine Junge aussah, der er gewesen war.

Jonas blickte zum Himmel. Der Knall eines Blitzes ließ ihn zusammenzucken und er begann zu laufen, an der Hecke entlang. Es regnete stark, die Tropfen fielen satt wie Schneebälle, sintflutartig. Der Junge suchte Schutz. Er verschwand in dem Heckengürtel, der das Feld eingrenzte. Tiberius ging hinter ihm und beobachtete wie Jonas unweit der Bedachung für ein

Belüftungsgitter in einen Erdtrichter fiel. Hier also war es geschehen. Er musste ihm folgen.

Aber es war zu spät. Ein helles, warmes Licht kam aus der Öffnung. Darauf schwebte Jonas in tiefem Schlaf aus dem Trichter heraus. Tiberius biss sich auf die Lippen. Er trat zurück und aus der Hecke heraus. Sein Blick wanderte über das Feld. Die Sonne schien und der Himmel war wolkenfrei. Die Konturen der Landschaft waren messerscharf. Tiberius erkannte die Hecke. Weit hinten, jenseits dieses Dornenwalls auf einer Erhebung, drehte sich eine Gestalt weg und entschwand. Auch den Hügel hatte der Chronist in Erinnerung. Er hatte dort selber schon einmal gestanden.

Visite 1 *Alvis und Jonas*

005490 Gehirnerschütterung, Lungenentzündung. Und als Zugabe eine fortgeschrittene Aorten-Erweiterung. Sicherheitshalber hatte man ihn ein paar Tage auf die Intensivstation gesteckt. Die Werte lagen deutlich über dem Vergleichswert aus dem Vorjahr. Ein möglicher Riss in der Aorta konnte die Folge sein. Die Ärzte empfahlen eine Herzklappe. Am besten so schnell wie möglich.

Alvis war erschöpft, doch bei dieser Ansage des höchst unsympathischen Arztes tobte es in ihm. Das konnte Wochen, wenn nicht Monate Krankenhausaufenthalt bedeuten. Dieser Defekt ... Immer wieder etwas Neues! Der reinste Fluch war das. Alvis hätte durchdrehen mögen. Vor allem wegen diesem Arzt, der ihn am liebsten sofort im Operations-Saal gesehen hätte. Wahrscheinlich hatte der einen Vertrag mit dem Hersteller der Klappen! Den interessierte nichts als die Technik. Der Mann war ein mobiler Kühlschrank.

Es klopfte leise. Alvis linste zur Tür. Durch die schmale Öffnung schob sich Jonas. Sofort wurde er an die Begegnung mit ihm und Charlotte an Weiberfastnacht erinnert. Wie Charlotte Jonas in die Arme geflogen war, als er aus dem Taxi ... Ein Kloss stieg in Alvis' Hals hoch. Jonas hatte wahrscheinlich gar keine Erinnerung mehr an die Begegnung Weiberfastnacht. Und bei aller Freundschaft, – wenn es die noch gab -, wäre Jonas überhaupt in der Lage, nur ein Fünkchen Empathie für Alvis Gefühl für Charlotte aufzubringen? Pah. Im Leben nicht.

So wie Alvis sich gerade fühlte, war ihm keineswegs nach einer Begegnung mit Jonas.

Er schloss die Augen.

꒰ ꒵ ₒ° ₒ° ₂

Alvis sah grauenhaft aus. Und das, obwohl er – laut Stationsschwester – das Schlimmste überstanden hatte. Eine Gesichtshälfte war mit blaugrünen Hämatomen übersät, in der linken Hand steckte eine Kanüle und auf dem Kopf trug er einen weißen Turban. Jonas ging ein paar Schritte in den Raum. Fast erleichtert über Alvis geschlossene Augen, wandte er sich wieder der Tür zu.

Ein Raben-Krächzen erklang.

„Hat Tiberius dich geschickt?"

Als er sich erneut zum Bett drehte, starrten Alvis' Augen wie schwarze Scheinwerfer aus grau-violetten Höhlen auf ihn.

Jonas flüsterte: „Nein, er hat mir nur gesagt, wo du liegst ..."

Alvis bewegte sich leicht. „Und jetzt?"

„Keine Ahnung." Jonas trat am Bettende von einem Fuß auf den anderen. „Ich dachte, ich schau mal wie es dir geht. Ich hatte ein paar beschissene Nächte und dachte ..."

„Ach, was du nicht sagst. *Mir* ging es richtig prima." Alvis keuchte wie ein Asthmatiker. Er schob Hände und Arme unter die Bettdecke.

Jonas begann, im Zimmer auf und ab zu gehen. „Sorry, stimmt, dich hat es ganz schön böse erwischt."

„Ja, kannst du laut sagen: In jeder Beziehung." Waren das Blitze, die aus Alvis Augen kamen?

„Äh, brauchst du irgendwas?" Jonas konnte mit Alvis' Bemerkung nicht viel anfangen. Was meinte der damit? Aber Alvis sagte nichts weiter und das Schweigen zog sich in die Länge. Jonas hielt die Stille nicht aus. „Müssen wir reden?"

„Oh ja. – Aber rede du." Das Sprechen fiel Alvis immer schwerer. „*Seelen-Alvis* ist nicht in Stimmung."

Jonas sah Alvis verständnislos an. „Was ist los?"

„Du hast keine Ahnung, was? *Lotti* hat mich so genannt." Alvis quälte sich mit jedem Satz. Rau und gequetscht kamen sie aus ihm heraus. Und es hörte sich wütend an.

In Jonas Gesicht zuckte es. Einerseits war da sein schlechtes Gewissen, andererseits war er sauer, sich hier rechtfertigen zu müssen. „Hör zu, ich hatte einen im Kahn, als ich ihr was erzählt habe. Und es war auch nicht viel. Seit Monaten macht mein Kopf mit mir, was er will. Ich wollte ..."

„Niemand darf davon wissen!" Alvis bellte es wie einen Befehl heraus.

„Und warum nicht?" Mit so viel Gefühl im Bauch hatte Jonas Alvis noch nicht erlebt.

„Weil es keiner glauben kann. Du ja auch nicht. Und das bei allem, was du erlebst.- Und ich stehe wie ein Idiot da."

„Ich musste einfach darüber reden."

„Rede mit *mir.*" Alvis hustete schmerzhaft und ließ den Auswurf in einem Taschentuch verschwinden. Er schloss die Augen.

Jonas musste schlucken und drehte sich weg. Es klang nicht so, als ob Alvis ganz klar sei. Was sollte er ihm erzählen? Dass es ihm Leid tat? Dass Charlotte es sicher nicht so gemeint hatte und seitdem nichts mehr darüber hatte verlauten lassen? Vom Treffen mit Tib konnte er schon gar nicht berichten. Tib hatte ihn gebeten, die Begegnung für sich zu behalten. Alvis könnte sensibel darauf reagieren. Wohl wahr!

Das war ein Hammer gewesen, auch wenn Jonas längst nicht alles von diesem Ort unter dem Rollfeld eingefallen war. Die Hypnose ging aber erst mal nur ihn selber an. Etwas anderes waren die verfluchten Visionen und die Seelengeschichten, die Alvis damit verband.

Jonas wandte sich erneut Alvis zu. „Okay, ich werde dir etwas erzählen. Und ich sage es dir gleich: Ich weiß einfach nicht, was ich von diesen Seelengeschichten glauben kann. Und ich wehre mich dagegen, diese ... diese Visionen als was Wirkliches zu sehen. Das sind für mich Halluzinationen. – He, hörst du?"

„Ja. Ich schlafe nicht! Denkst du wirklich ich schlafe jetzt? Erzähl."

Jonas holte sich einen Stuhl, setzte sich und erzählte Alvis von seinem Treffen mit Charlotte und ihrer Patentante Klara im MickMeck und der Begegnung mit dem Blaumann. Alvis hörte reglos zu. Als Jonas geendet hatte, war es für eine Weile still im Zimmer. Dann drehte Alvis seinen Kopf zu Jonas und öffnete die Augen. Aus ihrer Schwärze heraus funkelte es.

„Dir offenbart sich eine Welt, nach der ich mich sehne. Du siehst Dinge, die lebende Menschen allenfalls in Nahtod-Erfahrungen erleben. Und du zweifelst. Du bist ein Siedler-Idiot, Jonas."

Jonas stand ruckartig auf und ging zum Fenster. Er hatte sich erhofft, dass ... Ja, verdammt, was eigentlich? Was sollte er von diesem Häuflein wütenden Elend erwarten? Der Klinikgeruch drang ihm mit einem Mal penetrant in die Nase. Er fragte sich, was er in diesem Raum zu suchen hatte. Freundschaft war es nicht. Unvermittelt brach es aus ihm heraus: „Schon gehört? Der FC hat 4:0 gewonnen."

„Du siehst diesen Mann mit einer zerrissenen Seele ..." Alvis Kopf glühte und er versuchte, sich im Bett etwas aufzurichten.

Jonas fuhr mit dem Zeigefinger über die Einfassung des Fensters. Kein Stäubchen blieb daran haften. „Novakovic hat schon wieder zweimal getroffen. Doppelpack."

„ ... und wie es aussieht, lenkst du seine Aufmerksamkeit auch noch auf Charlotte und ihre Tante." Einem schlangenähnlichen Zischen gleich waren diese Worte Alvis' Mund entwichen. Verachtung klang aus seinen Worten.

Jetzt platzte es aus Jonas heraus. „Du spinnst doch, Alvis. Du, du hast doch ein Problem. Glaub' bloß nicht, dass ich das zu meinem mache."

Alvis presste seine Lippen aufeinander. Trotzdem drangen Worte aus seinem Mund, die zu sprechen er nicht für möglich gehalten hatte. „Sagte ich nur Idiot? Du bist auch ein Arschloch. Verschwinde."

„Gerne!"

Nachdem Jonas gegangen war, empfand Alvis die Stille in seinem Zimmer als krank. So wie die Tränen aus seinen Augen flossen, so verfloss langsam die Zeit, als wolle sie den Moment der überbordenden Emotion ganz besonders genießen. Die Stille in seinem Kopf verdichtete sich zu Einsamkeit. Die Folter des Gefühls von Verlorenheit spürte er am ganzen Körper. Es schüttelte ihn. Er drehte sich auf die Seite. Dann zog es ihn zusammen. Wie ein Embryo. Das salzige Wasser suchte sich seinen Weg über die Oberfläche seines Gesichtes und tropfte mit ohrenbetäubendem Krachen auf das Kopfkissen. Er zog die Bettdecke über sich und verschwand im Grauen seiner Gedanken. Alvis hatte seinen Freund verloren.

Encore voir – das Hirngespinst   *Tiberius, Mirco*

005491 Tiberius hatte sich den Schritt lange überlegt. *Eine* Entscheidung war getroffen, das nächste Ziel konnte angegangen werden. Er würde tricksen und besonders vorsichtig sein müssen, um auf die Spur des Famulus zu kommen. Und das war wichtig. Denn in dessen Unterbewusstsein dürften eine Menge Informationen über die Geschehnisse der Seelenwelt versteckt sein. Einen Famulus aufzusuchen, das hatte selbst der Chronist noch nie getan. Jetzt war es erforderlich. Er musste mehr über den Gegenspieler von Jonas und Alvis auf der Erde herausfinden. Alles hatte seine Zeit. Sein Enkel würde eine Weile in der Klinik bleiben müssen. Es blieb Raum für Überlegungen. Nicht jeder Schritt musste schnell getan werden.

Das einzige eindeutige Indiz dafür, dass etwas beim Fall des Klöppels nicht mit rechten Dingen zugegangen war, war Jonas' Vision. Der Vorgang selbst war kein Grund zur Panik. Der Kölner Dom war trotz seiner weithin sichtbaren Macht verletzbar, aber selbst die Bombeneinschläge im Zweiten Weltkrieg hatten ihn nicht zu Fall gebracht. Allerdings: Das Fundament, auf dem er stand, war seit Jahrtausenden *von besonderem Wert*. So bezeichnete es Tiberius, während andere das Wort „heilig" für angemessener hielten. Jeder Anschlag auf den Dom konnte somit auch einer auf dessen Grund sein. Und die Bezeichnung *Grund* war durchaus doppeldeutig. *Grund* war Basis und Fundament zugleich. Zum einen für das Heil der Menschheit, zum anderen für das Seelenheil. Deswegen war ein Angriff darauf frevelhaft. Wer immer der Ausführende beim Klöppel-Geschehen gewesen war: Er war höchstwahrscheinlich der Gegenspieler von Jonas und seinem Enkel. Mit seiner Tat hatte eine Auseinandersetzung begonnen, über deren Hintergründe der Chronist zu wenig wusste.

Was war auf seiner gemeinsamen und geheimen Reise mit Jonas passiert? Jonas hatte den Wunsch verspürt, das Geheimnis der Lichter aus seinen Visionen aufzudecken. Und wurde geradewegs zu einem Haus geführt, das von einer dunklen Manifestation heimgesucht wurde. Dort musste Tiberius hin. Es war der einzige Anhaltspunkt, um auf die Identität des Famulus zu stoßen. Es wurde Zeit. Zeit, um sich auf Gegenmaßnahmen vorzubereiten.

Es war zwei Uhr in der Nacht, als Tiberius seinen Stein nahm und einschlief.

Er konzentrierte sich auf seinen Wunsch und folgte den Spuren seiner Reise mit Jonas und schoss durch das Ätherium. Obwohl er sich im Lebensraum der Seelen befand, bewegte er sich im Köln seiner Zeit. Einer genauen Zeit sogar, denn er wollte sicher sein, dass es tiefste Nacht war, wenn es zu der Begegnung kam. Als er das Haus der Heimsuchung erreichte, hielt er inne und nahm die Umgebung wahr. Sorglos drifteten ein paar kleine vergnügungssüchtige Bänder durch die Altstadt Kölns, um das Treiben der Menschen zu begleiten. Von dunklen Manifestationen spürte Tiberius hier nichts. Das hatte er gehofft. Der Schlaf des Famulus brauchte nicht überwacht zu werden.

Tiberius schob sich an der Mauer des Hauses hoch und wechselte dabei seine Gestalt. Jonas hätte ihn jetzt als bläulich schimmernde Silhouette wahrnehmen können. Für jeden anderen Menschen war er aber nur eine unsichtbare Nachtschwärze, eine nicht erkennbare Materie aus einer anderen Dimension. Als er durch die Wand ins Innere der Wohnung glitt, passte er sich dadurch seiner Umgebung an. Das Zimmer, in dem ein Mensch schlief, war völlig abgedunkelt. In einem Sarg hätte es nicht finsterer und lautloser sein können.

Tiberius' Seelenexistenz war aufs Äußerste angespannt. Er nahm den Körper des Schlafenden wahr. Fünf Seelenfetzen, von denen nur einer aktiv war, konnte er in ihm ausmachen. Kein Zweifel, hier war er richtig. Das war der Famulus, die geschundene Seele. Und seine Heimstätte. Der Chronist schwebte über dem Bett. Er registrierte starke, aber dumpfe elektrische Spannungen im Kopf des Reifungswirtes. Der Mensch befand sich im Rauschzustand, aber er träumte, denn eine kleine Gehirnregion war hochaktiv. Langsam und unmerklich, mit minimalen Bewegungen, sank der Chronist auf den schlafenden Famulus. Und noch vorsichtiger ließ er seine Energie in das neuronale Netz des Menschen fließen.

☙

Der Chronist hatte im Verlauf seines Erdenlebens schon millionenfach Dinge gesehen, die er als Mensch anders bewertete als in seiner Seelenexistenz. Die Wahrheiten, die er erfahren hatte, waren grausam, schön, liebevoll, entsetzlich. Die Liste der Beschreibungen dafür war endlos. Was er im Unterbewusstsein des Mannes sah, war erschütternd. Aber seine Seelenexistenz war gewohnt, diese Dinge als Fakt neutral aufzunehmen. Tiberius war hier nicht auf der Suche nach der persönlichen Katastrophe des Wirtes. Der Chronist suchte nach Antworten für das, wofür der Famulus ausgewählt worden war. Und er wurde fündig. In den millionenfachen Verzweigungen und synaptischen Verbindungen des Menschen existierte an unbewusster Stelle das zweifelhafte „Geschenk" einer starken Seelenmacht.

Es hatte unterschiedliche Bezeichnungen. Man nannte es *falsches Déjà vu*, oder *encore voir*. Tiberius zog die Bezeichnung *Hirngespinst* vor, war es doch ein fein in das neuronale Netz eingewebter, manipulierter Impuls. Dass es in der Region des Gehirns war, wo Gedanken frei geboren werden, machte es zusätzlich gefährlich. Denn nie würde der Träger des Gedankens glauben, dass ihm ein anderer diese Ideen eingeflüstert hatte. Noch einmal konzentrierte sich der Chronist auf seine Umgebung, um mögliche Gefahren zu erkennen. Dann näherte er sich dem Gespinst und erfuhr es.

⌒ᵔₒ°₂

Ein Mann trat aus der Haustür der Marzellenstraße 5a. Er fühlte sich in einem Körper, aber ihm war nicht klar, wer er war.

Am Schnellrestaurant vorbei ging er auf den Domvorplatz. Seine Blicke suchten kurz den Boden ab. Da war der erste. Aus der schwarzen Tasche, die er mit sich trug, nahm er eine Spraydose. Er kniete vor der Abdeckung des Unterflurhydranten und sprühte auf den ovalen Deckel. Rundum. Mit dem Zeigefinger tippte er das Material an und als er ihn zurückzog, bildete sich ein zäher Faden. In zwei Minuten würde die Masse keine Fäden mehr ziehen. Er wusste das, aber er wusste nicht, warum.

Er ging weiter. Er sah seine schweren Schuhe und das charakteristische Blau seiner Arbeitskluft. Als *wisse* er jetzt, wo sämtliche Unterflurhydranten rings um den Dom zu finden seien, steuerte er sie gezielt an. Der Bewegungsablauf war stets derselbe. Niederknien, Spray ziehen, Deckel besprühen, weiter.

Nachdem er die Hydranten-Deckel verklebt hatte, ging er in die Wohnung zurück und schlief rasch ein.

Am nächsten Morgen fuhr der Mann in einer Regio-Bahn ins Bergische Land. An einem verloren wirkenden Bahnhof stieg er aus, wartete eine halbe Stunde, wechselte in einen Bus und erreichte einen kleinen Ort. Von dort ging er fünfzehn Minuten zu Fuß und kam zu einem Bauernhof. Er klopfte und wurde eingelassen.

Drei Stunden später öffnete sich auf dem Hof ein Scheunentor. Der Mann saß in einem großen LKW. Blaulichter lagen im Fußbereich des Beifahrersitzes. Der Vorbesitzer hatte sie vom Dach des Führerhauses entfernt. Der Motor sprang problemlos an. Der Mann steuerte vorsichtig aus der Scheune, rollte vom Hof und sah nicht zurück. Er fuhr Richtung Stadt. Spürte die Vibration des Motors. In den Außenspiegeln spiegelten sich Teile des schweren Autos. Graue Rollos, rot umrahmt. Auf einem Parkplatz bei Köln – auf der linken Rheinseite und nahe einem Waldgebiet, hielt er an und wartete die Nacht ab. Dann fuhr er über den Autobahnring in ein Industriegebiet im Nordwesten Kölns. In einer Lagerhalle brachte er das Fahrzeug unter, montierte das Blaulicht und schloss die Kabel für das Martinshorn an.

Der Wagen war einsatzbereit. Nur der Fünftausend-Liter–Tank für das Löschwasser war leer. Mit seinem Fahrrad, das er in der Halle deponiert hatte, bewältigte er die Strecke zur Innenstadtwohnung in vierzig Minuten. Wieder hatte er eine ruhige Nacht.

Am nächsten Tag war er wieder in der Halle. Er öffnete die Heck- und Seitenrollläden des Fahrzeugs, verkuppelte einen Schlauch mit der Löschtankpumpe. Nachdem er einen Atemschutz aufgesetzt hatte, öffnete er die ersten zehn Kanister. Er pumpte insgesamt sechs Stunden. Zwischendurch wollte er den Schutz abnehmen, aber der beißende Geruch des Brennstoffs belehrte ihn eines Besseren. Nur einmal verließ er die Halle. Er wollte nicht auffallen.

Der Mann schlief weiterhin gut. Er hatte keine Ahnung, wie viel Zeit vergangen war, aber an dem Tag, an dem er sich seinen Herzenswunsch erfüllen wollte, war der Himmel grau und die Straßen frei.

Die Zufahrtsstraße hinein ins Kölner Zentrum war eng. Weit hinten ragten die Türme des Doms aus dem Häusermeer. Er betätigte einen Kippschalter. Das Blaulicht zuckte über ihm und das Martinshorn hallte durch die Straßen. PKW wichen mit quietschenden Reifen zur Seite aus. *Friesen-*

platz, Magnusstraße, Komödienstraße, Burgmauer. Der Mann sah auf seine Armbanduhr, griff nach einer Fernbedienung und drückte auf einen Knopf. Eine rote Leuchtdiode blinkte. Er wiederholte den Tastendruck. Eine andere Diode leuchtete konstant grün. Als er die *Trankgasse* erreichte, blickte er zum Südturm des Doms. Dichter Qualm kam aus den glaslosen Fenstern des Glockenstuhls. Seine Rauchbombe hatte gezündet. Er bog rechts in *Unter Fettenhennen* ein, machte auf dem *Wallrafplatz* einen U-Turn und fuhr auf die Domplatte.

Oberhalb der Trankgassen-Steinpilze auf der Westseite des Doms brachte er den Löschzug zum Stehen. Er sprang aus dem Fahrzeug, ging um den Wagen herum und öffnete die Rollläden. Schaulustige traten an das Absperrband, fotografierten. Ihre Stimmen drangen nur als Gemurmel in seine Ohren. Mit einem Absperrband und sechs Stangen mit Bodenhalterung sicherte er den Löschzug und das Areal bis zum Baustellenzaun an der Westfassade. Der Mann kannte den Effekt. Er hatte das schon beim Aufbau von Anlagen auf Jahrmärkten beobachtet. Die Menschen respektierten ein dünnes, rotweißes Plastikband. Sie behandelten es als unüberwindbares Hindernis. Abgesehen von unmittelbar Betroffenen und vielleicht ein paar lebensmüden Journalisten. Manchmal.

Der Mann im feuerfesten Anzug arbeitete ruhig, schnell und unbeirrt weiter. Er rollte Schläuche aus, verband damit den Tank des Zugs und eine Steigleitung an der Westfassade. Er öffnete das Ventil des Tanks und startete die Motorpumpe. Flüssigkeit schoss mit hohem Druck durch den Schlauch.

Der Mann trat an den Löschzug heran, entnahm dem Seitenfach eine Atemschutzmaske und legte sich ein Sauerstoffgerät an. Als er mit einer Materialtasche in der Hand den Zugang zur Baustelle öffnete, füllte sich die Umgebung mit dem Klang unendlich vieler Martinshörner. Er fühlte ein Lächeln in sich.

Der Außenaufzug für die Teilnehmer der Dachbegehungen brachte ihn auf die Deckenebene des Hauptschiffes und er verschwand in der Kathedrale. Innen wandte er sich nach rechts zum Ausgangsstutzen der Steigleitung. Hier hielt er das erste Mal inne. Setzte die Maske auf. Dann öffnete er das Ventil der Steigleitung. Mit wachsender Wucht schoss ein dicker Strahl des Brennstoffs auf den Boden des Dachgeschosses, lief in unterschiedlichste Richtungen. Freudig, aber ruhig kontrollierte er, wohin sich die Flüssigkeit Wege suchte. Sie fand ihr Ziel in den überall angelegten Abflussrinnen für Löschwasser und verteilte sich über das ganze Areal. Der Brennstoff, der aus den rund um das Hauptdach verteilten Rinnen abfloss, tränkte den Dom auch an der Außenfassade. Unter der Maske weiteten sich seine Augen und füllten sich langsam mit Tränen. Der Plan ging auf. Weil er genial war. War das Glück, was er da gerade empfand?

Er lief zurück zu der Tür, von der aus ein Stahlgitterboden zum Aufzug führte, streifte seine Handschuhe ab und zog eine Schachtel aus der Tasche. Er begann zu lachen. Welthölzer. Er trat einen Schritt zurück und warf ein brennendes Hölzchen in den Brennstoff.

Ihm war schleierhaft, wieso, aber er nahm sich erst wieder stehend und lachend am Fenster der Wohnung wahr, in der er die letzten Monate verbracht hatte. Der Dom war explodiert. Hauptschiff und Nebenschiffe trieften in haushohen Flammen, die weiter um sich griffen. Flüssiges Blei spritzte blaurot in bizarren Fontänen rings um die Dächer hinunter. Ein Feuerwerk der Luxusklasse. Bald würden die Türme fallen. Als die ersten Fialen und Figuren der zerberstenden Türme in der Glut der Flammen am Hauptportal vorbei auf den Domvorplatz krachten, lachte der Mann immer noch. Sein Blick war verschwommen. Denn er weinte auch. Vor Glück.

Visite 2 *Alvis und Tiberius*

005492 Der Chronist war auf dem Weg zu Alvis ins Krankenhaus. Er steuerte seinen Kleinwagen sicher über die Stadtautobahn und erreichte die Innere Kanalstraße. Die erforderliche Aufmerksamkeit für den Straßenverkehr hatte er aber sicher nicht. Seine Gedanken verweilten bei seiner jüngsten Reise. Nach seinem Besuch im Bewusstsein des Famulus war er wie nach einem Alptraum erwacht. Verschwitzt und betroffen. Seine Gesichtshaut war grau gewesen und er hatte sein Alter als Erdenmensch besonders stark wahrgenommen. Kalt hatte der Stein in seiner linken Hand gelegen.

War das Gesehene zu erwarten gewesen? Natürlich. Es war klar, dass das Alkovat irgendwann einen geeigneten Famulus für seine Zwecke finden würde. Was er im Bewusstsein dieses Mannes wahrgenommen hatte, war noch nicht geschehen. Aber die Gedankenströme dazu waren dem Famulus gegeben worden. Ein „Geschenk" des Alkovats. Eine Lösung seiner Probleme, ein Plan zum Vollzug seiner Absichten, die der dunklen Seelenmacht entgegenkamen. Das war der Grund, wofür ein Encore voir gesetzt wurde. In erster Linie diente es einem Vorhaben des Alkovats. Die Gedanken schlummerten im Opfer und wurden als Ideen von ihm selbst geboren. Aber wann? Wann würde sich das Gespinst öffnen? Oder hatte es das bereits getan? Wieviel Zeit blieb noch? Wann würde er losschlagen? Am wahrscheinlichsten war ... na sicher, der nächste große Feiertag der katholischen Kirche. Also um Ostern. Palmsonntag? Karfreitag? Oder am Auferstehungstag? Ruhig, Tiberius, ruhig. Du hast seinen Namen. Damit wird sich alles finden. Eine weitere Reise würde nicht notwendig sein. Er konnte den Mann auf der Erde aufsuchen. Das bedeutete allerdings Höchststrafe wegen Einmischung. Wo wohnte der gewählte Wirt? Marzellenstraße. Über das Internet konnte Tiberius ebenfalls etwas über ihn erfahren. Das war zwar eine Kinderbibliothek im Vergleich zu seinen Archiven, aber man wurde fast bei jedem Namen fündig. Auf dem Küchentisch daheim lag der Zettel, auf dem er den Namen notiert hatte, den er an der Wohnungstür des Famulus gesehen hatte: Karl Heinz Lapp.

⌐╾₀°₀♪

Als Tiberius in Alvis' Zimmer kam, erkannte er zwei Dinge sofort: Zum einen, dass Alvis besser aussah als beim letzten Mal, zum andern, dass sein Enkel psychisch an einem Tiefpunkt angelangt war. Das waren ganz schlechte Voraussetzungen für eine baldige Genesung. Tiberius entschied, dass es gut für Alvis wäre, das Krankenzimmer einmal für eine Weile zu verlassen.

„Komm, raus hier."

Alvis lag im Bett und starrte zur Decke. „Sehr gerne. Geht aber nicht. Bin angeblich noch zu schwach." Er bewegte die linke Hand mit der Kanüle. Er hing am Tropf.

„Ich dachte an die Cafeteria. Nicht an das Verlassen der Klinik. Den Tropf kannst du ja neben dir her rollen." Tiberius half Alvis aus dem Bett.

Alvis ließ sich seinen Morgenmantel reichen und schlüpfte mühsam in seine Hausschuhe. „Von mir aus. Aber wenn's nach mir geht, gerne ganz raus. Krankenhäuser sind fürchterlich!"

„Es ist gerade sehr wichtig für dich gewesen, dass es sie gibt", sagte Tiberius, der die Tür zum Gang öffnete.

„Aber es ist kalt hier." Alvis wirkte gequält.

Tiberius zeigte auf die Sonnenstrahlen, die am Ende des Korridors durch ein Fenster fielen. „Es wird wärmer werden."

„Würde die Sonne nicht scheinen, würde ich hier erfrieren. Dieser eine Arzt ist ein ..." Alvis klang resigniert und wütend zugleich.

„Warum wohl?" Tiberius dirigierte den Jungen zu den Fahrstühlen.

Alvis sprach leiser, als sie mit einigen anderen Besuchern in einen Lift traten. „Es fühlt sich an, als wenn seine Seele auf Eis gelegt wäre."

„Vielleicht ist sie das." Tiberius drückte auf die Erdgeschosstaste.

„Was ist los mit dem? Der interessiert sich einen Dreck für mich. Nur für seine fantastische Klappe."

„Er hat als Kind zu viel Eis bekommen."

„Anstatt was?"

„Richtige Frage, Al."

Tiberius wusste, dass Alvis solche Dialoge liebte. Er fühlte seinen Enkel dabei erwachsen werden und sah, dass Alvis sich schon besser fühlte. Aber er ahnte, dass Alvis' Gefühle für die Situation deshalb nicht weniger werden würden. Nur kontrollierter. Und sein Denken klarer. Und ihm war klar, was Alvis jetzt dachte: Der Arzt hatte Eis statt Liebe bekommen. Er hatte Vieles bekommen, nur keine Liebe. Anordnungen statt Vorschläge, Regeln statt Freiheit und Vertrauen und Umarmungen von seiner Mutter nur, wenn er die nächste Stufe auf seiner vom Vater vorgezeichneten Erfolgstreppe erklommen hatte. Die Angst seiner Patienten konnte er nicht sehen und erst recht nicht fühlen. „Beruf verfehlt", sagte Alvis, „aber den hat er sich ja auch nicht ausgesucht."

Ein Gong verkündete die Ankunft auf Parterre und Tiberius legte eine Hand an das Tropfgestell. „Wie war es mit Sarah?" Alvis' Mutter war oft in der Klinik gewesen. Sie folgten den Schildern zur Cafeteria.

„Mutter regt sich zu viel auf. Ist gut, dass sie auf ihrer Pilgertour ist." Alvis Stimme klang klar.

Sie erreichten die Cafeteria, holten sich an der Theke Getränke und suchten sich einen Tisch aus. Die Sitze sahen nicht danach aus, als ob sich Besucher darin wohlfühlen sollten.

„Sie hat sich Vorwürfe gemacht und natürlich Sorgen." Tiberius zog seinen Mantel im Sitzen aus und ließ ihn über die Rückenlehne fallen.

Alvis beobachtete seine Verrenkungen. „Eben. Ist beides nicht nötig. Meine Verantwortung."

„Das wird sie immer anders sehen." Damit war für Tiberius zu diesem Thema alles gesagt. Er testete mit leichten Bewegungen die Stabilität des Sitzmöbels. „Hat sie dir erzählt, wo sie in dieser Nacht war?"

Alvis bewegte vorsichtig verneinend den Kopf. Es schien noch zu schmerzen.

„Na gut." Tiberius setzte sich auf. „Wie geht es Jonas? Hat er dich besucht?"

Alvis reagierte sehr langsam auf diese Frage von Tiberius. Er zog sein Handy aus der Tasche seines Morgenmantels. Seine Mutter hatte es ihm erst nach seiner Verlegung von der Intensivstation mitgebracht. Langsam fuhr er mit dem Handballen über das Display. Die Antwort klang einsilbig: „Du hattest recht. Er ist nicht verlässlich."

Tiberius nippte an seinem Cappuccino. „Das ist schade." Eine lange Weile herrschte Stille. Dann setzte Tiberius erneut an. „Magst du mir erzählen, was passiert ist?"

„Nein. Das werde ich – wenn überhaupt- ganz alleine mit ihm klären." *Das* war jetzt eine schnelle Antwort gewesen. Und Alvis schien es nicht vertiefen wollen. „Tib, ich will hier wirklich raus!"

Tiberius griff nach seinem Stein in der Tasche und schloss kurz die Augen. „Ich meinte nicht Jonas, Al. Was ist daheim auf der Treppe passiert?"

Alvis zog den Tropf am Gestänge etwas näher zu sich heran. „Ich hatte was ..., hatte was getrunken. Na ja, es war ein ... ein Experiment, verstehst du? Wissenschaftlich. Ich habe in bestimmten Abständen Zustandsberichte über mein Befinden schreiben wollen." Tibs Blick war derart ungläubig, dass Alvis fast lachen musste, aber sein Kopf verbot es. „Okay, ich bin nicht weit damit gekommen. Jedenfalls wollte ich in die Küche, als plötzlich das Licht ausging. Ich habe eine Stufe verfehlt und dann ging es nur noch abwärts."

„Licht aus? Es war Festbeleuchtung, als ich gekommen bin!"

„Ich schwöre, es ging aus. Irgendwas war kaputt. Es hatte vorher schon mal geflackert."

Tiberius schwieg. Tibs Schläfenadern schwollen langsam an.

„Ehrlich!"

„Kein Problem, ich glaub' dir ja."

Jetzt schwiegen beide.

„Ich will raus hier!" Verbitterung klang in Alvis' Ausbruch mit.

Tibs Kopf zuckte hoch. Er war auf dem Stuhl leicht zusammengesunken. Jetzt setzte er sich wieder aufrecht hin. „Versteh' ich, Al, aber bleib realistisch. Kopf, Lunge, Herz. Es hat dich dreifach getroffen. Vielleicht musst du noch in eine Reha."

„Ich werde in keine Reha gehen."

Tib schwieg und dachte intensiv nach. Ein Kampf spielte sich in seinem Kopf ab. Ein Kampf gegen einen mächtigen Gegner: Tiberius rang mit sich selbst. Dann schloss er die Augen. Es dauerte Minuten. Schließlich blickte er auf. „Für das, was wir tun werden, Al, brauche ich dich etwas fitter."

Alvis sah Tiberius direkt in die Augen und war elektrisiert. „Was werden wir tun?"

Tiberius schob seine Tasse zur Seite und erwiderte Alvis' Blick. Er nickte mehrfach, wie um sich selber zu betätigen, dass es richtig war, was er dachte und tat. „Wir werden reisen."

Pubertätssprung   *Al und Tib*

005493 „Wenn ich den Sinn des Lebens erkannt habe, bin ich dann soweit, mit dir zu reisen?"

Es war fünf Jahre zuvor gewesen, an einem Sonntag im Mai, als Alvis und Tiberius Schlagbaum zu Fuß in nicht besiedeltem Gebiet ihres Viertels unterwegs waren.

Alvis war mit seiner Mutter aus der Kirche zurückgekommen und sofort in den Garten zu seinem Großvater gegangen. Das Schachspiel hatte auf dem Tisch gestanden, aber Tiberius hatte den damals Zwölfjährigen eingeladen, ihn auf einer kleinen Expedition zu begleiten. Denn obwohl er nicht mehr als Archäologe arbeitete, betrieb er die Wissenschaft als intensives Hobby. Ein Stadtplan war auf dem Tisch ausgebreitet gewesen.

„Hier, sieh mal. Gar nicht so weit von hier. Ich vermute dort Frankengräber. Sollen wir uns da mal umsehen?"

Jetzt durchwanderten sie durch Gras und hohe Büsche begrüntes Gebiet, vereinzelte Bäume und Erderhebungen verhinderten einen Rundumblick. Tiberius sah sich trotzdem um. Er hatte nicht vorgehabt seinen Ausflug so schnell zu unterbrechen, aber Alvis' Frage zwang ihn dazu. Er schwitzte. Die Sonne schien und sommerliche Kleidung wäre möglich gewesen, aber Tiberius hatte lange Hosen und feste Schuhe vorgeschlagen. Ein Blick auf die Karte hatte gezeigt, dass der Weg nicht unbedingt befestigt sein würde.

Er führte Alvis zu einem Baumstamm, der abseits des Weges lag und sie setzten sich rittlings darauf. Falten durchfurchteten Tiberius' Stirn. In aller Ruhe hatte er Alvis dorthin führen wollen, wohin er selber so unvorbereitet in ungeschütztem Seelenzustand gekommen war. Er wusste, dass sein Enkel seinen Altersgenossen geistig voraus war, fragte sich aber, ob die Zeit für ein solches Gespräch tatsächlich schon gekommen war. Alvis' Vorstoß beinhaltete dessen Wunsch zu reisen. Schon jetzt. Das konnte Kopfzerbrechen bereiten.

Der Moment war zwar einem freien Entschluss von Alvis entsprungen und Tiberius wollte diesem Umstand nicht seine eigenen Ängste entgegensetzen. Aber an eine Seelenreise mit seinem Enkel dachte er deshalb noch längst nicht.

Seine Hand umfasste unbewusst den Stein in der Hosentasche und er betrachtete Alvis nachdenklich. Er sah auf einen Jungen, dessen kurze, weißblonde Haare kaum sichtbar bereits eine Spur von Silbergrau in sich trugen, und dessen graue Augen irgendwann im Verlauf der nächsten Jahre schwarz werden würden.

„Philosophie steht noch nicht auf dem Lehrplan, Alvi."

„Aber, Tib ..." Es war das erste Mal gewesen, dass Alvis den „Opa" weggelassen hatte.

Und Tiberius kam das „Alvi" plötzlich kindlich vor. "Ja, Al ...?"

Auf Alvis' Gesicht zeichnete sich Zufriedenheit darüber ab. „Du hast einmal gesagt, dass es auf jede Frage eine Antwort gibt. Und ich habe eine ganz einfache Frage gestellt."

„Ganz einfach?" Wieder musterte Tiberius Alvis aufmerksam. „So einfach, dass die Antworten auf deine Frage dich vor neue Fragen stellen. Ist das eine Lernperspektive, die dir gefällt?"

„Keine, die mich abschreckt, Tib."

„Wie bist du darauf gekommen? Was denkst *du* denn, ist der Sinn des Lebens?"

„Der Pfarrer hat gesagt, dass der *Glaube* der Sinn des Lebens ist, denn der würde uns zu Christus führen und so zum ewigen Leben. Du sagst aber, dass du nicht glaubst, sondern weißt. Ich möchte *wissen*, Tib. Ich will nicht glauben."

Tiberius runzelte erneut die Stirn. Seine Hände kamen auf dem Stamm zu liegen und wie selbstverständlich strichen seine Finger über die Rinde, über die Jahrzehnte lang gewachsene Haut des gefällten Baums. „Ja, der Chronist kann fast alles wissen. Aber glaub' nicht, dass das unbedingt ein Segen ist. Es hat einen Sinn, zu glauben und *nicht* zu wissen."

Alvis beobachtete die Hände von Tiberius, groß und doch fein genug, die tiefen Rillen in der Rinde des Stammes zu erforschen.

„Magst du mir die Frage lieber nicht beantworten, Tib?"

Tiberius liebte seinen Enkel, gerade wegen solcher Fragen. Alvis vergaß nie, was er wollte.

„Also gut, Al. Nein, du musst den Sinn des Lebens nicht erkennen, um mit mir zu reisen. Niemand muss den Sinn des Lebens kennen oder erkennen, um reisen zu können, diesen Zwang gibt es nicht. Auch nicht für Chronisten. Aber Chronisten haben eine Aufgabe und *deshalb* reisen sie – auch außerhalb der vorgesehenen Zeit. Wir werden also reisen, wenn die Zeit der Aufgaben für dich gekommen ist." Über Tiberius' Hand lief ein Marienkäfer zielgerichtet auf die Kuppe eines Fingers zu. „Die Reisen der anderen Menschenseelen hingegen – wenn sie ihre Hüllen verlassen – werden angetreten im Bewusstsein der Einmaligkeit des Weges, den Seelen gehen. Denn am Ende ihres Erdenlebens erfahren die meisten Menschenseelen, was der Sinn ihrer Existenz hier auf der Erde war. Sie erkennen, dass es nur eine Station war und dass die Suche nach dem Sinn ihrer Reife gedient hat. Und das ist schön. Unsere Seelen sollten nämlich nicht mit einer ungeklärten Frage in ihr neues Dasein gehen. Denn in diesem Fall fehlt ihnen die Orientierung auf der Reise."

„Bestimmen wir selber, ob der Reifeprozess unserer Seele zu Ende ist?"

„Das ist eine verdammt gute Frage." Während er sprach, beobachtete Tiberius, wie der Käfer von der Spitze seines Zeigefingers zurückkrabbelte und die Oberfläche seiner Hand untersuchte. „Der Zeitpunkt spielt nicht notwendigerweise eine Rolle. Die Evolution hat allerdings dazu geführt, dass die Individuen sich der Schönheit des irdischen Lebens bewusster wurden. So fällt vielen die Trennung schwer und allgemein herrscht der Wunsch vor, das Menschenleben zu verlängern, obwohl die Seele möglicherweise längst gereift ist. Ein verständlicher, aber sinnentfremdender Schritt." Tiberius blies den Käfer sanft von der Hand. „Meist jedoch ist sie selbst es, die entscheidet und geht. Sie weiß dann, dass sie eine neue Stufe der Existenz ihrer Energie erreicht hat. Manche Seelen brauchen eine lange Zeit für diesen Schritt, andere entschließen sich früher." Tiberius sah dem Käfer nach. „Aber wenn sie geht, weiß sie, dass sie erwartet wird. Denn dort, wo sie hinkommt, wird sie ebenfalls gebraucht."

„Wozu? Was tut sie?"

„Sie ist möglicherweise ein letzter Stein in einem erforderlichen Mosaik der *Ewigen Manifestation* oder einer anderen Manifestation, die einen Auftrag erfüllt."

Alvis sprang auf und wühlte mit einem Fuß in der Erde herum. „Aber so viele Menschen sterben, ohne dass sie das wollen. Ich meine, sieh in die Zeitung, es geschieht überall auf der Welt, dass ..."

„Ich weiß, ich weiß. Du meinst zum Beispiel Kriege, nicht wahr?" Tiberius zog Alvis zurück auf den Stamm. „Nahezu jeder gewalttätig herbeigeführte Tod hat mit einer Art von Eigentum zu tun, Al. Menschen haben keine ausgereifte Haltung zum Begriff *Eigentum*. Sie orientieren sich an Besitz, egal in welcher Form. Zu *besitzen* ist für sie eine Notwendigkeit, um zu überleben. Und deshalb gilt für viele: *Besser* überleben zu können heißt, *mehr* besitzen zu müssen. Selbst in Partnerschaften werden Menschen nicht selten als Besitz angesehen. Aber es ist ja auch sehr schwer zu begreifen, dass ihnen und ihrer Seele wirklich nichts anderes gehört als ihre eigene Energie."

Alvis kratzte sich ausgiebig am Kopf. „Und was geschieht mit der Seele, wenn sie nicht selber darüber entscheiden kann, wann sie geht?"

„Der Seele wird nicht ihre Energie genommen, sondern nur der Reifungswirt. Ist sie noch nicht soweit, ihren weiteren Weg zu gehen, wird sie treiben. Auch das ist ein Seelenzustand in ihrer Welt."

„Wir können ein Menschenleben beenden, aber kein Seelenleben?"

„Du sagst es. Das heißt aber nicht, dass du nicht zu jeder Zeit für dein Seelenheil verantwortlich bist."

„Seelenheil? Was heißt das?"

„Aufstieg, Al. Die Suche nach deinem Himmel."

„Was ist mein Himmel?"

„Der Ort, den deine Seele als Heimat annimmt. Weil in ihm das ist, was genau ihr entspricht. Dort entsteht Seelenheil."

„Das verstehe ich nicht."

Tiberius stand auf. „Du bist mit deinen Fragen den Antworten, die du suchst, sehr nahe gekommen, Al. Weiter soll es im Moment wohl nicht gehen. Aber jeder Tag wird dich jetzt weiter führen. Folge den Tagen."

Sie gingen zum Weg zurück. Alvis war froh, dass sie wieder in Bewegung waren. Was er in diesem Gespräch gelernt hatte, ließ ihn frei durchatmen. Die Sonne wärmte ihn und er empfand ein Glücksgefühl. Er freute sich, dass Tiberius seine Fragen so ernst nahm, auch wenn er bei den Antworten gerade an eine Grenze gestoßen war. Tiberius hatte recht: Das Verstehen dafür würde noch kommen. „Danke, Tib. Das waren eine Menge Fragen, nicht?"

„Oh ja, und es waren gute Fragen." Tiberius fasste Alvis an den Schultern und sah ihm in die Augen. „Und es sind die neuen Fragen, die die Antworten sind, Al. Der Sinn des Lebens ist nicht, ihn zu finden, sondern ihn zu suchen, immer und immer wieder. Auf der Suche reift die Seele. Was du gerade als beginnende Pubertät erlebst, dieser Prozess zieht sich für die Seele durch das ganze Menschenleben. Wenn er beendet ist, geht sie. Hm, sollte oder kann sie gehen, sagen wir es so."

Sie stapften den schlecht befestigten Pfad entlang auf die Spitze einer Anhöhe zu. Alvis atmete plötzlich schwer und forderte Tiberius zu langsamerem Gehen auf, indem er seine Hand auf dessen Arm legte. Oben angekommen, fiel ihr Blick auf eine zum Teil wild begrünte Fläche, durch die sich lange, breiten Straßen ähnliche, steinerne Bahnen zogen.

„Rollfelder." Tiberius murmelte. „Sehr unerfreulich."

„Wieso?"

„Schau her." Tiberius breitete die Karte vor sich auf dem Boden aus. Alvis hockte sich hin und Tiberius kniete sich davor. „Hier", sagte er und fuhr mit dem Zeigefinger um eine Fläche herum. „Das ist das Butzweiler Hof-Gelände. Ich glaube, der alte Flugplatz da wurde vor dem ersten Weltkrieg gebaut. Davor war es landwirtschaftlich genutzt. Hier stand ein Gehöft. Fränkischen Ursprungs, wenn du mich fragst." Tiberius deutete auf ein Kreuz. „Wenn man da graben will, braucht man sehr schweres Gerät. Wegen dem Beton, verstehst du? So was ist meist sehr teuer."

Unterhalb der Anhöhe dienten mächtige Hecken offensichtlich als Begrenzung des Areals. Von ihrem Standpunkt aus war die Fläche aber gut zu überblicken.

„Und der Hügel da, was ist das?" Alvis Zeigefinger wies auf eine spärlich begrünte Erhebung.

Tiberius suchte auf der Karte. „Ja, das ist der Hexenberg."

„Sieh mal die Hecken, Tib, sieht gar nicht so aus, als ob man durch die hindurchkommt, oder?"

„Das werden wir demnächst mal untersuchen. Okay? – Hexenberg, interessant."

„Komischer Name, oder, Tib?"

„Tja, meistens gibt es einen Grund für so eine Namensgebung."

„Ja." Alvis lachte. „Hexen auf ihren Besen in der Walpurgisnacht vielleicht. *Wenn* das einer glaubt."

Tiberius lachte ebenfalls und die Antwort entsprach seinem für Alvis damals oft undurchschaubaren, verwirrenden Wesen: „Ha, warum auch nicht. Ach, Al, wir Chronisten wissen alles, aber was wissen wir schon?"

Kirmes *Klara, Längli*

005494 Klara zog den Lippenstift nach. Das Kirschrot gab ihren Gesichtszügen etwas Anzügliches, fast Lüsternes. Es freute sie, dass ihr Haar
endlich wieder länger war. Das kam ihr jetzt zugute. Sie konnte variieren.
Woher es kam wusste sie nicht, aber sie hatte eine klare Vorstellung davon, wie ein Schausteller auf Fragen von neugierigen Frauen reagieren
würde. Als blasses Mäuschen würde sie da nichts erreichen können. Der
Begriff *blass* brachte sie gedanklich auf ihren geplanten Urlaub. Obwohl
sie an der holländischen Küste kaum braun werden würde.

Sie nahm – trotz ihrer Abneigung für die Kölner Verkehrsbetriebe – die
Straßenbahn. Das Outfit passte zwar nicht in die Bahn, aber noch weniger
aufs Fahrrad. Die Frühjahrs-Kirmes, die ein paar Wochen vor Ostern in
Köln Deutz Stellung bezog, hatte Tradition. Seit Jahren wurde eine Fläche
direkt am Rhein dafür benutzt. Bei der Fahrt über die Brücke auf die
rechte Rheinseite gewann sie einen ersten Überblick über das Gelände.
Die Scooter-Fläche war schnell ausgemacht. Das Riesenrad drehte bereits
eine Runde, obwohl am frühen Vormittag die Buden nicht geöffnet waren.

Angekommen, schlenderte sie über den Platz. Nur wenige Schausteller
waren hier und da zwischen den Fahrgeschäften zu sehen. Bei den Scootern standen zwei Männer und ein Junge mit Tassen in den Händen. Ungeniert sahen sie ihr entgegen. Bevor sie das Trio erreichte, versuchte sie
schon, deren persönliche Kurzprofile zu erstellen. Der Junge, ein Grünschnabel von kaum fünfzehn Jahren, war eine klassische Hilfskraft. Deutlich war sein Bemühen zu erkennen, cool zu wirken. Der Mittdreißiger,
der lässig an einem Pfeiler lehnte und mit schmutzigen Händen an einer
Zigarette zog, war offensichtlich ein Techniker, tat aber so, als wäre er ein
Held. Der Älteste, klein und stämmig, erinnerte sie an einen Schauspieler
aus alten Filmen, aber sie kam nicht auf seinen Namen. Das musste der
Chef sein. Souverän und ungerührt beobachtete er, wie sie näher kam,
während sein Löffel beständig in der Tasse kreiste.

Kaum hatte sie die erste Stufe zu den Scootern betreten, wurde der
Techniker von einer scharfen weiblichen Stimme angebellt: "Toni, komm
mal her!" Toni verzog den Mund betont gelassen, warf seine Zigarette auf

den Boden und versuchte möglichst langsam zu sein. Aber es war klar, dass die Frau im Kassenhäuschen das Sagen hatte.

„Na, schöne Frau, was gibt's?" Der Chef sah Klara freundlich durch seine Nickelbrille an. Seine glatte Wollmütze verstärkte den Kugelcharakter seines Kopfes.

Klara trat die Kippe des Technikers aus. Der Chef wirkte ganz nett. „Plump. Presse. Ich bin auf der Suche nach einem Kollegen von Ihnen und hätte ein paar Fragen – wenn Sie ihn kennen."

Der Chef musterte sie: „Vom *Anzeiger*?"

„Auch", erwiderte Klara, während ihr umherschweifender Blick im Hintergrund einen Schatten in einer Riesenradgondel wahrnahm. Saß darin jemand? Das Gesicht vom Chef war ein Fragezeichen. Klara ergänzte: „Ich arbeite frei."

Der Grünschnabel grinste frech. „Sieht man."

„Halt mal die Klappe, Bübchen, und hol der Dame 'nen Kaffee." Ein kurzer Schlag mit der flachen Hand auf den Hinterkopf von Superboy unterstrich seine Position. Der Chef war tatsächlich der Chef. Klara runzelte die Stirn.

„Also, was gibt's?" wiederholte Mr. Scooter, als seine Hilfskraft beleidigt abgezogen war.

„*Den* hier gibt's", antwortete Klara und hielt ihm das Bild des jungen Mirco Frost entgegen. „Und ich wüsste gerne wo. Er soll auf Jahrmärkten gearbeitet haben."

Der Chef warf einen kurzen Blick auf das Bild. Sein linkes Auge zwinkerte. „Hm, älteres Bild, oder?"

Klara nickte.

„Kenne ich. Ist aber lange her." Klaras Gegenüber verschränkte die Arme und sah sie abschätzend an. „Könnte mir denken, dass ich hier der Einzige bin, der Ihnen zu dem was sagen kann." Ein Mundwinkel deutete ein Lächeln von ihm an. „Das kostet aber was."

Klara lächelte ebenfalls, obwohl ihr nicht danach zumute war. „Ach was."

„Bitte schön." Der Grünschnabel war zurück und reichte Klara eine Tasse. „Hab nur Milch reingetan."

„Danke, genau richtig." Klara grinste innerlich über die roten Ohren des Jungen. Der Chef wollte ungestört bleiben. Er zeigte kurz auf die Scooter.

„Sieh dir mal die Lenkung von der ‚23' an, Bübchen. Die geht unsauber. – Komm schon, Abmarsch." Der Grünschnabel zog erneut ein beleidigtes Gesicht und trollte sich.

Der Chef trank genüsslich von seinem Kaffee. „Also, wenn's was gibt, gibt's was."

„Wieviel?"

Er sah auf ihre Brüste. „50."

„Ich arbeite alleine. 30."

Der Chef hatte Spaß daran. Langsam begann er Klara mit Blicken auszuziehen. „Ich habe Familie. 40."

Also doch ein Arsch! Bevor sie ganz nackt sein würde, zählte sie ihm resigniert zwei 10-Euroscheine in die ausgestreckte Hand. „Der Rest nach den Antworten. Ich hoffe, das ist es wert."

Der Chef schob das Geld sofort in seine Hosentasche. „Seinen Namen kannte keiner. Er hat zwei Jahre oder so am Riesenrad gearbeitet, aber nicht an dem hier. Und nur Auf- und Abbau, sonst war der nie zu sehen. War schlau. Und pfiffig. Hat sich für alles interessiert. Jedem, der ihn fragte, wer er sei, sagte er: *Bin der Ingenieur.* Und so hieß er dann auch: Der Ingenieur."

„Wann und wo haben Sie ihn denn getroffen?"

„Gesehen. Nicht getroffen." Der Chef stellte seine Tasse auf den Boden. „Ist wohl sicher zehn Jahre her. Das erste mal, glaub' ich, in Frankfurt. Und hier. Und natürlich bei den Saisonhöhepunkten, soweit ich mich erinnere."

„Was bedeutet?" Klara wärmte sich an ihrer Tasse die Hände.

„Na, Hamburger Dom, Pützchens Markt, Oktoberfest – wenn Ihnen das was sagt." Er fuhr sich mit der rechten Hand über die Bartstoppeln und steckte beide Hände in die Hosentaschen.

„Tut es." Klara überlegte, ob das für vierzig Euro genug war und entschied sich dagegen. „Sie erinnern sich gut. Haben Sie mal was Spezielles mit ihm erlebt?"

„Nee. Aber die Augen, verstehn Sie? Kam ja selten genug vor, aber wenn der die Sonnenbrille mal abgenommen hat, dann haben Sie den nicht mehr vergessen." Er streckte eine Hand aus.

Aus den Lautsprechern drang plötzlich und ohrenbetäubend laut die erste Musik des Morgens. Sie zuckten zusammen. Kaffee schwappte aus Klaras Tasse. Rasch wurde die Musik leiser gedreht. Der Chef fuhr herum. „Toni! Du Idiot!" Toni grinste aus dem Häuschen heraus. „'Tschuldigung, Boss. Erschrocken?"

Der Boss verdrehte die Augen. Dann wandte er sich wieder zu Klara. „Dem Ingenieur wär' das nicht passiert. Aber der hätte davon nichts mitbekommen. Der war nämlich schwerhörig. Das ist alles, was ich weiß."

Die Hand vom Chef war immer noch ruhig ausgestreckt. Und Klara spielte mit den zwei Zehnern in ihren Händen. „'Ne Idee wo er sein könnte?"

„Nee. Aber wenn er auf Märkten arbeitet, isses relativ einfach rauszukriegen."

Klara runzelte die Stirn.

Der Chef zog ihr vorsichtig die Zehner aus den Händen: "Märkte, Schausteller, Wohnwagen ... Camping. Alles klar?"

◌┐₀°₀౨

Längli roch den Rhein, seine feuchten Uferbegrenzungen, ob aus Stein, Wiesen oder schlammiger Erde. Es war schön, ihn aus dieser Perspektive zu sehen. Wie er sich in seinem Bett vom Norden bis zum Süden Kölns träge durch die Stadt wand.

Nach fast fünfzig Lebensjahren wollte Längli keine großen Veränderungen mehr. Er war froh, angekommen zu sein, und wusste, was es bedeutete, etwas zu vermissen. Den Rhein *würde* er vermissen. Die Qualität, einen solchen Fluss mitten in der Stadt zu haben, in der er lebte, war ihm sehr bewusst. Oft waren die Dinge, die man ständig um sich hatte, derart selbstverständlich geworden, dass ihr Wert erst klar wurde, wenn sie fort waren.

„Binsenweisheit", murmelte er und richtete sein Fernglas mit langsamen Bewegungen auf Klara, die dem Scooter-Betreiber gerade Geld gab.

„Von mir bekämst du keinen Cent", murmelte Längli. Er saß in einer der Gondeln des Riesenrads. Der Hauptkommissar hatte sich diesen idealen Platz beschafft, um einen schönen Überblick zu gewinnen. Die Unterhaltung hatte er mitangesehen, aber Lippenlesen gehörte leider nicht zu seinen Spezialfähigkeiten. In seinem Kopf arbeitete es. Hatte ihn die Journalistin tatsächlich verfolgt, ohne dass er etwas davon mitbekommen hatte? Und warum hatte sie sich als Nutte verkleidet? Versprach sie sich davon einen besonderen Tarneffekt? Wofür hatte sie dem Kerl, der aussah wie der verstorbene Schauspieler Klaus Löwitsch, das Geld gegeben? Der stämmige Kerl verschwand jetzt unter der Abdeckung der Scooter-Fläche.

Längli verfolgte mit dem Fernglas Klara Plumps Weg. Sie ging zur Bahnhaltestelle. Ihr Gang gefiel ihm. Resolut, selbstsicher, erfahren. Er wollte das Fernglas gerade wegstecken, da entdeckte er einen Mann, der sich offensichtlich an ihre Fersen hängte. Zu sehen war er nur von hinten. Der Typ hatte weißblonde Haare und eine schwarze Lederjacke. Trug er eine Brille? Eine Sonnenbrille?

War das vielleicht Frost?

Es wurde Zeit, nach unten zu kommen. Längli griff zu seinem Handy. Aber der Mann, der das Riesenrad bediente, ließ ausrichten, dass er momentan nicht erreichbar sei.

Längli registrierte, wie sich seine Gesichtsmuskeln verhärteten. Er beugte sich über den Gondelrand. Der Betreiber stand unten an der Einstiegsrampe und kehrte beschwingt tanzend den Holzboden. Der Kopfhörer über seinen Ohren erklärte alles. Grandios. Längli rief ein paar Mal. Als keine Reaktion erfolgte, zog er sein Portemonnaie, nahm ein paar Münzen heraus und ließ sie rund dreißig Meter tief auf die Holzrampe fallen. Der Tänzer zuckte zusammen und sah nach oben.

Längli wedelte herrisch mit den Armen. „Aspetto, ragazzo."

Als er wieder unten war, war von Klara und ihrem Verfolger nichts zu sehen. Jetzt musste er doch diesen Löwitsch-Verschnitt befragen. Er ging zum Scooter-Parcour.

Der Techniker reckte sich aus dem Kassenhäuschen. „Suchen Sie den Boss?" Längli nickte. „Ist in die Stadt gefahren. Ist in zwei, drei Stunden zurück."

Längli war wirklich bedient. Es klappte nichts. Er mochte solche Tage nicht. Zähflüssig und nicht effektiv. Sollte er die Journalistin anrufen und sie über den Verfolger informieren? Was hatte sie hier gewollt? Nach der Begegnung am Dom konnte er nur vermuten, dass sie ebenfalls auf Frosts Spur war. Aber warum? Woher sollte sie von dem Vorfall im Glockenstuhl wissen? Kontakt zu halten, würde nicht schaden. Längli grinste. Eine SMS war jetzt genau das Richtige.

„Was immer Sie aufgeschreckt haben, Frau Plump. Von oben betrachtet, sah es so aus, als würde es Ihnen folgen. Ein Gruß, Längli." Er wollte noch hinzufügen: „Aber vielleicht war es ja nur ein Freier!", unterließ es aber.

Nahezu augenblicklich kam die Antwort: „Danke fürs Zwitschern, Herr Hauptkommissar. Ich werde darauf achten!"

Am Ausgang der Kirmes wanderte Länglis Blick die Straße entlang. Er entschied, noch etwas Zeit rechtsrheinisch zu verbringen, und setzte sich in Richtung *Deutzer Freiheit* in Bewegung. Die Kneipe war vom Stil her ein Brauhausausschank, aber wesentlich kleiner und daher gemütlicher. Und hatte einen Spiel-Automaten. Längli fühlte sich trotzdem nicht wohl. Das schob er auf die nicht zufriedenstellende Ermittlung des Morgens.

Als das Zwei-Euro-Stück fiel, ging die Schwingtür auf. Längli wandte sich kurz um und schloss kurz resigniert die Augen. Und beobachtete dann durch die Spiegelung im Automaten den Schankraum. Das war es also gewesen. Dass dieser Tag sich so fortsetzen würde, hätte er ja erwarten können. Zwei Männer, denen anzusehen war, dass sie schon lange miteinander arbeiteten, kamen im Gleichschritt auf ihn zu. „Guten Morgen, Herr Hauptkommissar", kam es wie eingeübt gleichzeitig aus ihren Mündern.

Längli drückte die Stopptaste. „Ja, bitte?" Er drehte sich um und musste lachen. Die beiden wirkten auf ihn wie die Comic-Polizisten aus „Tim und Struppi".

„Schaal", stellte sich der Erste vor und „Schmidt" ergänzte der Zweite und stellte humorlos fest: „Wir sind von der *Internen* und nehmen an ..." Er blickte zu seinem Kollegen, der den Satz offensichtlich gerne fortsetzte: „... dass Ihnen das Lachen wohl bald vergehen wird. – Wären Sie so freundlich, uns zu begleiten?"

„Natürlich." Der Automat warf das Restgeld aus. Der Tag hatte gehalten, was er versprochen hatte.

Das Versprechen *Tiberius und Alvis*

005495 „Wohin werden wir reisen?"

Tiberius Entscheidung in der Cafeteria des Krankenhauses war ein Wendepunkt und natürlich war seinem Enkel klar, was für eine Reise gemeint war. Aber er wollte es wohl genau hören. *Endlich* hören, dass Tiberius es sagte. „Sag schon, Tib!"

Tiberius war froh, dass es ihm gelungen war, Alvis von seinen trüben Gedanken wegzubringen. War der Preis zu hoch? Er war bis zu diesem Moment im Kampf mit sich selbst gewesen, ob er Alvis die Reise anbieten sollte. Aber jetzt und hier hatte er die Entscheidung getroffen. Das hatte Priorität. Er setzte darauf, dass Alvis während des verbleibenden Klinikaufenthaltes die notwendige psychische Stabilität gewinnen würde. In seiner Hosentasche glitten Tiberius' Finger wie so oft über seinen Stein. Zu Alvis' Bericht über den Verlauf des Abends an Weiberfastnacht hatte er nichts mehr gesagt, weil er einen Verdacht hatte. Vorfälle, bei denen – wie in der Villa – unvorhersehbar und unvermittelt das Energielevel fiel, deuteten auf Einmischung hin. Seinen Enkel hätte es das Leben kosten können. In Tiberius hatte sich eine gewaltige Wut aufgebaut und so hatte er entschieden.

„Wir reisen in unser aller Heimat, Alvis."

⸎꘎₀°₀ꕥ

Alvis konnte es nicht fassen. Aber er hatte es deutlich gehört. Trotzdem wollte er sich vergewissern. „Ist das wirklich wahr? Du meinst, du nimmst mich tatsächlich mit? Das heißt, du hast dich entschieden?"
Tiberius nickte.

Im Fahrstuhl auf dem Rückweg in sein Zimmer dachte Alvis über die Momente nach, in denen es um diese Reise gegangen war. Irgendwann im Verlauf seiner Pubertät würde Tiberius mit ihm reisen – hatte der damals gesagt. Die Bedeutung dieser Reise war groß, denn mit ihr sollte sich Alvis' Schicksal vollziehen. Von da an würde er alleine reisen können. Und er würde Seelen in ihrer Welt sehen können. Aber er würde auch verschwiegen und neutral *jedem* gegenüber sein müssen. Alvis war sich lange nicht sicher gewesen, ob Tiberius es sich nicht anders überlegen würde. Vor allem, nachdem Jonas seine Fähigkeiten erhalten hatte. Ihn durchströmte ein mächtiges Glücksgefühl, noch bevor Tiberius geantwortet hatte.

Tiberius schlug das Bettzeug für Alvis zurück. „Ja. Ich habe mich entschieden. *Nach* der Klinik. Versprochen. Ich weiß zwar nicht, ob es der richtige Moment ist, aber Zeitpunkte bestimmen sich selber."

Wenn Tiberius gedacht hatte, dass er mit dieser Formulierung im Ernstfall einen Rückzieher würde machen können, hatte er nicht mit Alvis gerechnet.

„Naja, diesmal nicht, Tib, denn du hast ihn gerade selbst bestimmt: nach der Klinik."

Tiberius verzog das Gesicht und Alvis grinste. Dann sagte Tiberius: „Wir *werden* reisen!"

Alvis ließ sich selig und entspannt in Matratze und Kissen zurücksinken. Wieder erfassten ihn Freude und Glück. „*Nach* der Klinik. Meinetwegen. Kein Problem."

„Gut". Tiberius legte seine Hand auf Alvis' Stirn.

Alvis erfasste die Hand seines Großvaters und schob sich vorsichtig im Bett nach oben. „Erzähl mir noch etwas über die Reise. Hast du mir nicht mal gesagt, dass die körperliche Verfassung keine Rolle spielt?"

Tiberius legte Alvis' Hand auf die Bettdecke und fuhr sich durch die Haare. „Ja, das stimmt. Aber empfindest du deine seelische Verfassung gerade als ideal?"

Alvis sah leicht verstimmt zum Fenster raus. „Ziemlich gemeine Frage, Tib."

Tiberius packte Alvis an der Schulter. „He, verdammt, Al, sie ist ungemein wichtig! Seelenreisen sind sehr komplexe Angelegenheiten. Du wirst eine Fülle von Eindrücken bekommen, das ist dir doch wohl klar. Und weil es deine erste Reise ist, werden sie eine besonders starke Wirkung auf dich haben. Ich weiß, du bist ein starker Charakter, aber du bist gerade ziemlich heftig angegriffen worden, und wie du gesehen hast, hat es Wirkung gezeigt. Unterschätze das nicht."

Alvis' Blick wanderte vom Fenster durch das Krankenzimmer.

„Dass du solange damit gewartet hast, mit mir zu reisen, Tib, du weißt, wie ich das empfunden habe, oder? Ich habe mich immer gefragt, wie viel

Vertrauen du in mich hast. Was du mir zutraust. Oder eben nicht zutraust. Das war kein schönes Gefühl. Und auch das hat mich angegriffen.“

☞₀°₀₂

Tiberius verstand das gut. Aber ihm war klar, dass an Weiberfastnacht ein anderer Angriff stattgefunden hatte. Sonst wären seinem Enkel niemals so viele Missgeschicke auf einmal passiert. Es war eindeutig: Der Aufmarsch war beendet. Dies waren die ersten unbedachten Scharmützel gewesen. Dunkle Manifestationen, die ihrem Reich, dem Alkovat, devot Dienste erweisen wollten, hatten ihr böses Spiel begonnen. Alvis' Bemerkung zu Jonas' Verlässlichkeit hatte das bestätigt.

„Das war mir klar, Al. Aber ich hatte Gründe.“

„Erzähl sie mir. Ich werde dir im Amt folgen, Tib. Du brauchst mir nichts mehr verschweigen.“

„Wenn du erlebt hättest, was ich erlebt habe, würdest du das möglicherweise anders sehen.“ Tiberius verstummte erneut für einen Moment. Leiser sprach er weiter: „An meinem dritten Geburtstag starb mein Vater, also dein Urgroßvater. Unsere Dynastie sollte damals das Chronistenamt weiterhin ausüben. Es war nie anders gewesen. Und ein etwas voreiliger Anachron dachte wohl, zur Klärung der Nachfolge sei die sofortige Reise nahezu zwingend. Also hat er sie mit mir gemacht.“

„Was war denn daran so schlimm?“

Auf die Unbedarftheit von Alvis Frage reagierte Tiberius zimperlich: „Al!“ Und bereute sein Aufbrausen sofort. „Entschuldige. – Auch eine Seele muss reifen, um bestimmten Dingen gewachsen zu sein. Dein Bewusstsein – selbst wenn du es bei der Reise nicht merkst – wird auf das Härteste gefordert. Wenn es noch zu wenig entwickelt ist, erst recht. – Verstehst du, was mir widerfahren ist, war wirklich nicht schön. Ich wollte dir nie Ähnliches zumuten.“

„Das heißt, *du* hattest Probleme?“ Alvis Mimik spiegelte Unglauben.

„Allerdings. Aber wie du siehst, man überlebt es. Nur hatte es bei mir eine Zeitlang sehr unangenehme Konsequenzen.“

„Was ist geschehen?“

Tiberius legte seinen Kopf zur Seite und schürzte ganz kurz die Lippen. „Ich war sprachlos.“

„Wie meinst du das?"

„Ich konnte nicht mehr reden, Al. Von meinem dritten bis zum fünften Lebensjahr nicht. Aber das ist eine andere Geschichte." Tiberius atmete tief ein und aus. „Es reicht für heute. Finde ich." Er stand auf und klopfte Alvis auf die Schulter. „Ich sehe dich, Al. Ich werde sicher schnell wieder auftauchen. – Übrigens, äh, wenn deine Mutter zurückkommt ... Sie will mit dir darüber reden, wie es mit deinem Herzen weitergeht."

Alvis antwortete knapp: „Genau. *Mein* Herz."

Und Tiberius wusste, dass sein Enkel sich bereits entschieden hatte, was er tun wollte.

Als Tiberius die Zimmertür öffnete, kam ein Arzt mit der Stationsschwester herein. „Na, wie geht's uns." Ein Standardsatz. Das Abspielen einer automatischen Aufzeichnung. Eine mitfühlende Frage war das nicht gewesen.

„Keine Ahnung wie's *Ihnen* geht, mir geht's richtig gut." Tiberius lächelte über Alvis' Satz und schloss zufrieden die Tür.

Seelenkunde – letzter Teil   *Tiberius und Alvis*

005496 Leicht matschig und mit viel Kakaoanteil lag ein gewaltiges Stück Marmorkuchen auf Alvis' Teller. Ganz so, wie sein Enkel ihn besonders gern mochte. Den Ausdruck in Alvis Augen registrierte Tiberius mit Freuden: Er war gierig. Es schien ihm deutlich besser zu gehen. Besorgnis um Alvis' Zustand war natürlich der erste Grund für Tiberius' Erscheinen in der Klinik gewesen. Seit Tiberius' Reise-Ankündigung präsentierte sich Alvis bei jedem täglichen Anruf in besserer Verfassung. Und sein trockener Witz sorgte für häufiges Gelächter in seinem Zimmer. Jedenfalls wenn die Krankenschwestern da waren.

Aber Tiberius' zweiter Besuch im Krankenhaus diente einem weiteren Zweck: Für den Fall der Fälle wollte er seinem Enkel so viel an Informationen vermitteln, wie ihm möglich war. Über das *encore voir* und das Auftreten von *Famuli* musste er mit Alvis unbedingt sprechen. Hinzu kam die zweite Gedankenverschmelzung mit Jonas im Fußballstadion. Er hatte den Jungen gebeten, Alvis nichts davon zu erzählen. Und das hatte vor allem *einen* Grund gehabt: Tiberius wollte es selber tun. Jetzt trat ihm bei diesem Gedanken Schweiß auf die Stirn. Die Verhaltensweisen seines Enkels hatten einen ungewöhnlich emotionalen Charakter angenommen.

Tiberius seufzte. „Es gibt etwas, was ich dir erzählen will."

„Und? Was?" Alvis angelte nach einer Gabel auf dem Beistelltisch. „Sag Ma schönen Dank."

„Ich habe deinen Freund getroffen. Jonas." Tiberius wartete auf eine Reaktion, aber in Alvis' Gesicht regte sich nichts. „Und, äh, deine Mutter ist noch nicht zurück. *Ich* hab den Kuchen gemacht."

„Ach ..."

Alvis' Irritation war fühlbar für Tiberius. „Jetzt schau mich nicht so an. Ich habe schon Marmorkuchen gebacken, da war er nicht erfunden!"

Alvis sah tatsächlich aus, als sei genau dies der Punkt gewesen, weshalb es erlaubt sei, an der Qualität des Kuchens zu zweifeln. Er nahm ein paar Krümel auf, leckte sie vorsichtig von der Gabel und kaute auf ihnen herum. „Ist in Ordnung. – Schieß los. Ich werde das vielleicht später genauer kommentieren."

Tiberius beobachtete, wie Alvis genussvoll den Kuchen in sich hinein-stopfte.

„Hat dir Jonas erzählt, dass ich mit ihm im Stadion war?"

Alvis schüttelte den Kopf und antwortete knapp: „War ja ein gutes Spiel. Glück gehabt."

„Er hat mich noch einmal um eine Verschmelzung gebeten."

In Alvis' Gesicht zuckte es, sonst aber blieb er ruhig. Tiberius atmete tief ein und begann zu erzählen.

Bei der Verschmelzung mit Jonas war genau das geschehen, was er hasste: Ein Hindernis war beseitigt worden, ein Geheimnis gelüftet ... und schon stand das nächste an. Nach dieser neuen Barrikade hatte Tiberius aufge-geben. Die Weiße Verhüllung zu überwinden, hatte seine Möglichkeiten überstiegen.

Denn unter der weichen, weißen Masse, undurchdringbar und wie Schutzpolster über das große Erdloch gelegt, befand sich ein weiteres verdecktes Geschehen. Im Gegensatz zu der Hypnose, die die Kuppel ge-schaffen hatte, war dies eine Verhüllung. Eine Handlung, die von der *Ewi-gen Manifestation* gebilligt war. Geschaffen aus der Macht einer Fügung heraus. Der Fügung von DaniEl. Niemand sollte erfahren, was es war und warum. Nicht übel. Aber wichtig war, dass das eine nichts mit dem ande-ren zu tun hatte. Die Hypnose hatte nur dem Zweck gedient, zu verheimli-chen, dass es unter der Erde etwas gab, was die Öffentlichkeit nicht erfah-ren sollte. Die Verhüllung verbarg ein anderes Geheimnis. Jenes, weshalb Jonas Momente hatte, in denen seine Fähigkeit ins Spiel kam. Offenbar konnte er – wenn es um den Grund für die Fügung ging – Seelen sehen. Das war clever.

„Der kleine Aufsteiger DaniEl hat da vorzügliche Arbeit geleistet." Mit diesem Satz schloss Tiberius seinen Bericht und wartete gespannt auf Alvis' Reaktion.

„Jonas ist also tatsächlich ein Auserwählter."

Tiberius nickte.

„Unglaublich. Was für eine Geschichte." Alvis griff zu einer Flasche Was-ser.

Tiberius war erleichtert. Aber vielleicht fehlte Alvis für eine härtere verbale Auseinandersetzung einfach die Kraft. Doch dessen Antwort belegte das nicht:

„Gut, dass du ihm helfen konntest. Dir ist klar, dass wir unbedingt herausbekommen müssen, auf was er da unten in der Erde gestoßen ist!"

Tiberius drosselte Alvis' Tempo. „Du solltest Jonas nicht drängen. Die Erinnerung wird sich ihm erst nach und nach öffnen. Und wer weiß, was dahintersteckt."

Alvis' Blick ging zum Fenster hinaus. Zögernd sagte er: „Ich ... ich dachte nicht an Jonas, Tib. Ich dachte an uns." Tiberius hörte am Tonfall, dass sein Enkel traurig wurde. Der redete weiter: „Er hat mich verletzt, Tib, sehr sogar. Er denkt nicht. Er ist oberflächlich."

Tiberius wusste, dass er dazu nichts sagen durfte, denn eine Freundschaft ... „Er ist, wie er ist, Al. Alles hat seinen Grund. *Ihn* kannst du nicht ändern. Nur dich. – Und dass er dir ganz offensichtlich etwas Schmerzhaftes angetan hat ... Naja, das macht ihn nicht unbedingt oberflächlich. Bei all dem, was du jetzt weißt, denke daran: Sind wir erst gereist, unterstehst du den Regeln der Seelenwelt. Du wirst dann für immer schweigen müssen." Tiberius blickte kurz zum Fenster. „Es sei denn, du überträgst ihm dein Amt und gründest damit eine neue Dynastie der Chronisten. Seine. Aber das ist eine Entscheidung, die ..." Tiberius ließ Alvis Zeit, um den kleinen Monolog zu verdauen.

Die Kohlensäure wirkte. Entgegen jeder Gewohnheit brachte Alvis ein fulminantes Aufstoßen zustande. „Entschuldigung. – Das kann kaum in unserem Interesse sein, nicht wahr? Ich habe Jahre auf die Reise gewartet, Tib. Ich werde ganz sicher nicht der sein, der den Fortgang unserer Dynastie unterbricht."

Tiberius schwieg.

„Ich weiß, was du denkst, Tib", setzte Alvis fort. „Aber ich weiß wirklich nicht, ob ich noch einmal versuchen werde, Jonas von irgendetwas zu überzeugen. Zumindest nicht, solange ich nichts von dem Ausmaß des Problems in der Seelenwelt weiß." Er nahm einen weiteren Schluck aus der Flasche und verschloss sie sorgfältig. „Sagst du nicht immer, das Leben findet einen Weg?"

„Ja, so ist es! Darauf sollte man vertrauen." Tiberius nahm Alvis die Flasche Wasser aus der Hand. „Hast du Kraft für ein bisschen Seelenkunde?"

„Klar."

„Aber nicht hier. Lass uns unten eine Runde durch den Garten gehen." Tiberius zog mit leicht angewidertem Gesicht die Luft im Krankenzimmer durch die Nase. „Komm, pack dich ein. Wird uns beiden gut tun."

Im Park umfing sie eine Temperatur wie an einem Frühlingstag. Aber leichte, kalte Windstöße straften diese Anmutung zum Teil Lügen. Tiberius hatte im Klinik-Kiosk ein paar Kekse gekauft und am Automaten zwei Becher Tee abgefüllt.

Er schlug einen Rundweg ein. „Erinnerst du dich an die eine Verschmelzung, die wir vor langer Zeit hatten?"

Alvis nickte. „Ich erinnere mich, *dass* wir eine hatten, ja. Es ging darum, mir durch dein Bewusstsein einen Einblick auf die Seelenwelt zu geben. Aber ich habe keine Bilder davon. Die Erkenntnis, die sich mir damals erschlossen hat, hat sich blitzschnell wieder aufgelöst. Da weiß ich nichts mehr von. Leider."

Tiberius ergänzte: „Ja, so musste das sein. Das große Verständnis für alles, was die Seelenwelt bedeutet, erlangst du nur, wenn du Teil von ihr bist, ob für alle Ewigkeit oder auf deinen Reisen. Aber das ist heute nicht unser Thema. – Setzen wir uns da auf die Bank?"

Sie setzten sich und Alvis warnte Tiberius, als dieser ansetzte, den Tee zu trinken: „Er schmeckt bedenklich."

„Egal", sagte Tiberius, dem es wichtig war, von innen warm zu werden. „Ich möchte dir von etwas erzählen, was du wissen solltest, bevor wir demnächst die Reise antreten." Er trank und verzog leicht das Gesicht. „Stimmt. Genuss ist anders." Er zögerte und bevor er weitersprach, schnäuzte er in ein Papiertaschentuch. „Es geht dabei um das Eindringen von Seelen in das Bewusstsein von Menschen. Es vollzieht sich anders als eine Verschmelzung. Es ist ein sehr komplexer Vorgang, Alvis, den nur sehr mächtige Seelen beherrschen." Er reagierte auf Alvis' stumm-fragenden Blick. „Oh ja, wir Chronisten können es auch. Ist wohl unnötig zu erwähnen, dass *wir* dies nur in – ich sage mal – Grenzsituationen tun und ..."

„... und woran würde ich erkennen, wenn das bei mir geschieht?" Alvis nippte ebenfalls an seinem Tee.

„Im besten Falle gar nicht, ich meine, wenn *wir* es tun." Der Chronist schob sich eine lange Haarsträhne hinters Ohr, die der Wind ihm ins Gesicht geweht hatte. „Leider gibt es einige Seelen im Alkovat, die ebenfalls machtvoll genug ausgestattet sind. Anzeichen dafür, dass sie ihre Fähigkeit benutzen, ist zum Beispiel, dass wir Dinge sehen und als Gelebtes oder noch zu Erlebendes wahrnehmen. Bilder, die im Tagtraum oder in blitzartigen Gedanken auftreten, die wir also im Menschenleben schon gesehen haben. Und Geschehen, von dem wir annehmen, dass wir es bereits erlebt haben.

„Ist mir bekannt, Tiberius. Déjà vu. Das hatten wir schon."

„Ach ja?" Tiberius kratzte sich am Kopf. „Du musst wissen, es gibt verschiedene Gründe, warum das geschehen kann. Du weißt, dass die Lebensbilder von Menschen in Impulsen aufbewahrt werden. Zum größten Teil befinden sie sich in unseren Archiven. Da sind sie grundsätzlich gut geschützt. Kollabiert aber ein Pulsar, werden sie unkontrolliert freigesetzt. In einem solchen Fall sind die Hüter der Pulsare beauftragt, sie gewissermaßen einzusammeln. Das gelingt überwiegend. Wenn nicht, bewegen Impulse sich durch die Atmosphäre der Seelenwelt, dem Ätherium, zurück zum Eigner. Das bedeutet, dass einige Bilder in die Gehirnregionen derer zurückkehren, von denen sie stammen. Dabei kann es geschehen, dass neue Impulse entstehen, weil Bilder sich vermengen. Jonas und du, ihr würdet das als Datenmüll bezeichnen. Aber dieser Müll ist nicht geschützt, verstehst du? Obwohl es natürlich verboten ist, kann es passieren, dass eine Seelenmacht sich der Bilder bemächtigt und sie gezielt einsetzt."

Tiberius lächelte grimmig und erriet Alvis Gedanken. „Das brauche ich nicht, Alvis. Schon vergessen? Wir sind die Herren der Pulsare." Tiberius Lächeln gefror. „Das ist kein Spaß. Genau genommen ist es Missbrauch, es sei denn, es geschieht zu einem wichtigen Zweck, einem Geschehen, das wegweisend für die Menschheit ist, zum Beispiel."

Alvis lächelte. Aber anders. Konnte es sein, dass sein Großvater derart starke Gedächtnisschwächen hatte? Oder wiederholte er hier absichtlich Dinge, die sehr bald eminent wichtig werden konnten?

Tiberius hatte sich ganz offensichtlich warmgeredet. „Und deswegen muss nicht immer alles stimmen, was du siehst und in unterschiedlichen Bewusstseinszuständen wahrnimmst."

„Okay, Tib, ich bin gewarnt. Danke."

„Ich sage nicht, dass du alles anzweifeln sollst! Aber du – und natürlich vor allem Jonas, wenn sich eure Wege noch einmal kreuzen -, ihr solltet vorsichtig sein. Besonders, wenn ihr das Gefühl habt, dass euch Dinge sehr bekannt vorkommen. Wenn einem so etwas widerfährt, dann ist der Gegner möglicherweise boshaft, – was selbstverständlich ein berechtigtes Naturell ist."

Alvis antwortete nicht. Tiberius wusste ja, was Jonas gesehen hatte. Konnten das solche falschen Bilder gewesen sein? Die Explosion des Domturms stand wahrscheinlich in einem tatsächlichen Zusammenhang mit dem Fall des Klöppels vor knapp drei Monaten. Da war keine Manipulation im Spiel. Und der Mann mit dem Down-Syndrom deutete klar auf eine Seelenmacht aus der *Ewigen Manifestation* hin, auf diesen DaniEl.

Tibs Redefluss war ungebremst. „Das falsche *Déjà vu* ist aber nur *ein* Mittel, Gegner zu verwirren. Du kennst vielleicht diese Ahnung, dass etwas passieren wird."

„Ja. Dass Dortmund Meister wird zum Beispiel." Alvis grinste.

Tiberius lächelte gequält. „Bleib besser ernst. Das ist ein *encore voir*. Das sind ebenfalls falsche Bilder. Man kann sie in den Bereich des Gehirns einfließen lassen, der für die Fantasie zuständig ist." Tiberius trank aus seinem Becher und es sah aus, als wolle er es wieder ausspucken.

Alvis sah ihn scharf an. „Warum erzählst du mir das alles? Wochenlang hast du geschwiegen. Was passiert in der Seelenwelt, Tib?"

„Regeln, Alvis! Ich werde nichts dazu sagen. Außerdem kann ich nicht in die Zukunft sehen. Aber du kannst dir jetzt vielleicht vorstellen, dass die Geschehnisse, die gerade stattfinden, möglicherweise eine andere Dimension angenommen haben."

Alvis hatte genug von den schwammigen Formulierungen. „Das bedeutet also … Der Gegner hat einen Famulus, nicht wahr?"

Tiberius' Augen weiteten sich. Er schien verblüfft. „Von dieser armen Kreatur habe ich dir schon erzählt? – Dazu darf ich dir nichts sagen. Nur Theoretisches. Also zum Beispiel, dass ein Famulus ausgesprochen gefährlich ist. Oft ist er eine geschundene und zerrissene Seele und deswegen gnadenlos. Aber dieser Eigenschaft ist er sich nicht bewusst, verstehst du? Andere haben aus ihm gemacht, was er ist. Er ist krank. Suche die Schuld für das, was er tut, nicht bei ihm."

Alvis schüttelte lächelnd den Kopf und tat, als posiere er vor Tiberius mit einem gewaltigen Bizeps. „Das heißt, ich soll ihn verschonen, wenn er mir begegnet?"

Tiberius blieb angemessen ruhig. „Ja", sagte er, „verschone ihn. Er weiß zwar, was er tut, aber er glaubt sich stets im Recht."

Alvis wurde ernst. „Du sagst das so, als hätte ich eine Chance, ihn an seinem Vorhaben zu hindern. – Und wenn ich sie hätte? Hätte ich die Kontrolle, wenn er mich bedroht?"

„Ich glaube, ja", erwiderte Tiberius. „Aber nicht so, wie du denkst. Bald musst du dich neutral verhalten. Aber du hast andere Möglichkeiten. Du wirst sie erkennen. Zwölf Jahre Unterricht sollten dich auf deine Aufgabe vorbereitet haben."

Trügliche Zeichen? *Längli, Klara, Jonas, Mirco*

005497 Der Polizeipsychologe war ein unangenehmer, armer Wicht. Längli hätte ihm das gerne schon in der ersten Sitzung gesagt. Aber der war am längeren Hebel, also blieb Längli nichts anderes übrig, als das Spiel mitzuspielen. Gerade hatte er versucht, diesem Dilettanten klarzumachen, dass es sinnvoller sei, psychologische Profile der Kollegen aus der Internen Abteilung zu erstellen. Und das *Wieso denn das?* seines bebrillten Gegenüber beantwortete er mit dem Hinweis, dass sie genauso aussahen wie die Clowns auf den Scheiben des Spielautomaten.

Der Psychologe lächelte schmallippig. „Hauptkommissar Längli, denken Sie bitte daran: Erst nach allen erforderlichen Sitzungen gebe ich Ihrem Vorgesetzten eine Empfehlung ab. Noch weiß ich nicht, wie es mit Ihnen weitergehen soll."

Der spielt seine Macht aus. Dass dem Psychologen nicht klar war, wie er mit ihm weiter verfahren sollte, fand Längli logisch. Vergeblich hatte dieser Unsympath versucht, ihm etwas aus seiner Vergangenheit zu entlocken. Aber das würde ihm nicht gelingen. Längli erzählte nur Belangloses und das ausgiebig. Warum Aachen auch sonst eine schöne Stadt sei und nicht nur wegen dem Spielcasino, warum er so gerne seinem Hobby frönte und wie er sich die Wohnung in Köln-Lindenthal leisten konnte. „Ich spüre einfach frühzeitig, ob ich eine Gewinnsträhne habe oder nicht. Das ist sehr nützlich." Längli legte ein freundliches Lächeln auf. „Und ich spüre, wenn ich darum beneidet werde."

Dabei dachte er an seinen jungen Kollegen Wagner. Längli hätte ein guter Mentor für ihn sein können, aber der Naseweis hatte als erstes wissen wollen, wie er sich denn von dem Gehalt einen VW-Phaeton leisten könne. Das war ein ganz schlechter Start gewesen und Längli hatte ihm das drastisch vermittelt. Seitdem fühlte er sich von dem Grünschnabel unentwegt beobachtet.

Der Psychologe erhob sich. „Der Kriminalrat möchte Sie übrigens sehen. Sie haben Ihre Dienstmarke und Ihre Waffe noch nicht abgegeben?"

„Das ist nicht Ihr Ernst, oder?" Längli grinste süffisant.

„Warum nicht?"

„Das wissen Sie nicht?" Längli sah den Psychologen ungläubig an. „Die Idee kommt aus Hollywood. Es war ein Regisseur aus den Fünfzigerjahren, der es erfunden hat. Sah einfach klasse aus, wenn der Special Agent seine Marke und den Colt auf den Schreibtisch seines Vorgesetzten knallte. Zuerst hat man das beim F.B.I. übernommen. Später auch bei anderen Diensten. Aber nicht in Deutschland. Ich bitte Sie, *wir* lassen uns doch nicht von Film und Fernsehen beeinflussen."

„Tatsächlich? Das ist mir ...?" Dann begriff der Psychologe. „Sehr geistreich!"

ᒍᕗₒᵒₒ₂

Längli war einfach gegangen. Seine Dienst-Accessoires lagen bei ihm zu Hause im Safe, wo er sich, entgegen jeder Gewohnheit, bereits am frühen Nachmittag ein Bier aus dem Kühlschrank nahm. Er brauchte seine Waffe nicht. Und andere schon gar nicht. Jedem, der sie sehen oder haben wollte, würde er sagen, dass er die Zahlenkombination leider vergessen habe. Er wusste, es war schwer, ihm beizukommen. Längli war mit seinen über zwanzig Dienstjahren bei der Kölner Kripo ein Dinosaurier im Amt. An diesem Status zu rütteln, war anstrengend.

Nach der ersten Befragung war Längli noch zwei Mal im Büro gewesen. Er hatte vorgegeben, ein paar Sachen abzuholen, in Wahrheit aber seinen Computer benutzt. Da wurde ihm seitens des Präsidiums eindeutig beschieden, die Dienststelle – abgesehen von den Pflichtterminen beim Psychologen – nicht mehr aufzusuchen.

Längli ließ sich jedoch nicht ruhigstellen. Suspendierung hin oder her. Wenn er sich von seiner Arbeit abwendete, würde er sich erst recht seiner kleinen Leidenschaft hingeben. Außerdem konnte er Stillstand nicht ertragen. Er würde weitermachen. Nur den heutigen Abend würde er anders gestalten.

Bis dahin würde er den Rest des Tages mit Kleinrecherchen am Laptop verbringen. Der Polizei-Apparat fehlte ihm. Bald musste er Kontakte nutzen. Und neue finden. Zum Beispiel diese attraktive Journalistin.

Längli nahm einen Schluck aus der Flasche. Als er gewohnheitsmäßig nach der externen Maus für den Laptop griff, erwischte er die TV-Fernbedienung und bekam einen dieser kleinen Stromschläge. Er hatte sich wieder irgendwo elektrisch aufgeladen. Die Fernbedienung fiel auf den Boden. Der Fernseher ging an. Eingestellt war der Sender vom Vorabend. Center TV. Stimmt. Da war Längli beim Zappen hängengeblieben. Der kleine Kölner Sender hatte ein spezielles Nachtprogramm. Kameras waren in den Fahrerkabinen verschiedener Straßenbahnen platziert und der Zuschauer fuhr bei rheinisch-regionaler Musikuntermalung mit. Gestern war Längli auch „mitgefahren", vorbei an den großen Kölner Plätzen Neumarkt und Heumarkt.

Genau. Die Erinnerung festigte seinen Entschluss für den Abend. Es wartete also die Altstadt auf ihn. Das war die Heimat von Mirco Frost gewesen. Es war bestimmt nicht verkehrt, das Ambiente dort neu zu erschnuppern. Wer weiß, vielleicht ergab sich auch eine erneute Begegnung mit Klara Plump? Warum nicht? Was die Dame so umtrieb, interessierte ihn ebenfalls.

⊂ᵔₒ°ₒ₂

Klara gab der Balkontür einen Stups und drehte die Heizung hoch. Die Wohnung war ausgekühlt und leicht muffig. Zwei Wochen Ruhe in Holland hatte sie sich gegönnt und war damit dem Höhepunkt der Kölner Karnevals-Session gezielt entgangen. Erst nach dem dritten Strandspaziergang hatte sie gespürt, wie nötig sie die Auszeit gehabt hatte. Dick eingepackt und gut versorgt mit Fritten, Frikandel special und holländischem Bier, hatte sie in einem Strandkorb gesessen und urplötzlich die Nordsee angeheult. Die Trennung von ihrem Mann und der Ehrgeiz, den sie bei ihrer Arbeit entwickelte, hatten ihr Energielevel gewaltig belastet.

Das Lesen und Wandern in den vergangenen Tagen hatten ihr so gut getan, dass sie sogar drei Tage draufgegeben hatte und erst am Wochenende nach Aschermittwoch nach Köln zurückgekommen war.

Jetzt war sie da. In ihrem Zuhause. Und bereit zur Arbeit.

Klara ging in die Küche. Na ja, eher war es eine Küchen*zeile*. Abgetrennt vom Wohnraum, aber winzig. Diese Wohnung im Kölner Stadtteil Nippes war nur eine vorübergehende Bleibe. Der Wohnpark im Kölner Süden, wo ihr endgültiges Domizil sein sollte, war noch nicht fertig. Immerhin, so hatte sie im „Anzeiger" gelesen, war der erste Spatenstich getan und in gut zwei Jahren würde sie wohl ihre neue Bleibe beziehen können. Als „extrem übersichtlich" hatte sie gegenüber Charlotte das Nippeser Appartement einmal bezeichnet. Aber es war im Dachgeschoss und von ihrem Balkon aus hatte Klara einen schönen Ausblick auf den Osten Kölns. Sogar die Spitzen des Doms waren zu sehen. Sie goss sich Kaffee nach und nahm die Tasse mit zu einem Beistelltisch an ihrer Bettcouch.

Es wurde Zeit, die Recherchen wieder aufzunehmen. Klara hatte eine Liste abzuarbeiten. Ein Campingführer lag neben ihr und sie notierte sich die Adressen der Campingplätze in und um Köln. Der Tipp des Mannes am Jahrmarkts-Scooter hatte Geld gekostet, war aber nicht schlecht gewesen. Danach checkte Klara ihre Emails. Das Ergebnis der Untersuchung des Metalls aus dem Glockenstuhl stand an. Sie hatte einen kleinen Span abgetrennt und per Einschreiben verschickt. Die Firma aus dem Ruhrgebiet schrieb, man wolle „abschließende Untersuchungen vornehmen". Das bedeutete, dass Klara noch nicht beim Dompropst würde vorstellig werden können. Denn wenn sie sich mit Herrn Wittler traf, wollte sie ihn nicht nur mit dem Splitter überraschen, sondern auch etwas vorzuweisen haben.

Das Handy meldete sich und sie ging ins Bad. Tageslicht-Ambiente. Sie nahm das Handy von der Ablage am Waschtisch und sah kurz in den Spiegel. Sie gefiel sich. Eine leichte Bräune hatte sie doch mitbekommen.

Sie kehrte in den Wohnraum zurück und entsperrte das Handy. Zwei SMS. Charly rief sich in Erinnerung. Gut. Der kleine Lover machte ihr wohl ein wenig Sorgen. Aha! Herr Längli, da schau an. Der wurde ja richtig anhänglich. Erst der Hinweis auf einen möglichen Verfolger und jetzt? „Bin bereit zum Austausch. Vielleicht bei einem Essen heute Abend? Freundlichst, Längli." *Das* war ja interessant! Der kam wohl nicht weiter. Oder hatte er andere Interessen? Aber würde das heute was werden? Eher nicht! Sähe so aus, als würde sie auf Abruf bereit stehen. -Was war sonst noch zu erledigen?

Aus dem Nichts kommend, schlug der Wind die angelehnte Balkontür auf und peitschte im Wohnraum die Zeitung hoch. Der nächste Stoß wirbelte eine einzelne Seite des Magazin-Teils gegen die Fensterscheibe. Das Foto darauf zeigte einen Mann der Abfallwirtschaftsbetriebe. Klara schloss die Balkontür, nahm die Seite auf und las das Porträt. Ein AWB-Mann. Mist. Sie hatte Mr. Orange von der Domplatte zwar nicht vergessen, aber doch leicht verdrängt. Eine Energiewelle überflutete sie. Und die Braue zuckte. Offenbar war sie tatsächlich wieder in Köln angekommen.

Klara überschlug kurz ihren Zeitplan und entschied, vor dem Versuch Mr. Orange zu treffen, noch einen Stellplatz für Wohnmobile in der Nähe der Mülheimer Brücke zu checken. Sie packte ein paar wetterfeste Sachen zusammen und holte ihr Fahrrad aus dem Keller.

⸎₀°₀ꝰ

Jonas schlief nicht schlecht. Eher seltsam. Und er träumte nicht schlecht. Nicht von dunklen oder anderen Lichtern, nichts, was auf Seelenwelten hindeutete. Ganz im Gegenteil. Es waren helle Träume. Heiße Träume. Er hätte anderes erwartet. Schließlich waren die vergangenen Tage eindeutig des Guten zu viel gewesen. Erst die erneute Verschmelzung mit Tiberius und das Aufbrechen der Mauer, die seine Erinnerung blockiert hatte. Dann die Bilder vom Geschehen, das sich vor Jahren irgendwo dort am Butzweiler Hof unter der Erde abgespielt hatte. Grelle Lichter, weiße Flure. Und wieder so eine merkwürdige Reaktion von Tiberius: Nein, das ginge ihn nichts an, davon dürfe er nichts wissen, wolle es nicht! Was sprach eigentlich dagegen, dass der alte Mann doch nicht ganz richtig im Kopf war?

Später die harte Auseinandersetzung mit Alvis. Das hatte ihn weit mehr mitgenommen, als er es sich selber zugestanden hatte. Es war wie eine Befreiung gewesen, als er das Krankenzimmer verlassen hatte. Kein Gedanke daran, jemals wieder dorthin zurückzukehren. Nein, Alvis war nicht mehr sein Freund. Idiot und Arschloch, hatte er ihn genannt. Und das war nicht das Schlimmste. Es war das Wie! Trotz seiner Wut hatte sich Jonas in diesem Moment entsetzlich klein gefühlt. Weil es so herablassend gewesen war, so demütigend. Als hätte Alvis diese Worte für ihn erst neu erfunden. Hatte er wohl auch. Das war nicht Alvis gewesen. Der kannte solche Worte überhaupt nicht!

Jonas registrierte, wie intensiv er über seinen Freund nachdachte, der gar nicht sein Freund war. Er lag im Bett und ließ die vergangenen Tage weiter Revue passieren. Die Momente ohne Alvis. Und die Nacht. Er hatte von Klara geträumt. Goodness. Was für eine ... Traumfrau! Solche Träume hätte er gerne jede Nacht. Und Charlotte? Ach, das war überhaupt nicht zu vergleichen. Charlotte fand man klasse, weil sie so war, wie sie eben war.

225

Aber Klara, die machte einen irgendwie verrückt. Ohne dass sie es gewollt hätte. Deswegen hatte sie sich im Traum wohl auch ausgezogen. Also nicht wirklich *sie*. Soviel war klar. Aber eines war Jonas definitiv nicht klar: Warum hatte Klara das auf dem Domvorplatz getan?

Mirco Frost erlebte einen Moment, in dem er sich zu seinem Einfallsreichtum und seiner Fantasie selbst gratulierte. Die Vorstellung, dass eine fremde Macht das Schicksal seiner Seele bestimmte, daran glaubte er nicht mehr. Früher hatte er gedacht, dass ihm ein Engel etwas einflüsterte. Aber den hatte man vertrieben. Damals, in der Klinik.

Als es soweit war, dass sich PerdUs' Gespinst öffnete, erwachte Mirco und sein Gesicht war tränenüberströmt. Einen Moment lag er bewegungslos im Bett. Er strich über seine Wangen, fühlte die Feuchtigkeit seiner Haut und schmeckte das Salz seiner Tränen. Wo kam das her? Er stand auf und sah zum Fenster hinaus. Die Nachbarn waren noch nicht auf. Nichts regte sich auf den anderen Parzellen. Im Sommer 2010 stand Mircos Wohnwagen auf einem Camping-Platz unweit von Frankfurt.

Er stopfte sein Bettzeug in das Sitzfach, holte Milch aus dem Kühlschrank und setzte sich an den kleinen Tisch.

Schon als ihm die Idee gekommen war, den Kölner Dom zu Fall zu bringen, war ihm klar gewesen, dass er keinen konventionellen Weg gehen konnte. Sprengstoff kam nicht in Frage. Nicht bei fünfhunderttausend Tonnen Gestein. Und so war sein ursprünglicher Plan entstanden: Der Prozess sollte von innen wirken, unmerklich zunächst und erst sichtbar, wenn es zu spät sein würde. Dann sollte dieses mächtige Gebäude einfallen wie eine schnell getrocknete Sandburg.

Aber das war nicht zu machen. Den mikrobiotischen Zerfall des Gesteins zu beschleunigen, war schwer. Zumal der Dom in seiner mehrere Jahrhunderte andauernden Bauphase mit den unterschiedlichsten Gesteinsarten bestückt worden war. Da war ja der langsame Zerfall durch den sauren Regen schneller.

Eine Zeitlang war Mirco frustriert gewesen und der Gedanke hatte sich bei ihm eingenistet, dass der Taubenkot es schon erledigen würde. Gegen den gab es kein Mittel. Aber auch das würde lange dauern. Außerdem gab es am Kölner Dom jetzt Falken. Unglaublich. Und dazu einen Falkner. Aber Mirco Frost vertraute darauf, dass ihm schon noch das Richtige einfallen würde. Das war immer so gewesen. Auf einem der Jahrmärkte war man gezwungen gewesen, kurzfristig weggebrochenes Erdreich zu ersetzen, das als Fundament für das Riesenrad erforderlich gewesen war. Innerhalb von sechs Stunden hatte er die Berechnung und Zeichnung für eine Stahlkonstruktion fertiggestellt, deren Statik die erforderliche Sicherheit garantierte. Mit Hilfe zweier Bauschlosserfirmen hatte er die komplexe, ausgefallene Stütze für das gewaltige Gerät montieren lassen. Der TÜV-Ingenieur hatte seinen Mund nicht zubekommen und Mirco Frost hatte eine fette Provision des Betreibers erhalten.

Aber der Dom war kein Riesenrad. Er war ein Bauwerk der Superlative. Ein Koloss, ein Gigant, ein monumentaler Felsen. Mirco Frost setzte sein Glas Milch an und trank es leer. Doch er würde ihn zu Fall bringen, daran hatte er keine Zweifel. Nichts war unzerstörbar, allenfalls sein eigener Wille.

Den kompletten Dom dem Erdboden gleichzumachen, das war anfangs nicht geplant gewesen. Es waren die Glocken, die ihn in den Wahnsinn trieben. Sie hatten geläutet, als ... Mirco Frost unterdrückte den Brechreiz. Jedenfalls war sein erstes Ziel kleiner und überschaubarer gewesen. Doch es hatte ihm an Reife und Überlegung gefehlt. Der Zeitpunkt während des Papstbesuches war ganz gut gewählt gewesen, aber er war zu spontan vorgegangen. Heute lächelte er ob der jugendlichen Naivität, mit der er gehandelt hatte. *Ein* Kanister Benzin, was für ein lächerlicher Versuch! Immerhin, es war ein Anfang gewesen, allerdings einer, der ihn viel Lehrgeld gekostet hatte.

Klopfte es da an die Tür des Wohnwagens? Mirco drehte sich um und schob dabei versehentlich die Schlüssel vom Tisch, bückte sich, um sie aufzuheben und dachte: Der Schlüssel des Falkners. Er ging nicht zur Tür. Und er rief nicht Herein. Es war ihm egal, ob und wer da vor dem Wohnwagen stand. Aber er wusste jetzt, wie er sich im Kölner Dom würde frei bewegen können. Es wurde Zeit, heimzukehren.

Ein kranker Plan   *Mirco*

005498 Es war an einem Spätvormittag, als Mirco Frost aus dem Hauseingang Marzellenstraße 5a trat. Wie eh und je stand der Kölner Dom an seiner Stelle, unberührt von der Katastrophe, von der Mirco Frost noch nicht wusste, wie er sie auslösen konnte.

Seine Ohren waren mit flexiblem Kunststoff gefüllt, zum Schutz vor dem Glockenläuten. Die Schirmmütze seines alten Kumpels Heinz Lapp aus der Forensik hatte er ins Gesicht gezogen, durch die dunklen Gläser seiner Brille waren seine Augen nicht zu erkennen. Und braun – wie bei seinem Überfall – waren sie auch nicht. Die Farblinsen lagen in einer kleinen mit Konservierungsmittel gefüllten Dose im Badezimmer der Wohnung. Gut möglich, dass er sie noch einmal brauchte. Wie Heinz' Wohnung. Seinen Kumpel hatte Mirco Frost nicht mehr gebraucht. Aber Heinz Lapp war nicht deswegen tot. Der Grund war ein anderer gewesen. Jedenfalls lag Heinz – ebenfalls gut konserviert – in der Tiefkühltruhe. Genauer gesagt, in einem Eisblock auf dem Boden der Truhe, auf dem sich jede Menge unterschiedliche Fertiggerichte stapelten.

Mirco Frost stolperte beim Überqueren der Straße. Er sah nach unten auf die Rillen der Abdeckung eines im Boden befindlichen Hydranten. In diesem Moment geschahen Dinge in seinem Kopf. Etwas nahm Form an. Eine Idee. In seinem präfrontalen Cortex wurden gerade Gedanken geboren. Er begann zu lächeln. Er ging über die Domplatte, setzte sich auf den Rand des Brunnens auf dem Roncalliplatz und dachte nach. Suchte mit Blicken den Boden ab. Es war nicht einfach, dort Dinge auszumachen, denn Hunderte von Touristen tummelten sich vor dem Dom.

Das Kind, das auf dem nächstgelegenen Unterflurhydranten stand, war nicht älter als vier Jahre. Es warf einen Ball in die Luft. Fing ihn auf. Warf ihn hoch, fing ihn auf, warf ihn hoch, fing ihn auf. Der Ball war neu. Das Plastik glänzte. Das Kind rief seine Eltern. Die saßen am Brunnenrand, in Reiseführer vertieft. Die Mutter blickte auf, winkte dem Kind zu. Das Kind warf den Ball in die Luft, winkte hastig zurück, fing den Ball erneut auf, suchte den Blick der Mutter. Aber die las wieder.

Mirco Frost wartete. Das Kind blieb auf den Abdeckungen stehen. Jetzt sah es zu ihm. Er winkte, stand auf und ging in Richtung des Kindes. In seiner linken Hosentasche spielte seine Hand mit einem Vielzweckmesser, rechts mit einer kleinen Digital-Kamera. Er erreichte das Kind, das ihm überraschend den Ball zuwarf. Blitzschnell zog Mirco seine Hände aus den Taschen. Fing den Ball auf. Reichte ihn zurück. Sein Mund lächelte. Er zeigte zum Brunnen. „Da", sagte er, „da sind deine Eltern." Das Kind sah zu den Eltern. Der Vater rief und das Kind lief zu ihm.

Mirco Frost ging in die Hocke. Er schaute dem Kind nicht nach. Fotografierte den Boden. Das fiel nicht auf. Am Dom fotografierten viele Menschen. Er nahm den Deckel des Unterflurhydranten, wo das Kind gestanden hatte, drei Mal auf. Als das Kind ihm zuwinken wollte, war er schon nicht mehr da.

⌒¬₀°₀♌

Eine Woche später hatte Mirco Frost den Kölner Dom von jedem erreichbaren Winkel aus fotografiert.

Außerdem war er verschiedenen Männern von der Feuerwehr-Leitstelle aus gefolgt. Schließlich wurde seine Ausdauer belohnt. Im Brauhaus eines ansässigen Kölsch-Herstellers trat er mit einem von ihnen unverfänglich in Kontakt. Der Mann trank genauso gern Bier wie er selber. Und er war so gesprächig, dass Mirco Frost ihm nichts aus der Nase ziehen musste. Er ließ ihn einfach nur reden. Gab faszinierte Neugier vor. Das und ein paar Striche auf seinem Bierdeckel genügten, um an eine Menge Informationen und Details heranzukommen, die er gut gebrauchen konnte. Als Mirco Frost das Brauhaus verließ, entwickelte sich das Projekt in seinem Kopf weiter. Systematisch untersuchte er die Umgebung des Doms.

Ein Großbrand in der Innenstadt, zumal im Kölner Dom, gehörte mit zu den fürchterlichsten Szenarien der Kölner Feuerwehr. In einem solchen Fall, das wusste Mirco Frost jetzt, würden die Anfahrten der Löschzüge zunächst von der Feuerwehrleitstelle Innenstadt aus erfolgen. Dafür gab es festgelegte Wege.

Mit der Route über die Trankgasse, den Kardinal-Höffner-Platz, Unter Fettenhennen und den Wallraffplatz umging die Feuerwehr die Stufen, die zur Domplatte hochführten. Die zweite Zufahrt erfolgte über Am Hof und führt über den Roncalliplatz. Erstes Ziel der Löschzüge waren die sogenannten Anleiterpunkte an der Süd- und Nordseite des Doms. Hier wurden die Drehleiterfahrzeuge der Löschzüge positioniert und auf die Zwanzig-Meter-Ebene am Dom angeleitert.

Mirco Frost inspizierte die Wege genau. Unter Fettenhennen war ein Nadelöhr. Dort befand sich links vor einem Restaurant eine Baustelle, an der rechten Seite standen Fahrradständer sowie Tische und Stühle für die Außengastronomie des Restaurants. Das war bemerkenswert. Und die Anfahrt über Am Hof war ebenfalls tückisch eng.

Als nächstes untersuchte Mirco Frost die Positionen der im Brandfall benutzten Steigleitungen. Hier fand sich ebenfalls für ihn Erfreuliches: Zwei von acht Leitungen waren durch Bauzäune und Gitter kaum erreichbar – zumindest waren die Zugänge erschwert und konnten leicht sabotiert werden. Eine weitere Steigleitung verschwand in irgendeiner Ecke hinter der Dombauhütte. Dort befand sich zudem eine große Baustelle, die eine Durchfahrt zur Ostseite des Doms von dieser Seite aus unmöglich machte.

Über eine Stunde suchte Mirco Frost den Boden im Umkreis nach Unterflurhydranten ab. An zehn Stellen wurde er fündig: Unter Fettenhennen, am Roncalli- und am Wallrafplatz, an der Ostseite des Doms, hinter dem Friedhof der Pröpste und Bischöfe, vor dem Alten Wartesaal, und auf dem Bahnhofsvorplatz vor dem Deichmannhaus. Schließlich noch auf der Trankgasse in Höhe des U-Bahneingangs.

An der Ost- und Westseite des Doms gab es zwei Brandmeldezentralen und zwei Depots, in denen die Schlüssel für die Feuerwehr aufbewahrt wurden. Die Türen und Schlösser waren durchaus erreichbar; und kein Hindernis, vor allem, wenn man Nachschlüssel vom Bund des Falkners hatte.

⌇ᚇₒˢₒ₂

Als Mirco Frost seine Nachforschungen beendet hatte, waren zwei Wochen vergangen. Ein Din-AO-Papier hing in seiner Herberge an der Wand über dem Küchentisch. Die Zeichnung darauf war ein Meisterwerk. Der Grundriss des Doms sowie die Straßen und Fußwege um ihn herum bildeten den Hauptteil. Pfeile gaben die Fahrtrichtungen der Löschfahrzeuge an, Kreuze und Kreise markierten Stellen und Punkte, an denen die Arbeit der Feuerwehr gezielt sabotiert werden konnte.

230

Mirco Frost war zufrieden. Er ging zum Kühlschrank und wollte sich ein Bier holen, als er Geräusche im Treppenhaus hörte. Reparaturen an den Wasserrohren waren angekündigt worden. Er drehte den Wasserhahn der Spüle auf. Nach kurzem Gurgeln schoss dunkles Leitungswasser heraus. Mirco Frost starrte auf den Ausfluss. Das rostversetzte Wasser lief nach wenigen Sekunden aus und klares Leitungswasser folgte. Er setzte sich vor seine Skizze und studierte sie lange. Dann stand er auf, zog eine Jacke an und nahm seine Autoschlüssel. Gut, dass er auf das Bier verzichtet hatte. Er wollte zu seinem Wohnwagen. Dort hatte er den Laptop des Falkners liegen. Der PC von Heinz war bedauerlicherweise defekt. Und Mirco Frost musste dringend ins Internet. Er wollte nach Löschzügen suchen. Gebraucht. Und funktionstüchtig.

Der Famulus   *Klara und Jonas, Mirco Frost, Längli*

005499 Die Dämmerung war längst hereingebrochen, schon seit dem frühen Nachmittag. Über dem Rheinland hingen Wolken, und es hatte zu regnen begonnen. Klara hatte kaum die Domplatte betreten, da sah sie ihn. Bedächtig schob er sein Wägelchen vor sich her, als gäbe es keinen Grund, diese Arbeit unter den Wetterbedingungen schneller zu beenden. Er blieb stehen, nahm das Klemmeisen und warf die Reste eines Hamburgers in einen Mülleimer auf seinem Gefährt. Klara steuerte ihn von der Seite an. Endlich. Mr. Orange. Aber wo war seine Mütze?

„Entschuldigen Sie."

„..."

„Entschuldigen Sie?"

Mr. Orange drehte sich zu ihr. „Na, Mädschen, wat is?"

Klara erinnerte sich jetzt wieder genauer an den riesigen, dicken Kerl. Ihr Rempeln hatte der Mann damals sympathisch abgetan. Musste was mit seiner Reife zu tun haben. Er war sicherlich um die Sechzig. Von ihrer zuckenden Augenbraue wollte sie ihm trotzdem nichts erzählen. Also erklärte sie es anders: „Wo ist Ihre schöne Mütze? Die hatte was. Ich hätte sie Ihnen gerne abgekauft."

„Ha, die is schon fott, Mädschen. Do wor 'ne Mann, der hätt jesaat, dat wör sing." Mr. Orange schien die Gelegenheit für ein Päuschen nutzen zu wollen und kramte in seiner Tasche.

„Moment, bitte." Klara musste sich kurz auf den unerwartet drastischen Dialekt einstellen. „Sie haben einem Mann, dem die Mütze gehörte, die Mütze verkauft?"

„Dat wor *ming* Mötz! *Isch* hann' die jefunge." Mr. Orange klopfte eine Zigarette aus einer Schachtel und schwenkte dann zum Glück für Klara in bemühtes Hochdeutsch um. „Isch habe sie also demm Mann verkauft, der mir jesacht hat, dass er sie hier verloren hat. Kann ja jeder kommen und sagen: Das ist *meine* Mütze, gnädije Frau, verstehn Se?!"

Klara kramte ihren Knirps heraus. „Entschuldigung. Da haben Sie natürlich recht." Sie bot ihm an, mit unter den Schirm zu kommen.

„Jenau." Mr. Orange stand zu seinem Rechtsempfinden.

232

Klara wollte das unglücklich begonnene Gespräch nicht abrupt beenden, obwohl es ihr plötzlich wie eine Schnapsidee vorkam. „Und? Haben Sie wenigstens gut gehandelt?"

Mr. Orange hatte die Zigarette angezündet und nahm Klaras Angebot, mit unter den Knirps zu kommen, freudig aber ziemlich hilflos an. Die Zigarette wirkte verloren in seinem Gesicht. Der Schirm über seiner Gestalt auch. Er reichte gerade für ihn. Klara bekam nasse Haare.

„Ach, wissen Se, da gab es nich viel zu handeln. Der kam, streckt mir 'nen Fuffi hin und sagt: ,*Meine* Mütze, hab ich verloren'. Naja, hab an der Mütze nich gehangen. Un fürn Fuffi ... Ich wollt noch was mit dem reden, aber der hat, glaub ich, gar nix verstanden. Hat mich nur so angeguckt, da hätt ich ihm das Ding auch für zwanzig gegeben, verstehn Se?"

„Nee, eigentlich nicht."

„Aure wie'n Fisch. Hai oder su. Janz schön kalt. War nich von hier. Tourist. Hät fotografiert." Mr. Orange nahm die Zigarette aus dem Mund und stippte die Asche in einen kleinen Stahleimer an seinem Karren.

„Dann würden Sie den also wiedererkennen?" Klara holte das Foto aus ihrer Tasche und hielt es ihm hin.

„Klor, bessje jung, ävver dat is er."

Nun war es also nahezu amtlich: Mirco Frost war in der Stadt.

⌐ₒᵒₒ₂

Das war idiotisch! Bei diesem Wetter. Was machte er hier? Jonas war einer kindischen Sehnsucht gefolgt. Nichts weiter. Er hatte gehofft, sie hier zu sehen. Aber warum? Weil er von ihr geträumt hatte. *So* geträumt hatte, dass er glauben wollte, dass etwas dran war? Dass aus dieser schönen Vorstellung Wahrheit werden könnte?

„Hi, Jonas! Was für ein Zufall. Was treibt dich denn hier um?"

Jonas traute seinen Augen nicht. Er schloss sie bewusst. Zwei Sekunden später öffnete er sie wieder. Da stand sie immer noch. Und lachte. Klara. Da hatte sich seine Traumfrau gerade von einem Mann der Müllabfuhr abgewandt und ihn direkt angesprochen. Warum sollte er das glauben? Weil er es sah? Ein bisschen wie ein begossener Pudel sah sie aus. Das war wirklich realistisch. Und toll. Es schien, als hätte sie die Kapuze des Regencapes nicht mehr ertragen und deshalb vom Kopf gerissen. Nasse

233

Locken klebten feucht an ihren Wangen. In Jonas begann es zu brennen. Konnte sie seine Gedanken lesen? Da war sie nämlich wieder: die rote Birne. Er hatte das Gefühl, dass seit dem Treffen mit Charlotte und Klara keine zwei Minuten vergangen waren. Er fuhr sich mit beiden Händen durchs patschnasse Haar, um ihm wenigstens etwas Form zu geben. „Eine ehrliche Antwort?"

„Klar ehrlich." Klara winkte ihn ein paar Meter weiter unter eine Markise am Dom-Hotel.

„Ich hab' davon geträumt, dich hier zu treffen." Jonas Mund verzog sich bei diesem Satz schief und Klara lachte.

„Drollig! Und? Was haben wir gemacht? Was muss ich tun, damit der Traum in Erfüllung geht?"

Du müsstest dich ausziehen, dachte Jonas und sagte: „Keine Ahnung. Ich weiß nicht mehr genau. Ich glaube wir sind ... wir sind ins MickMeck gegangen!" Puuh.

„*Meine* Idee! Können wir gerne machen. Aber ich sag dir auch gleich, dass ich dich sowieso gerne sprechen wollte. Wegen Charly."

Upps. Jonas nahm seinen Kopf in den Nacken. Er war mächtig irritiert. War ihm das anzusehen?

Klara schüttelte den Schirm aus und spannte ihn wieder auf. „Nichts Dramatisches, denke ich. Aber ich mach mir halt Sorgen, wenn sie sich sorgt." Klara setzte sich energisch Richtung MickMeck in Bewegung. Wind hatte eingesetzt und es regnete heftiger. Jonas blieb nichts übrig, als ihr hinterherzulaufen.

Sie erreichten den Eingang zum Schnellrestaurant, als Jonas endlich zum Antworten kam. „Wieso macht sie sich Sorgen? Und warum fragt sie mich nicht selbst?" Er wischte sich Regenwasser von der Stirn.

„Ich glaube, sie hat etwas Angst davor." Klara ordnete ihre Haare, bevor sie hineingingen.

„Die coole Charlotte? Angst? Wovor?" Jonas Gedanken formten rasend schnell den Satz, den Klara jetzt sagen würde: Vor unserer Beziehung, Jonas. Wenn wir uns treffen, besser nur heimlich. Ich will Charly nicht eifersüchtig machen.

Aber Klara, die jetzt die Tür des *MickMeck* öffnete, sagte etwas, mit dem Jonas überhaupt nicht gerechnet hatte: „Sie sagt, mit deinen Augen stimmt was nicht."

Klara kostete ihren Tee. Sie fand, dass der Freund ihres Patenkindes mehr mit seinen Fritten spielte, als sie zu essen. Obwohl ihr das Gespräch mit Jonas wichtig war, dachte sie an Mr. Orange. Er hatte ihr noch erzählt, wo er die Mütze gefunden hatte. Vor dem Südportal. Am Dreikönigstag. Das hatte er noch genau gewusst. „Frechheit, ein Feiertag ist das eigentlich und wir müssen arbeiten", hatte er gesagt. Und noch etwas anderes Bemerkenswertes: „Der hat, glaub ich, gar nichts verstanden."

„Mirco hat sich immer die Ohren zugehalten", waren Bianca Frosts Worte gewesen. Und der kleine Dicke auf dem Jahrmarkt, hatte der nicht etwas von schwerhörig gesagt?

„Ich habe nichts an den Augen."

Klara blickte zu Jonas, der sie mit diesem Satz aus ihren Gedanken riss. „Hör mal", sagte sie, „ich will mich da in nichts einmischen. Charly war nur total beunruhigt." Sie ließ noch ein wenig Zucker in ihre Tasse rieseln. „Du hast ihr auch erzählt, du würdest *Seelen* sehen? Weißt du da was von?" Obwohl sie sich bemüht hatte, unvoreingenommen zu sein, klang es ironisch.

Jonas lachte. „Ach, Quatsch! Charlotte weiß doch, dass ich an dem Abend ziemlich was getrunken hatte. Ich versteh gar nicht, dass sie da was ernst genommen hat."

Klara schmunzelte. „Sie hat vielleicht ernst genommen, dass du ein Problem hast." Sie fasste über den Tisch und berührte Jonas Unterarm.

Dessen Blick ging kurz an die Decke, dann zu ihr. „Es ist nichts", sagte er. „Ich hatte einige Nächte sehr schlecht geschlafen und beschissen geträumt. Und da hab ich mir die Kante gegeben. Tut mir total leid, dass Charly sich deshalb Sorgen gemacht hat."

„Hast du mit deiner Mutter schon über diese Träume gesprochen?" Klara zog ihre Hand wieder zurück.

Jonas atmete lange aus. „Nein. Die kann mir dabei nun wirklich nicht helfen. Es sind Träume, die mit meinem Vater zu tun haben. Er wurde vor ein paar Jahren ermordet."

Klara fühlte mit Jonas. „Fürchterlich ... Das tut mir sehr leid." Sie griff nach ihrer Tasche und holte sich ein Papiertaschentuch heraus. „Jetzt verstehe ich auch den Zusammenhang."

Jonas sah sie fragend an.

„Mit den Seelen, meine ich. Charly meinte ja, du hättest etwas wirr darüber erzählt." Klara schnäuzte sich, es ging ihr nahe. Sie sah aus dem Fenster.

„Ach so? Ja? Hab ich das? Dann wird das so stimmen." Jonas biss sich auf die Unterlippe.

„Das glaub' ich nicht", sagte Klara, sah Jonas zwar nicht an, hörte ihn aber irritiert fragen:

„Warum ...?" Dann murmelte er: „Der Blaumann."

Klaras Blick blieb bei einem Mann auf der Straße, der jetzt die Marzellenstrasse überquerte und an einem Fenster des MickMeck vorbeiging. So nah, dass sie Buchstaben auf dessen Mütze erkennen konnte. *Der* Mütze. „Wer?" fragte sie.

Jonas stotterte: „Das ist... de... der, der Mann da gerade ... Das war der an der Kasse. Hier. Im MickMeck. Als wir mit Charly ..."

„*Den* hast du gesehen? Was ...? Ich, ich muss gehen ..." Klara griff hektisch nach Regencape und Handtasche. „Ich muss hinter ihm her."

Jonas sprang auf. „Warte, ich komme mit!"

„Nein, das mache ich alleine!" Klaras sagte das mit Nachdruck und Sorge klang ebenfalls mit. „Versteh das bitte. Das ist eine Story. Und vielleicht auch nicht ungefährlich." Und mit einem kurzen Blick auf die Uhr: „Und es ist schon nach Zehn. Bitte fahr nach Hause."

Jonas erwiderte nichts.

Klara rauschte aus dem MickMeck.

Wo war der Blaumann? Da! Gerade nahm er die Mütze ab und bündelte sein strohblondes Haar in einem Pferdeschwanz. Dann setzte er die Kappe wieder auf.

Das Richter-Fenster des Doms im Rücken folgte sie ihm quer über den Roncalli-Platz, vorbei am Dom-Hotel. Es ratterte in ihr. Der Mann mit der Mütze war Mirco Frost! Sie wäre sicher nicht sofort darauf gekommen, wenn diese Augen nicht gewesen wären. Die waren unverkennbar. Hatte Längli im Glockenstuhl die Spur nach dem Bankräuber aufgenommen oder war er auf der Suche nach dem Brandstifter gewesen? Was immer mit dem Klöppel geschehen war, es schien, dass Frost auch dafür verantwortlich war. Wusste Längli das?

Mirco Frost bog in Richtung des Heinzelmännchen-Brunnen ab, überlegte es sich dann aber offenbar anders und verschwand in der Sporergasse. Die machte zwei kleine Knicke nach rechts und links und Klara legte einen kurzen Zwischenspurt ein. In der Straße hinter Fahrzeugen und Häuserecken Deckung behaltend, beobachtete sie, wie Frost die Große Budengasse überquerte und in Richtung Rhein ging. Sie musste sich beeilen, denn er bewegte sich ruhig, aber schnell. Um nichts auf der Welt wollte sie ihn jetzt aus den Augen verlieren.

⸎

Mirco Frost hatte kein bestimmtes Ziel. In seiner Tasche trug er eine Spraydose mit einem hocheffizienten Kleber. Die Bedingungen hätten besser sein können, aber das störte ihn nicht. Er würde sich nicht darauf verlassen können, dass der Boden an seinem D-Day trocken sein würde. Jetzt suchte er in der Altstadt eine stille Ecke, wo er die Wirksamkeit des Klebstoffs überprüfen konnte. Genau genommen waren die Bedingungen sogar ideal. Es war regnerisch, ungemütlich und deshalb leer. Er wechselte noch einmal die Straßenseite und ging über Große und Kleine Budengasse zum Alter Markt. Am Jan von Werth-Brunnen fiel sie ihm zum ersten Mal auf. Durch Unter Käster ging er Richtung Heumarkt und kontrollierte unauffällig, ob die Frau ihm wirklich folgte. Am Anfang der Salzgasse stand sein Plan. Er nahm seine Mütze ab und stopfte sie in die Innentasche seiner Jacke. Er hatte die Frau an der Angel und konnte sie an der langen Leine lassen. Er würde sie solange durch den Altstadt-Sumpf ziehen, bis ihre Aufmerksamkeit in ihrer Müdigkeit ertrank. Das würde sein Moment sein.

In einem der vielen Hinterhöfe probierte er ungerührt an einem Hydranten-Deckel den Kleber aus. Kurz nach dem Weitergehen konnte er aus dem Augenwinkel beobachten, wie die Frau hastig mit der Hand am Deckel rumfummelte und Mühe hatte, trotz Nässe ihren Finger vom Kleber zu lösen.

⸘₀°₀⸘

Schade. Wahrscheinlich hatte er wieder die Mütze aufgesetzt. War besser gewesen, als er noch ohne gelaufen war. Klara rieb an der Spitze ihres rechten Mittelfingers, wo Reste des Klebers waren, den Mirco Frost auf den Deckel aufgetragen hatte. Das Haar war gut zu erkennen gewesen in der Dunkelheit. Andrerseits … Karla stutzte. Wenn das Absicht gewe… Wie eine Stahlklammer legte sich ein Arm von hinten um ihren Hals. Sie konnte nicht einmal mehr zischen. Mit der linken Hand wollte sie nach hinten ausschlagen, aber die Bewegung fing ihr Angreifer am Handgelenk ab. Dann drehte er es so lange um, bis es erbärmlich stach. Ihre rechte Hand schlug ins Leere und ehe sie daran denken konnte, nach hinten auszutreten, trat Frost – denn wer sonst sollte es sein? – ihr in die Kniekehle. Sie fiel auf die Knie, auf die Schulter und zuletzt auf den Bauch und er war über ihr. „Kein Ton, sonst ist es dein letzter."

Klara versuchte zu nicken. Er lockerte den Griff um ihren Hals minimal. Nahe spürte sie seinen Mund von hinten an ihr Ohr gleiten. „Sag schon, Fotze, was willst du?"

⸘₀°₀⸘

Klara war weg und Jonas war sauer darüber, so ruckartig und ungewohnt kaltgestellt zu werden. Klara war nicht seine Mutter. Eine Story? Aha. Kannte sie den Typ? Nicht nur Trotz oder Widerstand, sondern auch seine Neugier war geweckt. Als er sah, dass der Blaumann vor der Trankgasse noch an der Fußgängerampel stehen blieb, nahm er schnell seine Jacke.

Jonas folgte Klara in größerem Abstand. Er war total erstaunt, dass es in der Altstadt derart viele Ecken, Hinterhöfe und kleine Durchgänge gab. Vieles ähnelte sich in seinen Augen und nach einiger Zeit kam er sich vor wie in einem Labyrinth. Schließlich sah er, wie Klara den Deckel eines Hydranten berührte, ging aber selber daran vorbei, weil er Angst hatte, sie

238

aus den Augen zu verlieren. Es war schwer genug, zu folgen, denn trotz der Laternen war es viel dunkler, als ihm lieb war. Der Zickzack-Kurs, den der Blaumann offensichtlich nahm, machte für ihn nicht wirklich Sinn. Bald wusste er überhaupt nicht mehr, wo er war. Die Schatten von Klara, die die wenigen schummrigen Straßenlampen erzeugten, waren das Einzige, woran er sich orientieren konnte. Der Regen nahm weiter zu und die Gassen waren leergefegt.

Als seine Augen ohne jede Vorwarnung anfingen zu vibrieren, verlor Jonas völlig die Übersicht. Er war in einem der Innenhöfe gelandet und Klara in einer der Ecken verschwunden.

Während die reale Umgebung in schwarzweiße Schattenbilder getaucht war, trat eine andere Welt mit feinstem Flimmern in Erscheinung, als hätte der Regen sich vergoldet. Darin bewegten sich Lichter, die aneinandergefügt waren wie die Glieder von Halsketten. Sie hatten unterschiedliche Größen und wirkten schwerelos, obwohl sie niedersanken und durch den Boden hindurchglitten, als wäre er gar nicht vorhanden.

Ein Geräusch riss Jonas zurück aus seinen Betrachtungen. Da war Klara! Er hörte ihr Bewusstsein, wie den Schatten eines Gedankens, von dem er wusste, dass es ihrer war: Scheißkerl, dachte sie. Sie war in einem der Gänge zwischen den Altstadtgässchen.

Durch die Goldfäden der anderen Welt lief Jonas in die Richtung der Hofecke, wo er Klara vermutete, und trat in einen überdachten Durchgang. An dessen Ende bot sich ihm ein bizarres Bild: Die Silhouetten zweier Menschen hingen übereinander. Im Umriss der einen, die auf dem Boden lag, strahlte ein blütenweißer Lichtkranz. In dem mehr aufgerichteten Umriss rotierten fünf schwach schimmernde Ringe. Jonas wusste jetzt, dass er nicht träumte. Das konnten nur Klara und der Blaumann sein. Das Licht in Klara wanderte unablässig an ihrer Hülle entlang. Der Blaumann kniete über ihr, regungslos. In seiner Silhouette begann ein faszinierendes Lichtspiel. Die Leuchtstärke der kleinen Kränze begann zu wechseln. Mal floss offensichtlich in dem einen, mal in dem anderen Kranz mehr Energie. Schließlich konzentrierte sich die Energie in einem einzigen Lichtring, der größer und größer wurde. Strahlte nicht mehr nach außen, sondern nach innen.

Unmittelbar schlug Jonas' Herz heftiger, denn die Art dieses Lichtes löste Angst aus und begann an seinem Mut zu nagen. Was konnte er schon gegen dieses Blaumann-Wesen ausrichten? Wie sollte er gegen Licht kämpfen? Eine Frage des Zweifelns folgte der nächsten, bis er ein Strahlen wahrnahm, das von ihm selbst ausging. Wie ein Gedanke schob es sich durch seinen Körper bis in den Kopf: Er konnte und wollte Klara dort nicht alleine lassen. Planlos und wild lief er auf die Silhouette des Blaumanns zu, um sich auf ihn stürzen. Fast hatte er ihn erreicht, als sich der Kranz des dunklen Lichtes aus dem Blaumann löste und sich auf ihn zubewegte.

Wie ein Blitz schlug der Lichtring in ihm ein. Meterweit flog er zurück und hart schlug sein Rücken auf dem Boden auf. Gleichzeitig fraß sich ein unerklärlicher Gedanke in sein Gehirn: *„Ich bin der Famulus. Ich bin mit Ihm."* Jetzt wollte etwas aus Jonas hinaus und sein Gehirn formte unendlich langsam einen Satz: „Und ich bin ... ich bin ..." Aber er konnte nicht.

Längli hatte den Punkt verpasst, an dem ihm normalerweise klar wurde, dass er nichts mehr trinken sollte. Er hatte gehen wollen, als er an der Auswurftaste schon wieder eine gewischt bekam. Waren die verdammten Schuhe schuld, weshalb er sich immer so auflud? Jedenfalls hatte er fünfzig Sonderspiele bekommen und deshalb seinen Aufenthalt in der Altstadtkneipe ausgedehnt. Und weiter getrunken.

Als er eine Stunde später den Wirt aufforderte, ihm ein paar Scheine für das Kleingeld zu geben, war er – wie er in ironischer Selbsterkenntnis dachte – nicht mehr *ausbalanciert.*

„Steck' dir dein Kleingeld sonst wo hin." Die Antwort des unfreundlichen Dienstleisters entlockte Längli ein echtes, müdes Lächeln. Zur Freude der letzten anwesenden Gäste zog er in aller Ruhe seinen rechten Schuh aus und ließ den Strumpf folgen. Letzteren füllte er umständlich mit den Münzen auf und verknotete ihn. Er legte ein Zehn-Centstück auf die Theke und verließ mit immer noch demselben Lächeln die Kneipe. Kalt legte sich feuchte Luft um seinen rechten Fuß, der nackt im Schuh steckte, und der Regen traf ihn im Gesicht. Der Strumpf in der Seitentasche zog den Mantel nach unten. Für eine Sekunde schien er klarer im Kopf zu werden, doch seine gestörte Motorik machte sich schnell bemerkbar. Taxi oder Bahn – Heumarkt. Er machte sich auf den Weg.

Als Längli in der Salzgasse am Durchgang zum Ostermannplatz vorbeiging, bot sich ihm ein unerwartetes Bild: Etwa zwei Meter im Durchgang kniete ein Mann auf einer anderen Person. Von hinten rannte eine kleine Gestalt ins Blickfeld, die sich auf den Mann stürzte. Der wusste sich zu wehren. Eine Faust schoss vor und wer immer da wem zu Hilfe kommen wollte, er flog in hohem Bogen weg. Längli war *nicht* von einem Moment auf den anderen nüchtern und klar. Dennoch folgte ein Reflex, denn die Person, die auf dem Boden lag, schrie jetzt mit röchelnder Stimme um Hilfe.

Für seine Verhältnisse bewegte Längli sich langsam, in etwa so wie eine startende Dampflokomotive. Er brauchte für die kurze Strecke vier oder fünf Sekunden. Dabei versenkte er seine Hand in der Manteltasche. Die Zeit reichte für eine Ausholbewegung aus. Der Strumpf traf den Knieenden mit Wucht irgendwo auf Nacken und Rücken. Mit einem leisen Ächzen sackte er in sich zusammen.

Längli rollte ihn von der Person herunter. Das Opfer war eine Frau. Mühsam drehte sie sich um. Längli trat hinter sie, fasste unter den Achseln, zog sie in das Laternenlicht der Salzgasse und lehnte sie an eine Hauswand.

Aus dem Durchgang erklang eine helle, geschwächte Stimme: „Klara, alles in Ordnung?"

Längli kniff die Augen zusammen. Eine Klara? Nicht doch ...? Doch. Tatsächlich! Ha! Die blonde Klara Plump! Na, toll. Und wer war der Knabe, der da noch im Durchgang war?

Dem grimmigen Blick von Klara Plump folgte ein Satz, der an den Jungen gerichtet war, den Längli jetzt als Jugendlichen einordnete, denn er erschien jetzt auf allen Vieren im Eingang des Durchgangs und wurde von Klara Plump heiser angeblafft: „Jonas, verdammt, hatte ich dir ..." Dann brach ihre Stimme ab. „Längli? Sind Sie das wirklich? Was machen *Sie* denn hier?"

Ein Geräusch kam aus dem Durchgang. Hallende Schritte verrieten eine Flucht. Blitzschnell drehte sich Längli um, verlor sofort das Gleichgewicht und fand sich auf dem Boden liegend wieder. Mit schiefem Blick sah Längli zu Klara Plump. "Äh, nichts", antwortete er mit Verspätung. „Ich hab nur ein bisschen gespielt."

Der Junge ließ von sich hören. „Er ist weg. Gott sei Dank. Klara? Weißt du, wer das war?"

„Mist." Klara stöhnte. „Ja, ich weiß, wer das war." Sie fixierte Längli. „Der Mann heißt Mirco Frost."

„Äh ... Aha." Längli stand auf und klopfte unbeholfen seinen Mantel ab. „Dann ist das ja jetzt amtlich."

◌⸗₀°₀₂

Klara war wütend. Sie hatte ein kurzes, aber intensives Gespräch mit Längli gehabt. Längli hatte abschließend nur mit den Schultern gezuckt und genickt. Jetzt sah sie ihm nach und fuhr gleichzeitig Jonas an. „Warum zum Teufel bist du mir gefolgt?" Ihre Stimme zitterte noch leicht.

„Du, du bist Charlys Tante und ... und fast so etwas wie ihre Mutter." Eine Spur Trotz klang in seiner Stimme mit.

Jetzt wandte Klara sich Jonas zu. „Ja, und?" Sie deutete die Richtung an, in die sie mit ihm gehen wollte.

Die Stimme des Jungen klang nun so gequält, wie sie klingen musste, denn sein Fehler schien ihm trotz allem bewusst zu sein. „Und? Und ich glaube, ich habe mich ... verliebt."

„Jonas, deine Gefühle für Charly ehren dich, aber was hat das mit dieser Sache hier zu tun?"

Der Junge sah sie etwas hilflos an und sein Gesichtsausdruck irritierte Klara. Schweigend begleitete sie Jonas zum Taxistand. Erschöpfung überkam sie. Es stach in ihrem Körper. Wieder sah sie Jonas ernst an. Jetzt wusste sie, was sie in ihm sah: Es war Sehnsucht! Sie riss sich zusammen. „Das hier behalten wir für uns, ja? Wir reden über alles, wenn wir wieder einen klaren Kopf haben. – Wenn du willst, auch mit Charly. Einverstanden?"

Jonas nickte nur.

Er empfindet etwas für *mich*, dachte Klara. „Alles okay soweit?"

Jonas nickte wieder.

242

„Hast du genug Geld für ein Taxi?" Klara bugsierte Jonas resolut in das erste Fahrzeug. Jonas drehte sich zu ihr. Er sah fertig aus. „Ja. – Dieser Mann ist verrückt. Er hat zu mir etwas gesagt."

Klara sah überrascht auf. „Ich habe gar nichts gehört. Naja, verrückt ist er wahrscheinlich."

„Er *hat* etwas gesagt. Er sagte: *Ich bin mit ihm. Ich bin der Famulus*, oder so. Weißt du, was das bedeutet?"

Klara beugte sich in den Wagen und strich Jonas ein paar Haare aus der Stirn. „Nein, keine Ahnung. Famulus? Klingt lateinisch. Ich werd's morgen recherchieren." Und bevor sie die Beifahrertür zuschlug, fügte sie hinzu: „Ich melde mich bei dir. Versprochen."

Längli war zur Bahn am Heumarkt unterwegs, als er merkte, dass er den Geldstrumpf vergessen hatte. Er sah auf die Uhr. Genug Zeit blieb. Die meisten Bahnlinien in Köln fuhren werktags nach null Uhr nur stündlich. Verwundert stellte Längli auf dem Weg zurück fest, dass er sich die Stelle, wo er zugeschlagen hatte, überhaupt noch nicht angesehen hatte. Drei Gründe dafür fielen ihm ein: Er war nicht im Dienst, er war betrunken, die Plump hatte ihn abgelenkt. Verdammt, sie war Frost auf der Spur gewesen. Warum? Was wusste sie von der Klöppelgeschichte? Er würde sie gehörig ausquetschen müssen.

Er ging durch die Salzgasse zurück zum Durchgang. Alles war vollständig dunkel. Längli schaltete die Taschenlampe seines Smartphones an und trat hinein. Hinter der Mauer des Rundbogens musste Frost gelauert haben. Ein Getränkeautomat außer Funktion stand in der Ecke. Er war leicht abgerückt. Da hatte Frost gestanden. Mit dem Fuß stieß Längli gegen seinen Strumpf, hob ihn auf und verstaute ihn in der Manteltasche. Er richtete den Strahl der Lampe auf die Nische, die Frost sich geschaffen hatte. Stromkabel hingen dort lose von der Decke herab. Mit zwei glatten Schnitten hatte Frost die Beleuchtung des Durchgangs und den Automaten außer Funktion gesetzt. Nicht schlecht. Längli ließ alles unberührt und ging zurück zur Haltestelle. Resigniert blickte er den Rücklichtern der Straßenbahn nach.

Drei Arten von Wut *Klara, Längli, Mirco*

005500 Badewanne. Heiß. Nicht denken. Dann der Schlaf. Kurz. Der Traum zu konfus, um ihn zu rekapitulieren. Kaffee. Innere Unruhe. Einfach noch einmal Badewanne. Sie versank ganz im Wasser. Konzentration auf das Herzschlagen. Irgendwo im Haus hörte jemand Musik. Trotz der Prellungen tat ihr die Hitze gut. Du hattest einen Autounfall, sagte sich Klara, mehr nicht. Was musst du tun, damit sich die Angst nicht in dir verbeißt, sondern loslässt? Sofort wieder fahren!

Mit einem Prusten tauchte sie auf und das Wasser schlug über den Wannenrand. Durch das Fenster brachen Sonnenstrahlen. Vor dem Spiegel begutachtete sie zwei Kratzer auf ihrem Gesicht. Sie brannten leicht. Gut so. Jeder noch so kleine Schmerz half, nicht zu vergessen und wachsam zu bleiben. Und das war wichtig.

Zwei Stunden später schien die Wetterlage weiterhin stabil. Sie blickte über die Straße, löste sich von der Hauswand. Ihre Emotionen bestimmten die Geschwindigkeit auf ihrem Rennrad. Schulter und Knie schmerzten, aber sie fuhr schnell. Mehrere Stunden nach der Attacke von Mirco Frost war Klara immer noch voller Wut auf sich selbst. Unvorsichtig, fahrlässig, unverantwortlich war sie gewesen. Schlimmer: *Dämlich* war sie gewesen. Eine demütigendere Bezeichnung fiel ihr nicht ein. Ein Ex-Kollege aus ihrer Zeit in der Redaktion des *Anzeigers* hatte den Begriff gerne verwendet. Ein Macho-Arsch vor dem Herrn. Wenn einer Kollegin nur irgendeine Kleinigkeit missraten war, packte er den Begriff mit einer Süffisanz aus, die keinen Zweifel daran ließ, woher sich das Wort ableitete. Stümper. Doch für die letzte Nacht hatte Klara ihn verdient. Wenn Längli nicht gewesen wäre ... Sie mochte gar nicht daran denken. Da zählte es auch nicht, dass sie hinter einer Story her war.

Sie schaltete einen Gang höher. Und dann Jonas ... Sie wischte den Gedanken fort. Unerträglicher als alles war diese verdammte Hilflosigkeit gewesen, dieses Ausgeliefertsein. Was hatte sie nur bewogen, dieses Risiko einzugehen? Wenigstens war klar, wer hinter dem Bankraub steckte. Aber sie hatte nicht gewusst, was für ein Schwein Frost war. Und wie gefährlich. Jetzt war sie gewarnt. Trotzdem wurde es Zeit, dass sie sich mit Längli austauschte. Gut, dass sie einen Termin hatten. Der würde staunen, wenn sie ihm von der Mütze erzählte. Und dem Splitter? Na, erstmal musste der Kripo-Mann seinen Rausch ausschlafen. Und wenn sie Mirco Frosts Aufenthaltsort ausgemacht hatte, konnten Längli und seine Jagdhunde gerne den Rest erledigen. Hatte er gesagt, dass er Urlaub habe? Würde er eine Fahndung rausgeben? Egal. Selbst wenn Frost ohne ihre direkte Hilfe dingfest gemacht würde: Es war ihre Story.

Klara fuhr in die Innenstadt und machte zwei Besorgungen. Danach fegte sie über eine der ringförmig um den Stadtkern angelegten breiteren Straßen Kölns, den Gürtel, Richtung Rheinufer. Sie wollte ihren Teil zum Auffinden des Wahnsinnigen beitragen. Aber von nun an würde sie weniger unbedarft vorgehen.

Nach knapp fünfzehn Minuten hatte sie den Rhein erreicht und fuhr den Radweg parallel zur Uferstraße entlang Richtung Süden. Bald kam die „Alte Liebe" in Sicht, ein Bootshaus-Restaurant, in dem sie schon einmal ein Klassentreffen gefeiert hatte. Nur langsam kam sie dem Punkt näher, von dem sie wusste, dass er ihren Kopf klar spülen würde, und das brauchte sie dringend. „Es gibt noch nichts zu feiern!", schrie sie in den kalten Gegenwind.

Aber der Name des Bootes ließ sie plötzlich wieder an Jonas denken. Was sollte sie von Charlys Freund halten? Beherzt war er gewesen in der letzten Nacht. Ohne zu wissen, auf wen er sich da einließ, hatte er sich auf Frost gestürzt. Und war da tatsächlich dieses jugendliche Gefühl für eine reife Frau? Wenn ja, hatte er es nicht leicht damit. Da stand möglicherweise irgendwann ein wichtiges Gespräch an.

Klaras Handy klingelte und sie hielt an. Es war wieder Charlotte. „*Wo bist du? Was?*"

Die Verbindung war alles andere als sauber. „Hör zu, Charly, so wird das nichts ... Was? Ja, habe mit ihm gesprochen. Bin gerade unterwegs. Ich ruf dich heute Abend auf dem Festnetz an, okay? Dann bin ich bei mir." Sie ließ das Handy in ihre Tasche gleiten und fuhr weiter. Charlotte hatte nicht gut geklungen. Das hörte sich nach einem langen Telefonat am Abend an.

Sie kam jetzt zu einem der schönsten Abschnitte des Rheinufers. Wellenbrecher bildeten kleine Buchten, die im Sommer mit ihren Bäumen, Büschen und Sandstränden fast eine Alternative zu Badeurlauben waren, aber eben nur fast. Wer wusste schon, was alles in den Rhein gekippt wurde.

Auf Klaras Liste von Den Spätvormittag hatte Klara damit verbracht, Stellplätzen für Wohnmobile und Camping in und um Köln war noch etwas abzuklappern. Jetzt erreichte sie hinter Rodenkirchen den Platz, der nicht zu verfehlen war, weil er direkt am Rhein lag. Ein Zaun trennte den Fahrradweg vom Campingplatz. Aber durch ein großes Tor konnte man Boote über das Terrain zum Wasser bringen.

Das ganze Areal sah ziemlich unbewohnt aus, was nicht verwunderlich war. Der Winter war noch nicht vorbei. Einzelne Wohnwagen standen in den Ecken des Platzes, der im hinteren Bereich – zur Straße hin – durch Bäume und Büsche geschützt war. Klara schob ihr Fahrrad zwischen leeren Stellplätzen über den schlecht geteerten Weg zur Rezeption. Die hatte aber in den Wintermonaten nur eingeschränkte Öffnungszeiten. Selbst als sie lange klingelte, erschien niemand. Sie steckte das Bild von Mirco Frost wieder ein.

Ganz umsonst wollte sie nicht gekommen sein. Immerhin konnte sie sich hier unbehelligt umschauen. Woran sie ein Gefährt von Mirco Frost erkennen konnte, hatte sie sich bereits überlegt. Womöglich hatte es ein Frankfurter Kennzeichen.

Sie ging die Fahrzeuge der Reihe nach ab. Vorsichtig näherte sie sich den offensichtlich unbewohnten Campingwagen. Nachdem sie verschiedene von außen inspiziert hatte, ging Klara schneller und forscher vor. Aber die Nummernschilder waren alle aus Köln und dem Umland. Da entdeckte sie noch einen, der unauffällig hinter einer Baumgruppe stand. Klaras Augenbraue zuckte. Im Schutz der Bäume bewegte sie sich langsam auf den Wohnwagen zu.

Ihre rechte Hand verschwand in der Umhängetasche und umklammerte eine Reizgas-Spraydose. Die linke war in der Hosentasche, wo ihr Mittelfinger in einem kleinen Metallring steckte. Der Ring hing an der Kette eines höchsteffektiven Taschen-Alarmgebers. Risikominimierung.

✦

Heiß. Kalt. Heiß. Kalt, heiß, kalt ... Längli kam nur langsam auf Betriebstemperatur. Das Duscherlebnis weckte ihn schließlich komplett auf und der Cappuccino aus seiner exklusiven italienischen Kaffeemaschine erledigte den Rest. Sein Magen schrie nach etwas Warmen – auch zum Essen. Er frühstückte Speck mit Rührei und fühlte sich schnell besser. Körperlich. Verbitterung spürte er. Soweit es ihm möglich war, rief er Minute für Minute des Vorabends aus seinem Gedächtnis ab. Vor ihm lag der Strumpf, gefüllt mit Kleingeld. Eine wertvolle Waffe. Wahrscheinlich die einzige, die er in diesem Moment effektiv hätte einsetzen können. Alles andere wäre sicher schief gegangen. Für Klara Plump war es knapp gewesen. Frost musste schleunigst aus dem Verkehr gezogen werden. Aber die Fahndung lief noch nicht. Das musste Längli unbedingt als nächstes veranlassen. Aber etwas wurmte ihn enorm. Er wollte es in seiner Funktion als Polizist tun. Natürlich! Aber dafür sollte der Psychologe Längli heute erst einmal als diensttauglich empfehlen. Das war das Mindeste. Dann konnte er immer noch alles in Gang setzen.

Außerdem hatte er das untrügliche Gefühl, dass die Journalistin irgendetwas wusste, was ihm entgangen war. Sie hatte ihn gefragt, ob er Frost erkannt habe. Aber das hatte er nicht. Natürlich nicht, in dem dunklen Durchgang. Seiner Frage, warum der Irre ausgerechnet sie überfallen hatte, war sie clever ausgewichen und hatte frech geantwortet: „Das fällt mir sicher wieder ein, bis Sie nüchtern sind."

Na gut. Sie schien sich schnell erholt zu haben. Der Jugendliche, den sie offensichtlich kannte und dessen Rolle in der Sache unklar war, wahrscheinlich nicht. Längli wartete gespannt auf das Essen mit Klara Plump. Es würde Erkenntnisse bringen. Und nicht nur über ihre Kochkünste.

☞₀°₀₂

Mirco Frost war auf dem Weg in die Tiefgarage. Er musste zum Campingplatz. Die Begegnung des Vorabends war bereits an den Rand seines Bewusstseins gerückt. Es beunruhigte ihn nicht, dass diese Frau irgendetwas von ihm wollte. Es war nur nervend gewesen. Lästig. Sie hatte Glück gehabt, dass dieser besoffene Typ aufgetaucht war. Ein ganz schönes Kaliber. Der Junge war kein Problem gewesen. Erstaunlich mutig zwar, aber der würde sicher nicht mehr alleine nachts durch die Altstadt gehen. Der hatte seine Lektion gelernt. Auf den grauen Wolf hatte Mirco sich nicht einlassen können. Im Moment nicht. Ein anderes Mal.

Er rieb sich seinen Nacken. Er konnte keine größere Verletzung riskieren. Und der Wolf war unberechenbar. Bevor sich Mirco aus dem Staub gemacht hatte, hatte er einen kurzen Blick auf ihn geworfen. Er kannte diesen Typus. Unnachgiebig, zäh, ausdauernd. War er ihm bekannt vorgekommen? Musste lange her sein.

Mirco verließ die Tiefgarage mit einem kleinen, PS-starken Geländewagen. Er fuhr am Bahnhof vorbei und auf die Rheinuferstraße. Konzentrierte sich ganz auf den Verkehr. Die Kölner waren – streng genommen- ziemlich aggressiv im Verkehr. Die meisten Straßen waren zu eng und natürlich zu voll, weil man die Bauarbeiten nicht koordinierte. Und so musste man immer irgendwem hinterherfahren, konnte kaum überholen. Das nervte viele Menschen. Und übertrug sich. Aber nicht auf Mirco Frost. Das Hupen und Fluchen um ihn herum, ließ ihn breit lächeln. Es machte ihm Spaß, korrekt zu fahren. Und wenn man das tat, musste man auch nicht hinterherfahren, man wurde überholt. Zum Teil waghalsig. Mirco blieb gelassen.

Er nahm die Abbiegung vor dem Ortsteil Rodenkirchen und fuhr durch die Hauptstraße. Vor dem Ortsende bog er links zum Rhein ab. Zum Campingplatz waren es entlang des Rheins zwei Kilometer. Kurz davor kam ihm eine Frau auf einem Fahrrad entgegen.

Die Frau. Mircos Augen verengten sich. Sie schoss an ihm vorbei. Er konnte Schrammen auf ihrem Gesicht sehen. Im Rückspiegel sah er, wie sich ihr Hintern aus dem Sattel hob. Sie machte Tempo. Sie hatte ihn erkannt.

Ohne Zögern schlug er das Lenkrad kurz ein und riss an der Handbremse. Zusammen mit dem schnellen Herunterschalten des Ganges schaffte er es, in weniger als zehn Sekunden in umgekehrter Richtung zu stehen. Sie war zweihundert Meter vor ihm und er gab Gas. Verkehrsregeln waren jetzt etwas für Anfänger. Sie sah sich um. Verschwand rechts in eine Einfahrt. Als Mirco an der Ecke war, fuhr sie gerade an der Schranke zu einem Waldweg vorbei. Er bremste. Sie drehte sich nicht mehr um.

„Du hast gewonnen, Fotze", murmelte er. „Heute."

An seinem Wohnwagen untersuchte er als Erstes das Schloss. Wenn sie es tatsächlich geöffnet hatte, verstand sie etwas davon. Oder sie hatte einen Schlüssel gehabt. Unwahrscheinlich. Die Tür war abgeschlossen.

Mirco öffnete sie und ein leichter Windstoß wehte ihm entgegen. Sofort sah er, dass das Heckfenster kaputt und zum Teil herausgelöst war. Der Laptop stand auf dem Tisch.

„Fotze", murmelte er erneut. Und noch einmal: „Fotze, Fotze, Fotze."

Der Ort war nicht mehr sicher. Er würde sich ganz in die Wohnung zurückziehen. Und der Wohnwagen musste vom Platz. Er brauchte zehn Minuten, dann war er startklar.

Steine und Signaturen   *Wittler und Gidder*

005501 Der Dompropst packte seinen Laptop ein und verließ sein Büro. Das Treffen mit dem Bibliothekar stand an. Er hatte den dringenden Bitten von Gidder nachgegeben, ihn in der Bibliothek zu treffen. Die war bereits geschlossen, als Wittler ankam. Draußen wie drinnen war es dunkel und als er durch den Lesesaal auf Gidders Glaskasten zuging, strahlte das weiche Licht der Schreibtischlampe auf etliche Bücher, die der Bibliothekar dort aufgetürmt hatte. Unwillkürlich wurde der Dompropst an Spitzwegs „Bücherwurm" erinnert, auch wenn Abbildung und Wirklichkeit hier weit auseinander gingen.

Der Tag war anstrengend gewesen und Wittler war froh, sich setzen zu können. „Schießen Sie los, Gidder."

„Sie wollten Informationen zu den Mysterien Ihres Hauses, Herr Dompropst. Voilà, ich werde Sie glücklich machen." Gidder war stehengeblieben, trat zwei Schritte zurück und knipste eine Klemmlampe oberhalb eines Flipcharts an. Eine große Schwarzweiß-Zeichnung des Kölner Doms, versehen mit etlichen kleinen roten Kreuzen, machte deutlich, dass Gidder viel von präziser Veranschaulichung hielt.

Er hatte Wittler wieder überrascht. Diesmal allerdings positiv. Auch dass keinerlei Ironie in den Worten gelegen hatte, gefiel Wittler.

„Herr Dompropst, ich werde mich weder mit Einzelheiten oder nur scheinbar mystischen Geschichten um den Kölner Dom aufhalten. Dass der Dom nach Meinung der Wissenschaft auf heiligem Grund steht, weil die Anhöhe von der Lage her dem Mithras-Kult diente ... ich nehme an, das wissen Sie." Wittler ließ mit einem Nicken erkennen, dass er die entsprechende Literatur kannte.

„Bei meinen Nachforschungen bin ich tatsächlich auf etwas gestoßen. Und habe mich entschlossen, Ihnen davon zu berichten." Gidder kratzte sich am Hinterkopf und Wittler rutschte auf seinem Stuhl interessiert nach vorne. „Aber dabei geht es um *Stein*, Herr Dompropst. Und die Ergebnisse meiner Recherchen erfordern Fantasie und ... Herr Dompropst, sie erfordern einen besonderen Glauben."

Wittler verbarg seine Überraschung. „Nur zu, Gidder, vertrauen Sie mir. So unbeleckt bin ich diesbezüglich ja nicht. Übrigens, viele der merkwürdigen Steinfälle über all die Jahrhunderte sind mir bekannt."

Unerwartet schwirrten Gidders Hände temperamentvoll durch die Luft. Die Sachlichkeit war aus ihm gewichen und aus dem Dozenten war übergangslos ein Eiferer geworden. „Gut. Sehr gut." Er rieb sich die Hände. „Aber diese Fälle", Gidders Finger tippten auf verschiedene Kreuze, „man darf sie nicht als einzelne Vorkommnisse betrachten. Zeit ist hier bedeutungslos, Herr Dompropst. Aus unserer Sicht mögen einige Steine hier uralt sein und andere neu. Wichtig aber ist allein die Magie, die in ihnen steckt."

Wittler regte sich. „Sehr viel Material wurde untersucht. Sogar der Vatikan hat ..."

„Ach, Blödsinn! Untersucht, untersucht. Entschuldigen Sie, Herr Dompropst." Wittler kam es vor, als wische Gidder den Umstand, dass hier bereits wissenschaftlich und mit theologischer Akribie gearbeitet worden war, wie Krümel vom Tisch. „Es wäre keine Magie, wenn Dinge nachweisbar wären, oder? Nein, nein, unser Dom ist ein Heiligtum. Es ist der Felsen, auf dessen Grund bereits eine Gottheit geboren wurde. Und auch wenn wir es nicht sehen, wir glauben es: Der Dom ist das Tor zum Himmel, zum himmlischen Jerusalem! Deswegen wurde er gebaut." Gidder nahm gegenüber Wittler Platz.

Wittler war verdattert. Sogar fassungslos. Nicht ansatzweise hatte er damit gerechnet, in Gidder einen Verfechter tiefer mystischer Überlegungen zu erleben. Aber wer hätte ahnen können, dass sich der Bibliothekar derart in Wittlers eigenen Fußspuren bewegen würde? Nie hatte Gidder darüber gesprochen. Nur heimlich vor sich hingeforscht. Sicher wusste er noch viel mehr. War es also umgekehrt? Ging nicht vielmehr er, Wittler, in den Fußspuren Gidders? Denn der war sicher schon länger und tiefer auf dem Weg in die Geschichte des Domes eingedrungen. Wenn Steine fallen, dachte Wittler, bröckeln Mauern, Dinge geraten ins Wanken. Welche Macht rüttelte hier an *seinem* Haus?

Der Bibliothekar ergänzte seinen Gedankengang. „Was glauben Sie, was es bedeutet, wenn im Dom Steine fallen?" Gidders Stimme erreichte eine höhere Oktave. „Es bedeutet nichts anderes, als dass irgendetwas an der

Magie dieser Pforte zerrt, Herr Dompropst." Ruckartig stand er auf und ging zur Flipchart. Seine Stimme wurde leiser, als seine Hände sanft über seine Zeichnung glitten. „Warum hat der Bau über achthundert Jahre gedauert? Warum ist das Phänomen, dessen tatsächliches Ausmaß Sie mir bisher verschwiegen haben, ausgerechnet im Südturm aufgetreten, jenem Bauteil also, das als letztes vollendet wurde? Weil etwas kontinuierlich gegen die Fertigstellung angekämpft hat! Mit jedem Stein, der im Verlauf der Jahrhunderte nicht verbaut wurde, wurde Magie *verhindert*. Mit jedem Stein, der fiel, wurde Magie aufgelöst. Und deswegen geht die Welt unter, wenn der Dom *fällt*, Herr Dompropst, und nicht, wenn er fertiggestellt ist, wie manch einer vermutet."

Gidders rechte Hand hatte sich zur Klaue gewandelt und seine langen Fingernägel kratzten an der Zeichnung. Langsam drehte er sich um und Wittler starrte in ein schmerzverzerrtes Gesicht. „Und deswegen, Herr Dompropst muss ich unbedingt wissen, was geschehen ist, verstehen Sie? Ich muss alle Zeichen sehen, um sie verbinden zu können! Ich muss das Rätsel der Steine lösen."

Wittler konnte nicht anders. Er musste Gidder einweihen. Natürlich auch, weil er es zugesichert hatte. Aber nicht zuletzt, weil er Angst hatte, dass Gidder durchdrehen würde! Gidder hatte es zudem verdient, informiert zu werden. Es hätte anders keinen Sinn gemacht. Schließlich trug der Bibliothekar Wichtiges zur Klärung bei!

Wittler kniff sich durch die Hosentasche in den Oberschenkel. Träumte er? Was dachte er da? Suchte er eine Entschuldigung dafür, dass er sich von dem Bibliothekar fast schon ... abhängig gemacht hatte? Nein. Nein! Unsinn. Er akzeptierte einfach nur Gidders Fachwissen, trug diesem Rechnung und natürlich auch dem Ehrgeiz und der Begeisterung dieses Mannes.

Er bat Gidder um ein Glas Wasser und begann – mit Hilfe seines Skripts – vom Geschehen um die Klöppelzerstörung zu erzählen.

Gidder unterbrach nicht. Nicht ein einziges Mal. Er hörte nur zu. Nur sein Zungenspiel, verbunden mit der Möglichkeit, dass die Oberkiefer-Prothese des Bibliothekars kurz ihren Weg zwischen die Lippen finden würde, machte Wittler leicht nervös.

„Jaah. Jaah", drang es nach Abschluss von Wittlers Bericht begeistert aus dem lädierten Mund des Bibliothekars heraus. „Das nenne ich eine wirkliche Geschichte! Bravo. Bravo. Was für ein bemerkenswertes Ereignis, Herr Dompropst. Und vor allem, an was für einem bemerkenswerten Tag!"

Wittler versuchte einen gemäßigteren Tonfall und bestätigte: „Natürlich. Es war ja der Dreikönigstag, als es geschah."

„In der Tat." Lauerte Gidder da nicht durch seine Brille hindurch? „Und wie wir beide wissen: Nicht nur das, Herr Dompropst, nicht nur das, nicht wahr?"

Wittlers Augen irrten im Raum herum. Mit einer Geste, die Ratlosigkeit ausdrückte, sagte er: „Blackout, Gidder, Blackout, sagen Sie schon, worauf spielen Sie an?"

„Nun ja." Gidder hatte sich gesetzt, zurückgelehnt und genoss es möglicherweise wieder einmal, leichtes Oberwasser zu haben. „Es ist der Tag der Geburt unseres Herrn. Jedenfalls war er das, bis er im vierten Jahrhundert nach Christi zwei Wochen vorverlegt wurde."

Wittler biss die Zähne zusammen. Alles, bitte, bitte, nur kein Alzheimer. Wie hatte er nur ... Mein Gott, was für ein Zeichen! „Und?" Wittler versuchte von seinem Aussetzer abzulenken. „Was halten Sie denn nun von dieser unglaublichen Sache?"

Gidder rieb sich die Narbe an seiner Stirn und sein Gesicht bekam einen ernsten Ausdruck. „Herr Dompropst, egal wie dieses Zeichen entstanden ist. Einleuchtend ist: So, wie es im Glockenstuhl laut Ihren Worten angelegt ist, erfüllt es einen Zweck. Und ich bin mir noch nicht im Klaren, ob uns das beunruhigen sollte." Die Stirnhaut des Bibliothekars faltete sich dennoch. „Leider kann ich von meinem jetzigen Wissenstand aus nicht sagen, inwieweit das hier mit Steinen zu tun hat. – Noch nicht, Herr Dompropst?"

Wittler verstand den Bibliothekar gerade nicht so recht. „Was machen wir nun?" Trotz dieser Frage war Wittler seine eigene Hilflosigkeit nicht bewusst.

Gidder beugte sich lächelnd nach vorne. Sein Flüstern klang in der Stille der Bibliothek unheimlich: „Die Bilder, Herr Dompropst, die Bilder. Bitte."

In kurzer Zeit hatte Wittler gleich mehrere Facetten von Gidder kennenlernen können. War er blind gewesen oder warum hatte er den Mann so
falsch eingeschätzt? Sicher war der Bibliothekar eine Art enfant terrible,
aber er hatte auch die gewaltige Fantasie eines Kindes; und die war es, die
ihm den Weg zu seinen Theorien ebnete. Fantastisch. Wittler klappte
seinen Laptop auf, öffnete den Bilder-Ordner und drehte das Gerät zu
Gidder.

„Nein, wie *das* geht, müssen Sie mir zeigen", sagte Gidder, nahm seinen
Stuhl und den Laptop und setzte sich neben den Dompropst. „Ich mag
diese Dinger nicht."

Gemeinsam sahen sie sich die Bilder an, die die Dombaumeisterin ge-
macht hatte. Gidder ließ sich von Wittler immer wieder gezielt einzelne
Bilder zeigen. Er studierte sie eingehend und kommentierte „Sehr schön.
Gut gemacht."

Dann hörte Wittler ihn nur noch murmeln: „Sieben Steine, dachte, es
seien sieben. Sind es sechs? Nein, sieben. Nicht getroffen. Immerhin. Naja,
einer weg, das ändert nichts."

„Gidder! Bitte *ganze* Sätze."

Der Bibliothekar zuckte zusammen. „Moment, bitte." Er ließ sich von
Wittler drei Stellen großzoomen und tippte auf die Bildschirmfläche.

„Etwas entdeckt?" Der Dompropst war müde. War es der Zuckermangel,
der ihn schlapp machte? Wittler hatte sich vorgenommen, Süßes nur dann
zu essen, wenn es ihm angeboten wurde. Das war nach Aschermittwoch
nicht einmal geschehen. Bis Karfreitag war noch eine anstrengende Zeit
des Fastens zu überstehen. Er schüttelte sich.

Gidders Zeigefinger ging in Habachtstellung. „Die Splitter haben eine
Ordnung, nicht wahr? Sehen Sie hier. Es sind drei Ringe. Und es sind ziemlich präzise, identische Abstände. Aber ..." Gidder zog das „A" wenigstens
fünf Sekunden in die Länge. „es gibt Abweichungen. An *sieben* Stellen. Und
jetzt sehen Sie sich die Steine an, die an diesen Stellen gewissermaßen
verschont blieben. Was fällt Ihnen auf?"

Sie gingen die Bilder durch. Es war schwer, aber Wittler konzentrierte
sich. „Auf jedem findet sich ein Steinmetzzeichen."

„Genau! Selbst wenn sie nur schwach zu erkennen sind. Und exakt diese Tatsache gebietet es, dass wir es uns vor Ort ansehen."

Wittler sah unwillig auf die Uhr. Es war kurz vor zehn. „Das hat doch bis mor..."

„Entschuldigung, nein, verehrter Herr Dompropst. Das hat es nicht. Das Ereignis ist über zwei Monate her. Es ist unverantwortlich, nicht sofort zu handeln."

Wittler trank sein Glas in einem Zug leer. „Also gut. Aber ich muss erst sehen, ob ich einen der Techniker erreiche. Wir zwei nehmen in dieser Höhe keine Akku-Bohrmaschine in die Hand!"

Der Techniker war erstaunlich schnell bereit gewesen, seinen Feierabend zu unterbrechen. Direkt nach ihrem Gespräch waren der Dompropst und der Bibliothekar in den Südturm gegangen.

Gidders Nase steckte quasi bereits zwischen den Splittern.

„Nein, nicht hier, die da!" Er deutete auf eine andere Stelle der Holzabdeckung, als der Techniker sich wahllos eine Leiste vornahm, um sie von der Verschalung zu lösen. Nachdem das entsprechende Holz entfernt war, machte der Mann Gidder auf der Leiter Platz und Wittler entließ ihn, damit er wie gewünscht in der Werkstatttoilette unter dem Glockenstuhl seine Notdurft verrichten konnte.

Der Bibliothekar stand bemerkenswert sicher auf der Leiter. So sicher, dass er es sich leistete, selbst dort die Hände auf dem Rücken verschränkt zu halten. Wittler überlegte, warum Gidder das tat. Um seine Hände unter Kontrolle zu halten? Jetzt aber zog der Bibliothekar damit eine Lupe aus seiner Jackentasche und betrachtete einen Stein genauer.

„Gidder. Sagen Sie: Sehen Sie etwas, was ich nicht gesehen habe? Sehen Sie etwas, was auf den Ursprung hinweist?"

„Nun ja." Zunge, Zähne, Lippe. Gidder schien unzufrieden. „Ich musste mich vergewissern, ob auch dieser Stein unversehrt geblieben ist. Es ist der siebte. Aber es wurden nur sechs Splitter gefunden, nicht wahr?"

Wittler nickte.

Gidder drehte sich auf der Leiter um hundertachtzig Grad und schaffte es, sogar beim Hinuntersteigen mit den Armen zu gestikulieren. „Also fehlt einer. Und wir wissen nicht, welchem Zweck diese Splitter dienen. Deswegen macht es viel Sinn, darüber nachzudenken und schnell zu entscheiden, ob man sie belässt, wo sie eingeschlagen sind, oder entfernt. Aber nicht das beunruhigt mich ..." Gidder nahm – unten angelangt – seinen Mantel und begann, ihn langsam anzuziehen.

Wittler half ihm dabei. „Und, Gidder? Was beunruhigt Sie dann?" Der Bibliothekar kam nur schwer in die Ärmel und Wittler meinte, die Anspannung Gidders spüren zu können.

„Es geht bei diesem phänomenalen Ereignis nun einmal unabänderlich um Metall", murmelte der. „Das auslösende Moment sind diese Dinger." Sein Kopf wandte sich aufwärts den Splittern zu und er atmete hörbar durch die Nase ein. Seine Hände lagen auf der Balustrade vor der St. Petersglocke, deren Resonanzraum sie leer angähnte. „Das Material, mit dem ich mich seit Jahrzehnten beschäftige, ist Stein. Im Stein liegt das Göttliche verborgen. Ich bin überzeugt, in den Steinmetzzeichen liegt der Schlüssel zur himmlischen Pforte, Herr Dompropst. Und nur Sie als Hausherr werden ihn in den Händen halten können." Gidders Hände tauchten an seinem Hinterkopf auf und die langen Fingernägel kratzten die Kopfhaut. „Metall, also Eisen, kam nach dem Stein. Ich möchte nichts an die Wand malen, Herr Dompropst." Er drehte sich zu Wittler um und die Besorgnis in seinem Blick erschreckte den Dompropst. „Aber dem Guten folgt das Böse. Ich meine, das hier ist kein göttliches Zeichen, es ist ein teuflisches."

Die Stille im Glockenstuhl wurde durch das zweimalige Schlagen der Ave-Glocke laut und hart unterbrochen. Es war halb zwölf. Der Techniker trat in den Glockenstuhl. Er musste es schwer gehabt haben. Er hatte Schweiß auf der Stirn. „Fertig?"

Gedanken im Stillstand   *Jonas*

005502 Jonas kämpfte sich durch seine Gefühle.

Es war wieder kälter geworden. Das Wetter hatte den Frühling nur angetäuscht und dann wieder Eiszeit gebracht. Das machte lahm und unbeweglich und die Menschen zündeten die Kohleöfen noch einmal an, drehten die Thermostate hoch und zogen sich in die Wärme ihrer vier Wände zurück. Nieselregen ergänzte das trostlose Bild.

Stimmungsmäßig war Jonas im Keller. Alvis war noch in der Klinik und die Schule fühlte sich leer an. Das ärgerte ihn. Diese Freundschaft war gegessen. Was scherte ihn das noch? Er hatte sogar Charlotte versetzt. Na ja, nicht wirklich versetzt. Er hatte ihr gesagt, dass er Zeit für sich brauche und dass er ein paar Dinge in seinem Leben klären müsse. Charlotte hatte genickt. Wenn sie beunruhigt war, hatte er davon nichts mitbekommen. Er hoffte insgeheim, dass Klara ihr nichts von diesem Abend erzählt hatte. Das hätte er nicht alles erklären wollen. Er dachte an diese Glitzerwelt in der Altstadt. Das alles war zu heftig gewesen. Denn es war Realität gewesen. Brutale Realität!

Die Brust tat ihm weh. Wie hatte dieser Frost das gemacht mit dem Licht? Egal wie, die Ecke war für die nächste Zeit tabu für ihn. Dem Typ wollte er so schnell nicht mehr begegnen. Hoffentlich kassierte dieser Kommissar den bald ein. „Bis jetzt nicht" hatte Klara auf seine Frage diesbezüglich geantwortet. Klara! Mit der Frage nach dem Blaumann hatte er das Telefonat mit ihr begonnen. Ein Vorwand natürlich. Er hatte ihr gesagt, dass er sie wiedersehen wolle, um all das zu besprechen, und da war sie sehr ernst geworden. „Du bist sehr mutig gewesen" sagte sie und: „Danke für das Vertrauen, das du in mich hast." Und dann hatte sie einen sehr schönen Satz bescheuert abgeschlossen, denn Klara hatte ihn auf Charly bezogen: „So ein Gefühl ist etwas sehr Wertvolles, bewahre es, aber erwarte nicht, dass es erwidert wird." Sie hatte noch mehr gesagt. Aber das hatte Jonas nicht mehr gehört. Es gab so Sätze, die betäubten. Da wollte man nichts mehr hören.

Was sollte er denn *damit* anfangen?

Jonas drehte sich auf den Bauch, zog das Kissen über seinen Kopf und atmete ins Bettlaken. Nichts, gar nichts konnte er damit anfangen. Er hätte warten sollen, nicht bei ihr anrufen. Er hatte sie überrumpelt. Sie wusste, was er wirklich fühlte. Bestimmt. Und sie konnte gar nicht anders, als die Reißleine ziehen. Was hatte er erwartet? Dass sie zu ihm sagen würde: „Ich will dich auch"? Was für ein Schwachsinn. Das war doch schon im *MickMeck* klar gewesen. Plötzlich hatte da diese Frau vor ihm gesessen. Eine, die die Mutterrolle von Charlotte spielte. Und trotzdem – oder gerade deshalb? – hatte ihn das total erregt. Aber seine Fantasie hatte ihm einen Streich gespielt. Nein, nicht seine Fantasie. Ein Traum war es gewesen. Warum hatte er ihm so viel Bedeutung beigemessen?

„Jonas!"

Er schreckte hoch. Seine Mutter stand fast vor dem Bett. „Sag' mal, warst du bewusstlos?"

Es war selten, dass seine Mutter sein Zimmer betrat. Und diesmal war sie sehr weit hereingekommen.

„Hi, Mom, was, was gibt's?" Er zog das Kopfkissen weg und drehte sich um. Nein, er war nicht bewusstlos gewesen. Ganz im Gegenteil. Er hatte sich tief in sein Bewusstsein hineinbegeben.

„Charlotte hat angerufen. Schau mal auf dein Handy. Sie wollte dir 'ne SMS schicken." Seine Mutter wirkte unzufrieden oder unglücklich.

„Und sonst?" Jonas stützte sich auf seine Ellbogen.

„Sag du's mir. Du siehst nicht gut aus, mein Lieber." Sie ging zurück zur Tür und lehnte sich an den Rahmen. „Du weißt, gerne mache ich den Weckdienst nicht. Und ich mische mich auch nicht in deine Dinge ein. Aber wir können reden."

Er wollte die Wahrheit sagen. „Träume, Mom."

„Zeit zum Erzählen?" Ihre Augen glänzten feucht.

Aber er war nicht bereit. „Du kannst mir da nicht helfen."

Die Schultern seiner Mutter sackten nach unten. Sie nahm die Türklinke in die Hand und hielt dann inne. „Du kannst dein Leben leben, Jonas, das weißt du. Aber vergiss nicht: Ich bin da." Sie zog die Tür zu.

Jonas setzte sich im Bett auf, zog die Knie an und schlang die Arme darum. Er nahm sein Handy und öffnete die SMS. „Hi, werde mit meinem Vater noch vor den Ferien in Urlaub fahren. Hab 'ne Sondergenehmigung von der Schule. Sehen wir uns nochmal? C." So war das. Nahm man Abstand, tauchten sie aus der Versenkung auf. Mädchen. Jonas legte das Handy beiseite.

Auf seinem selbstgebauten Nachttisch lag der Block, worin er vor Wochen den Traum für Alvis aufgeschrieben hatte. Träume. Sie hatten immer genau *so viel* Bedeutung, wie man ihnen geben wollte. All diesen gruseligen Traum-Geschichten über Seelen hatte er weit weniger Bedeutung beigemessen als dem einen mit Klara. Da hatte er gleich gedacht, das sei ein Zeichen, auf das er reagieren wollte. Ein schönes Zeichen war das, ha! Diese anderen Träume hatten sich aufgedrängt, hatten ihn derart drangsaliert, dass er ihnen irgendwann bewusst keine Bedeutung mehr hatte geben wollen. Und damit auch nicht Alvis' Geschichten. Wo der wohl gerade war? Noch immer im Krankenhaus? Wenigstens musste der sich vor Ostern nicht mit Klausuren rumschlagen. Aber der schlug sich damit ohnehin nicht herum, das war nicht nötig. Nur für seine komische Idee von der Seelenwelt hatte er sich emotional mächtig ins Zeug gelegt. Warum wohl? Sollte Jonas ihn irgendwann nicht doch mal fragen? Was würde Alvis wohl zu dieser Geschichte mit Klara und dem Blaumann sagen? Jonas würde sich Vorwürfe anhören müssen. Siehst du, würde Alvis sagen, ich habe recht gehabt! Nein, danke.

Jonas streckte sich auf dem Bett aus. Vor seinem inneren Auge ließ er Gesichter auftauchen. Charlotte, Alvis, Klara, Tiberius. Er wollte nach dem Handy greifen, dachte daran, eine SMS zu schreiben, ließ es aber sein. Er hatte keine Lust, sich zu bewegen. Er hatte keine Lust mehr nachzudenken! Ging das? Die Erinnerung kam nur bruchstückhaft zurück. Das nervte. Was war damals geschehen? Wo war er gewesen? Tiberius meinte, es sei nicht so weit entfernt gewesen. Ein Raum mit Sternen fiel ihm ein und dass eine Stimme ihm etwas zugerufen hatte. Aber er bekam es nicht mehr auf die Reihe. Nur Wortfetzen wie: *sorgen* und *achtsam* oder so.

Jonas Augenlider wurden schwer. Er hörte das leise Ticken der Wanduhr und dachte: Was ist eigentlich Zeit? Bevor er nach einer Antwort darauf suchen konnte, schlief er ein. Und da im Schlaf formte sich endlich ein Satz aus den Wortfragmenten:

Sorge dich nicht. Hier, Jonas, beginnt dein Auftrag. Sei offen und wachsam. Achte auf meine Zeichen. Ich werde da sein.

Jonas fuhr hoch. Sein Blick fiel auf die Wanduhr. Kurz nach zwei. Was für ein Satz! Und diese Stimme! Er kannte sie.

Schattensprünge *Tiberius und Alvis und Jonas, Klara und Längli*
005503 Alvis sah aus dem Fenster seines Krankenzimmers. Der Himmel war wolkenverhangen. Die Aussicht, dass da oben irgendwo Sonne durchbrechen könnte, war extrem gering. Alvis war vollständig angekleidet. Endlich wieder. Er zwang sich, ruhig zu bleiben. Drei Wochen waren seit der letzten Begegnung mit Jonas vergangen. Tiberius war oft zum Unterricht dagewesen. Er bereitete die Reise vor. Intensiv. „Keine Theorie ersetzt praktische Erfahrungen, aber sie gibt Sicherheit", hatte Tiberius gesagt. Alvis wurde klar, dass eine Veränderung seines Lebens anstand. Eine Verantwortung kam auf ihn zu, die ihm jetzt manchmal übergroß erschien. Tiberius hatte ihn beruhigt. „Du wirst designiert, Alvis. Mehr nicht. Ein Schritt nach dem anderen!"

Richtig. Ein Schritt. Ein Schritt, von dem die Menschheit nichts ahnte, der aber für Alvis enorm war. Ihm war feierlich zumute. Gleich würde Tiberius kommen und ihn abholen. Und morgen ... morgen würden sie reisen! Was würde auf ihn warten? Würde er die Gefahr sehen, die den Menschenseelen drohte? Sofort fiel ihm Jonas und dessen Auftrag wieder ein. Ein Auftrag, den dieser nicht erkannte und deswegen nicht annahm. Nach Alvis' Reise gab es keine Chance mehr, Jonas die Seelenwelt nahe zu bringen und ihn darauf vorzubereiten. Diese Riesenchance hatte dieser ... verpeilt? Ja, verpeilt würde Jonas sagen. Jonas, ja, dieser Idiot!

Alvis ging vom Fenster weg und wieder zum Bett. Die Tasche war gepackt. Die Verabschiedung von den Schwestern war nett gewesen. Alvis grinste. Sie hatten ihm ein persönliches Carepaket zum Abschied geschenkt.

Mit Blick auf seine Armbanduhr zog er den Reißverschluss der Tasche zu. Es klopfte, die Tür ging auf. Tiberius war schon pünktlicher gewesen.

Er sah ernst aus. „Alles klar, Al?"

„Alles klar, Tib." Alvis nahm seine Tasche. „Lass uns gehen, ausgecheckt hab ich."

Im Auto sprachen sie nicht. Tibs Schweigen beunruhigte Alvis. War etwas geschehen? Gab es eine neue Entwicklung? Er fragte nicht. Eine Antwort würde er nicht erhalten. Das war während der vergangenen Wochen immer so gewesen. Tib hatte fast stereotyp geantwortet: „Lerne daraus. Wie fühlt es sich an?" Wenn Jonas ihn in der Schule doch noch fragen würde, könnte Alvis ihm genau dasselbe sagen.

Alvis stutzte. Mit einem Mal begriff er, was Tiberius ihm hatte sagen wollen: Stell dir vor, du bist Chronist und darfst nichts sagen! Natürlich würde Jonas Fragen stellen. Irgendwann würde Alvis so in die Enge getrieben sein, dass ihm nichts anderes übrig blieb. Und dann war es zu spät! Er musste Jonas sehen. Er musste sich kümmern. Er musste seine Wut überwinden. Er durfte nicht aufgeben.

Sie hielten an einer Ampel. Es wurde grün, aber Tiberius fuhr nicht weiter. Eine Hupe erklang.

Alvis schreckte -aus seinen Gedanken gerissen- hoch. Er sah auf Tiberius, dessen Kopf auf die Brust gesunken war. „Tib?... Tiberius!" Fast panisch rüttelte er an der Schulter des Chronisten.

Tiberius zuckte hoch. „Ich ... verdammt!" Er fuhr los. „Es tut mir total leid, Alvis, es muss sehr wichtig sein. Ich muss, ich muss gehen, du weißt schon.... Schlafen. Sofort!"

Tiberius drehte den Rückspiegel zu sich und warf einen kurzen Blick hinein. Auch Alvis konnte es sehen: Das Seelenfeuer loderte in Tibs Augen. „Es gibt Arbeit. Du musst raus hier." Tiberius Hände rieben am Lenkrad, nach links und rechts sah er abwechselnd aus dem Wagen. Er wirkte gehetzt und unruhig. Er hielt in einer Parkbucht an „Schnell. Kannst du irgendwo hin?"

Alvis nickte. Jetzt war keine Zeit, um zu diskutieren, das war ihm klar. „Natürlich. Kannst du mich da drüben wieder abholen?" Er zeigte auf die andere Straßenseite. In Leuchtschrift wurde über dem Bistro dort angezeigt, was der Besucher zu erwarten hatte: *Maria hilft.*

261

Sorge dich nicht. Ich werde dich führen. Hier, Jonas, beginnt dein Auftrag. Sei offen und wachsam. Achte auf meine Zeichen. Ich werde da sein.

In den letzten Tagen hatte nichts so sehr sein Leben bestimmt wie diese Sätze. Die Erinnerung daran hatte Jonas gepackt. Die Stimme ging nicht mehr aus seinem Kopf. Und immer, wenn er bewusst an etwas anderes denken wollte, schien sie noch eindringlicher zu werden. Widerstand ist zwecklos, dachte er resigniert. Also *musste* er sich darauf einlassen. Er brauchte Ruhe und Kraft.

Hier saß er nun und hatte endlich beides. Sein Nachdenken wurde von nichts gestört. Nur die sanfte Stimme von Maria hatte Jonas einmal aufblicken lassen. „Dein Kakao, mein Junge."

Jonas war gefühlte hundert Mal in den Erdtrichter gefallen und nach und nach setzten sich die Erinnerungsfetzen weiter zusammen. Es waren Bilder, mit denen er nichts anfangen konnte. Aber diese Stimme war klar und eindeutig. Und sie schien überhaupt nicht Teil des Erlebnisses hinein zu sein, das er da in seiner Kindheit gehabt hatte. *Sorge dich nicht. Ich werde dich führen. Hier, Jonas, beginnt dein Auftrag. Sei offen und wachsam. Achte auf meine Zeichen. Ich werde da sein.*

Was war das? Ein Kick in seinem Kopf? Diese Stimme war nicht angsteinflößend. Sie brachte Sicherheit und Beruhigung, auch wenn sie jung klang. Und sie war Jonas nicht unbekannt. Es war die Stimme des Mannes aus seinem Traum, mit dem er zum Dom geflogen war.

Ich werde da sein.

War *er* das? War er *jetzt* da? Und gab Zeichen? Für *was*? Würde ein Domturm explodieren? Waren die ganzen Träume und Halluzinationen Zeichen? Der Mann mit den fünf Lichtern, dieser Mirco Frost, der Dom, der Fall des Klöppels, das Haus aus diesem Erlebnis am Feuer ... Hatte man Jonas an Plätze geführt, die wichtig waren für, ja ... für was denn? Seinen Auftrag? Gott, wie lächerlich: *sein* Auftrag. Goodness, er war ja keineswegs unbescheiden! Seine Selbsteinschätzung war wohl eher eine Selbst*über*schätzung. Von einer überirdischen Macht ... beauftragt zu sein, *auserwählt*, wie Alvis wahrscheinlich sagen würde, Leute, aber bitte! Mal ehrlich, an so etwas zu glauben, das war doch hirnrissig! Das war wirklich zu viel ... Okay, nur mal kurz vorausgesetzt, dass er tatsächlich ... nur für den

Fall, dass an dieser Geschichte wirklich etwas dran sein sollte, dann, ja, verdammt ... dann ergab alles einen Sinn!

Durch die kleinen Scheiben von Maria's Bistro drängte sich strahlendes Sonnenlicht und ein blitzsauberer, klar definierter Regenbogen erschien verrückterweise direkt unterhalb der Sonne. Wo verdammt noch einmal regnete es eigentlich? Verdammt, verdammt, verdammt! Nichts wünschte sich Jonas so sehr, als sich über all das mit Alvis zu unterhalten.

„Tag, du Rindvieh!" Die Stimme, die hinter ihm erklang, kannte er ebenfalls.

⸜ᵔₒᵒₒ๑

Klara hatte geklont. Nicht einfach nur Dateien kopiert. Sie war im Besitz des gesamten Festplatten-Inhalts vom Laptop dieses Irren. Sie hatte das Gesicht des Verrückten noch vor sich, der sie aus dem Fenster des Toyota Rav angestarrt hatte, als sie in die Pedale trat wie nie zuvor in ihrem Leben. Mit Adrenalin, wie an dem Abend in der Altstadt. Todesangst? Zumindest war klar, dass Mirco Frost nicht als geheilt entlassen worden war. Im Gegenteil. So, wie sie ihn erlebt hatte, war er gefährlicher denn je. Ob seine Schwester Bianca das wusste?

Klara war ihm entwischt. Sie warf einen Blick auf ihre Blessuren. Sie tastete Hals, Schulter und Knie ab. Die Schmerzen ließen nach. Gab es *jetzt* einen Grund zu feiern? Ein zweites Mal hatte sie sagenhaftes Glück gehabt. Konnte er sie finden? Gab es überhaupt einen Anhaltspunkt für ihn? Allenfalls Längli. Längli. Herrje. Sie war unter Schock gewesen, als sie ihn zu sich eingeladen hatte. Oder freute sie sich insgeheim auf ihn?

Bevor sie für den Abend einkaufen ging, nahm Klara sich wiederholt die Dateien von Frost vor. Bilder, Bilder, Bilder. Über zweihundert. Und nicht ein einziges von ihm selbst. Immer nur von einem Mann in Knickerbockern. Offensichtlich in einer Greifvogel-Station. Mit diversen Vögeln. Und ein stolzer Junge, auf der behandschuhten Hand eine Eule. Nur eine der Dateien hatte ein anderes Format. PPT. Powerpoint. Der Mann mit dem Jungen und einem Weißkopfadler, aus dessen Schnabel eine Sprechblase kam. „Hau in die Tasten, Opa!" Viel konnte sie damit nicht anfangen.

Sie überlegte, was sie kochen wollte. Saltimbocca. War lecker, sah aufwendig aus und ließ sich leicht zubereiten. Klara ging in einen Bioladen, kaufte die dünnen Kalbsschnitzel ein, Parmaschinken und Salbei, Rosmarin für die Kartoffeln und ein Spitzen-Eis als Nachtisch. Egal, wie der Herr Hauptkommissar drauf sein würde: Das Essen sollte schmecken.

Längli war der Appetit vergangen. Aber nur durch die steile Falte an der Stirn erkannte der Eingeweihte, dass er angespannt war. Beim Rasieren hatte er sich geschnitten. Was nicht der Grund seines Ärgers war. Aus der Reputation war nichts geworden. Der Möchtegern-Psychologe hatte seine Macht ausgespielt. Und Längli hatte es wortlos hingenommen. Aber in seinem Kopf hatte es gearbeitet. Während er sich den Restschaum aus dem Gesicht spülte, regte sich in ihm ein Gefühl das er kaum kannte: Stolz. Er hatte *auch* Macht. So war das nicht. Wenn man unbedingt versuchen wollte, ihn darin zu hindern, seine Arbeit zu tun: bitte. Kein Problem.

Längli nahm kein Aftershave, sprühte aber ein teures Parfum auf den Halsansatz.

Dann würde er den Gewaltverbrecher eben ohne den Apparat suchen. Klara Plump würde sich ihrem Lebensretter gegenüber sicher dankbar erweisen. Nicht nur mit einem Abendessen, sondern auch mit Informationen. Und dass er suspendiert war, brauchte sie ja nicht zu wissen. In seiner Jackentasche fühlte er das Tütchen, das gefüllt war mit dem Pulver, das er bei dem süchtigen Anstaltsarzt im Aktenschrank gefunden hatte. Er ließ es drin.

Kurs Seelenwelt   *Tiberius, Alvis und Jonas*

005504 Tiberius spürte der Neigung nach, die den starken Ruf nach ihm ausgelöst hatte. Eine andere Seele suchte den Kontakt und es lag jetzt an ihm, dem Wunsch zu folgen. Es war DaniEl. Die völlig überforderte Engelmanifestation, deren Auftrag selbst gestandenen, gewachseneren Manifestationen Probleme bereitet hätte. Tiberius hätte gerne mit dem Kopf geschüttelt. Die Wege der *Ewigen Manifestation* waren unergründlich. Dass sie DaniEl vertraute, wurde für Tiberius aber langsam nachvollziehbar. Dass man ihm den Mut und die Intelligenz zusprach, eine Fügung gegen PerdUs zu leiten, bedeutete, dass der Wunsch DaniEls, in seinen Himmel aufzusteigen, besonders groß war. Und wenn DaniEl nach dem Chronisten rief, musste er einen guten Grund dafür haben.

DaniEl! Sollte er ihn vor der Reise mit Alvis treffen? Nein. Denn bald würde er es tun können, ohne gegen die Regeln zu verstoßen. Er wollte warten. DaniEl musste alleine klarkommen. Tiberius war deshalb nicht beunruhigt. Er wusste bereits: DaniEl hatte ein Ziel gehabt und es durch seinen Ruf nach Tiberius erreicht. Alvis und Jonas saßen an einem Tisch.

꜒ᷱ₀°₀ᴅ

Alvis? Wirklich Alvis? Jonas wollte aufspringen, aber das war bei den tiefgelegten Sofas, dem Standardmobiliar im „Maria hilft", nicht möglich. Außerdem drückten zwei Hände seine Schultern nach unten. Er blickte hoch und tatsächlich: aus tiefen Augenhöhlen sah Alvis ihn an. Jonas konnte es nicht fassen. Sekunden nach seinem gedachten Wunsch war Alvis erschienen. Das war magisch! Aber warum auch nicht. Die Dinge sind, wie sie sind.

Fast wäre Jonas aufgestanden, um Alvis mit einer Umarmung zu begrüßen, so sehr freute er sich. Stattdessen griff er nach oben und packte die dünnen Handgelenke. „Gut, dich zu sehen, Alter."

Alvis lachte auf, sichtlich erleichtert. „Endlich mal wieder ein netter Satz von dir."

„Wirklich verdammt gut, dich zu sehen." Jonas war überrascht, wie entspannt Alvis klang. Als hätte er einen Urlaub und nicht fünf Wochen Krankenhausaufenthalt hinter sich.

Alvis löste sich aus Jonas Griff. „Noch netter! Aber du wirkst ein bisschen fertig."

Jonas witzelte: „Kein Wunder nach dem 1:5 gegen Mönchengladbach. – Für einen Monat Klinik siehst *du* allerdings ... ziemlich gut aus!"

Alvis grinste übers ganze Gesicht. „Hab' ein wenig zugenommen. Die Schwestern haben wohl gewettet, mit wieviel Kilo ich rauskomme."

„Ich ... *wir* sollten diesmal richtig reden." Jonas war froh, die Kurve bekommen zu haben, und tatsächlich machte es Alvis ihm nicht schwer.

„Lass hören. Was gibt es Neues?" Alvis zog seine Jacke aus und legte sie über das Sofa neben Jonas.

Verlegen sah sich Jonas nach Maria um. „Muss dich einiges an Energie gekostet haben, hierher zu kommen, oder? Woher wusstest du ...?"

Alvis grinste erneut. „Alles geschieht im Fluss von Energie. Glaub' es oder glaub es nicht: Ich hatte nicht geplant, hierher zu kommen. Dich zu sehen, ja, aber nicht jetzt und hier."

„Also Zufall?"

„Kaum. Eher Fügung." Alvis setzte sich.

Jonas zögerte kurz. Dann sagte er entschlossen: „Erzähl mir davon."

„Hast du denn Zeit?"

„Klar. Naja, ich bin, ich muss ... Es wird ja nicht ewig dauern, oder?"

„Doch, das wird es. Jedenfalls nach deinen Maßstäben."

„Wie meinst du das?" Jonas dachte an Charlotte. Sie hatte ihn vor ihrem Urlaub ja gerne sehen wollen, aber ...

Alvis stoppte Jonas' Gedankengang. „Es gibt eine Menge zu erzählen. Und es muss heute sein, Jonas. Morgen werde ich reisen. Und dann heißt es: Rien ne va plus."

Alvis hatte ihn konkret mit seinem Namen angeredet. Jonas merkte, dass diese Namensnennung ihn irritierte. „Wohin fährst du? Du musst doch nicht schon wieder in eine Klinik, oder?"

„Oh nein, das bestimmt nicht. Aber um dir meine Reise zu erklären, müsstest du bereit sein, mir zu glauben. Und auch wirklich zuhören. Denn später geht es nicht mehr."

Jonas zögerte. Nein. Er zauderte. Warum? Hatte er nicht gerade eben noch zu sich gesagt: Wenn es diese Welt gibt, macht alles einen Sinn?

Dann wurde es ihm klar. Dieser Moment war sehr entscheidend für sein Leben. Obwohl er nicht wusste warum, spürte er: Wenn er blieb und Alvis zuhörte, würde das sein Leben verändern. „Du meinst, nach dieser Reise kannst du mir wirklich nichts mehr von deiner Seelenwelt erzählen?"

„Nein. Und wenn du übermorgen davon anfängst, werde ich dich nur belächeln können." Alvis sagte das ganz ruhig.

„Wieso? Das ist doch Scheiße."

„Genau. Aber nicht zu ändern. Es sind die Regeln."

Ob der Regenbogen noch da war? Im Bruchteil einer Sekunde schloss Jonas einen Pakt mit dem Schicksal. Wenn der Regenbogen noch da war, würde er bleiben. Er schaute zum Fenster. War er noch zu sehen? Spuren von Farbe am Himmel? Nein. Er schloss die Augen. Dann sagte er zu Alvis: „Ich muss kurz telefonieren. Und ein Treffen absagen."

Alvis wärmte sich die Finger an seiner Tasse. Ab und zu ging die Tür auf und kalte Luft zog am Tisch vorbei. Er nahm den Löffel und schöpfte Sahne von seinem Kakao. Maria machte sie immer frisch und sie war köstlich. Wieder ein Luftzug. Jonas kam zurück. Alvis schwieg.

„..."

„Charlotte wollte mich eigentlich noch treffen. Und bei meiner Mutter musste ich mich auch mal wieder melden. – Was ist?"

Alvis runzelte die Stirn. „Ich weiß nicht. Ich hab nachgedacht ... Mir fehlen die Worte. Seit Wochen will ich dir davon erzählen und jetzt kann ich es nicht."

„Natürlich kannst du. Denk an unsere Aufgabe. Du hast deine, ich meine. Ich bin mutig, denke ich, aber ich kann mich nicht in etwas hineinbegeben, was so mächtig ist und was ich kaum kenne." Die nächsten Worte presste Jonas heraus. „Ich habe, glaube ich, Angst. Nimm sie mir, Alvis."

Alvis blies seine Wangen auf. „Tiberius sagt, du musst *deinen* Weg gehen, verstehst du? Ja, möglicherweise war es sogar gut, dass ich dir nichts erzählt habe, dass du dir nichts hast erzählen lassen. Dass ich ungestraft bleibe, wenn ich die Geheimnisse der Seelenwelt ausplaudere, das mag ja sein. Aber was ist mit dir? Du bist eine ganz andere Liga. Auserwählt, weil du bist, wie du bist. Vielleicht darf dein Handeln gar nicht beeinflusst werden."

„Also das ist ja total bescheuert. Endlich bin ich bereit und du machst zu. Das begreife wer will."

„Ich mache nicht zu … Ich will nur, dass du verstehst!" Alvis waren Tiberius' Worte eingefallen: „Manchmal kann man sich seine Freunde nicht aussuchen." Er rang nach Worten. „Ist es nicht so, dass wir nur deshalb Freunde geworden sind? Nur weil du jemanden brauchtest, der dich zur Seelenwelt leiten kann, dir helfen kann, zu verstehen?"

Jonas Antwort kam wie aus der Pistole geschossen, als bräuchte man darüber gar nicht nachzudenken. „Und wenn schon! Es gibt die unterschiedlichsten Gründe für Freundschaften. Der, den du da nennst, ist wirklich nicht der schlechteste."

„Aus diesem Blickwinkel habe ich es tatsächlich noch nicht betrachtet." Alvis rührte die restliche Sahne unter den Kakao. Wie unkompliziert Jonas war.

„Alvis!" Jonas' Stimme drang zu ihm durch, klang zu allem entschlossen. „Du bist mein Freund. Ich will es jetzt von dir hören!"

⌐┐₀°₀₂

Sie sprachen über fast alles. Nur seine Gefühle für Klara ließ Jonas erst mal außen vor. Auch über Charlotte fiel kein Wort. Erwartungsgemäß haute Alvis die Geschichte aus der Altstadt fast um. Allerdings ein wenig anders, als Jonas gedacht hatte. Gerade hatte er Alvis erzählt, wie todesmutig er sich durch das goldene Flimmern hindurch auf den Verrückten gestürzt hatte, um Klara zu helfen.

„Ich fasse es nicht! Weißt du, was du da gesehen hast?"

„Naja, halt eine andere Dimension …"

Alvis kicherte plötzlich und fand kein Ende. Tränen rannen ihm aus den Augen.

Schließlich stellte sich Jonas hinter ihn und hielt ihm den Mund zu.

Maria schaute interessiert zu ihnen rüber. Sie waren die einzigen Gäste im Bistro.

„Was ist so witzig?" Jonas hatte Alvis noch nie so erlebt.

„Naja", Alvis prustete wieder los. „Halt eine andere Dimension. Das ist wirklich gut. Das ist wirklich brillant. Und es stimmt. Haha. Aber was du gesehen hast, Junge, Junge, weißt du was das war?" Alvis senkte die Lautstärke seiner Stimme, als wären sie umgeben von unerbetenen Mithörern. „Ha, du hast die *Ewige Manifestation* gesehen!"

Jonas wisperte zurück: „Ich nehme an, ich muss beeindruckt sein?"

„Allerdings. Weil es die alles andere weit überragende Macht im Raum-Zeit-Gefüge ist, mein Lieber. Deshalb solltest du in der Tat beeindruckt sein. *Ich* habe sie jedenfalls noch nicht gesehen." Alvis Kopf wackelte weiter in Fassungslosigkeit.

„Alvis! Was ist das ... genau? Eine Manifestation?" Nur vage erinnerte sich Jonas an ihr erstes Gespräch, genau hier im „Maria hilft".

Alvis starrte an Jonas vorbei und sagte: „Es ist verrückt. Mir scheint, immer wenn es erforderlich ist, macht es bei dir ‚Klick' und du kannst in die Dimension der Seelen sehen. Das ist unglaublich." Jonas wartete weiter auf eine Antwort, aber Alvis hob die Hand. „Erzähl erst mal zu Ende. Den Schnellkurs in Seelenkunde gebe ich dir danach."

⟨ᔈₒᵒₒᕒ

Als Jonas wiederholte, was der Famulus gesagt hatte, wurde Alvis kalkweiß. Deshalb also hatte Tiberius ihn darauf so direkt angesprochen. Das Alkovat hatte tatsächlich einen Famulus kreiert. Und Jonas, der Auserwählte, war ihm sogar schon begegnet. Hatte er sich enttarnt?

„Hast du ihm etwas geantwortet?" Alvis starrte seinen Freund an.

„Ich ... ich wollte. Hab's aber nicht geschafft. Tut mir leid."

Alvis atmete auf. „Gut so. Sonst hätte er gewusst, wer du bist. Das hätte sehr gefährlich werden können."

„Verdammt, was hat das nun wieder zu bedeuten?"

„Okay, ich werde versuchen, dir den Durchblick zu verschaffen. Willst du dir ..."

Aber Maria nahm ihm die Entscheidung ab.

„Gut, ihr beiden. Ich sehe, ihr habt hohen Gesprächsbedarf. Ihr könnt bleiben. Getränke sind im Kühlschrank. Aufschreiben, was ihr trinkt. Hier ist der Schlüssel. Schließt hinter mir ab und werft ihn in den Briefkasten, wenn ihr geht. – Oder lasst mich morgen früh halt rein." Sie fixierte Jonas.

„Nein, es gibt hier kein Bier." Sie lächelte und zeigte zufrieden nickend auf den Samowar. „Tee tut's auch."

Alvis schloss hinter Maria ab. Sofort überschüttete ihn Jonas mit Fragen. „Also: Was sind Manifestationen? Wie entstehen sie? Wie funktioniert deine Seelenwelt? Wie ist sie entstanden?"

Alvis stellte sich vor, dass sein Lächeln recht verzweifelt aussehen musste. Es würde anstrengend werden, Jonas' neue Wissensgier zu befriedigen. Aber die leichte Erschöpfung, die er plötzlich spürte, lag trotz guter Genesung sicherlich an den Nachwirkungen des Krankenhausaufenthaltes. „Ich versuche mal eine Zusammenfassung, damit du wenigstens rudimentäres Wissen hast. Aber es wird einige Zeit in Anspruch nehmen."

Alvis trank einen Schluck Kakao. „Wir wissen, dass es auf der Erde seit Millionen Jahren Leben gibt. Seelen entstehen aus lebenden Wesen heraus. Die Seele ist das Aufgehobensein des Wesens in Form von Energie, verstehst du? Zu Beginn waren es einfachste Seelen, zum Beispiel von Einzellern. Aber dabei blieb es nicht. Die Evolution ist vorangeschritten. Und mit ihr die Qualität der Seelen. Die Eigenschaften der Seelen werden entwickelt durch den Organismus, in dem die Seele wächst. Beim Menschen also durch sein Umfeld, seine ... Sozialisierung, wie er aufwächst, durch die Art seines Lebens. Das erzeugt Charakter und damit Fähigkeiten, die unterschiedlich genutzt werden. Ich weiß", Alvis hob die Hand, um einen Einwand von Jonas abzuwehren, „dass Energie Charakter beinhaltet, erscheint nicht vorstellbar, aber gerade so ist es! Denn was würde ein Seelenleben ausmachen, wenn sein Wesen ohne Charakter wäre? In der Seelenform wird der Charakter eines Wesens bewahrt und je stärker der Charakter, das heißt, je fester der Wille und die entwickelten Eigenschaften sind, desto stärker ist die Energie einer Seele."

Alvis sah Jonas an, der ihm gebannt zuhörte.

„Jetzt weißt du, warum es mächtige und weniger mächtige Seelenwesen gibt. Die Eigenschaft einer Seele macht weder Monster noch Heilige. Sie ist, wie sie ist. Die Eigenschaften der Seelen bedingen ihre Neigungen. Durch die Qualität entwickelt sich der Anspruch auf eine Funktion, durch die Neigung die Art von Aufgabe, die sie in der Seelenwelt vielleicht übernimmt. – Soweit alles klar?"

„Äh, ja. Entschuldige, ich muss mal pinkeln."

Als Jonas zurückkam, saß er noch nicht, als er bereits fragte: „Wie war das mit der Neigung? Meinst du … *Zuneigung?*"

„Nicht nur. Pass auf." Alvis suchte nach einem passenden Beispiel. „Nimm diesen Törmi. Sagen wir mal, er hat die Neigung, andere zu verprügeln, bedingt dadurch, dass er sich ab und zu einfach mal Luft verschaffen muss. Und das macht er nicht alleine. Ähnliche Idioten findet er im Müngersdorfer Stadion. Gemeinsam prügeln ist effektiver und in Gemeinschaft macht es viel mehr Spaß." Alvis hatte Vergnügen an diesem Vergleich und grinste Jonas an.

Der schob ein: „Versteh' ich, mach weiter."

Alvis holte Luft. „Im Wesen der Seelen liegt es also, sich zu verbinden. Der Wunsch Verbindungen einzugehen, entsteht durch Neigungen füreinander. Seelen finden ihre Kommunikations- und Handlungspartner über ihre Eigenschaften. Die können durch Gleichartigkeit, Gegensätzlichkeit, ähnliche Lebensgeschichten usw. geprägt sein, da gibt es unendliche Möglichkeiten. Die Verbindungen können klein, groß, stark, schwach, böse, gut sein. Es hängt davon ab, wie viele Seelen – egal, welchen Charakters – zusammenfinden."

„Zwischenfrage." Jonas Eifer war faszinierend. „*Wie* finden die sich denn?"

„Eine Seele *empfindet* ihr Umfeld."

„Moment. *Empfindet* ihr Umfeld? Wie soll *das* denn funktionieren?"

„Frag' mich nicht, wie das geht. Ich weiß es nicht. Hab's bisher nur theoretisch gelernt. Jedenfalls reagieren sie auf Signale, die aussagen, dass Seelenverwandtschaft besteht." Alvis schob seine Tasse zurück und griff unter den Tisch.

Jonas verfolgte seine Bewegung. „Vielleicht machen sie das wie die …"

Alvis unterbrach ihn. „Ha, ich weiß, woran du denkst. Aber das milliardenfache Empfinden, ist nicht gleich den ‚Tausenden von Stimmen', wie du sie aus der Enterprise-Saga von den *Borg* her kennst. Denn in der Seelenwelt ist es kein gemeinsames Bewusstsein, sondern es sind individuelle Wesen, die sich *abstimmen* und unterschiedlichste harmonische Verbindungen bilden, weil sie eben höchstsensibel andere Seelen wahrnehmen können. Und diese entstehenden Verbindungen – du kannst sie auch *Gemein-*

schaften nennen – sind *Seelenbänder*. Das sind oft machtvolle Gebilde, die sich komplett einig sind in ihrem Verhalten. Und wenn *das* eintritt, sind sie fähig zur Ausführung eines möglichen Auftrages."

Jonas hob den rechten Zeigefinger. „Und wenn Bänder beginnen, eine Funktion zu erfüllen, oder sie eine Aufgabe erhalten, werden sie zu Manifestationen?"

Alvis hatte das Paket unter dem Tisch hervorgeholt, das er in seiner Tasche verstaut hatte. Er klopfte mit der Faust drei Mal auf den Tisch. „Stimmt. Ich bin beeindruckt. Du hast gute Aussichten, als starke Seele in einen Himmel einzutreten! Je qualitativ hochstehender eine Seele ist, desto wertvoller ist sie nämlich für mögliche Funktionen, die sie erfüllen soll oder kann. Puuh." Alvis blies verbrauchte Luft aus seinen Lungen. „Ich glaube fast, ich kann nicht mehr." Er gab seiner Stimme einen lehrerhaften Klang. „In der nächsten Stunde nehmen wir *Die Ewige Manifestation und Das Dunkle Alkovat* durch. Bereite dich bitte mental darauf vor. Hausaufgabe: Bitte eine schriftliche Zusammenfassung des bis dato Besprochenen." Jonas blickte konsterniert und Alvis grinste. „War ein Witz. Schreib bloß nichts auf. Und bitte – behalt es für dich. Alles andere macht nur Ärger."

⊂⌐₀°₀ℒ

Es war fast Mitternacht, als Alvis schließlich verriet, was in seinem Paket war. „Es gibt Essen! Eine Überlebensration meiner Krankenschwestern. Bin gespannt, was sie mir zusammengestellt haben."

Wenig später gelang Jonas bereits ein Lob mit restlos vollem Mund. „Super. Frisches Roggenbrot mit Corned beef. Genial." Offensichtlich hatte das viele Reden vom Hunger abgelenkt. Jetzt stürzten sie sich auf die Butterbrote, als hätten sie tagelang nichts gegessen. Jonas kramte im Paket. „Dazu Joghurt, Schokolade, Weingummi, und, und, und ... Sag mal, haben die gedacht, du bekommst zu Hause nichts zu essen?"

Schon nach zehn Minuten nahm Alvis den Schnellkurs wieder auf. Sie waren bei der Fortbewegung der Seelen angekommen. Alvis insistierte: „Nein! Mit *Reise* ist eine *zielgerichtete* Fortbewegung gemeint. Nicht unbedingt ein Vergnügen. Lös dich mal von so einer banalen Vorstellung. Menschen haben eine natürliche Veranlagung, sich fortzupflanzen, und Seelen den unerschöpflichen Drang, sich zu binden. Alleine diese Neigung initiiert eine zweckgebundene Bewegung. Seelen reisen, um sich zu binden. Finden sie sich in ihrer Form von Seelenverwandtschaft, die sehr unterschiedlich aussehen kann, bilden sie Bänder. Haben sie als Band einen Auftrag – ob vermittelt oder sich selbst gegeben, spielt keine Rolle –, bewegen sie sich entsprechend der Dringlichkeit. Das alles ist einer Logik unterworfen, Jonas: Je größer die Energie aufgrund der Charakterstärke der Seelen ist, desto größer ist das Band, desto mächtiger ist die Manifestation und desto schneller kann und wird sie reisen, wenn die Bedeutung einer Aufgabe es verlangt."

Jonas staunte. Ja, das war logisch. Er dachte an die Manifestation, die ihm seinen Auftrag erteilt hatte. Sie musste viel gereist sein. Sie hatte ihm viel gezeigt. Aber klar war ihm bis jetzt nur, wer damit in Verbindung stand, nämlich dieser Frost, und dass das offenbar alles sehr gefährlich war. Ziemlich wahrscheinlich hatte der Typ irgendetwas mit dem Kölner Dom vor.

Jonas sagte das Alvis und der nickte. „Deine Visionen deuten jedenfalls darauf hin. Und ich erinnere mich an einen von Tiberius' seltsamen Sprüchen, mit denen ich überhaupt nichts anfangen konnte. Er sagte, manchmal wäre es besser, wenn man die Kirche im Dorf ließe, und das ausgerechnet bei dem Dom-Lied von den Bläck Fööss."

Jonas nickte und fügte noch einen weiteren Gedanken hinzu: „Ich würde gerne wissen, ob das alles im Zusammenhang mit den Träumen über meinen Vater steht. Was meinst *du*?"

Alvis trank an seiner vierten Cola. „Indirekt ist das möglich. Das Alkovat kann so manches tun, um Menschen zu beeinflussen. Wenn PerdUs ... Ich meine, diese Mächte sind nicht gut oder böse. Es sind einfach *unterschiedliche* Charaktere. Gefährlich können sie alle sein. Es ist nicht mal sicher, ob die Bilder, die du von deinem Vater gesehen hast, oder auf einer wahren Begebenheit beruhen. Die Seelenmacht PerdUs kann sie kreiert haben. Mächtige Seelen können das."

„Wer ist PerdUs?"

Alvis antwortete nicht sofort. „Er kommt aus dem Alkovat. Tiberius würde sagen: Er ist, was er ist."

„Was glaubst *du*, was er ist?"

„Verführer, Entführer, Mörder, Tyrann – er ist all das, was wir auf der Erde als das Schlechte ansehen."

„Tiberius findet das nicht?"

„Nein. Tiberius hat die Seelenwelt aber auch anders kennengelernt als ich. Er wurde von einem Anachron auf seine Aufgabe vorbereitet. Für ihn sind die Dinge so, wie sie sind. Ein Prinzip in der Seelenwelt. Alles hat seinen Sinn und seine Funktion, deswegen wertet man es nicht."

„Ich fass' es nicht. Du meinst, wenn es eine Katastrophe gibt, ist ihm das egal?"

„Nein, er trauert wie wir. Und er freut sich, wenn Seelenbänder der *Ewigen Manifestation* Katastrophen verhindern. Weißt du, wie oft das passiert? Er sagt, sehr oft. Aber kein Mensch bekommt das mit."

„Das heißt, es liegt an den Manifestationen, dass so Sachen wie ... wie Erdbeben passieren?"

„Nicht nur. Manche Dinge geschehen einfach, andere entstehen unter Einfluss."

„Ganz schön kompliziert."

„Hab ich gesagt, dass es leicht ist? Die Welt der Seelen ist mehr als sich verbindende, denkende Energie. Sie ist vielschichtig. Ihre Kräfte sind nicht vorstellbar. Wenn du Antworten haben willst, musst du tiefer in sie eindringen. Ich weiß allerdings nicht, welche Fähigkeiten du außer dem Sehen noch hast."

„Ich auch nicht." Jonas gähnte und Alvis schob ihm die Colaflasche in Reichweite. Jonas goss sein Glas voll. „Glaubst du, dass ich noch einmal auf den Famulus stoße?"

„Kann gut sein. Das Alkovat bedient sich gerne solcher Mittel."

„Ich habe es recherchiert. Ist Lateinisch. Heißt Sklave, Diener, Knecht, Gehilfe."

„Richtig. Er ist praktisch ein Auserwählter, aber er hat keinen freien Willen. Seelenmächte des Alkovats suchen sich dafür labile Seelen, die durch ihr Menschenleben in ihrem Seelenzustand stark geschwächt sind. Sie nutzen deren Zustand aus, deren Veranlagung und Bedürfnisse, um ihre eigenen Ziele zu erreichen."

„Aber wurde ich nicht auch wegen meiner Eigenschaften ausgewählt und werde ich nicht auch manipuliert?"

„Du bist frei, Jonas ..."

Jonas schüttelte den Kopf. „Verrückte Freiheit."

Alvis griff Jonas an die Schulter. „Du hast immer eine Wahl, Jonas. Sonst hättest du wohl kaum denken können: Nein, das gibt es nicht. – Ein Famulus kann das nicht! Er handelt zwanghaft."

„Ob ich will oder nicht. Jetzt sitze ich hier und habe den Schlamassel am Hals."

„Weil du der Richtige bist. Deshalb bist du der Auserwählte. So ist das nun mal ... Hast du doch in *Matrix* gesehen."

Jonas legte sich auf die Couch. Er starrte auf den heruntergedimmten Kronleuchter über dem Tisch. „Letzte Frage des *Auserwählten*: Wenn wir schon nicht genau wissen, was das Alkovat vorhat, haben wir wenigstens eine Ahnung, *wann* es geschehen soll?"

Alvis gähnte hörbar. „*Keine* Ahnung, wann. Es soll bestimmt eine Überraschung werden."

⸜⸝₀°₀৯

Sie waren auf den Sofas eingeschlafen und träumten von Glockengeläut. Sie wurden gleichzeitig wieder wach und das Läuten wurde durch Donner ergänzt. Jonas zog sich an der Rückenlehne seines Sofas hoch und linste zum Eingang des Cafés. Es war Tiberius, der sich an der Tür bemerkbar machte und sich nicht mit der Klingel begnügte. Alvis stand auf und ließ ihn herein. Die Ecke, in der Jonas und Alvis sich niedergelassen hatten, war leicht vermüllt.

Tiberius registrierte das mit zufriedenem Gesichtsausdruck. „Sieht erfolgreich aus." Sein Blick wanderte weiter über Marias ungewöhnliche Einrichtungsgegenstände und wieder zu Alvis. „War es das?"

Alvis signalisierte nickend Zustimmung und antwortete: „Schon." Er sah Tiberius schräg an. „Wir wissen leider nicht, *wann* wir es feiern werden."

Aus der Eingangstür erklang eine sanfte Stimme: „Ah, sind die Herren Paschas erwacht? Das freut mich."

Tiberius fing unvermittelt an zu lachen. Maria schmunzelte und fragte ihn: „Sind Sie der Chauffeur? Was ist denn so lustig?"

„Entschuldigung." Tiberius brachte ein paar leere Flaschen zur Theke, während Jonas und Alvis ihren Müll einsammelten. „Ich dachte nur gerade daran, dass ein Kölner Bordell auch ‚Pascha' heißt."

„Ach, ja? Ich verstehe", sagte Maria.

Tiberius übernahm das Zahlen der Getränke. Er ging zur Kasse an der Theke und tätschelte zärtlich den Buddha, was ihm ein warmes Lächeln von Maria einbrachte. Tiberius schien sich gut mit der Frau zu verstehen, denn sie plauderten ein Weilchen, während die Freunde weiter aufräumten. Als sie endlich draußen waren, ging Tiberius beschwingt über die Straße auf seinen Wagen zu.

Alvis blieb zurück, legte einen Arm auf Jonas Schultern und flüsterte in sein Ohr: „Ich weiß jetzt, wann es geschieht."

Jonas sah ihn überrascht an. „Woher? Wann?"

Alvis grinste. Genau wie bei der Begrüßung von Jonas am Vortag. „Die Wege der *Ewigen Manifestation* sind unergründlich. Aber eins ist sicher: Der Famulus wird Ostern zuschlagen."

Spiel, Satz und ...   *Längli, Klara Plump, Wittler*

005505 „Voilà, ich hoffe mein Saltimbocca war nach Ihrem Geschmack. Auf Ihr Wohl, Herr Hauptkommissar, auf mein Leben und auf diesen hervorragenden Weißen. Vielen, vielen Dank!"

Längli lächelte und prostete Klara Plump zu. „Danke ebenfalls, Frau Plump. Ich wäre Ihnen natürlich auch ohne Aussicht auf dieses fantastische Essen zu Hilfe geeilt." Er war erstaunt, dass sie so ein Gericht in ihrer Miniküche hatte herrichten können. Überhaupt erschien ihm Klara Plumps Wohnung ausgesprochen klein. Allerdings war die Eckwohnung, die im dritten und somit obersten Stockwerk des Hauses lag, umgeben von einem Balkon, der seinesgleichen suchte. Längli tippte auf mindestens zehn Meter, rechnete man den kleinen Teil, der um die Hausecke führte, mit.

„Das hoffe ich sehr. Zumal Sie Frost ja wohl nicht erwischt haben. Sonst hätten Sie den Triumph in meine vier Wände mitgebracht." Klara Plump wurde das erste Mal an diesem Abend ungemütlich. Auch, weil sie begann, Ordnung auf dem Tisch zu schaffen. „Sorry, ist in so einer kleinen Wohnung nicht zu vermeiden."

„Nein, wir haben ihn leider noch nicht." Längli war trotzdem froh, dass sie endlich zum Thema kamen. Essen und Arbeit trennte die Dame offensichtlich strikt. Er hakte nach: „Aber Sie können mir sicherlich einiges erzählen, was uns da weiterhilft, oder?"

„Grappa?", fragte sie, während sie die Teller zu ihrer Küchenzeile brachte.

Längli überschlug seinen Weinkonsum und nickte. „Gern."

Klara sagte nichts, bis sie mit zwei ziemlich vollen Gläsern zum Tisch zurückkam. Mit einem „Moment, bitte noch" verschwand sie durch die Diele. Wohl ins Bad.

Längli streckte seine Beine aus und sah zu dem nur wenige Zentimeter geöffneten Laptop auf Klara Plumps kleinen Schreibtisch hinüber. Das Display war dunkel, aber als hätte er versehentlich die Maus berührt, gab das Gerät ein Signal ab. Das Icon eines Briefumschlages leuchtete auf, dann deaktivierte sich der Bildschirmschoner.

Klara Plump kam zurück und Längli deutete auf den Laptop. „Da hat was gepiepst."

Klara Plump ging zum Laptop und stellte sich davor. Es schien als würde sich ihr Kopf abwägend hin und her bewegen. Schließlich drehte sie sich – den Laptop in der Hand- mit hochgeklapptem Bildschirm zu Längli um. Das Desktopbild, das sie ihm zeigte, verblüffte ihn. „Sie kennen den Falkner?"

„Nein, Sie?"

„Ja", antwortete Längli, entschlossen, mehr zu erfahren. „Natürlich. Ich habe ihn unter anderem wegen, na ja, der Falken am Dom befragt."

„Es ist der Falkner vom Dom?" Klara Plump bemühte sich, ihren Mund wieder zu schließen.

„Wie kommen Sie an dieses Bild?" Längli trat neben Klara an den Schreibtisch und beugte sich herab. „Das ist gar nicht Ihr Laptop, oder?"

Klara musterte ihn. „Doch, aber eine fremde Oberfläche. Vielleicht sollten wir, bevor wir weiterreden, die Spielregeln abklären."

„Einverstanden." Längli lächelte sie an. Er ging zum Tisch und holte die Schnapsgläser. „Trinken wir darauf. Sie sagen mir alles, was Sie wissen, und ich alles, was ich ... von Amts wegen vertreten darf, der Öffentlichkeit mitzuteilen. Denn... die vertreten *Sie* doch, nicht wahr?"

„Sehr clever, lieber Herr Längli." Klara lächelte zurück. „Salute. Dann wollen wir das mal versuchen."

Zwei weitere Grappa später war das Gespräch um Einiges offener. Längli hatte Klara Plump kurz auf den Stand seiner Ermittlungen gebracht, dabei den geheimnisvollen Verbleib des Klöppels allerdings ausgelassen. „Kein Zweifel. Er hat diesen Laptop, dessen Inhalt Sie geklont haben, bei seinem Einbruch beim Falkner mitgehen lassen.

Und Sie sind ganz sicher, dass er nach Ihrem völlig unverantwortlichen Vorgehen auf dem Campingplatz die Stadt verlassen hat?"

Klara Plump zog eine Grimasse. „Danke. Ich weiß selber, dass ich mich in Gefahr gebracht habe, aber ich war dieses Mal besser vorbereitet." Dabei zeigte sie auf zwei kleine Gegenstände auf der Fensterbank.

„Sie glauben wirklich, dass ein Pfefferspray und ein Taschenjauler diesen Mann aufhalten können?" Längli legte den Kopf schief. „Nebenbei: Ich dachte bei ‚unverantwortlich' eher an Einbruch, Sachbeschädigung, Diebstahl ..."

„Oh, wie nett! Nachdem er mich fast erwürgt hätte, waren meine Skrupel, mir den Wohnwagen genauer anzusehen, sehr gering, Herr Hauptkommissar. Und so direkt gestohlen habe ich nichts!"

Längli gefiel, wie Klara sich aufregte. „Eine magere Rechtfertigung, wenn Sie mich fragen." Das fand er zwar nicht wirklich, aber den Anschein wollte er schon erwecken. „Also, was glauben Sie? Ist er noch in Köln?"

Klara Plump verschränkte die Arme. „Ich finde, es hat eine gewisse Logik. Er hat hier am ehesten die Möglichkeit, sich zurückzuziehen. In einem Hotel sollte er allerdings rasch auffindbar sein, oder? Und wenn er sich eine Wohnung genommen hat, erst recht. Was sagt denn die Meldepflicht in Köln dazu?"

„Die Wirte, Hoteliers, Pensions- oder Campingplatzbesitzer müssen durch Vorlage des Personalausweises die Identität von Gästen festhalten. Ein sicheres Ergebnis bringt eine Nachforschung in dieser Richtung aber nicht." Längli sparte sich, die Gründe dafür aufzuzählen. „Hatte er Freunde hier? Könnte die Schwester uns da etwas sagen?"

„Ja. Er hat bei ihr mal wegen einem Freund nachgefragt. Aber sie wusste nichts. Kannte auch den Namen nicht." Klara Plump überlegte. „Heinz. Der Vorname war Heinz. Frost hat ihn offensichtlich nicht gefunden. Also, wenn er sich bei der Schwester nicht dieses eine Mal aus Frankfurt gemeldet hätte, wäre er kaum auffindbar gewesen. Aber zusammen mit dem Jahrmarkt-Hinweis konnte ich seine Spur ganz gut aufnehmen. Hat denn die Fahndung überhaupt nichts gebracht?"

Längli kratzte sich an der Nase und überging die Frage. „Was hat Sie eigentlich überhaupt bewogen, nach ihm zu suchen? Schließlich war ein Zusammenhang zum Bankraub anfangs nicht gegeben, oder? Ähh, da zuckt's in Ihrem Gesicht."

Klara lächelte spitzbübisch. „Sagen wir mal so: Ich hatte so ein Zucken ..."

„Und das reicht für den Aufwand?"

„Na ja, als ich Sie nach der Klöppel-Sache im Turm gesehen habe, hat sich mein Spürsinn natürlich erst recht gemeldet. Aber da gibt es ja auch noch Redebedarf." Klara warf Längli einen auffordernden Blick zu.

„Tut mir leid, ich habe mein Wort gegeben. Zu dem Vorfall im Dom kann ich Ihnen nichts weiter sagen. Man möchte den Verdacht von Sabotage eben nicht in die Öffentlichkeit bringen."

Längli kratzte sich wieder an der Nase. „Allerdings bekommt diese Sache jetzt eine andere Dimension, da unser – ich sag mal – ‚Klöppel-Fäller' identisch mit dem Bankräuber ist. Ich werde das Gefühl nicht los, dass der Klöppel nur eine Art Testballon war. Er hat die Schlüssel zum Dom. Und wenn ich an die Akte denke ..."

„Ein Testballon? Was glauben Sie denn, hat er noch vor?"

„Ich weiß nicht. – Hm, nur ein Gedanke. Ist eigentlich noch nicht spruchreif."

Klara füllte die kleinen Gläser.

„Danke." Längli stieß erneut mit ihr an. Weich fielen Klara Plumps Locken nach vorne und strichen leicht über ihre Wangen, als sie sich nach vorne beugte. Das gefiel Längli. Längli roch kein Parfum. Schön, dachte er und sagte: „Naja, die Akte ist eindeutig, was seine Vorliebe betrifft. Deswegen hat mich das mit dem Klöppel im Nachhinein gewundert. Er hätte den Glockenstuhl dieses Mal in aller Ruhe abfackeln können. Warum hat er es nicht getan?"

⌐ᵒₒ°ₒₚ

Klara stand auf und ging hastig ans Fenster. Selbst im Dunkeln konnte sie die Spitzen des Doms erkennen. Die Außenbeleuchtung gab ihnen klare Konturen. Ihr Mund formte den Satz: „Er will den Dom brennen sehen."

„Was?"

Klara schreckte auf. „Ich sagte wohl: Er will den Dom brennen sehen."

„Eine interessante Idee." Längli trat neben sie ans Fenster. „Das wäre in der Tat ein Fanal nach seinem Geschmack." Ihre Ellenbogen berührten sich leicht. „Aber ein ziemlich schwer durchführbares."

Klara durchströmte ein Adrenalinstoß. „Mein Gott", rief sie, „das habe ich ja vollständig vergessen!" Sie griff sich an den Kopf.

„Und das wäre?" Längli blieb unaufgeregt.

„Er hat schon angefangen mit der konkreten Planung! Verdammt. In der Nacht hat er einen Deckel von den Wasseranschlüssen der Feuerwehr

280

verklebt." Konsterniert setzte sich Klara wieder an den Tisch. „Das darf doch nicht wahr sein." Sie erzählte Längli von Frosts Klebeaktion.

Der zeigte Verständnis für ihre Vergesslichkeit. „Immerhin sind Sie danach in eine extreme Lage geraten. – Aber es ist Ihnen ja eingefallen." Seine Hände kamen auf der Tischkante zur Ruhe. „Ich habe eine Idee. Lassen Sie mich zwei Minuten an Ihren Laptop?"

Immer noch frustriert, signalisierte sie ihr Einverständnis. „Es muss der Junge gewesen sein", sagte sie. „Jonas, ein Freund meines Patenkindes. Das hat mich wohl ganz aus der Fassung gebracht, als ich ihn gesehen habe."

„Ziemlich beherzter Knabe", kommentierte Längli, während seine Finger über das Mousepad fuhren. „Wenn Frost recherchiert hat, hat er vielleicht Favoriten angelegt. Wir könnten sehen, wie weit er mit seinen Planungen ist." Klara trat hinter ihn.

„Aha, da haben wir's." Im Explorer war Längli fündig geworden. Er öffnete den Browser, importierte die Web-Adressen und öffnete einige. Klara holte sich einen Klappstuhl und setzte sich neben ihn. Wortlos klickte Längli durch die Websites.

„Hm", brummte er anschließend, „ziemlich ergiebig."

Leise fragte Klara: „Gibt es überhaupt etwas, nach dem er nicht gesucht hat, womit man Stein und Stahl am besten zerstören kann? Feuer ist, wie es scheint, nicht das einzige, was ihm eingefallen ist."

„Zumindest scheint die Kombination zwischen Brand und Löschwasser das gefährlichste zu sein." Gemeinsam lasen sie einen Artikel über die Auswirkungen auf Sandstein. „Flüssige Transportmittel" führten zu starken „Stoffwanderungen", hieß es darin.

„Schauen wir mal nach seinen aktuellsten Eingaben", sagte Längli und öffnete weitere Seiten. Nach der Sichtung waren sie schlauer, aber keineswegs beruhigter.

Mirco Frost ging es nicht nur um das Legen eines Brandes, sondern auch um das Verhindern der Löscharbeiten. Er hatte sich über die Kapazitäten, den Aufbau und die Gesamtstruktur der Feuerwehr informiert. So gezielt, wie er im Netz vorgegangen war, würde er nicht nur die Wasserzuläufe sabotieren, sondern auch deren Wege im Dom. Wahrscheinlich kannte er die Zufahrtsstrecken der Löschzüge. Sabotage auf allen Ebenen. Er hatte sich Seiten über Lieferanten von Brennstoffen und zuletzt eine lange Liste über alte, zum Verkauf angebotene Löschfahrzeuge angesehen.

„Super", sagte Klara. „Ich kann nur eins empfehlen: Großfahndung."

Längli stand auf und wandte sich ab. „Ich denke, das eher nicht." Er ging zum Tisch und zeigte auf den Grappa. „Darf ich?"

„Sicher." Aber seine Antwort war für Klara nicht nachvollziehbar. „Er muss doch mit allen Mitteln gesucht werden!"

Längli runzelte die Stirn. „Ab einem bestimmten Punkt ist das kontra-produktiv", sagte er gedehnt. „Der Mann ist so gefährlich, dass davon aus-zugehen ist, dass er – naja -überreagiert, wenn er sich in seinen Planungen gestört sieht. Wir müssen und werden ihn ohne große Aktion finden. – Sind Sie angespannt? Ihre Augenbraue zuckt schon wieder."

„Aha. Sie haben Nerven." Klara war fast empört. Kurz dachte sie wieder darüber nach, ob Frost auf der Suche nach ihr war. „Stellt sich nur die Frage, wann Frost zuschlagen wird. Ich würde das nicht so entspannt sehen."

„Nein", sagte Längli, während er die Schnapsgläser zum dritten Mal füllte, „diese Frage stellt sich nicht. Bei seinem ersten Versuch war der Stellvertreter da. Dieses Mal kommt der Chef persönlich."

Klara verstand nicht und runzelte die Stirn.

Längli prostete ihr zu. „Vor zwanzig Jahren war der Papst da. Am Aufer-stehungstag kommt Gottes Sohn persönlich", sagte er und grinste. „Os-tern." Er sah auf seine Uhr. „Wir haben noch drei Wochen Zeit."

Klara vertrug mehr als Längli. Oder der hatte vorher schon etwas ge-trunken. Was ihr aber nicht aufgefallen wäre. Nachdem sie sich beim Ab-schied zwangsweise in der engen Diele – ungewollt? – näher gekommen waren, hörte sie Längli jedenfalls kichernd die Treppe hinuntergehen.

Sofort griff sie zum Laptop. Da stand das Icon des Briefumschlages auf dem Desktop. Sie öffnete ihren Account. Es war eine Nachricht des Insti-tuts, das die Untersuchung des Metalls durchführte. Klara überflog sie. Das Ergebnis lag vor. Aber man druckste herum. Guter Stahl, aber, aber ... Wo sie den Metallspan eigentlich herhabe. Spurenelemente habe man gefun-den. Sie seien aber so minimal, dass man nicht sicher sagen könne, ob sie für die Untersuchung wirklich ausreichten. Die Überprüfungen hätten ergeben, dass diese sehr alt sind. Extrem alt. Unvorstellbar alt. Milliarden Jahre alt. Nein, nicht Millionen. MILLIARDEN! Man habe mehrfach überprüft. Sehr komplexe Verfahren. Die Ergebnisse seien stimmig. Und ob sie von dem Material noch mehr habe. Ob man nach einer Bestätigung damit an die Presse gehen könne, dürfe, solle ...

Klara trat auf den Balkon. Unten war Längli auf dem Weg zur Bahn.

Das Alter der gefundenen Spurenelemente machte die Sache noch unheimlicher. Musste er das wissen? Sie entschied: nein. Schließlich hatte Längli ihr von den Splittern nichts erzählt. Und sich auch noch bei anderer Gelegenheit an der Nase gekratzt. Es gab genug, was er ihr verheimlichte. So nett er sein konnte: Irgendetwas stimmte mit ihm nicht. Daran änderten auch seine attraktiven Krähenfüße nichts. Klara schüttelte den Kopf, als wolle sie sich das Gehirn frei machen. Was hatte sie denn *da* gerade gedacht? Besser auf andere Dinge konzentrieren.

Sie setzte sich an den Schreibtisch und antwortete dem Institut. Wenn sie die Verantwortlichen dort nicht aufschrecken wollte, durfte sie auf keinen Fall absolutes Stillschweigen verlangen. Also teilte sie mit, dass sie es sich überlegen und – da sie selbst Journalistin sei – erst noch Nachforschungen anstellen wolle. Den Span erklärte sie als Bruchstück einer Brosche aus dem Familienschmuck. Das klang hoffentlich harmlos genug.

Längli war unzufrieden. Seit dem Abendessen mit Klara Plump waren zwei Wochen vergangen und er war nicht weitergekommen. Abgesehen davon, dass ihn die Journalistin persönlich mehr interessierte, als es vielleicht gut war, nagte die Suspendierung an ihm wie die Ratte am Speck: unnachgiebig und leidenschaftlich.

Nach einer Woche war er nervös geworden. Er hatte im Präsidium einen Antrag auf Wechsel des „psychologischen Begutachters" gestellt. Wohl eine Sache, die nicht so oft vorkam, denn man bat sich Bedenkzeit aus. Das war genau das, was er immer weniger hatte: Zeit. Um auf andere Gedanken zu kommen, hatte er unsinnigerweise das Pulver des Forensik-Arztes „getestet". Es war in der Tat Kokain, aber zu speziellen geistigen Ergüssen hatte es nicht geführt. Lediglich eine kurze Euphorie ohne Essenz war das

Ergebnis gewesen. Und die Aufhebung der Suspendierung wurde durch solche Aktionen nicht gerade wahrscheinlicher.

Ihm fehlte der Apparat. Er hatte Proben vom Kleber am Hydranten-Deckel in der Altstadt besorgt, konnte sich aber nicht des Labors bedienen. Zum x-ten Mal hatte er Frosts Akte aus der Forensik durchgelesen, um einen Hinweis zu erhalten, wo der möglicherweise untergeschlüpft sein konnte. Aber auch hier landete er in einer Sackgasse. Und der Austausch mit Klara Plump hatte sich in wenigen Telefonaten erschöpft, in denen man sich lakonisch mitteilte, dass man keine weitere Spur entdeckt habe.

Zu allem Überfluss klingelte jetzt das Telefon und Längli musste unter dem Papierhaufen auf seinem Schreibtisch so lange nach dem Gerät suchen, dass er auf die Annahme-Taste drückte, ohne die Identität des Anrufers zu checken.

„Längli."

„Konstantin! Endlich! Habe nicht gedacht, dich noch einmal persönlich zu erreichen!" Die Stimme überschlug sich fast.

„Ah, Anastasius." Länglis Kopf fiel in den Nacken zurück. „Sei mir bitte nicht böse, aber du weißt, wie ich bin, wenn ich in Ermittlungen stecke."

„Ja, ja, das war mir schon klar. Ich will dich bestimmt nicht stören, aber es gibt Neuigkeiten. Und die wollte ich dir möglichst direkt mitteilen."

„Schieß los, was gibt es?" Längli tat geschäftiger, als er war.

„Konstantin, das hörst du vielleicht nicht gerne, aber meine Nachforschungen haben Erstaunliches ergeben." Stolz klang das am anderen Ende der Leitung.

Nun wartete Längli gespannt auf mehr. „So, was denn?"

„Die Splitter sind nicht nur nach einem bestimmten Muster in die Wand eingeschlagen. Einige sind ja, wie du weißt, auf dem Boden gelandet. Ich habe – mit Unterstützung – überprüft, wo sie abgeprallt sind. Stell' dir vor: Genau dort, wo sie nicht eindringen konnten, sind die Steine mit Zeichen versehen. Was sagst du jetzt?"

„Was für Zeichen?"

Erregt kam es aus der Muschel: „Äh, na, die der Steinmetze, Konstantin! Die Steinmetze hatten doch alle ihre individuellen, besonderen Zeichen."

„Was denn, noch im 19. Jahrhundert?"

„Hm." Die Frage schien den Dompropst zu überraschen. Aber der Südturm war in der Tat erst im 19. Jahrhundert fertiggestellt worden. „Das kann ich dir jetzt tatsächlich nicht sagen. Aber *diese* Steine haben Zeichen. *Nur* die, verstehst du, Konstantin? Es ist ganz offensichtlich: Die Steine ... sie haben sich praktisch gewehrt, verstehst du?"

Die Euphorie des Dompropstes traf Längli hart im Ohr. Er schwang sich aus seinem Arbeitsstuhl. Gut, dass er seinem Freund jetzt nicht gegenüberstand. Das konnte nicht wahr sein. War Anastasius klar im Kopf? „Äh, das klingt ja hochinteressant, Anni. Ich denke, dann sollten wir sobald wie möglich die Spurensicherung da ran lassen. Ich brauche dringend noch einige Informationen."

„Nein, nein, noch nicht. Ich habe bereits mit dem Erzbischof und der Dombaumeisterin gesprochen. Wenn wir in den nächsten zehn Tagen nicht konkret weiterkommen, machen wir es direkt nach Ostern öffentlich. Aber ich glaube, wir stehen vor einem Durchbruch! Und ich will nicht dran denken, was es für den Südturm bedeuten würde, wenn wir das publik machten. Man würde ihn stürmen. Gott bewahre."

Wittler war in seinem Eifer zu drollig. „Du kannst die Eintrittspreise erhöhen." Längli grinste vor sich hin.

„Ha, sehr witzig. Aber das wird nicht nötig sein. Ich bin sicher, wir sind der Lösung nahe." Es klang sehr überzeugt.

Länglis Antwort nicht weniger. „Das glaube ich auch!"

„Ach, bist du ebenfalls fündig geworden?" War da etwa Enttäuschung aus Wittlers Frage herauszuhören?

„Allerdings. Es war Frost. Der Verrückte vom Tag des Papstbesuches. Ich bin ihm auf der Spur, Anni. Er plant wahrscheinlich einen großen Anschlag." Längli dehnte seinen Hals, indem er den Kopf langsam nach links und rechts drehte.

„Was? Wie kommst du denn darauf? Anschlag? Worauf denn?"

„Auf ... den Dom. Als Ganzes." Längli hatte kurz gezögert, denn er befürchtete, seinen Freund zu sehr zu erschrecken.

Anastasius' Schweigen sprach Bände. Dann presste der ein „Das glaub ich nicht!" hervor.

„Anastasius. Er hat die Schlüssel vom Dom!" Längli hatte befürchtet, dass es wenig Sinn haben würde, mit Wittler darüber zu sprechen. Aber Vorkehrungen würden ohnehin getroffen werden müssen. Jedenfalls, wenn sie Frost nicht bald fassten.

„Wie denn das?"

„Er hat sich Kopien gemacht. Er hat Abdrücke von Brôlovs Schlüsseln genommen."

„Da bist du dir sicher? Diese Schlüssel kann man gar nicht nachmachen!"

„Natürlich bin ich mir sicher. Ich habe Hinweise dafür, dass in der Dreikönigsnacht am Strom manipuliert wurde. Das Ganze ist noch nicht spruchreif, aber es sieht außerdem so aus, als hätte Frost auch den Bankraub im vorigen Jahr auf seinem Konto." Letzteres hatte Längli Wittler eigentlich gar nicht erzählen wollen.

Wittler zeigte sich nicht beeindruckt. „Das mag ja sein, aber was die andere Sache betrifft: Konstantin, ganz ehrlich, da bin ich mehr als skeptisch."

„Anastasius. Sollten wir Frost vor Ostern nicht dingfest machen, müssen wir am Dom Vorsichtsmaßnahmen treffen! Möglicherweise sogar Schlösser austauschen."

„Bist du meschugge? Bei Zigtausenden von Dom- und Messbesuchern soll ich *Vorkehrungen* treffen? Du hast vielleicht Nerven. Dann musst du mir aber handfeste Beweise für deine Theorie bringen." Plötzlich lachte Wittler fast hysterisch auf. „Schlösser austauschen! Schlösser austauschen! Weißt du eigentlich wie viele Türen der Dom hat?"

„Nein. Sag du es mir."

„Das kann ich jetzt auf Anhieb auch nicht. Aber ganz sicher: Zu viele!"

Längli hatte genug. Was war nur mit Anastasius los? Musste er sich Sorgen um den geistigen Zustand des Freundes machen? Längli gab vor, arbeiten zu müssen. Beide versuchten, die erregte Stimmung zum Abschluss aufzulösen, und versprachen einander, sich in kürzeren Abständen zu informieren. Längli legte auf. Gott, Anastasius! Der glaubte, der Satan persönlich wolle ihn besuchen. Dabei war es Frost. Und der war nicht weniger gefährlich.

Die ersehnte Reise   *Tib und Alvis*

005506 Alvis wusste, dass er schlief. Und er wusste, er träumte nicht. Seine Existenz bewegte sich. Aber wo? Er kannte den Raum nicht, den er durchquerte. Er *empfand* sich. Er kannte *sich* noch nicht. Er hatte nur die Form eines Menschen. Er war eine Hülle aus bläulichem, transparentem Licht. Er war nicht allein. Andere Lichter waren um ihn herum. Manchmal wechselten sie die Farbe, als versuchten sie, die Palette eines Regenbogens anzunehmen. Er fühlte etwas, was ihn anzog und da es ein gutes Gefühl war, ließ er sich treiben und anziehen. Alvis glitt durch eine Wand, die er nicht sah, und vor ihm saß Tiberius, ebenfalls eine fluoreszierende blaue Hülle, auf einem Stein in einer wirklich unwirtlichen Gegend. Eine kahle, pflanzenlose Sandebene, auf der zerstreut Felsbrocken lagen. Musste er beunruhigt sein? Nichts deutete darauf hin. Alvis hörte sich ... denken! *Tiberius, Opa, Tib, bist du das wirklich? Wie komme ich hierher? Wo bin ich? Wie bin ich? Tot?*

Alles andere als das. Tiberius schien ihn anzulächeln, aber die Mimik ging in diesem Erscheinungsbild verloren und Alvis ... er *spürte* viel mehr, als er *sah.* Alvis war total baff. Tib *sprach* mit ihm. Eine Kommunikation, bei der kein Wort gesagt, sondern *gefühlt* wurde?

Ist das die Welt der Seelen?

Tiberius' großer blauer Umriss wechselte kurz die Farbe. *Die Welt ist dort, wo du sie lebst. Dies hier ist der Mond.*

Der Mond, fühlte Alvis. *Was sind das für Lichter?*

Sind es vielleicht Sterne? Fühle, Alvis, fühle einfach, das ersetzt das Denken und du bekommst Antworten.

Ihre Seelenexistenzen verweilten tatsächlich gemeinsam an einem Ort, der nicht auf der Erde war. Alvis spürte die Formationen und erfasste sie. Der Mond war schön. Aber das war nicht die Seelenwelt, sondern momentan nur ein Platz im Universum.

Er *fühlte* Tiberius nicken. Oder *dachte* er vielleicht? War das Telepathie? Oder wie nahm er ihn wahr? Warum waren sie hier?

Es ist nur ein Wartesaal. Unser Wartesaal. Nicht, weil wir auf den Beginn der Reise warten müssten. Ich wollte dir nur den Platz zeigen, an dem wir aufeinander warten können, um uns zu finden.

Sie lagen auf dem Rücken in Tiberius' Bett. In Tiberius' Hand befand sich sein Stein.

„Du wirst deine Hand auf den Stein in meine Hand legen und schlafen", hatte Tiberius gesagt. „Im Schlaf gehen wir den Weg. Ich werde das erste Ziel bestimmen."

Alvis Herz wummerte. So lange hatte er gewartet und endlich war es so weit. Und er? Er hatte Angst!

„Völlig normal", sagte Tiberius.

„Ich werde niemals schlafen können. Wie soll ich denn jetzt schlafen?" Er konnte diese leise Verzweiflung nicht aus seiner Stimme nehmen.

Tiberius lächelte. „Es ist uns gegeben. Vertraue. Du bist bei dir."

„Ich bin bei mir", wiederholte Alvis, legte seine Hand in die von Tiberius und schloss die Augen. Er wollte Tiberius fragen, an was er am besten denken sollte, da schob sich etwas in seinen Kopf. Er sah seine Großmutter, aber es war nicht sein Gedanke, sondern der von Tiberius.

„Ich sehe Oma", sagte Alvis. Dann schliefen sie ein.

Was bin ich?

Was bist du jetzt, Alvis? Das ist die Frage. Hier bist du denkende und wahrnehmende Energie. Du glaubst noch, dass du träumst, aber du bist auf einer Wanderung. Einer von vielen, die du machen wirst.

Treffen wir uns gerade im Traum?

In der Zeit, in der du denkst, du schläfst? Ja. Aber du träumst nicht, du bewegst dich in der realen Welt der Seelen.

Wieso? Was mach ich hier?

Du bekommst die erste Lektion darin, was du wirklich auch bist.

Das ist verwirrend.

Alvis' Bewusstsein nahm den Mond wieder wahr.

Entschuldige. Jetzt bist du hier. Ich musste dich suchen, Alvis, deine Zeit reift und meine auf der Erde geht langsam.

Wie meinst du das? Am Horizont fühlte Alvis die Erde.

Erdexistenzen sind endlich, Alvis.

Bitte, Tib, erzähl keinen Unsinn.

Mache ich nicht. Alles geht seinen Gang und dieser eine auf der Erde ge-hört dazu. Kein Grund zur Sorge. Das, was auf der Erde Zeit genannt wird, haben wir hier unendlich, auch wenn es uns nicht so vorkommen wird. Denn das Sein in der Seelenwelt ist nun einmal anders.

Während Tiberius sich mitteilte, bewegte sich seine bläuliche Umgren-zung fortwährend und wechselte oft die Farbe, schön und geheimnisvoll. Alvis war fasziniert. Das traurige Thema wechselte er gern.

Ich sehe Umrisse von dir und von mir, Tib.

Ja. Mehr ist nicht nötig, oder? Du fühlst hundertprozentig, dass ich es bin.

Das stimmt. Warum sind wir so? So bläulich? Und du manchmal so bunt?

Ich nehme an, weil es schön aussieht. Und weil wir so aussehen wollen. Sprach da der Schalk aus Tiberius?

Was bin ich? Bin ich Seele?

Genug der Fragen, Alvis. Lass uns reisen.

Tiberius Silhouette streckte sich und glitt auf Alvis zu.

Werden wir Seelen begegnen, Tib?

Du hast sie schon erfahren, aber sie sind da und doch nicht da, Alvis. Sie treiben und reisen. Wie wir. Wir *sind sozusagen bereits ein kleines Band. Die anderen wirst du spüren.* Begegnet *bist du mir. In der Seelenwelt. Aber ich kann dich nur an die Ränder dessen führen, was du wissen willst und erfor-schen wirst, wenn du diese Welt selber bereist. Führte ich dich direkt hinein, würde es dein Bewusstsein sprengen. Ganz egal, wie alt oder reif du im Er-denleben bist.*

Wo sind „die anderen"? Alvis Neugier wuchs mit der Erkenntnis seines Unwissens.

Überall. Viele von ihnen sind dort, wo wir jetzt hingehen, im siebten Himmel.

Wie sollen wir denn zur Ewigen Manifestation *aufsteigen? Die Aussicht darauf, diese Macht kennenzulernen, blockierte Alvis Denken.*

Schon vergessen? Unsere Dynastie hat andere Möglichkeiten und darf mehr als andere Seelen. Außerdem sagte ich nicht, dass wir den Zustand des siebten Himmels erfahren. Wir sind dann nicht Bestandteil der Ewigen Mani-festation. *Das kann erst passieren, wenn unsere Hülle stirbt. Hatte ich dir das nicht beigebracht?*

Doch. Aber hier ... hier ist alles anders.

Das ist wohl wahr. Und du, du musst noch einiges lernen. Dir soll es besser ergehen als mir. Ich nehme dich mit, Alvis. Du weißt, du wirst vieles sehen oder erfahren, was du nicht verstehen kannst, und fühlen, was dir fremd ist. Ich werde dich durch die Himmel führen. Wie du dir denken kannst, sind das weniger Orte als Zustände. Fühle es nun einfach selber.

Tiberius umschloss Alvis, umhüllte ihn ganz. Seine Silhouette begann, in vielen Farben zu schillern, schneller und schöner, als Alvis es in diesem Moment hätte verfolgen können. Ihre verbundenen Hüllen nahmen eine runde Form an. Der Raum um sie herum veränderte sich.

Tiberius' Macht begann, Alvis zu beeinflussen und auf einen Weg zu bringen. Alvis fühlte Verbundenheit und das Wissen, dass diese Reise einem Zweck diente. Das Erleben machte ihn ehrfürchtig.

Tiberius hatte nicht übertrieben. Die Bilder, die Alvis einholten und in die er sich hineinbegab, verlangten seelische Stärke. Sein Leben war es, das an ihm vorbeischoss und er konnte nur ahnen, dass sich seine Seele eine Art Kopie erstellte, die mit auf die Reise genommen werden sollte. Schlagartig wurde ihm klar, wieviel irdisches Leben er bereits gelebt hatte. Die Bilder gingen bis in seine früheste Kindheit zurück. Weiter noch: Er konnte sehen, wie er geboren wurde. Er war atemlos.

Es wurde dunkel.

Vielleicht sollte ich Luft holen, ging es Alvis durch den Kopf, und während er über den Satz nachdachte und ihn als lächerlich einstufte, begann sich seine Wahrnehmung zu verdichten, als bestünde seine ganze Oberfläche aus Sensoren. Er fühlte dunkel und hell, Lichter, Wachsamkeit und Neugier, Wärme und ... Angst? Nein, es war Vorsicht. Dann tauchte sein Kopf – in Wasser?

Wir sind in einem der Separati, von denen ich dir erzählt habe. Die Räume zwischen den Himmelszuständen, jetzt kannst du sie erleben. Dauert nicht lange, aber immer so lange, wie es soll.

Eine Art Kribbeln erfasste sie und es fühlte sich an, als müsste sich auch Tiberius dieser Kraft hingeben, denn er reagierte nicht darauf. Es durchströmte sie wellenartig und unzählige, winzige Lichtkörper öffneten sich in ihnen. *Tiberius? Was ist das? Werden wir ... gescannt?*

Ja, so bezeichnest du das. Deswegen ... einen Moment lang verharrte Tiberius und Alvis war, als lege sich für Sekunden ein leuchtender Schutzschild um sie. *Deswegen zeigen wir uns: Sie wollen uns sehen. Die Separati sind die Heimat von ...*

Ana ... Anachronen.

Ja, gut, Alvis, wenn es eine Heimat für sie gibt, dann hier.

Der war sehr aufmerksam. Ich fühle mich ... durchleuchtet.

Ja, das ist seine Aufgabe. Außerdem will er wissen, wer mein Nachfolger wird.

Alvis ließ sich ganz von der Faszination der Reise ergreifen. Er hatte daran geglaubt, und es nun sehen zu dürfen, war das Schönste, was er sich vorstellen konnte. Die Ehrfurcht wuchs und die Macht, mit der Tiberius ihn durch diese Welt begleitete, ließ ihn einen Respekt vor seinem Großvater empfinden, der anders und um ein Vielfaches größer war, als er es auf der Erde je hatte empfinden können. Aber er empfand sich nicht als kleiner. Er reiste neben einem ... Freund. Und bei all dem, was sie gerade taten, bekam er eine Ahnung davon, was es bedeuten konnte, Chronist zu sein.

Wer bist du, Tiberius?

Ich habe es dir so oft gesagt. Ich bin der Chronist der Seelenwelt. Ich nehme auf, was mir zugetragen wird und was ich erlebe. Ich bin für das da, das weiß, was wahr ist oder falsch.

In den nächsten Augenblicken herrschte Funkstille. Nicht nur wegen dem Eindruck, die die Aussage von Tiberius bei Alvis hinterließ. Alvis hatte viel zu erfahren auf dem Weg. Die Schönheit der Lichterwelt der Seelen erschlug ihn fast. Er sah sie wachsen und vergehen. Sanft trieben Bänder und vielfarbige menschliche Silhouetten, die sich zu Ringen verformten und zu Manifestationen wurden, um ihre Wege einzuschlagen. Er durchlebte die ersten sechs Himmel und verstand jetzt, was Tiberius gemeint hatte: Jeder Himmel steht für ein bestimmtes Gefühl, eine besondere Wesensart. Es sind Zustände wie Friede, Großmut, Leidenschaft, die hier den Seelen Heimat bieten. Und zwischen ihnen existierten die Separati Mächten, die die Aufgabe hatten, die Welt der Seelen im Gleichgewicht zu halten. Und Alvis begriff, dass er die Komplexität dieser Welt nicht erfassen konnte, mochte sie noch so strukturiert sein.

Je weiter sie reisten, desto weniger schien Alvis das Bewusstsein für sein eigenes Ich zu benötigen. Er verlor sich. Der Chronist hatte gelogen. Er würde sterben. Aber warum auch nicht? Nichts tat weh und es gab keinen Grund für Angst.

Als sie den siebten Himmel erreichten, wusste Alvis nicht mehr, wer er war. Das letzte, was seine Seelenexistenz verspürte, war das Gefühl für den Chronisten.

Ich bin bei dir, Nachfolger. Ich weiß, wer du bist. Dieser Moment wird nicht ewig währen. Wir kehren zurück.

Als Alvis in sein Seelenbewusstsein zurückkehrte, nahm er nichts wahr. Dann stach ihn etwas und es war, als habe ihn ein winziger Stromschlag getroffen. Er hörte ein Murmeln.

Wo bin ich?

In unserem Zentrum. Öffne dich.

Alvis Bewusstsein wuchs. *Wo ist das Zentrum?*

Eine gute Frage. Gib uns die Antwort.

In euch, in mir. Wir sind die Mitte.

Du hast verstanden. Du darfst sehen.

Das, was von Alvis noch Alvis war, *sah* nichts, aber es *erfuhr*. Es fühlte unbegrenzte Macht um sich herum. Ein Ring von Macht. Ein enormes Seelenband, geschlossen zu einem Ring.

Wer seid ihr?

Du darfst sehen, aber nicht erkennen. Alles hat seine Zeit.

Alvis *sah* jetzt. Neben sich, als Lichtkranz, leuchtete Tiberius. Um sie herum die miteinander verbundenen Seelenkränze des Anachrons. Und hinter ihnen, nein, nicht hinter ihnen, über ihnen, vor ihnen, rechts und links und in ihnen schimmerte ein so gewaltiges Band, dass Alvis ... ja, Alvis hätte der Atem gestockt, wäre es möglich gewesen.

Tiberius? Stimmt das?

Ja, es stimmt.

Darauf hättest du mich vorbereiten müssen.

Darauf kann man niemanden vorbereiten.

Es durchdringt alles?

Alles. Wenn es in deiner Nähe ist.

Ich spüre es nicht.

Nein. Die Ewige Manifestation *hat für dich sichtbare Gestalt angenommen, aber wir sind nicht Teil von ihr.*

Seid ihr fertig, Chronist? Der Anachron sprach nicht mit einer gemeinsamen Stimme. Es war *eine* der Seelen, die kommunizierte.

Ja. Er ist bereit.

Das, Chronist, bestimmen wir. *Aber es stimmt. Den du als deinen Nachfolger vorgesehen hast, ist bereit für die Versuchung. Möge er stärker sein, als du es warst.*

Möge er stärker sein. In der Aussage des Chronisten klang Überzeugung mit. Dann fuhren die Seelen des Anachrons fort:

Er ist rein.

Er hat das Gen.

Er ist dafür geschaffen.

Er darf sein.

Im Zentrum des Anachronenrings zeigten sich für Alvis die einzelnen Seelen dieser gewaltigen Macht. Er erfuhr, wer sie waren, welche Wirte ihnen ihren Charakter gegeben hatten. Sobald er sich auf einen der Lichterkränze konzentrierte, offenbarten sie das Aussehen, das ihre Wirte gehabt hatten: menschliche Gesichter.

Er fühlte, dass dies nicht die Zeit war, mit ihnen zu kommunizieren, obwohl er jetzt nichts lieber getan hätte, denn die Wirte dieser Seelen mussten auf der Erde bedeutsam gewesen sein. Stattdessen hörte er jetzt ihre gemeinsame Stimme:

Du darfst mit uns sein. Wir geben dir den Stein, und das Zeichen wird einst in deinen Augen erscheinen.

Viertel vor Zwölf *Jonas, Alvis und Tiberius*

005507 Jonas fühlte sich mit seinem neuen Wissen ziemlich alleine. Die Feiertage rückten näher und er wurde sich der neuen Situation langsam bewusst. Der Tag der Entscheidung war absehbar.

Oft saß er mit Pullover und Jacke auf dem Balkon und starrte in Richtung Dom. Vor einem Jahr noch hatte diese Riesenkirche für ihn so gut wie keine Rolle gespielt. Jonas gefiel der Anblick. Irgendwie schön, wie das Gold auf dem Dach glitzerte. Trotzdem war er in einer tristen Stimmung. Er hatte Alvis getestet und ihm ein paar SMS geschickt. Aber keine Antwort erhalten. Die hatte er nicht wirklich erwartet, aber so hielt er – wenn auch einseitig – Kontakt. Wenigstens Charlotte war wieder zurück, vorzeitig. Es hatte eine Menge Lawinentote in Österreich gegeben, ausgerechnet in nächster Nähe ihres Urlaubsortes. Da hatte sie ihrem Vater klar gemacht, dass sie sich dort nicht mehr wohlfühlen könne.

Es passte, dass Jonas sich mit Charlotte Karfreitag im *MickMeck* verabredet hatte. Denn er erlebte jetzt die Visionen mit Neugier statt mit Angst. Sie bewirkten, dass es ihn mit Macht zum Dom zog. Er hatte sogar versucht mit dieser Manifestation zu kommunizieren, die in der Traumfigur des Mongoloiden steckte. „Zeig es mir! Was ist hier passiert? Was *wird* passieren? Wer ist der Famulus? Was hat er vor?", hatte er sie bestürmt, als sie ihn wieder einmal zum explodierenden Südturm mitgenommen hatte. Aber die Antwort hatte stets nur geklungen wie die Ansage in einer Telefonwarteschleife: *Die Zeichen sind gegeben.* Fehlte nur, dass die Stimme sagte: „Bitte warten, Sie werden gleich mit der *Ewigen Manifestation* verbunden." Aber das tat sie nicht.

Trotzdem hatte Jonas Vertrauen gewonnen in das, was ihn da führte. Was immer auch passieren würde am Dom, er wollte da sein, wenn es geschah. Und er wollte tun, wozu er bestimmt war. Was immer es auch war. – Wenn er es konnte.

Was würde Alvis tun? Ostern? Wenn der Famulus zuschlagen würde? Alvis kam vor den Feiertagen gar nicht mehr in die Schule! Und Jonas suchte ihn natürlich nicht auf. Die Reise, hatte Alvis gesagt, würde großen Einfluss auf ihn haben. Und die Veränderungen müsste er in aller Ruhe verarbeiten. Außerdem könnte Jonas danach sowieso nicht auf seine

Unterstützung zählen. Jedenfalls auf nichts, was mit der Seelenwelt zu tun hatte. Er war auf sich allein gestellt. Er musste ohne Alvis' Hilfe damit klarkommen.

Na klar. Kein Problem. Jonas klopfte sich selbst auf die Schulter und sagte laut: „Mach dir mal nicht in die Hosen, Alter. Alles easy. Du bist schließlich der Auserwählte!"

Alvis lebte das Gefühl, er sei auf das Angenehmste betrunken. Tiberius lächelte ihn an. Sie waren aufgestanden und saßen am Küchentisch im Gartenhaus.

„Steine." Alvis lallte nicht, aber sein Gesicht zeigte fast Züge berauschter Glückseligkeit. „Das ist ein Wunder!"

„Aber ein Wunder ist es nicht. Es ist vorgegeben. Aber: Ja, nun sind es zwei." Tiberius runzelte die Stirn. „Du hast jetzt nur das Mittel zum Reisen. Das Zeichen wirst du erhalten, wenn du die Arbeit aufnimmst."

Manchmal hatte es Alvis genervt, wenn der Blick seines Großvaters mal wieder aussagte: Es kommt die Zeit, da wirst du alles verstehen. Jetzt war es ihm egal.

„Sie sehen gleich aus." Alvis stützte seinen Kopf auf die Handballen und betrachtete die Steine auf dem Tisch.

„Es gibt Abweichungen. Immer. Jeder Lapis ist einzigartig. Das liegt in der Natur der Sache. Du wirst erkennen, dass das so sein muss."

Noch ganz unter dem Eindruck der Reise, schüttelte Alvis fassungslos den Kopf. „Ich würde am liebsten gleich wieder los ..."

Sie schreckten auf. Aber nur kurz. Alvis Mutter war mit einem „Essen und Trinken nicht vergessen" eingetreten und schob einen vorbereiteten Auflauf in Tiberius' Ofen. Sie besaß Empathie genug, Enkel und Großvater nicht weiter zu stören und verschwand sofort wieder aus dem Gartenhaus.

Tiberius griff das Gespräch erneut auf. „Du hast Rechte *und* Pflichten als Chronist, Alvis. Aber erst das Zeichen wird dir mitteilen, wenn du deiner Pflicht nachkommen sollst. Dein Recht ist es, den Stein zu nutzen, wenn es Sinn macht. Vergnügungsreisen zählen gewöhnlich nicht dazu." Tiberius sog kräftig Luft durch die Nase ein und sah zum Ofen. „Die obersten Gebote einzuhalten, ist das Wichtigste überhaupt. Nutze dafür das, was Teil deines Wesens ist: deine Ausgeglichenheit. Sie wird dir dabei helfen. Suche die Balance deines Lebens, wenn du versucht wirst, und nutze das Wissen, dass die Dinge so sind, wie sie sind."

„Unsere Neigung, uns einzumischen, dieser Wunsch Gutes zu tun: Ist das die Versuchung, Tiberius?"

Unwiderstehlich breitete sich der appetitanregende Geruch von Nudeln, Hack und Käse im Raum aus.

„Das ist sie. Und sie ist stark." Tiberius ging jetzt zum Ofen und blickte prüfend durch die Glasscheibe. Schließlich machte er für sich und Alvis zwei Teller mit dem Auflauf fertig. Aus einer Abstellkammer holte er eine angestaubte Flasche, einen fruchtigen Rotwein aus der Gegend von Nîmes.

Sie unterhielten sich lange. Alvis wollte nicht mehr aufstehen. Und sein Großvater offensichtlich auch nicht. Auf der Rückreise hatte Tiberius Alvis an seinem Wissen über DaniEl und der heimlichen Reise mit Jonas teilhaben lassen. Auch über den Famulus wusste Alvis jetzt Bescheid.

„Aber was wird er tun? Was werden *wir* Ostern tun, Tiberius?"

Tiberius seufzte leicht. „Wir sehen nicht in die Zukunft, Alvis. Wir wissen nie, ob und wie wir sie durch unser Handeln verändern. Das Gespinst ist ein gefährliches Instrument, aber es ist nur eine Art Vorlage. PerdUs allein weiß, was der Wirt des Famulus tun will und was geschehen soll. Die Varianten des Möglichen sind vielfach."

Tiberius schob sich eine Gabel Auflauf in den Mund und sprach undeutlicher weiter: „Klar ist: Aufgrund des Ereignisses im Dom hat DaniEl eine Fügung erhalten, die ihn in die Vergangenheit geführt hat. Er hat Jonas zu seinem Auserwählten gemacht. Aber bereits Geschehenes ist nicht rückgängig zu machen. Er kann nur hoffen, dass sein Auserwählter im richtigen Moment das Richtige tut." Er kaute und fügte hinzu: „Zum Schutz des Doms. – Und du tust als Chronist nichts anderes, als Geschehen festzuhalten. Als amtierender Chronist werde ich also nicht eingreifen, solange du nicht gefährdet bist. Und du darfst das ebenso wenig."

„Aber wir, wir müssen doch wenigstens vor Ort sein." Alvis Finger trommelten. Es war also soweit. Verschwiegenheit, kein Einmischen ... Das durfte nur Jonas. Mit Hilfe von DaniEl. Wenn Jonas ihm nur zugehört hätte, von Anfang an geglaubt hätte! Dann wären seine Chancen jetzt um ein Vielfaches größer. Es war zum Verzweifeln.

Tiberius leerte die Flasche. In beide Gläser kam noch ein letzter Schluck des französischen Roten. „*Ich* werde reisen. Bei einem Ereignis, wie es zu erwarten ist, werde ich gerufen werden. – *Dir* empfehle ich Taxi oder U-Bahn." Seine Lider klappten nach unten.

„Tiberius, hätte ich Jonas ..."

Der Chronist sagte: „Nein!" Er öffnete die Augen sprach weiter: „Wenn es einfach wäre und Sinn machen würde, die Welt der Seelen zu erklären, Alvis, dann wüsste davon jeder Mensch von dem Zeitpunkt an, an dem er des Denkens mächtig ist und großes, komplexes Geschehen begreifen kann. Eben weil die Welt der Seelen nicht zu sehen und noch schwerer zu begreifen ist, *glauben* die Menschen ja. Das ist nicht immer leicht. Aber viele von ihnen haben eine Vorstellung davon entwickelt, dass Göttliches existiert, und Einzelnen unter ihnen wurde gewährt, manches von dem zu erfahren, was der Wahrheit nahe kommt. Aber selbst diese Wahrheit muss *geglaubt* werden. Wenn die Menschheit sie *wüsste*, würde der Sinn ihres Daseins zerfließen. Denn die Menschen müssten sich keine Fragen mehr stellen."

Alvis wusste das. „Und du, Tib, kannst du noch glauben?"

„Nein, Alvis, ich *weiß*. Und das ist nicht einfacher. *Du* wirst ebenfalls wissen. Aber der Sinn *unser* beider Existenz ist ein anderer. Der Chronist ist für die Wahrheit geschaffen. Diese Bestimmung wirst du dir immer wieder erkämpfen müssen. Denn irgendwo lauert irgendwann immer eine Macht, um dich zu versuchen."

Alvis nickte. Da sprach einer aus Erfahrung.

☞₀°₀୨

Die Reise war gemacht. Tiberius war beruhigt. Das war ein gutes Gefühl. In den nächsten Tagen würde er sich das Haus der Heimsuchung vornehmen und sich dem Wirt des Famulus widmen.

Aber was wusste schon ein Chronist? Tiberius jedenfalls wusste nicht, dass seine Nachforschungen hier ins Nichts führen würden. Der Wirt des Famulus, der seines Wissens Karl Heinz Lapp hieß, war von den Nachbarn wochenlang nicht gesehen worden. Niemand öffnete die Tür, es gab kein

Lebenszeichen. Die Marzellenstrasse war eine Sackgasse. Mirco Frost war vorsichtig geworden.

Gefährlicher Karfreitag *Jonas, Klara, Längli*

005508 An einem U-Bahn-Ausgang des Hauptbahnhofes schloss Jonas sein Fahrrad ab. Schweiß tropfte von seiner Stirn. Seit gestern hatte sich eine schwüle Wärme über die Stadt gelegt und der Himmel war diesig-grau. Jonas hörte die Domglocke einmal schlagen, eine Viertelstunde Zeit blieb ihm noch. Charlotte liebte es punktgenau und war sicherlich noch nicht da. Er freute sich auf sie. Tage wie Karfreitag waren von einer kranken Leblosigkeit, die nicht wirklich erklärbar war. Nicht nach fast zweitausend Jahren. Da musste man doch langsam mal drüber weggekommen sein. Kreuzigung hin oder her. Wenn es nach ihm gegangen wäre, würde man nur die Auferstehung feiern. Aber ohne den Schwachsinn mit den Ostereiern.

Jonas ging Richtung Komödienstrasse und an St. Andreas vorbei. Über An den Dominikanern wollte er zum *MickMeck*. Sein Blick wanderte durch die Marzellenstrasse. Da war das Haus, vor dem er mit dem Blaumann zusammengestoßen war. Puuh.

Nur noch wenige Schritte und er stand vor dem Eingang. Er sah an der Fassade hoch. Ja, das war das Haus aus der Vision am Schwedenfeuer. An dem Tag, als ihn der Blaumann hier angerempelt hatte ... War der da aus diesem Haus gekommen? Na klar. Jonas hatte damals als erstes angenommen, dass es irgendein Handwerker gewesen war. Konnte es sein, dass dieser Frost hier wohnte?

Ein Keil hielt die Eingangstür auf. Unwillkürlich schaute sich Jonas nach allen Seiten um. Dann studierte er die Namen an den Klingeln. Er atmete auf. Kein *Frost* auf irgendeinem Schild. Aber was hatte der hier gemacht? Jonas stieß die Haustür nach innen auf und ging langsam in das dunkle Treppenhaus. Er drückte einen Kippschalter und es wurde hell. Er ging durch den Flur in Richtung Aufzug und daran vorbei. Hinten führte der Gang hinaus in einen Hof. Das zweimalige Läuten der Domglocke übertönte ein Geräusch, das vom Aufzug kam.

Jonas eigener tiefschwarzer Schatten auf dem Boden wurde von einem größeren Schattenumriss überzeichnet. Im gleichen Moment packte ihn eine mörderisch harte Hand am Hinterkopf.

ᙅᜂₒₒₒ℃

Kein Weiterkommen. Und Längli hatte sich geirrt. Sie hatten eben nicht genug Zeit gehabt. Sie hatten ihn unterschätzt. Frost war wie vom Erdboden verschluckt! Sonst wäre doch gerade der irgendwann irgendeinem Polizisten aufgefallen. Klara hatte ihren Teil getan und systematisch in der Peripherie Kölns alle Campingplätze abgesucht. In der nahen Eifel hatte sie sogar mehrere Plätze ausfindig gemacht, die weder im Verzeichnis noch im Internet aufgeführt waren. Nichts.

So war die Zeit vergangen. Zwischendurch etliche Besuche im Umfeld des Domes in der vergeblichen Hoffnung, Frost würde sich irgendwann blicken lassen. Aber der dachte nicht daran. Auch jetzt nicht, als Klara mit Rücksicht auf den Tag einen vegetarischen Hamburger verzehrte, allerdings ziemlich lustlos. In ihrer Vorstellung ging Frost wieder am Fenster vorbei. Sie ließ ihn in Zeitlupe laufen und erkannte die gestickten Buchstaben über dem Schirm der Mütze. K.L. Initialen. Gestickt. Es waren die Punkte hinter den Buchstaben, die klar machten: Das waren die Anfangsbuchstaben eines Namens. Klar! Warum stickt man sonst so etwas auf seine Mütze? Sie musste das Längli erzählen. Das war eine eindeutige Spur.

Sie rief ihn an.

⊂╌ᵒₒᵒ₂

„Jetzt ist sie das. Jetzt ist es eine eindeutige Spur! Vorher waren es nicht definierbare einzelne Buchstaben, Frau Plump." Längli hätte sich über noch viel kleinere Hinweise gefreut. Das hier war, als hätte der Hund der Nachbarin sich vor seiner Wohnungstür erleichtert. „K.L. Warten Sie. Lassen Sie mich nachdenken. Ich melde mich bei Ihnen, ich muss etwas überprüfen."

Irgendwo hatte er die Kombination der Buchstaben schon mal gelesen. Richtig gelesen. Genau so, wie er es vor sich auf dem Notizzettel stehen hatte: K.L. Es half nichts. Er musste seine Unterlagen durchgehen. Alle. Seite für Seite. Egal. Längli griff nach dem Stapel auf seinem Schreibtisch. Aus der Frost-Akte fiel ein Foto. Das aus der Gruppensitzung. Unten auf dem Rahmen las er: M.F. u. K.L.

Einen Moment lang verharrte er. War das normal? Wieso kamen ihm diese beiden Buchstaben plötzlich geradezu entgegen geflogen? Er hatte nicht einmal den heiligen Antonius angerufen, der für Findungs-Geschichten doch zuständig war. Er sah auf die Buchstaben. Wer war K.L.?

Längli rief in der Klinik an. Das Gespräch lief ab wie befürchtet. Nein, Dr. Wiebert habe über Ostern Urlaub. Was? Wie er sich das vorstelle? Das sei schließlich über zwanzig Jahre her! Und am Telefon gar nicht. Aber auch sonst nicht. Nur mit Genehmigung des zuständigen Arztes. – Danke. – Meine er das ironisch?

Längli legte auf. Und setzte sich an seinen Computer.

Fünfzehn Minuten später saß er am Steuer seines Phaetons und fuhr zu einer Adresse in Köln-Junkersdorf. Es ging schnell. Wenn der Karfreitag einen Vorteil hatte, dann waren es leere Straßen. Längli hielt vor einem Reihenhaus. Wiebert hatte er sich eher vereinsamt in einer öden Hochhaus-Eigentumswohnung vorgestellt. Das war in diesem feinen Viertel aber unwahrscheinlich. Wiebert machte im Mantel auf. Trolli und Reisetasche standen in der Diele. Das Haar saß perfekt.

„Bitte?"

Wiebert war nicht sonderlich entgegenkommend. Längli schob es darauf, dass er nicht alleine war und der Zeitpunkt eher ungelegen. Eine Frau kam hinter dem Psychiater in die Diele. Sie stellte sich als Denise vor und musterte Längli neugierig. Wiebert hatte offensichtlich eine Reisebegleitung engagiert. Eine Prostituierte mittleren Niveaus. Aufreizend lehnte sie sich an den Rahmen der Wohnzimmertür. Wiebert drängte sie hastig in den Raum zurück und schloss die Tür.

Diese kleine, bühnenreife Vorstellung, Bilder in der Diele – offenbar uralte Urlaubsfotos der Familie – und ein Blick in den Wohnraum hatten Längli gereicht, um seine ursprüngliche Annahme der Vereinsamung des Psychiaters bestätigt zu sehen: das Heim war von der Familie inklusive der Ehefrau offensichtlich längst verlassen. Und: feine Tendenzen zur Vermüllung.

Wie schon vor Wochen, sträubte sich Wiebert, Auskunft zu erteilen. „Tut mir leid, da kann ich mich nicht dran erinnern."

Längli kürzte seine Befragung ab und zog das Kokain-Tütchen. Jetzt ging es erheblich schneller. Wiebert verzichtete sogar auf jegliches Abstreiten.

„Der Mann auf dem Foto neben Frost heißt Karl Heinz Lapp. Ohne Bindestrich. – Kann ich jetzt in Urlaub fahren?"

Längli ging ohne Verabschiedung. Karl Heinz Lapp. Das konnte sowohl der Freund von Frost als auch der Eigentümer der Mütze sein. Dass Frost die Mütze trug, konnte unterschiedliche Gründe haben. Längli ging vom tragischsten aus und hoffte, er würde nicht recht behalten. Trotzdem: Er war guter Dinge, die Spur war verheißungsvoll. Er brauchte nur noch die Adresse von Lapp ... Längli fluchte. Automatisch hatte er den Weg zur Dienststelle eingeschlagen. „Shit." Er bremste ab und fuhr zu sich nach Hause. Er musste auf andere Weise feststellen, wo Lapp gemeldet war.

Ostersamstag – Frostige Aussichten   *Mirco Frost, Jonas, DaniEl*

005509 Die Macht des Doms offenbarte sich Mirco, wenn er die Silhouette von Weitem sah. Nicht, wenn er nah davor stand.

Er hörte die Kirchenglocken seiner Kindheit, erinnerte sich an einen frühen Besuch im Glockenstuhl des Kölner Domes, bei dem sie plötzlich losgegangen waren. Zehn oder elf Jahre alt war er gewesen und die Klänge waren ihm heftig in die Ohren gedrungen. Er hatte das laute Donnern und Zittern damals als spaßig empfunden, das war „booh, super".

Wenn er es heute hörte, war keine Harmonie mehr darin, alles klang nur schief. Da glaubte er nur, dass sie ihn riefen und locken wollten. Nein, nein, damit konnte man Mirco nicht mehr ködern. Der andere Grund, weshalb sie läuteten und falsch klangen, war: Sie wollten ihm ein schlechtes Gewissen machen. Dafür also baute man auf ein Haus hohe Türme mit Glocken drin! Sie wollen dich daran erinnern, was du für ein Verräter an ihrer Sache geworden bist!

Als Mirco in Erfahrung gebracht hatte, dass sein alter Forensik-Kumpel Heinz ganz in der Nähe des Doms wohnte, war sein Projekt zur Bestimmung geworden. Heinz war ein verständiger Typ. Und wie zu erwarten gewesen war, hatte er sich gefreut, als Mirco sich angekündigt hatte. Mirco konnte sich kurzfristig in einem Zimmer einrichten, seine Sachen problemlos im alten Schrank unterbringen. Neben der ausziehbaren Couch stand eine brummende Kühltruhe im Zimmer, aber die störte nicht weiter. Er musste sowieso Ohrstöpsel tragen. Heinz verstand das, denn er wusste seit dem gemeinsamen Klinikaufenthalt, warum. Missbrauch sei eine fürchterliche Sache, hatte Heinz gesagt, und: „Diese verdammten Pfaffen."

Im Gegenzug fand Mirco kein Verständnis für das, was er auf der Festplatte von Heinz' PC sah. Tausende Bilder nackter Kinder. Er hatte Heinz keine Möglichkeit gegeben, sich zu erklären. Der war hinter Mirco getreten, wollte ihm sagen, dass er mit irgendetwas ja sein Geld verdienen müsse. Zu allem Überfluss legte er dabei eine Hand auf Mircos Schulter.

Ein möglicher Betrachter hätte die folgende Szene als choreographiert bezeichnet: Das Erfassen des Monitor-Fußes, wie Mirco aufstand, sich drehte und mit einer schönen, flüssigen und fast ästhetisch anmutenden Bewegung Heinz den Bildschirm seitlich gegen den Schädel schlug. So kräftig und mit so viel Schwung, dass die Anschlusskabel des Monitors rissen. Die Stromzufuhr des Computers kam ebenfalls zum Erliegen, als er dem einstigen Freund, der schon halbtot auf dem Boden lag, eine Kante des Hightech-Gerätes tief in die Stirn rammte.

Danach war er in das Schlafzimmer von Heinz umgezogen. Heinz lag ja jetzt in der Kühltruhe und Mirco wollte nicht mit ihm in einem Raum schlafen. Und so war Heinz kein Problem mehr.

Aber der Junge. Der Junge aus der Nacht mit der blonden Schlampe. Der ihn angesprungen hatte. Hatte seine Lektion doch nicht gelernt. Jetzt lag er im Schrank. Und musste schlafen. Mirco hatte eine Menge zu tun.

☞ₒ°ₒ☾

Es roch nach etwas in der Dunkelheit. Mottenkugeln? Er lag auf der Seite. Irgendwo. Er bewegte seinen Kopf und berührte Stoff, der sich beim Einatmen an sein Gesicht legte. Dünner Stoff. Er wollte ihn aus seinem Gesicht streifen, aber der Versuch war zwecklos. Seine Hände waren auf dem Rücken zusammengebunden und die Bewegung verursachte nur Schmerzen an den Handgelenken und in den Schultern.

Heiß schoss es Jonas in den Kopf. War das Adrenalin? Auch seine Beine waren an den Knöcheln aneinander gefesselt.

Wieder wurde sein Gesicht heiß. War er in Gefahr? War sein Leben bedroht? Das Atmen. Vergiss das Atmen nicht, Jonas. Wo bist du? Dieser Typ, der Famulus, der musste das gewesen sein. Konnte er sich drehen? Auf den Rücken? Ja. Aber nun lag er auf seinen Händen. Schmerz. Und sein Kopf, Scheiße, sein Kopf! Was für ein Hämmern. Aber das Atmen ging besser. Gut. Es klapperte leise. Über ihm. Was war das hier? So etwas wie ein Schrank. Es roch nach Mottenkugeln und Kleidern. Waren das Bügel, die da so leise Geräusche machten?

Der Typ war wohl nicht da. Jonas lauschte. Nichts war zu hören. Oder doch? Irgendetwas summte. Vielleicht ein Stromkasten? Ein Kühlschrank? Verdammt, wo war er? Gewöhnten sich seine Augen an die Dunkelheit? Musste so sein. Aber es blieb dunkel. Kopf bewegen. Komm schon! Beweg deinen Kopf! Stoff glitt zur Seite. Licht! Ein Schimmer, ein Punkt. Ein Atom Licht.

Geräusche! Schlüssel! Türschlagen. Schritte. Schlüssel. Schloss. Über ihm. Heiß. Totstellen.

Augen zu, Jonas. Du schläfst, du bist bewusstlos. Noch besser, du bist tot. Einfach tot.

Die Tür des Schranks ging auf.

Er hörte den Atem. Des Famulus?

Die Tür ging zu.

Was für ein Segen. Gott. Was für ein Segen. Diese Dunkelheit. Schön. So schön. Das Alleinsein. Wunderbar. Nur nicht der Typ. Tränen der Erleichterung.

Wieder Geräusche. Klappen. Rütteln, reißen.

„Ah. Pizza."

Wie klang diese Stimme? War er das? Dieser Mirco Frost? Der Famulus? Heiß. Schweiß. Angst. Zeit verging. Zehn Minuten? Dreißig?

Die Schranktür ging auf. Stoff wurde weggeschlagen. „Komm, Kleiner. Ich weiß, du schläfst nicht. Gute Entscheidung, hier nicht rumzubrüllen. Ist sinnlos." Eine Hand griff nach seinem Kinn und drehte seinen Kopf herum. Jonas sah in Augen, die aus den schmalen Schlitzen einer Stoffmaske starrten. „Mund auf!"

Jonas konnte noch denken. Es gab wohl kaum einen Grund, ihn in seiner Lage zu vergiften. Allenfalls zu betäuben. Wenn er sich jetzt wehrte, wäre das sinnlos und zusätzlich würde er ein paar vors Maul bekommen.

„Brav. Ist nur Wasser. Du darfst noch leben, Kleiner." Mirco Frost flößte ihm ein geschmackloses Getränk ein. „Bis später. Gute Nacht."

Als die Schranktür sich schloss, konnte Jonas einen Teil des Wassers wieder aus dem Mund laufen lassen. Er wollte nicht schlafen. Ihm fielen zwei Wörter aus einer DaniEl-Vision ein: „Finde ihn ..." Auf unglückliche Weise war ihm das gelungen.

Er lauschte. Lange. Sicher über eine Stunde. Und biss sich auf die Unterlippe. Hielt sich schmerzvoll wach. Nichts außer dem Brummen des fremden Gerätes war zu hören. Jonas drehte sich, so gut es ging, auf dem Boden des Schranks um, winkelte die Beine an und drückte mit beiden Füßen kräftig gegen die Schranktür. Es knackte laut. Nach links und nach rechts schwangen zwei Türen auf und der Schrank geriet leicht ins Wanken. Für einen Moment dachte Jonas, dass er unter ihm begraben würde, aber das Möbel kam zum Stillstand. Ein dunkler Raum starrte in den Schrank. Jonas horchte. Nach einer Weile rollte er sich aus seinem Gefängnis und spürte die harten Halteriegel für die Verschlüsse der Schranktüren. Matt schimmerte das Metall, das seine Jacke am Arm leicht aufgerissen hatte.

Wohl eine halbe Stunde rieb Jonas unablässig an den scharfkantigen Riegeln, die seine Handgelenke nach und nach mit vielen kleinen Schnittwunden versahen, aber auch von den Handfesseln befreit. Schließlich spürte er das Nachgeben des Seils und streifte es stöhnend ab. Erschöpft brachte er an seinen Händen Fluss in die Durchblutung.

Aus dem Treppenhaus hörte er laute Stimmen. Kam Frost zurück? Wie schnell konnte Jonas wieder im Schrank verschwinden. In Windeseile begann er auf Knien die zerrissenen Seilreste aufzusammeln. Aber die Geräusche ebbten ab.

Weitere zehn Minuten später hatte er die Fußfesseln entknotet, stand im Raum. Das wäre geschafft., Er versuchte, sich zu orientieren.

Unvermittelt zitterte es hinter seinen Augen und er wußte, dass irgendetwas nicht stimmte. Drohte eine neue Gefahr? Er senkte die Lider, erkannte durch sie hindurch dennoch einen Lichtkranz. Wie aus dem Nichts heraus schwebte er im Raum. An ihm hingen vierzig oder fünfzig kleinere Energieringe, die aber nicht weniger funkelten als der große.

Jonas trat einen Schritt zurück und fasste hinter sich. Seine Hände legten sich an einem glatten vibrierenden Kasten. Was war da drin?

Eine Seele, die nicht heraus kann. Sie ist eingefroren.

DaniELs Stimme antwortete so direkt und sanft, dass Jonas nicht wusste, ob er sich erschrak oder nicht.

Plötzlich fiel die Anspannung von ihm ab. Jonas wusste nicht wieso, aber aus ihm heraus antwortete es: *Ich kenne deine Stimme.*

Du hörst *eine Stimme? Interessant.*

Ja, das war die Stimme, des Jungen mit dem Gen-Schaden. Aber nicht in dessen Gestalt. *Ich höre sie immer wieder. Aber ich wusste nicht, wer du bist.* Sie sprachen nicht miteinander, sie *dachten* miteinander.

Ich weiß. Du wurdest geblendet. Das tut mir leid. Ich habe erst vom Repagulus davon erfahren.

Vom wem?

Der Schlagbaum, aus der Dynastie der Repaguli.

Tiberius?

Ja, so heißt er in deinem Zuhause auch.

Erzähl mir von ihm.

Der große Ring nahm eine andere Form an, wandelte sich zu einer Silhouette aus weißem Licht, wurde Gestalt. Hinter ihm bewegten sich die kleinen Ringe, schienen sich auszurichten.

Dafür ist keine Zeit, Jonas. Begegnungen wie diese hier sind nicht einfach. Aber heute ist es wichtig.

Die Gestalt hatte engelhafte Konturen bekommen. Das meinten Menschen, wenn sie sagten, sie hätten einen Engel gesehen, dachte Jonas. *Was muss ich tun?*

Das kann ich dir nicht sagen. Aber du bist bereit. Das ist gut. Und was du eben getan hast, das war sehr gut, Jonas. Du hast deine Angst überwunden. Geh jetzt deinen Weg. Folge deinem Wesen. Das klang wie Abschied.

DaniEl! Wer bin ich?

Du bist der Auserwählte. Vertraue dir. Folge deinem Wesen.

Was ist mein Wesen?

DaniEls Kranz bewegte sich auf Jonas zu. *Sieh!*

Und Jonas sah.

Drei Tage hatte er geweint, damals. Zwei Wochen kein Wort gesagt. Dann war er zu seiner Mutter gegangen, hatte sie umarmt und zu ihr gesagt: Wir schaffen das, Mom. Ich bin der mutigste Junge der Stadt.

DaniEls Energiering nahm Abstand. *Du schaffst das. Folge deinem Wesen.*

Hilfst du mir?

Dort, wo du bist, kann ich das nicht. Deswegen bist du auserwählt.

Alle sind fort. Ich bin hilflos. Ich fühle mich verlassen. Jonas wusste, dass es seine geheimsten Gedanken waren, von denen er DaniEl erzählte.

Das brauchst du nicht. Du bist sehend. Alles ist in dir.

☜₀°₀ᴈ

Jonas schloss von außen die Tür zu seinem Gefängnis. Langsam und leise ging er durch die Wohnung von Karl Heinz Lapp. Auf eigentümliche

Art fühlte er sich sicher und stark. In der Küche öffnete er Schränke, fand ein paar Keksreste und trank dazu zwei Gläser Leitungswasser. Trotzdem knurrte sein Magen weiter.

An der Wand über einem Esstisch hing eine Zeichnung, ein Grundriss, versehen mit Uhrzeiten, Kreuzen und Pfeilen, aber er verstand wenig davon. Nur die Bezeichnungen von einigen Ausrüstungsgegenständen der Feuerwehr kannte er. War sein Kopf noch okay?

Im Wohnzimmer entdeckte Jonas Einzelteile seines Handys. Frost hatte es wohl in die Ecke gefeuert. Er sammelte sie ein, baute das Gerät zusammen und versuchte, ihm wieder Leben einzuhauchen. Aber es gelang ihm nicht. Über das Festnetz der Wohnung rief er Alvis an und sprach auf dessen Anrufbeantworter.

Er wollte gerade die Wohnungstür hinter sich schließen, da fiel ihm etwas ein. Er ging noch einmal in den Raum, wo der Schrank und die Kühltruhe standen. Er zog den Stecker aus der Steckdose.

Endlich auf der Straße, überlegte Jonas kurz, ob er sich im *MickMeck* einen Hamburger genehmigen sollte. Aber er entschied sich dagegen. Der Hunger würde ihn wachhalten. Eine laute Truppe schob sich aus dem Schnellrestaurant. Jonas wollte sich wegdrehen, aber es war zu spät.

„He, Walfänger, Lust auf 'nen Trip durch die Altstadt?"

Sicher gehörte es mit zu Törmis großzügigsten Angeboten, eine Nacht mit ihm und seinen Jungs in der Altstadt verbringen zu dürfen, aber Jonas lehnte ab. Sein deutlich lädiertes Aussehen und die Schnitte an seinen Händen nötigten Törmi Respekt ab.

„Schlägerei, oder was?"

Jonas nickte. „So in etwa." Dass er in den Dom wollte, sagte er nicht. Das Risiko, dass ihn die laute Bande begleiten würde, wollte er nicht eingehen.

„Bleib sauber", rief Törmi ihm nach, als Jonas die Trankgasse überquerte.

Sonntägliche Auferstehungen   *Mr. Orange, Klara und Längli, Mirco,*
Jonas, Wittler, Gidder

005510 Der Dom lag in der Morgenkühle, als der alte Mann der Abfallwirtschaftsbetriebe zur Kathedrale kam. Die großen Messen waren nichts
für ihn, er zog einen Gottesdienst in der Sakramentskapelle vor. Zur Arbeit
war er nicht hier. Er war in Zivil. Aus Gewohnheit prüften seine Augen das
Gelände. Etwas störte seinen Blick. Ein kleiner Haufen Unrat hatte sich vor
einem Parfüm-Laden angesammelt, und das bereitete ihm Unbehagen.

Er ging in Richtung Domfontäne. Als er ein Taschentuch und zwei Pa-
pierhüllen vom Boden aufheben wollte, blieben einige Fetzen davon am
Boden hängen. Er kniete sich, um den Rest abzureißen. Jemand hatte den
Hydrantendeckel verklebt. Er schüttelte den Kopf. Viel erlebte er auf dem
Platz, das hier war neu. Er rupfte das Papier vom verklebten Deckel und
stand auf. Er wollte sich umdrehen, als er erneut ein Häuflein Dreck er-
spähte. Wieder fand er einen mit hart gewordenem Klebstoff überzogenen
Deckel vor. „Dat darf doch nit wohr sin", grummelte er, „hann die ne Knall?"

Wenig später fand er zwei weitere verklebte Abdeckungen. Er holte ein
Handy aus seiner Tasche und drückte auf ein Symbol auf dem Display.
„Klar, AB." Er holte Luft. „Hür ens, Schorsch, beste im Deens? He hätt ir-
jend su ne Tünnes die janze Hydrante an dä Kapell verklääf. Saach dat
denne Jungs op der Wach ens."

$\backsim^{\triangledown}{}_o{}^o_o\mathfrak{D}$

Seine Augen waren leicht gerötet. Die hatte er lang genug im Rückspiegel seines Wagens betrachten können. Längli fehlte Schlaf. Zwischendurch war er eingenickt. Das lag an der Bequemlichkeit des Fahrzeuges.

Seit sieben Uhr observierte Längli an diesem Ostersonntag den Eingang
zur Marzellenstrasse Nummer 5a vom *MickMeck* aus, wo Schlafen nicht
gestattet war. Position hatte er bereits Samstagabend bezogen. Der Fuchs
hatte sich nicht blicken lassen. Aber Längli war sich sicher, dass er seinen
Bau gefunden hatte. Zu ideal lag die Wohnung von Karl Heinz Lapp, die
Längli – sehr einfach war das gewesen – im Telefonbuch gefunden hatte.
Es war davon auszugehen, dass es sogar eine mit Aussicht auf den Dom
war, denn der stand knappe einhundert Meter Luftlinie entfernt.

„Jetzt sagen Sie mir mal, warum zum Teufel Sie die Geschichte hier alleine durchziehen wollen?"

Die helle Stimme riss Längli aus Gedanken und Müdigkeit, und er zuckte zusammen. Klara Plump stand neben seinem Tisch, die Augen weit aufgerissen, ihr Zorn offensichtlich.

Längli hob die Hände, als hätte sie eine Waffe auf ihn gerichtet. Dann kramte er sein Smartphone aus der Schatulle. „Akku leer", seufzte er. „Bin ein Weilchen nicht mehr an einer Steckdose vorbeigekommen. – Wie haben Sie mich gefunden?"

„Ich habe Sie nicht gesucht! Sie sehen zwar miserabel aus, aber glauben Sie wirklich, ich hätte mir Sorgen um Sie gemacht?"

Längli überlegte kurz, ob er die eher rhetorische Frage beantworten sollte, unterließ es aber.

Klara Plump drehte sich um und holte sich an der Ausgabetheke einen Kaffee, bevor sie sich ihm gegenüber auf den Stuhl setzte. „Und Sie sind nicht fair, Herr Hauptkommissar. Erwarten Sie von mir allen Ernstes noch Hinweise, wenn Sie *danach* alleine weitermachen?"

Auch darauf antwortete Längli nicht.

Klara Plump schlürfte am Kaffee und beugte sich nach vorne. „Vielleicht will ich hier dasselbe wie Sie.- Er versteckt sich also tatsächlich da drüben?"

„Nicht schlecht. Woher wissen *Sie* es?" Längli fand die Bluse unter ihrem dünnen Mantel zu enganliegend und fragte sich sofort, worauf er sich hier eigentlich konzentrierte.

„Mein Patenkind Charlotte kommt direkt nach mir. Ist sehr helle. Ihr Freund Jonas – Sie erinnern sich an den Jugendlichen aus der Altstadt? – ist verschwunden. Wir haben uns bei der Agape zusammengesetzt und das mal besprochen. Und man stelle sich vor: Jonas ist genau dort drüben", Klara Plump deutete auf den observierten Eingang, „von dem ‚Blaumann', wie er Frost wegen dessen Arbeitskleidung genannt hat, angerempelt worden. Und Frost ist aus diesem Haus dort gekommen!"

„Sein Freund *Karl* Heinz wohnt dort oben." Längli war froh, dass die Aufmerksamkeit und der Blick von Klara Plump auf dem Haus schräg gegenüber lag.

„Aha!" Das kam triumphierend. „Daher das K. Und Sie haben noch kein Überfallkommando bestellt?"

„Nicht nötig. Ich gehe selber da rein."

„Warum zur Hölle wollen Sie ausgerechnet bei diesem Kerl unbedingt einen Alleingang machen?" Klara Plump saß mit Blickrichtung zur Trankgasse und beobachtete die Straße.

Längli konnte nicht anders. Er musste gähnen. „Es ist jetzt kurz vor zehn. Gleich ist Pontifikalamt. Wenn Frost heute zuschlägt, müsste er längst unterwegs sein. – Gibt's da was?"

Klaras Braue zuckte. „Da stimmt was nicht."

Ruckartig drehte Längli sich um und schaute ebenfalls aus dem Fenster. Mit offenem Mund sahen sie, wie sich Menschenströme im Laufschritt auf den Dom zubewegten.

Sekunden später standen sie an der Trankgasse. Auf den ersten Blick erschien es, als sei auf dem Domvorplatz die Welt eingefroren. Hunderte Menschen starrten gebannt am Dom hoch. Dunkler Rauch drang aus den glaslosen Fenstern auf der zweiten Ebene des Südturms, aus dem Glockenstuhl. Unwirklich erscheinende, kleine schwarze Wolken schmiegten sich an das Gemäuer der Kathedrale, begannen obere Teile des Turms zu verdecken und stiegen langsam gen Himmel. Schaulustige zückten ihre Handys zum Fotografieren.

„Kommen Sie!" Längli nahm Klara Plump am Arm und zog sie in die Marzellenstrasse. Im Laufschritt ging es zum Eingang von Lapps Haus. Sie drückte ihm entschlossen ihr Mobiltelefon in die Hand. „Also bitte, rufen Sie Ihre Kollegen."

Längli sprach es ohne die geringsten Gewissensbisse aus: „Die wissen nicht Bescheid. Keiner weiß Bescheid. Das ist ganz alleine *unsere* Sache. Mein Fall. Ihre Story. Fertig." Längli spürte den Trotz in seiner Stimme nicht. Er war ihm überhaupt nicht bewusst. Er zog ein Etui aus seiner Hosentasche und das Handy blieb in der Tasche.

Unglauben und Fassungslosigkeit zeichnete sich in Klara Plumps Gesicht ab. „Sind sie von allen guten Geistern verlassen? Wollen Sie mir tatsächlich erzählen, dass keine Fahndung gelaufen ist?"

„Das hätte ohnehin keinen Sinn gemacht. Der Fuchs saß in seinem Bau und hat sein Projekt in aller Ruhe beobachtet. Der brauchte nicht vor die Tür." Längli sah sich mit aufeinandergepressten Lippen um. „Außerdem bin ich suspendiert. Ich hatte also gute Gründe, auf Kontakt zu verzichten."

„Ich fasse es nicht." Klara Plump wurde laut. „Was Sie nicht sagen? Gute Gründe! Seit wann ist verletzter Stolz ein guter Grund? – Geben Sie mir mein Handy zurück!"

„Bitte etwas leiser, Frau Plump." Längli drehte sich ganz kurz zu ihr um. „Wer ein Monster aufweckt, öffnet die Büchse der Pandora. Frost *musste*, solange es ging, in Sicherheit gewogen werden."

„Ach ja? War das lange genug? Der Glockenstuhl raucht schon!" Klara Plump stand hinter dem Kommissar und blaffte in sein Ohr: „Er wird nicht hier sein. *Wenn er heute zuschlägt, müsste er längst unterwegs sein*", äffte sie ihn nach. „Was wollen wir also hier?"

Angekommen, klingelte sich Längli ungerührt durch die unteren Etagen des Hauses. Schließlich erklang eine Stimme aus der Gegensprechanlage: „Ja?"

Längli antwortete: „Kripo Köln, bitte öffnen Sie uns die Haustür." Ein Surren ertönte und wieder die Stimme: „Was gibt's denn?"

„Wir sind im Einsatz. Bleiben Sie unter allen Umständen in der Wohnung. Es ist gefährlich." Das Etui verschwand wieder in Länglis Hosentasche.

Sie traten ins Treppenhaus. Klara legte nach. „Also, was wollen wir hier?"

Längli machte das Treppenhauslicht an. „Wo wollen *Sie* denn suchen? Im Dom? Da sind jetzt Tausende mehr oder weniger gläubige Menschen. Viel Spaß."

„Und was, glauben Sie, finden Sie *hier*?"

„Vielleicht seinen kompletten Plan. Wenn ich weiß, wie und wo er sich bewegt, bin ich im Vorteil. – Außerdem suchen wir noch nach einem Jugendlichen, oder?" Längli orientierte sich. Mit einem Holzkeil, der an der Haustür lag, blockierte er die Aufzugstür im Erdgeschoss.

„Wie kommen Sie darauf, dass Frost ..." Klara Plump beobachtete jede seiner Bewegungen.

„Intuition und Zwei und Zwei. Wenn der Junge ihm nach unserer Alt-
stadtbegegnung irgendwo unter die Augen gekommen ist ... Frost ist kein
Mann, der an Zufälle glaubt. – Auf jetzt, nach oben."

Längli war atemberaubend schnell. Er nahm drei bis vier Stufen auf
einmal. Müde war gestern. Zwischen dem zweiten und dem dritten Stock
zog er mit einer flüssigen Bewegung seine Waffe aus dem Knöchelholster.

Auf dem Zwischenabsatz zur fünften Etage stoppte er Klara Plump und
flüsterte: „Bleiben Sie hier stehen, verdammt! Oder haben Sie eine Waffe?"

Klara Plump wedelte heftig atmend mit ihrem Pfefferspray.

„Mein Gott, fantastisch!" Längli zog ein dunnes Metallblech aus dem Etui
in seiner Tasche, schlich auf Zehenspitzen die wenigen Stufen zur einzigen
Wohnungstür auf der letzten Etage hinauf. Das Blech glitt zwischen Rahmen und Tür. Leise ging sie nach innen auf. Dumpf erklang ein Martinshorn. Längli murmelte: „Schön. Das ging schnell."

☞₀°₀ℒ

Gidder saß über den Ausdrucken, die Wittler für ihn von den Fotos der
Dombaumeisterin gemacht hatte. Kein Tag war vergangen, an dem er
nicht über dieses unheimliche Geschehen nachgedacht hatte. Gidder
schwante Böses. Und er hatte Angst. Das trieb ihn an. Da kannte er, dessen
Bibliothek zu seinem Wohnzimmer geworden war, keinen Feierabend.
Heute, ausgerechnet heute, am Tag der Auferstehung des Herrn, war er in
den Morgenstunden auf höchst Beunruhigendes gestoßen. Die starke Lupe
in seiner Hand bewegte sich über die scharfgestochenen Bilder. Abschnitt
für Abschnitt hatte die Dombaumeisterin den Stahlring – den die Stahlsplitter des Klöppels bildeten- fotografiert. Gidder hatte das bewundert.
Eine Wissenschaftlerin vom Feinsten. Aber das änderte nichts an der großen Sorge, die er in sich trug und weshalb er den Dompropst alarmiert
hatte.

Er drehte den Kopf zu Wittler, der mit hochrotem Haupt in die Bibliothek kam. „Wissen Sie, wie viele Splitter es sind, Herr Dompropst?"

Wittler setzte sich keuchend auf einen Beistellhocker, der leidvoll
ächzte. „Gidder, wenn Sie mich wegen dieser Frage kurz vor dem Pontifikalamt hierher gerufen haben ... Nein! Ich habe es nur überschlagen. Dem

Gewicht nach zwischen neunhundert und tausend Stück. Hat die Zahl eine Bedeutung? Ich hoffe es für Sie!"

Gidder blickte starr über den Rand seiner Brille: „Oh, ja. Leider, ja. Aber ich wünschte nicht!" Er tippte auf einen der Ausdrucke. „Das haben Sie gut überschlagen. In der Wand stecken genau 953 Splitter. Zählen wir die sechs aus Ihrem Safe dazu und den einen, der ebenfalls an einem der sieben Steine abprallte und verschwunden ist, kommen wir auf 960." Der Bibliothekar schrieb die Zahl mit einem fetten schwarzen Filzschreiber auf ein weißes Blatt Papier. „Die Null", sprach er leise, „ist ohne Wert, sie zählt nicht", und er strich die Zahl durch. „Sechsundneunzig", wisperte er nun und Wittler beugte sich näher, um ihn zu verstehen.

„Ich erwarte nicht, dass jeder etwas mit dieser Zahl anfangen kann." Gidder stand auf und ging zu der Glaswand, durch die er an Werktagen den Lesesaal im Auge hatte und presste seine Stirn dagegen. Er wandte sich mit Grauen in den Augen zum Dompropst um. „Von Arakiel bis Zavebe ... Herr Dompropst! Die sechsundneunzig gefallenen Engel! Ich weiß jetzt, sie werden kommen. Wenn sie nicht schon da sind. Der Herr möge uns beistehen." Er bekreuzigte sich. „Die Hölle wird losbrechen. Der Ring der Splitter, Herr Dompropst, ist ein Tor zur Hölle. Dafür ist er geschaffen." Jetzt blieb ihm die Stimme weg und ein Schluchzen bahnte sich seinen Weg. Er sank auf die Knie. „Vater, nimm uns auf in Dein Reich und vergib uns unsere Schuld."

Wittler kippte fast vom Hocker. Wohl auch vor Schreck, denn parallel war jetzt ein surrendes Geräusch zu hören. Wittler musste aufstehen, um sein Handy aus der Hosentasche herausziehen zu können. Melden konnte er sich nicht, denn sobald er die Annahmetaste gedrückt hatte, hörte Gidder eine panische Stimme aus der Muschel kreischen. Ebenso plötzlich erstarb sie. Schweiß war auf die Stirn des Dompropstes getreten, und er sah Gidder hilflos an. Dann entsprang seiner Kehle ein Krächzen. „Rauch im Südturm." Er schwankte. „Der Glockenstuhl brennt."

☞०॰ॢ

Längli war in die Wohnung eingedrungen und hatte die Zimmer kontrolliert und inspiziert. Er stand vor einem offenen Schrank. Zerrissenes Seil lag auf dem Boden. Er rief Klara zu: „Er hat sich befreit! Der Junge war hier!"

„Gott sei Dank." Klara war erleichtert. Sie kam mit erhobener Spraydose in der Hand nach. In der Küche entdeckte sie eine Zeichnung. „Kommen Sie in die Küche, Längli. Hier ist ein Plan."

Längli und Klara Plump ergänzten sich gut in der Aufschlüsselung der Riesenskizze von Frost.

„Sehen Sie hier." Längli zeigte auf zwei durchgestrichene Bereiche auf dem Grundriss. „Er wird die Brandmeldezentralen ausgeschaltet haben."

„Und die Schlüsseldepots für die Feuerwehr werden auch sabotiert sein." Klaras Finger fuhren ebenfalls über die Zeichnung.

„Ebenso wie die Unterflurhydranten", ergänzte Längli und verwies auf rote Kreuze rund um den Grundriss des Doms.

„Hier, was ist das?" Klara Plump tippte auf eine lange grüne Linie, die in Schlangenlinien durch die Zeichnung führte.

Längli schnaufte plötzlich. „Das ist *sein* Weg. Der führt zu einem der vier Anleiterpunkte."

„Was hat das zu bedeuten? Der ist auf der Westseite. Und der Glockenstuhl brennt doch schon."

Längli antwortete mit verkniffenem Gesichtsausdruck. „Das heißt, er hat tatsächlich einen Löschzug gekauft." Längli ging zum Fenster. Er konnte den Südturm und Teile des Domvorplatzes sehen. Weiter strömten Menschen auf den Platz. Tatsächlich standen sogar noch viele an den Portalen an, die nicht mehr eingelassen worden waren. Ruckartig trat Längli zurück an den Plan. „Unglaublich. Da Frost wohl kaum zum Löschen gekommen ist, wird er die Steigrohre zum Fluten des Doms nutzen. Oben. In den Dachgeschossen. Da. Und da. Sogar auf zwei Ebenen." Länglis Finger drückten so fest gegen den Plan, dass die Kuppen rot anschwollen.

Klara Plump schüttelte den Kopf. „Fluten? Wieso denn? Mit was denn? Ich versteh' das nicht."

„Da sind Sie schon selbst drauf gekommen, Frau Plump. Frost will den Dom brennen sehen. Ich an seiner Stelle würde Brennstoff nehmen." Jetzt gab Längli Klara Plump ihr Handy zurück. „Wir müssen los. Wir müssen ihn stoppen."

Jonas hatte die Nacht im Dom verbracht. Zweimal wäre er fast von Domschweizern aufgestöbert worden. Immer fand er Deckung hinter den riesigen Säulen. Um zwei Uhr war der letzte Küster nach der Ostermette aus dem Dom verschwunden. Um fünf Uhr war der erste wieder da. In der Zwischenzeit hatte Jonas Überlebenstraining betrieben. Er war denkbar schlecht ausgerüstet, klar, hatte er doch kaum vorher wissen können, was passieren würde. Wohl hundert Mal zog er sein Handy aus der Hosentasche und klopfte dagegen. Nichts. Er fror. Draußen mochte es warm sein. Im Dom war es kühl. Tagsüber. Nachts war es kalt!

Jonas war zunächst einige Runden um die Sitzbänke im Langschiff gelaufen, später hatte er die aus den Querhäusern mit dazu genommen. Ihm wurde wärmer, er schwitzte sogar, aber sein Kopf schmerzte und er bekam Durst. Auch darauf war er nicht vorbereitet. Abgesehen davon, dass die letzten sechsunddreißig Stunden ohnehin ein körperliches Desaster für ihn gewesen waren, konnte er sich Flüssigkeitsverlust am wenigsten leisten. Er trank vom abgestandenen und nach Stein schmeckendem Weihwasser, bis ihm einfiel, wer da möglicherweise alles seine Finger reingesteckt hatte. Gegen vier Uhr schlugen die Stundenglocken und Jonas hörte Geräusche, konnte aber nicht feststellen, wo sie herkamen. Erneut musste er sich eine halbe Stunde verstecken. Es war eine Qual. Aber natürlich konnte er aus dem Dom nicht raus. Und als ab sechs Uhr die ersten Gläubigen durch das geöffnete Portal kamen, *wollte* er nicht mehr raus.

Die Entscheidung, die Nacht im Dom zu verbringen, war dennoch richtig gewesen. Er hatte eine Stelle gefunden, von der er Eingang und Altar gut beobachten konnte. Welche Macht hier auch im Heiligen Dom zu Köln zuschlagen wollte, er würde es sehen können. Vor allem wenn er – DaniEl sei Dank – *sehen* konnte. In dieser Dimension waren Säulen für die Augen kein Hindernis. Nach der Begegnung mit der Engelsmanifestation verspürte Jonas zwar nicht *mehr* Energie, aber eine *andere* in sich wachsen. Zuversicht kroch in ihm hoch und er rieb, so gut es ging, Arme und Beine, um sie zu wärmen.

Um sieben Uhr ging es los mit den Messen in den Domkapellen. Von exponierter Stelle aus blickte Jonas auf die Menschen, die ab neun Uhr in

Massen zum Pontifikalamt in den Dom strömten. Um 09.45 Uhr war er zum Bersten voll und die Schweizer positionierten sich auch an den Portalen, um den Einlass zu stoppen. Jonas ahnte, dass sich der Zeitpunkt näherte, an dem der Famulus irgendwie in Erscheinung treten wollte. Punkt zehn Uhr erklangen wieder die für die volle Stunde zuständigen Domglocken. Jetzt würde ich gerne mal den Seelen-Blick haben, dachte Jonas. Und tatsächlich: Die Dimensionen vor seinen Augen begannen, sich zu verschieben.

☞∘°⌣

Als die Wandlungs-Glocke zum zehnmaligen Erklingen anhob, saß Mirco Frost in seinem Löschzug. Das Fahrzeug, Marke Mercedes Benz, Baujahr 1979, Typ 1019 AF, war gut ausgewählt. Es entsprach immer noch relativ aktuellem Standard und das Fassungsvermögen des Löschtanks betrug über tausendsechshundert Liter. Mirco Frost hatte das für ausreichend befunden. Die Rauchbombe im Glockenstuhl hatte er per Fernbedienung aus knapp vierhundert Metern Entfernung vom Dom um exakt 09.53 Uhr gezündet. Der sichtbare Austritt des Rauches, so vermutete er, würde etwas dauern und er ließ drei bis vier Minuten ruhig im Wagen sitzend verstreichen. Dann fuhr er aus seiner Warteposition auf der Tunisstraße los und sah, als er in die Trankgasse einbog, sofort zum Dom hoch. Der Effekt der Bombe war zwar noch gering. Aber dünner schwarzer Qualm drängte sich bereits aus den Fenstern des Glockenstuhls, und Menschen liefen aus allen Richtungen geradewegs darauf zu. Als gäbe es keinen Verkehr, überquerten sie, ohne nach rechts oder links zu schauen, mit hoch erhobenen Armen und absurd anmutenden, hinweisenden Gesten die Straßen Richtung Dom.

Der richtige Moment für das Martinshorn. Kein Mensch würde sagen: Wie kommt der denn so schnell hierher? Eher: Mann, sind die fix. Als er über den Wallrafplatz auf den Domvorplatz fuhr, wurde ihm von zwei Streifenpolizisten der Weg durch die anwachsende Menge freigemacht. Langsam und unbehelligt fuhr er zum Anleiterpunkt an der Westfassade, von dessen Platz aus er die Steigrohre bedienen konnte. Pünktlich um 10.03 Uhr, genau im Zeitplan, begann Mirco Frost mit seiner Arbeit am Dom.

317

Er hatte den Bibliothekar nicht bewegen können, aufzustehen. Gidder wehrte ihn regelrecht ab. „Gehen Sie, um Himmels Willen, gehen Sie einfach. Der Weg wird Ihnen gewiesen werden!" Da war Wittler aus der Bibliothek gestürmt und rannte Richtung Dom. Aber seine Beine trugen ihn nicht in Richtung Glockenturm. Hatte er das erste Mal in seinem Leben die Kontrolle verloren? Geradezu magisch wurde er angezogen. Aber wohin, oder, noch unerklärlicher: von was?

Lange schon hatte er sich nicht mehr so schnell bewegt. Er schwitzte. Diese unzeitgemäßen warmen Temperaturen. Er lief. Vorbei an einem Löschzug. Gut, dass die da waren! Und wohin führte sein Weg, den er geradewegs einschlug und gar nicht kannte? Ja, wohin lief er denn eigentlich? Wieso war er nicht Herr seiner Beine? Wohin, zum Kuckuck, trieb es ihn? Warum tat er, was Gidder ihm gesagt hatte? Wo war er jetzt angekommen? Am Baptisterium. Was hatte Gidder noch gesagt? Sollte der Dom wirklich einmal zu Fall kommen, offenbare sich die Pforte. Jetzt offenbarte sich ihm etwas anderes. Der offene Bereich vor dem Baptisterium, war gewissermaßen besetzt. Eine Horde grölender Jugendlicher hatte das wertvollste öffentliche Urinal Kölns mit Beschlag belegt: den Dionysius-Brunnen, der durch seine runde Form und die um ihn herumführende Rinne zum gemeinschaftlichen Pinkeln einlud. Die Halbstarken sangen zu ihrer erleichternden Tätigkeit den kleinen Reim eines Kinderliedes. Aus weiter Ferne – wie zur Begleitung – erklangen Martinshörner. „Tatütata, Tatütata, die Feuerwehr ist wieder da."

Wittler explodierte. Wütend schälte er sich aus seiner Jacke und schlug wild damit auf einen der Wildpinkler ein. Zettel flatterten aus seiner Jackentasche. Egal. „Uriniert gefälligst zu Hause, ihr Barbaren!"

Respekt war nicht zu erwarten. Die jungen Herren kamen eindeutig von einem ausgiebigen Frühschoppen, den sie wahrscheinlich am Abend zuvor begonnen hatten. Der Größte von ihnen, wohl der Anführer, machte seine Hose zu und baute sich vor Wittler auf. Immer wieder stieß er den Dompropst mit beiden Händen vor die Brust. „Hau ab, Opa, sonst machen wir dich feucht." Die anderen Pinkler stimmten in einen Schlachtruf ein: „Feucht machen, feucht machen, ..."

Ein tiefes Grollen kündete an, dass dieser Wunsch – wenn auch anders verursacht – bald in Erfüllung gehen würde.

Angeekelt wandte sich Wittler ab. Gerne hätte er noch etwas erwidert, aber das Hohngelächter der Meute in den Ohren, zog er nur seinen Schlüssel und verschwand hinter der Stahltür zur kleinen Vorhalle im Baptisterium.

Das Tor des PerdUs   *Tiberius, Jonas, Wittler, Längli*

005511 Der Stein glühte. Des Chronisten Platz war nicht am Kölner Dom. Wenn er arbeitete, gehörte er am besten ins Bett. Und da lag er auch. Ein Osterfeuer hatte er am Vorabend nicht gesehen, aber dafür loderten jetzt Flammen hinter seinen geschlossenen Lidern. Der Chronist schlief tief, und er fühlte den Raum um sich herum. Er verharrte. Der Ruf war erfolgt. Er atmete die Bewegung im Stillstand ein. Das Ätherium, der Lebensraum, die Lebens*dimension* der Seelen, zitterte. Trotz ihrer unfassbaren Größe vom Anbeginn der Zeit bis zur heutigen Ausdehnung, nahm der Chronist das kleinste Vibrieren wahr, in einem Raum, der in Milliarden von Jahren entstanden war. Energie und Gedanken durchflossen das Sein dieses Raumes. Und der Chronist spürte die Wellen, die sich ergaben, weil Energie sich formierte. Überall und bis in das Jetzt hinein regten sich Seelen, verband sich ihre Kraft, verknüpften sie sich zu Bändern, um ihrem ureigenen Wesen zu dienen, dem Drang ihrer Neigung zu folgen, was immer er auch war.

Die Bildung der Seelenbande, die Vorstufe der Entstehung von Manifestationen, hatte vor langer, langer Zeit begonnen, und gerade fand sie um ein Vielfaches schneller statt als sonst üblich. Überall im Ätherium. Ein besonderer Zeitpunkt war gekommen, und dort hinein musste der Chronist seine Hand halten und warten, was geschehen würde.

Um dann seiner Berufung nachzukommen.

⊃₀°₀౨

Jonas bewegte sich keinen Millimeter. Zwischen dem Glasvorbau des Ausgangs zum Petrusportal und einer mächtigen Wandsäule war er hochgeklettert und lag lang ausgestreckt auf der gläsernen Abdeckung, gut drei bis vier Meter über dem Erdboden, mit bester Sicht auf Haupteingang und Innenraum. Sein Blick war konzentriert. Er wusste, was er sah. Er erkannte die Umgebung, wie sie in der Wahrnehmung der Seelenwelt aussah. Die Konturen des Doms glitzerten. Die mächtigen Wände erschienen bläulich transparent und schimmerten wie dünne Eisschichten. Er sah die Seelen der unzähligen Besucher im Dom. Sie bewegten sich in ihren Wirten. Es gab kein goldenes Flimmern, nichts deutete auf die Präsenz der *Ewigen Manifestation* hin.

Draußen vor dem Dom erklang kurz ein einzelnes Martinshorn und verstummte wieder. Jonas nahm Energie wahr. Der ganze Dom schien sich damit anzufüllen. Unmerklich stieg die Temperatur. Die Luft flimmerte.

Durch die Säulen hindurch, die das Hauptschiff stützten, am Ende des Chors, in einem kastenförmigen Gebilde, wuchs Energie. Aus der wertvollen Grabstätte der Heiligen Drei Könige entwichen Seelen. Immer mehr nach innen brennende Lichter traten aus den Wänden des Schreins und bildeten nach und nach ein Band, dessen Struktur helixartige Züge annahm. Und die Energie im Band schien sich kontinuierlich zu erhöhen. Jonas verschlug es den Atem. Eine mächtige Manifestation formierte sich hier über dem Chorgestühl, denn ganz sicher diente dieses enorm große Seelenband einem Zweck.

⸛ᵒᵒᵒ₂

Frost hörte, wie sie die Trankgasse hochkamen. Der Schlachtruf, der sie begleitete, wurde immer lauter. Er konnte sich nicht vorstellen, dass diese Gruppe zum Dom wollte. Nicht so grölend jedenfalls und so offensichtlich betrunken, wie sie klangen. Feucht machen, feucht machen! Einer von ihnen hatte sich zum Späher auserkoren und tauchte weiter hinten mit Kopf und Oberkörper über der Menschenmenge auf, die Frosts abgeschirmtes Areal belagerte. Der Späher winkte zur Straße, dass auf der Domplatte etwas los zu sein schien. Hinauf ging es jetzt die Treppe, vorbei an den hässlichen übergroßen Steinpilzen, von denen niemand wusste, wofür sie gut waren, weil sie nicht einmal schön waren. Und die Welle des

320

Rufs der halbstarken Meute ließ die Menschen – wenn auch unwillig – Platz machen. Es war so heiß. Frost wusste was jetzt kommen würde. Diese Idioten erwarteten, dass er ihren Wunsch erfüllen würde. Na klar, wer sollte das besser können als er? Frost drehte sich weg. Er hatte Wichtigeres zu tun. Routiniert rollte er einen Schlauch zwischen Löschzug und Steigrohren am Dom aus und arretierte ihn mit gekonnten Handgriffen am Ansatzventil.

Breitbeinig stand jetzt ein riesiger Kerl am Absperrband, machte eine kurze Handbewegung und der Schlachtruf brach ab. Der Hüne brüllte gegen das Donnergrollen an: „He, Feuerwehrmann."

Frost sah sie nicht an, nahm aber aus den Augenwinkeln ihre Bewegungen wahr. „Haut ab, ihr Arschlöcher."

„Hat er das wirklich gesagt?" Der Anführer verzog bei der Frage keine Miene und drehte sich nicht zu seinen Jungs um.

„Hat er, Törmi." Aus der Stimme klang die Freude über diesen Umstand mit, aber Frost schüttelte angesichts des Namens des Riesen nur den Kopf. Törmi hob seine Hand, und seine Gruppe versammelte sich jetzt schweigend hinter ihm. Dann zog er ein Messer aus der Hosentasche und zerschnitt mit großer Geste das abgrenzende rotweiße Band. Die Menschen murrten. Grenzüberschreitungen mochten sie nicht. Einer sagte das auch, aber Törmi reagierte, ohne hinzusehen: „Schnauze, du Kasper! – He, Feuerwehrmann, hast du das wirklich gesagt?"

Frost sah kurz auf. „Hab ich, Arschloch, verpisst euch."

Ein erster trockener Blitz verband sich mit dem gewaltigen Krachen eines Donners. Dieser Törmi wirkte mit einem Male mitleidslos. Er dehnte seinen Kopf nach rechts und links, wie es die Killer im Film machten, bevor sie zuschlugen. Frost schob seine rechte Hand in die Hosentasche seines Schutzanzuges. Der Anführer hob erneut den Arm und deutete mit zwei nach vorne gebeugten Fingern auf Frost. „Macht ihn fertig."

☽✦✧✦

Längli gab Klara Plump ihr Handy zurück. „Jetzt können Sie die Kollegen anrufen."

Klara Plump antwortete mit einem kurzen „Feigling" und erledigte den Anruf, während sie die Treppe herunterstürzten. Sie rannten über die

Marzellenstrasse zum Dom. An dem alten römischen Bogen oberhalb der U-Bahnstation verschnauften sie kurz und verschafften sich einen Überblick. Schaulustige fotografierten, Streifenpolizisten waren vermehrt auf den Platz gekommen und drängten die Masse zurück. Aber es waren bei Weitem zu wenige für die vielen Menschen, die von allen Seiten heranströmten. Dennoch: Es war gespenstig still. Auch der Gesang, der durch die geschlossenen Portale zu hören war, und der den Einzug des Erzbischofs mit Gefolge zum Vierungsaltar begleitet hatte, war verstummt. Einige Polizisten bezogen Position an den Portalen, wohl um eine geordnete Evakuierung einleiten zu können. Wenn das bei diesen Massen überhaupt möglich sein würde. Hinter dem aufsteigenden Qualm zeigte sich ein gelblicher Himmel. Unerträgliche Schwüle hatte eingesetzt. Das über der Stadt liegende Gewitter gab erste laute und helle Zeichen seiner Präsenz.

Längli blieb klar. Bis jetzt brannte offensichtlich nur der Glockenstuhl, und das Feuer hatte sich noch nicht ausgebreitet. Möglicherweise eine Brandbombe? Wo war Frost? Er stellte sich auf eine kleine Mauer am Römerbogen und ließ den Blick schweifen. „Da", rief er und zeigte zur Westfassade auf einen einzelnen Löschzug, der in einem freigehaltenen Bereich stand. Vom Heck des Fahrzeugs führte ein dicker Schlauch zur Steigleitung am Dom. „Das muss sein Wagen sein!" Und zwei Sekunden später: „Na, das ist ja ..." ...

„... schrill", ergänzte Klara Plump, die neben ihm auf eine Bank gestiegen war.

Was sich ihnen darbot, war tatsächlich filmreif. Das rotweiße Band zur Absicherung am Löschzug wurde von einigen Schaulustigen gehalten. In der AQbsperrung, wie in einem Boxring, befand sich eine Gruppe junger Männer, die in engen Runden um einen Feuerwehrmann herumliefen. In kurzen Abständen sprintete immer wieder ein anderer auf den Mann zu und stieß ihn an. Wild drehte der sich im Kreis.

„Das ist er", sagte Längli. „Frost ist in der Falle."

Dann sahen sie, wie Frost eine Pistole zog. Die Männer spritzten auseinander und Mirco Frost ging zum Heck des Fahrzeugs. Sekunden später war einzig das laute Brummen einer Pumpe deutlich zu hören. Mit erhobener Waffe lief Frost in die Menschenmenge hinein und rief: „Platz da, Feuerwehr!"

Sein Ziel war offensichtlich. Er wollte zum Lastenaufzug, der ihn sowohl auf die erste wie auch die zweite Ebene des Doms bringen konnte. Aber vom Bahnhofsvorplatz kommend, drängten immer mehr Menschen nach. Binnen einer Sekunde schien Frost seine Entscheidung über die neue Situation getroffen zu haben, und machte kehrt. Er rannte um den Nordturm herum auf das Hauptportal zu.

„Gut so", stieß Längli hervor, der angestrengt beobachtete, wohin sich Frost bewegte. „Er musste seinen Plan ändern." Er fasste Klara Plump am Arm. „Schnell! Versuchen Sie, irgendwie an den Wagen heranzukommen und die Pumpe abzustellen. Ich verfolge Frost."

☙❀❧

Der Famulus würde kommen. Jonas war sich sicher. Vom Vorbau aus waren seine Schritte bestens zu verfolgen, auch wenn das Glasdach nicht den vertrauenswürdigsten Eindruck machte.

Das Band aus dem Schrein schwebte inzwischen wie eine riesige Lichterkette über dem Chor. Mit nach innen gebündeltem Licht. Unheilvolle Seelen, das wusste Jonas jetzt. Angespannt verfolgte er ihre Bewegung. Da vibrierte sein Handy. Das Handy vibrierte? Das war doch irrsinnig! Er hatte die halbe Nacht gegen das Gehäuse geklopft und nicht einen Mucks hatte das verfluchte Ding von sich gegeben und ausgerechnet ... Die Nummer im Display kannte er gut. Zehn SMS hatten sich außerdem angesammelt. Er nahm das Gespräch an. Dass er aus dem Dom heraus mit seiner Mutter telefonieren würde, war schon heftig. Er flüsterte: „Mom!"

„Jonas, wo steckst du? Charlotte hat schon mehrfach angerufen. Und ich habe mir auch Sorgen gemacht."

Jonas hatte das Gefühl, dass seine Mutter unglaublich ins Telefon brüllte. Noch einmal senkte er die Stimme. „Tut mir echt leid, ich bin im Dom."

„Was? Na, das ist mal eine Überraschung. Drinnen? Wisperst du deshalb so? Ich dachte, du hättest vielleicht bei Alvis übernachtet."

Jonas registrierte einen beginnenden Krampf im rechten Bein und versuchte, sich vorsichtig auf der Glasplatte zu bewegen. „Nein, ich war ... ich hatte ... Sorry, ich bin in diesem Pontifik ... weiß nicht wie das heißt, und ich kann das jetzt nicht erklären."

„Du musst mir nichts erklären. Komm einfach gelegentlich nach Hause." Seine Mutter war einfach großartig. Selbst, wenn sie ironisch war. Hatte er das vergessen?

„Kein Problem. Nach der Messe hier tauche ich sofort auf."

„Bis nachher." Diese Worte klangen wie eine Feststellung.

„Okay." Jonas steckte das Handy in seine Hosentasche. Das Glas unter ihm knirschte unwillig. Er hob seinen Kopf an. Und erschrak. Die geteilten Energiekränze des Famulus erkannte er sofort.

Der Chronist verfolgte das Geschehen von dem Moment an, als Frost die Rauchbombe gezündet hatte. Auch als der Famulus in die Kirche kam, streckte die Silhouette des Chronisten ihre Hand aus und sammelte, was für die Ewigkeit aufbewahrt werden musste. Der Chronist registrierte jedes Gefühl. Die Anspannung des Auserwählten, der sich gut positioniert hatte. Die Sicherheit des Famulus. Nichts Böseres war in diesem Wirt, als sein manipulierter Seelenring, der übermächtig nach innen brannte. Das Licht des Alkovats leuchtete in ihm.

So erlebte der Chronist, wie Mirco Frost mit der Seelenstärke des Famulus alle auftretenden Zweifel fortschob. Hier war er: der Unbesiegbare, der ohne Zweifel seinen Weg ging, obwohl er seit dem Angriff am Löschzug unplanmäßig agieren musste. Trotzdem erschien nichts, was er tat, improvisiert. Mirco Frost hatte seine Sauerstoffmaske in der Hand und drängelte sich zu einem Domschweizer. Ruhig und mit überlegter Geste erklärte er den sich langsam steigernden Geräuschpegel vor dem Dom und dass keinerlei Grund für Unruhe oder gar Panik bestünde. Er bat den Schweizer, dies dem Erzbischof mitzuteilen, damit er die Messbesucher bei Bedarf beruhigen könne. Der Schweizer nickte und ging.

Der Chronist wandte seine Aufmerksamkeit jetzt dem Innenraum des Doms zu, denn hier war eine Energie entstanden, deren Ursprung eine Schöpfung war, der er lange nicht begegnet war: Über dem Chor des Doms formierte sich die Manifestation. 111 Tage hatten sie gewartet. Jetzt hatten sich sechsundneunzig Seelen zu einer dunklen Manifestation verbunden, die nur ein Ziel kannte: Die Splitter im Glockenstuhl mit ihrer Energie zu verbinden.

In dem Moment, in dem die Silhouette sich kurz zu ihm wandte, wusste Jonas, dass der Famulus ihn wahrgenommen hatte. Gern hätte er jetzt wieder klar gesehen, als er unten neben einem Domschweizer Mirco Frost in einem feuerfesten Anzug mit Helm erkannte, der in der Hand eine Atemmaske hielt. Mit einem Mal begriff Jonas: Er konnte es selber beeinflussen! Das Sehen. Er brauchte es sich nur zu wünschen. Er musste es nur *denken. Alles ist in mir!*

Während der Schweizer seiner Pflicht nachkam und die Nachricht von Frost an einen Geistlichen am Vierungsaltar weitergab, glitt die dunkle Manifestation durch das Mittelschiff in Richtung Türme.

Mirco Frost drängte sich durch die stehende Menge zur Eingangstür des Nordturms. Hinter ihm her schlich eine große schmale Gestalt, die sich ab und zu klein machte, um nicht aufzufallen: Alvis.

Als Jonas seinen Freund erblickte, spürte er, dass nun unwiderruflich sein Einsatz begonnen hatte. Vorsichtig kletterte er zwischen Wandsäule und Vorbau herunter. Unten angekommen, spürte er den Blick eines Domschweizers auf sich gerichtet, der sich mit energischer Geste durch stehende Besucher schob und auf ihn zu bewegte. Jonas tauchte ab. Das konnte er jetzt überhaupt nicht gebrauchen. Er drängte sich durch die dicht zusammenstehenden Messbesucher und verfolgte Alvis, dessen Kopf zwischendurch in der Menge sichtbar wurde.

An der Tür zum Nordturm traf er seinen Freund. Zwei Wochen war es her, dass er ihn das letzte Mal gesehen hatte. Etwas war mit ihm geschehen. Alvis war nicht mehr der Mensch, den er kannte. Die Haare hatten einen Schlag ins Graue erhalten und die Augen wirkten noch dunkler. Aber das waren eben Äußerlichkeiten. Wie er da stand, offensichtlich im Gefühl der Verzweiflung, mit feuchten Augen und wirrem Haar. Er wirkte um etliche Jahre reifer als vor seiner Reise.

„Komm. Er ist nach oben." Jonas sprach laut gegen die Stimme des Mannes aus den Dom-Lautsprechern an. „Er hat einen Schlüssel!"

„Ich weiß", antwortete Alvis, Trauer in der Stimme. Und mit Augen, die Jonas einen kleinen Stich versetzten, fuhr er fort: „Geh deinen Weg, Jonas, folge deinem Wesen."

Erst jetzt bemerkte Jonas, dass Alvis mit einem Fuß die Tür aufhielt und wusste, was das bedeutete. Und warum. Er war auf sich allein gestellt. Er spürte Alvis Hand an seiner Schulter. Kurz darauf verschwand er im Nordturm.

Der Weg nach oben war schwer und fühlte sich endlos an. Jonas erschien es, als würden sich beim Betreten jeder einzelnen Stufe zehn neue bilden. Würde er den Famulus jemals einholen? Und was war mit der dunklen Manifestation? Abrupt stoppte er seinen Lauf. Ich will diese Manifestation sehen, dachte er.

Der Blick in die andere Dimension kam derart schnell, dass er glaubte, er würde durch die Wendeltreppe in den Abgrund stürzen.

Das dunkle Band glitt durch die Mauern des Doms nach oben. Jonas fühlte, dass er nicht wahrgenommen wurde. Es war konzentriert. Es hatte eine Aufgabe. Sich durch die Türme nach oben bewegend, verdichteten sich die Seelenringe. Sie wurden kleiner, kompakter, wobei die Energie weiter wuchs. Sie hatten ein Ziel. Jonas begriff es als Prozess der Entstehung einer Manifestation. Er sah, wie sie sich auf den Glockenstuhl zubewegte. Weiter oben in einer hohen Halle des Südturms funkelten kleinste Lichter, die sich wie Ringe an die Wände gelegt hatten. Genau darauf steuerte die Manifestation zu. Was geschah da?

Während Jonas die Treppe weiter hochjagte und er wieder auf feste steinerne Stufen blickte, arbeitete es in seinem Kopf. Konnte es sein, dass er gar nicht den Famulus aufhalten sollte, sondern diese Manifestation? Quatsch, wie sollte *das* denn funktionieren? Dreh bloß nicht durch, dachte er, als seitlich vor ihm eine Tür aufschwang. Aus dem Durchgang schob sich der Körper von Mirco Frost, der sich Jonas als Silhouette darstellte. In ihr brannte das dunkle Licht des Alkovats.

Wie offensichtlich, dachte Jonas. *Einzig und allein um* mich *aufzuhalten, bist du hier!*

Einzig und allein um dich aufzuhalten, bin ich hier! Die Silhouette schmiegte sich an die Wand der Wendeltreppe. *Ich bin der Famulus. Geh zurück. Die Sechsundneunzig werden ihren Auftrag erfüllen. Ich bin der Famulus. Ich bin mit Ihm.*

Die Angst war da. Was immer dieser PerdUs diesem Frost in die Seele gelegt hatte, machte nicht glücklich. Es kroch in ihm hoch. Es setzte sich in den Nacken und es versuchte, in seinen Kopf zu kommen.

Es lässt dich zweifeln, dachte Jonas. Aber ich folge meinem Wesen. Alles ist in mir. Und aus ihm drangen Gedanken, die er zuvor nicht hatte denken können: *Und ich bin mit Ihr. Ich, der Auserwählte!* Mit der Kraft dieses Gedankens prallte Jonas Seelenenergie auf den Famulus und fegte ihn zur Seite. Wie von einem Katapult geschleudert, flog Mirco Frost durch die Öffnung der Tür, durch die er Jonas entgegengetreten war. Kraftlos sank er auf dem Boden zusammen.

Jonas Blick' ging durch die Wände der Kathedrale. Da war sie: Die Manifestation der Sechsundneunzig. Für was sie auch da war, sie hatte Kontakt zu dem funkelnden Ring im Dach des Glockenstuhls aufgenommen. Im ersten Moment wollte Jonas durch die glitzernden, durchsichtigen Wände einfach nach oben fliegen, stieß sich aber sofort an der Steinwand den Kopf. Du bist ein Mensch, du Idiot! Er stürmte weiter die Treppe nach oben. Jetzt, jetzt kam er zu seinem wirklichen Auftrag. Er ahnte, dass die Türme auf Höhe des Glockenstuhls irgendwie verbunden waren. Sie mussten verbunden sein, sonst hätte sich der Famulus ihm nicht in den Weg gestellt. Er freute sich. Er jubilierte sogar. Seine Seele hatte den Kampf gegen den Famulus bestanden! Was kam jetzt? Die Manifestation! Na und? Er war der Auserwählte.

⌐°∘°⌐

Länglis Weg war anstrengend. Der Weg durch die Menge zum Portal war ein Kraftakt. Seine Dienstmarke, die er ja nicht abgegeben hatte, half ihm da wenig. Zu dicht standen die Menschen, die nur eine Attraktion wahrnahmen und offenbar keine Gefahr sahen. Aber Längli wurde durch etwas anderes gebremst. Sein Kopf arbeitete so stark, dass es seine Bewegungen lähmte. Er machte sich Vorwürfe. Er hörte die Stimme von Klara Plump darin, die ihm Trotz und Stolz vorwarf und mangelnde Fairness. Und dies sich selbst einzugestehen, gelang ihm nicht. Nicht so schnell, von einem Moment zum anderen. Dennoch war es, als löste sich in ihm ein

Knoten und mit jedem Schritt, den er auf den Dom zu machte, wurden seine Gedanken freier. Er gestand es sich ein: Er hatte versagt. Er hatte sich selbst überschätzt und Frost unterschätzt. Wie vermessen war es gewesen, zu denken, er könne diesen Menschen alleine einfangen! Wo war sein Gehirn gewesen? Wie unnötig, das Ganze. Suspendierung hin oder ... Stopp jetzt! Er atmete tief ein und aus. So kam er nicht weiter. Es war wichtig, über diese Dinge nachzudenken. Aber nicht jetzt. Jetzt galt der Moment. Und der barg Chancen, Fehler wiedergutzumachen.

Längli konzentrierte sich. Frost wollte über den Nordturm die auf der westlichen Domseite gelegenen Auslassventile erreichen. Es gab Zugänge vom Nordturm aus. Auf der Zwanzigmeter-Ebene ebenso, wie auf der Ebene unterhalb des Glockenstuhls. Kaum, dass er das Portal durchschritten hatte, wandte sich der Hauptkommissar nach links und musste sich fast zur Eingangstür des Nordturms durchkämpfen. Ein großer, grauhaariger Kerl lehnte mit der Stirn am Rahmen davor.

Längli fasste ihn leicht am Ellbogen. „Kripo Köln. Darf ich bitte?" Der Mann drehte sich zu ihm um und Längli registrierte, dass er ein Jugendlicher war, wenn auch mit erwachsener Ausstrahlung, mit extrem tiefen Augenhöhlen und ungewöhnlichen Gesichtszügen. Mit dem stimmte etwas nicht, aber das war jetzt nicht sein Job. „Ist er hier durch? Der Mann von der Feuerwehr?" Der Jugendliche nickte. Längli betrat die Treppe.

⌒ᵒₒᵒₒ♎

Als sich Klara durch die gaffende Menge bis zu Frosts Löschzug vorgekämpft hatte, fielen erste dicke Tropfen vom Himmel. Tatsächlich waren jetzt über die Rheinuferstraße Mannschaftsbusse der Polizei eingetroffen. Während sich weitere Löschzüge über den Wallrafplatz zum Dom durch zugestellte Gehwege der Fußgängerzone quetschten, schickten sich die Beamten an, Ordnung auf dem Domvorplatz zu schaffen und verstärkten ihre Kollegen von der Schutzpolizei. Der Löschzug von Mirco Frost war ebenfalls durch Polizeibeamte gesichert. Klara stellte sich an das wieder gespannte Absperrband und rief gegen den Lärm der Pumpe des Löschzugs einen der älteren Polizisten zu sich.

328

Auf dem Weg hatte sie sich überlegt, was sie in dieser Situation am besten sagen sollte. Es musste kurz, prägnant, informativ sein. Und überzeugend, damit rasch gehandelt wurde und nicht gezweifelt.

„Bitte schön. Was gibt es?"

Die Gelassenheit des Beamten entspannte Klara ein wenig. „Riechen Sie das? Ich habe eine sehr empfindliche Nase. In diesem Schlauch dort wird kein Wasser geführt, sondern wohl versehentlich Brennstoff. Stellen Sie besser die Pumpe ab." Der Polizist sah sie aufmerksam an. „Ich überprüfe das. Bleiben Sie hier." Dann wandte er sich an einen seiner Kollegen. „Robert, komm mal mit rüber." Die Polizisten gingen gemeinsam zur Pumpe am Heck des Fahrzeuges und rochen am Schlauchansatz. Sie sprachen kurz miteinander und nickten sich zu. Wenig später erstarb der Motor der Pumpe. Klara sah aus den Augenwinkeln, wie der ältere Polizist um den Wagen herumging. Vielleicht wollte er zu ihr, aber sie lief los, ohne abzuwarten. Sie wusste nicht, wieso, aber dieses Mal suchte sie nach Längli. Und im qualmenden Glockenstuhl schlug eine Domglocke trotzig das Viertel nach Zehn.

꙳ꙿₒ°ₒ꙼

Die Tür war geschlossen und Jonas verzweifelt. An einer verschlossenen Tür zu scheitern, so nah am Ziel seines Auftrags, das wollte er nicht begreifen. Es war unsinnig. Es musste noch einen anderen Weg geben. Sollte er versuchen, über den Südturm dorthin zu gelangen? Oder war es dann längst zu spät? Für was zu spät? Was geschah dort, kaum dreißig Meter Luftlinie entfernt?

Er konnte es sehen! Die Sechsundneunzig hatten begonnen, die einzelnen Punkte des Lichtrings im Glockenstuhldach miteinander zu verbinden. Dort, wo es bereits geschehen war, glühten die Punkte dunkel auf. Was würde geschehen, wenn der Kreis sich schloss? Jonas blieb keine Zeit, darüber nachzudenken. Der Angriff der kranken Seele von Mirco Frost erfolgte aus der Deckung der Wendeltreppenkrümmung. Die Energie des Famulus presste ihn mit Gewalt an die Tür. *Hast du gedacht, der Weg wäre frei, Auserwählter? Du bist zu jung, kleiner Wirt. Zu unreif für einen solchen Auftrag.*

Jonas Seelenkranz bebte im Bemühen, sich zu befreien. *Ich bin ...*

„Die Hände an den Hinterkopf, Frost." Die Stimme kannte Jonas. Sie klang erschöpft. Es war die Stimme dieses Kommissars, ganz sicher. Von irgendwoher -wahrscheinlich der Krümmung der Treppe- hielt er Mirco Frost in Schach. Wieder ertönte die Stimme: „Ich werde mich nicht wiederholen."

„Nicht nötig." Frost hatte das nur gemurmelt. Gleichzeitig spürte Jonas die Energie des Famulus schwinden, und sofort drehte er sich zum Geschehen um. Frost fuhr ebenfalls herum, wobei seine rechte Hand in einer Tasche seines Schutzanzuges verschwand. Er feuerte durch die Tasche, und das Geschoss schlug von oben in das rechte Schlüsselbein von Längli ein, der weiter unten auf den Stufen lag. Sofort danach zuckte Länglis Arm. Das Projektil aus seiner Waffe knallte mit einem harten Surren auf Stein. Frost sackte nach unten weg. Der Querschläger hatte ihn im Rücken getroffen. Bewegungslos lag er auf den Stufen.

Jonas sah in das schmerzverzerrte Gesicht von Längli. Nach einigen Sekunden Starrens fand er Worte. „Sie sind der Hauptkomm...? Sie sind Längli, oder? Geht's Ihnen gut?" Und er blickte auf den Mann zu seinen Füßen, den Famulus, der seine Seelenexistenz wohl fast zerquetscht hätte.

Längli nickte. „Ja, geht schon. Ist nicht so schlimm. Tut nur ziemlich weh."

Jonas Blick wechselte zwischen Frost und Längli hin und her. In Frosts Körper vereinten sich die getrennten Seelenkränze zu einem Energiering. Der Ring bewegte sich nicht. Sein Licht pulsierte. Es wirkte, als warte er auf etwas. Bei Längli war alles normal, soweit Jonas das beurteilen konnte. Der Seelenring lief entlang der Silhouette des Menschen, der dort lag. „Stimmt", sagte er. „Sie werden leben."

Längli starrte ihn an.

„Sorry. Ich meine ..." Jonas suchte nach Worten. „Ich muss weiter", sagte er dann, und registrierte, wie Länglis Augen sich in wachsendem Erstaunen weiteten, als Jonas Frost einen Schlüssel aus der Tasche zog, damit die Verbindungstür öffnete und Längli zurückließ.

Der Raum, in den er kam, war getrennt durch zwei wie Käfige anmutende Bereiche. Fahles Licht ließ Figuren aus alter Zeit erkennen. Steinskulpturen, hinter hartem Stahlgitter gesichert, die einst am oder im Dom gestanden haben mussten, und die man aufbewahrt hatte. Als Muster für die nächsten Generationen.

Jonas ging geradewegs zwischen den Käfigen hindurch zur gegenüberliegenden Tür. Eine Feuerschutztür, die sich nur von einer Seite ohne Schlüssel öffnen ließ. Aber jetzt hatte er ja welche, dem Famulus sei Dank. Der nächste Raum war Werkstatt und Lagerstätte von Werkzeug zugleich. Das musste der Bereich zwischen den Türmen sein, denn zehn Schritte weiter kam die nächste feuerfeste Tür, die in den Südturm führte. Jonas erreichte sie in wenigen Sekunden. Der Weg zum Glockenstuhl war gefunden und frei. Und wahrscheinlich stand er in Flammen. Schwarzer Rauch quoll aus dem Schlüsselloch, übelriechend und atemnehmend. Hatte er eine Wahl? Entschlossen umfasste Jonas' Hand die Türklinke.

⸎₀°₀⸐

Alvis lief der Schweiß. Wie nie zuvor in seinem Leben. „Es sind die Entscheidungen, die wir treffen, die uns zu dem machen, was wir sind." Wo hatte er das gelesen? Aah, es gab tolle Sätze. Auf Höhe der ersten Ebene war er bereits so kaputt, dass jeder Arzt ihn aus Sicherheitsgründen ausgebremst hätte. Aber Alvis war nicht mehr zu bremsen. Er rannte nicht. Er flog. Und er fragte sich, warum er je gezögert hatte. Das war Jonas, sein Freund! Und er wusste nicht einmal, ob es darum ging, einer Versuchung zu widerstehen. Vielleicht ging es darum, ihr im entscheidenden Moment nachzugeben. Doch die Anstrengung forderte ihren Tribut. Seine Atmung setzte kurz aus und er stürzte auf die Treppe. Er stöhnte und presste eine Hand auf die schmerzende Brust. Es raffte sich auf. Noch *eine* Windung, nein, *noch* eine und *noch* eine. Wie hoch war dieser Dom? Bis das Herz stillstand? Weiter.

Als er die zweite Ebene erreichte, wäre er fast über den Kripo-Mann gestolpert, der bewegungslos auf der Treppe lag. Die Augen geschlossen. Es blieb keine Zeit, sich um ihn zu kümmern. Oberhalb des Mannes- in der Tür, die zum Südturm führte – lag ein weiterer lebloser Körper: der Wirt des Famulus. Alvis' Atem ging schwer, als er über ihn stieg und in der Halle des Nordturms zwischen den Käfigen den kurzen Weg zum Südturm einschlug. Er wollte wieder schneller gehen, als etwas nach seiner Brust griff. Eine Hand – nach Halt suchend – in eines der Stahlgitter gekrallt, sank er mit einem atemlosen „Nein, nicht jetzt" zu Boden. Er fühlte nur noch die Wärme in seiner linken Handfläche, in der sein Stein lag, und er wusste, dass die Reise, die er antrat, möglicherweise seine letzte war.

☞₀°₀ℒ

Jonas zog die Tür zum Werkstattbereich unter dem Glockenturm auf und klemmte sie mit einem Metallständer fest, in der Hoffnung, der Rauch würde abziehen. Vorsichtig tastete er sich in den Raum. Nicht erklärbar, aber kalter Qualm drang durch Mund und Nase. Er zog sein Shirt bis an die Augen hoch, das Atmen fiel ihm sehr schwer. Er sah nichts. Auch nicht in der Seelenwelt-Dimension, an die er angestrengt dachte. Eine feuchte, klebrige Masse legte sich wie ein dünner Film vor Jonas' Augen und verbreitete sich in seinen Atemwegen. Kein Flammeninferno, keine Hitze, hier brannte nichts. Nur das Zischen, das aus einer Ecke des Raumes kam. Eine Hand am Shirt, die andere weit vorausgestreckt, machte Jonas einen kleinen Schritt nach dem anderen. Das Zischen verstärkte sich und der Rauch wurde noch dichter. Jonas hustete und mit jedem Atemzug verklebten sich seine Bronchien mehr und mehr. Wie wäre es mit Licht, Jonas! Er nahm sein Handy, tastete blind nach dem kleinen Druckschalter für die Taschenlampe. Viel konnte er nicht erkennen, aber durch die Verwirbelung des Rauchs war zu erahnen, wo die Quelle für die erstickende Substanz war. Jonas atmete schwer und die Kraft drohte ihn zu verlassen. Seine Bewegungen wurden langsamer, aber er tastete sich weiter. Es ätzte in seinen Augen, doch was sich ihm schemenhaft zeigte, erwies sich als erstaunlich unspektakulär: Einem hohen Metallzylinder, der in einem Stahlschrank stand, entwich mit Druck der Qualm. Eine Vorrichtung zum Verschließen des Ventils konnte Jonas nicht erkennen. Aber er war froh, so weit gekommen zu sein. Mit letzter Kraft schloss er die Schranktüren.

☞₀°₀ℒ

Drei Meter vom Stahlschrank entfernt, aus dessen Ritzen schwach, aber unvermindert Rauch austrat, lag Jonas auf dem Boden. Auch das nahm der Chronist auf.

Der Atem des jungen Wirtes war flach. Kopf, Haare, Gesicht, Hände und Kleidung waren in klebriges Schwarz getaucht. Er hatte sich auf den Boden sinken lassen. Nicht nur aus Erschöpfung. Er hatte gespürt, dass er von nun an seinen Körper und die Kraft seiner Gliedmaßen nicht mehr benötigte. Und auch nicht seine Augen. Was nun geschah, war für den Auserwählten, als hätte er es erwartet. Sein Bewusstsein schwebte über seinem Körper.

Der Chronist sah über den Glockenstuhl in die hohe Decke der Halle. Die Manifestation der Sechsundneunzig hatte sich mit den Lichtringen nahezu komplett verbunden. Zwischen den Splittern des Klöppels, die PerdUs mit Hilfe des Famulus in die Wände getrieben hatte, verwoben sich dünne, blaue und rote Fäden. Vibrierend durch höchste elektrische Spannung, verknüpften sie sich zu einem Netz aus purer Energie. Die dunklen Seelen der Manifestation schufen ein Energiefeld, das nur einem Zweck diente. Und der Chronist wusste, welchem: Hier entstand ein Tor zwischen der Seelenwelt und dem Heim der Wirte. Eines, das für Menschen nichts Gutes brachte. Das Netz blähte sich zu einer riesigen, feurigen, blau-roten Kugel auf, nahezu berstend vor Energie. PerdUs schickte sich an, durch das Tor zu kommen. Der Glockenstuhl bebte, als wären die Grundfesten des Doms ins Wanken geraten. Es wurde heiß für den Wirt, aber der war ohne Bewusstsein und die Aufgabe, die seinem Seelenwesen gestellt worden war, noch nicht vollbracht.

⌐᷇ₒ%ₔ

Jonas schwante nichts Gutes, als er sich auf dem Boden liegen sah. Kurz nur fragte er sich, ob er wohl in seinen Wirt zurückkehren konnte. Aber solche Gedanken waren jetzt nicht wichtig. Dort, wo er sich bewegte, schwollen Töne an, wie er sie nie gehört hatte. Am ehesten hätte er sie als eine Mischung aus Kreischen und Heulen bezeichnet. Es waren Stimmen. Gewöhnungsbedürftig, denn er hörte sie nicht, er fühlte sie. Ähnlich wie bei DaniEl. Aber ihr Charakter war ein anderer.

Wir sind zu viele ...

Sieben müssen weichen ...

Die Kraft wird fehlen ...

Wie soll das Tor halten ...

Schließt den Ring ...

Werdet eins für Ihn ...

Wild durcheinander klangen ihre Stimmen. Sie waren uneins und dennoch eine geballte, geeinte Energie in Form einer feurigen Kugel, durchzogen von roten und blaugrünen Adern. Aber die Stimmen wurden leiser. In ihrem Innern zu erkennen, war ein kleines, schwarzes Loch. Ein dunkles Etwas, das wuchs und in dem es nur so brummte und flirrte. Es war sichtbar erst am Anfang seiner Möglichkeiten, wurde größer und größer. Allein sein Auftauchen hatte die Sechsundneunzig verstummen lassen. Jonas' Energie fluktuierte. Er fühlte sich fast gezwungen, das Dunkle wahrzunehmen. Aber er wehrte sich dagegen. Alles an ihm stieß ihn ab. Denn was da kam, trug Angst und Trauer und Leid in sich, und es wollte davon abgeben.

Jonas brauchte nicht zu überlegen, tat es aber doch. Was es bedeutete, dass er zu diesem Zeitpunkt an diesem Ort war, daraus war nur ein Schluss zu ziehen. Auch hier sollte er seinem Wesen folgen. Und wenn dieses Furcht erregende Schwarze sich auf der Erde breit machen wollte, dann musste es verhindert werden. Aber er? Jonas? Dieses kleine Bündel Energie sollte das da aufhalten? Und sich dieser Manifestation entgegenstellen?

Er wusste nicht, was ihn trieb. Hatte DaniEl ihn vielleicht genau deshalb auserwählt?

Jonas' Seelenexistenz sprang über den Schatten seiner Angst ... und hinein in die Energie des Tores. Noch während er hineinstürzte und ungeahnte Kräfte begannen, an seinem Wesen zu zerren, dachte er: Für dich, Alvis, und für dich, DaniEl, für dich und deinen Glauben an mich.

Das Echo   *Alvis und Tiberius, Jonas und DaniEl*

005512 Alvis trieb. Das war anders als mit Tiberius. Ganz anders. Nicht ein Funken der Sicherheit, die er durch den Chronisten erfahren hatte, war noch da. Logisch, denn der Chronist war tatsächlich nicht da. Wo war Tiberius? War er gerufen worden? Hatte er nicht gesagt, dass er am Dom sein würde? *Verbinde dich mit deinem Ziel. Wünsche es dir. Mach es zum Zentrum deines Wollens. Und suche nach der Antwort für deine Neigung.* Also dachte Alvis an den Dom. Aber wenn er gehofft hatte, dass die Reise nun losging, hatte er sich getäuscht. Anlasser betätigen. Oh, leider Batterie leer! So fühlte sich das an. Nichts tat sich. Sein Kopf war leer. Nein, sein Bewusstsein war es. Er war verwirrt, ohne Willen, Wunsch und Neigung. Er musste zu sich finden. Er konnte hier nicht einfach rumtreiben und abwarten!

WARTESAAL! Alvis glitt durch eine Wand und die Lieblingsebene von Tiberius tat sich vor ihm auf. Staubig und ausgestorben lag sie vor ihm. Während er mit Tiberius die Schönheit dieser Landschaft genossen hatte, sah sie jetzt trist aus. Der Chronist war unterwegs. Alvis verharrte. Tiberius, wo bist du? Ich brauche dich! Aber der war wahrscheinlich gerade nicht mit seinen Gedanken und Neigungen bei ihm. Genauso wenig Jonas. Könnte er doch nur …

Nicht einmischen! Widerstehe der Versuchung. Hat es meinen Wirt das Leben gekostet? Armer, schwacher Wirt? War damit das Chronistenamt verloren?

Wenn, ja, dann konnte er sich auch einmischen. *He, Freund Jonas, ich bin für dich da ….. Wuuuuschhhhhh-*

Alvis verließ die Ebene in unvorstellbarer Geschwindigkeit. Wie von einer Urgewalt getrieben, schob es seine Seelenexistenz in eine andere Dimension. Als der Rausch der Reise abebbte, sah er sich für einen Moment im Dom liegen, über ihn geneigt eine blonde Frau. Einen Augenblick danach war er am Glockenstuhl und nahm in Sekundenbruchteilen wahr, was geschah.

Sein Freund war der Gewalt stärkster Kräfte ausgesetzt und was da in diesem Energieball wuchs, war mit das Scheußlichste, was das Alkovat hervorbringen konnte. Eine große Kraft manifestierte sich – aber nicht in der Seelenwelt. Sie wollte es außerhalb tun, in der Welt der Wirte. Und Jonas war auserwählt, dieses Geschöpf aufzuhalten. War das wirklich sein Auftrag gewesen? Mit welcher Aussicht auf Erfolg? Musste der Wirt jedes Auserwählten sterben oder sogar seine Seelenexistenz dahingeben? Warum holte Jonas sich keine Hilfe? Das Echo! Warum, verdammt noch mal, hatte Jonas nicht hingehört? Er würde vernichtet werden! Weil er nicht zugehört hatte! Nein, nicht deswegen, sondern weil er, Alvis, nicht überzeugend genug gewesen war oder sich nicht genug Zeit genommen hatte. Nur an sich und seine Reise hatte er gedacht. Jonas' Seelenring wurde hin und her gerissen, und Alvis fühlte, wie dessen Kräfte nachließen. Jonas, die Seele von Jonas, musste leiden. Und was ihm widerfuhr, zerriss Alvis fast die eigene Seele.

Die Energie im Glockenstuhl wuchs. Die Stahlsplitter in den Wänden glühten. Die hölzerne Verschalung wurde an einigen Stellen erst schwarz, dann entwickelten sich Funken und kleine Flammen. Jonas' Energiekranz war eingeschlossen, Blitze aus dem schwarzen Loch schlugen in ihn ein. Sein Energiekranz bäumte sich auf.

Wehre dich, Jonas! Alvis suchte den Kontakt zu seinem Freund, aber der war weit weg. Und was, Alvis, du Dummkopf, wenn du selber um Hilfe rufst? Aber wie ging das? Um ein Echo auszulösen, gab es kein bestimmtes WIE. Es kam auf die Situation an, gestaltete sich immer anders. Hatte Tiberius ges... Verdammt. Konzentriere dich auf das, was *du* kannst!

Alvis spürte den finalen Schmerz von Jonas' Seelenexistenz. Das Ende.

Und auch das Herz seines Wirtes zuckte.

⌒ᵔₒᵒₒ♪

Hunderte von Lötkolben drangen in Jonas' Seelenring ein, und drohten, ihn zu zerreißen, als sie wieder herausgezogen wurden. Immer näher und bedrohlicher zog die Macht seinen Energiekranz in das Zentrum des Tores, das die Manifestation der Sechsundneunzig für PerdUs geöffnet hatte. Die kalten Blitze verankerten tausende schreckliche Bilder in seinem Bewusstsein und er würde sie nie vergessen.

Dann war Stille. Jonas stand auf einer Klippe und fragte sich: Was will ich hier? Gefühle explodierten in ihm. Ein berauschendes Sehnen nach Liebe und Glück baute sich in ihm auf ... und brach abrupt ab. Er fühlte sich

336

alt und erwachsen und trug schwer an einer Verantwortung, ohne Ahnung, was es war. Er sah in den Abgrund: Das Meer unter ihm schlug seine Wunden für die Ewigkeit in den Felsen, und es schien, als antwortete der Stein mit einem rhythmischen Brüllen, das in der Weite des Meeres verebbte. Weit unten quirlte sich das Element zu einer brodelnden weißen Masse auf. In regelmäßigen Abständen saugten Kräfte das Wasser ab und für Sekunden zeigte das Riff sein wahres Gesicht. Bleckende schwarze Zähne, bereit, alles zu zerfetzen, was nur in seine Nähe kam, grinsten gefühllos ins Nichts. Furcht kam in Jonas hoch. Der Horizont begann das Meer aufzufressen, zu schlucken. Dort, wo sich eben noch ein hoher Wellenkamm befand, war plötzlich nichts mehr. Es war weiß, diffus, undurchdringlich. Jonas drehte sich im Kreis. Es war überall. Die wundervollen Hügel der Bretagne wurden verschluckt, als verschwänden sie in einem großen Rachen. Und tiefe Trauer war in ihm. Ja, dachte er, ich erkenne den Ort wieder.

Es war in der Bretagne, wo er mit seinem Vater zwei oder dreimal gewesen war. Mit einem Mal wurde ihm klar, dass seine Wahrnehmung schwand. Während das Weiß näher rückte, vergingen seine Sinne. Das Salz des Meeres löste sich von Jonas' Zunge, der Geruch von Sand, Wasser und Strandpflanzen wich. Das Brüllen der Brandung wurde ein verzweifelter Ruf, dann ein Hauch, zu schwach zum Verhallen. Er empfand keine Körperwärme mehr, der Widerstand unter seinen Füßen war verschwunden, er schwebte und es gab keinen körperlichen Schmerz mehr für ihn.

Das Weiß umschloss ihn und er sah nichts. Nur die kleinen, ständig Form und Position wechselnden Gebilde, die immer erschienen, wenn er versuchte, durch geschlossene Augenlider zu sehen.

Aber auch sie gingen, und wenn er an irgendetwas glauben konnte, dann, dass er sich auflöste. Und dass er noch existierte, erkannte er nur daran, dass er dachte. Er hatte Bewusstsein.

Etwas öffnete seine Form, von der er nicht mehr wusste, wie sie und was sie war, und in sein Bewusstsein drangen erneut Gefühle. Erst langsam, dann immer mächtiger. Wut und Hass. Und Trauer. Verzweiflung und Angst. Aber es waren nicht seine Gefühle. Was fühlte so? Er nicht. Er spürte Tränen, aber er weinte sie nicht. Es waren nicht seine.

Sein Bewusstsein platzte auf und das Weiß öffnete sich. Etwas haftete sich an die Zellen seiner Form. Es erkannte ihn, wusste, was und wer er war. Seine Form war schutzlos, es gab nichts mehr an ihm, womit er es abwehren konnte. Sein zerstörtes Bewusstsein versuchte, wieder zusammenzufinden, aber jeder Versuch ließ die Zellen seiner Form brennen und dieser Seelenschmerz war unerträglich. Das Einzige, was seine Form noch hielt, war die mitleidlose Kälte, die ihn umgab.

PerdUs verschaffte sich ein genaues Bild von *dem*, der das Unmögliche tat: sich *Ihm* in den Weg zu stellen. Nichts blieb ihm verborgen. Und wenn er seine Wahrheit kannte, würde er Jonas mit seinem Wissen foltern.

Jetzt.

Jonas flog wieder über die Wüste. Diesmal war der Wind heiß, er hatte das Gefühl, seine Haut würde brennen. Er flog nicht aus eigenem Antrieb. Eine eiserne Hand im Nacken schob ihn gnadenlos weiter. Wild sträubte er sich. Er wollte nichts sehen. Denn er ahnte bereits, dass es fürchterlich sein würde. Aber gegen diese Kraft war er machtlos. Bald tauchte am Horizont der einsame Felsen vor dem Gebirgszug auf, wo sein Vater vor dem Lagerfeuer gesessen hatte. Die eiserne Hand kündigte ihre Ankunft an.

Jonathan, erklang die Stimme, *schau! Schau, wen ich dir mitgebracht habe. Deinen Sohn!*

Jonas schwebte über dem Lagerplatz seines Vaters. Sein Vater, sein junger Vater, blickte nach oben und hob geblendet die Hand vor die Augen. *Verschwinde, ich habe keinen Sohn. Werde nie einen haben!*

Oh doch, das wirst du. Und dein Fleisch und Blut wird alles über dich erfahren.

Jonas' Vater tat, als höre er nichts. Er stand auf und ging hinter den Felsen.

Unbarmherzig riss die Hand Jonas hinter seinem Vater her. *Sieh hin, das ist dein Vater!*

Vater?

Jonathan Burger zuckte zusammen.

Es sah absurd aus, wie sein Vater sich in dieser Einöde im Kreis drehte, mit Blicken die flimmernde Atmosphäre absuchte, Jonas aber nicht sehen konnte. Dann setzte er sein Vorhaben fort. Er ging den Weg weiter, den er in diesem Moment seines Lebens gegangen war. Hinter dem Felsen lag auf einem kleinen Erdhügel, einsam und nackt, der Arm eines Menschen. Jonathan nahm ihn auf, hielt ihn weit von sich gestreckt und ging zurück zu seinem Lagerfeuer.

Wer bist du?

Der, der dir die Wahrheit zeigt, kleiner Auserwählter.

Ich glaube dir nicht.

Das spielt keine Rolle.

Jonas sah, wie sein Vater – die Augen mit einem Stofffetzen verbunden – an einem kleinen Feuer saß. Unbeweglich und stoisch nagte er an einem Knochen. Er riss sich das Band vom Kopf und Tränen traten aus seinen entseelten Augen. Dann warf er den Knochen weit weg und weinte hemmungslos. *Es tut mir leid, es tut mir leid, es tut mir so leid,* rief er. Seine Stimme war ein schluchzendes, trockenes Röcheln.

Gefällt dir, was dein Vater getan hat? Begreifst du jetzt? Vielleicht hat er ja deswegen seinen eigenen Arm verloren!

Was meinst du? Was hat er?

Du erinnerst dich nicht? Ich helfe dir!

Und PerdUs riss Jonas aus der verzerrten Vergangenheit in eine weitere. *Sieh und schweig und gehe dahin.*

Neeeiiiiiiin! Der Schrei entrang sich einer Kehle, die es nicht gab. Alvis' Seelenbewusstsein hatte ihn hervorgebracht. Der Ruf war das Ergebnis eines gelebten Gefühls. Nie hatte Alvis mehr um einen Menschen gefürchtet als um seinen Freund, den er im Ringtor schweben sah, umgeben von PerdUs' durchdringender Energie.

Alvis' gellender, unhörbarer Hilferuf, das ausgelöste Seelen-Echo, durchdrang Zeit und Raum und mit Stolz registrierte es der Chronist. Aber nie war Alvis' Schmerz größer gewesen, und es riss ein Loch in seine Seele. Und Tiberius konnte es nicht verhindern.

Unmittelbar nachdem das Echo seinen Weg aufnahm, erkannte Alvis' völlig geschwächte Seelenexistenz, wie sich neben dem Tor des PerdUs ein Band formte. Sieben Seelenringe der Sechsundneunzig schossen als kleine, separate Manifestation auf Alvis' Energiering zu. Ein großer Fehler, auf den der Chronist nur gewartet hatte. Er entfaltete seine Energie und errichtete einen Schutzwall vor Alvis. Dann umschlang der unfassbar gewachsene Energiekranz des Chronisten das dunkle Band. Sofort spürte er die geballte Bosheit der Manifestation, geboren aus Leiden und Qualen der Wirte ihrer Seelen. Mit der Urgewalt seiner ihm durch sein Amt verliehenen Kräfte, warf der Chronist die sieben dunklen Seelen der Sechsundneunzig, die keinen Platz in den Splittern gefunden hatten, ins Alkovat zurück. Einen nicht erkennbaren Zeitraum später war die Manifestation, die versucht hatte, Alvis und das Echo zu zerstören, verschwunden.

Die Achtsamkeit des Chronisten lag nun auf der feuerroten, mit Energieadern durchzogenen Kugel, die das Hallendach fast komplett ausfüllte. Und in der Kugel, strahlend und in wilden Zuckungen scheinbar vergehend, schwebte die Seelen-Existenz von Jonas.

Tib ... sieh, er stirbt. Das Echo ... ich konnte nicht ... Tiberius umschloss ihn, als Alvis Seelenkranz beim Versuch, sich PerdUs' Tor zu nähern, zusammenzubrechen drohte. *Sieh in das Licht, Alvis, sieh in das Licht!* Der Chronist fühlte die Bemühungen des Seelenkranzes und schließlich öffnete sich Alvis dem Licht. Sekunden später verschmolz sein Bewusstsein mit dem von Tiberius.

Der Chronist bekam Unterstützung. In rasender Geschwindigkeit durchdrang das Echo die Seelenwelt, denn es vermittelte nicht nur Alvis' Seelennot. Es deutete auch auf die Dimension der Gefahr hin, die der Seelenwelt drohte.

Was in den nächsten Minuten geschah, betrachteten der Chronist und in ihm Alvis mit Ehrfurcht, und vieles davon war nur ihnen gegeben, wahrzunehmen.

Selten hatte die Seelenwelt sich einem solchen Angriff ausgesetzt gesehen. Aus unendlich vielen Seelen bildeten sich zahlreiche Manifestationen, alle mit dem Ziel, der rufenden Seele zu Hilfe zu eilen und sich der drohenden Gefahr entgegenzuwerfen. Den trockenen Blitzen folgten krachende Donner. Die Wolken waren dunkler noch als der schwarze Rauch aus dem Glockenstuhl. Dicht und hoch schoben sie sich zusammen und verkündeten Vernichtung. Dann setzte der Regen ein. Überfallartig überschwemmte er die Domplatte und die Schaulustigen traten kreischend ihren Rückzug an. In Strömen – als würden sie einfach weggespült – suchten sie Schutz in den umliegenden Lokalen, in der U-Bahn, im Hauptbahnhof und sogar in den Parkhäusern. In wenigen Sekunden war die Domplatte leer. Für einen Moment sollte die Erde still stehen, aber sie tat es nicht.

Das Echo war erfolgt. Und am Horizont erschien ein nie gesehenes Wetterleuchten. Sonnenstrahlen schoben Wolken auseinander. Tiberius und Alvis ging das Herz auf. Ungezählte Regenbögen rings um den Kölner Dom entstanden und mehrere gewaltige Gottesstrahlen drangen durch das Richter-Fenster. Das „Großer Gott, wir loben Dich", der mehr als tausendstimmige Gesang der Gläubigen, drohte beim Anblick der Farbenpracht zu ersterben, um nur noch kräftiger durch die Gemeinde wieder aufgenommen zu werden.

Mit unbeschreiblicher Zufriedenheit erlebten Alvis und der Chronist dann das spektakulärste Bild, das je in dem jahrhundertealten Gotteshaus entstanden war.

Wie aus den Regenbögen und den Gottesstrahlen geboren, erhoben sich glitzernd millionenfach Seelen aus dem Boden des Domes. Ein meterdicker Teppich, ein Band nicht messbarer Stärke, entstieg dem heiligen Grund der Kathedrale. Genährt durch den unstillbaren Wunsch für ein vollkommenes Zusammenleben in der Seelenwelt. So hatten sie ihren gemeinsamen Weg zum Ort des frevelhaften Angriffes des Alkovats gefunden.

Und in ihrer Mitte, mit verheerender Wut und eiskalter Wachsamkeit: das ringförmige Band eines Anachrons.

Die Energiewelle des Anachrons bewegte sich durch das Gotteshaus geradewegs auf den Südturm zu, und nichts hätte sich ihr entgegenstellen können. Mit einer einzigen riesigen Woge umschlang sie das Tor des PerdUs. Mit all ihrer Energie versuchten die übrig gebliebenen Seelen der Manifestation der Sechsundneunzig, das Tor zu halten. Ihre Kraft ließ nach, aber die Seelenexistenz von Jonas Burger verging.

Der Chronist spürte die gemeinsame Trauer mit Alvis darüber in sich wachsen. Ein Wunschgedanke trat unvermittelt und ungewollt in sein

Bewusstsein, als ein bläulich fluoreszierender Schatten sich in das Inferno der Vernichtung stürzte.

Als Verfüger war DaniEls ganze Aufmerksamkeit bei seinem Auserwählten. Mit Genugtuung und Sorge nahm er wahr, wie Jonas seinem Wesen folgte, todesmutig, bereit, seine Existenz zu opfern. Er hatte sich nicht in ihm getäuscht. Im Blick auf Jonas' letzten Seelenkampf fühlte er die Tränen seines Auserwählten darüber, dass Jonas die Menschen, die für ihn wichtig waren, verlassen musste. Und sah, wie die Hand von Jonas' sich nach ihnen ausstreckte: nach seiner Mutter, seinem Vater, der Mitschülerin Charlotte, nach der Journalistin, nach dem Repagulus und schließlich nach seinem Freund Alvis ... und ... nach ihm, nach DaniEl!

Mit einem Mal wurde DaniEl klar, dass seine Verfügung gelungen war. Dass sein Sehnen nach dem Himmel, der ihn erfüllen würde, ein Ende hatte. Ein Gefühl grenzenloser Freiheit überkam ihn und eine große, unendlich erscheinende Weite tat sich vor ihm auf. Und das Wissen in ihm wuchs, dass der letzte Funken Existenz seines Auserwählten nicht erlöschen musste. Für Sekundenbruchteile fror die Kampfszene ein und für DaniEl gab es keinen anderen und auch keinen besseren Moment, endlich einzugreifen.

Ewige Manifestation! Ich folge meinem Wesen!

Dann schoss DaniEl in die Glut der Energiekugel und an seiner Seite erschien – unfassbar – der Chronist. Die Gewalt des Repagulus neben sich spürend, war DaniEl, als verdopple sich seine Kraft. Tief stieß die ungewöhnliche Allianz in PerdUs' Manifestation vor, das Moment der Überraschung auf ihrer Seite. Beim Aufprall rissen die schützenden Energieringe und ihre Salven von Blitzen wurden zurückgeworfen. Für eine Millisekunde kippte das extreme Energielevel der Unheilvollen Seele nach außen, als hätte eine andere Macht sie gezwungen, das Licht der Ewigen Manifestation anzunehmen.

Im freigelegten Zentrum von PerdUs' eigenem Energiekranz schimmerte blass Jonas' Seelenring. Sofort schossen Seite an Seite der Chronist und DaniEl hinein, ergriffen den Kranz und jagten aus der brodelnden Masse der Sechsundneunzig heraus. Hinter sich spürten sie, wie der Anachron den Kampf wieder aufnahm. Das immer heftiger werdende Knistern der elektrischen Entladungen ließ die Seelenwelt vibrieren.

Als die Kraft der restlichen Seelen der Manifestation der Sechsundneunzig schließlich erlahmte und die Konzentration auf den Gegner erlosch, setzte das Geheul der Niederlage ein. Im inneren Unfrieden brach das Band auseinander. Helferseelen des Anachrons jagten die Seelen ins Alkovat zurück.

Für einen Moment ruhte die Macht der Anachron. Dann bildete sich eine blendend weiße Energiesäule in der Turmhalle über dem Glockenstuhl. Wie von einem Magneten gezogen, lösten sich die Splitter aus den Wänden der Halle und schossen in die Säule. Wenige Sekunden später fiel der zurückgeformte Klöppel an der St. Petersglocke vorbei in die Werkstatt des Südturms.

⸱⸱⸱

Der Chronist begleitete Alvis' Seele zum Wirt. Die Rückführung von Jonas' schwachem Seelenring übernahm DaniEl. Der Chronist war nachdenklich, aber mit sich im Reinen. DaniEl war glücklich. Knapper hätte es nicht sein können, aber der Auserwählte durfte leben.

Verfüger und Chronist sahen auf das, was am Dom geschehen war. Der Weg zur Kathedrale war inzwischen von der Polizei komplett gesperrt. Die richtigen Löschzüge waren auf ihren vorgesehenen Positionen. Am Stellplatz 1, gleich an den Portalen des südlichen Querhauses, hatte ein Fahrzeug für die erste Ebene auf zwanzig Meter angeleitert, und Feuerwehrmänner waren über die Außengalerie und die Südturmtreppe bis zum Eingang des Glockenstuhls vorgerückt.

Während zwei Männer die Schläuche mit den Ventilen der Steigrohre verbanden, drangen zwei weitere bereits eine Etage tiefer in die Werkstatt ein. Teile der brennenden Holzverschalung, die durch die Öffnung unterhalb der Petersglocke gefallen waren, mussten dort gelöscht werden. Überrascht stieß dabei einer gegen den leblosen Körper eines auf dem Boden liegenden Jungen. Zwei Minuten danach lag Jonas ausgestreckt auf dem schmalen Gang der Außengalerie. Und wenige Sekunden und ein paar Handgriffe des erfahrenen Feuerwehrmannes später, lag er röchelnd und schwarzen Brei ausspeiend auf der Seite.

Der Grund des Baptisterium   *Wittler*

005513 Wittler atmete tief durch. Stille umgab ihn und nur gedämpft erreichten ihn die Geräusche von außen. Die Atmosphäre des geweihten Ortes ergriff ihn sofort. Andächtig schloss und öffnete er die Augen. Der Taufbrunnen lag im Dunkeln vor ihm. Nur eine kleine Notbeleuchtung brannte an der Eingangstür. Wittler kletterte am rechten Rand der Taufstätte über eine Stahlbrüstung und hangelte sich halsbrecherisch nach unten zum tiefer liegenden Becken. Dann tastete er sich an der Wand entlang zum Taufbecken und kniete sich auf den Rand. Er suchte die Stufen, die hineinführten, aber er fand sie nicht. Wittler wartete einen Moment, bis sich seine Augen an die Dunkelheit gewöhnt hatten. Dann sah er in das Becken hinein und war verdutzt: Er konnte den Grund nicht sehen. Es musste Jahre her sein, dass er hier gewesen war. War hier gegraben worden? Nichts deutete darauf hin. Wittler erinnerte sich: Experten vermuteten, dass sich – bevor das Baptisterium vor geschätzten fünfzehnhundert Jahren gebaut wurde – unterhalb der Stätte ein Brunnen auf römischem Grundstück befunden hatte. Er beugte sich weiter vor. Schade, dass er so unvorbereitet hergekommen war, sonst hätte er eine Lampe dabei gehabt. Aber wenigstens Streichhölzer konnte er benutzen. Grell entzündete eines sich vor seinen Augen. Es war beim besten Willen kein Boden zu erkennen. Weit, ganz weit entfernt klangen Martinshörner zu Wittler durch, aber er entfernte sich immer weiter von ihnen. Das Hölzchen entglitt seinen Fingern und Wittlers Augen folgten seinem letzten Glühen langsam am Rand des großen Taufbeckens hinab in die Tiefe. War dies ein Brunnen? Sein Blick strich über die Fugen, streifte die jahrhundertealten Steine. Plötzlich verschwammen die Strukturen der Innenwand vor seinen Augen. Tief unten erahnte er den Grund des Beckens. Schwarz schimmerte die Oberfläche des Grundwassers. Linien begannen, sich darauf abzuzeichnen. Tropfen wölbten sich empor, formten Bilder oder Skulpturen. Wittler rieb sich die Augen. Sein Blick versank in den Wassergebilden und er fühlte, dass sie lesbar waren. Kein Text, keine Botschaft aus Buchstaben. Wittler wusste auch, warum. Diese Nachricht galt jedem, der sie fand, egal welcher Herkunft und welchen Bildungsgrades. Derjenige, dem es sich zeigte, erkannte Zeichen, die er einfach verstand. Wittler wollte sie aussprechen, aber er konnte es nicht, keine Silbe brachte er über die Lippen.

Er dachte sie nur: *Die Pforte des ersten Schlagbaum. Geschaffen für die Reisen der liebenden Seelen, auf dass sie sicher in ihr neues Heim einkehren.*

Wittler kniete sich auf den Rand des Taufbeckens. Schnell. Schnell jetzt! Einen Stift! Seine Hand wollte in seiner Jackentasche verschwinden – da verlor er das Gleichgewicht.

Wittler fiel, ohne zu schreien. Er wusste nicht, wie lange.

Ein heißer Schmerz schoss durch den gebrochenen Arm, es tat höllisch weh. Er konnte ihn kaum bewegen. Verdammt, was war ... Er musste, er musste diese Worte aufschreiben. Da, in der Innentasche, der Stift. Papier. Das Skript? Wo war sein Skript? Verloren. Verdammte ... Wittlers nächster Fluch war so schändlich, dass er vom Baptisterium verschluckt wurde. Erneut stach es heftig in Arm und auch der Schulter. Fast hätte sein Körper sich erneut den Ausweg in die Bewusstlosigkeit gesucht. Tränen standen ihm in den Augen. Er griff sich an den Kopf und spürte Flüssigkeit an den Händen. Blut. Dann tat er etwas, was er noch nie getan hatte: Er schrieb auf seinen linken Unterarm. Im Dunkeln und unbeholfen, aber die komplette Nachricht.

Erst danach legte er sich vorsichtig auf seinen Rücken und stöhnte erleichtert. Was für ein Zeichen! Aber was bedeutete dieser erste Satz? Was war das für ein Schlagbaum? Wieso ein Schlagbaum für so eine Pforte? Himmel. Die Pforte! Gidder hatte recht gehabt. Und er, Wittler, hatte sie gefunden. Die Pforte. Wie Gidder es vorausgesagt hatte. Warum er? Gidder hatte ganz gelassen geantwortet: „Oh, Herr Dompropst, weil Sie der Hausherr sind. Sie haben die Schlüssel zu *allen* Pforten des Doms, oder?" Auch zu der, die zum himmlischen Jerusalem führte? Und wenn der Dom abbrannte? Wenn die Pforte vernichtet wurde? Und er saß mit diesem Wissen im Baptisterium fest und würde in der Tiefe des Beckens jämmerlich ertrink... Wo war das Wasser? Wittler tastete mit dem unverletzten Arm um sich. Rechts von ihm ging eine Stufe zum Beckenrand des Baptisteriums hoch. Was ...? Wo war ...? Das war doch nicht möglich. Er hatte doch nicht ... Er konnte das alles doch nicht geträumt haben! Mühevoll, mit der Schachtel zwischen den Zähnen, entzündete er ein weiteres Streichholz. Er sah auf seinen Arm und las die Botschaft, die er darauf gekritzelt hatte.

Sorge dich nicht. Die Pforte wird nicht geschlossen werden. Der Dom wird nicht fallen.

Was war das? Wittlers Augen verdrehten sich in seinem eigenen Unglauben. Das Gelesene ließ ihn fast an seinem Verstand zweifeln, aber eine etwas hysterisch klingende Stimme, verhinderte dies.

„Herr Dompropst? Sind Sie das? Meine Güte, was machen Sie denn da?"

Wittlers Kopf zuckte nach oben. Und in einem Reflex zog er den Ärmel seiner Jacke wieder nach unten. Jetzt raubte ihm der Schmerz tatsächlich zum zweiten Mal das Bewusstsein, es wurde endlich dunkel um ihn und ersehnter Friede kehrte in ihn ein.

꒰ ⁀ ₒ ° ₒ ꒱

Als Wittler erwachte, ahnte er gleich, wer ihn gefunden hatte: Therese Homm. Er lag auf einer Trage, die von einem Pfleger durch Gänge eines Krankenhauses geschoben wurde und sah vorbei huschende Deckenlichter. Neben ihm schoss Therese Homm – sobald sie ihn bei Bewusstsein sah – eine Informationssalve nach der anderen in sein Ohr.

„Herr Dompropst. Gut, dass Sie wach sind. Ich habe Sie gefunden. Aber ich musste Sie gar nicht suchen. Nachdem ich Sie angerufen hab ... Es war, es war eine Art Eingebung. Stellen Sie sich vor, ich glaube, da hat eine Stimme zu mir gesprochen! *Der Hausherr ist im Baptisterium*, hat sie gesagt. Aber sicher bin ich mir nicht mehr. Ist das nicht verrückt? Wie fühlen Sie sich? Haben Sie Schmerzen? Kann ich etwas für Sie tun? Wissen Sie, was Sie alles haben? Arm- und Schulterbruch und mögliche Gehirnerschütterung, hat der Notarzt gesagt. Und das, wo das Becken gerade mal anderthalb Meter tief ist. Mein Gott, was haben Sie denn da im Brunnen gesucht, wie sind Sie denn da reingefallen?"

Wittler stöhnte leicht auf. Er wollte sich sortieren. Heraus kamen nur halbe Sätze: „Warum bin ich nicht nass, ich bin doch ...?" und „Machen Sie sich keine Sorgen, der Dom wird nicht fallen, die Pforte ....."

„Gute Güte, was erzählen Sie denn da?" Therese Homms Stimme wurde lauter. „Hat das Baptisterium in den letzten tausend Jahren je einen Tropfen Wasser gesehen! Ach natürlich, ich verstehe, Sie sind ja mit dem Kopf aufgeschlagen. – Und warum sollte der Dom fallen, Herr Dompropst? Ich habe den Herrn Peters, den Küster, angerufen. Da hat ein Verrückter im

346

Glockenstuhl eine Rauchbombe gezündet und ein Blitz ist dort eingeschlagen. Mehr ist gar nicht passiert!"

Wittlers Pupillen verschwanden kurz in den Augenhöhlen. Die Menge an Informationen war zu viel für ihn. Der Pfleger bemerkte dies auch. „Frau Homm, Ihr Chef braucht Ruhe. Es wäre gut, wenn Sie sich jetzt verabsch..."

„Also wirklich ... Gerade jetzt ...?"

Der Blick des Pflegers wurde jetzt unmissverständlich.

„Na gut. – Rufen Sie mich an, Herr Dompropst, wenn Sie etwas brauchen. Ich koche auch für Sie." Und im Brustton der Überzeugung fügte sie schnippisch hinzu: „Das Essen in Krankenhäusern ist für gewöhnlich ja eine Katastrophe." Und mit einer schnellen Drehung verschwand sie aus Wittlers Blickfeld.

Der Dompropst schloss die Augen. Ans Essen dachte er gerade nicht.

Nachhall im Krankenzimmer *Alvis, Jonas, Jonathan, Tiberius*

005514 Die Schwestern waren gegangen. Es war dieselbe Klinik. Und dieselbe Station. Aber ein anderes Herz, oder doch wenigstens: ein verändertes Herz. Feine Ohren konnten das hören. Es schlug ruhig und regelmäßig.

Alvis ging es besser, als man hätte erwarten können. Das Einsetzen künstlicher Herzklappen galt mancherorts als Routineeingriff. Ob es das tatsächlich war, blieb Ansichtssache. Für den Patienten ohnehin nicht. Alvis' Aorten-Erweiterung war bis zum Einriss der Hauptschlagader fortgeschritten, was bedeutete, dass auch Teile der Schlagader hatten ersetzt werden müssen. Ein weiteres Risiko einzugehen, schien Alvis nicht angemessen. Es gab Unterschiede im Material der Klappen. Die eine Wahl -das wusste Alvis längst- bedeutete lebenslang blutverdünnende Medikamente, die andere erforderte nach zehn bis fünfzehn Jahren eine erneute OP. Die Ärzte hatten schnell handeln müssen und für Alvis war nur die erste Variante in Frage gekommen. Der Eingriff am Herz war unkompliziert verlaufen und schon nach acht Tagen fühlte er sich ganz passabel, auch wenn er wusste, dass er dieses Mal um eine Rehabilitations-Maßnahme nicht herumkommen würde. Besuch hatte er nur von seiner Mutter bekommen, aber für heute hatte sich Tiberius angekündigt. Alvis Bewunderung für das machtvolle Auftreten von Tiberius zu seinem Schutz war grenzenlos. Alvis erinnerte sich an den Moment im Glockenstuhl, wo der Chronist sich der Manifestation entgegengeworfen hatte. Und daran, wie der Erdenmensch Alvis im Nordturm zu Bewusstsein gekommen war, nachdem Tiberius seine Seelenexistenz in den Wirt zurückgebracht hatte: Sofort waren seinem Wirt vor Schmerz Tränen aus den Augen geschossen. Neben ihm hatte eine blonde Frau gekeucht. „Alles okay, Junge, alles okay. Du bist wieder da. – Du bist Alvis, nicht wahr?"

Die Frau hatte Charlottes Augen.

„Wo … ist … Jonas?" Das war sein erster Gedanke gewesen.

„Ich weiß es nicht. Ich war auf dem Weg zu ihm, da habe ich dich gefunden."

Dann hatte sie sich vorgestellt. Das war also die Tante. Die Journalistin. Tief sah sie ihm in die Augen.

348

Alvis stöhnte und versuchte, sich aufzusetzen. „War nicht schwer, mich zu identifizieren nach der Beschreibung von Charlotte, oder?"

Die Mundwinkel von Charlottes Tante kräuselten sich leicht. „Naja, ganz gewöhnlich siehst du nicht aus. Aber ihre Beschreibung war eine völlig andere." Sie schob Alvis ihre Jacke unter den Kopf und deutete ihm an, besser liegenzubleiben. Sie versuchte, ihn zu beruhigen. Abzulenken, nahm seine Hand und wiederholte Charlottes Worte: „Sie hat gesagt: Er sieht anders aus, weißt du, Klara. Er sieht aus, als würde er noch ein anderes Leben leben." Danach war Alvis wohl in Klara Plumps Armen eingeschlafen und hatte nachher nicht gewusst, was von allem er geträumt hatte.

Die Stimme des Sprechers in den Fernsehnachrichten holte Alvis aus seinen Gedanken. Er wusste nicht, der wievielte Bericht das war, den man über die Ereignisse im Dom brachte. Selbst der kleinste Sender hatte versucht, den jungen Helden vor die Kamera zu bekommen, der seinem Instinkt gefolgt war, durch seinen Einsatz einen Großbrand im Dom verhindert und offensichtlich im Glockenstuhl den durch Blitzschlag entfachten Brand im Ansatz gelöscht hatte. Immer wieder musste der Sprecher des Domkapitels Presse- und Medienvertretern klarmachen, dass der Jugendliche ungenannt bleiben wollte und dass man auch die Namen der Einsatzkräfte von der Feuerwehr, die ihn geborgen hatten, nicht bekannt geben würde.

Alvis schaltete den Fernseher ab und öffnete den Brief von Jonas.

Hi! Ich kann dich nicht besuchen, Alter. Dir gegenüberzustehen und nicht über all das sprechen zu können, das schaffe ich nicht. Ich weiß nicht, wie du drauf bist, vielleicht willst du ja gar nichts von all dem wissen. Vielleicht weißt du ja auch schon alles. Wer weiß, wo Deine Reisen inzwischen hingehen. Aber ich muss das alles loswerden! Und wo, wenn nicht bei dir? Ich kann nicht alleine damit leben. Wenn ich meiner Mom davon erzählen würde, müsste ich wohl in Therapie. Sie ist echt lieb, aber wie soll sie das begreifen? Da ist es einfacher, daran zu glauben, dass Jon-Boy durchdreht. Bin ich fast. Diese Welt ist ... Was soll ich sagen? Was soll daran toll sein, wenn es darin Mächte gibt, die ... Nur für den Fall, dass du PerdUs mal triffst und vorbereitet sein musst: Das ist der reinste Bewusstseins-Horror. Ich habe geliebt, getrauert, geweint vor Glück, wie nie in meinem Leben. Und dann hat er mir alle meine Gefühle genommen. Dann ließ er mich in die ausdruckslosen Augen meines Vaters sehen, als der irgendwann irgendwo in einer Wüste am Lagerfeuer sitzt und ... Ich kann das nicht schreiben. Aber mein Vater weint und sagt, es täte ihm so leid. Und ich habe mich tatsächlich als erstes gefragt: *Meint er mich? Was tut ihm leid? Dass er mich und Mom verlassen hat damals?* Nein. Die Entschuldigung galt jemand anderem.

PerdUs zerrt mich weiter. Er will mich mit etwas anderem quälen. Das Bild weicht. Immer höher steige ich in die Luft. Vereinzelt sehe ich Dinge um die Feuerstelle herumliegen, aber kann nicht erkennen, was es ist. Nur, dass der Platz ein unwirtlicher ist, ohne Pflanzen, ohne Wasser, ohne Leben ... Immer weiter, immer höher nach oben bewege ich mich, mit seiner Faust im Nacken, bis sich irgendwann die Umrisse Nordamerikas vor mir abzeichnen. Aber plötzlich explodiert mein Bewusstsein, ich bewege mich in rasender Geschwindigkeit auf die Erde zu. Irgendwo schlage ich auf, nur für eine Millisekunde weiß ich, ich bin im Glockenstuhl des Kölner Doms und vor mir explodiert diese Kugel, in die ich mich reingeschmissen habe. Aber dann umschließt mich... positive Energie ... und ich weiß nicht, ob mein Körper Form gewinnt, wieder fest wird. Aber bewusste Wahrnehmung setzt ein und ich liege in zusammengekrümmter Haltung in einer zu klein geratenen Badewanne. Im kalten Wasser. Ich steige aus der Wanne, traue mich nicht, mich abzutrocknen. Ich habe Angst, ich reibe mir sonst die Haut vom Körper. Tupfe mich nur vorsichtig ab. Ich bin in einem kleinen Haus. Ich gehe aus dem Bad zu einer Schrankwand in der Diele, nehme frische Sachen heraus und ziehe mich an. Es ist wundervoll, diese trockenen Sachen an meinem Körper zu spüren. Ich sehe mich im Spiegel, aber da sind nur bläuliche Umrisse von mir. Irgendwo geht eine Tür auf und ich spüre, da ist was Vertrautes.

Ich sage: *Vater? Dad?*

Ja. Er ist es. Ich weiß es, obwohl er nur eine Silhouette ist.

Wo sind wir?, frage ich ihn.

Das weißt du, sagt er. *In dem Ferienhaus, in der Bretagne. Kenavo ... A wechall. Erinnerst du dich?*

Was mache ich hier, Dad?

Wolltest du mich nicht sehen, Jonas? Dad bewegt sich auf mich zu und ich sage zu ihm: *Ja, doch, hab' nicht mehr damit gerechnet, dass es passiert.*

Jetzt ist es geschehen. Du hattest einen guten Verfüger. Komm, wir gehen ein Stück ...

Er wollte, dass ich ihm etwas verzeihe. Etwas, was man nicht verzeihen muss, verstehst du? Oder nicht verzeihen kann ... Weil, es gibt Dinge, die sind unabänderlich, sind so, wie sie sind, würde Tiberius sagen.

Es war übrigens DaniEl, der mich zu ihm gebracht hat.

Und du? Du hast mein Leben gerettet, Alvis. DaniEl hat mir von Deinem Echo erzählt. Dass es einzigartig in der bisherigen Geschichte der Seelenwelt gewesen sei. Ich frage mich, ob ich das wert war. Selbst wenn du irgendwann sowieso eine Herzklappe bekommen hättest, ich wünschte mir echt, du müsstest nicht ausgerechnet wegen mir wieder im Krankenhaus liegen. Was für eine Höllenscheiße. *Ich* hatte ja Schwein. Ich meine körperlich ist alles okay bei mir, auch wenn ich manchmal das Gefühl habe, die Spucke in meinem Mund ist schwarz und klebrig. Ich war nur zwei Tage zur Beobachtung in der Klinik. War dieser Längli schon bei dir? Ich habe gesehen, wie er den Wirt vom Famulus niedergeschossen hat. Frost. Leute, Leute. Kam gerade rechtzeitig. Mich hat er angerufen und ein paar seltsame Fragen gestellt. Der ist clever. Er wusste, dass Frost mich in diesem Schrank festgehalten hat. Goodness, hatte ich einen Schiss. Die Augen vom Blaumann sind kleine Eisklötze. Ich glaube, Längli ist suspendiert oder so. Klara, die Tante von Charlotte, hat ja einen Artikel über die Geschichte geschrieben. Hast du ihn gelesen? Dass im Zusammenhang mit dem Anschlag ein Kripo-Beamter den Dienst quittieren musste. Das kann eigentlich nur dieser Längli sein. Verstehe nicht, wieso. Er hat den Bösen doch erwischt.

Und dich hat Klara aufgelesen? Persönliche Herzmassage? Von und mit Klara Plump. Toll. Die hat mir übrigens vorgeschlagen, dass mein Name nicht genannt werden sollte. Ich hätte sonst monatelang keine Ruhe. Find ich gut, hab ich gesagt. Kein Wunder. Denn weißt du was? Ich muss es dir sagen: Ich habe mich in die regelrecht verschossen. Ich würde wahrscheinlich alles tun, was die sagt. Ich kapier das nicht. Die ist hundert Jahre älter und macht mich kirre. Das ist doch nicht normal. Als ich DaniEl das letzte Mal getroffen habe, – er wollte sich noch anständig verabschieden –, habe ich ihn gefragt, ob *er* was damit zu tun hat. Er hatte eine tolle Antwort: *Da kann ich dir nichts zu sagen, Auserwählter. Ich gehe davon aus, du bist deinem Wesen gefolgt.* Super. Da kann man es fast schon riechen, dass er die Finger im Spiel hatte. Und ich hänge dieser Frau hinterher, die praktisch unerreichbar für mich ist. Zum Kotzen. Charlotte habe ich gesagt, ich bräuchte Zeit für mich. Und sie hat mir zuletzt geantwortet, dass sie auch das Gefühl habe, ich müsste mich noch finden. Wow. Danke. Ich bin übrigens kein kompletter Idiot. Ich hab gesehen, wie du sie anguckst. Es ist okay. Ich bin genug durch den Wind, um erstmal nur Ruhe zu wollen.

Bleib cool. Und danke, dass du zugehört hast. Jonas

Alvis las den Brief ein weiteres Mal. Zwischendurch machte er Licht an. Es klopfte. Wahrscheinlich hätte er jetzt den Brief ein drittes Mal gelesen. Aber es war Tiberius. Kulant von der Nachtwache an der Pforte. Immerhin war es schon nach zehn Uhr abends.

Nun stand er in der Tür und das Licht im Flur machte aus ihm einen riesigen schwarzen Scherenschnitt mit scharfen Konturen. Tiberius. Endlich.

„Hi, Alvis.“

„Wäre schön, dich zu sehen. Komm näher, Opa!“ Alvis konnte nichts dafür. Wie beim Besuch seiner Mutter traten ihm einfach Tränen in die Augen. So gut es ging, lagen sie sich in den Armen. Für eine Weile sagten sie nichts, und jeder ließ die Erlebnisse der letzten Tage für sich Revue passieren.

Dann drängte es Alvis, Tiberius auszufragen. Doch zuerst nahm er ihm ein Paket ab. Marmorkuchen von seiner Mutter. Er reichte Tiberius die ersten Seiten von Jonas Brief. „Lies das mal, solange ich esse.“

Tiberius holte sich einen Stuhl ans Bett und setzte sich so, dass das Licht der Lampe am Bett auf die Blätter fiel. Er schnaufte unwillig und zog ein Brillenetui aus der Innentasche seiner Jacke. Nach dem Lesen atmete er tief aus.

Alvis fegte mit der Hand ein paar Kuchenkrümel vom Bett. „Verstehst du das?“

„Natürlich.“ Tiberius stand auf und zog seine Jacke aus.

„Erklär es mir, bitte. Was hat PerdUs mit ihm gemacht? Was wollte er auf der Erde? Wie hat er das hinbekommen? Was wird mit Jonas geschehen? Behält er seine Fähigkeiten? Werde ich wirklich nie mit ihm über all das reden können?"

„Mein lieber Al, du könntest dir die Antworten bald selber suchen."

„So lange kann ich nicht warten." Und als sein Großvater zögerte, setzte er leise hinzu: „Tiberius, bitte, nur ein wenig. Du hast mir lange viel verschwiegen. Bist du mir das nicht schuldig?"

„Nein", sagte Tiberius. „Das nicht. Niemand ist irgendwem etwas schuldig." Aber er fing an zu erzählen.

„Es gibt ein paar Dinge, die kannst du erst erfahren, wenn du Chronist bist. Ich kann nichts daran ändern. Sie unterstehen strengster Geheimhaltung. Und es scheint, dass PerdUs genau davon etwas in Erfahrung gebracht hat. Wie auch immer ..."

Tiberius Augen funkelten bei den letzten Worten und Alvis wusste, was sein Großvater dachte: Verrat.

„Wie auch immer", setzte Tiberius seinen Bericht fort, „er ist gescheitert. Sein Tor ist zusammengebrochen, weil deine Verbindung zu Jonas mehr ist als eine gefügte Freundschaft. Ohne dein Gefühl für Jonas wäre dein Echo nicht zustande gekommen. Allerdings hatte es einen Preis."

Alvis sah ihn fragend an.

Tiberius rieb sich die Augen. „Einen kleinen Teil deiner Seele. Aber es wird sich fügen." Er schluckte, stand auf, ging zum Fenster.

Alvis hakte nach: „PerdUs wollte durch das Tor kommen und sich in dieser Welt hier manifestieren? Wie hat er das gemacht? Und was kann er hier anstellen?"

Tiberius drehte sich um und lehnte sich gegen die Fensterbank. „Also: „Man hat mithilfe des Famulus im Dom die Voraussetzungen für das Tor geschaffen. Und noch ein paar andere recht geniale Manipulationen durchgeführt. Dass der Klöppel zerlegt wurde, ohne dass das an die Öffentlichkeit gedrungen ist: eine Meisterleistung. Aber der Verfüger DaniEl hat mit seinen Helferseelen auch ziemlich erfolgreich gearbeitet, sonst wäre einiges anders gelaufen." Tiberius kratzte sich am Kopf. „Und nun zu deiner anderen Frage. PerdUs will hier das tun, was er am besten kann:

Vernichten, was Bestand hat. Er will die Seelenordnung durcheinanderbringen oder sogar zerstören."

„Was meinst du damit?" Alvis brauchte Bewegung und wollte sich vorsichtig auf die Seite legen, als ihm einfiel, dass das in seinem Zustand nicht angesagt war. „Katastrophen?"

„Nein. PerdUs würde kaum versuchen, Seelen mit Erdbeben oder irgendwelchen anderen Katastrophen zu beeindrucken. Denn er will sie auf seine Seite ziehen. Er würde sie durch Angst gewinnen. Große Angst. Angst, die für die meisten Menschen unvorstellbar ist. Er treibt sie über ihre Urangst, den Umstand, den sie am meisten fürchten, in die Depression. Dort sind Seelen vor allem willenlos und manipulierbar." Tiberius kam langsam zu Alvis Bett zurück. „Jonas ist es fast so ergangen. PerdUs hat ein sehr großes Loch in seine Seele gerissen, denn sie war größtem Schmerz ausgesetzt. Er hat sich immerhin den Unheilvollen Seelen und PerdUs selbst in den Weg gestellt. Es wird brauchen, bis so etwas heilt. Wunden auf der Haut heilen jedenfalls schneller. So wie er im Brief schreibt, hat PerdUs ihm auch ein vergangenes Erlebnis vor Augen geführt. Irgendeinen schwarzen Punkt im Leben von Jonas' Vater. Hm. Könnte auch manipuliert worden sein."

„Ja, ich weiß, er hat mir von Träumen berichtet, die davon handeln. – Aber hast du gelesen, *wie* er das alles beschrieben hat?" Alvis schüttelte verwundert den Kopf. „Ich meine, er kann .., er drückt sich eigentlich komplett anders aus."

„Ja, das stimmt. Das ist bemerkenswert. Es sind wahrscheinlich direkte Auswirkungen aufgrund der Seelenfolter. Ein Reifungsschub vielleicht."

Alvis wurde müde und schloss die Augen. Er hörte ein Rascheln, öffnete wieder die Augen und sah, wie Tiberius nach seiner Jacke griff. „Was ist mit Jonas, Tib? Was geschieht mit ihm? Wie hat er diese Fähigkeiten bekommen? Wie wird er weiterleben?"

„Das ist eine andere Geschichte, Al. Und vor allem ist es seine ureigene. Vielleicht wird er sie dir irgendwann mal erzählen. Und ob du sie dir anhörst, ich denke, darüber kannst nur du entscheiden." Alvis spürte Tiberius' Hand auf seiner Stirn und fast augenblicklich verstärkte sich seine Müdigkeit und die Stimme von Tiberius klang wie von weit her zu ihm: „Aber jetzt, Alvis, jetzt brauchst du erst mal eine Zeit lang Ruhe."

Endspiele   *Wittler, Gidder, Klara, Charlotte, Längli*

005515 Ein Dompropst log doch nicht, oder? Es war einige Tage später, als Wittler sich diese Frage selbst stellte. Tat er das? Log er? Nein! Genaugenommen wusste er es ja gar nicht besser. Oder anders: Er konnte sich nicht erinnern. Ja, so war es! Leider, Frau Plump. Es ist wahrscheinlich Alzheimer. Eine fürchterliche Krankheit! Es tut mir leid. Es ist einfach nichts mehr da. Weder von meinem Sturz im Baptisterium, noch von der Nacht, in dem der Klöppel fiel. Aber ich kann Ihnen versichern: Da war nichts Merkwürdiges. Und dieser Techniker, von dem Sie gesprochen haben: Spricht nicht alles dafür, dass er Ihnen einen Bären aufgebunden hat? Er ist offensichtlich unzuverlässig. Nicht auffindbar. Gekündigt, obendrein. Und dieser Splitter da, naja, mein Gott, seien wir ehrlich. Der Mann arbeitete schon so lange in der Dombauhütte, das Material kann sonstwo herkommen. Und wie Sie gesehen haben, liegt der Klöppel weitestgehend unversehrt in der Werkstatt. Was? ... Natürlich fehlt da etwas vom Metall. Bei so einem Bruch in der Aufhängung gibt es halt, ähh, wie sagt man: Schwund.

Nein, es tut mir leid. Ihre Geschichte ist wahrlich zu fantastisch, als dass ich sie stützen könnte. Entschuldigen Sie mich jetzt bitte. Ich brauche Ruhe, ich merke das.

Er hatte die Taste am Krankenhausbett gedrückt, die die Schwester rief, und das Gespräch zwischen ihm und Klara Plump war beendet.

Was Wittler gerade im Gedankenspiel nachvollzogen hatte, gehörte nicht zu seinen Sternstunden. Er wollte es nicht in seine Memoiren aufnehmen. Er schämte sich. Was hätte er der Frau erzählen sollen, die ihn da während seines Klinikaufenthaltes mehr oder weniger überfallen hatte? Dass der Klöppel in über neunhundert Einzelteile zerlegt worden war? Dass diese Teile in präziser Anordnung in der Turmhalle über dem Glockenstuhl im Stein gesteckt hatten? Und dass sich – und hierbei raufte sich der Dompropst seit Tagen mit der rechten Hand die Haare – diese Splitter nach einhundertelf Tagen wieder zu einem ansehnlichen Klöppel zusammengefügt hatten? Nein, hätte er dann fortfahren müssen, wir wissen leider nicht, wieso. Es ist eben eines der großen Wunder des Kölner Doms. Nein, nein und nochmals nein. Für solche Geschichten war die Menschheit einfach nicht bereit. Und schon gar nicht für Dinge, wie er sie im Baptisterium erlebt hatte. Und Konstantin, den Zweifler, würde er diesmal nicht einweihen. Der würde ihm höchstens vorschlagen, es doch mal mit einem Psychiater zu versuchen.

Der einzige Mensch, der Wittler einfiel, dem er sich diesbezüglich anvertrauen konnte, war der Bibliothekar. Ausgerechnet Gidder, dem er anfangs mit Ressentiments gegenübergestanden hatte. Wo steckte der Kerl eigentlich?

Im Luftschutzkeller des Bibliotheksgebäudes beherbergte Gidder nicht nur wertvolle Bücher. Er hatte sich dort eine Zufluchtsstätte eingerichtet für Momente wie diesen. Dorthin hatte sich der gläubige Mann für Stunden zurückgezogen und gebetet. Zu überzeugt war er von seiner apokalyptischen Vorstellung gewesen, als dass er Zweifel daran zugelassen hätte. Zwei Tage hatte er sich verkrochen, dann das Tageslicht gesucht, auch weil seine Neugier übermächtig wurde. Was war geschehen, dass die Welt sich noch drehte? Er musste den Dompropst sprechen! Gidder wollte schon in die Klinik, aber Wittler kam ihm zuvor und rief ihn aus dem Krankenhaus an. Sofort fiel er dem Dompropst ins Wort. „Nein. Bitte nicht am Telefon!" Den Tag über vergrub er sich in seine Bücher und ließ die Buchausgabe im Wesentlichen von einem Assistenten erledigen. Mit ungutem Gefühl verließ er abends die Bibliothek und fuhr mit dem Taxi zum Spital.

Beim Dompropst angekommen, zog er die Vorhänge von Wittlers Einzelzimmer zu und machte das Licht aus. Ging leise zur Tür, öffnete sie ruckartig und schloss sie übervorsichtig. Derart konspiratives Verhalten war Wittler offenbar zu viel. „Gidder, bitte. Machen Sie das Licht an. Wir leben alle noch – kein Grund zur Panik. Und wenn Ihre gefallenen Engel hier sind, halten sie eine Tür, Wand oder Dunkelheit sicher nicht auf. – Haben Sie an die Pizza gedacht?"

Das hatte Gidder. Und er fand logisch, was Wittler sagte. Trotzdem flüsterte er, als er ans Bett des Dompropstes trat: „Was ist denn geschehen, dass wir alle noch leben?"

Es war erstaunlich, wie flink der Dompropst mit einer Hand die Schachtel öffnete und sich auf die vorgeschnittenen Pizzateile stürzte. „Ich habe keine Beweise. Aber Sie, Gidder, werden mir glauben. Im Baptisterium offenbarte sich mir die Pforte! Und die Botschaft war eindeutig." Er schloss die Augen.

Die Pforte! Eine Botschaft! Gidder triumphierte, jubelte innerlich, als hätte er lange verschollene Schriften von den Evangelisten gefunden. „Ich wusste es. Ich wusste es! Berichten Sie, Herr Dompropst. Was für Zeichen wurden Ihnen gegeben?"

Er sah zur Tür, zum Fenster, beruhigte sich. Aber ausgerechnet jetzt musste er auf Antwort warten. Wittler kaute und hatte die Augen geschlossen. Und als er sie wieder öffnete, schreckte er zurück, denn Gidder war bei seinen Worten ganz nahe an den Dompropst herangetreten. Vom Bibliothekar war die Angst gewichen. Denn Gidder war gierig. Gierig, zu erfahren, was der Dompropst erlebt hatte.

Und endlich berichtete Wittler ihm von seinem Erlebnis.

꒰ꞏ◦°◦உ

Nachdem der Dompropst fertig war, wartete er gespannt auf die Reaktion des Bibliothekars.

Gidder legte seinen Kopf in den Nacken und schaute zur Decke. Seine Frage formulierte er sehr langsam. „Die Schrift auf Ihrem Arm, die Botschaft, meine ich, sie hat sich ... *verändert?*"

„Ja, ja, so war es. Aber leider ist etwas Fürchterliches damit geschehen." Wittler verzog das Gesicht. Denn er erinnerte sich.

Der erste Blick, als er aus der Narkose erwacht war, hatte seinem Arm gegolten: eingegipst. Wittler hatte es fast wahnsinnig gemacht, nicht auf das Geschriebene sehen zu können. Der herbeigerufene Pfleger stand noch in der Tür, da hatte er ihm bereits zugerufen: „Haben Sie ... Ich hatte ... Ach, verflixt, ich meine, ich hatte mir was auf den Arm geschrieben. Das ist, das ist fürchterlich ... Weiß hier irgendjemand etwas darüber?"

„Seien Sie unbesorgt, Herr Wittler." Der Krankenpfleger trat beruhigend an sein Bett und sah ihn aufmunternd und aufrichtig an. „Bei der OP wurde mit Sicherheit Ihr ganzer Arm rasiert und desinfiziert. Das ist jetzt eine ganz saubere Sache, da wird nichts mehr zu sehen sein."

„Natürlich." Unter seinem Stirnverband fühlte Wittler sein Gesicht versteinern. Ruhig, Anastasius, ruhig! Er war beherrscht geblieben. Der Bote konnte nun wirklich nichts dafür.

So war das gewesen.

„Und, Gidder, glauben Sie mir trotzdem?"

Gidders Zunge fuhr weit über die Lippen. „Aber ja, ja, natürlich glaube ich Ihnen. Ein Dompropst lügt doch nicht, oder?"

„Nein, natürlich nicht!" Wittler nahm eine Gabel aus der Schublade des Rollschränkchens neben seinem Bett, und pickte heftig ein paar übrig gebliebene Salami-Stückchen vom Boden der Pizza-Verpackung. Leise Verzweiflung klang in seinen Worten mit. „Aber seltsamerweise habe ich in den letzten Tagen den Gedanken oder das Gefühl, dass ich das alles vielleicht geträumt habe. Wie komme ich dazu, mir vorzustellen, das Tor zum Himmel gefunden zu haben? Sagen Sie es mir, Gidder, sagen Sie es mir!"

Gidder stand auf und ging im Zimmer auf und ab. „Weil es so ist. Warum zweifeln Sie gerade jetzt? Nach dieser *Offenbarung*, wie Sie es selber genannt haben. Sie glauben es mir immer noch nicht. Sie sind der Träger aller Schlüssel des Kölner Doms. Auch der ... wie soll ich es formulieren? ... auch der *mentalen* Schlüssel. Und das Tor zum Himmel ist nun einmal ein geistiges Tor. Und solange Sie Dompropst sind, haben Sie auch die Fähigkeit, Zugang zu erhalten."

„Aber was machen wir nun?" Wittler fühlte wieder diese Schwäche, diese Hilflosigkeit, dass er die Kontrolle über das Geschehen verloren hatte.

Der Bibliothekar hatte sich abgewandt und sprach zum Fenster hin: „Schweigen, Herr Dompropst." Gidders nächste Worte wurden durch eine ruckartige Handbewegung begleitet. „Und arbeiten."

Wittler konnte nur vermuten, dass Gidder sich gerade ein Haar aus der Nase gerissen hatte. „Was meinen Sie?"

„Nun ja." Gidder drehte sich um und kam geradewegs auf das Bett zu. „Wir werden das Tor erforschen, Herr Dompropst. Sie haben den Schlüssel und ich finde heraus, wie man ihn richtig gebraucht." Gidder starrte Wittler genau in die Augen und das erste Mal sah dieser den unbeugsamen

Willen des Bibliothekars, der rein gar nichts mit dem Streiche spielenden Onkel zu tun hatte. Sie leuchteten. „Und jetzt sagen Sie mir nicht, dass es Sie nicht reizt, zu Lebzeiten die Himmelsleiter emporzusteigen."

Nein. Klara Plump hatte ihm nichts von dem Film erzählt. Sie hatte während ihres Gespräches mit dem Dompropst ihre Strategie geändert. Der Dompropst hatte ihr nicht die Wahrheit gesagt, oder zumindest hatte er so getan, als könne er sich nicht erinnern. Warum sollte sie ihm in diesem Zustand eine Wahrheit vorhalten, die er ohnehin kannte?

Das würde erst passieren, wenn Wittler sich nicht mehr hinter seinen Verbänden und Alzheimer verstecken konnte. Wenn er gesunden Geistes und Körpers seine Amtsgeschäfte wieder aufgenommen hatte. Dann war der Film ein weitaus größeres Druckmittel. Nicht wegen der Öffentlichkeit. Klara Plump dachte hier professionell und praktisch. Diese Megabytes würden ihr, wenn nötig, eine Quelle im Domkapitel verschaffen. Und das war eine Perspektive, die ihr sehr gefiel.

Was ihr weniger gefiel, war, dass sie innerhalb weniger Wochen gefühlt das zwanzigste Mal im MickMeck saß. Natürlich hing das mit ihren Erlebnissen zusammen, aber war das wirklich nötig? Um diese Uhrzeit? Sie lächelte, als Charlotte mit einem Tablett voll ungesund-köstlicher Fastfood durch das leere MickMeck auf ihren Tisch zusteuerte. Ja, es war nötig. Zumindest für dieses Gespräch.

Charlotte setzte vorsichtig das Tablett auf dem Tisch ab.

„Grüße von Paps. Er hat angerufen. Er sagt dir Danke, dass du ein Auge auf mich hast."

„Ist er noch in Tirol?" Klara zog eine Tüte mit Fritten zu sich.

„Ja. Aber er hat mich um Erlaubnis gefragt. Immerhin. Das muss was Ernstes sein. Und das, obwohl sie grauhaarig ist." Charlotte kicherte und setzte sich Klara gegenüber auf die Bank.

Klara öffnete ein Mayonnaise-Tütchen. „Wurde langsam Zeit für ihn, oder? Ist schon vier Jahre alleine."

„Ja, ich kann nicht in jeder Hinsicht eine Frau für ihn ersetzen." Charlotte nahm Klara ins Visier. „Was gibt es, *Tante*? Die Einladung ist reizend, aber abends um elf eher ungewöhnlich. Gibt es Ärger wegen deinem Artikel?"

„Nein." Klara lachte. Dass sich ihr Patenkind deswegen Gedanken machte, war typisch. „So allgemein, wie ich ihn letztlich gehalten habe, gibt es da keine Probleme." Sie nippte an ihrem Wasser. „Ich wollte mit dir über etwas reden, was ich nicht nur als Journalistin, sondern auch als Frau, hm, hochinteressant finde."

Charlotte kaute und nuschelte mit Hackfleisch in ihrem Mund: „Jetzt bin ich aber gespannt."

„Tja." Klara zögerte kurz. „Jonas – das hast du zuletzt ja selber gesagt – scheint noch ... zu sich selbst finden zu müssen. Und nun hat er diese ziemlich verwegene Sache im Glockenstuhl angestellt und ..."

„Und was?" Charlotte biss erneut in ihren MickMeck-Burger.

„An dem Abend, als wir in der Altstadt dieses schreckliche Erlebnis mit Frost hatten, habe ich ihn gefragt, warum er mir da gefolgt ist, und da habe ich deutlich gespürt, ..."

„Klara, bitte! Mach es nicht so spannend!"

„Ich habe gespürt, dass er sich in mich verliebt hat."

⌒ᵓₒᵒₒ

Charlotte verschluckte sich. Und kämpfte mit einem fürchterlichen Husten. Dann sagte sie: „Glückwunsch."

„Charly!"

„Nein, ehrlich..." Hier musste Charlotte losprusten. Auch wenn das Gesicht ihrer Tante säuerlich aussah. Nur langsam fing sie sich wieder. Mit den Fingern fuhr sie durch ihre Locken. „Klara, selbst wenn es stimmt, wenn du dir da sicher bist ... Was willst du? Du bist attraktiv, da kann doch bei einem Siebzehnjährigen die Sicherung durchbrennen, oder? Einen unserer Lehrer finde ich auch ziemlich aufregend." Sie legte den Kopf zur Seite. „Ist bestimmt gar nicht so selten, sowas."

Klara setzte ihre Ellenbogen auf dem Tisch ab. „Nein, sicher nicht. So etwas kann vorkommen. Trotzdem würde ich gerne wissen, was dir an deinen Freunden Jonas und Alvis in den letzten Wochen aufgefallen oder ungewöhnlich vorgekommen ist."

Charlotte war nur zum Teil überrascht von der Frage. Für ihre Tante war das typisch. Sie witterte immer Ungewöhnliches. „Nicht mehr, als ich dir Ostern erzählt habe. Die Sache mit seinen Augen, als er betrunken bei uns aufgetaucht ist. Und dass er so komisch über Alvis gesprochen hat. *Sein* Freund übrigens, nicht meiner."

„Hast du nicht auch das Gefühl, dass Jonas ein wenig ... fremdgesteuert ist?"

„Nee, wirklich nicht. Er hat mir nur mal von schlechten Träumen erzählt und dass Alvis' Großvater Träume gut deuten kann. Hm, naja, der sieht allerdings speziell aus."

„Wieso, was meinst du?"

„Ich habe ihn mal kurz gesehen, als er Alvis vor der Schule abgesetzt hat. Er sieht ein bisschen aus wie Kris Kristofferson in einer Rolle als Guru."

„Als Guru?"

„Ja, hat was Magisches irgendwie, aber liebevoll, und ist richtig groß."

„Hast du seine Augen gesehen?"

„Nein, jedenfalls nicht genau. Warum?"

„Ich habe am Dom in die Augen von Alvis gesehen. Ich könnte schwören, ich habe noch nie so eine dunkle, fast schwarze Iris gesehen."

„Das gibt's nicht. Bist du sicher? Die sind doch grau. Richtig schön satt-grau. Ich finde, er hat schöne Augen. Etwas tiefe Augenhöhlen, aber ..." Charlotte lehnte sich mit ihrer Cola in der Hand zurück und sog am Stroh-halm.

Ihre Tante kam mit dem Kopf bis über den Tisch: „Grau? Die sind schwarz."

„Nee. Naja, im dunklen Dom vielleicht."

„Nein. Ich bin mit ihm und den Sanitätern rausgekommen. Sie sind schwarz." Klara war sich wohl sicher.

„Vielleicht hat das mit seinem Gen-Defekt zu tun."

„Vielleicht. Genau." Nach einem kurzen Schweigen ergänzte Klara leise: „Oder auch nicht."

„Was vermutest du?" Charlotte suchte im Gesicht ihrer Tante nach Ant-wort.

„Ich bin etwas beunruhigt, Charly. Und nach deiner Geschichte von Alvis' Großvater noch mehr. Wieso ziehen diese Jungs so ein Ding ab? Und vor allem Jonas. Die Gefahr, in die er sich begeben hat ... Das ist ganz schön skurril, eher irrsinnig. Er ist schließlich kein Ermittler der Kripo."

Klara strich am Kunststoffdeckel ihres Kaffeebechers entlang. Wie zu sich selbst, sagte sie: „Ich könnte mir vorstellen, dass da eine Sekte oder Ähnliches mit im Spiel ist."

Charlotte schüttelte entsetzt den Kopf. „Was? Klara! Bitte. Hoffentlich nicht. Du siehst Gespenster. Hätte ich bloß nichts erzählt. Hör zu, ich sehe das so: Jonas steckt seine neugierige Nase in Dinge, die ihn eigentlich nichts angehen. Prompt bekommt er von diesem Frost was auf den Deckel. Dann geht er zur Abwechslung mal wieder in die Kirche, vielleicht auch, um sinnigerweise dem lieben Gott nach der Befreiung Danke zu sagen. Da sieht er Frost. Und handelt. So ist der nun mal. Und Alvis, er ist ja schließlich sein Freund, läuft ihm hinterher, um zu helfen. Dass dabei sein angegriffenes Herz nicht mitmacht, ist doch logisch. – Hat er sich schon bei dir bedankt?"

Klara schüttelte den Kopf. „Du lieber Himmel, nein, erwarte ich auch nicht. Der hat nach der OP sicher andere Sachen im Kopf. – Bin gleich wieder da." Klara setzte sich in Richtung WC in Bewegung. Sie brauchte einen Moment Ruhe. Wo war sie da mit ihrer Bemerkung über eine Sekte hingesteuert? Sie verschwand in einer Kabine und setzte sich auf den Toilettendeckel. Zweifellos war ihre Nichte ein kluges Mädchen. Ihr standen in Zukunft sicher viele Möglichkeiten offen. Aber einen realistischen Blick auf die Ereignisse konnte sie von ihr nicht erwarten. Zumal sie längst nicht alle Details kannte. Woher auch? Sie wusste nicht, was Klara da in Alvis' Augen für wenige Sekunden zu sehen geglaubt hatte: eine Flamme. Nur mit Mühe hatte sie sich im Nordturm von diesem Bild losreißen können. Und vielleicht würde Charly nach und nach aufgehen, was es bedeutete, vierundzwanzig Stunden in der Gewalt eines Psychopathen gewesen zu sein. Es war verblüffend, wie Jonas das weggesteckt zu haben schien. Das alles war nicht rund. Und die Sache mit dem Klöppel? Gar nicht! Klara seufzte. Jetzt hatte sie mit ihrer Sekten-Theorie womöglich Charly nervös gemacht. Ziemlich unnötig. Sie ging zurück.

Charlotte kaute nachdenklich an ihrem Strohhalm. Klara griff nach ihrem Mantel. „Komm, Spatz. Ist spät geworden. Ich bring dich nach Hause."

Schweigend fuhren sie in Klaras Mini nach Ehrenfeld. Vor dem Reihenhaus stieg Klara kurz aus und umarmte Charlotte. „Mach dir keine Sorgen, Charly, tut mir leid, wenn ich dich beunruhigt habe."

Charlotte blieb in der Umarmung und stützte ihr Kinn auf die Schulter ihrer Tante. „Da ist noch was, nicht wahr? Deine Antenne ist noch nicht eingefahren."

Klara gab ihr einen Kuss. „Ach, ich bin nur penibel. Wahrscheinlich klärt sich alles ganz schnell auf."

Die Straßen waren leer. Nachts konnte man in Köln gut fahren. Als sie in ihrem Viertel ankam, fand sie mit dem kleinen Wagen schnell einen Parkplatz. Noch im Auto nahm sie ihr Handy und schrieb eine SMS.

Längli träumte die dritte Nacht hintereinander. Immer dasselbe. Er nannte es das Nordturm-Trauma:

Es sticht höllisch in seiner Schulter, womöglich ist Knochen abgesplittert und sägt an einem Nerv. Er sieht über die Stufen zu Frost hinauf, der schräg auf der Treppe liegt. Stufe für Stufe schleppt er sich zu ihm hin, bis er die Augäpfel unter Frosts Lidern erkennen kann. Sie bewegen sich. Und Frost atmet. Willkommen im Freigehege des Homo sapiens, denkt er. Hier die Gattung „Geißel der Menschheit", kurz auch „Der Gemeine Psychopath" genannt. Längli spürt Wut in sich: Ich kenne deinen Typus. Ich weiß, wie du bist.

Das ausdruckslose Gesicht seines Gegenübers ist wie aus Wachs. Längli dachte, er habe ihn gerade erschossen. Unbeabsichtigt. Und Längli fühlt, dass er damit überhaupt kein Problem hat. Was unterscheidet ihn vom Psychopathen?

Da schlägt Frost die Augen auf. Längli rutscht vor Schreck ein paar Stufen wieder hinunter. Unentwegt sieht er dabei in Frosts Augen, und er erkennt, dass der Mann ihn töten will. Ein gepresstes Grunzen kommt aus Frosts Mund. Sein Gesicht schwillt vor Anstrengung an, seine Augen treten beinahe aus dem Kopf. Wütend sind sie auf den bewegungslosen rechten Arm gerichtet, an dessen Ende eine Pistole schlaff in seiner Hand liegt. Eine Glock 20, erkennt Längli. Zehn Millimeter Kaliber. Einzelfeuer. Frost bekommt den Arm nicht hoch. Nichts kann er bewegen. So, wie er seine

Augen jetzt aufreißt, weicht seine Wut reiner Verzweiflung. Längli schiebt sich die Wendeltreppe noch weiter hinunter. Da liegt seine Waffe auf einer Stufe. Er hat auch eine Glock. Die 17. Kleiner, glatter, leichter. Puristischer. Liegt gut an der Wade. Jetzt liegt sie in seiner linken Hand und er zielt auf Frosts Stirn. Was fühlt er? Macht über Leben und Tod? Notwendigkeit? Die Sicherung der Glock ist am Abzug. Es braucht nur Millimeter und eine minimale Krümmung seines Zeigefingers, um zu töten. Es ist so einfach, die Welt von einem Monster zu befreien. Und hier liegt es. Bereit für den Fangschuss. Da verdreht Frost die Augen und sein Kopf klappt seitlich weg.

Und Längli wird ohnmächtig.

Dann sieht er Klara Plump vor sich, die nichts Besseres zu tun weiß, als ihm ununterbrochen ins Gesicht zu schlagen. *Wach bleiben, Längli, bleiben Sie wach. Sie haben viel Blut verloren.* Länglis Kopf fliegt hin und her. *Ja, ja,* denkt er, *natürlich, gerne. Aber bitte hören Sie auf, mich zu schlagen.* Und sagt: „Der Junge ... dieser Jonas ... oben ..."

An dieser Stelle endete der Traum jedes Mal.

Wenn dieser kranke Geist irgendetwas erreichen will, dachte Längli, dann setzt sich eine Maschinerie in Gang, die alles an Manipulation in den Schatten stellt, was denkbar ist. Verstellung ist eine hervorragende Eigenschaft des Psychopathen. Längli hasst diese Krankheit, diesen Defekt, wo immer er seinen Ursprung hat. Vererbung, Sozialisation, Unfall, evolutionärer Hintergrund – egal, welche Theorien man als Ursache ausgräbt: Es macht Menschen gefühllos, unempfänglich für das Leid anderer.

Längli klingelte nach der Schwester und ließ sich ein Schmerzmittel geben. Und hoffte, dass es bald wirken würde. Wie in den vergangenen Nächten, arbeitete es in seinem Gehirn: Hätte er abgedrückt, wenn er nicht ohnmächtig geworden wäre? An Schlaf war nicht zu denken. Aber an Klara Plump. Ihr Artikel hatte ihn nicht begeistert. Es erinnerte ihn an seinen Starrsinn. Seinen Namen hatte sie rausgelassen, obwohl er nicht mehr durch seinen Beamtenstatus geschützt war. War das ein Trost? Ihr kurzer Besuch war schön gewesen, auch wenn sie gesagt hatte, dass sie wütend war wegen seiner „unverzeihlichen und unverantwortlichen Vorgehensweise". Er hatte nur geantwortet: „Ich bin, wie ich bin." Und gedacht: Oder hätten Sie mich lieber anders? Klara Plump hatte nur ernst gesagt: „Erholen Sie sich. Die Geschichte ist noch nicht zu Ende."

Das wusste er. Und er war sehr gespannt auf dieses Ende. Wenn es denn tatsächlich eines gab. Für Längli gab es jedenfalls noch einiges zu klären. Über den Klöppel dachte er erst gar nicht nach. Was damit passiert sein sollte, klang unglaubwürdig. Da war demnächst ein ernstes Wort mit Anastasius angesagt. Der wurde immer merkwürdiger.

Eine andere Frage beschäftigte Längli viel mehr: Warum hatte Frost das Ventil auf der ersten Ebene im Dom nicht geöffnet? Der Brennstoff war in dem Steigrohr schon unter Druck gewesen, und man hatte Frosts Fingerabdrücke am Ventil gefunden. Der Spusi sei Dank. Ha, er hatte schon noch Quellen im Präsidium. Dieser Jonas hatte gesagt, er sei etwa fünf Minuten nach Frost in den Nordturm gegangen. Aus einer Eingebung heraus, wie er sich am Telefon ausgedrückt hatte. Wie unvernünftig konnte jemand sein, der ausgerechnet dem folgte, der ihn über Stunden in einem Schrank unter schlimmsten Bedingungen festgehalten hatte? Da stimmte etwas nicht.

Und warum hatte Frost dem Jugendlichen aufgelauert? Warum hatte er nicht, wie geplant, den Dom in Brand gesetzt? Im Glockenstuhl war die Rauchbombe bereits gezündet gewesen. Leider würde Frost auf absehbare Zeit nicht befragt werden können. Und von Längli selber ohnehin nicht. Frost lag im künstlichen Koma und wurde doppelt und dreifach bewacht.

Längli spürte dem Schmerz nach. Über das intensive Nachdenken hatte er nicht mitbekommen, dass er nachgelassen hatte. Sein Smartphone summte auf dem Tisch neben dem Bett. Klara Plump hatte eine SMS geschickt. Um zwanzig nach eins in der Nacht. Nicht schlecht. Für Längli war es sehr aufmunternd, was er las: „Na, wie geht's? Wieder Farbe im Gesicht? Wäre schön. Ich habe eine neue Spur. Vielleicht sollten wir noch einmal gemeinsam schnüffeln? Mit offeneren Karten?! Wo Ihr Verein Sie doch rausgeschmissen hat! Liebe Grüße, Klara Plump."

Kurze Zeit später schlief Längli tief und fest und an einen Traum konnte er sich am anderen Morgen nicht erinnern.

Spannende Aussichten   *Doris, Jonas, Alvis, Tiberius*

005516 „Bacon and eggs, Mom!" Das war Jonas' spezielle Art, seiner Mutter zu sagen, dass das Frühstück fertig war. Er wollte ihr etwas Gutes tun und hoffte innig, seine Worte klängen wie eine sanfte Melodie in ihren Ohren. Dass er Frühstück gemacht hatte, war natürlich ein eindeutiges Zeichen für sein schlechtes Gewissen. Aber es war seiner Mutter auch nicht entgangen, dass er eine schwierige Zeit durchmachte. Wenn er mit seinem Problem nicht zu ihr ging, hatte das verschiedene Gründe. Auch den, dass er sie nicht mit der Vergangenheit konfrontieren wollte.

Jonas war etwas Besonderes für sie. Das mochte zwar jede Mutter über ihr Kind sagen, aber sie ließ es ihn unnachahmlich spüren: mit grenzenlosem Vertrauen. Wie er seine Mom vor fast zehn Jahren in den Arm genommen hatte, das war ihr sicher unvergesslich. Außerdem war Jonas das kleine Ebenbild seines Vaters. Und der war ein Gigant gewesen. Lebenserfahren, intelligent, mutig, allerdings nicht so beschenkt mit Fantasie wie Jonas.

Der hatte einen guten Weg gefunden, vieles aus den vergangenen Wochen zu erklären. Was sie darüber dachte, dass er den Zeichen eines Traums gefolgt war, um eine Rauchbombe im Glockenstuhl des Kölner Doms zu ersticken, diese Geschichte war allerdings sehr speziell. Die Träume erklärten aber wenigstens sein abgedrehtes Verhalten in den letzten Wochen. Jedenfalls zum Großteil. Aber da gab es noch etwas anderes, und darüber wollte sie bei diesem gemeinsamen Wochenend-Frühstück Mitte Mai mehr erfahren, das wusste er. Jonas kannte den Blick seiner Mutter. Es war ein Zeichen dafür, dass sie nicht so glücklich war über das, was er von sich gegeben hatte. Das wunderte ihn nicht. Was er ihr in den vergangenen Tagen alles erzählt hatte! Goodness. Es war immer zu wenig gewesen. Und es waren Notlügen. Denn es gab hier keine Wahrheit, von der er hätte berichten können.

Seine Mutter legte den Kopf schief, zog eine Augenbraue hoch, gleich würde sie anfangen.

„Hm."

Jetzt würde sie wahrscheinlich die Kanne in die Hand nehmen. Denn sie glaubte, wenn sie ihre Worte mit einer Handlung verband, würden sie nicht so neugierig rüberkommen.

Sie nahm die Thermoskanne und goss sich Kaffee ein. „Jon-Boy, ich hoffe, du hast nie einen Traum, in dem die Welt untergeht. Dann müsste ich mir wirklich Sorgen machen." Sie langte über den Tisch und fasste ihn kurz an der Hand. „He, ich fände es ganz schön anstrengend, einen *Superman* als Sohn zu haben, verstehst du? – Und wenn, wäre es doch ganz nett, wenn er nicht ganz so verschwiegen wäre wie dieser Clark Dent."

Jonas grinste. „Kent, Mom, Clark Kent."

Sie grinste ebenfalls. „Vielleicht könnten wir beim nächsten Mal eine gemeinsame Strategie entwickeln, das Verbrechen zu verhindern?"

Jonas bestrich langsam seinen Toast. „Es war eben alles superspontan, da im Dom. Es … Es war ein Gedanke, dann war da eine offene Tür, die Erinnerung an meinen Traum … Und der Typ eben, der da nicht hingehörte. – Aber um den hat sich ja der Kommissar gekümmert."

„Es war sehr gefährlich, Jonas. Dieser Mann ist ein Psychopath. – Ich ringe dir kein Versprechen ab, so etwas nicht wieder zu machen. Aber du hast in der vergangenen Zeit eine Menge Dinge geträumt, die nicht schön gewesen sein können."

„Mom. Kann mir nicht vorstellen, dass du davon was hören willst."

„Weil es mit Jonathan zu tun hat? Du weißt, wir können darüber reden. Das macht allemal mehr Sinn, als es zu verdrängen."

Jonas dachte, dass er genau das nicht tat. Und dass seine Mutter mehr verdient hatte als seine Halbwahrheiten.

„Du hast mir nie viel darüber erzählt, wie er gestorben ist." Jonas sah zu seiner Mutter, um sich zu vergewissern, dass sie wirklich gefasst genug war, sich mit ihm über seinen Vater und die Art seines Sterbens zu unterhalten. „Zum Beispiel … dass er einen Arm verloren hat dabei."

Seine Mutter stellte langsam ihre Kaffeetasse ab. „Jonathan hat sein Leben verloren, Jonas." Sie legte ihre Hände an der Tischkante ab, blickte zum Fenster und wieder zu Jonas. „Was spielt es da für eine Rolle, mit welchen Auswirkungen? Ich … ich wollte nicht, dass sich ein schreckliches Bild in dir festsetzt. Verstehst du?"

„Ja, das verstehe ich. Trotzdem hätte ich besser gefunden, es zu wissen ..."

Seine Mutter stand auf und ließ die Jalousie am Fenster so weit herunter, dass Jonas nicht von der Sonne geblendet wurde, die durch die Wolken brach. „Wie hast du das überhaupt herausgefunden?"

„Ich ... habe es geträumt, Mom."

Jonas' Mutter hielt sich kurz an der Fensterbank fest. Sie kam zum Tisch zurück. „Also, deine Träume werden mir langsam unheimlich."

Jonas nahm den Rest von seinem Toast und säuberte damit den Teller von Eigelb. „Hab ich dir nicht gleich gesagt, du willst es nicht hören?"

Seine Mutter trat hinter ihn und strich ihm über seinen Kopf. „Gibt es noch mehr, was ich nicht hören will?"

Jonas lehnte seinen Kopf nach hinten und gab sich entschlossen. „Ich gehe jetzt zu Hennes. – Ich befürchte, sonst steigt der FC ab."

Sie fuhr durch seine Haare und zog leicht daran. „Davon wird die Welt nicht untergehen, oder?"

Jonas griff hinter sich und erwischte seine Mutter am Ellenbogen. Er drückte ihn leicht. „Keine Panik, Mom, letzter Spieltag. Sie können gar nicht mehr absteigen. Und selbst wenn: Nein, davon würde sie nicht untergehen."

⌒ఠ౦ఠ౨

„Maria, hilfst du mir gerade mal?"

„Natürlich, mein Junge, oder dachtest du, der Name meines Ladens sei reine Fassade?"

Alvis saß ziemlich niedrig auf einem der tiefer gelegten Sofa. Er hatte sich von Tiberius direkt am Café absetzen lassen. Beim letzten Mal war das unfreiwillig gewesen. Drei Wochen nach der OP war er aus der Klinik entlassen worden. Und er konnte mit guten Werten aufwarten.

Jonas hatte sich nicht bei ihm im Krankenhaus blicken lassen. Und in Marias Bistro war er auch nicht. Natürlich nicht. Das war zu erwarten gewesen. Heute würde er eher bei Hennes zu finden sein. Fußball. Aber Alvis wollte erst einmal dem Gefühl nachgehen, das er knapp zwei Monate zuvor gehabt hatte, als er hier auf Jonas gestoßen war. Er hatte an diesem Tag gespürt, dass sein Freund sich gegen seine Überzeugung auf ihn und

368

die Seelenwelt eingelassen hatte. Dass Jonas ihm vertraut hatte. Ein Wendepunkt. Und die Dinge waren endlich ins Rollen gekommen.

Atmosphärisch hatte sich nichts verändert. Unvorstellbar, dieses Gefühl von Geborgenheit. Hierher musste man kommen, wenn man von allen guten Geistern verlassen worden war. Gleich mehrere Weltreligionen schützten einen. Wenn auch mit der speziellen Interpretation von Maria. Und man konnte hier gut nachdenken. Alvis zog in Betracht, Jonas ein Angebot zu machen, wollte es aber – wenn überhaupt- als Schreiben übermitteln. Seine Tasche hatte er auf einen Sessel gelegt, kam aber nicht dran, denn er war zu schwach, um kurz mal aufzustehen.

Maria reichte ihm die Tasche. „Schwach auf der Brust?"

Alvis grinste und nickte. „So kannst du es nennen. Aber ein neues Segel ist eingebaut."

Seltsamerweise schien Maria das zu verstehen. „Dann hoffen wir mal, dass es eine Weile gut im Fluss ist, nicht wahr?" Ihr Lächeln war warm, streichelte Alvis angegriffenes Herz.

Er nahm eine Postkarte aus der Tasche. Auf der Bildseite standen zwei Worte: „Carpe diem". Er versank mehrere Minuten in Gedanken und schrieb einige Sätze auf die Rückseite der Karte. Dann schob er sie in einen adressierten Umschlag.

Er zahlte und ging Richtung *Hennes.*

⸙

Beim Hennes war nicht viel los. Der Wirt selbst hockte mit Törmi am runden Ecktisch und redete auf ihn ein. Törmi hielt ein paar aneinandergeheftete Blätter vor sich. Er schien zu lesen. Jonas ging sofort an ihren Tisch.

„Was gibt's? Märchenstunde? Wow, Törmi, kannst du lesen? Komm, Hennes, mach' die Kiste an. Die Jungs sind gleich dran."

„Fast noch 'ne Stunde, Jon-Boy. Keine Hektik."

Törmi grinste ihn an. „Stör' Erwachsene nicht, wenn sie sich unterhalten. Wir überlegen gerade, ob das hier 'en Tatsachenbericht oder 'ne Romanvorlage ist."

„Zeig mal." Jonas warf einen Blick auf eines der Blätter. Die Tinte war durch Feuchtigkeit hier und da auseinandergelaufen. Er las ein paar Sätze und stutzte. Dann überflog er den Text und wurde immer irritierter. „Wo hast du das her?"

„Keine Ahnung, hab's in meiner Jacke gefunden. Muss ich Ostern auf der Platte am Dom aufgegriffen haben. Da bin ich nämlich nass geworden." Törmi stürzte den Rest seines Kölsch runter. „Ach du Scheiße, da kommt der Zombie."

Jonas drehte sich um. Alvis stand in der Tür.

„Was will der ..." Aber Törmi kam nicht dazu, den Satz zu Ende zu sprechen. Jonas stand noch und war in der besseren Position. Er packte Törmi am Jackenaufschlag und lehnte sich mit seinem ganzen Gewicht auf ihn. „Er ist kein Zombie", zischte er Törmi ins Ohr. „Er hat einen Scheiß Gen-Defekt und dafür kann er nichts. Ist das klar?!" Dann drehte er Törmis Jacke am Hals zusammen. Sekunden später spürte er Hennes Riesenpranke im Nacken und löste sich von Törmi.

Der musste erst mal husten, war aber erstaunlich entspannt. „Okay, okay, schon gut. Ruhig, Brauner, ruhig. Wusste ja nicht, dass ihr verliebt seid."

Jonas schaute abfällig auf ihn herunter und wandte sich zur Tür. Wortlos umarmte er Alvis. Er ging mit ihm in den Garten hinterm Haus. Sie stellten sich an einen der Biertische. „Guter Zeitpunkt, Alter. Du kommst gerade richtig. Lies mal."

„Ich ..." Alvis hob hilflos die Hände.

„Sag nichts, lies das einfach, wir brauchen uns überhaupt nicht zu unterhalten."

Alvis vertiefte sich kurz in die Blätter und las quer.

„Was glaubst du, was das ist?"

Alvis Gesicht war ausdruckslos. „Weiß nicht. Vielleicht das Tagebuch eines Insiders am Dom?"

„Du wusstest das bereits, oder?"

Alvis antwortete mit fast treuherzigem Tonfall: „Dass man verheimlicht hat, was mit diesem Klöppel geschehen ist? Nein, woher?"

Jonas blickte ihn auffordernd an. „Tiberius hat es bestimmt gewusst, oder?"

„Tiberius ist ein toller Großvater, aber Kontakte zum Dom hat er keine." So nüchtern, wie Alvis das gesagt hatte, konnte er gar nicht sein.

„Alvis! Erzähl nicht so einen Scheiß! Tiberius weiß alles. Er ist der Chronist der Seelen."

Alvis Gesicht war todernst. „Natürlich. Ich bin beeindruckt. Und ich bin Mutter Theresa."

„Quatsch ... Alvis, hör mit dieser Verschwiegenheits-Nummer auf. Das hältst du doch sowieso nicht durch!"

„Wovon redest du da?" Alvis Gesicht war ein Fragezeichen.

Jonas war sich nicht sicher, was Alvis da für ein Spiel spielte. Das konnte doch nicht wahr sein. Entweder hatte Alvis alles vergessen oder er zog hier eine Wahnsinnsnummer ab. Jonas änderte seine Vorgehensweise. „Was hast du denn eigentlich über Ostern im Nordturm des Doms zu suchen gehabt? Du wirst ja wohl kaum bestreiten, dass wir uns da getroffen haben."

„Keine Ahnung." In Alvis Gesicht zuckte es. „Ich glaube, ich wollte die Glocken besichtigen und habe wohl versehentlich den falschen Turm genommen."

„Ich fass es nicht, Alter. He, hallo, kannst du dich erinnern? Klara hat dir die Brust massiert, bis du wieder atmen konntest. Hast du das schon vergessen?"

Alvis brach in Lachen aus. „Du bist ziemlich aufgedreht, Jon-Boy."

Heute sollte wohl alles anders sein. Alvis hatte ihn noch nie so genannt. „Kann man sagen. Du machst es mir nicht gerade leicht."

„Was ist schon leicht?" Alvis stützte sich ab, indem er die Unterarme auf den Biertisch legte.

Jonas trat in den Rasen. „Wenig. Meinetwegen halt dir jetzt die Ohren zu. Es gibt eine Menge Fragen, die ich DaniEl gern stellen würde. Aber ich hab das dumpfe Gefühl, er taucht nicht mehr auf. Also bleibst nur du. Deshalb verarsch mich nicht! – Weißt du was? Ich kann sie noch sehen! Wenn ich will, kann ich sie noch sehen! Ich kann doch nicht ständig leugnen, was ich sehe!"

Alvis Kopf zuckte. Trotzdem blockte er ab. „War nicht alles gesagt?"

„Nein, verdammt ...“ Jonas war wütend, aber nach dieser Antwort hatte er das Gefühl, einen Fuß in der Tür zu haben. Und er hatte recht. Alvis reagierte. Er richtete sich auf und Jonas starrte in schwarze Augen.

„Das, was du willst, geht nur unter zwei Bedingungen. Die eine, wie die andere, hat schwerwiegende Konsequenzen. Wenn du dich mit mir über Seelen unterhalten willst, geht das nur, wenn du als Nachfolger im Amt vorgesehen bist. Selbst dann ist es grundsätzlich verboten. Tiberius hat sich bei mir darüber hinweggesetzt, und man hat es wohl hingenommen. Variante zwei ist der Tod deines Wirts. Ich denke, dass du diese Möglichkeit im deinem zarten Alter eher nicht befürwortest.“

Jonas war geschockt über die direkte Antwort. „Ähh, nein ... Du hast recht, eher nicht.“

„Na, also. Aber ich geb dir einen guten Rat: *Du* stehst unter keinem Gesetz dieser Welt. Vielleicht kannst du die Geschichte irgendwann einmal aufschreiben. Sich was von der Seele zu schreiben, erleichtert ungemein.“ Alvis konnte nicht anders, er musste kurz auflachen.

„Ja, sehr witzig.“ Trotzdem merkte Jonas, dass ihn dieser Vorschlag beschäftigte. „Aber gute Idee. Nur bezweifle ich, dass ich das kann.“

„Du hast schon viel gezweifelt ... Warte nicht zu lange damit.“

„Okay, okay.“ In der Kneipe wurde es lauter und Jonas stand auf. „Werde ich mir alles behalten können?“

„Das entscheidest nicht du. Wir werden sehen, ob du überhaupt irgendetwas behalten kannst. Vielleicht löschen sie irgendwann deine ganze Festplatte. Wer weiß.“ Alvis zog die Augenbrauen hoch.

Jonas nickte. „Sehr beruhigend.“ An der Tür zur Kneipe hielt er Alvis kurz zurück und packte ihn an den Schultern. „Mein lieber Freund, das war eine ganz starke Nummer an Ostern. Vielen Dank.“

Alvis' Augen leuchteten. „Gern geschehen.“

☞₀°₂

Jonas ging nicht den direkten Weg nach Hause. Das Saisonende war perfekt gewesen. Mit 2:1 hatte der FC „den Turnhallen-Verein aus Gelsenkirchen“ vernichtend geschlagen, O-Ton Hennes. Nach dem Gespräch mit Alvis zog es Jonas dorthin, wo Teile seines Lebens noch im Dunst lagen. Am Rand der Siedlung ging er auf der stillgelegten Straße entlang, die er früher oft mit seiner Mutter gegangen war. Der Mühlenweg. Verlassen war es dort. Durch frisches Frühlingsblattwerk schimmerten Sonnenstrahlen und übersäten die dunkle Straße mit Lichtflecken. Wie vor sechs Jahren, säumte rechts von ihm ein undurchdringlicher, natürlicher Wall aus Bäumen, Hecken und massigem Dorngestrüpp das Areal, das früher der Flughafen gewesen war. Als Jonas die Hälfte des Mühlenwegs hinter sich hatte, lehnte er sich gegen einen Baum. Es raschelte in seiner Jacke, und er zog einen Umschlag aus der Innentasche. Ein Brief. Von Alvis. Er riss ihn auf. Eine Karte. Carpe diem – Lebe den Tag. Er drehte sie um und las:

„Hi, Jonas, ich verstehe dein Problem gut. Ich habe lange nach einem Ausweg gesucht. Und gefunden. Aber er ist riskant. Und es wird sicher nicht leicht. Es gibt Charaktere, die könnten darüber ungehalten sein. Und es wäre wahrscheinlich das erste Mal, dass so etwas geschieht. Was soll's. Wenn du also Mut hast, sollten wir bei Gelegenheit mal zusammen verreisen. Alvis."

„Hoppla", murmelte Jonas, „das sind ja tolle Aussichten."

Auf der gegenüberliegenden Straßenseite konnte er durch Stacheldraht den Westfriedhof erkennen. Sein Vater lag dort. Überwachsen von Pflanzen, stand vor dem Zaun eine in Vergessenheit geratene Bank. Jonas schob ein paar Ausläufer Efeu beiseite und setzte sich. Blitzartig schossen ihm Bilder und Worte in den Kopf. *He, Junge, was machst du hier? Ist alles in Ordnung? Man hat dich schon gesucht. Komm, ich fahr dich nach Hause.*

Komisch, dachte Jonas, alles kommt zurück. Ein unglaubliches Abenteuer war zu Ende und hier hatte es wohl angefangen. Und wie es schien, war das Ende des einen der Beginn eines neuen.

ᑔᐅₒᵒₒ௨

Wenige hundert Meter entfernt stand Tiberius Schlagbaum auf einer Anhöhe. Sein Blick war auf den Hexenberg gerichtet. Das graue Haar sah in der untergehenden Sonne silbern aus. Der Stein wärmte seine linke Hand. Musste er tiefer sehen?

Alles zu seiner Zeit, dachte der Chronist. Jeder Anfang war der Abschluss einer vergangenen Geschichte. Das war ein Gesetz. Und nichts, was geschah, konnte ihm davonlaufen. Die Geschichte der Seelen trug er in seinen Händen und er wusste, sie hatte kein Ende.

Es ist ein schönes Gefühl, endlich hier – bei der Danksagung – angekommen zu sein. Es ist ein noch schöneres Gefühl, zu wissen, dass es so viele Menschen gibt, die bereit waren, mir zu helfen.
Also ist es letztlich auch eine schöne Arbeit, diesen vielen Menschen zu danken.

Danke also ...

... den Spezialisten:

... zwei ausgewiesenen und leider viel zu früh verstorbenen Dom-Experten: meinem Schulkamerad Martin Seidler (Kunsthistoriker im Generalvikariat des Erzbistums Köln bis 2015) und Herrn Bernd Billecke (stellv. Dombaumeister bis 2012) für die Weitergabe fundamentalen Wissens über den Kölner Dom.

... dem Kardiologen Michael Huntgeburth (Leiter der Marfan-Ambulanz in der Uniklinik Köln) für geduldige Informationen über das menschliche Herz im Zusammenhang mit dem Marfan-Gendefekt.

... der Fachhumangenetikerin Kerstin Kutsche (stellv. Institutsdirektorin im Institut für Humangenetik, Hamburg) und ihrem Team für entspannte Erläuterungen von Arbeitsvorgängen im Gen-Labor.

... dem Oberbrandmeister a.D. Wilfried Kelm für jede Menge Erklärungen über Arbeitsabläufe bei der Feuerwehr.

... einer Schar von Marfan-Betroffenen, allen voran meine Nichte Katrin für bereitwillige Auskunft über das Leben mit dem Marfan-Symptom und ihren Eltern.

... der Dozentin und Autorin Isa Schikorsky und den Teilnehmern ihrer Kurse (hier besonders Petra und Fabian) für zahlreiche Hilfestellungen bei der Manuskriptbearbeitung oder begleitenden Texten.

... meiner Lektorin Andrea Weil für ihren wachen Blick und ihre Unnachgiebigkeit in Sachfragen.

... den Probelesern von Manuskript oder Teilen davon:

... Andrea, Andrea, Angelina, Anja, Anne, Andreas, Andreas, Barbara, Corinne (in dankbarem Gedenken), Elisabeth, Frank und Liliana, Friedhelm, Heribert, Iris, Marc, Martin, Norbert, Paul, Peter und Susanne, Stefanie und ich glaube auch Walter ☺, aber besonders Claudi, Barbara, Lissy, Mike, Kai, Godehard, Tina, Susanne, Pia und Peter, für präzise und umfangreiche Kritik und Unterstützung und Ralf und Brit für das Ausrichten einer inoffiziellen privaten Probelesung.

... den Speziellen:

... Thomas, der wahrscheinlich nicht weiß, wie wichtig es für mich ist, wenn er mich wahrnimmt, wenn ich meinem Wesen Lauf lasse und er mir Gehör schenkt.

... Sonja Heisswolf, mit Bewunderung für ihre Energie und für die erste, aufwendige Arbeit am Manuskript, die für mich richtungsweisend war.

... meiner unvergleichlichen Lebenspartnerin Chantal für ihre Liebe und ihre nicht nachlassende Hilfe bei allen Fragen meines Lebens und meines Romans.